國家社會科學基金重大項目（18ZDA248）
「十四五」國家重點圖書出版規劃項目
國家出版基金資助項目

查清華　主編

東亞唐詩選本叢刊

第一輯

一

中原出版傳媒集團
中原傳媒股份公司
大象出版社
·鄭州·

国家出版基金项目
NATIONAL PUBLICATION FOUNDATION

圖書在版編目(CIP)數據

東亞唐詩選本叢刊. 第一輯. 一 / 查清華主編. —
鄭州 : 大象出版社, 2023. 8
ISBN 978-7-5711-1273-8

Ⅰ. ①東… Ⅱ. ①查… Ⅲ. ①唐詩-詩歌研究-叢刊
Ⅳ. ①I207. 227. 42-55

中國版本圖書館 CIP 數據核字(2021)第 268991 號

東亞唐詩選本叢刊 第一輯 一

出版人 汪林中
項目策劃 張前進 郭一凡
項目統籌 李建平 王軍敏
責任編輯 王軍敏
責任校對 牛志遠 安德華
裝幀設計 王莉娟
出版發行 大象出版社
鄭州市鄭東新區祥盛街27號 郵編450016
印刷 北京匯林印務有限公司
版次 2023年8月第1版第1次印刷
開本 720mm×1020mm 1/16 37.25印張
字數 403千字
定價 149.00元

前言

《東亞唐詩選本叢刊》(第一輯)十册,選入日本江户、明治時代學者注解評釋的唐詩選本十二種:《三體詩備考大成》《唐詩集注》《唐詩解頤》《唐詩選夷考》《唐詩兒訓》《唐詩絶句解》《唐詩通解》《通俗唐詩解》《唐詩句解》《唐詩選講釋》《三體詩評釋》《唐詩正聲箋注》。

這些選本具有一定的代表性。南宋周弼選編的《三體唐詩》不僅流行於元明時期,成書不久亦即傳入日本,因便於讀者學習漢詩創作法則而深受歡迎,遂産生多種新的注解評釋本。熊谷立閑(? —1695)《三體詩備考大成》、野口寧齋(1867—1905)《三體詩評釋》均在此基礎上集注增評。明初,高棅編《唐詩正聲》,在明代影響深遠,《明史·文苑傳》稱:「其所選《唐詩品彙》《唐詩正聲》,終明之世,館閣宗之。」東夢亭(1796—1849)撰《唐詩正聲箋注》,菅晋帥《序》曰:「夫詩規於唐,而此則其正統宗派,足以救時體之冗雜。」明後期,李攀龍編《古今詩删》,並作《唐詩選序》,自豪地宣稱「唐詩盡于此」。該書一度成爲明代格調詩派的範型選本,傳入日本後,受到古文辭學派推崇,服元喬於享保九年(1724)校訂《唐詩選》,即係從該書截取而單行的唐詩部分,此舉居功至偉,以至「海内户誦家傳,以爲模範準繩」。宇士新(1698—1745)、竺顯常(1719—1801)《唐詩集注》,竺顯常《唐詩解頤》,千葉玄之(1727—1792)《唐詩選講釋》,新井白蛾(1725—1792)《唐詩兒訓》《唐詩絶句解》,入江南溟(1682—1769)《唐詩句解》,莫不以服元喬所訂《唐詩選》爲宗,對其進行注解講釋。至明末清初,著名文學批評家金聖歎作

《貫華堂選批唐才子詩》《唱經堂杜詩解》，葛西因是（1764—1823）《通俗唐詩解》所選詩目即多與此二書相重合，其解説也多襲用金氏評語。各選本之間淵源有自，顯示了清晰的理論脉絡和學術統緒，便於我們把握古代日本詩學觀念與學術思潮的變遷。尤其像熊谷立閑《三體詩備考大成》這樣集大成式的選注本，簡册浩瀚，材料富贍，引用了不少國内已佚或罕見之古籍，具有較高的文獻價值。

上述諸書編撰者均爲日本精研漢學的著名儒學家和詩人，編撰《唐詩通解》的皆川淇園（1734—1807）、編撰《唐詩選夷考》的平賀晋民（1721—1792）亦然。他們不僅學殖深厚、創作經驗豐富，還持有異域文化視野，使得這些選本具有獨特的詩學批評和文學理論價值，從而拓展了唐詩的美學藴涵和文化意義。諸人廣參中國自唐至清各代學者對唐詩的選編、注解和評釋，立足於自己的價值取向、美學宗趣，博觀約取，集注彙評，考辨糾謬，發明新意。附著於選本的序跋、凡例、小引及評解，集中體現出接受者對詩作的審美體驗與理性解讀，注重發掘每首詩潛藏的生命意趣、文化信息、風格特徵及典型法則。

這些選本不僅具有較高的學術價值和文化意義，還因其具有蒙學、普及等性質，大都在日本傳播廣泛，影響深遠，極大促進了唐詩在日本的傳播，推進了東亞文明的建設。諸編撰者爲擴大讀者群體，在詩歌選擇、編排體例、語言形式等方面做了大量努力。首先，詩歌選擇名篇佳作。其次，編排格式上，正文、夾注、眉批、尾注、分隔符、字號等的使用錯落有致，標示分明。再次，或在漢文旁添加和訓，方便不諳漢語的日本讀者誦習；或如《唐詩兒訓》《唐詩絶句解》《通俗唐詩解》《唐詩選講釋》《三體詩評釋》等五種選本，除原詩爲漢文外，注解、評釋多用江户時期和文；或如《三體詩評釋》，適時引用日本古代俳句、短歌來與所點評的唐詩相互印證；或如《唐詩選講釋》，在講解官職、計量單位、風俗、名物等語詞時，常以日本相近物事類比。諸如此類的努力直接促成了唐詩的普及，也推進了社會文明的建設，恰如《唐詩兒訓序》所稱：「今爲此訓之易解，户讀家誦，天下從此言詩者益多，更添昭代文明之和氣焉。」

叢刊在整理時，主要做了斷句標點、校勘、和文漢譯的工作，體例上儘量沿用原書格式，保留舊貌，並在每種選本前撰有《整理説明》一篇，簡要介紹編撰者生平著述、時代背景、書名、卷數、編排體例、基本内容、主要特點、學術價値及版本情況等。

本項目的整理研究對象，固爲東亞各國友好交流的歷史文化資源。歷史川流不息，東亞各國人民之間的友誼亦綿延不絶。本輯的編撰，得到日本學界諸多學者的大力支持，也得到日本國立國會圖書館、公文書館、御茶水女子大學、京都大學圖書館、早稻田大學圖書館等機構的無私幫助，讓我們真正領悟到「山川異域，風月同天」的文化意味，在此謹致謝忱。

《東亞唐詩選本叢刊》（第一輯）是國家社科基金重大項目「東亞唐詩學文獻整理與研究」之子項目階段性成果，又幸獲「十四五」國家重點圖書出版規劃項目、國家出版基金資助項目支持，感謝諸位專家的信任和鼓勵，感謝大象出版社各位編輯的艱辛付出。

本團隊各位同人不辭辛勞，通力合作，除書中所列編委及整理者，尚有郁婷婷、徐梅、張波協助校對。克服資料獲取的不便及古日文解讀的困難，歷數年終得第一輯付梓，斷不敢以「校書如掃塵」自寬，但因筆者水平所限，疏誤自然難免，祈請讀者諸君不吝賜教，以便日後修訂再版。

查清華

二〇二三年五月於上海師範大學唐詩學研究中心

目録

〔宋〕周　弼　選編
〔日〕熊谷立閑　集注

三體詩備考大成（上）

林雅馨
楊　君　整理

整理說明

《三體詩備考大成》，熊谷立閑撰。熊谷立閑（？—1695），號荔齋，別號了庵，京都人，熊谷活水之子，爲日本江户前期著名儒者，深諳理學。其人著述頗富，有《新增首書四書大全》《新增首書太極圖説》《首書性理字義》《鼎鐫註釋解意懸鏡千家詩》《鼎鐫漱石山房彙編註釋士民便觀雲箋柬》《勢陽遊紀》《頭書增補聚分韻略》諸書傳世。尤工詩，有《荔齋吟餘》一卷存世。

《三體唐詩》爲宋周弼（1194—1255）所編之唐詩選集，因書中所選皆爲七絶、五律、七律三種體裁之詩，故號爲「三體」。此書於元、明兩朝頗爲盛行，但不見單行本，先後有元釋圓至（1256—1298）註本和元裴庾增註本行世。元代時，這兩種註本均傳入日本，引起日本學界的濃厚興趣，爲方便學習漢詩，衆多學者在此書舊註上紛紛加以新註，遂又産生多種日本註本。其中最詳盡者莫過於江户時期熊谷立閑的《三體詩備考大成》。

《三體詩備考大成》爲熊谷立閑晚年講學之餘所作，是《三體詩》註本中體量最大、註解最詳細之本。熊谷立閑編撰該書之初衷，乃是爲解釋《三體詩》中隱晦不明之事實典故，故不惜旁徵博引，彙集諸家註釋訓解此書。其書徵引和、漢古籍達數百種，一書在手，如衆書在目，又因引用了不少國内已佚或罕見之古籍，具有較高的文獻價值。

此書僅有延寶乙卯年（1675）初刊本傳世，後無再版。全書共二十卷，一卷即一册。首册爲序目，有寬文十二年（1672）福唐松雪道人序，《唐三體詩註綱目》《唐分十道之圖》《唐高祖開基圖》《唐太宗混一圖》《唐地理圖》《唐藩鎮圖》（以上諸圖整理本中均略去，僅保留圖下註文）、《求名公校正咨目》《諸家集註唐詩三體家法諸例》《唐世系紀年》《三體詩備考》，至大二年（1309）裴庾季昌序和紫陽山虛叟方回序。後十九册爲正文，包括《三體詩》之原詩、原註、增註及熊谷立閑之備考和按語。第二十册末有延寶乙卯年鴨水釋如實跋和熊谷立閑自撰之跋。《三體詩備考大成》作爲《三體詩》註本中集大成之作，在《三體詩》的相關研究中不當被忽略，然其卷帙浩繁，内容龐雜，難於整理，故長期以來無人問津。整理校勘本書，將有助於推進學界對《三體詩》的共同研究。

此次整理，以御茶水女子大學（お茶の水女子大学）藏日本延寶乙卯年《三體詩備考大成》二十卷本爲底本，以國内元刻本（《故宫珍本叢刊》所收元刻二十卷本《箋註唐賢絶句三體詩法》）、箋註本（《四庫全書存目叢書》所收明嘉靖二十八年吴春刻二十卷本《箋註唐賢絶句三體詩法》）、四庫本（文淵閣《四庫全書》所收清高士奇輯註六卷本《三體唐詩》）和日本附訓本（阿佐井野版附訓本三卷本《增註唐賢三體詩法》）、詳解本（元禄十三年二十卷本《三體詩詳解》）、增註本（《漢文大系》明治四十三年三卷本《增註三體詩》）爲主要校本，並參校相關典籍。因體例所限，且爲避免校記之繁瑣，原稿之大部分校記和考證均略去，今僅將部分校記予以保留。學力有限，難免諸多舛誤，還望方家不吝賜教。

整理者

庚子年三月初三

目録

三體詩絶句備考大成卷之四……二九九

三體詩絶句備考卷之五……三七五

三體詩絕句備考卷之七　

序

夫詩者，心之聲也。發士人之情性，關風教之盛衰，與王化治道相爲表裏。故自三百篇已降，漢魏六朝諸家，遞變其習，馳騁騷壇，各擅其能。下至於唐，作者輩出，聲律全備。武德、貞觀之後，王、楊、盧、駱四子，樹名當代，互相激昂，婉麗俊美，超出前古，此則唐之初也。開元、天寶間，李供奉之飄逸，杜拾遺之雄壯，以及二王、崔、孟諸賢，連聲答響，喧動朝野，此則唐之盛也。大曆以還，韋蘇州之冲淡，劉文房之清秀，暨乎韓、柳之博雅，元、白之風趣，各尚聲華，以臻其妙，此則唐之中也。至於李義山之奇邁，温飛卿之媚誕，則爲唐之晚矣。是以一代人文論之，徽音光焰，殊可傳之，千古不容泯也。宋自淳祐間，汶陽周伯弜慨群賢卷目浩繁，難窮旨趣，乃選爲三體之法，以便學者究閲。元高安沙門天隱從而注之。迄大德初，永嘉裴季昌復注而增之。展拓詩源底藴，發明先哲耿光，蓋有功於斯篇也多矣。熊谷荔齋先生，乃儒林之秀者，與予稱方外交，年來僑居洛下，日與學子講習是藝，復慮其人物事迹靡所指歸，重加訓釋，仍名其篇曰《三體詩備考》。書成，囑予爲序。予因展而閲之，見其指事之精詳，造詣之穩實，抑嘆先生學業之博，措意之妙也。俾方來士子闡而明之，綽有補於政化治道，故樂爲之序。

寬文十二年歲在壬子中秋日，福唐松雪道人撰

唐三體詩註綱目

卷之上　絶句體

實接　虛接　用事
前對　後對　拗體
側體

卷之中　七言體

四實　四虛　前虛後實
前實後虛　結句

唐三體詩註綱目終

唐分十道之圖

按《唐書·地理志》：「唐興，天下初定，權置州郡頗多。太宗貞觀元年始并省，因山川形便，分天下爲十道：一曰關内，二曰河南，三曰河東，四曰河北，五曰山南，六曰隴右，七曰淮南，八曰江南，九曰劍南，十曰嶺南。貞觀十三年定簿，凡州府三百五十八，縣一千五百五十一。開元二十一年，又因十道分山南、江南爲東、西道，增置黔中道。又北殄突厥頡利，西平高昌，北踰陰山，西抵大漠。其地東極海，西至焉耆，南盡林州南境，北接薛延陀界。東西九千五百一十一里，南北一萬六千九百一十八里。」

唐高祖開基圖

高祖渡河，次長春宫，次馮翊。自下邽以西，次長樂宫。留守衛文昇奉代王守京城，遣使諭之，不報。十一月，克之。次年二月，子建成、世民復徇地東都。五月，隋帝遜于位。

唐太宗混一圖

高祖克隋都，遣諸將東征西討，虜世充，擒蕭銑，斃黑闥，降李密，執建德。薛舉既亡，武周奔敗，朱粲伏誅，其佗群盜往往悉降，而唐世大略平矣。

唐地理圖

唐高祖居隴西，起兵晋陽，都長安。王世充據洛陽，蕭銑據江陵。安禄山反范陽，肅宗即位。靈武涇原軍士作亂，立朱泚，德宗避寇奉天。玄宗及僖宗避寇成都。

唐藩鎮圖

魏博田承嗣至[一]，田悅反盧龍；李懷仙至，朱滔、朱克融反鎮冀[二]；李寶臣至，王武俊、王廷湊反，並弗克誠淄青[三]。李正己至，李師道反横海；程日華至，李同捷反彰義；吴少誠至，吴元濟反東川；劉闢反浙西，李錡反，並伏誅；宣武刘玄佐至[四]，李榮死，朝廷别命代。

【校勘記】

［一］魏博田承嗣：底本訛作「魏傳田水嗣」，據元刻本和箋註本改。

［二］冀：底本訛作「異」，據元刻本改。

［三］淄：底本訛作「湉」，據元刻本改。

［四］至：底本訛作「坙」，據元刻本改。

求名公校正咨目

庚竊謂文藹昭代之英華，昌符國運；理探先賢之隱秘，學本家傳。是固儒者之當究心，誠體聖主之所加意。蓋美刺形於歌咏，政化有關；然訓釋泝其淵源，刑法無禁。自幼至老之所素願，雖愚不肖之可與知。念唐年幾三百之多，仙李云：「謝仰詩宗，垂諸什之富汗；竹留香引，物連類之難穷。」積日成歲之易久，深虞坐井之見謾。興測海之謀，臺卿七篇之解甚明，尚慮違闕以需改正[一]；晦翁《四書》之註已備，猶設《或問》以辨疑訛。予復何能，敢自爲是？迂重負於佗境，併力堪扶；示宿恙於通衢，良方乃得。用求王公大人之謦欬，寧惜耆旧老成之摳趍。倘臭味或契於芝蘭，庶采掇不遺於葑菲。如曰胸蟠國子監，可讀工部詩，茲惟難哉；就使眼空天下書，始答韓公策，蓋亦寡矣。顧責恕輕重之角立，致毁譽榮辱之畦分。覆瓿誣二陸之譏，洛陽愈增於高價；凌雲詫九重之薦，司馬奚慊於超遷。幸大道之惟公，喜微言之不泯。行吟向曝，思獻天子之尊；佇俟觀風，願陳民俗之厚。拳拳尺素，耿耿寸丹。

至大二年九月日，裴庚咨目

【校勘記】

［一］慮：底本訛作「盧」，據附訓本改。

諸家集註唐詩三體家法諸例

一、諸箋註始自毛、鄭諸賢，以至歷代名家篇什，先儒並皆有註。即此取法，觀者幸悉。

一、詩篇並依俗傳刊本，或於元數争差，即非私意增損。

一、《三體詩》多且格式最明，故首於諸集。

一、《唐世系紀年》並《唐地理圖志》附見集首，庶幾作詩時世及所指處所便於稽考。

一、唐賢履歷，《三體》《四體》《二妙》，並以詩之次第爲先後。佗集重名，類之於前明該；已見其集，其餘則列於後，遂不復依次。間有未詳，姑俟明哲。

一、都邑州縣歷代沿革，並依《書》傳、《史記》及漢、唐書《地理志》《方輿勝覽》等出處，即繫以《六合混一圖》並《事林廣記》等所載皇朝混一各處所管道路於後，雖溢四海之遠，可見也。

一、官職歷代沿革，並依《史記》及漢、唐書，並《職林》等出處，印以《事文類聚》等所載皇朝當令設立名稱爲證。

一、諸已註者，更不重述。間有事同或前略而後備，觀者互見，自有所得。

一、詩中用事，或有未詳，即闕之。至若詩人措意，蓋起一時之興，如無所據，不敢臆說。

諸詩或經先賢講說，及諸詩話已嘗辨論者，各附載本篇之末。

諸例 例，《字彙》曰：「力霽切，音麗。比也，類也，概也。」

箋註 箋，《字彙》曰：「將先切，音煎。表也，識也，書也。鄭康成衍毛氏《詩傳》之未盡者，名曰箋。張華《博物志》：『鄭玄，即毛萇郡人。謙敬，不敢言註，但表識其不明者耳。』」○註，又曰：「陟慮切，音著，訓釋也。」

篇什 《詩人玉屑》五曰：「《詩》二雅及頌，前二卷題曰『某詩之什』。陸德明釋云：『歌詩之作，非止一人。篇數既多，故以十篇編爲一卷，名之爲什。今人以詩爲篇什，或稱譽他人所作爲佳什，非也。』」○劉元卿《賢奕編》四曰：「《詩·小雅》以十篇爲卷而謂之什，猶軍法以十人爲什耳。今稱詩爲佳什，於義何取？」

明該 該，《字彙》曰：「備也，載也，兼也。」

明哲 《書·說命篇》曰：「嗚呼！知之曰明哲，明哲實作則[一]。」

都邑州縣 《事林廣記》卷二曰：「《記·王制》曰：『凡四海之內九州，州方千里。』乃夏禹治水既平之後，遂分天下爲此，制具載《禹貢》中，冀州、兖州、青州、徐州、雍州、揚州、荆州、豫州、梁州是也。如《爾雅》所載，則有幽、營、兖、梁、青，釋者以爲商制如此。至周時，則有幽、并、兖、徐、梁。歷代因革，其制不同。

惟周制則王畿居中，九州環列於外。舜時，分冀州爲幽州、并州，分青州爲營州，是爲十二州。」

管《字彙》曰：「主當也。又管見，小見也。」

四海《博物志》曰：「天地四方，皆海水相通，地在其中，蓋無幾也。七戎、六蠻、九夷、八狄，形類不同。總而言之，謂之四海，言皆近於海也。」○《周禮・馭夫》曰：「凡將事於四海山川[二]。」注：「四海，猶四方也。」

沿革《書言故事》八《科第部》注曰：「沿，從舊也。革者，革其舊而新制之也。」

印《字彙》曰：「印，信也。」

證《字彙》曰：「之盛切，音正。驗也，候也，質也。」

臆説《史記》裴駰《集解序》曰：「弗敢臆説。」注：「《正義》曰：『不敢以胸臆之中而妄解説。』」

【校勘記】

[一]實：底本脱，據《尚書注疏・説命上》補。

[二]「凡將」後底本衍「軍」，據《周禮・夏官・馭夫》删。

唐世系紀年

姓李氏，都長安，二十帝，一女主。起武德元年戊寅，止天祐四年丁卯，實二百八十九年。

高祖

諱淵，字叔德，隴西成紀人。其七世祖暠[一]，當晉安帝時，據秦、涼以自王，是爲涼太祖武昭王。曾祖虎，事周閔帝。及帝受魏禪，虎已卒，乃追録其功，封唐國公，謚曰襄。襄公生炳，襲封唐公，爲隋安州總管，柱國大將軍，卒，謚曰仁。仁公生高祖，又襲封唐公。滅隋國，遂號唐。在位九年，壽七十一。

武德九元年戊寅。

【校勘記】

［一］七：底本誤作「五」，據元刻本和箋註本改。

太宗

諱世民，高祖次子。母曰太穆皇后竇氏。在位二十三年，壽五十三。

貞觀二十三元年丁亥。

高宗

諱治，字爲善，太宗第九子。母曰文德皇后。在位三十四年，壽五十六。

永徽六元年庚戌。　**顯慶五**元年丙辰。　**龍朔三**元年辛酉。

麟德二元年甲子。　**乾封二**元年丙寅。　**總章二**元年戊辰。

咸亨四元年庚午。　**上元二**元年甲戌。　**儀鳳三**元年丙子。

調露一元年己卯，本通乾改。　**永隆一**元年庚辰。　**開耀一**元年辛巳。

永淳一元年壬午。　**弘道一**元年癸未。

則天皇后

諱曌，姓武氏，并州文水人。父士彠，官至工部尚書、荆州都督，封應國公。后年十四，太宗聞其有色，選爲才人。太宗崩，后削髮爲感業寺比丘尼。高宗幸寺，見而悦之，召入宫，爲昭儀，進號宸妃。永徽六年，廢皇后王氏，立宸妃爲后。稱制二十二年，壽八十一。○曌，之少切。○彠，紆縛、於白、居莫三切。

光宅一元年甲申。本嗣聖，改文明，又改光宅。　**垂拱**四元年乙酉。

永昌一元年己丑。　**天授**二元年庚寅。　**載初**一元年辛卯。

長壽二元年壬辰。　**如意**一元年癸巳。　**延載**一元年甲午。

天册萬歲一元年乙未，正月辛巳改元證聖。　**萬歲通天**一元年丙申，臘月甲戌改元萬歲登封。

神功一元年丁酉。　**聖曆**二元年戊戌。

久視一元年庚子，二月改大足，十月改長安。　**長安**四元年辛丑。

中宗

諱顯，高宗第七子。母曰則天順聖皇后。在位六年，壽五十五。

神龍二元年乙巳。　**景龍**三元年丁未。

睿宗

諱旦，高宗第八子，在位二年，壽五十五。

景雲一元年庚戌，本唐隆，元年七月改景雲。

太極一元年壬子，五月戊寅改延和，八月甲辰改先天。

玄宗

諱隆基，睿宗第三子。母曰昭成皇后竇氏。在位四十三年，壽七十八。

先天一即太極改。

開元二十九元年癸丑，十二年甲子。　**天寶十四**元年壬午[一]。

【校勘記】

[一]「壬午」：底本誤作「丙申」，據元刻本、箋註本和增註本改。

肅宗

諱亨，玄宗第三子。母曰元獻皇后楊氏。在位七年，壽五十二。

至德二元年丙申。

乾元二元年戊戌。

上元二元年庚子。

寶應一元年壬寅。

代宗

諱豫，肅宗長子。母曰章敬皇后吴氏。在位十七年，壽五十二。

廣德二元年癸卯。　**永泰**一元年乙巳。　**大曆十四**元年丙午。

德宗

諱适，代宗長子。母曰睿真皇后沈氏。在位二十六年，壽六十四。

建中四元年庚申。　**興元一**元年甲子。　**貞元二十**元年乙丑。

順宗

諱誦，德宗長子。母曰昭德皇后王氏。在位一年，壽四十六。

永貞一元年乙酉。

憲宗

諱純，順宗長子。母曰莊憲皇太后王氏。在位十五年，壽四十三。

元和十五元年丙戌。

穆宗

諱恒，憲宗第三子。母曰懿安皇太后郭氏。在位四年，壽三十。

長慶四元年辛丑。

敬宗

諱湛，穆宗長子。母曰恭僖皇太后王氏。在位二年，壽十八。

寶曆二元年乙巳。

文宗

諱昂，穆宗第二子。母曰貞獻皇太后蕭氏。在位十三年，壽三十三[一]。

太和九元年丁未。　**開成五**元年丙辰。

【校勘記】

［一］三十三：底本訛作「二十三」，據元刻本、箋註本和附訓本改。

武宗

諱炎，穆宗第五子。母曰宣懿皇太后韋氏。在位六年，壽三十三。

會昌六元年辛酉，四年甲子。

宣宗

諱忱，憲宗第十三子。母曰孝明皇太后鄭氏。在位十三年，壽五十。

大中十三元年丁卯。

懿宗

諱漼[一]，宣宗長子。母曰元昭皇太后晁氏。在位十四年，壽三十一。

咸通十四元年庚辰。

【校勘記】

[一]漼：底本訛作「催」，據元刻本、箋註本和增註本改。

僖宗

諱儇，懿宗第五子。母曰惠安皇太后王氏。在位十五年，壽二十七。

乾符六元年甲午。

廣明一元年庚子。　**中和四**元年辛丑。　**光啓三**元年乙巳。

文德一元年戊申。

昭宗

諱曄，懿宗第七子。母曰恭憲皇后王氏。在位十四年，壽二十八。

龍紀一元年己酉。　**大順**二元年庚戌。　**景福**二元年壬子。

乾寧四元年甲寅。　**光化**三元年戊午。　**天復**三元年辛酉。

景宗

諱柷，昭宗第九子。母曰皇太后何氏。在位四年，禪于後梁太祖朱温。徙于曹州，號濟陰王。梁開平二年遇弑，年十七，謚曰哀帝。

天祐四元年甲子，四年丁卯四月禪位。

三體詩備考

《詩法源流》云：「夫詩，權輿於《擊壤》《康衢》之謡，演迤於《卿雲》《南風》之歌，制作於國風、雅、頌三百篇之體，此詩道之大原也。周詩有六義，風、雅、頌爲之經，賦、比、興爲之緯。風、雅、頌各有體，作詩者必定是之體於胸中，而後作焉。風之體，如後世之歌謡，采之民間而被之聲樂者也。其言主於達事情[一]，通諷諭。二南爲風之始，純乎美者也，故謂之正風。諸國之風兼美刺，故謂之變風。豳風則詩之正而事之變，故亦屬於變風焉。雅之體，如後世之五、七言詩，作於公卿大夫，而用之朝會燕享者也。其言主於述先德，通下情。事有大小，故有大雅焉，有小雅焉。成、康以上之詩專於美，故謂之正雅。成、康以後之詩兼美刺，故謂之變雅。皆因正風、正雅而附見焉。頌之體，如後世之古樂府，作於公卿大夫，而用之宗廟，告於神明者也。其言主於美盛德，告成功。其正則商頌、周頌，而魯頌不當作而作，比之風、雅，蓋亦變之類也。」

○《綱鑑・堯紀》云：「時有老人擊壤而歌曰：『吾日出而作，日入而息，鑿井而飲，耕田而食，帝力何有於我哉？』」

○《列子・仲尼篇》云：「堯治天下五十年，乃微服而游於康衢，聞兒童曰[二]：『立我烝民，莫匪爾極。

不識不知，順帝之則。』」

○《綱鑒・舜紀》云：「己亥十有四歲，帝庸作歌，時景星出，百工相和而歌，帝乃倡之曰：『卿雲爛兮，糾縵縵兮。日月光華，旦復旦兮。』八伯咸進，稽首曰：『明明上天，爛然星陳。日月光華，弘于一人。』」

○《家語》云：「舜彈五弦之琴，造《南風》之詩，曰：『南風之薰兮，可以解吾民之愠兮。南風之時兮，可以阜吾民之財兮。』」

○按《書・益稷篇》有舜與皋陶之歌，其後三百篇之詩出焉。

○《史記・孔子世家》云：「古者詩三千餘篇，及至孔子，去其重，取可施於禮義，上采契、后稷，中述殷、周盛，至幽、厲之缺，始於衽席，故曰：『《關雎》之亂，以爲風始，《鹿鳴》爲小雅始，《文王》爲大雅始，《清廟》爲頌始。』三百五篇，孔子皆弦歌，以求合《韶》《武》雅頌之音。禮樂自此可得而述，以備王道，成六藝。」

○王應麟《藝文志考證》云：「古有采詩之官。《食貨志》：『行人采詩，獻之大師，比其音律，以聞於天子。』《列子》言『立我蒸民，莫匪爾極』者，堯之時所謂詩也；《尚書大傳》言『日月光華，弘余一人』者，舜之時所謂詩也。古者天子五載一巡狩，則大師陳詩，以觀風俗。二帝之世，工以納言，時而颺之。其施之學校以教焉，禮樂書相參，謂之四術。孔子始删取，著以爲經。」

○愚按夫子删述詩，凡三百十一篇。至秦减六篇，今存者三百五篇。雅中有篇題亡其辭者六篇，考之《儀禮》，皆笙詩也。曰笙、曰樂、曰奏，而不言歌，則有聲而無辭明矣。及晉束皙，字廣微，陽平人，補《南陔》《白華》《華黍》《由庚》《崇丘》《由儀》六篇[三]，見《文選》十九卷。

〇朱子《詩傳序》：「或有問於予曰：『詩何爲而作也？』予應之曰：『人生而静，天之性；感於物而動，性之欲也。夫既有欲矣，則不能無思；既有思矣，則不能無言；既有言矣，則言之所不能盡，而發於咨嗟咏嘆之餘者，必有自然之音響節奏而不能已焉。此詩之所以作也。』」

〇《前漢書・藝文志》云：「《書》曰：『詩言志，歌永言。』故哀樂之心感而歌咏之聲發，誦其言謂之詩，咏其聲謂之歌。故古有采詩之官，王者所以觀風俗，知得失，自考正也。孔子純取周詩，上采殷，下取魯，凡三百五篇。遭秦而全者，以其諷誦不獨在竹帛故也。」

〇《詩緯含神霧》云：「詩有三訓也，承也、志也、持也。作者承君政之得失，述己志而作詩，爲詩所以持人之行，使不失墜，故一名而三訓。」

〇寺，《左傳・隱公七年》註疏曰：「寺，司也。庭有法度，令官所止，皆曰寺。」《釋名》：「嗣也。治事者相嗣續於其内。」《廣韻》：「官之所立職也。漢西域白馬馱經來，初止於鴻臚寺，遂取寺名，創置白馬寺。今浮屠所居皆謂之寺。」

〇愚謂古有采詩之官，采詩獻天子，王者所以觀風俗、知得失、自考正，然後收之官府。故詩字从言从寺。

〇《詩大序》曰：「詩者，志之所之也。在心爲志，發言爲詩。心之所之謂之志，而詩所以言志也，情動於中而形於言，言之不足故嗟嘆之，嗟嘆之不足故咏歌之，咏歌之不足，不知手之舞之足之蹈之也。情發於聲，聲成文謂之音[四]。治世之音安以樂，其政和；亂世之音怨以怒，其政乖；亡國之音哀以思，其民困。故正得失，動天地，感鬼神，莫近於詩，云云。詩有六義焉：一曰風，二曰賦，三曰比，四曰興，五曰雅，六曰頌。」註：「賦者，直陳其事，如《葛覃》《卷耳》之類是也；比者，以彼然此，如《螽斯》《緑衣》之類是也；興者，託物興詞，如《關雎》《兔罝》之類是也。」《文選纂註》：「梁昭明太子序：『詩有六義焉。』」明張鳳翼註：「歌事曰風，布義曰賦，取類曰比，感物曰興，政事曰雅，成功曰頌。各隨作者之志以名之。」

〇魏菊莊《詩人玉屑》云：「風、雅、頌既亡，一變而爲《離騷》，再變而爲西漢五言，三變而爲歌行雜體，四變爲沈、宋律詩。五言起於李陵、蘇武，或云枚乘。七言起於漢武《柏梁》，四言起於漢楚王傅韋孟，六言起於漢司農谷永，三言起於晉夏侯湛[五]，九言起於高貴鄉公。」

〇高廷禮曰：「詩者，自三百篇以降，漢魏質過於文，六朝華浮於實，得二者之中，備風人之體，惟唐詩爲然。」

〇《呂氏童蒙訓》云：「三百篇後有楚辭之體，有《離騷》之體，楚詞平易。有兩漢之詩，所謂《古詩十九首》，曹子建如『明月入高樓，流光正徘徊』類，思深遠而有餘意，言有盡而意無窮。學者當以此等詩常自涵養，自然下筆高妙。」

〇《詩人玉屑》云：「詩有出於風者，出於雅者，出於頌者。屈、宋之文，風出也[六]。韓、柳之詩，雅出也。杜子美獨能兼之。」

〇石門洪覺範《天厨禁臠》云：「秦少游曰：『蘇武、李陵之詩長於高妙，曹植、劉公幹之詩長於豪逸，陶潛、阮籍之詩長於沖澹，謝靈運、鮑照之詩長於峻潔，徐陵、庾信之詩長於藻麗。而杜子美者，窮高妙之格，極豪逸之氣，包沖澹之趣，兼峻潔之姿，備於藻麗之態，而諸家之作不及焉。』」

○《詩人玉屑》五曰：「《詩》訖於周，《離騷》訖於楚，是後詩之流爲二十四名：賦、頌、銘、贊、文、誄、箴、詩、行、咏、吟、題、怨、嘆、篇、章、操、引、謠、謳、歌、曲、調、詞。自操而下八名，皆是起於郊祭、軍賓、吉凶、苦樂。由詩而下九名，皆屬事而作，雖題號不同，而悉謂之詩。」

○俞仲蔚《名賢詩評凡例》云：「古今詩凡三變：自漢魏以上，爲一等；自晉宋間顏、謝以後及唐初，爲一等；自沈、宋以後，定著律詩，下及於宋，又爲一等。然唐以前爲詩者，固有高下，而法猶未變。至律詩出，而後詩之法皆大變，無復古人之風矣。茲始於漢，迄於宋，見文章與時高下云。」

○《源流》云：「姜堯章云：『守法度曰詩，放情曰歌，體如行書曰行，兼之曰歌行，載始末曰引，悲如蛩螿曰吟，通乎俚俗曰謠，委曲盡情曰曲。』觀於此言，可爲風、雅、頌各有體之言矣。然其言猶有未盡者，蓋詩有體、有聲、有義，以體爲主，以義爲用，以聲合體，如今慢詞、耍令之類[七]，體制固殊，聲律亦異，義之用則存乎其人爾。自《樂書》不傳，得其體制而失其音律，是可惜也。若其義，則諸子之傳詳矣。詩亡而《離騷》作，國風之變也。朱子《集註》以屈原所作爲首，而附學騷者於後，是亦夫子刪詩而附諸國風於二南之意。自漢以來，由騷之變而爲賦。故班固曰：『賦者，古詩之流也。』李陵、蘇武始於五言，當時去古未遠，是故猶有三百之遺意也。魏晉以降則世衰，而詩亦隨之，故載之《文選》者，詞浮靡而氣卑弱。』」

○又云：「夫詩之爲法也，其有說焉。賦、比、興者，詩之制作之法也。然有賦起，有興起，有比起。有主意上一句，承下句而後發其意者；有直起一句，主意在下一句乃發其意者；有双起兩句，而分作兩股以發其意者；有一句作出者；有前六句俱若緩，而收拾在後兩句者。詩之爲體有六：曰雄渾，曰悲壯，曰平淡，曰蒼古，曰沉著痛快，曰優游不迫。詩之俗忌有四：曰俗意、俗字、俗語、俗韻。」

○又云：「作詩成法，有起、承、轉、合四字。以絶句言之，第一句是起，第二句是承，第三句是轉，第四句是合。律詩第一聯是起，第二聯是承，第三聯是轉，第四聯是合。古詩、長律，亦以此法求之。三百篇如《周南·關雎》，則以第一章爲起、承，第二章爲轉，第三章爲合。《葛覃》則以第一章爲起，第二章爲承，第三章爲轉，第四章爲合。《卷耳》則以第一章爲起，第二之第三爲承，第四爲轉、合，云云。其他詩或長短不齊者，亦以此法求之。古之作者，其用意雖未盡爾，然文者理勢之自然，正不能不爾也。」

○《唐詩選》云：「詩有四格：曰興，曰趣，曰意，曰理。太白《贈汪倫》曰：『桃花潭水深千尺，不及汪倫送我情。』此興也。陸龜蒙《咏白蓮》曰：『無情有恨何人見，月曉風清欲墮時。』此趣也。王建《宫詞》曰：『自是桃花貪結子，錯教人恨五更風。』此意也。李涉《上于襄陽》曰：『下馬獨來尋故事，逢人惟説峴山碑。』此理也。悟者得之，庸心以求，或失之矣。」

○《詩人玉屑》云：「詩有四種高妙：一曰理高妙，二曰意高妙，三曰想高妙，四曰自然高妙。礙而實通，曰理高妙；出事意外，曰意高妙；寫出幽微，如清潭見底，曰想高妙；非奇非怪，剥落文采，知其妙而不知其所以妙，曰自然高妙。」

○又云：「沈約云：『詩病有八：一曰平頭，第一、第二字不得與第六、第七字同聲。如「今日良宴會，謳樂莫具陳」，「今」「謹」皆平聲。二曰上尾，第五字不得與第十字同聲。如「青青河畔草，鬱鬱園中柳」，「草」「柳」皆上聲[八]。三曰蜂腰，第二字不得與第五字同聲。如「聞君愛我甘，竊欲自修飾」，「君」「甘」皆平聲，「欲」「飾」皆入聲。四曰鶴膝，第五字不得與第十五字同聲。如「客從遠方來，遺我一札書。上言長相思，下言久離別」，「來」「思」皆平聲。五曰大韻，如「聲」「鳴」爲韻，上九字不得用「驚」「神」「平」「榮」字。六曰小韻，除本一字外[九]，九字中不得有兩字同韻。如「遥」「條」不同。七曰旁紐，八曰正紐。十字内，兩字雙聲爲正紐，若不共一紐而有雙聲，爲旁紐。如「流」「久」爲正紐，「流」「柳」爲旁紐。八種惟上尾、鶴膝最忌，餘病亦皆通。」』

○梅菴曰：「宋理宗淳祐十年庚戌八月，汶陽周伯弜選此集，當于本朝人王第八十八代後深草院建長二年。其後元成宗大德九年乙巳，至天隱注成，紫陽山方回序焉，當于本朝第九十三代後二條院嘉元三年。其後元武宗至大己酉秋九月，裴季昌注成，自序焉，當于本朝第九十四代花園院延慶二年。」

【校勘記】

[一]「其言」前底本衍「故爲之正風」，據《詩法源流》卷上删。

[二]聞：底本訛作「間」，據《列子・仲尼》改。

[三]《華黍》：底本脱，據《文選註》卷十九補。

[四]聲：底本脱，據《詩序》卷上補。

［五］於：底本脱，據《詩人玉屑》卷二補。

［六］也：底本脱，據《詩人玉屑》卷一補。

［七］要令：底本訛作「要今」，據《詩法源流》改。

［八］草、柳：底本脱，據《詩人玉屑》卷十一補。

［九］除：底本脱，據《詩人玉屑》卷十一補。

三體詩備考前序

詩自三百篇 此序分作四節，至「以唐爲法」，第一節。○《論語・爲政篇》：「子曰：『《詩》三百，一言以蔽之。』」朱注：「《詩》三百十一篇，言三百者，舉大數也。」**以還，至唐而聲律大備**。《韻會》曰：「律，法也。」○《字彙》曰：「律呂，萬法所出，故法令謂之律。《爾雅》：『律謂之分。律管可以分氣也。』《釋名》：『律，累也。累人心，使不得放肆也。』」○劉績《霏雪録》云：「唐人詩，一家自有一家聲調，高下疾徐，皆合律呂，吟而繹之，令人有聞《韶》忘味之意。宋人詩，譬則村鼓島笛，雜亂無倫。」○《石林詩話》云：「晉魏間詩，尚未知聲律。」○《雪浪齋日記》云：「書止於晉，而詩止於唐。」唐詩備律，以沈佺期、宋之問爲首唱。○《才子傳》卷一云：「自魏建安迄江左，詩律屢變。至沈約、鮑照、庾信、徐陵，以音韻相婉附，屬對精緻。及佺期、之問，又加靡麗，迴忌聲病，約句準篇，著定格律，遂成近體，如錦綉成文[一]，學者宗尚，語曰：『蘇、李居前，沈、宋比肩。』謂唐詩變體，始自二公，猶始自蘇武、李陵也。」**今** 指元朝。**人作詩，以唐爲法**。《文式》：「黄至道曰：『范德機得杜工部之骨，楊仲弘得杜工部之皮，虞伯生得杜工部之肉，揭曼碩非李非杜[二]，自成一家。』」

唐詩蓋　至「《間氣》等集」，第二節。○《韻會》云：「蓋，發語端也。」○允武《助語辭》曰：「發語之端用一『蓋』字，即是大凡之意。欲作語之時，將道理一平普看，却議論此事。文中有『大抵』爲起句者亦同。」

數百家，《詩人玉屑》十一云：「予嘗見方子通墓誌，言唐詩有八百家，子通所藏有五百家，今則不見有，惜哉！」○《唐詩正音》分唐爲三：曰盛唐，與唐初通之，自武德至天寶末，得六十五人，爲唐初、盛唐詩；自天寶末至元和，通得四十八人，爲中唐詩；自元和至唐末，通得四十九人，爲晚唐詩。又方外及閨秀等，自唐初至唐末，得一十三人，並無名氏，皆附遺響之末。**雖不盡預四庫之目，**《景龍文館記》云：「薛稷知集庫，馬懷素知經庫，沈佺期知史庫，武平一知子庫，通曰四庫書。太宗貞觀中，魏徵、虞世南、顔師古爲秘書監，請求天下之書也。」○臨江張九韶美和《群書備數》云：「唐四庫，甲部經，録其類十一：易、書、詩、禮、樂、春秋、孝經、論語、讖緯、經解、小學；乙部史，録其類十三：正史、編年、僞史、雜史、起居注、故事、職官、雜傳記、儀注、刑法、目録、譜牒、地理；丙部子，録其類十七：儒、道、法、名、墨、縱横、雜、農、小説、天文、五行[三]、曆算、兵書、雜藝術[四]、類書、明堂經脉[五]、醫術；丁部集，録其類有三：楚辭、别集、總集[六]，宋玉、司馬相如等文七百三十六家。」○《事文要玄》曰：「《筆叢》云：『書分四部，自晉荀勖始，甲部紀六藝、小學等書，乙部紀諸子、兵、術等書，丙部紀《史記》《皇覽》等書，丁部紀詩、賦、圖、讚等書。至唐，史居子上，次經，佛、老次史，終以集。』」○《唐・藝文志》云：「自漢以來，史官列其名氏篇第[七]，以爲六藝、九種、七略也。至唐開元中，始分四類，曰經、史、子、集，其著録者，五萬三千九百十五卷，而唐之學者自爲之書，又二萬八千四百六十九卷也[八]。嗚呼，可謂盛矣！」註曰：「玄宗兩京各聚書四部，以甲、乙、丙、丁爲次，列經、史、子、集四庫。其本有正有副，軸帶帙籤皆異色以別之也。自天寶十四年，有祿山之亂，書簡不全藏也。至文宗之時[九]，鄭覃進云：『經籍未備。』詔秘書閣搜訪，於是四庫之書復全也。」○《韓文》七注云：「《唐・經籍志》，甲、乙、丙、丁四部書各一庫，爲紅、緑、碧、白牙籤，以別經、史、子、集。」**先賢**指以下《三體》《四體》等编者。**猶慮其繁**，《字彙》云：「繁，符難切，音煩。多也，雜也。」**欲便後學**，後進晚學。**乃**《助語辭》曰：「乃，有緩意，有不輕易遽然意，或爲繼事之辭，或有如俗語『却又』之『却』字意。」**選**《字彙》云：「選，須演切，擇也。」**爲《三體》**周伯弜撰，三卷。**《四體》**姚合撰，一卷。**《極玄》**姚合撰，一卷。○《才子傳》六曰：「姚合選集王維、祖咏等一十八人詩爲《極玄集》一卷。」○《履歷》云：「姚合選唐詩一百首，名《極玄集》。」**《又玄》**韋莊撰，三卷。○《才子傳》卷十曰：「韋莊，字端己，京兆杜陵人也，選杜甫、王維等五十二人詩爲《又玄集》，以續姚合之《極玄》，今傳世。」○《履歷》云：「韋莊選唐詩三百首爲《又玄集》。」**《衆妙》**殷璠撰。**《二妙》**同撰。**《英靈》**同撰。三卷。○《洪駒父詩話》云：「丹陽殷璠撰《河岳英靈集》，首列常建詩云云。」○焦氏《經籍志》：「唐殷璠《河岳英靈集》三卷。」**《間氣》等集**。《才子傳》卷二曰：「高適，字達夫，一字仲武。選至德肅宗、大曆代宗述作者二十六人爲《中興間氣集》二卷。」○焦氏《經籍志》曰：「唐高仲武《中興間氣集》二卷。」○《玉屑》卷十一曰：「唐人類集一代之詩，不特《英靈》《間氣》《極玄》《又玄》也。顧陶作《唐詩類選》，竇常有《南薰集》，韋縠有《才調集》，又有《正聲集》，不記何人。有《小選》《集選》《詞苑瓊華》《雅言系述》，其他必尚有之也。」〇等，《字彙》曰：「類也，比也。又等級也。」

然 至「疏昧」，第三節。〇《字彙》曰：「語辭。又如也，又而也，如是也。」〇允武《助語辭》曰：「訓如是曰『然』，『以爲然』『然之』，皆是許其是如此。若云『儼然』『晬然』『盼盼然』『嘐嘐然』，却是形容之語助，實有『恁地』之意。」**其用事源委**，《禮記·學記》曰：「三王祭川，皆先河而後海，或源，或委也。」註：「源，泉所出；委，泉所聚。」〇吳氏曰：「水之來處曰源，水之聚處曰委。河在海之上流，爲川之源；海受河之下流，爲川之委。」**多有未達，因博採簡冊所載**，《字彙》云：「簡，古限切，牒也。《詩·小雅》：『畏此簡書。』古無紙，有事書之於簡。又簡策，單執一札謂之簡，連編諸簡乃名爲策。」〇《後漢·吳祐傳》註：「火炙簡令汗，取青易書復不蠹[一〇]，謂汗簡。」〇《事物紀原》卷二曰：「《詩·出車》曰：『畏此簡書。』簡書者，治竹煞青，作簡以書爾。今人直用紙名曰簡，以通慶吊問候之禮，取簡書之義，尺牘類也。《錦帶前書》曰：『書版曰牘，書竹曰簡。』」〇冊，《字彙》曰：「與冊同。《説文》：『象札一長一短，中有二編之形。』」〇「冊」字註：「恥格切，音拆。符命諸侯者。以竹爲之，而聯以繩。《六書正譌》：『通用「策」，俗作「册」，非。』」〇「策」字註：「編簡爲策。古者告命皆有策，大事書之於策，小事簡牘而已。」**參**《字彙》云：「桑感切，音糝，雜也。」**以平昔見聞，訓釋** 訓，《字彙》云：「釋也。如某字釋作某義。」〇《釋文》云：「消散也。又註解也。」**成編**。編，《字彙》云：「《説文》：『次簡也。又列也。又以繩聯次物也。』」〇蔡虛齋曰：「編簡之成帙者也。」**諗**《字彙》云：「告也。《詩・小雅》：『將母來諗。』」**諸同志**，《公羊傳》曰：「同門曰朋，同志曰友。」○《周禮・大司徒》：「五曰聯朋友。」注：「同師曰朋，同志曰友。」**咸俾入梓**，梓，《字彙》云：「祖此切，音子。楸也。木之王也。《爾雅翼》：『按《說文》：「椅，梓也。梓，楸也。楸，檟也。」一物四名。』」又刻書曰綉梓、鍥梓。」○《焦氏筆乘》續集三曰：「漢以來，六經多刻之石，如蔡邕石經、嵇康石經、邯鄲淳三字石經、裴頠刻石寫經是也，其人間流傳惟有寫本。唐末益州始有墨板，多術數，字學小書而已。蜀毋昭裔請刻板，印九經，蜀主從之，自是始用木板摹刻六經。景德中，又摹印司馬、班、范諸史，與六經皆傳。世之寫本漸少，然墨本訛駁，初不是正，而學者無他本刊驗。司馬、班、范三史尤多脫亂，其後不復有古本可証，真一恨事也[一一]。」○《石林燕語》云：「唐以前，凡書籍皆寫本，未有模印之法，人以藏書爲貴，不多有，而藏者精讎對，故往往有善本。學者以傳録之艱[一二]，故其誦讀亦精詳。五代時，馮道奏請，始官鏤六經板印行。國朝淳化中，復以《史記》、前後《漢書》付有司摹印。自是書籍刊鏤者益多，士大夫不復以藏書爲意，學者易于得書，其誦讀亦因滅裂。然板本初不校正，不無訛誤，世既一以板本爲正，而藏書日亡，其訛謬者遂不可正，甚可惜也[一三]。世言雕板印書始馮道，此不然，但監本五經，道爲之爾。柳玭《訓序》言其在蜀時，嘗閱書肆，云『字書、小學，率雕板印紙』，則唐固有之矣，但恐不如今之工。今天下印書，以杭州爲上，蜀本次之，福建最下。京師比歲印板，殆不減杭州，但紙不佳。蜀與福建，多以柔木刻之[一四]，取其易成而速售，故不能工。福建本幾遍天下，正以其易成故也。」**以助啓蒙**。《史記・淮南王安傳》曰：

「説丞相下之，如發蒙耳。」如淳曰：「以物蒙覆其頭，而爲發去，其人欲之耳。」韋昭曰：「如蒙巾，發之甚易。」**余尚懼疏昧**。

或曰：「至末，第四節。**朱文公註《楚辭》**，《宋史新編》百六十二云：「朱熹，字元晦，一字仲晦，婺源人。」〇《万姓統譜》云：「朱熹，字元晦，婺源人，松子。天姿粹美，讀書務躬行實踐。紹興中，舉進士，主泉州同安簿，累遷煥章閣待制、侍講，領鴻慶宮祠。熹初從劉子翬居崇安，後從延平李侗學，復遍交當世有識之士，遂得聖道之宗。平昔著述有諸經傳解、《四書集註》及編《通鑑綱目》《小學》《楚辭》等書。後世學者宗師之，自絶學以來，集諸儒之大成，發先聖之秘蘊，熹一人而已。卒，謚曰文，追封徽國公，從祀孔子廟庭。」〇履歷詳見于《宋史・道學傳》及《伊洛淵源續録[一五]》《言行録》《朱子實紀》等書。〇註，《字彙》云：「訓釋也。」〇《楚辭》總第五卷，屈原所作也。〇《文體明辨》云：「按《楚辭》者，《詩》之變也。《詩》無楚風，然江漢之間皆爲楚地，自文王化行南國，《漢廣》《江有汜》諸詩列於二南，乃居十五國風之先。是《詩》雖無楚風，而實爲風首也。風雅既亡，有楚狂『鳳兮』、孺子『滄浪』之歌，發乎情，止乎禮義，與詩人六義不甚相遠，但其辭稍變《詩》之本體，而以『兮』字爲讀，則夫楚聲固萌蘖於此矣。屈原後出，本《詩》義以爲《騷》，蓋兼六義，而賦之義居多，云云。」**未免闕疑**：《論語・爲政篇》曰：「子曰：『多聞闕疑，愼言其餘，則寡尤。』」〇《丹鉛録》曰：「薛符溪云[一六]：『《楚辭・悲回風》云：「借光景以往來兮，施黄棘之枉策。」蓋秦、楚嘗盟于黄棘[一七]，後懷王再會武關，遂被執，是黄棘之盟楚禍所始。朱子以黄塵荆棘解之[一八]，繆矣。』」○按朱子註《楚辭》，闕疑之證甚多矣。《河伯》章末「右河伯」注云：「舊説以爲馮夷，其言荒誕，不可稽考，今闕之。大率謂黄河之神耳。」又《天問》章云：「中央共牧，后何怒？蠭蛾微命[一九]，力何固？」註云：「此章之義未詳，當闕[二〇]。」又其章云：「薄暮雷電，皈何憂？厥嚴不奉，帝何求？」註：「此下皆不可曉，今闕其義。」**李侍讀**《文獻通考》五十四曰：「唐玄宗開元三年，始命馬懷素、褚無量更日侍讀。上謂宰相曰：『朕每讀書有所疑滯，無從質問。可選儒學之士，使入内侍讀，待以師傅之禮。』十三年，置集賢院侍講學士、侍讀直學士。」**註《文選》**，梁昭明太子撰。○青藤山人《路史》云：「《文選六臣註》，唐李善、吕延濟、劉良、張銑、李周翰、吕向。並唐人。善，文林郎，太子右内率府録事參軍事[二一]，崇賢館直學士[二二]。延濟，衢州常山縣人。良，劉承祖之男，承祖官都水使者。銑、向、周翰，並處士。唐初，李善注《文選》，止一人耳，似當曰『一臣注』。乃延濟屬良、銑、周翰、向，是爲『五臣注』矣，故正曰『五臣注』。今刻者添上李善，故曰『六臣』。」**亦或祖述之謬**。《中庸》三十章云：「仲尼祖述堯舜，憲章文武。」朱註：「祖述，遠宗其道。」○謬，《字彙》曰：「詐也，差誤也，妄言也。」○《瑯琊代醉編》八曰：「《文選・補亡詩》：『蕩蕩夷庚[二三]。』李善註：『夷，常也。』《辨亡論》：『旋皇輿於夷庚[二四]。』註引繁欽《辨惑》：『吴人以船檝爲輿馬，以巨海爲夷庚。夷庚者，藏車之所[二五]。』《左傳・成十八年》：『披其地以塞夷庚。』《正義》謂平道也。二字出於此，《選》注謬。」○《困學紀聞》十七：「李善注《文選》，詳且博矣，然猶有遺缺。嘗觀《楊荆州誄》，『謂督勳勞』，不引《左傳》『謂督不忘』；『執友之心』，不引《曲禮》『執友稱其仁』。『謂督不忘』，即《微子之命》曰『篤不忘也』。古字『督』與『篤』通用，以督爲察[二六]，非也。」○按「五臣註」亦有誤。《東坡志林》云：「李善注《文選》，本末詳備，極可喜。所謂五臣者，真俚儒之荒陋者也，而世以爲勝善，亦謬矣。謝瞻《張子房》詩云：『苛慝暴三殤[二七]。』此《禮》所謂上、中、下殤，言暴秦無道，戮及孥稚也。而乃引『苛政猛於暴虎，吾父、吾子、吾夫皆死於是』，謂夫、子、父爲殤，此豈非俚儒之荒陋者乎？諸如此類甚多，不足言，故不言也。」○李濟翁《資暇集》曰：「世人多謂李氏立意注《文選》，過爲迂繁，徒自騁學，且不解文意，遂相尚習五臣者，大誤也。所廣徵引，非李氏立意，蓋李氏不欲竊人之功，有舊註者，必逐每句存之，仍題元注人之姓字，或有迂闊乖謬，猶不削去之。苟舊註未備，或興新意，必於舊注中稱『臣善』以分別。既存元注，例皆引據，李續之，雅宜殷勤也。代傳數本李氏《文選》，有初注成者，覆注者，有三注、四注者，當時旋被傳寫之。其絕筆之本，皆釋音訓義，注解甚多，余家幸而有焉。嘗將數本並校，不唯注之贍略有異，至於科段互相不同[二八]，無似余家之本該備也。因此而量五臣者，方悟所注盡從李氏注中出。開元中進表，反非斥李氏，無乃欺心歟！且李氏未詳處，將欲下筆，宜明引憑證，細而觀之，無非率爾。今聊各舉其一端。至如《西都賦》說遊獵云：『許少施巧，秦成力折。』李氏云：『許少、秦成，未詳[二九]。』五臣云：『昔之捷人壯士，搏格猛獸。』『施巧』『力折』，固是捷壯，文中自解矣，豈假更言，況又不知二人所從出乎？又注『作我上都』云：『上都，西京也。』何太淺近忽易歟？必欲加李氏所未注，何不云『上都者，君上所居，人所都會』耶？況秦地厥田上上，居天下之上乎？又輕改前賢文旨。若李氏注云：『某字或作某字。』便隨而改之[三〇]。其有李氏不解而自不曉，輒復移易。今不能繁駁，亦略指其所改字。曹植《樂府》云：『寒鱉炙熊蹯。』李氏云：『今之腊肉謂之寒，蓋韓國事饌尚此法。』復引《鹽鐵論》『羊淹鷄寒』，劉熙《釋名》『韓羊韓鷄』，爲證『寒與韓同』[三一]。又李以上句云『膾鯉臇胎鰕』，因注：『《詩》曰：「炰鱉膾鯉。」』五臣兼見上句有『膾』，遂改『寒鱉』爲『炰鱉』，以就《毛詩》之句。又子建《七啓》云：『寒芳蓮之巢龜，鱠西海之飛鱗。』五臣亦改『寒』爲『搴』。『搴』，取也，何以對下句之『膾』耶？況此篇全説修事之意，獨入此『搴』字，於理甚不安。上句既改『寒』爲『搴』，即下句亦宜改『膾』爲『取』。縱一聯稍通，亦與諸句不相承接。以此言之，明子建故用『寒』字，豈可改爲『炰』『搴』耶？斯類篇篇有之，學者幸留意。乃知李氏絶筆之本，懸諸日月焉。方之五臣，猶虎狗鳳鷄耳。其改字也，至有『翩翻』對『恍惚』，則獨改『翩翻』爲『翩翩』[三二]，與下句不相收。又李氏依舊本，不避國朝廟諱，五臣易而避之，宜矣。其有李本本作『泉』及年代字，五臣貴有異同，改其字，却犯國諱[三三]，豈唯矛楯而已哉？」**況其餘者乎？** **博洽** 《漢書·劉向傳》曰：「博物洽聞。」〇《後漢書·班固傳》末論云：「遷博物洽聞。」〇洽，《字彙》曰：「和也，合也。」**君子** 《論語·述而篇》朱注云：「君子，才德出衆之名。」**庶幾** 《易·繫辭下》曰：「顔氏之子，其殆庶幾乎？」《本義》：「庶幾，近意。」**補** 補，《字彙》云：「填也。又補綴衣也。」**而正之云。」** **旹** 旹，《字彙》云：「古『時』字。」**至大二年** 元朝第七主武宗年號，己酉年也。當于本朝第九十四代花園院延慶二年也。**重陽日**，《事林廣記》四云：「九月九日爲重陽。魏文帝書云：『歲往月來，忽復九月九日。九爲陽數，其日與月並應，故曰「重陽」。』」**裴庾季昌書。**

【校勘記】

［一］綉成：底本訛作「練爲」，據《唐才子傳》卷一改。
［二］碩：底本訛作「頭」。
［三］五：底本誤作「日」，據《新唐書·藝文志》改。
［四］術：底本脱，據《新唐書·藝文志》補。
［五］明堂經脉：底本訛作「明堇經術」，據《新唐書·藝文志》改。
［六］總集：底本脱，據《新唐書·藝文志》補。
［七］名氏篇第：底本誤作「姓氏篇次第」，據《新唐書·藝文志》改。
［八］卷：底本誤作「篇」，據《新唐書·藝文志》改。
［九］文：底本誤作「代」，據《新唐書·藝文志》改。
［一〇］青：底本訛作「毒」，據《後漢書·吴祐傳》改。
［一一］真：底本訛作「其」，據《焦氏筆乘》續集卷三改。
［一二］之：底本訛作「六」，據《石林燕語》卷八改。
［一三］甚：底本訛作「其」，據《石林燕語》卷八改。
［一四］木：底本訛作「本」，據《石林燕語》卷八改。

［一五］續：底本脱，據詳解本補。

［一六］薛：底本訛作「巋」，據《丹鉛總録》卷二十四改。

［一七］秦：底本脱，據《丹鉛總録》卷二十四補。

［一八］之：底本脱，據《丹鉛總録》卷二十四補。

［一九］螽：底本訛作「螽」，據《楚辭章句・天問》改。

［二〇］之義：底本脱，據《楚辭集注・天問》補。「當闕」前底本衍「亦」，據《楚辭集注・天問》删。

［二一］内：底本誤作「府」，據《文選註》卷一改。

［二二］賢：底本脱，據《文選註》卷一補。

［二三］庚：底本訛作「唐」，據詳解本和《文選註》卷十九改。

［二四］輿：底本訛作「興」，據詳解本改。庚：底本訛作「唐」，據詳解本改。

［二五］車：底本訛作「事」，據詳解本改。

［二六］督：底本誤作「篤」，據《困學紀聞》卷十七改。

［二七］慝：底本訛作「匿」，據《東坡志林》卷一改。

［二八］互：底本訛作「牙」，據《資暇集》卷上改。

［二九］詳：底本訛作「議」，據《資暇集》卷上改。

［三〇］便：底本訛作「使」，據《資暇集》卷上改。

［三一］證：底本訛作「撜」，據《資暇集》卷上改。

［三二］翩翩：底本誤作「翩翻」，據《資暇集》卷上改。

［三三］却：底本訛作「知」，據《資暇集》卷上改。

三體詩備考前序終

三體詩備考後序

子曰：「《詩》三百，一言以蔽之，曰：思無邪。」凡此序分作五節，至「佗求可乎」爲第一節。

○《論語・爲政篇》，朱註：「《詩》三百十一篇，言三百者，舉大數也。蔽，猶蓋也。『思無邪』，《魯頌・駉》篇辭。凡《詩》之言，善者可以感發人之善心，惡者可以懲創人之逸志，其用歸於使人得其情性之正而已。然其言微婉，且或各因一事而發，求其直指全體，則未有若此之明且盡者。故夫子言《詩》三百篇，而惟此一言足以盡蓋其義，其示人之意亦深切。程子曰：『思無邪者，誠也。』」○《朱子語類》曰：「『思無邪』一句，便當得三百篇之義了。三百篇之義，大概只要使人『思無邪』。若只就事上無邪，未見得實如何。惟是『思無邪』，方得。思在人最深，思主心上。」○又曰：「思在言與行之先。思無邪，則所言所行皆無邪矣。」○又曰：「詩有善有惡，頭面最多，而唯『思無邪』一句足以該之。上至於聖人，下至於淫奔，聖人皆存之者，所以欲使讀者知所懲勸。」○蔡虛齋曰：「思無邪，思字最好玩味。思者，聲詩之所由起也。故曰[二]：『詩者，志之所之也，在心爲志，發言爲詩。』又曰：『情動於中而形於言。』又曰：『情發於聲，聲成文謂之音。』故學者所當致力之地，全在於思。所思既無邪，則所言所行皆無邪矣。蓋思在言與行之先。孔子讀《詩》，於三百十一篇內，皆見得使人性情歸於正之意，但無如此一句切而盡者，如川上之嘆，乃其可指而易見者耳。」**此詩之體也**。體，《字彙》云：「身也。」**又曰：「小子何莫學夫《詩》**？《論語·陽貨篇》，朱註：「小子，弟子也。」○馮厚齋曰：「何莫云者，謂弟子何爲而莫之學也。」○蔡虚齋曰：「此『學』字指誦讀，不必兼知行。」**可以興**，朱註：「感發志意。」○朱子曰：「讀《詩》，見不美者，令人羞惡；見其美者，令人興起。須是反覆讀，使詩與心相乳[二]，人自然有感發處。」**可以觀**，朱註：「考見得失。」○蔡虚齋曰：「二《南》，王化大行；《黍離》，王教始衰。誦二《南》、《黍離》之詩，則可以考見得失矣。」又「有美有刺，故可以觀」。○黄勉齋曰：「興、群、怨，皆指學詩者而言，觀則似指詩而言，謂可考詩人之得失也。然以爲觀己之得失，亦可通，下文既有多識，爲以此識彼，則此觀爲觀己，然後四語皆一意也[三]。」○新安陳氏曰[四]：「觀詩所美所刺者之得失，亦因可以考見我之得失，兼此二意方爲盡。」**可以群**，朱註：「和而不流。」○新安陳氏曰：「和以處衆曰群，和而不流，故可以處衆。若和而流，則失於雷同，非處衆之道矣。」**可以怨**，朱註：「怨而不怒。」○輔慶原曰：「當怨不怨，則失之疏；怨而怒，則又失之過。程子曰『《小弁》《擊鼓》，皆怨而各當乎理者』是也。」**邇之事父，遠之事君**，朱註：「人倫之道，《詩》無不備，二者舉重而言。」○新安陳氏云：「如《關雎》言夫婦，《棠棣》言兄弟，《伐木》言朋友之類。」○疏云：「《詩》有《凱風》《白華》，相戒以養，是近有事父之道也。又《雅》《頌》君臣之法，是有遠事君之道也。」**多識於鳥獸草木之名**。」朱註：「其緒餘又足以資多識。」○疏云：「《關雎》《鵲巢》，是有鳥也；《騶虞》《狼跋》，是有獸也；《采蘩》《葛覃》，是有草也；《甘棠》《棫樸》，是有木也。《詩》載其名，學《詩》者則多識之也。」○盧陵歐陽氏曰：「《詩》述商、周，自《玄鳥》《生民》，上陳稷、契，下訖陳靈，千五六百年之間，旁及列國君臣世次、國地山川、封域圖牒，鳥獸、草木、魚虫之名，與其風俗，方言訓詁，盛衰治亂、美刺之由，無所不載。」**此詩之用也。聖人** 聖人指孔子。○《論語·述而篇》，朱註云：「聖人，神明不測之號。」○《家語》一《五儀解篇》曰：「哀公曰：『何謂聖人？』孔子曰：『所謂聖者，德合於天地，變通無方，穷万事之始終，協庶品之自然，敷其大道，而遂成情性[五]。明并日月，化行如神，下民不知其德，睹者不識其鄰。此謂聖人。』」○《性理大全》：「《周子通書》曰：『誠神幾曰聖人。』」**之論詩如此，後世之論詩不容易矣。**《東方朔傳》云：「談何容易。」**後世之學詩者，捨此而佗求，可乎**？

近世永嘉 至「俱廢矣」，第二節。○《方輿勝覽》九曰：「浙東七州之内瑞安府，古温州。唐高宗分括州，置温州。宋第十五主度宗咸淳中，陞瑞安府，有四縣，永嘉其一也。」**葉正則水心**，《氏族排韻》曰：「葉適，字正則，永嘉人，號水心先生，有文集行世。」○《大明一統志》四十八《温州府·人物部》曰：「宋葉適，永嘉人。淳熙中登進士第。雄文奥學，推重當世，雅以經濟自負。紹熙中，遍歷華選。嘗密助趙汝愚定策，上疏辨朱熹之誣。官至寶謨閣學士。卒，謚忠定。所著有《水心》《進卷》諸書。」**倡**《字彙》云：「倡，和也。」**爲晚唐體之説，於是四靈詩**《禮記·禮運篇》曰：「麟、鳳、龜、龍，謂之『四靈』。」○按徐照，字通暉，永嘉人，自號山民；徐璣，字致中；翁卷，字靈舒；趙師秀，字靈芝。詩四百首，皆水心先生所撰。○或曰：「徐照，字靈暉；徐璣，字靈淵；翁卷，字靈舒；趙紫芝，字靈秀。四人所作五百篇，水心撰，號『四靈詩』，共永嘉人。」○《韻府》「靈」字下曰：「趙紫芝、翁靈舒共爲一集，號『四靈』。脱二徐。」○《玉屑》一：「滄浪曰：『禪家者流，具正法眼者，是謂第一義。若聲聞、辟支果，皆非正也。論詩如論禪，漢、魏、晋等作，與盛唐之詩，則第一義也；大曆以還之詩，則已落第二義矣；晚唐之詩，則聲聞、辟支果也。近世趙紫芝、翁靈舒輩，獨喜賈島、姚合之語，稍稍復就清苦之風，江湖詩人，多效其體，一時自謂之唐宗，不知止入聲聞、辟支之果，豈盛唐諸公大乘正法眼者哉？』」○按方回此一段主嚴滄浪論説焉。**江湖宗之，**江，揚子江。湖，西湖。○宗，《字彙》云：「始受命也。宗，尊也。有德可宗，又流派所出爲宗。古有大宗、小宗。又法也。《論語》：『亦可宗也。』又主也，本也。」○《前漢書》景帝詔曰：「古者祖有功而宗有德。」註：「應劭曰：『始取天下者爲祖，高帝稱高祖是也。始治天下者爲宗，文帝稱太宗是也。』」**而宋亦晚矣。聖人之論詩，不暇講矣，**講，《字彙》云：「論也，謀也，究也。《説文》：『和解也。』徐曰：『古人言：「講解，猶和解也。」』」**而漢魏晋以來，**漢指前漢、後漢也。前漢自高祖至孺子嬰[六]，凡十四君，合二百十四年。後漢光武皇帝至獻帝協，十三王，合一百九十二年。○魏，漢後三國之魏也，起于曹操，字孟德，武帝，至陳留王興，五主，合四十八年。○晋司馬氏，西晋、東晋也。西晋者，高祖司馬懿字仲達已至第三主文帝昭，未即正位，故無曆號。自第四主武帝世祖炎字安世至第七主愍帝，五十四年也。東晋中宗元帝睿，字景文，五馬渡江，一馬化龍者也。自元帝睿至恭帝，十一主，一百四年。○按漢有河梁、柏梁體，魏有建安體、黄初體、正始體，晋有太康體、陶體，詳見《詩人玉屑》卷三。《**河梁**》《文章辨體》十一載：「陵寄武詩三首，武答陵詩一首。」○同云：「五言古詩載《昭明文選》者，唯漢魏爲盛，若蘇、李天成，曹、劉之自得。固爲一時之冠，究其所自，則皆宗乎《國風》與楚人之辭者也。」○《名賢詩評》卷一：「李陵與蘇武三首曰：『良時不再至，離別在須臾云云。』」○「携手上河梁，游子暮何之。徘徊蹊路側，悢悢不能辭。行人難久留，各言長相思。安知非日月，弦望自有時。努力崇明德，皓首以爲期。」○「嘉會難再遇，三載爲千秋云云。」○《蒙求》曰：「前漢李陵，字少卿，前將軍廣之孫。少爲侍中、建章殿監，善騎射，愛人，謙遜下士，甚得名譽。武帝以爲有廣之風，拜騎都尉。天漢二年，將步卒五千人征匈奴，戰敗，遂降焉。初，陵與蘇武俱爲侍中，武使匈奴，明年陵降。後昭帝立，與匈奴和親，武得還漢，陵以詩贈別曰：『携手上河梁，游子暮何之。徘徊蹊路側，悢悢不得辭。晨風鳴北林，熠熠東南飛。浮雲日千里，安知我心悲。』武別陵詩曰：『雙鳧俱北飛，一鳧獨南翔。子當留斯館，我當歸故鄉。一別如秦胡，會見何渠央。愴恨切中懷，不覺淚沾裳。願子長努力，言笑莫相忘。』五言詩蓋自此始。」○按陵與武詩，李瀚所引與《辨體》《詩評》不同，並表出之。○《名賢詩評》一云：「鍾嶸云：『李陵詩，其源出於《楚詞》，文多凄愴[七]，怨者之流。陵，名家子，有殊才，生命不諧，聲頹身喪。使不遭辛苦，其文亦何能至此。』」○《香字外集》云：「蘇子卿、李少卿之詩，意遠詞高，自肇炎漢詩格，渾之晋、魏，終竟不倫。」○《玉屑》十三載：「唐元稹撰《子美墓誌》：『蘇子卿、李少卿之徒，工爲五言。雖文律各異，雅鄭之音亦雜，而詞意簡遠，指事言情，自非有爲而爲，則文不妄作。』」○「秦少游云：『蘇、李之詩，長於高妙。』」《**柏梁**》、《尋到源頭》三云：「七言詩，乃漢武柏梁成，詔群臣能爲七言者得上坐，後之七言詩始此。」○《文章辨體》十三曰：「世傳七言起於漢武柏梁體。按《古文苑》云：『元封三年，詔群臣能七言詩者上臺侍坐。武帝賦首句曰：「日月星辰和四時。」梁王襄繼之曰：「驂駕駟馬從梁來。」自襄而下，作者二十四人，至東方朔而止，每人一句，句皆有韻，通二十五句，共出一韻，後人謂此體爲柏梁。』」**曹**、《魏志》曰：「曹植，字子建。魏武帝第三子，死，封陳思王。」〇《玉屑》十三載：「鍾嶸《詩評》曰：『子建詩，其源出於《國風》，骨氣高奇，辭采華茂，情兼雅怨，體備文質，粲然溢古，卓爾不群。嗟乎，陳思王之於文章也，譬如人倫之有周孔，鱗羽之有龍鳳，音樂之有琴笙，女工之有黼黻。故孔氏之門如用詩，則公幹升堂，思王入室，景陽、潘、陸自可坐於廊廡間矣。』」〇謝靈運云：「天下才共一石，曹子建獨得八斗，我得一斗，自古及今同用一斗。」**劉**、《魏志》曰：「劉楨[八]，字公幹，東平人，爲司空軍謀祭酒掾屬，轉爲平原侯庶子，後爲五官將文學[九]，著文賦數十篇。」〇《玉屑》十三曰：「《詩評》：『公幹詩，其源出於古詩，仗氣愛奇，動多振絶。真骨陵霜，高風跨俗，但氣過其文。然陳思已往，楨稱獨步。』」**陶**、《晉書》列六十四《隱逸傳》曰：「陶潛，字元亮，大司馬侃之曾孫也。祖茂，武昌太守。潛少懷高尚，博學善屬文，穎脱不羈，任真自得，爲鄉鄰之所貴。爲彭澤令。義熙二年[一〇]，解印去縣，乃賦《歸去來》。頃之，徵著作郎，不就。既絶州郡覲謁，以宋元嘉中卒，時六十三。所作之文集並行於世。」〇《氏族排韻》曰：「陶元亮在晉名淵明，在宋名潛，世號靖節先生，侃曾孫也。」〇昭明太子所作傳云：「陶淵明，字元亮。」顔延之誄云：「晉徵士潯陽陶潛。」〇《南史·隱逸傳》：「潛，字淵明，潯陽柴桑人。」〇《陶淵明詩集年譜》云：「在晉名淵明，在宋名潛，元亮之字，未嘗易矣。」〇《玉屑》十三曰：「《西清詩話》：『陶淵明意趣真古，清淡之宗。詩家視淵明，猶孔門視伯夷也。』」〇葛常之《韻語陽秋》十二云：「不立文字，見性成佛之宗，達磨西來方有之，陶淵明時未有也。觀其《自祭文》則曰：『陶子將辭逆旅之館，永歸於本宅。』其《擬挽詞》曰：『有生必有死，早終非命促。』其《飲酒詩》則曰：『採菊東籬下，悠然見南山。』云。皆寓意高遠，蓋第一達磨也。」**謝**《氏族排韻》曰：「謝靈運與族弟惠連爲刎頸交，每對之，輒得佳語。嘗於永嘉西堂思詩不就，忽夢惠連，即得『池塘生春草』之句。常云此語有神助[一二]。」〇《玉屑》十三：「《詩評》：『永嘉有謝靈運，才高辭盛，富艷難踪，固以含劉跨郭，凌轢潘、左。』」〇又云：「《唐子西語録》云：『三謝靈運、惠連、玄暉。詩，靈運爲勝，當就《選》中寫出熟讀，自見其優劣也。』」〇又云：「皆得三百篇之餘韻，是以古今以爲奇作。」**俱廢矣**。自漢魏已下，諸家詩體及宋末悉廢矣。

又有所謂汶陽 至「無詩人矣」，第三節。〇《方輿勝覽》五十五云：「茂州有汶山、汶川二縣[一三]，晉隸汶陽郡。」〇《翰墨全書》云：「東平路有汶上縣。」**周伯弜** 《中興江湖集》云：「周弼，字伯弜，東平人。父文璞，字晋仙，自號野齋。」〇《圖繪寶鑒補遺》云：「周弼，字伯弜，汶陽詩人，善墨竹。」《**三體法**》**者**，**專** 專，《字彙》云：「壹也，誠也，獨也，純篤也。」**爲四韻五七言**、四韻五言，謂五言八句。四韻七言，謂七言八句。〇《萬文一統》：「王勃《滕王閣序》：『一言均賦，四韻俱成。』」註：「八句四韻，亦俱賦以成意。」〇《蓬窗日録》八曰：「方紫虛云：『七言律，晚唐人無之。凡學詩，五言律可晚唐；如七言律，不可不老杜也。』」**小律詩** 小律謂絶句。〇《翰墨全書》云：「《杜集》中自題曰：『絶句有題者，皆謂之小律。』」

設，設，《字彙》曰：「置也，陳也，合也，張施也。」**而古之所謂** 古者，指上古三百篇之詩。**詩，益付之鴻荒** 楊子《法言·問道篇》云：「鴻荒之世，聖人惡之。」註：「惡其與禽獸無别。」○《文選》王文考《靈光殿賦》云：「鴻荒樸略。」註：「鴻，大也。上古之世爲鴻荒。」**草昧** 《易·屯卦》：「《彖》曰：『天造草昧。宜建侯而不寧。』」註：「屯者，天地造始之時，造物之始也，始於冥昧，故曰『草昧』。《本義》：『草，雜亂；昧，晦冥也。』」**之外矣**。按三百篇之詩，上古之作，而聲律未備，長短未齊。故周弼編《三體法》，專商量三法。三百之詩，益付之上古荒穢之外也。**其說以爲有一詩之法**，其說，指周伯弜。○《玉屑》卷一曰：「《滄浪》謂：『詩之法有五：曰體制，曰格力，曰氣象，曰興趣，曰音節。』」○按詩法，指實接、虛接之類也。**有一句之法**，有錯綜句，有雄偉句，有雄健句之類也。**有一字之法**。范德機《木天禁語》云：「字法，《事文類聚》事不可用，多宋事也，又不可用俚語偏方之言[一三]。摘用《史記》、《西漢書》、《東漢書》、新舊《唐書》、《晉書》字樣，集成聯對。」○《玉屑》曰：「《呂氏童蒙訓》：『潘邠老云：「七言詩第五字要響。如『返照入江翻石壁，歸雲擁樹失山村[一四]』，『翻』字、『失』字是響字也。五言詩第三字要響。如『圓荷浮小葉，細麥落輕花』，『浮』字、『落』字是響字也。」所謂響者，致力處也。予竊以爲字字當活，活則字字自響。』」**止於此三法，而江湖無詩人矣**。三法者，詩法、句法、字法也。

唐詩前以李 至「窺測者也」，第四節。○《才子傳》卷二曰：「李白，字太白，山東人。母夢長庚星而誕，因以命之。天寶初，自蜀至長安[一五]，道未振，以所業投賀知章，讀至《蜀道難》，曰：『子謫仙人也。』乃解金龜換酒，終日相樂。」○《玉屑》十四：「李陽冰云：『太白言多似天仙之辭。凡所著述，言多諷興。自三代已來，千載獨步，唯公一人。』」**杜**、《才子傳》卷二：「杜甫，字子美，京兆人。玄宗朝，數上賦頌，且言：『臣之述作，雖不足鼓吹六經，先鳴數子，至沉鬱頓挫，隨時敏給，揚雄、枚皋，可企及也。』與李白齊名，時號『李杜』。」○《玉屑》十四云：「宋子京《杜甫贊》：『善陳時事，律切精深，至千言不少衰，世號「詩史」。昌黎韓愈，於文章少許可，至歌詩獨推曰：「李杜文章在，光焰万丈長。」誠可信云。』」○誠齋謂：「李神於詩，杜聖於詩。」**後以韓** 韓愈，字退之，南陽人，謚文公，號昌黎先生。○《玉屑》十五：「東坡云：『詩之美者，莫如韓退之。然詩格之變，自退之始。』」**柳** 《萬姓統譜》曰：「柳宗元，字子厚，解人云云。宗元文章卓偉，第進士，中博學宏詞，拜監察御史，坐王叔文黨，貶永州司馬，徙柳州刺史。」○詳見《唐書》列九十三。○《才子傳》卷五云：「柳宗元，字子厚，河東人。工詩，發纖穠於簡古，寄至味於淡泊，非餘子所及也。司空圖論之曰：『梅止於酸，鹽止於鹹，飲食不可無，而其美常在酸鹹之外，可以一唱而三嘆也。子厚詩在陶淵明下，韋應物上。退之豪放奇險則過之，而溫厲靖深不及也。』」**爲最**，《史記·周勃世家》註：「上功曰最，下功曰殿，戰功曰多。」**姚合而下，君子不取焉**。姚合已下，指晚唐。○《才子傳》卷六：「姚合，陜州人，宰相崇之曾孫也，以詩聞。元和十一年，李逢吉知貢舉，有夙好，因拔泥塗。仕終秘書監。與賈島同時，號『姚賈』，自成一法。島難吟，有清洌之風[一六]；合易作，皆平澹之氣。興趣俱到，格調少殊。所謂方拙之奧，至巧存焉。」**宋詩則歐**、《宋史新編》卷百二曰：「歐陽修，字永叔，廬陵人。遷翰林學士，修《唐書》及

《五代志》《集古録》。在滁州，號醉翁，晚號六一居士[一七]。卒，年六十六，贈太子太師，謚文忠。」○《漁隱叢話》曰：「歐公作詩，蓋欲自出胸臆，不肯蹈襲前人，亦其才高，故不見牽强之迹耳[一八]。」**梅**、《新編》卷百七十曰：「梅堯臣，字聖俞，宣城人。用從父詢蔭爲河南主簿。仁宗召試，賜進士出身，爲國子監直講，累遷尚書都官員外郎，預修《唐書》，未成，卒。又嘗註《孫子》十三篇，撰《唐載記[一九]》二十六卷，《毛詩小傳》二十卷，《宛陵集》四十卷。詩晚益工，有人得西南夷布弓衣[二〇]，其織文乃堯臣詩也。」○後村曰：「本朝詩，惟宛陵爲開山祖師。」○《玉屑》十七：「《漁隱》：『聖俞詩工於平淡，自成一家。』」○《許彦周詩話》：「聖俞詩句句精鍊，如『焚香露蓮泣，聞磬清鷗邁』之類[二一]。」**黄**、《新編》卷一百七十一曰[二二]：「黄庭堅，字魯直，分寧人。第進士，歷知太和縣。哲宗召爲校書郎。篤孝，母病，衣不解帶，及亡，廬墓下。學問文章，天成性得。尤長於詩。善草、行書，楷法亦自成一家。與張耒、晁補之、秦觀俱游蘇軾門，天下稱爲『四學士』『蜀江四君子』。初，游灊皖山谷寺、石牛洞，樂其勝，因自號『山谷道人』。羈管宜州。三年，徙永州，未聞命卒，年六十一。」○《玉屑》卷十八曰：「漁隱謂：豫章自出機杼，別成一家，清新奇巧，是其所長。若言抑扬反覆[二三]，盡兼衆體，則非也。」**陳**《東都事略》百十六《文藝傳》：「陳師道，字無己，徐州彭城人也。少刻苦問學，以文謁曾鞏，鞏奇之。元祐中，蘇軾、傅堯俞、孫覺薦于朝，爲徐州教授，除太學博士。初，師道在官，嘗私至南京謁蘇軾，至是言者彈冒法越境，出爲潁州教授。紹聖初，言者復論師道進非科第，罷歸。久之，爲棣州教授，除秘書省正字以卒[二四]。師道家素貧，自罷歸彭城，或累日不炊，妻子慍見，不恤也。諸經皆有訓傳[二五]，於《詩》《禮》尤邃，爲文師曾鞏，爲詩宗黄庭堅，然平淡雅奥，自成一家。」○《言行録》後集十四曰：「陳師道無己，一字履常云云。」○《氏族排韻》曰：「陳師道，字無己，號後山居士。少刻苦好學，以文謁曾鞏，鞏奇之[二六]。元祐中，東坡薦于朝，授徐州教授。」**爲第一，渡江以後，**《宋史・高宗紀》：「高宗皇帝名構，徽宗第九子也。都杭州，改元建炎，謂之南宋。」○按宋太宗皇帝都汴。欽宗北巡之後，高宗被胡人逐，南渡江，都杭，謂之南宋。**放翁、**《新編》卷一百四十七曰[二七]：「陸游，字務觀，山陰人。年十二，能詩文。以文字交[二八]，不拘禮法，人譏其頽放[二九]，因自號放翁。升寶章閣待制，致仕。卒，年八十五。有《劍南集》八十五卷。」○《玉屑》十九曰：「陸放翁詩本於茶山，茶山之學亦出於韓子蒼。三家句律，大概相似，至放翁則加豪矣。」**石湖**《新編》一百四十二曰[三〇]：「范成大，字致能，吴郡人。擢參知政事，進至資政殿大學士。成大有文名[三一]，尤工於詩，自號石湖，有《石湖集》[三二]《攬轡録》《桂海虞衡集》行世。」**諸賢詩，皆當深玩**玩，《字彙》曰：「五換切，弄也，好也。」**熟觀，體認**認，《字彙》曰：「忍也，難也。又去聲，識物也。」**變化。**《字彙》曰：「天地、寒暑、晝夜，皆造化所爲也。造化中有變化，變者，化之漸；化者，變之成。又因形而易，謂之化。又天道陰陽運行爲化，春生冬落爲變。又自少而壯、壯而老爲變，自無而有、自有而無爲化。」○《列子・周穆王篇》云：「變化之極，疾徐之間，可盡模哉[三三]。」○《易・繫辭上》傳曰：「在地成形，變化見矣。」○愚按「變化」指詩之變體也。**雖然，以吾**指方回。○《論語・述而篇》曰：「竊比於我老彭。」朱註：「我，親之之辭。」○愚按用「吾」字，語意同。**朱文公**《文公傳》詳前序。

朱熹，字元晦，後改仲晦，號雲谷老人，又號晦翁，又號滄洲病叟，又號遯翁。**之學而較之，則又有向上工夫，**宋臨江孔平仲《雜説》云：「工夫，或作『功』字。《魏志・王肅傳》：『泰極已前，功夫尚大也。』」**而文公詩**《學的》云：「熊去非曰：『周東遷而夫子出，宋南渡而文公生。』」〇《玉屑》十九曰：「病叟少時所作《聞箏》詩，規摹意態，全是學《文選》樂府諸篇，不雜近世俗體，故其氣韻高古而音節華暢，一時流輩，少能及之。」**未易可窺測者也。**《東方朔傳》曰：「以管窺天，以蠡測海。」

近高安至末，第五節。〇《方輿勝覽》二十云：「江西十州内瑞州，古筠州，有三縣，高安其一也。」**沙門**《書言故事》曰：「梵語之中，言僧爲沙門。漢言息也，息欲而居於無爲也。」休息私欲，不敢妄想邪思，以至無爲。**至天隱，**圓至，書記：「字天隱，嗣仰山欽雪巖，雪巖嗣範無準。至元、元貞間，住建昌能仁寺。有《筠溪牧潛集》。」〇《續傳燈録》五：「藥山天隱圓至禪師，目録有名，無傳。」**乃**《字彙》云：「辭之緩也。《春秋傳》：『乃者，難辭也。』王安石曰：『乃，爲繼事之辭。』」〇《助語辭》曰：「有緩意，有不輕易遽然意。或爲繼事之辭。或有如俗語『却又』之『却』字意。」**大魁**魁，《字彙》曰：「斗首四星也。又凡爲首者皆曰魁。」〇按大魁，狀元及第也。《事文類聚》前集《狀元部》：「章聖即位，咸平元年、二年皆放進士舉[三四]，孫僅、孫暨相繼魁天下云云。」**姚公勉**《排韻》云：「姚勉，號雪坡，瑞陽人。宋寶祐中狀元及第，廷對萬言。爲文章數千言，頃刻可就。有《雪坡集》行世。」〇《大明一統志・瑞州府・人物部》云：「姚勉，高安人，少穎敏。寶祐初，以詞賦擢第，廷對萬言，理宗親擢第一，後除正字。時奸臣丁大全用事，勉上封事，歷詆時弊，尋除校書郎，兼太子舍人。所著有《雪坡集》。與胡仲雲、劉元高、黄夢炎齊名，號『錦江四俊』。嘗相與詣書庫借其籍，一覽而焚之，各具紙默疏[三五]，纖悉無遺。」**之猶子**，《禮記・檀弓》云：「兄弟之子，猶子。」**聰**《字彙》曰：「能聽耳力[三六]。又察也，明也。」○蔡虚齋曰：「於天下之理無不聞曰聰。」**達**《字彙》曰：「通也，决也。」**博贍，禪**《字彙》曰：「静也。浮圖家有禪説。《傳燈録》：『禪有五：外道禪，凡夫禪，小乘禪，大乘禪，最上乘禪。』」**熟、文熟、詩熟**，《字彙》曰：「俗『孰』字，生之反也。古惟有『孰』字，後人於『生孰』字下加『火』以别。」○《獨菴外集》第五曰：「凡昔浮屠之號能文者之文[三七]，無不遍求而博覽也云云[三八]。得其正者，惟宋之鐔津、元之天隱也云云。使人讀之，味雋永而不厭也。」**又從**《孟子・公孫丑下》曰：「今之君子[三九]，豈徒順之，又從爲之辭。」**而註伯弜所集之詩**。**一山魁** 一山，道號，名行魁，號枯木道人，嗣妙高峰，妙嗣雪巖。○《山菴雜録》下云：「天目居山有魁一山者，蘇州人，天隱師侄也。博學多才，與天童平石翁交甚密。當叢林全盛時，人皆翕翕求進，魁獨栖遲於巖谷，不與世接，有古大梅、懶瓚之風，獨許山下檀越洪家府諸子弟往來。既終，洪氏夢魁乘一山轎至其家。次日，産一子，名應魁，字士元。自幼入學，至娶妻育子，絶無前生趣味，年三十，忽自猛省，盡變平日所爲，與一僧明維那者結屋東天目絶頂，習禪定。」○徑山 無準 師範仰山 雪巖 祖欽。天隱圓至書記「天目中峰」，明本「天目高峰」，原妙。天目一山行魁。**上人**，《瑯琊代醉編》三十二曰：「有過能自改，名上人。内有德智，外有勝行，在人之上，名上人。」○《般若經》曰：「佛言：『若菩薩一心行阿耨菩提，心不散亂，是名上人。』」**回之方外交也**[四〇]，《莊子・

大宗師篇》曰：「孔子謂子貢曰：『彼，遊方之外者也。我，遊方之内者也。』」**將磧砂南峰袁公之命**，天隱文集有《寄南峰袁上人》詩，又序曰：「清袁吴門陳湖有磧砂，乃庵其上，爲中流之鎮，額曰『延聖院』。」《寄袁公》詩曰：「自别陳湖寺，清朋絶勝遊云云[四一]。」又《牧潛集》有《平江府陳湖磧砂延聖院記》。〇《堯山堂外記》：「長洲陳湖磧砂寺，僧魁天紀者居之[四二]。魁讀儒家書[四三]，尤工於詩。天隱與友善，贈詩云：『拈筆詩成首首新，興來豪叫欲攀雲[四四]。難醫最是狂吟病，我恰才痊又到君[四五]。』魁嘗刻天隱所註《唐三體詩》置寺中，今吴人稱《磧沙唐詩》是也。」**俾回爲序以弁**《字彙》曰：「冠也。《白虎通》：『弁，攀持髮也。』《詩・齊風》：『突而弁兮。』疏云：『弁者，冠之大號。』」**其端**《字彙》曰：「首也，始也，緒也。」**云。紫陽山虚叟方回序**。紫陽山在湖南路武岡軍。〇方回，字萬里，號虚叟居士，元朝人。〇序，《左傳正義》曰：「序與叙，音義同。《爾雅・釋詁》云：『叙，緒也。』然則舉其綱要，若繭之抽緒。」〇《公羊傳疏》曰：「序者，舒也，叙也。舒展己意，以次叙經傳之義，述己作註之意，故謂之序。」〇《説文》曰：「序，次序也。」〇《文體明辨》云：「《爾雅》曰：『序，緒也。』字亦作『叙』，言其善叙事理，次第有序，若絲之緒也。」

【校勘記】

［一］曰：底本脱，據《四書蒙引・爲政第二》補。

［二］乳：底本訛作「孚」，據《四書大全・論語集註大全・陽貨第十七》改。

[三]後：底本脱，據詳解本、《四書纂疏·論語纂疏·朱子集註·陽貨第十七》、《四書通·論語通·朱子集註·陽貨第十七》和《四書大全·論語集註大全·陽貨第十七》補。

[四]氏：底本脱，據詳解本和《四書大全·論語集註大全·陽貨第十七》補，下同。

[五]遂成情性：底本誤作「逐成性情」，據《孔子家語》卷一改。

[六]嬰：底本訛作「安」，據詳解本改。

[七]愴：底本脱，據《詩品》卷上補。

[八]楨：底本訛作「禎」，據詳解本和《三國志·劉楨傳》改。

[九]「文學」前底本衍「有」，據《三國志·劉楨傳》删。

[一〇]二：底本訛作「三」，據《晉書·隱逸傳》改。

[一一]云：底本脱，據《氏族大全》卷八補。

[一二]川：底本誤作「上」，據《方輿勝覽》卷五十五改。

[一三]偏：底本訛作「倫」，據《木天禁語》改。之：底本脱，據《木天禁語》補。

[一四]村：底本誤作「川」，據《詩人玉屑》卷六改。

[一五]安：底本脱，據《唐才子傳》卷二補。

[一六]冽：底本訛作「州」，據《唐才子傳》卷六改。

[一七]號：底本脱，據《宋史新編·歐陽修傳》補。

［一八］强：底本訛作「弦」，據詳解本和《漁隱叢話》後集卷二十三改。

［一九］載：底本誤作「書」，據《宋史新編·文苑傳二》改。

［二〇］弓：底本訛作「号」，據《宋史新編·文苑傳二》改。

［二一］聞：底本訛作「開」，據《彦周詩話》改。

［二二］一百：底本脱，據《宋史新編·文苑傳三》補。

［二三］抑扬：底本訛作「柳楬」，據《詩人玉屑》卷十八改。

［二四］省：底本誤作「監」，據《東都事略·文藝傳》改。「卒」後底本衍「云云」，據《東都事略·文藝傳》删。

［二五］經：底本誤作「侯」，據《東都事略·文藝傳》改。

［二六］鞏：底本脱，據《氏族大全》卷四補。

［二七］一百：底本脱，據《宋史新編·陸游傳》補。

［二八］字：底本訛作「學」，據《宋史新編·陸游傳》改。

［二九］識：底本訛作「識」，據《宋史新編·陸游傳》改。頽：底本訛作「頓」，據《宋史新編·陸游傳》改。

［三〇］一百：底本脱，據《宋史新編·范成大傳》補。

［三一］文：底本訛作「大」，據《宋史新編·范成大傳》改。

〔三二〕集：底本脱，據《宋史新編・范成大傳》補。

〔三三〕模：底本訛作「横」，據《列子・周穆王》改。

〔三四〕放：底本訛作「於」，據《古今事文類聚》前集卷二十六改。

〔三五〕各：底本訛作「名」，據《明一統志》卷五十七改。

〔三六〕聽：底本訛作「聰」，據詳解本和《字彙》未集卷一改。

〔三七〕之：底本脱，據詳解本和《逃虚子集》卷四補。

〔三八〕求：底本訛作「來」，據詳解本和《逃虚子集》卷四改。

〔三九〕今之：底本脱，據《孟子・公孫丑下》補。

〔四〇〕之：底本脱，據元刻本、箋註本、附訓本和增註本補。

〔四一〕朋：底本訛作「明」，據《筠溪牧潛集》改。

〔四二〕僧：底本脱，據《南濠詩話》和《堯山堂外紀》卷七十三補。

〔四三〕魁：底本脱，據《南濠詩話》和《堯山堂外紀》卷七十三補。

〔四四〕興：底本訛作「與」，據《南濠詩話》和《堯山堂外紀》卷七十三改。

〔四五〕才：底本訛作「戈」，據《南濠詩話》和《堯山堂外紀》卷七十三改。

三體詩備考後序終

增註唐賢絶句三體詩法備考大成卷之一

雒溠後學荔齊熊谷立閑　編輯

增註《賢愚鈔》云：「後人雕梓，天隱本註添季昌註爲增註，季昌註亦添天隱註爲增註。」

唐賢 愚按指此集中一百六十人之作者，凡古通道德者謂之聖賢，故以能作詩者稱賢人。此集中全無李、杜之詩，二氏者，唐朝詩家之冠冕也。以二氏爲詩聖，故對詩聖以下作者爲唐賢。

絶句 有三義：一曰絶，截絶也。截斷八句，取前四句則後對詩也，取後四句則前對詩也，取中四句則前後對詩也，取首尾四句則起承轉合詩也。二曰絶妙之義，四句之中含不盡之意，故妙絶也。三曰四句不相綿連之義，如杜工部《絶句》詩云「兩個黄鸝啼翠柳，一行白鷺上青天。窗含西嶺千秋雪，門繫東吴萬里船」之類。按絶妙之義可也。〇《翰墨全書》甲集二「絶體」下云：「杜子美集有絶句。絶最難工，惟晚唐與介甫五七言最爲精絶。大抵句絶而意亦絶者爲絶句，故杜集中以此類自題曰《絶句》，有題者皆謂之小律。」〇《唐詩選》卷七絶句題註：「蔣一葵曰：古樂府《挾瑟歌》、梁元帝《烏棲曲》、江總《怨詩行》等作，皆七言四句，唐人始穩順聲勢，定爲絶句。」〇《同統論》：「范德機曰：『絶句，截句也。後兩句對，是截律詩前四句；前兩句對，是截律詩後四句；四句皆對，是截律詩中四句；皆不對者，絶律詩之首尾是。雖正變不同，而首尾布置亦由四句爲起承轉合，未嘗不同條而共貫也。』」〇《詩格》：「蒙齋曰：『絶句者，截句也。句絶而意不絶最爲難工。至有截律詩者，必運意活動，有含蓄不盡之思，承接之間，更加轉換宮商，自諸雖止四句，有餘味。』」〇《玉屑》十二：「誠齋云：『五七言絶句最少而最難工，雖作者亦難得四句全好者，晚唐人與介甫最工於此。』」

三體 有四說：一曰風、雅、頌也，一曰賦、比、興也，一曰一字法、一句法、一詩法謂之三體，一曰七言絶句、七言八句、五言八句謂之三體也。案初兩說不可，後兩說可用。所謂體者，詩之體也。〇高縉《續三體詩序》云：「選唐人五、七言律，併七言絶句，爲三體。」〇《賢愚鈔》曰：「《玉屑》：『《滄浪先生詩法》云：「律詩難於古詩，絶句難於八句，七言律詩難於五言律詩，五言絶句難於七言絶句云云。」』天隱七言絶句爲第一，七言八句爲第二，五言八句爲第三，伯弜所編亦如是歟。季昌五言八句爲第一，七言八句爲第二，七言絶句爲第三。以滄浪先生『絶句難於八句』之言見之，則天隱之意使學者自難入易，季昌之意使學者自易入難。」〇又曰：「季昌本以五言八句爲第一，蓋以從周伯弜，而律詩始于五言也。天隱本以絶句爲第一，自唐至元，絶句盛行于世之故也。」

詩法 有三說：一曰唐朝一天下之詩法也，一曰此集一百六十七人各各之詩法也，一曰此集爲周伯弜一家之詩法。〇案此集題號「三體詩法」，或號「三體家法」，曰「家法」者，謙辭也。

卷之一 《字彙》曰：「卷，吉劵切。卷帙可舒卷者曰卷，編次者曰帙。」〇宋程大昌《演繁露》云：「古書皆卷，至唐始爲葉子，今書册也。」〇吴郡都穆《聽雨紀談》云：「今之書籍，每册必數卷，或多至十餘卷，此僅存卷之名耳。古人藏書皆作卷軸，『鄴侯家多書，插架三萬軸』是也。此制在唐猶然，其後以卷舒之難，因而爲摺，久而摺斷，乃分爲簿帙，以便檢閲，蓋愈遠而愈失其真矣。」

文陽周弼伯弜選 詳見序。

高安釋圓至天隱註 《石林燕語》云：「晋初爲佛學者，皆從其師姓，如支遁本姓關，從支謙學，故爲支道安。以佛學皆本釋迦爲師，請以釋命氏，遂爲定例，則釋道安者亦其姓也。」

東嘉裴庾季昌增註 東嘉，瑞安府。晋立永嘉郡，唐初置東嘉郡。

實接 伯弜曰：「絶句之法，大抵以第三句爲主，首尾率直而無婉曲者，此異時所以不及唐也。其法非惟久失其傳，人亦鮮能知之。以實事寓意接，則轉换有力，若斷而續，外振起而内不失於平妥，前後相應。雖止四句，而涵蓄不盡之意焉，此其略爾。詳而求之，玩味之久，自當有所得。」

備考 《賢愚抄》曰：「實指第三句述風、花、雪、月、山、川、草、木等飛走見聞之實事，以接上一、二句，上應之；下接四句，下應之，猶如主人接賓客。第三，則主位也；第一、二與四，則客位也。」又曰：「實指前境景物等，接如接木之接字，言如接木，以實事接吾心也。」

註 **大抵** 《史記·莊子傳》云：「大抵，《索隱》曰：『大抵，猶言大略也。』」

首尾率直 首指一、二句，尾指三、四句也。○率，《字彙》曰：「領也，略也，又等也，又表的也。」

婉曲 《左傳》杜預序云：「婉而成章，曲從義訓，以示大順。」

異時所以云云 異時，指後世異時詩體不及唐作者也。

以實事云云 對眼前景，寓意其間賦詩也。

接則轉換有力 第三句轉換若斷，而續一、二句之心有力。

外振起云云 外指其語脉，内指其意路。

平妥 妥，《字彙》曰：「安也，平也。」《唐書·循吏傳》云：「民去愁嘆，就安妥。」

前後相應 《賢愚抄》云：「前指第一、二，後指第四也，第三主位。如此接前後，則前後相應而不背也。」

華清宮　杜常

驪山温泉宮，太宗所建。玄宗天寶六載，改名華清宮，又於其間起老君殿，左朝元閣，右長生殿也。

增註 華清宮在唐關内道京兆府昭應縣驪山下，古驪戎國居於此，故名。○《地理志》：「太宗貞觀十八年，營建御湯，名湯泉宮。高宗咸亨二年，名温泉宮。明皇天寶六年，改爲華清宮。北向正門曰津陽，東曰開陽，西曰望京，南曰昭陽。其中有瑶光殿、飛霜殿、九龍殿、宜春亭、朝元閣、長生殿、羯鼓樓、重明閣、芳風閣，凡十八名。又有石瓮寺等。華清宫治井爲湯池，環山列宫室。」《明皇雜録》云：「上新廣一湯，制度宏麗。安禄山自范陽獻玉魚、龍、鳬、雁、石梁、石蓮華，雕鐫猶妙，上大悦，命陳湯中。每年冬十月行幸，至明年春還宫闕。去即與貴妃同輦。華清有端正樓，貴妃梳洗之處。有蓮華湯，貴妃澡沐之室。置温湯監，隸司農寺，監丞掌湯浣器物，奏除供奉。兩湯外別更有長湯十六所[二]，嬪御之類浴焉。天寶十四年六月一日，華清宫爲貴妃作生日。其年十一月，禄山反幽陵，平原太守顔真卿遣李平間道奏，時帝在華清，反書聞，失色。」

備考　《文選》第六左太冲《魏都賦》云：「温泉毖涌而自浪，華清蕩邪而難老。」彭淵材注曰：「温泉在廣平都易縣，俗以治病洗百疾。華清，井華水也。」吕延濟註云：「毖，泌也，水急流貌。言温泉流而涌，自爲波浪，華美而潔清，可以蕩滌疾病而延壽。」〇《賢愚抄》曰：「高宗名温泉，蓋取左太冲《魏都賦》中語。明皇又改華清，亦取《魏都賦》中語。雖改宫殿名，其精密如此也，不可容易過眼也。」李昌註：「華清宫在唐云云，故名。」按秦始皇初與神女遊而忤其旨，神女唾之，遂生瘡。始皇怖，謝神女，爲出温泉洗滌。後人因以爲驗。始皇砌石起宇，至漢武帝甚加修飾云云。〇《詩格》註：「華清，井水之澄華也。」〇《醫學正傳·或問》云：「井華水者，清晨井中第一汲者也，其天一真精之氣浮結于水面，故可取以烹煎補陰之劑，反脩煉還丹之用云云。」木蛇云：「凡水曉八時，分天地正氣，在水是曰井花。故曉斟井水，煎藥飲之，此不老不死之術也。是故玄宗以水華之清，名湯浴之室，曰華清宫也。」

註　**驪山**　《漢書・高祖紀》曰：「高祖以亭長爲縣送徒驪山。」文穎曰：「在新豐南。」項氏曰：「故驪戎國也。」〇《韻會》「驪」字註：「驪山，地名，即藍田山。至漢爲新豐。戎來居此，故號驪戎。」

温泉宫　温泉，皇甫庸《近峰聞略》曰：「邵康節曰：『世有温泉而無寒火。』按《抱朴子》曰：『水性純冷，而有温谷之陽泉；火体宜熾，而有蕭丘之寒焰。』《西京雜記》：『董仲舒曰：「水極陰而有温泉，火至陽而有凉焰。」』康節又云：『石入水則沉，而南海有浮石之山；木入水則浮，而南海有沉水之木，虚實之相反也。肝屬木，當浮而反沉；肺屬金，當沉而反浮，肝實而肺虚也。』」

太宗　唐第二主，諱世民，高祖次子，號太宗文武大聖大廣孝皇帝。母曰大穆皇后竇氏。在位二十三年，壽五十三。

玄宗　唐第七主，諱隆基，睿宗第三子也，號至道大聖大明孝皇帝。母曰昭成皇后竇氏。在位四十三年，壽七十八。

天寶　天寶凡十四年。

六載　《通鑑・玄宗紀》：「天寶三年春正月，改年曰載。」註：「載，音宰，年也。法堯舜時名年曰載。」〇《韻會》曰：「年也。《爾雅》：『唐虞曰載，取物終更始也。』」〇《劉氏鴻書》卷九引《竹書叢抄》曰：「三代年歲別名。唐虞曰載。載，歲也，言一歲莫不覆載也。夏曰歲。一歲，稔也。商曰祀。周曰年。《獨斷》：『夏曰歲，取歲星行一次。商曰祀，取祭祀一訖。周曰年，取禾穀一熟。唐虞曰載，取萬物終復始。』」

○都穆《聽雨紀談》曰：「《爾雅》謂『唐虞曰載，夏曰歲，商曰祀，周曰年』，予考之《書・堯典》『以閏月定四時成歲』，《舜典》『歲二月東巡守』，則唐虞亦嘗稱歲而不專曰載。《禹貢》『作十有三載乃同』，則夏亦嘗稱載而不專曰歲。『太甲三年復歸於亳』，則商亦嘗稱年而不專曰祀。《洪範》『惟十有三祀，王訪於箕子』，則周亦嘗稱祀而不專曰年。蓋載、歲、祀、年，古人通用之耳。」

增註　唐關内道　《唐書・地理志》云：「唐興，天下初定，權置州郡頗多。太宗貞觀元年始并省，因山川形便分天下爲十道。一曰關内，二曰河南，三曰河東，四曰河北，五曰山南，六曰隴右，七曰淮南，八曰江南，九曰劍南，十曰嶺南。貞觀十三年定簿，凡州郡三百五十八，縣一千五百五十一。開元二十一年，又因十道分山南、江南爲東西道，增置黔中道。又北殄突厥頡利，西平高昌，北踰陰山，西抵大漠。其地東極海，西至焉耆，南盡林州南境，北接薛延陀界，東西九千五百一十一里，南北一萬六千九百一十八里。」

《地理志》　按《唐書・地理志》也。

貞觀　凡二十三年。

營建御　《孟子・梁惠王篇》：「《詩》云：『經始靈臺，經之營之。』」註：「營，謀爲也。」○御，《字彙》曰：「天子所止，謂之御前，書曰御書，服曰御服，皆取統御四海之義。」

高宗　唐第三主，名治，字爲善，太宗第九子。母曰文德皇后。在位三十四年，壽五十八。

成亨　凡四年。

石瓮寺 《東坡詩集》二十一《送陳睦知潭州》詩云：「華清縹緲浮高棟，上有纈林藏石瓮。」次公按《志》載云：「湯泉宮，咸亨二年名温泉宮，天寶六年改爲華清宮，北向正門曰津陽門，東面曰開陽門，西面曰望京門，南面曰昭陽門。其中有瑶光殿、飛霜殿、九竟殿、宜春亭、重明閣、芳風閣十八名云云。」下句註：次公云：「福嚴寺在南山半腹石瓮谷，有縣泉激石成臼，似瓮形，因以谷名爲石瓮寺。」〇鄭嵎《津陽門詩》註云：「石魚巖下有天然石，其形似瓮，以貯飛泉，故玄宗以石瓮爲之寺名。僧於上層飛樓中縣轆轤，斜引脩綆，長二百餘丈，以汲瓮泉，出於紅樓喬樹之杪[二]。此所謂『纈林藏石瓮』也。」

《明皇雜録》云上云云 《事物紀原》曰：「司馬遷作《史記》，凡指斥君尊，皆依違不正言，但稱曰上。《太史公自叙書》《漢武本紀》曰『今上』之類是也。今臣子亦呼天子曰上，由司馬子長始也。蔡邕曰：『上，尊位所在，不敢媟言，尊之意也。』」〇《前漢・高帝紀下》云：「上曰。」注：如淳曰：「蔡邕云『上者，尊位所在也』，但言『上』，不敢言尊號耳。」〇《事文類聚》前集《湯泉部》引《地理志》云：「天寶六載，更温泉曰華清宮湯，治井爲池，環山列宮室。」又引《明皇雜録》云：「上於華清新廣一湯，制度宏麗。禄山於范陽以玉魚、龍、鳧、雁、石梁、石蓮花以獻，彫鎸尤妙。上大悦，命陳於湯中，仍以石梁橫於其上，而蓮華纔出於水際。上因幸，解衣將入，而魚、龍、鳧、雁皆奮鱗舉翼，狀若飛動，上因恐却之。蓮花石到今在。」

制度宏麗 制，《字彙》曰：「征例切，音製。節也，裁也，斷也，正也，御也，檢也，法禁也，造也。《六書正譌》：『制，裁衣也。从刀未聲，與初字同意。別用製，非。』」〇度，又曰：「獨故切，徒去聲，過也，法也，則也。分、寸、尺、丈、引，爲五度。」〇宏，又曰：「胡盲切，音横，大也，廣也。《説文》：『屋深也。』」〇麗，又曰：「力霽切，音厲。美也，華也，光明也。」

雕鎸猶妙 雕，《字彙》曰：「丁聊切，音貂，刻琢也。」〇鎸，又曰：「子全切，吮平聲。刻也，斲也，雕也，削也。」〇妙，又曰：「彌笑切，音廟。神化不測謂之妙。《易・繫辭》：『神也。妙萬物而爲言也。』又奇妙、微妙、精妙。又好也。」〇《説類》二十引《嬾真子》曰：「荆公《字解》『妙』字云：『爲少爲女，爲無妄少女，即不以外傷内者也。』人多以此言爲質，殊不知此乃郭象語也。《莊子》云：『婥約若處子。』注云：『處子不以外傷内。』公之言蓋出於此。」

十月行幸 《書言故事》卷九曰：「車駕所至地曰僥倖。蔡邕《獨斷》曰：『天子所至地曰幸者，宜幸也。世俗謂幸爲僥倖。僥倖，謂所不當得而得者。車駕所至，臣民被其德澤以僥倖，故曰幸。』」〇蔡邕《獨斷》曰：「天子車駕所至，見令長三老官屬，親臨軒作樂，賜以食帛，民爵有級，或賜田租，故謂之幸。」晋灼曰：「民臣被其德以爲徼倖。」顔師古曰：「幸者，所慶幸也。」

宮闕 《事物紀原》八曰：「《蘇氏演義》：『宮，中也，言處都邑之中也。又宮，方也，爲宮必以雉堞也[三]，方正也。』孟詵《錦帶前書》曰：『十紀四合雒紀始教人穴居，有巢氏教人巢居。』《易》曰：『上古穴居而野處，後世聖人易之以宮室，上棟下宇，以待風雨，謂黄帝也。』《内傳》曰：『帝斬蚩尤，因建宮室。』《穆天子傳》曰：『登崑崙，觀黄帝宮室。』《白虎通》曰：『黄帝作宮室以避寒暑，此宮室之始也。』《世本》曰：『堯使禹作宮室，謂廣其制爾。』《神異經》有『天淫之宮[四]』。《管子》：『黃帝有合宮，堯貳宮，湯有鑣宮，周有蒿宮，秦有萬年，漢有未央，等名也。』」○《徐氏筆精》曰：「上古居室皆曰宮，不分天子庶人。《禮記》云：『父子異宮。』又云：『儒有一畝之宮。』《孟子》云：『宮室之美。』自秦、漢以後，則以天子所居爲宮。」○闕，崔豹《古今註》曰：「闕，觀也。古每門樹兩觀於其前，所以標表宮門也。其上可居，登之則可遠觀，故謂之觀。人臣將至此，則思其所闕，故謂之闕。其上皆丹堊，其下皆畫雲氣、仙靈、奇禽、怪獸，以昭示四方焉。」

與貴妃同輦　《物類相感志》云：「楊妃小字玉環，弘農華陰人。父玄琰，爲蜀州司户。生於蜀。嘗誤墜池中，後人呼爲『落妃池』。妃早孤，養於叔父河南府士曹玄珪。開元二十二年十月，册爲壽王妃。壽王者，玄宗第十八子也。玄宗自武惠妃即世，後庭無當云云。」○輦，《漢書》註：「駕人以行曰輦。」○《事物紀原》曰：「《宋朝會要》曰：『《周官》巾車氏有輦車，以人組挽之，宮中從容所乘。』」○杜氏《通典》曰：「秦以輦爲人君之乘，漢因以彫玉爲之，方徑六尺。」

梳洗　梳，《字彙》云：「山徂切，音蔬。櫛也，所以理髮。疏者曰梳，細者曰枇。」○洗，又曰：「滌也。」

澡沐　澡，《韻會》曰：「子皓切，灑手也。」「沐，莫卜切，濯髮也。作沭非，音述。」

置温湯監隸司農寺　監，《韻會》曰：「臨也，領也。又視也。又唐官寺監。又牧苑亦曰監。」○隸，《說文》：「附著也。」師古曰：「屬著於人也。」○司農寺，《唐書·百官志》曰：「司農寺，卿一人，從三品；

少卿二人，從四品上。掌倉儲委積之事。總上林、太倉、鈎盾、導官四署及諸倉、司辨、諸湯、宫苑、鹽池、諸屯等監[五]。凡京師百司官吏禄稟[六]、朝會、祭祀所須，皆供焉。丞六人，從六品上。總判寺事云云。慶善、石門、温泉湯等監，每監監一人，從六品下；丞一人，正七品下。掌湯池、宫禁、防堰及待粟芻、修調度，以備供奉。王公以下湯館，視貴賤爲差。凡近湯所潤瓜蔬，先時而熟者，以薦陵廟。」

監丞　丞，《説文》：「翊也。」《前漢·百官表》「丞相」註：「丞者，承也。」《廣韻》：「佐也，又副貳也。」韓文《藍田丞記》：「丞之職，所以貳令。」

湯浣　浣，《字彙》曰：「同澣。」又「澣」字下云：「胡管切，音緩，濯垢也。」

兩湯外別有更云云　《賢愚抄》云：「兩湯，上新廣一湯，與貴妃蓮華湯也。」〇《韻府》「長湯」字下云：「鄭嵎《津陽門詩》註：『除供奉兩湯外，別有長湯十六所，以賜嬪御浴。甃以文瑶寶石，有玉甃湯泉池[七]，上與妃子施鈒鏤小舟以戲[八]。』」〇《天寶遺事》曰：「華清宫中除供奉兩湯外，而別更有長湯十六所，嬪御之類浴焉。」〇按「供奉」二字因《唐書·百官志》從上，因《天寶》《韻府》從下，又《韻府》無「更」字，恐當從《天寶遺事》「有別」字之下也。

嬪御　嬪，《字彙》曰：「皮賓切，音貧。」《爾雅》：「『婦也。』」《虞書》：「『嬪于虞。』」又妃嬪，婦官也。《禮記》：「『九嬪：昭容，昭儀，昭媛，脩容，脩儀，脩媛，充容，充儀，充媛。』」〇御，又曰：「侍也，撫也，統也，進也，使也，幸也，用也，治也。」〇浴，《字彙》曰：「洗身也。」

禄山反幽陵云云《新唐書》列傳一百五十有《禄山傳》云：「帝賜書：『爲卿別治一湯，可會十月，朕待卿華清宮。』使至，禄山踞床曰：『天子安穩否？』乃送使者別館。使還言曰：『臣幾死。』冬十一月天寶十四載反范陽。凡七日，反書聞，帝方在華清宮，中外失色，車駕還京師，下詔切責禄山，許自歸。禄山答書慢甚，叵可忍云云。」〇《少微通鑒·玄宗紀》曰：「天寶十四載十一月甲子，禄山發所部十五万衆，反於范陽，引兵而南。時海内久承平，百姓累世不識兵革，猝聞范陽兵起，遠近震駭。河北皆禄山統内，所過州縣，望風瓦解，令或開門出迎，或棄城竄匿，或爲所擒戮，無敢拒之者。」〇「上聞禄山已反，乃使封常清乘驛詣東京募兵。旬日，得六萬餘人，乃斷河橋，爲守御之備。禄山至藁城[九]，常山太守顔杲卿力不能拒，與長史袁履謙往迎之。禄山輒賜杲卿金紫，質其子弟，使仍守常山。杲卿歸途中，指其衣謂履謙曰：『何爲著此？』謂著禄山所賜金紫也。履謙悟其意，乃陰與杲卿謀起兵討禄山。」〇「初，平原太守顔真卿知禄山且反，因霖雨，完城浚濠，料丁壯，實倉廩。禄山以其書生，易之。及禄山反，牒真卿以平原、博平兵七千人防河津。真卿遣平原司兵李平間道奏之。上始聞禄山反，河北郡縣皆風靡，嘆曰：『二十四郡，曾無一人義士耶？』及平至，大喜曰：『朕不識顔真卿作何狀，乃能如是！』真卿使親客密懷購賊牒詣諸郡，由是諸郡多應者。真卿，杲卿之從弟也。」

平原《少微通鑒》註：「平原，郡名，今山東濟南也。」

太守《唐類函》五十八曰：「郡守，秦官。秦滅諸侯，以其地爲郡，置守、丞、尉各一人。守治民，丞佐之，尉典兵。」〇「漢景帝中元二年，更名郡守爲太守。凡在郡國，皆掌治民，進賢勸功，決訟撿姦。常以春行所主縣，秋冬遣無害吏按訊諸囚，平其罪法，論課殿最，並舉孝廉云云。」〇「王莽改太守曰太尹。後漢亦重其任。後魏初，郡置三太守。」〇《漢書·百官公卿表》曰：「郡守，秦官，掌治其郡，秩二千石。」〇《史記》：「始皇二十六年，滅六國，罷侯置太守。」〇杜氏《通典》三十二曰：「大唐武德元年，改郡置州，改太守爲刺史。」〇同三十三曰：「天寶元年，改州爲郡，刺史爲太守。」

遣李平　遣，《字彙》曰：「《廣韻》：『送也。』《增韻》：『發也。』」

間道奏　《前漢》列四《黥布傳》註：「師古曰：『間道，微道也。』」〇奏，《群談採餘》卷二曰：「臣民上書於天子有四：一曰章，二曰奏，三曰表，四曰駁議。」〇《韻會》曰：「奏，進也，上進之義。一曰簡類，晋法召王公以一尺奏，王公以下用一尺版。」

帝　《字彙》曰：「丁計切，君也。《呂氏春秋》：『帝者，天下之所適。王者，天下之所往。』程氏曰：『以主宰謂之帝。』《謚法》：『德象天地曰帝。』」〇《彙苑詳註》卷一曰：「帝，諦也，審諦於物也。地載於下，博厚無窮，養成萬物。爲人君者，主於社稷，安於人民，合於地道，故謂之帝。昔少昊、顓頊、帝辛、唐堯、虞舜能全其德，號曰五帝。」

反書聞　反，《字彙》曰：「甫版切，反覆也，不順也。」〇書，又曰：「紀也，著也，文也。凡載籍通謂之書。《書緯》：『書者，如也。寫其言，如是意也。』《釋名》：『書，庶也，紀庶物也。』」

杜常

備考 新、舊史及唐諸家小説並無杜常姓名。又《才子傳》無傳。○《宋史》傳八十九曰[一〇]：「杜常，字正甫，昭憲皇后族孫也。折節學問，登進士第，積遷工部尚書，以龍圖閣學士知河陽軍。大河决，直州西上埽，勢危甚。常親護役，徙處埽上。於是役人盡力，河流遂退，郡賴以安。卒，七十九。」○又《宋史新編》百八載《杜常傳》。○《漁隱叢話》前集二十四《唐人雜記》部引《西清詩話》云：「《題華清宮》一絶『行盡江云云』，乃杜常也。又《武昌阻風》一絶『江上云云』，乃方澤也。二人不以文藝名世，而語驚人如此，殆不可知矣。」○又《唐詩正音》自元和、唐末通得四十九人爲晚唐詩，杜常在三十七人末，即載此《華清宮》一首，不換一字，此爲唐人之證也。○《焦氏筆乘》卷三：「楊用修曰：『《三體唐詩》有杜常《華清宮》詩，《孫公談圃》以爲宋人，近註者亦引《談圃》，而不正指其非唐人，蓋不欲顯選者之失耳。《宋史》有《杜常傳》，云：『杜常，太后之侄。』以史與《談圃》參之，其爲宋人無疑。如《唐詩鼓吹》以宋胡宿詩入唐選，宿有《宋史》在傳[一一]，文集今行於世，觀者不知其誤，何耶？』用修此言，蓋據史以正之耳。予嘗見杜常一碑，凡數詩，《華清宮》絶句居首，前書『殿中丞杜常』，後題『元豐年中』。其詩與今所傳微不同：『一別家山十六程，曉來和月到華清。朝元閣上西風急，都入長楊作雨聲。』蓋周弜不惟迷其世代，且妄改其詩矣。大抵《三體》《鼓吹》所取，皆晚唐之最下者，其人無識而寡學，要不足辨。」○愚按如焦氏説似鑿，以《漁隱》《正音》考之，恐是晚唐人歟？唐亡而五代纔五十餘年，其後宋興矣。晚唐作者大略掛名於五代，然五代之間，干戈騷屑，作者無傑出之姓名，故魏菊莊《玉屑》評云：「晚唐體、宋朝體通。」前後而言之，遂不取五代也。然則晚唐之少年者，宋初之老人也。杜常亦少於晚唐而老於宋初者也。殊不知周弼豈謾以非唐之人載冠首乎？

行盡江南數十程，曉風殘月入華清。華清自祿山亂後空宮，希復巡幸，故其景如此。**朝元閣上西風急**，朝元閣，降聖閣也。天寶七載，老君降於朝元閣，改曰降聖閣。程大昌《雍録》曰：「長生殿，齋殿也。有事於朝元閣，則齋沐於此殿，蓋朝元閣乃祠玄元之所。」**都入長楊作雨聲**。《三輔黃圖》云：「長楊本秦宮，漢武修之，以備巡幸，在盩厔縣東南三十里。」風作雨聲，皆空宮凄凉之象也。此詩蓋譏玄宗惑於神仙之事，與秦皇、漢武同。遺迹荒凉，俱爲後人感慨之具。長楊、華清，相去道里遼遠，況秦、漢舊宮，至唐惟未央尚在，長楊已不存，乃詩人寓言以託諷耳。王建《華清宮》亦云：「武帝自知身不死，看修玉殿號長生。」其譏意亦同，但不若此詩語意含蓄，情景混融耳。

增註　江南指蜀江之南，自蜀望長安爲北，蜀爲南。〇長楊，樹也，宮以樹名。

備考　《賢愚鈔》曰：「第一句言由祿山之騷屑，而明皇車駕出長安幸蜀。自天寶十五載六月丙申，行在望賢宮。至七月庚辰，次蜀郡。其間四十五日，故云『數十程』，即是數十日程也。『程』字就道路用之，則李洞云『十萬里程多少難』[一二]，熊孺登『只見公程不見春』；就時日用之，則盧仝云『猶是孤帆一日程』，《坡詩》十六『海濶山高百程送』等是也[一三]。百程，言百日程也。」〇愚按「數十程」者，數十里程之義也。〇「第二句言車駕遠幸江南，故曉風殘月入華清宮。明皇全盛之日，則畫眉紅袖之美、冠冕搢紳之豪滿華清宮，亂來遂及之。此兩句，舉昔時之事追憶焉。觸耳而冷者曉風，觸目而寂者殘月。當時温泉之淒凉，憶是可知此也[一四]。」○「第三句言杜常今日上華清宮裏朝元閣，則于時西方風急也。若仁天子，則以安百姓、治天下之義可名宮殿。明皇爲祖老子之術，求延齡之方，以朝元名閣。以今日之西風，譬昔時禄山之亂也。」○「第四句言西風萬竅之響都入長楊樹，而作大雨聲。凡西風吹則不雨，今已西風而雨，陰陽錯亂，以比昔時明皇幸蜀之大亂也。」○按《本草衍義》「白楊」註云：「白楊有風則如雨聲云云。」然則「入長楊作雨聲」者，實非雨聲決矣。東坡詩亦云「東鄰多白楊，夜作雨聲急」，是也。○《前漢書・帝紀》並《文選》等，「行」字往往訓幸，蓋行幸之義也。○《唐詩正音》六：「岑參《春夢》詩云：『洞房昨夜春風起，遥憶美人湘江水。枕上片時春夢中，行盡江南數千里。』」○《綱目・玄宗紀》曰：「天寶十五載六月，哥舒翰與賊戰于靈寶，大敗，賊遂入關，帝出奔蜀云云。」○《徐氏筆精》卷二曰：「杜常《華清宮》詩云『行盡云云作雨聲』，連用二『風』字。瞿宗吉《詩話》云：『向見一善本，作「曉乘殘月入華清」，殊覺氣味深長。』」

註　**巡幸**　巡，《字彙》曰：「音旬，視行也，又徧也。」

其景　景，《字彙》曰：「光也，明也，韶也，像也。」

老君　明張文介《廣列仙傳》一曰：「老子者，太上老君也。《混元圖》云：初三皇時化身，號爲萬法天師。中三皇時，爲盤古先生。伏羲時，爲鬱華子。女媧氏時，爲鬱密子。神農時，爲太成子。軒轅時，爲廣成子。少皞時，爲隨應子。顓帝時，爲赤精子。帝嚳時，爲録圖子。堯時，爲務成子。舜時，爲尹壽子。禹時，爲真行子。湯時，爲錫則子。老君雖累世化身，而未有誕生之迹。迨商陽甲時，分神化氣，始寄胎玄妙玉女八十一年，暨武丁庚辰二月十五日卯時，誕於楚之苦縣瀨鄉曲仁里[一五]。從母左腋而生於李樹下，指樹曰：『此吾姓也。』生時白首，面黄白色，額有三五達理[一六]，日月角縣，長耳大目[一七]，鼻純骨雙柱，耳有三漏門，美鬚廣顙，疏齒方口，足蹈三五，手把十文。姓李名耳，字伯陽，號曰老子，又號曰老聃。周文王爲西伯，召爲守藏史。武王時，遷爲柱下史。成王時，仍爲柱下史。乃遊西極大秦、竺乾等國，號古先生，化導其國。[一八]康王時，還歸于周，復爲柱下史。昭王時，去官歸亳隱焉。後復欲開化西域[一九]，乃以昭王二十三年駕青牛車，過函谷關度關[二〇]，令尹喜知之，求得其道。[二一]二十五年，降於蜀青羊肆，會尹喜，同度流沙胡域。至穆王時，復還中夏。平王時，復出關，開化蘇鄰諸國，復還中國。敬王十七年，孔子問道於老聃，退而有猶龍之嘆。烈王三年，過秦，秦獻公問以曆數，遂出散關。赧王九年，復出散關，飛升崑崙。秦時，降峽河之濱，號河上公，授道安期生。漢文帝時，號廣成子。文帝好老子之旨云云。成帝時，降曲陽泉，授于吉《太平真經》。章帝時，授于吉一百八十大戒。安帝時，降授劉圖《罪福新科》。順帝時，降授天師三洞經籙。桓帝時，降天臺，授葛孝先《上清》《靈寶》《大洞》諸經。魏明皇時，降嵩山。唐高祖時，降羊角山。玄宗天寶初，降丹鳳門，帝親享之興慶宮。隨又降語田同秀以函谷所藏《金匱靈符》[二二]，又降語王元翼《妙真符》。」

降於　降，《字彙》曰：「服也，下也。」

程大昌　《氏族排韻》五曰：「程大昌，字泰之。乾道中，爲司業兼禮侍。一時文柄屬公，成就人才甚多。著《禹貢論》五十二篇，《演繁露》六卷，《易老通言》《易原》《莊録》四書各十卷，頗有功於學者。」

齋殿 《字彙》曰：「莊皆切，音債。潔也，莊也，恭也。韓康伯曰：『洗心曰齊。』《説文》：『示齊爲齋。示，明也，祇也。齊者，萬物之潔齊也。』《洪武正韻》：『古單作齊，後人於其下加立心以別之。』」〇又「齊」字註曰：「莊皆切，音齊。與齋同。《祭統》：『齊之爲言齊也，齊不齊以致齊也。』」〇《事物紀原》二曰：「《春秋命誠圖》曰：『黄帝請問太一長生之道。太一曰：「齋六丁，可以成功。」』《内傳》曰：『帝誓翦蚩尤[二三]，乃齋三日以告上帝，此齋戒之始也。』」〇殿，《字彙》曰：「堂高大者。今天子宸居稱殿。」

有事 《論語・季氏篇》曰：「冉有、季路見於孔子，曰：『季氏將有事於顓臾。』」〇《左傳・成公十三年》：「國之大事，在祀與戎。」

祠玄元 祠，《字彙》曰：「祭也。《説文》：『春祭曰祠，品物少、文詞多也。仲春之月，祠不用犧牲，但用圭璧及皮幣，多文詞也。』」〇玄元，《通鑑綱目》：「高宗乾封元年，謁老君廟，尊爲玄元皇帝。玄宗天寶元年，置玄元廟於大寧坊，是秋改太上玄元皇帝。」〇《少微通鑑・肅宗紀》曰：「吏民哭於玄元皇帝廟。」註：「唐玄宗謚封老子爲玄元皇帝，立廟於真源縣。」

長楊秦宫 《文選》張衡《西京賦》曰：「於是天子登屬玉之館，歷長楊之榭。」《纂註》：「長楊，宫名。」

漢武修之 《前漢》第六《武帝紀》：「孝景帝中子也。母曰王美人。年四歲，立爲膠東王，七歲爲皇太子，母爲皇后。十六歲，後三年正月，景帝崩。甲子，太子即皇帝位。」○諱徹。十七即位，在位五十四年，壽七十一。崩，葬茂陵。○修，《字彙》曰：「思留切，音羞。飭也，葺也，理也。」

以備 備，《字彙》曰：「具也，足也。」

在盩厔 《柳文》註：「盩音舟，厔音窒。水曲曰盩，山曲曰厔。縣初屬京兆府，後鳳翔府，今西安府。」

淒涼之象也 淒，《字彙》曰：「音妻，寒也。」○「淒」字下曰：「雲雨起貌。又寒風。《詩・邶風》：『淒其以風。』《六書正譌》：『俗作凄，非。』」○涼，又曰：「輕寒爲涼。」○象，又曰：「大獸。長鼻牙，三年一乳。又形象。又肖似也。《六書正譌》：『《韓子》曰：「象者，南方大獸，中國不識，但見圖寫者。」故又借義訓爲形似也，別作像，非也。』」

神仙之事 神，《字彙》曰：「神明也。又《易》：『陰陽不測之謂神。』《孟子》：『聖而不可知之謂神。』」○仙，又曰：「《釋名》：『仙，遷入山也。故其制字，人傍作山。』」[二四]

感慨 《字彙》曰：「《史》：太史公曰：『婢妾賤人，感慨而自殺者，非能勇也。』」

道里遼遠 里，《字彙》曰：「路程，以三百六十步爲一里。又《公羊傳注疏》：『古六尺爲步，三百步爲里。又方一里，計十二萬九千六百步。』」○遼，又曰：「連聊切，音聊，遠也。」

未央尚在 《前漢・高祖紀》：「七年，蕭何造未央宮。上見其壯麗，怒曰：『天下洶洶，勞苦數歲，成敗未可知。何治宮室過度也！』對曰：『且天子以四海爲家，非壯麗無以重威，無令後世有以加也。』」

上悦。」

不存 存，《字彙》曰：「有也。《説文》：『从子，在省。』徐曰：『在亦存也。』」

寓言以託諷 寓，《字彙》曰：「魚據切，音馭。寄也，托也。」〇託，又曰：「他各切，音橐。寄也，委也，信任也。」〇諷，又曰：「誦也。又微刺也。上以風化下，下以風刺上，故字从風。」

王建《華清宮》云云 王建《華清宮》詩云：「曉來樓閣更鮮明，日出欄干見鹿行。武帝自知身不死，看修玉殿號長生。」〇長生，《老子經》七章云：「天長地久，天地所以能長且久者，以其不自生，故能長生。」〇又五十九章云：「長生久視之道。」〇《莊子・胠篋篇》云：「廣成子蹶然而起曰：『善哉問乎！來，吾語汝至道云云，無勞汝形，無搖汝精，乃可以長生。』」

含蓄 蓄，《字彙》曰：「聚也。」

混融 混，又曰：「水雜貌。又混濁也。又大也。」

增註　江南指蜀江云云 《賢愚鈔》曰：「詩家稱以爲江南者，皆揚子江之南也，稱蜀者鮮矣。」

長楊樹也云云 《韻府・東韻》云：「長楊宮，秦作，漢修之，垂楊數畝。」

【校勘記】

[一]更有：底本誤作「有更」，據增註本乙正。

［二］杪：底本訛作「抄」，據詳解本和《東坡詩集注》卷二十一改。

［三］堞：底本訛作「煠」，據《事物紀原》卷八改。

［四］天淫之宮：底本訛作「夫淫之害」，據《事物紀原》卷八改。

［五］薁：底本訛作「道」，據《新唐書·百官志》改。辨：《新唐書·百官志》作「竹」。鹽：底本訛作「監」，據《新唐書·百官志》改。

［六］師：《新唐書·百官志》作「都」。禄：底本訛作「録」，據《新唐書·百官志》改。

［七］池：底本訛作「地」，據詳解本和《韻府群玉》卷六改。

［八］鏤：底本訛作「鐯」，據詳解本和《韻府群玉》卷六改。

［九］藁：底本訛作「蒿」，據詳解本改。

［一〇］傳：底本誤作「百」，據詳解本和《宋史·杜常傳》改。按《宋史》卷三百三十列傳第八十九有《杜常傳》，則「《宋史》百八十九」當爲「《宋史》傳八十九」。

［一一］宿有《宋史》在傳：詳解本作「宿于《宋史》有傳」。按似當以詳解本爲是。或當爲「宿在《宋史》有傳」，因底本「在」與「有」多互訛。

［一二］洞：底本訛作「同」，據詳解本和後之詩文改。

［一三］潤：底本訛作「潤」，據《東坡詩集注》卷十六改。

［一四］知：底本訛作「如」，據詳解本改。

〔一五〕「苦」後底本衍「竹」，據詳解本删。

〔一六〕三五：詳解本作「參牛」。

〔一七〕大：詳解本作「矩」。

〔一八〕大秦、竺乾等國，號古先生，化導其國：底本脱，據詳解本補。

〔一九〕開：底本訛作「関」，據詳解本改。

〔二〇〕度關：底本訛作「度開」，據詳解本改。

〔二一〕知之，求得其道：底本脱，據詳解本補。

〔二二〕函：底本訛作「亟」，據《廣列仙傳》卷一改。藏：底本訛作「戩」，據《廣列仙傳》卷一改。

〔二三〕翦：底本訛作「剪」，據《事物紀原》卷二改。

〔二四〕按此條上，書頁天頭處别作一框，有小字云：「神仙，《書言故事》卷四註曰：『跳出塵世之外者，神仙也。昔人有言，世豈有仙人，盡妖妄耳。』」

宫詞　王建

增註《古今詩話》云：「王建《宫詞》百首，皆言宫中事，史傳小説多所不載。」《苕溪詩話》：「建《宫詞》凡百絶，天下傳播此體者雖有數家，而建爲之祖耳。」

備考《翰墨全書》曰：「王建，唐元和間人，以宫詞名家，凡一百有四篇，逸詩九篇。」〇《詩林廣記》前集六云：「歐公云：『建詞多言唐宫中事，群書所闕紀者見於其詩，皆摭實[一]，非鑿空語。』」〇又曰：「王建《宫詞》中，或杜牧、白樂天、王昌齡等數詩誤相混雜。」〇《唐詩正音》第六載此詩，「車」字作「中」字。

增註　史傳　指新、舊唐史本傳等。

小説　指唐小説《開元天寶遺事》等。〇《尋到源頭》卷三曰：「小説家所起，乃漢武時虞初者撰《周説》九百四十三篇，是小説家自虞初始。」

播此體　播，《字彙》曰：「補過切，音波。布也，揚也，放也。」

爲此祖耳　祖，《字彙》曰：「總五切，太父也。又本也，本而祖之也。」〇《説文》曰：「始廟也。」〇《前漢書》：「景帝詔曰：『古者祖有功而宗有德。』」註：「應劭曰：『始取天下者爲祖，高帝稱高祖是也。』」

王建

備考《正音》云：「中唐作者。」《新唐書》並東萊《十七史》無傳。〇《才子傳》卷四曰：「建，字仲初，潁川人。大曆十年丁澤榜第二人及第。釋褐授渭南尉，調昭應縣丞。諸司歷薦，遷太府寺丞、秘書丞、侍御史。大和中出爲陜州司馬，從軍塞上，弓劍不離身。數年歸，卜居咸陽原上。初遊韓吏部門墻，爲忘年之友，與張籍契厚，唱答尤多。工爲樂府、歌行，格幽思遠。二公之體，同變時流。建性耽酒，放浪無拘。《宫詞》特妙前古[二]。建初與樞密使王守澄有宗人之分，守澄以弟呼之。談間故多知禁掖事，作《宫詞》百篇。

後因過燕飲，以相譏謔，守澄深銜之，忽曰：『吾弟所作《宫詞》，内庭深邃，何由知之？明當奏上。』建作詩以謝，末句云：『不是姓同親説向，九重争得外人知？』守澄恐累己，事遂寢。建才贍，有作皆工。又於征戍、遷謫、行旅、離别、幽居、官况之作[三]，俱能感動神思，道人所不能道也。集十卷，今傳於世。」〇《漁隱叢話》前集二十二載王守澄與王建事迹。

金殿當頭紫閣重，仙人掌上玉芙蓉。 玉芙蓉，玉杯也。《漢武故事》曰：「上作承露盤，仙人掌擎玉杯，以取雲表之露，和玉屑服之，求不死。」《三輔黄圖》謂仙掌在甘泉宫通天臺上。按古人挹注之器，多作芙蓉，如華清池中玉芙蓉是也。**太平天子朝元日，五色雲車** 或作「中」者，非。今從本集。**駕六龍。** 五色雲車，畫雲氣車也。《郊祀志》：「文成言：『上欲與神通，宫室被服非象神，神不至。』乃作畫雲氣車，甲、丙、戊、庚、壬日各以其色駕之。」《甘泉賦》曰：「於是乘輿乃登鳳皇兮翳華芝，駟蒼螭兮六素虯。」注曰：「六馬也。」此篇乃全用甘泉宫事，以刺世主違禮而好怪。禮：奇器不入宫，君不乘奇車，况作非禮之器，爲服食以求不死，御鬼神之車服以淫祀乎？辭惟序事，而譏自見，此杜元凱所謂「具文見意」者也。人多以《宫詞》爲情詩者，非也。按建《宫詞》百篇，有情者、有事者、有怨者、有刺者，指不一也，而或者概以情怨説《宫詞》，誤矣。

增註 玉芙蓉，庾信《春賦》：「芙蓉玉碗。」〇《明皇雜録》載：「上爲皇孫，嘗吒武攸暨。武后曰：『此兒當爲太平天子。』又在藩嘗私謁萬回，回撫其背曰：『五十年太平天子，可自愛。』」

備考《賢愚鈔》曰：「第一句上古淳樸如堯舜之仁君，茅茨不剪，采椽不斲，土階三尺。明皇則不然，宮殿之華麗從百姓之勞而出。金殿之上構紫閣，凡金有白有黃，此用黃金，即黃金殿也。黃是五色之中央之正色也。北方之水者黑，而加南方之火赤，則爲紫。故紫，北方間色，是謂邪色，不正之色也。以不正色之紫閣，構正色金殿之上，譬明皇之政捨正取邪。《論語》豈不言乎『惡紫之奪朱』？此句直指明皇，賦而風也。金殿、紫閣，句中對也。」〇「第二句言上古仁君之時，奇器不入宮。漢武已違禮，甘泉宮中通天臺上造承露盤，仙人掌擎玉杯，取雲表之露而和玉屑服之，求不死。明皇亦於華清池中列玉芙蓉之奇器，猶漢武所造仙人掌上之玉芙蓉也，非仁君可經營之事，以風明皇，比而風也。」此說誤也。註意引華清池中玉芙蓉句，以爲挹注之器多作芙蓉之形之證據耳。第二句亦借漢武事直刺玄宗好怪求不死也，非明皇華清池中玉芙蓉猶如漢武仙人掌上玉芙蓉之謂也。〇「第三句言明皇開元元年癸丑二十九年即位，在位四十三年，至明年天寶十五年丙申大亂幸蜀，肅宗即改至德，至上元元年庚子，凡五年，後二年崩。不慎其末，而遂起天寶之大亂，雖萬回已稱五十年太平天子，依酒色而動干戈，四海果不安，則豈可稱太平乎？雖然，此句用『太平天子』四字，其義深哉。唐人之詩例如是耳。輕社稷宗廟之祭，而重玄元道家之術，實非安四海、懷萬民之道也。此句直指明皇，賦而風也。」〇「第四句言古曰君不乘奇車，明皇遂不守此法度，學漢武雲氣車而乘奇車、祭玄元，雖然，天寶之風雨，六軍已至駐馬，哀哉，不鑒漢武無益之事。此句比而風也。」

紫閣《太平廣記》十七曰：「處士元藏幾，隋大業九年爲過海使判官，無幾，風浪壞船，藏幾獨爲破木所載，殆經半月，忽達洲島之間，洲人問其從來，具以實告。洲人曰：『此滄洲，去中國已數萬里。』乃出菖蒲花、桃花酒，飲之而神氣清爽。其洲方千里，花木常如二三月。所居或金闕、銀臺、玉樓、紫閣，奏簫韶之樂[四]，飲香露之醑云云。」

芙蓉 《字彙》曰：「芙蓉，生於水者曰水芙蓉，即荷花也；生於木者曰木芙蓉，即秋華也，亦名拒霜。」

五色云云六龍 《太平御覽》七百七十三曰：「應劭《漢官儀》曰：『天子有五色安車，皆駕四馬。』又曰：『天子法駕所乘曰金根車，駕六龍。』」○《淮南子》註曰：「乘車駕以六龍。」○《字彙》曰：「馬高八尺曰龍。《禮·月令》：『駕倉龍。』」○田藝蘅《留青日札》二十九曰：「馬八尺以上爲龍。《瑞應圖》曰：『龍馬，仁馬，河水之精，高八尺五寸。』」

註　上作承露 《十八史·漢武傳》曰：「建柏梁臺，作承露銅盤，高二十丈，大七圍，上有仙人掌云云。」

擎玉杯 擎，《字彙》曰：「拓也，持高也。」

和玉屑 和，《字彙》曰：「應和也，又調也，百藥相和。」○屑，又曰：「《增韻》：『碎也。』」

《三輔黄圖》云云通天臺上 《漢書·武帝紀》曰：「元封二年，作甘泉通天臺。」註：「師古曰：『通天臺者，言此臺高，上通於天也。《漢舊儀》云：「高三十丈，望見長安城。」』」○《史記》註：「《三輔黄圖》云：『臺在甘泉宮，高百餘丈，若與天通，故名通天臺。上有承露盤仙人，常擎玉杯以承雲表之露。』」○《西都賦》云：「撫仙掌以承露，擢雙立之金莖。」註：「金莖，銅柱也。」

挹注之器 挹，《韻會》曰：「一入切。徐曰：『從上酌之也。』」〇《字彙》曰：「音揖，酌也。」〇注，《字彙》曰：「陟慮切，音著，灌注水流射也。」〇《詩・大雅・洞酌篇》曰：「挹彼注兹。」

《郊祀志》文成云云 《前漢書・郊祀志》云：「齊人少翁以方士見上。上有所幸夫人卒，少翁以方術夜致夫人及竈鬼之貌，天子自帷中望見焉。乃拜少翁爲文成將軍，賞賜甚多，以客禮禮之。文成言：『上即欲與神通，宮室被服非象神，神物不致。』乃作畫雲氣車及各以勝日駕車辟惡鬼[五]。」注：「服虔曰：『甲乙五行相剋之日。』如淳曰：『如火勝金，用丙丁不用庚辛。』」〇季昌注：天子孝德所感，故五色雲見。

甲丙云云 甲日駕青色，丙日駕赤色，戊日駕黄色，庚日駕白色，壬日駕黑色。〇《留青日札》十二云：「甲本戈甲，或曰拆也，万物甲拆而出也。丙本魚尾，或曰万物炳然著見也。戊本武，又万物之茂盛也。庚本鬲，或曰万物堅强而收斂也。壬本懷妊。」

駕之 《字彙》曰：「駕，居亞切，音價。唐制，天子居曰衙，行曰駕。又車乘也。又馭也。又具車馬曰駕。」

《甘泉賦》曰云云 《甘泉賦》，漢楊雄所作也。《漢書》列五十七有《楊雄傳》載《甘泉賦》云：「孝成帝時，客有薦雄文似相如者云云。正月，從上甘泉還，奏《甘泉賦》以風，其辭曰：『云云於是乘輿迺登夫鳳凰兮翳華芝云云。』」註：「師古曰：『鳳凰者，車以鳳凰爲飾也。翳，蔽也，以華芝爲蔽也。四六，駕數也，言或四或六也。螭似龍，一名地螻。虯，即龍之無角者。』」〇又《文選》卷七載《甘泉賦》註：「濟曰：『乘輿，天子也。』韋昭曰：『鳳凰爲車飾也。翳，隱也。』服虔曰：『華芝，華蓋也。』向曰：『駟，駕也。蒼螭，蒼龍也。素虯，白龍也。凡稱龍者，皆馬也[六]。龍者，美之也。』」○輿，《字彙》曰：「車底也。」○翳，又曰：「於計切，音医。蔽也，障也，華蓋也，羽葆也，舞者所持羽也。又草木藤蔓所蔽曰翳。」○螭，又曰：「抽知切，音鴟。似蛟無角，似龍而黃。」○駟，又曰：「夏后氏駕兩謂之麗，殷益一騑謂之驂，周又益一騑謂之駟。駟者，一乘四馬，兩服兩驂是也。」○虬，又曰：「俗虯字。」又「虯」字註曰：「渠尤切，音求，龍無角者。」

刺世主云云好怪 刺，《字彙》曰：「七四切，音次。諷刺，譏切也。」○胡敬齋《居業録》曰：「今人多談怪異，以爲有者，必惑於神怪，以爲無者，只是硬見，終不足以解時人之疑。故孔子不語怪，以此蓋天地之間所以爲造化者，陰陽五行之氣而已。其交錯變化，有正邪、常變、易險、明暗之不齊。正而常[七]、易而明者，理之正，人所共知共由，故不以爲怪。邪變險暗，世不常有，非理之正，人皆驚異，故以爲怪。然聖人教人，只在正理上窮究。正理既明，不正者可照見；縱未能照，亦不可先去窮他，只守吾正理而已，終不能勝正。今仙家及巫師做把戲者皆有邪道，但君子所不當知也。」

御鬼神 《中庸》十六章云：「子曰：『鬼神之爲德，其盛矣乎。』」註：「程子曰：『鬼神，天地之功用而造化之迹也。』張子曰：『鬼神者，二氣之良能也。』以二氣言，則鬼者陰之靈也，神者陽之靈也；以一氣言，則至而伸者爲神，反而歸者爲鬼，其實一物而已。』」○陳北溪《性理字義》曰：「神之爲言伸也，伸是氣之方長者也；鬼之爲言皈也，皈是氣之既退者也。自天地言之，天屬陽，神也；地屬陰，鬼也。就四時言，春夏氣之伸，屬神；秋冬氣之屈，屬鬼。又自晝夜分之，晝屬神，夜屬鬼。就日月言之，日屬神，月屬鬼。又如鼓之以雷霆，潤之以風雨，是氣之伸，屬神；及至收斂後，帖然無踪迹，是氣之皈，屬鬼。以一日言之，早起則日方升，屬神；午以後漸退，爲鬼。凡氣之伸者皆爲陽，屬神；凡氣之屈者皆爲陰，屬鬼。」

車服《書·舜典》曰：「車服以庸。」

以淫祀乎《禮記·曲禮下》曰：「非其所祭而祭之，名曰淫祀。淫祀無福。」陳註曰：「淫，過也。以過事神，神弗享也，故無福。鄭曰：『爲瀆神也。』」

杜元凱《晋書》列四曰：「杜預，字元凱，京兆杜陵人，博學多通，明於興廢之道，常言德不可以企及，立功、立言可庶幾也。乃耽思經籍，爲《春秋左氏經傳集解》。時王濟解相馬，又甚愛之，而和嶠頗聚斂。預嘗稱濟有馬癖，嶠有財癖。武帝聞之，謂曰：『卿有何癖？』對曰：『臣有《左傳》癖。』終司隸校尉。」

所謂具文見意杜預《左傳序》曰：「盡而不污，直書其事，具文見意云云。」〇按「具文見意」者，語面咏花鳥風月，外不説盡道理，内含蓄不盡之意也。

概《字彙》曰：「居大切，音蓋，平斗斛者。又大概，大率也。」

增註《明皇雜録》云云《百川學海》載鄭棨《開元傳信記》曰：「上爲皇孫時，風表環異，神彩英邁，嘗於朝堂叱武攸暨曰：『朝堂，我家朝堂！汝得恣蜂蠆而狼顧耶！』則天聞而驚異之，再三顧曰：『此兒氣概，終當爲吾家太平天子也。』」〇愚按《傳信記》「吒」作「叱」，此註作「吒」，蓋傳寫之誤也。〔八〕

皇孫《事物紀原》一曰：「項峻《始學篇》曰：『天地立，有天皇。』張愔《帝系譜》曰：『天地初起，溟涬鴻濛，即生天皇，一萬八千歲[九]，此稱皇之始也。』」○《字彙》曰：「皇，音黄，君也。」

武攸暨 《新唐書》百三十一《外戚傳》有《武攸暨傳》。○又《唐書・太平公主傳》曰：「太平公主，則天皇后所生。后愛之，后殺武攸暨妻，以配主云云。」

武后 武后者，則天皇后，高宗后，玄宗祖母也。○《通鑒綱目》正編四十曰：「唐太宗貞觀十一年，以武氏爲才人。故荆州都督武士彠女，年十四，上聞其美，召入後宮。高宗永徽五年三月，以太宗才人武氏爲昭儀。上之爲太子也，入侍太宗，見才人武氏而悦之。太宗崩，武氏爲尼。忌日，上詣寺行香，見之泣。后聞之，陰令長髪，納之後宮，欲以間淑妃之寵。初入宮，屈體事后，后數稱其美。未幾，爲昭儀，后及淑妃寵皆衰。六年冬十月，廢皇后王氏爲庶人，立昭儀武氏爲皇后。」○《事物紀原》一曰：「《周禮》：『天子之妃曰后。』周人稱王妃曰后。秦號皇帝，亦稱皇后。后，繼體之君也。周人之稱王妃，亦以繼天子之後故也。《尚書・顧命》曰：『皇后憑玉几。』蓋史始以言成王之以道繼人之後也，而秦、漢以稱天子之妃。《漢・高紀》：『七年，漢王即皇帝位，尊王后曰皇后。』」

太平天子 《事物紀原》曰：「《説文》曰：『古之神聖人母，感天而生子，故曰天子。』《春秋元命包》曰：『女登生子，人面龍顔，始爲天子。』《帝王世紀》曰：『神農氏之母有蟜氏，名女登，則帝王之稱天子，自炎帝始也。』」

又在藩云云 藩，《字彙》曰：「符艱切，音煩。藩屏，藩垣，藩籬。又與轓同。杜預曰：『車之有障蔽者。』亦取屏義。」

謁萬回 《類説》二十五《逸史》云：「明皇潛龍時，見僧萬回，曰：『五十年天子，願自愛。』五十年以後，果有禄山之禍。」〇《釋氏稽古略》三曰：「萬回，法雲公，太宗貞觀六年五月五日生，虢州閿鄉張氏。至是咸亨四年，帝度之爲沙門。回幼時致兄書六十里外，朝往暮回，因號萬回。則天垂拱四年，太后延回入宫，賜以錦衣，令宫女給侍。長安二年，回所至顯化。玄宗在藩邸，嘗私謁回，回撫其背曰：『五十年太平天子，可自愛。』中宗神龍二年，賜回號法雲公。睿宗景雲二年十月，詔回入宫，館於集賢院，給二美人奉事之。十二月，忽求閿鄉河水，左右不可得，回曰：『穴堂前地可得也。』回飲水畢，湛然而逝。壽八十歲，賜司徒、虢國公，勑圖形集賢院。」〇《宋高僧傳》卷十八《感通篇》第六之一曰：「釋萬回，俗姓張氏，虢州閿鄉人也。年尚弱齡，白癡不語，父母哀其濁氣。爲鄰里兒童所侮，終無相競之態。然口自呼『萬回』，因爾字焉云云。正諫大夫明崇儼者[一〇]，道術之士，謂人曰：『萬回，神僧也。』玄宗潛龍時，與門人張暐等同謁。回見帝甚至褻黷，將漆杖呼且逐之，同往者皆被驅出，曳帝入，反扃其户，悉如常人，更無他，重撫背曰：『五十年天子自愛，已後即不知也。』張公等門外歷歷聞其言，故傾心翼戴焉。五十年後，蓋指禄山之禍也。」

撫其背 撫，《字彙》曰：「裴古切，音府。摩也，按也，慰勉也，彈也，擊也。」〇《太平廣記》一百三十六曰：「唐開元末，於弘農古函谷關得寶符，白石赤文，正成『桒』字，識者解之云：『桒者，四十八，所以示聖人御曆之數也。』及帝幸蜀之來歲，正四十八年。得寶之時，天下歌之曰：『得寶耶，弘農耶？弘農耶，得寶耶？』得寶之年遂改元爲天寶也。」〇玄宗，武后垂拱元年乙酉誕生，肅宗上元元年崩，壽七十八歲。二十九歲之時即位，即位以後四十八年也，與「桒」字相叶矣。

【校勘記】

［一］摭：底本訛作「攟」，據詳解本和《詩林廣記》前集卷六改。

［二］妙：底本訛作「如」，據《唐才子傳》卷四改。

［三］况：底本訛作「説」，據《唐才子傳》卷四改。

［四］奏：底本訛作「秦」，據《太平廣記》卷十八改。韶：底本訛作「部」，據《太平廣記》卷十八改。

［五］日：底本誤作「色」，據《漢書・郊祀志》改。駕車辟惡鬼：底本脱，據《漢書・郊祀志》補。

［六］「皆」後底本衍「白」，據詳解本和《六臣註文選》卷七删。

［七］正：底本脱，據《居業録》卷八補。

［八］據按語，註中「嘗於朝堂叱武攸暨」之「叱」原作「吒」，爲傳寫之誤，但刻工誤將原註中的「吒」刻成了「叱」，反而改正了「吒」之誤，而熊谷立閑所見之《傳信記》中作「叱」，乃是正字。

［九］一：底本誤作「治」，據《事物紀原》卷一改。

［一〇］崇：底本誤作「山宗」，據《宋高僧傳》卷十八改。

吴姬　　薛能

增註　薛許昌元集《吴姬》詩共八首，此其一也。○按顔師古云：「姬者，周之姓，貴於諸國之女，故婦人美號皆稱姬，後總謂衆妾爲姬。」

備考　《字彙》曰：「姬，堅溪切，音雞，姓也。黄帝本姓公孫，長居姬水，因改姓姬。又周姓，又婦人美稱。」顔師古曰：「姬，本周姓，其女貴於衆國之女，所以婦人美號皆稱姬。又稱美女曰姬姜。黄帝姓姬，炎帝姓姜，二姓子孫繁盛，美女尤多，遂以姬姜爲美稱。」○《賢愚鈔》曰：「吴越之女皆有美色，杜詩云『越女天下白』，由是觀之，則吴越之美色可知而已，故吴姬則美人之總號也。薛能有才而不用，故自比美人之不幸。作此詩，所謂比體也。」○《唐詩遺響》第三載此詩，改題《宫詞》。

增註　**薛許昌**　許昌，許州也，能乾符中爲許州刺史。元集指能本集。

顔師古　《萬姓統譜》二十六曰：「顔師古字籀，瑯琊臨沂人，顔子三十七世孫。性簡峭，視輩行傲然。唐初爲秘書監，校定經史，註班固《西漢書》，修五經。進子爵，銀青光禄大夫，弘文館學士，時人稱顔秘書。」

周之姓　姓，《字彙》曰：「《左傳》註：『姓者，生也，以此爲祖父之相生。雖下及百世，而此姓不改。

族者，屬也，與其子孫共相聯屬，其旁支別屬則各自爲氏。』《史記》註：『天子賜姓命氏，諸侯命族。族者，氏之別名也。姓者，所以統繫百世，使不相別。氏者，所以別子孫之所出。故《世本》言姓則在上，言氏則在下也。』」○《聽雨紀談》曰：「姓氏所以別婚姻、明貴戚。古之貴者有氏，賤者有名無氏。朱紫陽謂：『秦、漢以來，奴僕主姓，今有天姓所在，必有人同姓不知所來者，皆奴僕類也。』元虞奎章云：『異姓不可以爲後，天理民彝，固當然也。而後世有是者，其始蓋出於牽情徇利，而天下之争端起矣。』予觀今之奴僕皆冒主姓，雖士大夫家亦然，此非奴僕之失，殆所牽情徇利者耶！予家自前元以來，祖有遺訓，僕輩各姓其姓，子孫守之，至今不易，親友中亦間有效之者。」○《事物紀原》二曰：「《通曆》洎《帝王五運歷年記》，人皇之後有五姓、四姓、七姓、十二姓紀，則姓之始疑起於此。而《帝王世紀》至太昊始曰庖犧氏，風姓也。《易類是謀》曰：『黄帝吹律定姓，疑姓自太昊始，而黄帝定姓者，因生賜姓之始也。』陸法言引《風俗傳》云：『張、王、李、趙，爲黄帝賜姓。』」

美號　號，《字彙》曰：「胡刀切，音毫。大呼也。又令也，召也，名稱也，謚也。」

衆妾　妾，《字彙》曰：「女婢也。《孟子》：『侍妾數百人。』《六書正譌》：『从立从女，侍側之義。舊注以从辛，爲有辠。』」

薛能

備考　《正音》云：「晚唐作者。」《新唐書》無傳，《舊唐書·文藝傳》中有名無傳。○《唐書》一百二十六《文藝傳上》云：「若韋應物、沈亞之、閻防、祖咏、薛能、鄭谷等，其類尚多，皆班班有文在人間，史家逸其行事，故弗得而述。」○《才子傳》七曰：「能，字大拙，汾洲人。會昌第十六主武宗。六年狄慎思榜登第。大中第十七主宣宗。末書判入等中選云云。咸通第十八主懿宗。中攝嘉州刺史，耽癖於詩，日賦一章爲課。性喜凌人，格律卑卑，且亦無甚高論，[一]嘗以第一流自居云云。」○《詩林廣記》前集九劉後村云：「薛能詩格不甚高，而自稱譽太過。其五言云：『空餘氣長在，天子用平人。』不但自譽其詩，又自譽其材。然位歷節鎮，不爲不用矣。卒以驕恣凌忽，債軍殺身，其材安在哉？妄庸如此，乃敢妄議諸葛，可謂小人無忌憚者。」○《通鑑》二百二十卷《唐懿宗紀》曰：「薛能，汾州人。」胡三省《音義》：「能，棠來切。」○《韻會・灰韻》「能」字註曰：「囊來切。《爾雅》：『鼈三足，能。』《山海經》：『從山多三足鼈，大苦山多三足龜。吴興羡陽縣君山上有池，出三足鼈，又有六眼龜。』一曰獸名，足似鹿。」又《蒸韻》：「奴登切，熊屬，足似鹿。」○《韻府・蒸韻》「能」字下曰：「薛能，詩人，然句格不高。」又《灰韻》「能」字下無薛能名。○愚按當從《蒸韻》呼「奴登切」，胡三省從《灰韻》呼之「棠來切」，不知何據。

自一作「身」。**是三千第一名，**三千者，宮女之數。自此以下，皆自述其昔日才寵如此。**內家叢裏獨分明。**崔令欽《教坊記》曰：「妓女入宜春院，謂之內人，亦曰前頭人。其家在教坊，謂之內家人。」**芙蓉殿上中元日，**芙蓉殿在曲江。**水拍銀盤弄化生。**《唐歲時紀事》曰：「七夕，俗以蠟作嬰兒形，浮水中以爲戲，爲婦人宜子之祥，謂之化生。本出西域，謂之摩睺羅，今富貴家猶有此。」已上皆自述昔日才寵如此。

此詩鑿説者不一，多失作者之意。余觀薛能《吴姬》詞凡八首，皆以女自喻，古詩多有此體，如《妾薄命》之類是也。蓋能早負才名，自謂當作文字官，及爲將，常怏怏不平，數賦詩以見意。此詩乃矜其少日才望之盛，而不平之意隱然言外。

增註 內家。天子宫中爲禁内，又爲大內。○化生。《金剛經》：「若化生。」

備考 《賢愚鈔》曰：「『自是』二字太妙，言不施脂粉而自然有美質，故三千宫女中第一美名也。加之族内家教坊中，亦獨出群也。」○許渾《凌歊臺》詩云：「三千歌舞宿層臺。」○季昌註：「《職林》云：『自武元以后，世增淫費，乃至掖庭三千。』」○内家，李賀詩：「柳花偏打内家香。」註：「吴正子曰：『内家，宫嬪也，唐中使押領内家三十人[二]，是即此。』」○第三、四句言芙蓉殿，則有御駕不臨幸，故燒香爲謾。薛此句亦用芙蓉殿，不遇之吴姬所居也，其弄化生與謾焚香不遇，怨望見言外也。○又云：「以《歲時記》見之，弄蠟兒實是七夕故事，吴姬用之於七月十五日，其間九日也，九則陽之數，祀祈皇太子之誕産，有故哉。或曰：『依然不覺從七夕至中元。』此解亦可也。」○愚按祝祈誕産之説鑿也[三]。○舊註曰：「薛嘗作八絶句，皆寓有才不遇之意。此篇，其一也。」

中元日 《事林廣記》曰：「三元，正月十五日爲上元，七月十五日爲中元，十月十五日爲下元。」○又丁集《聖真降會章》云：「三元，齋日。正月十五日上元，九炁天官主録百司上詣天闕，進呈世人罪福之日，大宜崇福謝過。七月十五日中元，七炁地官主録百司上詣天闕，進呈世人罪福之日，大宜崇福謝過。十月十五日下元，五炁水官主録百司上詣天闕，進呈世人罪福之日，大宜崇福謝過。」

拍　《字彙》曰：「拊也，扛也。《釋名》：『拍，搏也，以手搏其上也。』」

註　才寵　寵，《字彙》曰：「恩也，愛也，又尊榮也。」

崔令欽云云　《百川學海》載《教坊記》曰：「西京右教坊在光宅坊，左教坊在延政坊。右多善歌，左多工舞，蓋相因習。東京兩教坊俱在明義坊[四]，而右在南，左在北也。坊南西門外即苑之東也，其間有頃餘水泊[五]，俗謂之『月陂』，形似偃月，故以名之。」〇「妓女入宜春院謂之内人，亦曰前頭人，常在上前也。其家猶在教坊，謂之内人家。敕有司給賜同十家，雖數十家，猶故以十家呼之。每月二日、十六日，内人母得以女對，無母則姊妹若姑一人對。十家就本落，餘内人並坐内教坊對。内人生日，則許其母、姑、姊、妹皆來對，其對所如式。」

妓女　妓，《字彙》曰：「女樂也。」〇謝肇淛《五雜俎》卷八曰：「今時娼妓布滿天下，其大都會之地，動以千百許，其它窮州僻邑，在在有之，終日倚門獻笑，賣婬爲活，生計至此[六]，亦可憐矣。兩京教坊，官收其税，謂之脂粉錢，隸郡縣者則爲樂户，聽使令而已。唐、宋皆以官伎佐酒[七]，國初猶然。至宣德初，而常充牣里閈云云。」

在教坊　《事物紀原》卷二曰：「唐明皇開元二年於蓬萊宮側始立教坊，以隸散樂倡優曼衍之戲。餘見『教坊使』條。」〇又卷六曰：「《唐·百官志》曰：『開元二年置教坊於蓬萊宮側，京都置左右教坊，掌俳優雜劇。以中官爲教坊使，此其始也。』又曰：『武德後置内教坊，武后改曰雲韶府，以中官爲使。開元後，始不隸太常也。』《續事始》曰：『玄宗立教坊，以新聲散樂之曲、優倡曼衍之戲[八]，因其諧謔，以金帛章綬賞之。因置使以教習之，國家乃以伶人之久次者爲使云。』」○坊，《字彙》云：「《説文》：『邑里之名』。」○《事物紀原》卷八曰：「蘇鶚《演義》曰：『坊，方也，言人所在里爲方。方，正也。又方，類也。方以類聚居者，必求其類。从土[九]，隸文欲强别白，不惜文繁耳。』《漢宮闕名》曰：『洛陽故北宮，有九子坊。』則坊名漢有也。」

芙蓉殿云云 杜工部《曲江對雨[一〇]》詩：「龍武新軍深駐輦，芙蓉别殿謾焚香。」○《分類》薛註曰：「芙蓉園在京城南，内築夾城，入園中有殿，而曲江又連芙蓉苑。駕嘗遊幸其中，亦有殿，故曰别殿。」○《千家註》洙註曰：「芙蓉城連曲江。」趙註曰：「言駕深駐曲江，不復幸芙蓉苑，則别殿焚香爲謾耳。」○又杜詩《曲江》二首，薛註云：「曲江在陝西西安府，漢武帝所鑿，其水曲折如嘉陵，故名。唐都西安，以曲江爲勝境，都人遊賞莫盛於上巳、中和節，或賜宴臣僚於此。」○《唐詩訓解》云：「曲江在芙蓉苑北。」

以蠟 蠟，《字彙》曰：「蜂液融者爲蜜，凝者爲蠟。」

嬰兒 《字彙》曰：「女曰嬰，男曰兒。《釋名》：『人始生曰嬰兒。胸前曰嬰，抱之嬰前乳養之，故曰嬰兒。』」

西域 《三才圖會·地理部》十三曰：「天方，古筠冲之地，舊名天堂，又名西域。國朝宣德中，遣使朝貢。」

謂之摩睺羅 《方輿勝覽》第二《平江府蘇州部》云：「七夕摩睺羅。《郡志》云：『土人工於泥塑，所造摩睺羅尤爲精巧。』」○《事林廣記》甲集曰：「《東京夢華録》曰：『七月七夕，京城内外，瓦子街巷，皆賣磨喝樂，乃小塑土偶耳，悉以綵裝欄座、紅碧紗籠，飾以金珠牙翠，有一對直數千者，本佛經云「摩睺羅」，俗云「磨喝樂」。初七日晚，貴家多結綵樓於庭，謂之乞巧樓，鋪陳磨喝樂、花瓜、酒炙、筆硯、針線，或兒童裁詩，女郎呈巧，焚香列拜，謂之乞巧。婦女望月穿針，或以小蜘蛛安合子内，次日看之，若網圓正，謂之得巧。里巷與妓館往往列之門首，爭以侈靡相尚。』」○《事文類聚·七夕部》云：「又以黄蠟做爲鳧、雁、鴛鴦、鸂鶒、魚、龜之類，綵畫金縷，謂之水上浮。」

如《妾薄命》 李白《妾薄命》註：「樂府佳麗四十七曲之一。」《漢書·許后傳》：「奈何妾薄命，端遇竟寧前。」陳無己亦有《妾薄命》之詩。

及爲將 將，《字彙》曰：「將，帥也。才足以將物而勝之，謂之將。」

怏怏 《字彙》曰：「倚兩切，懟也，不服也，情不滿足也。《史·高祖紀》：『諸將與帝爲編户民，今北面爲臣，此常怏怏。』」

矜其云云 矜，《字彙》曰：「居卿切，音京。矜持自飭也。又驕矜自負也。」

隱然 隱，《字彙》曰：「蔽也，藏也。又痛也。又憂戚貌。」

增註　爲禁内　蔡邕《獨斷》一曰：「禁中者，門户有禁，非侍御者不得入，故曰禁中。孝元皇后父大司馬陽平侯名禁，當時避之，故曰省中。今宜改，後遂無言之者。」○禁，《字彙》曰：「制也，戒也，謹也，止也。天子所居曰禁。」○愚按禁内者，禁中之義也。

爲大内　《事物紀原》卷六曰：「《宋朝會要》曰：『今大内，即宣武軍節度治所。朱梁建都，遂以衛第爲建昌宫。晋天福初，又爲大寧宫第，改名號而已。周世宗雖加營繕，猶未合古制。建隆三年，發開封浚儀民廣皇城。四年五月，太祖遣有司畫洛陽宫殿，按圖脩之，自是皇居始壯麗矣。』」

《金剛經》《金剛經》曰：「所有一切衆生之類，若卵生，若胎生，若濕生，若化生。」圓杲註[一一]：「若化生者，化以離應，意欲飛騰，趣新亂想，無而忽有，故有轉蜕飛行之類也。」

【校勘記】

[一]格律卑卑，且亦無甚高論：底本誤作「格律且且，無甚高論」，據《唐才子傳》卷七改。

[二]十：底本訛作「千」，據《箋註評點李長吉歌詩》卷三、《太平廣記》卷四百八十六和《説郛》卷一百十二上改。

[三]祝：前文用「祀」字，前後文不一致，未知孰是。

[四]兩：底本訛作「西」，據《教坊記》改。

［五］「餘水泊」前底本衍「刻」，據《教坊記》删。

［六］計：底本訛作「許」，據《五雜俎》卷八改。

［七］宋：底本訛作「宗」，據《五雜俎》卷八改。伎：底本脱，據《五雜俎》卷八補。

［八］曼：底本訛作「蔓」，據《事物紀原》卷二和卷六改。

［九］土：底本脱，據《蘇氏演義》卷上補。

［一〇］雨：底本訛作「酒」，據《補注杜詩》卷十九和《九家集注杜詩》卷十九改。

［一一］圓：底本訛作「圖」。按圓杲，明代僧人，《新鐫大乘金剛般若波羅蜜經音釋直解》是其爲《金剛般若波羅蜜經》所作之註本。

已上共三首 伯弜立此而不著其説。以余觀之，其例不一。若絶句，則以第三句爲主，或以其句法相似，或字面相同，或第三句喚第四句者，或不喚而第四句申其意者，或純以景物者[一]，或景物中有人者，但第三句皆如是，則聚爲一類，曰已上若干首。其首尾三句則不必同，而又必篇篇聲勢輕重相似，其揣摩稱停，用心之精，可謂細入忽微，非苟然者。故不顯言其旨，欲使觀者自得焉。

備考 右三首，第三句字面相似格也。

註 **以余** 指天隱。

其例 例，《字彙》曰：「力霽切，音麗，比也，類也，概也。」

或純 純，《字彙》曰：「粹也，全也，不雜也。」

若干首 《禮記・曲禮下》曰：「問天子之年，對曰：『聞之始服衣若干尺矣。』」陳註：「若，如也，未定之辭。數始於一，而成於十。干字，从一从十，故曰若干，謂或如一或如十。凡數之未定者，設之之言也。干，猶個也，若個猶言幾、何、枚也。又設干者十干，自甲至癸也，亦以數言也。」

揣摩 《史記》列九《蘇秦傳》曰：「於是得周書《陰符》，伏而讀之。期年，而以出揣摩。」註：《戰國策》云：「乃發書，陳篋數十，得太公《陰符》之謀，伏而誦之，簡練以爲揣摩云云。」《索隱》曰：「揣音初委反，摩音姥何反。鄒誕本作『揣靡』，靡讀亦爲摩[二]。王劭云[三]：『《揣情》《摩意》是《鬼谷》之二章名，非爲一篇也。』高誘曰：『揣，定也。摩，合也。定諸侯使讎其術，成六國之從也。』江邃曰：『揣人主之情，摩而近之。』」《正義》曰：「《鬼谷子》有《揣》及《摩》二篇，言揣諸侯之情，以其所欲切摩，摩爲揣之術也[四]。」

○揣，《說文》：「量也。」

稱停 稱，《字彙》曰：「銓也。又與秤同，正斤兩者。又度也，量也。」○停，又曰「定也。《復古編》：『本作亭，後人別作停。』」○《漢書》列二十九《張湯傳》曰：「平亭疑法。」李奇曰：「亭亦平也。」師古曰：「亭，均也，調也。言平均疑法。」

忽微 忽，《韻會》曰：「呼骨切，一蠶爲一忽[五]，十忽爲一絲。劉德曰：『忽，蜘蛛網。』」○微，《字彙》

曰：「少也，眇也。」

苟然　苟，《字彙》曰：「苟且草率也。」○安成顏欲章《刊謬正俗》八曰[六]：「苟者，媮合之稱[七]。所以行無廉隅，不存德義，謂之苟且。而今之流俗，便謂無耻之人行類猪狗，每爲方幅則呼苟爲犬，且更以戲弄耳。」

自得　《中庸》十四章曰：「君子無入而不自得焉。」○《直解》云：「得字對失字看，無失即得也，不得之於外而得之内，故曰自得。」

【校勘記】

[一]以：底本訛作「似」，據元刻本和箋註本改。

[二]摩：底本訛作「靡」，據《史記·蘇秦傳》改，下同。

[三]劭：底本訛作「邵」，據《史記·蘇秦傳》改。

[四]摩：底本脱，據《鬼谷子·摩篇》補。

[五]蠶：底本訛作「朁」，據詳解本和《古今韻會舉要》卷二十六改。

[六]安成顏欲章：按《匡謬正俗》，或曰《刊謬正俗》，八卷，唐代顏師古撰。明代顏欲章，福建安福人，進士，曾編叢書《顏氏傳書》。此云「安成顏欲章《刊謬正俗》」，當指顏欲章所刊叢書《顏氏傳書》所收之《刊謬正俗》，非謂《刊謬正俗》爲顏欲章所作。

[七]婾：底本訛作「諭」，據《匡謬正俗》卷八改。

歸雁　錢起

備考 《字彙》曰：「雁，隨陽鳥，似鵝，大曰鴻，小曰雁。」○此詩全篇興也。《唐詩正音》第六載之。○《唐詩遺響》爲薛大拙詩。

錢起

備考 《正音》云：「中唐作者。」新、舊史共無傳。○《才子傳》第四曰：「起，字仲文，一本作「丈」。吳興人，天寶十年李巨卿榜及第。少聰敏，承鄉曲之譽。初從計吏至京口客舍，月夜閑步[二]，聞户外有行吟聲，哦曰：『曲終人不見，江上數峰青。』凡再三往來，起遽從之，無所見矣，嘗怪之。及就試粉闈，詩題乃《湘靈鼓瑟》，起輟一本作「輒」。就，即以鬼謡十字爲落句。主文李暐深嘉美，擊節吟味久之，曰：『是必有神助耳。』遂擢置高第，釋褐，授校書郎云云。起詩體制新奇，理致清贍，芟宋、齊之浮游，削梁、陳之嫚靡，迥然獨立也。王右丞許以高格，與郎士元齊名。士林語曰：『前有沈佺期、宋之問，後有錢起、郎士元。』集十卷，今傳。子徽能詩，外甥懷素善書，一門之中，藝名森出，可尚矣。」

瀟湘何事等閑回，衡陽有回雁峰，雁至此不南去。**水碧沙明兩岸苔。二十五弦彈夜月，**《漢書》：「泰帝使素女鼓五十弦琴[二]，瑟聲悲，帝禁不得，破瑟爲二十五弦。」**不勝清怨却飛來**。瑟中有《歸雁操》。詩意謂瀟湘佳景[三]，水碧沙明，何事即回？我瑟夜彈方怨，汝却飛來乎？又一説，以「二十五弦彈夜月」爲湘妃鼓瑟，詩意謂瀟湘佳境，雁不應回，乃湘瑟之怨不可留耳，此詩人發興之言。其説亦通。

備考《賢愚鈔》曰：「言瀟湘佳景，水碧沙明，何事雁捨此地向北而回。錢起已在長安邊，而夜彈《歸雁》曲，則汝雁不堪聽清怨之調，却可向南而飛來也。」〇「一説，一、二句與前同，三、四句言瀟湘佳景，雁不應回，雖然，湘妃向夜月彈《歸雁操》之曲，其聲清怨，不勝聽之，佳景可留而不留，故自南而向北飛來去也。『來』字與『歸去來』之『來』字同，語助詞也。」〇又曰：「凡『來』字有兩義，自彼至此曰來，又自此至彼曰來。劉禹錫詩曰：『明朝若上君山望，一道巴江自此來。』『來』字，自此赴彼之意。初説『來』字，自彼至此之義；後説『來』字，自此至彼之義，與禹錫詩同。」〇又曰：「清怨，琴瑟曲調有適、怨、清、和之四也，此句舉其二而已。『清』字，即湘水之夜月，李義山詩『滄海月明珠有淚』之意。『怨』字，即深恨虞舜殂落之事，李義山詩『望帝春心託杜鵑』之意也。」

瀟湘《大明一統志》六十三曰：「長沙府，湘江在府西云云。湘水至永州與瀟水合，曰瀟湘；至衡陽與蒸水合，曰蒸湘；至沅州與沅水合，曰沅湘，會衆流以達洞庭。」

等閑劉禹錫詩：「老盡主人如等閑。」東坡詩：「萬卷付等閑。」〇詩人多用此語，所謂尋常之義也。

註　**衡陽云云**《方輿勝覽》二十四曰：「衡陽郡在湖南路衡州衡山之陽，故曰衡陽。回雁峰在衡陽縣之南，雁至此不過，遇春而回，故名。或云：『峰勢如雁之回。』」

《漢書》泰帝云云[四]《漢書・郊祀志上》：「或曰：『泰帝使素女鼓五十弦瑟，悲，帝禁不止，故破其瑟爲二十五弦。』」師古曰：「泰帝亦謂泰昊。不止，謂不能自止也。」按《郊祀志》作「泰帝」，泰帝即伏羲氏也。《十八史》：「大昊，伏羲也。」○《韻府》「瑟」字下：「《漢武紀》：『黄帝使素女鼓五十弦瑟而悲[五]，故止爲二十五弦。』」○《太平御覽》五百七十六引王子年《拾遺記》云：「黄帝使素女鼓庖羲之瑟，滿座悲，不能止，破爲七尺二寸二十五弦。」○《兩山墨談》云：「《集韻》謂泰帝使素女鼓五十弦瑟，帝悲不可禁，命去其半，定爲二十五弦。至秦俗惡薄，有父子争瑟者，又各分其半，故當時名其器爲箏[六]，又曰篆，二器今皆十三弦，實瑟之餘制也。吕氏《古樂紀》乃曰：『瞽叟拌五弦之琴作以爲十五弦之瑟，命之曰《大章》，以祭上帝。舜立仰延，疑樂官名。乃拌瞽叟之所爲瑟，益之八弦，以爲二十三弦之瑟。』然則瑟之在古，其規制更益蓋亦屢矣，固審音者宜略知也。」

琴瑟 琴，《事物紀原》曰：「《文選・西都賦》曰：『伏犧作琴。』《世本》曰：『伏犧造琴。』《琴操》曰：『伏犧作琴，長三尺六寸六分。』《琴書》曰：『伏犧氏王天下，削桐爲琴。』《廣雅》曰：『伏犧氏琴長七尺二寸。』《説文》曰：『琴，神農所造。』《帝王世紀》曰：『炎帝作五弦之琴。』桓譚《新論》曰：『神農氏始削桐爲琴，繩絲爲弦。』《廣雅》又云：『神農琴長三尺六寸六分，止有五弦。文王增二弦。』《高氏小史》曰：『炎帝教人作五弦之琴。』《通禮義纂》曰：『堯使毋句作琴五弦。』《禮記》曰：『舜作五弦之琴，以歌《南風》。』雖諸家記所始、長短、增弦不同，要之以太昊作之爲是。」○瑟，又曰：「《世本》：『伏犧造瑟。』王子年《拾遺記》曰：『庖犧氏弦桑爲瑟。』《世本》又曰：『庖犧氏作瑟五十弦，黄帝使素女鼓瑟，哀不自勝，破爲二十五弦，具二均聲。』《帝王世紀》曰：『伏犧作瑟三十六弦。』《隋・音樂志》：『瑟二十七弦，伏犧所作者也。』《高氏小史》曰：『太昊作二十五弦之瑟。』《西都賦》：『神農造瑟。』《吕氏春秋》曰：『朱襄氏之王天下，爲風陽氣畜積，果實不成，故王建作五弦之瑟。』高誘曰：『王建，朱襄之臣。瞽叟制爲十五弦，舜益以八弦，爲二十三弦。』《山海經》曰：『晏龍始爲瑟。』數説雖異，以《世本》之説爲得。」

夜彈　彈，《字彙》曰：「擊也。又鼓爪曰彈。又鼓琴曰彈琴。」

【校勘記】

[一]閑：底本訛作「閉」，據詳解本和《唐才子傳》卷四改。

[二]泰：底本訛作「恭」，據元刻本、箋註本和《漢書・郊祀志上》改。

[三]景：附訓本和增註本同此，元刻本和箋註本作「境」。

[四]泰：底本訛作「黄」，據前後文和《漢書・郊祀志上》改。

[五]黄：《史記・孝武本紀》作「泰」。

[六]時：底本脱，據《兩山墨談》卷二和《説略》卷十一補。

逢賈島　張籍

備考 賈島，晚唐作者。〇《新唐書》列一百一《韓愈傳》中附之。東萊《十七史》列四十四云：「賈島，字浪仙云云。」〇《才子傳》第五云：「島，字閬仙，范陽人也。初連敗文場，囊篋空甚，遂爲浮屠，名無本。來東都，旋往京居青龍寺。時禁僧午後不得出，爲詩自傷云云。後復乘閑策蹇訪李餘幽居，得句云：『鳥宿池中樹，僧推月下門。』又欲作『僧敲』，煉之未定，吟哦引手作推敲之勢[一]，傍觀又訝。時韓退之尹京兆，車騎方出，不覺衝至第三節，左右擁到馬前。島具實對：『未定推敲，神遊象外，不知迴避。』韓駐久之，曰：『敲字佳。』遂並轡皈，共論詩道，結爲布衣交。遂授以文法，去浮屠，舉進士。愈贈詩云：『孟郊死葬北邙山，日月風雲頓覺閑。天恐文章渾斷絶，再生賈島在人間。』自是名著。時新及第，寓居法乾無可精舍。」〇《群談採餘》六曰：「賈島初赴舉，在京師，一日於驢上得句云『鳥宿云云』，久之曰：『敲字佳。』遂並轡同歸，共論詩賦。迎連累日，與之友善，爲布衣交，有詩贈云：『孟郊死葬北邙山云云在人間。』自此名譽著聞，後削髮爲僧，號無本，又號佛印。」〇《漁隱叢話》前集十九引《緗素雜記》云：「《唐書》載：『賈島字浪仙，初爲浮屠，名無本。來東都時，洛陽令禁僧午後不得出，島爲詩自傷。韓愈憐之，因教其爲文，遂去浮屠，舉進士。』」〇《劉公嘉話》曰：「島初赴舉京師，一日於驢上得句云『鳥宿云云』，後以不第乃爲僧，居法乾寺，號無本。」〇按諸説不一。《才子傳》及第後寓法乾寺。《劉禹錫嘉話》以不第乃爲僧，居法乾寺，號無本。

〇《唐詩正音》第六載之。〇此詩賦而比也。

張籍

備考 《新唐書》一百一《韓愈傳》附之。《十七史・唐史》四十一有傳。〇《正音》云：「中唐作者。」〇《才子傳》第五曰：「籍，字文昌，和州烏江人也。貞元唐第十代主德宗。十五年，封孟紳榜及第，授秘書郎，歷太祝，除水部員外郎。至長安，謁韓愈，一會如平生歡[三]，才名相許，論心結契，愈力薦爲國子博士。然性狷直，多所責諷於愈，愈亦不忌之。時朝野名士皆與遊，如王建、賈島、于鵠、孟郊諸公集中，多所贈答，情愛深厚。皆別家千里，遊宦四方，瘦馬羸童，青衫烏帽，故每邂逅於風塵，必多慇懃之思，銜杯命素，又況於同志者乎？聲調相似，况味頗同。公於樂府古風，與王司馬自成機軸，絶世獨立。自李、杜之後，風雅道喪，至元和中，暨元、白歌詩，爲海内宗匠，謂之『元和體』，病格稍振，無愧洪河砥柱也。樂天贈詩曰：『張公何爲者，業文三十春。尤工樂府詞，舉代少其倫。』仕終國子司業。有集七卷，傳于世。」

僧房逢著欵冬華，《本草》「欵冬華」注：「出雍州南山及華州，十一、十二月采其華。」**出寺吟行日已斜**。島初爲僧，名無本。此詩有「僧房」「出寺」之語，當是島未加冠巾時作。**十二街中春雪遍**，鮑照詩：「京城十二衢。」**馬蹄今去入誰家**？按張衡《四愁詩》序云：「效《楚詞》以香草比君子，以雪霏水深比小人。」此詩用其體，以欵冬華耐寒寂比島，以春雪比小人，以日斜比時昏，而傷己與島未知所託也。杜云：「風濤暮不穩，捨棹宿誰門？」全用杜意。

增註 欵冬華[三]，《古今方》用爲治嗽之最。○十二街，張衡《西京賦[四]》：「方軌十二，街衢相經。」注：「城門三面皆平正，可齊十二車，其中街衢互相經涉。」

備考 《賢愚鈔》曰：「第一句如天隱註：『以欵冬花不受霜雪之侵凌，有君子高介之標，故比島。』據《才子傳》之説，則僧房青龍寺之僧舍，籍自冬末相過而留滯，及初春歸，故云『春雪』。此時島爲僧也。或云：『若是僧，則題不言無本，何哉？』又據《才子傳》之説，則《題李餘幽居》詩云：『鳥宿云云。』是又僧時之作。況句中有『僧』字，而以賈島爲名，則浮屠之時，雖云相逢，可云逢賈島，非可怪也。」○「第二句言籍出青龍寺僧房，與島相別，以日斜比唐晚，島與籍患風雅道喪。」○「第三句言今日眼前之風物，已是實接也。『十二街中』指京師春雪遍，言小人滿朝。」○「第四句言除島外，海内無一個知己也。」○一説，第一句當與賈島相逢之時，忽欵冬花開，李白詩「兩人對酌山花開」之意也。○一説，一、二句言賈島初爲浮屠，居青龍寺，觸目者欵冬花而已。今去浮屠，每吟行至于日斜也。○按後二説不是也。

僧房 房，《紀原》卷八曰：「蘇鶚《演義》曰：『房，方也，室内之方正也。又房，防也，防風雨燥濕也。』《説文》曰：『房，室在旁者也。』《尚書·顧命》有『東房西房』，《詩》『右招我由房[五]』，蓋周制也。」

欵冬花 按欵冬，夜末布岐。又有美豆布岐之名，故以欵冬在陸地曰也末布岐。又一種花似酴醾，亦曰也末布岐，是同和名而異物也。古人於《萬葉集》中多咏其花，因假其字而書之耳，非以欵冬爲似酴醾者也。《萬葉》多借用字，不少後人不辨之，公任《朗咏》載「疑冬」，是已誤矣，況其餘歌人乎？○《楊升庵集》

曰：「欵冬花，即《爾雅》所稱菟奚、顆凍者，紫赤華，生水中，十二月雪中出花。郭元生《述異記》云[六]：『洛水至冬凝厲，則欵冬茂悅層冰之中。』傅咸《欵冬賦》序云：『余曾逐禽，登于此山[七]，于時仲冬，冰凌盈谷，積雪被崖，顧見欵冬，曄然始敷。』佛經：『朱炎鑠石，不靡蕭丘之木；凝冰慘慄[八]，不凋欵冬之花。』乃知唐詩『僧房逢云云』，春雪時也。」〇《西京雜記》云：「董仲舒曰：『亭藶死於盛夏，欵冬華於嚴冬。』」

十二街 街，《字彙》曰：「居諧切，音皆。《說文》：『四通道路。』徐曰：『街猶偕，並出之意。』《風俗通》：『街，携也，離也。四出之路，携離而別也。』」

馬蹄 蹄，《字彙》曰：「杜兮切，音題，足也。」

註　未加冠巾 冠，《紀原》三曰：「《三禮圖》曰：『緇布冠，始冠也，太古冠布。』然則冠之興，其始自太古乎？《通典》曰：『上古衣毛帽皮，後代聖人見鳥獸冠角，乃作冠纓。黃帝始用布帛，或曰黃帝已前用皮羽也。』《六帖》曰：『孔子作緇布冠。』誤矣。」〇巾，《劉氏鴻書》七十七引《諸事音攷》曰：「頭巾，古所未有。漢王莽頭禿，始施巾，或以皂羅裹髮，因有此制，與今式不同。自後宋制漸繁，始有圓象天、方象地者。」

鮑照 《氏族排韻》卷七曰：「鮑照，字明遠，工詩。詩評云：『爲詩欲詞格清美，當看鮑照、謝靈運。』詩人中稱爲『鮑謝』。仕宋，爲臨海王參軍。」

詩京城十云云 《文選》鮑明遠《咏史》詩：「五都矜財雄，三川養聲利。百金不市死，明經有高位。京城十二衢，飛甍各鱗次。」

按張衡　《排韻》卷四曰：「張衡，字平子，作《二京賦》，十年乃成。孫綽曰：『張衡、左思《二京》《三都》賦，六經之鼓吹也。』作渾天儀，著《靈憲》《算罔論》數術窮天地，制作侔造化。晋永和中拜尚書。」

《四愁詩》序　《文選》二十九張平子《四愁詩》序：「屈原以美人爲君子，以珍寶爲仁義，以水深雪雰爲小人。思以道術相報，貽於時君，而懼讒邪不得以通。」

寒寂　寂，《字彙》曰：「静也，安也。」

杜詩云云　見《千家註》十二卷。

增註　**治嗽**　《字彙》曰：「欬，嗽也。《周禮·天官·疾醫》：『冬時有嗽上氣疾。』」

張衡《西京賦》　《文選》卷二《西京賦》曰[九]：「徒觀其城郭之制，則旁開三門[一〇]，參塗夷庭，方軌十二，街衢相經。」明張鳳翼《纂註》：「街，大道也，經歷也。一面三門，門三道，故云參塗。塗容四軌，故方十二軌。軌，車轍也。」

城門　城，《紀原》八曰：「《吕氏春秋》曰：『夏鯀作城。』註云：『築作城郭也。』《淮南子》曰：『鯀作九仞之城。』《吴越春秋》曰：『堯聽鯀治水，鯀乃築城造郭，以爲國固。』《博物志》曰：『東里槐責禹亂天下事，禹退而作三城。』又曰：『禹作城，强者攻，弱者守，敵者戰，城郭自禹始也。』《軒轅本紀》曰：『黄帝築城邑，造五城。』《黄帝内傳》曰：『帝既殺蚩尤，因之築城闕。』《史記》：『方士言於漢武帝曰：「黄帝爲五城。」』然則城蓋始於黄帝也。」〇門，又曰：「《易・繫》曰：『神農氏没，黄帝、堯、舜氏作重門擊柝，以待暴客，蓋取諸豫。』《皇圖要紀》曰：『軒轅造門户。』然則門户之制，其在上棟下宇之後乎？」

【校勘記】

[一]哦：底本訛作「味」，據《唐才子傳》卷五改。

[二]歡：底本訛作「勸」，據《唐才子傳》卷五改。

[三]欵：底本訛作「疑」，據附訓本改，下同。

[四]京：底本誤作「都」，據《文選註》卷二改，下同。

[五]右：底本訛作「有」，據《事物紀原》卷八改。

[六]郭元生《述異記》：詳解本、《升庵集》卷七十九和《丹鉛總録》卷二十七均作「郭緣生《述征記》」。疑底本誤。

[七]此：底本脱，據《升庵集》卷七十九和《丹鉛總録》卷二十七補。按《歲時廣記》卷五和《太平御覽》卷九百九十二作「北」。

[八]慄：底本訛作「慓」，據詳解本、《升庵集》卷七十九和《丹鉛總録》卷二十七改。

[九]二：底本訛作「一」，據《文選註》卷二改。

[一〇]三：底本訛作「之」，據《文選註》卷二改。

江南春　杜牧

增註 指揚子江以南。

備考 《樊川集》卷三載，題《江南道中春望》。○《唐詩正音》載之，題《江南春》。○《江南春》，曲名，一曰酒名。

增註 **指揚云云** 五言八句，泊揚子岸詩。季昌註云：「揚州江都縣南，闊四十里。魏文帝出廣陵，見風濤湧，嘆曰：『天地所以限南北者此。』」

杜牧

備考 《正音》云：「晚唐作者。」○《新唐書》列九十一《杜佑傳》附之。東萊《十七史》列四十一有傳。○《才子傳》第六曰：「牧，字牧之，京兆人也。大和二年韋籌榜進士云云。後舉賢良方正科，沈傳師表爲江西團練府巡官。又爲牛僧孺淮南節度掌書記。拜侍御史，累遷左補闕，歷黄、池、睦三州刺史。」○《唐書》列九十一《杜牧傳》爲宣州團練判官。

千里鶯啼緑映紅，水村山郭酒旗風。南朝四百八十寺，多少樓臺煙雨中。余觀本集，此詩蓋牧之赴宣州時，記道中所見景耳。

增註《釋氏通鑒》載：「金陵舊來七百餘寺，經侯景亂，焚蕩幾盡，陳高祖修復。」

備考《賢愚鈔》曰：「此詩杜牧赴宣州時作也。第一句言江南千里之間無處不鶯鳴，且花紅葉緑，互相映照也。謂春光遍布江南之景也。」○「『緑映紅』三字有時移物换之嘆，感時世之變易，而嘆己雖有濟世之才，不遇時，赴宣州判官之意也。」○「第二句水邊村、山上郭，處處酒家，多矣。春風翻其酒旗，實春日融和之象也。」○「三、四句言南朝四代之間都建業城。建業城，江南之地，故都之迹也。梁武帝尊信佛法，多建寺院，垂七百餘寺。其後侯景亂，頗焚失，而猶存四百八十寺。『多少樓臺』，遥望之，樓連于煙雨濛濛之中，寂寥之興致不可勝言。煙雨，亦春雨也。此詩江南道中之春景，寂然瞭然于目中也。」○「一説醉眼見之，如煙雨中也。」

映紅　映，《字彙》曰：「於命切，音英，明相照也。」

水村　村，《字彙》曰：「聚落也。」

山郭　郭，《字彙》曰：「内城外郭。《釋名》：『郭，廓也。廓落在城外。』《説文》：『郭，度也。民所度居也。』」

酒旗　《容齋隨筆》曰：「今都城及郡縣酒務，凡鬻酒之肆，皆揭大帘於外，以青白布數幅爲之，微者隨其高卑小大[一]。村店或掛瓶瓢，標箒秆[二]。唐人多咏於詩，然其制蓋自古然矣。《韓非子》云：『宋人有酤酒者，斗概甚平，遇客甚謹，爲酒甚美，縣幟甚高，而酒不售，遂至於酸。』所謂『縣幟』者此也。」

爲一統。」

南朝《紹運圖》：「東晋末二分天下，宋、齊、梁、陳爲南朝，後魏、東魏、西魏、北齊、後周爲北朝，到隋

四百八十寺[三]《珊瑚詩話》曰：「杜牧詩云：『南朝四百八十寺，多少樓臺煙雨中。』帝王所都寺四百八十寺，當時已爲多，而詩人侈其樓閣殿臺焉。近世二浙[四]、福建諸州寺院至千區，福州千八百區。」〇「八十寺」，「十」字叶平聲。蒙齋《詩林廣記》前集五韓退之《方橋》詩云[五]：「非閣復非船，可居兼可過。君欲問方橋，方橋如此作。」注云：「作，音佐[六]。」又引蔡寬夫《詩話》云：「詩人用事有乘語意到處，輒從其方言爲之者，亦自一體，但不可以爲常耳。吴人以『作』爲『佐』音，退之用此語也，如淮楚之間以『十』爲『忱』音，故白樂天有云：『绿浪東西南北水，紅欄三百六十橋。』『十』字作『忱』音，不知當時所呼通爾。」

註　**赴宣州**　赴，《字彙》曰：「音付，奔也，至也，趨就也。」

增註　**《釋氏通鑒》云云**　《佛祖通載》「梁第三主簡文帝 武帝第三子。大寶二年」云：「侯景初仕高歡爲將，擁兵十萬，專制河南十三郡。歡死，降梁武帝。後反，攻梁武帝，立簡文帝。是年弑簡文帝自立，稱漢，改年太始。登太極殿，御床脚陷。僭立百日，陳霸先殺之。」

七百餘寺　〇《少微通鑒・梁武帝紀》曰：「天監三年十一月，魏主專尚釋氏，遠近承風，無不事佛。比及延昌[七]，州郡共有一萬三千餘寺。」〇同：「十四年初，魏世宗作瑶光寺，未就。是歲，胡太后又作永寧

寺，皆極土木之美。爲九層浮圖，掘地築基，下及黄泉。浮圖高九十丈，上刹復高十丈。每夜静，鈴鐸聲聞十里。僧房千間，珠玉錦綉，駭人心目。自佛法入中國，塔廟之盛，未之有也。」

經侯景亂 《通鑒·梁太宗簡文帝 諱綱，字世讚，武帝第三子。在位二年，爲侯景所弑，壽四十九。紀》曰：「大寶元年九月，梁進侯景位相國[八]，封二十郡，自稱漢王。」〇同：「二年九月，侯景逼梁主禪位於豫章王，尋弑之。」〇「梁豫章王棟禪位于景，景即位稱帝于南郊。大赦，改元太始。封棟爲淮陰王。」

陳高祖 同《陳高祖武帝紀》曰：「高祖名霸先，字興國，吴興人，姓陳氏，漢太丘長寔之後。初仕梁，尋封陳公，尋進爵爲王，竟代梁。在位三年，壽五十九，葬萬安陵。」

【校勘記】

[一]微：底本訛作「徵」，據《容齋續筆》卷十六改。

[二]箒秆：底本訛作「蒂枰」，據《容齋續筆》卷十六改。

[三]「八十寺」三字上有天頭注：《瀛奎律髓》卷十白樂天《正月三日閑行》詩云：「緑浪東西南北水，紅欄三百九十橋。」註云：「『九十』之『十』用作平聲，唐人多如此。」〇明曹學佺《金陵集》：「《送莊民部入賀》詩曰：『宫春正滿三十六。』」註：「『十』字，唐詩有作平韻。」

[四]近：底本訛作「後」，據《珊瑚鈎詩話》卷二改。

[五]之：底本脱，據詳解本補。
[六]佐：底本訛作「左」，據《詩林廣記》前集卷五改。
[七]比：底本訛作「北」，據《資治通鑒·高祖武皇帝紀三》改。
[八]進：底本訛作「迫」，據《資治通鑒·太宗簡文皇帝紀上》改。

已上共三首

備考 第三句字面相同，共用十字格也。

別李浦之京　　王昌齡

備考 李浦，未詳爲何人，作評事之官也。○此詩昌齡赴南國，李浦之京，途中相逢之作也。○《賢愚鈔》曰：「京指長安，即西京也。」

王昌齡

備考《正音》云：「盛唐作者，江陵人。」○《十七史》不載。○《新唐書》百二十八《文藝傳·孟浩然傳》附之。王昌齡，字少伯，江寧人。○《才子傳》第二曰：「昌齡字少伯，太原人，開元十五年李嶷榜進士云云。昌齡工詩，縝密而思清[一]。時稱『詩家夫子王江寧』，蓋嘗爲江寧令。」

故園今在灞陵西，灞陵，秦芷陽也[二]。文帝葬其上，改曰灞陵，在長安城東七十里。**江畔逢君醉不迷**。**小弟鄰莊尚漁獵**，莊猶村，唐人呼別業爲莊。**一封書寄數行啼**。漁獵者，少年放逸之習而小人之事也。憂其弟樂小人之事，故在外以書戒，又繼以泣，此仁人愛弟之情也。孟子曰：「涕泣而道之也，親之也。」此詩近之矣。

備考《賢愚鈔》曰：「第一句言凡世上有陵谷之變，昌齡舊栖之故園，于今無恙而在灞陵之西，小弟住之。」〇「第二句言昌齡爲客在他鄉，逢李浦赴京，醉中兀兀，眼視而不見，耳聽而不聞。雖然，李浦是舊知而面熟，故其心不述，因通信於故園也。第三、四詳天隱注，言教訓小弟。」〇丘文莊曰：「眼前景致頭面，便是詩家絶妙詞，觀此篇及賈浪仙《渡桑乾》、賀季真《回鄉偶書》三詩。」

漁獵　漁，《字彙》曰：「捕魚。燧人氏之世，天下多水，故教人以漁。又侵取。」〇獵，又曰：「逐禽獸以除害也。春曰田，夏曰苗，秋曰獮，冬曰獵。又《白虎通》：『田獵，四時之田總名爲獵，爲田除害也。』《尸子》：『虙羲氏之世，天下多獸，故教人以獵。』」

一封書云云　樂天《江南送客因寄徐州兄弟》詩云：「今日因君訪兄弟，數行鄉淚一封書。」〇杜甫詩云：「此行何日到，送汝萬行啼。」

註　**葬其上**　葬，《字彙》曰：「則浪切，埋也。《禮·檀弓》：『葬也者，藏也。』」

別業　業，《字彙》曰：「凡所攻治者皆業。」

放逸云云　放，《字彙》曰：「肆也，逸也，逐也，散也。」○逸，又曰：「失也，超也，過也，縱也，放也。」○習，又曰：「《説文》：『鳥數飛也。』《增韻》：『習者，服行所傳之業，熟復不已也。又狎也。』」

以書戒　書，《事物紀原》二曰：「舜曰：『書用識哉。』《春秋》：『子家吊宣孟以書。』漢曰尺牘，陳遵所善是也。故今曰書尺，名雖見於有虞[三]，而實始於春秋。」○戒，《字彙》曰：「驚也，備也。」

孟子曰云云　《孟子・告子下》曰：「有人於此，越人關弓而射之，己談笑而道之，無他，疏之也。其兄關弓而射之，己垂涕泣而道之，無他，戚之也。」

【校勘記】

[一]縝：底本訛作「縝」，據詳解本和《唐才子傳》卷二改。

[二]芷陽：底本訛作「莊陽」，據元刻本和箋註本改。

[三]見：底本訛作「有」，據《事物紀原》卷二改。

題崔處士林亭[一]

王維

備考《唐詩選》題作《與盧員外象過崔處士興宗林亭》。處士，《綱目集覽》云：「不官於朝，居家者曰處士。」〇亭，《字彙》曰：「唐丁切，音廷，道路所舍。《風俗通》：『亭，留也，行旅宿會之所館也。又亭榭也。』」

王維

備考《正音》云：「盛唐作者。」〇《新唐書》列百二十七《文藝傳》，並《十七史》五十四有傳。《才子傳》第二曰：「王維，字摩詰，太原人，九歲知屬辭[二]云云。別墅在藍田縣南輞川，亭館相望。嘗自寫其景物奇勝，日與文士丘丹、裴迪、崔興宗遊覽賦詩[三]、琴樽自樂。後表宅請以爲寺[四]云云。」〇山谷云：「余登山臨水，未嘗不讀維詩，固知此老胸次，定有泉石膏肓之疾。」

綠樹重陰蓋四鄰，青苔日厚自無塵。科頭箕踞長松下，科頭，不冠也。管寧云：「吾嘗一朝科頭，三晨晏起。」《張耳傳》：「高祖箕踞嫚罵之。」注曰：「謂伸兩脚，其形如箕。」**白眼看他世上人。**阮籍能爲青白眼，見禮俗之士，白眼對之。

增註「科頭」二字出《史記・張儀傳》，註謂「不著兜鍪入敵」。

備考《賢愚鈔》曰：「第一、二句言林亭之體也，第三、四言崔處士之體也。」

四鄰 宋永亨《搜采異聞録》曰：「自古所謂四鄰，蓋指東、西、南、北四者而言耳。」

自無塵 愚按「自」字有味，隱處全無人踪之通[五]，只有禽鳥之戲，不用掃，自無塵。幽寂之象，見於字外矣。

註　科頭不冠 《賓退録》曰：「俗謂不冠者曰科頭。」

管寧云云《魏志》十一曰：「管寧，字幼安，朱虛人也。齊相管仲之後也。昔田氏有齊而管氏去之，或適魯，或適楚。漢興，有管少卿爲燕令，始家朱虛，世有名節，九世而生寧。」○殷芸《小説》云：「管寧泛海，舟覆，曰：『吾嘗一朝科頭，三晨晏起，遇必在此云云。』」

《張耳傳》《前漢》列第二《張耳傳》曰：「七年，高祖從平城過趙，趙王旦暮自上食，體甚卑，有子婿禮。高祖箕踞罵詈，甚嫚之。」師古曰：「箕踞者，謂伸兩脚，其形如箕。」○《少微通鑑》釋義云：「箕踞，傲坐也，伸兩足，以手按膝，形如箕也。」○唐子西《箕踞軒記》曰：「箕踞者，山間之容也。拳腰聳肩，抱膝而危坐，傴僂跼蹐，其圓如箕，故古人謂之箕踞。便於賦詩，便於閲書，便於長嘯。其勢如蹲猿，如投竿而漁者。蓋長松之下，灘石之上，放然不拘禮法者之所爲也。」

阮籍能云云《晉書》列十九曰：「阮籍，字嗣宗，陳留尉氏人，爲散騎常侍，轉從事中郎。聞步兵厨營人善釀，有貯酒三百斛，乃求爲步兵校尉。籍不拘禮數，能爲青白眼對之。及嵇喜來吊，籍作白眼，喜不懌而退。喜弟康聞之，乃賫酒挾琴造焉，籍大悦，乃見青眼。由是禮法之士疾之若讎。籍時率意獨駕，不由徑路，車迹所窮，輒慟哭而反。」

出《史記》云云《史記》列十《張儀傳》曰[六]：「虎賁之士，跿跔科頭。」註云：「跿跔，跳躍也。科頭，謂不著兜鍪入敵。」

兜鍪《韻會》曰：「《初學記》：『首鎧謂之兜鍪。』」○《紀原》九曰：「兜鍪，胄也。《黄帝内傳》所述，蓋玄女請帝製之以備身。《淮南子·氾論訓》曰：『有鍪頭而綣領，以王天下者矣。』許慎註曰：『蓋三皇所以鍪頭者。兜鍪，帽也。』則是黄帝之制胄，亦以古鍪頭之事耳，故自古以『兜鍪』爲首鎧之名。」

【校勘記】

[一]題崔處士林亭：《全唐詩》卷一百二十八作《與盧員外象過崔處士興宗林亭》。

[二]辭：底本誤作「詩」，據詳解本和《唐才子傳》卷二改。

[三]興：底本訛作「與」，據詳解本和《唐才子傳》卷二改。

[四]表：底本訛作「喪」，據詳解本和《唐才子傳》卷二改。

[五]通：似當作「迹」。

[六]「十」後底本衍「一」，據詳解本和《史記·張儀傳》删。

楓橋夜泊

張繼

增註《間氣集》作《夜泊松江》。○楓橋在蘇州吳縣西十里，有楓樹，故名。

備考《方輿勝覽》第二《蘇州部》曰：「楓橋寺在吳縣西十里。唐人張繼詩『月落云云』，『城外』作『臺下』。」○盧熊《蘇州府志》第四十一《寺觀部》云：「寒山禪寺去城西十里，或四十里。舊名普明禪院，在楓橋，人或稱楓橋寺。」○又六曰：「楓橋，去閶門七里。《豹隱記談》云：『舊作「封橋」，王郇公居吳時書張繼詩，刻石作「楓」字，相承至今。天平寺藏經多唐人書，背有「封橋常住」四字朱印。知府吳潛至寺賦詩云：「借問封橋橋畔人」。筆史言之，潛不肯改，信有據也。翁逢龍亦有詩，且云「寺有藏經」，題「至和三年，曹文迺寫，施封橋寺」。作「楓」者非。』熊嘗見佛書曹氏所寫，益可信矣。」○王楙《野客叢書》卷二十三曰[二]：「杜牧之詩曰：『長洲茂苑草蕭蕭，暮煙秋雨過楓橋。』近時孫尚書仲益、尤侍郎延之作《楓橋修造記》與夫《楓橋植楓記》，皆引唐人張繼、張祜詩爲證，以謂楓橋之名著天下者，由二公之詩，而不及牧之。按牧與祜正同時也。又怪白樂天、韋應物嘗典吳郡，又以詩名；皮日休、陸魯望與吳中士大夫賡咏景物，如皋橋、烏鵲橋之屬，亦班班見録，顧不及『楓橋』二字，何也？崔信明詩『楓落吳江冷』，江淹詩『吳江泛巨墟，饒桂復多楓』，又知吳中自來多楓樹。」

夜泊　《字彙》曰：「泊，弼角切，音薄，止息也。舟附於岸曰泊。」○白居易《蘇州》詩云：「處處橋頭飄管吹，家家門外泊舟航。」○《唐詩正音》卷六載此詩。

註　**泊松江**　《大明一統志》九曰：「松江府，松江在府城北七十二里，一名吳松江。」

張繼

備考　《正音》云：「中唐作者。」《才子傳》第三曰：「張繼，字懿孫，襄州人。天寶十二年，禮部侍郎楊浚下及第。與皇甫冉有髫年之故，契逾崑玉。早振詞名云云。大曆間，入內侍，仕終檢校祠部郎中[二]。繼博覽有識，好談論，知治體，亦嘗領郡[三]，輒有政聲。詩情爽激，多金玉音[四]。」

月落烏啼霜滿天，江楓漁火對愁眠。姑蘇城外寒山寺，夜半鐘聲到客船。　霜夜客中愁寂，故怨鐘聲之太早也。夜半者，狀其太早，而甚怨之之辭。說者不解詩人活語，乃以爲實半夜，故多曲說，而不知首句「月落烏啼霜滿」，乃欲曙之候矣，豈真半夜乎？《孟子》曰：「『周餘黎民，靡有孑遺。』信斯言也，是周無遺民也。故說《詩》者不以文害辭，不以辭害志。」斯亦然矣。

增註　寒山寺，《方輿勝覽》載：「楓橋寺在吳縣西十里。」即繫此詩于後。○半夜鐘，《王直方詩話》及《遯齋閑覽》並記：「歐陽公譏張繼『夜半鐘聲到客船』之詩，以爲句則佳矣，其如三更不是撞鐘時。乃云：『嘗過姑蘇宿一寺，夜半聞鐘，因問寺僧，皆云分夜鐘，曷足怪乎？』又于鵠詩『遙聽緱山半夜鐘』，白樂天詩『半夜鐘聲後』，皇甫冉詩『夜半隔山鐘』，陳羽詩『隔水悠揚午夜鐘』，乃知歐陽偶未考耳。」

備考《賢愚鈔》曰：「全篇言客中孤寂，所見者愁具，故要月落霜降，天之將曙。然夜猶永永，一刻如歷千劫，於是乎怨嚮攸聞之寒山鐘聲太早也。然今反于天隱爲實夜半，則何其非哉？」

對愁眠《千家詩》陳生高註云：「江楓，市名。愁眠，山名。寒山寺有佛，名寒山也。」

姑蘇城外《方輿勝覽》第二曰：「姑蘇山在吴縣西三十里，或曰姑胥，或曰姑蘇。《越絶書》：『闔閭就山起臺，三年聚財，五年乃成，高見三百里。』」

寒山寺 舊註曰：「寒山寺，寒山、拾得之所遊也。佛殿之後有堂，堂中央安寒、拾木像，佛殿上間高掛鐘，是所謂夜半鐘也。佛殿裏上間，非可掛鐘之處而掛之，蓋名鐘之謂乎？」○《唐詩選》註：「寒山寺在吴縣西，計有功謂此地有夜半鐘，名無常鐘。」

夜半鐘云云 胡元瑞曰：「韋蘇州《滁州西澗》詩：『春潮帶雨晚來急，野渡無人舟自横。』宋人謂滁州西澗，春潮絶不至。不知詩人遇興遣詞，大則須彌，小則芥子，寧此拘拘，癡人前政自難説夢也。又『夜半鐘聲到客船』，談者紛紛，皆爲昔人愚弄。詩流借景立言，惟在聲律之調，興象之合，區區事實，彼豈暇計？無論夜半是非，即鐘聲聞否，未可知也。」○《漁隱》後集十五曰：「『月落烏啼云云』，此歐陽所譏也。然唐人皇甫冉有《秋夜宿嚴維宅》詩云：『昔聞玄度宅，門向會稽峰。君住東湖下[五]，清風繼舊踪。秋深臨水月，夜半隔山鐘。世故多離別，良宵詎可逢。』且維所居在會稽，鐘聲亦鳴於夜半，遂知張繼詩爲不誤。歐公不察，而半夜鐘亦不止於姑蘇，有如陳正敏説也。又陳羽《梓州與温商夜別》詩『隔水悠揚午夜鐘』，乃知唐人多如此。」○《群談採餘》卷二曰：「『夜半鐘聲到客船』，唐張繼之詩，《學林新編》作温庭筠，非也。歐陽文忠以詩則佳，而無夜半鐘之理。《王直方詩話》以金輪寺僧謙咏月而得『清光何處無』句，喜極而夜半撞鐘。予意謙得句而撞鐘，乃各時之事[六]，張豈無據而云，即以謙之事以輳耶？況寒山與金輪自非一地，真可謂癡人前不得說夢矣。」○《石林詩話》曰：「張繼此詩，歐公嘗病其半夜非打鐘時[七]，蓋未嘗至吳中。今吳中寺實夜半打鐘也。」○《野客叢書》卷二十六曰：「歐公云：『唐人有姑蘇云云，三更不是打鐘時云云。』許渾詩曰：『月照千山半夜鐘。』按許渾居朱方，而詩爲華嚴寺作，正在吳中，益可驗吳中半夜鐘爲信然。又觀《江南野録》載李昪受禪之初，忽夜半一僧撞鐘，滿州皆驚，召將斬之，曰：『偶得月云云。』遂釋之。或者謂如《野録》所載，則吳中以半夜鐘爲異，僕謂非也，所謂半夜鐘，蓋有處有之，有處無之，非謂吳中皆如此也。今之蘇州能仁寺，鐘亦鳴半夜，不特楓橋爾[八]。」○《瑯邪代醉編》卷一曰：「余考齊丘仲孚少好學讀書，以中宵鐘鳴爲限，則夜半鐘其來久矣。升庵曰：『《唐六典》：「更點皆擊鐘。」太史門有典鐘二十八人，掌鐘漏。』唐詩：「促漏遥鐘動静聞。」則夜半鐘豈獨寒山寺哉？』」○《詩眼》云：「歐公以『夜半鐘聲到客船』爲詩病。《南史》載：『齊武帝景陽樓有三更、五更鐘，丘仲孚讀書以中宵鐘爲限。阮景仲爲吳興守，禁半夜鐘。』唐詩人尤多言之。今佛宮一夜鳴鈴，俗謂之定夜鐘。不知唐人所謂半夜鐘者，景陽三更鐘耶？今之定夜鐘耶？然於義皆無害，文忠偶不考耳。」○《詩林廣記》卷四曰：「《王直方詩話》云：『歐公言唐人有「姑蘇城外寒山寺，半夜鐘聲到客船」之句，說者云，句則佳也，其如三更不是撞鐘時。予觀于鵠《送宮人入道》詩云：「定知別後宮中伴，遥聽緱山半夜鐘。」而白樂天亦云：「新秋松影下，半夜鐘聲後。」豈唐人多用此語也？倘非遞相沿襲，恐必有說耳。』」○《見聞搜玉》曰：「山陰高鶴云：『既云「月落烏啼霜滿天」，此正五更時也，乃曰夜半，得於旅中無寐，難到天明，故爲此語。』」○《賢愚鈔》曰：「張繼《再宿楓橋》詩曰：『白髮重來一夢中，青山不改舊時容。烏啼月落江村寺，欹枕猶聽半夜鐘。』蕉雪云：『由此詩解夜半鐘之爲曉鐘。』」

註　曲說　曲，《字彙》曰：「丘六切，音麴，不直也。」

欲曙云云　曙，《字彙》曰：「殊過切，音樹，旦也，曉也。」○候，《素問·六節藏象論》云：「五日謂之候，三候謂之氣，六氣謂之時，四時謂之歲。」

《孟子》曰云云　《孟子·萬章上》曰：「故說《詩》者，不以文害辭，不以辭害志，以意逆志，是爲得之。如以辭而已矣。《雲漢》之詩曰：『周餘黎民，靡有孑遺。』信斯言也，是周無遺民也。」朱註：「文，字也。辭，語也。逆，迎也。《雲漢》，《大雅》篇名也。孑，獨立之貌。遺，脱也。言說《詩》之法，不可以一字而害一句之義，不可以一句而害設辭之志，當以己意迎取作者之志，乃可得之。若但以其辭而已，則如《雲漢》所言，是周之民真無遺種矣。惟以意逆之，則知作詩者之志在於憂旱，而非真無遺民也。」

害志　陳北溪《性理字義》曰：「志者，心之所之。之猶向，謂心之正面全向那裏去。如志於道，是心全向於道；志於學，是心全向於學。一直去求討要，必得那個物事，便是志。若中間有作輟或退轉底意，便不可謂之志。」

斯亦然矣 然，《字彙》曰：「語辭，又如也，是也，如是也。」○《助語辭》曰：「訓如是曰然。以爲然，然之，皆是許其是如此。若云儼然、睟然、盻盻然、嘐嘐然，却是形容之語助。」

增註　歐陽公 《翰墨全書》曰：「歐陽修，字永叔，初從尹師魯游，迭相師友，文章名冠天下。蘇内翰序公之文曰：『韓愈之後三百餘年，而後得歐陽子出，撰《五代史》，法嚴辭約，取《春秋》遺法。』號六一居士。」

乃云 「乃云」二字，指《詩話》《閑覽》所言。

【校勘記】

[一]二：底本脱，據《野客叢書》卷二十三補。
[二]祠：底本訛作「詞」，據詳解本和《唐才子傳》卷三改。
[三]郡：底本訛作「群」，據詳解本和《唐才子傳》卷三改。
[四]音：底本訛作「者」，據詳解本和《唐才子傳》卷三改。
[五]下：底本訛作「上」，據《漁隱叢話》後集卷十五改。
[六]事：底本誤作「中」，據《七修續稿·辯證類》改。
[七]嘗：底本訛作「常」，據詳解本和《漁隱叢話》前集卷二十三改。
[八]特：底本訛作「時」，據詳解本和《野客叢書》卷二十六改。

贈殷亮　戴叔倫

殷亮，陳郡人，仕終刺史。

備考 殷亮傳，《新唐書》並東萊《十七史》《才子傳》等不載之。

註 **仕** 《字彙》曰：「仕，宦也。」

終刺史 杜氏《通典》三十二曰：「黄帝立四監以治萬國。唐有九州，舜置十二州，夏爲九州牧，殷、周八命曰牧，秦置監察御史。成帝綏，《漢書·百官公卿表》曰：「綏和元年，改刺史爲牧，銀印青綬。」位居牧伯，《漢公卿表》曰：「今刺史居牧伯位，秉一州之統。」位下大夫云云。元壽二年，復爲牧。後漢光武十八年，復爲刺史，外十二州各一人。」○又三十三曰：「大唐武德元年，改郡爲州，太守爲刺史。天寶元年，改州爲郡，刺史爲太守。」

戴叔倫

備考 《正音》云：「中唐作者。」○《新唐書》列六十八並《十七史》列三十三有傳。○天隱《履歷》云：「字幼公，潤州金壇人。師事蕭穎士，爲門人冠。劉晏管鹽鐵，表主運湖南[二]。嗣曹王皋領湖南、江西，表在幕府。德宗建中中，李希烈反，皋討希烈，留叔倫守撫州刺史[三]，後迁容管經略。德宗嘗賦《中和節詩》，遣使寵賜。代還，卒于道，年五十八。」《賢愚鈔》曰：「下註叔倫事曹王於湖湘，此詩與下詩同時之作也。」○《才子傳》第五曰：「叔倫初以淮汴寇亂，魚肉江上，携親族避地來鄱陽，肄業勤苦[三]，志樂清虛，閉門却掃。」《賢愚鈔》曰：「《才子傳》：『避地來鄱陽。』鄱陽即饒州也，詳見于《勝覽·饒州部》。此詩欲來鄱陽時之作也。未知孰是，前説可乎？」

日日河邊見水流，傷春未已復悲秋。《九辨》曰：「悲哉秋之爲氣也。」**山中舊宅無人住**，叔倫舊宅，今饒州薦福寺是也。**來往風塵共白頭**。叔倫貞元中竟爲道士，觀此詩，見其雖處塵俗，不忘山林。

備考　《賢愚鈔》曰：「第一句，日月如流，嘆光陰荏苒以迫也。蓋《論語》『子在川上曰：逝者如斯夫，不舍晝夜』之意也。」○「第二句，述第一句之意，言我與殷亮曾約休官去，未遂其期，故臨水以嘆日月易流也。」○「第三、四句，言爲客而故山舊宅無人住。人，自謂也。况未遂丹砂之志，尚混風塵間，共亮漂泊。『來往風塵』四字受第三句，『共白頭』三字受第一、二句也。若遂丹砂之素願，則閑中之日月豈如急流之水乎？傷春悲秋之情。共亮早白頭，『共』一字可著眼也。」○舊註云：「東坡《泛潁》詩：『我性喜臨水，得潁心甚奇。到官十日來，九日河之湄。』須溪批云：『知之者得其哀怨，不知者以爲豁達。』此詩亦有此心，蓋叔倫不遂功名之志，東漂西泊，豈無感哉？又不能歸山中，故居荒廢，出處違心者也。」

註　**《九辨》曰**　屈原弟子宋玉，閔其師忠而放逐，作《九辨》。○《楚辭》第九《九辨》曰：「悲哉秋之爲氣也，蕭瑟兮草木摇落而變衰。」

貞元中 唐第十主德宗年號，凡二十年。

竟爲道士 《才子傳》曰：「德宗賦《中和節詩》，遣使者寵賜，世以爲榮，還，上表請爲道士，未幾卒。」○道士，《書言故事》卷三曰：「《太霄琅書經》：『人行大道，號曰道士。士者[四]，何理也？事也。身心順理，惟道是從，從道爲事，凡事依道理而行。故稱道士。』」○《劉氏鴻書》三十曰：「道士之始，《黄帝内傳》有『道士行禮』之文，此疑謂有道之士也。《樓觀本記》曰：『周穆王因尹真人草樓之觀，召幽逸人居之，謂之道士。平王東遷，置七人。漢明帝永平七年，置三七人。晋惠度四十九人。』審此，即是自周而有也。司馬遷、班固序秦、漢甚詳，洎春秋以來，殊無一人以一言仿佛道兹事者[五]，亦可爲疑矣。然范曄《後漢書》於《光武紀論》始有言：『道士西門君惠、李守等云劉秀爲天子。』蓋前漢末事，則道士之初當此矣。注：《列仙傳》又有『道士浮丘公，接周靈王太子晋上嵩高山』者。」

【校勘記】

[一]表：底本訛作「奏」，據《新唐書・戴叔倫傳》和後文改。

[二]撫：底本誤作「杭」，據《新唐書・戴叔倫傳》改。

[三]肄：底本訛作「隸」，據《唐才子傳》卷五改。

[四]士：底本脱，據詳解本和《書言故事》卷三補。

[五]一人：底本訛作「二人」，據《事物紀原》卷七改。

湘南即事　　戴叔倫

增註 湘南屬長沙。

備考 《文選》江淹《擬淵明作》云：「即事多所欣。」注：「即者，就也。」〇此篇言即湘南所見之事作之，與前詩同時。

註 **屬長沙** 《括地志》曰：「潭州長沙縣，本漢臨湘縣，長沙王吴芮都之。」

盧橘華開楓葉衰[一]，《廣州記》：「盧橘皮厚，氣色大如柑，酢多[二]，夏熟，土人呼爲壺橘。」**出門何處望京師**。**沅湘日夜東流去，不爲愁人住少時**。身不得去，故怨水之去，所以深傷己不能去也。蓋叔倫事曹王於湖湘，故有是作。秦少游謫郴州，有詞云：「郴江幸自繞郴山，爲誰流下瀟湘去。」正用此意。

增註 盧橘，即枇杷也。〇凡帝王所居之地爲京師。京，大也。師，衆也。言大衆之所聚會也。〇湘水源自全州，湖嶺之間，湘水貫之。以瀟水合則爲瀟湘，以蒸水合則爲蒸湘，以沅水合則爲沅湘。

備考 《賢愚鈔》曰：「《本草》『橘柚』條曰：『夏初生白花，六月、七月而成實。至冬至黄熟，乃可啖。』」〇「又『枇杷』條曰：『冬花春實，四月、五月熟云云。』《圖經》曰：『盛冬開白花，至三、四月而成實。』」○「第一句述光陰推遷而已。」○「第二句言湘南與京師遥相隔而無所望之，恨身在遠方也。」○「第三、四句言沅湘日夜朝宗東海而無間斷，叔倫則在遠方而無所望京師，欲向流水而説此情，則水急流而不少住，故却恨水而已。」

盧橘

《漢書》列二十七《司馬相如傳》：「《上林賦》云：『於是乎盧橘夏熟，應劭云：「《伊尹書》曰：『箕山之東，青鳥之所，有盧橘夏熟。』」師古曰：「盧，黑色也。」黄甘橙榛，枇杷橪柿，亭柰厚朴[三]。』張揖曰：「枇杷似斛樹[四]，長葉，子若杏。」「橪，音煙。」」○《漁隱叢話》後集二十八引《藝苑雌黄》云：「古今文章中多言盧橘。李白詩云：『盧橘爲秦樹，蒲桃出漢宫。』宋之問詩：『芙蓉秦地沼，盧橘漢家園。』又云：『冬花掃盧橘，夏果摘楊梅。』戴叔倫詩：『盧橘花開楓葉衰。』而蔡君謨《荔枝譜》亦云：『道里遼絶，不得班於盧橘江橙之右。』皆不顯言盧橘爲何物。東坡集中言：『真覺院有洛花，牡丹也。花時不暇往。四月元祐五年十八日，與劉景文同往賞枇杷。』作詩有『魏花非老伴，盧橘是鄉人』之句，蓋指盧橘爲枇杷也，故僧惠洪《冷齋夜話》載此意。而筠溪《甘露集》中有《嘗盧橘》一絶云：『皮似椑柿鬆而剥，核如龍眼味甘鮮。滿盤的皪如金彈，叢手分掌憶去年[五]。』此正謂枇杷。然山谷以謂夔湘間有一種色黑而夏熟者，疑爲盧橘，則與東坡之意相戾。予嘗考之《伊尹書》曰：『果之美者，箕山之東，青梟《選》作「鳥」，《夜話》作「馬」。之所，有盧橘焉，夏熟矣。』《吴録》曰：『朱光禄爲建安，庭有橘，冬覆其樹，春夏色變青黑，味絶美。』《上林賦》云「盧橘夏熟」，近是也。』《魏王花木志》曰：『蜀土有給客橙，似橘而非，若柚而香，冬夏花實相繼，通歲食之，亦名盧橘。』則盧橘似非枇杷。故《上林賦》既言『盧橘夏熟』，又言『枇杷橪柿』，不應如此重複，不知東坡何所據而言。」○《冷齋夜話》第一曰：「東坡詩云：『客來茶罷渾無有，盧橘微黄《漁隱》作「楊梅」。尚帶酸。』張嘉甫曰：『盧橘何種果類？』坡答曰：『枇杷是也。』又問：『何以驗之？』答曰：『事見相如賦。』嘉甫曰：『盧橘夏熟云云。盧橘果枇杷，則賦不應四句重用。應劭註曰：「《伊尹書》曰：『箕山之東，青鳥之所，有盧橘常夏熟。』」不據依之，何也？』東坡笑曰：『意不欲耳。』」○《尋到源頭》八曰：「枇杷曰盧橘。楊誠齋詩云：『羅浮山下四時春，盧橘楊梅次第新。』盧橘者，正謂枇杷也。」○陶九成《輟耕録》曰：「世人多用盧橘以稱枇杷。按司馬相如《游獵賦》云：『盧橘夏熟，黄柑橙楱，枇杷橪柹。』夫盧橘與枇杷並列，則盧橘非枇杷明矣。郭璞注：『蜀中有給客橙，冬夏花實相繼，通歲食之，謂即盧橘也。』意者橙橘惟熟於冬，而盧橘夏亦熟，故舉以爲重歟？《唐三體詩》裴庾註云：『《廣州記》：「盧橘皮厚大云云。」』」○楊愼《丹鉛録》曰：「《上林賦》云『盧橘夏熟』，註不言何物。近註《唐詩三體》者指爲枇杷，世皆宗其説。然予觀《上林賦》，又有『枇杷橪柹』之文，不應重出也。偶閲《吴録》，云：『朱光録爲建安郡，中庭有橘，冬月枝上覆裹之，至明年夏，色變青黑，味絶美，此即盧橘。盧，黑也。』此説近是。」○《瑯邪代醉》曰：「《説文》：『伊尹曰：「箕山之東，青梟之所，有盧橘焉，夏熟也。」』以枇杷爲盧橘，升庵據《上林賦》『枇杷柹橪』爲辨，誠是。李太白詩『盧橘爲秦樹，枇杷《漁隱》作「蒲桃」。出漢宮』，並舉而言，益證其非。然《吴録》所云亦未爲是。盧橘，今廣西有之，别是一種，似橘而小。」

京師　蔡邕《獨斷》曰：「天子所都曰京師。京，水也。地下之衆者，莫過於水。地上之衆者，莫過於人。京，大；師，衆也，故曰京師。」○《紀原》卷六曰：「《釋名》曰：『國君所居曰都。』《帝王世紀》曰：『太昊都陳，此稱都之初也。三代而來，夏曰夏邑，商、周曰京師。京，大也。師，衆也。大衆所居，故以名天子之都。』」

註　事曹王云云 曹王皋，太宗子曹王明子，而太宗之孫也。《新唐書》列五《曹王明傳》附之。

秦少游 《詩林廣記》後集卷八曰：「秦少游，名觀。蘇子瞻以賢良薦于哲宗，除博士，遷正字。紹聖坐黨，編置郴州。長於議論，文麗而思深，當世重之。」〇《臞翁詩評》云：「秦少游詩，如時女步春，終傷婉弱。」

謫郴州 謫，《字彙》曰：「側格切，音窄。責也，罰也。」〇《漢書・高祖紀》曰：「二年冬十月，項羽使九江王布殺義帝於郴。」郴，音丑林切。《勝覽》云：「項羽徙義帝於長沙，都郴。」即此地也。

【校勘記】

［一］「盧橘華開楓葉衰」上有天頭注：愁人。《楚辭》卷二《九歌・大司命》詞曰：「愁人兮奈何，愿若今兮無虧。」

［二］多：底本脱，據《齊民要術》卷十補。

［三］亭柰厚朴：底本訛作「亭李原朴」，據《漢書・司馬相如傳》改。

［四］斛：底本訛作「解」，據《漢書・司馬相如傳》改。

［五］手：《漁隱叢話》後集卷二十八作「子」。掌：《漁隱叢話》后集卷二十八作「嘗」。

送齊山人［一］　韓翃

備考 本集題曰《送齊山人歸長白山》，言齊山人久在長白山中，暫時出世間，而今又歸故山，送之。

韓翃

備考《正音》云：「中唐作者。」○《才子傳》第四曰：「翃，字君平，南陽人，天寶十三載楊紘榜進士云云。翃工詩，興致繁富，如芙蓉出水，一篇一咏，朝士稱之。有詩集五卷，行于世。」

舊事仙人白兔公，《抱朴子》云：「白兔公，彭祖弟子也。」**掉頭歸去又乘風。** 列子御風而行。**柴門流水依然在，一路寒山萬木中。**

增註 白兔公，或云赤松子之師，常乘白兔，往來人間。○杜詩：「巢父掉頭不肯住。」注：「掉頭者，於事不可之狀。《莊子》：『鴻蒙拊髀爵躍掉頭曰：「吾弗知也。」』」

備考《賢愚鈔》曰：「舊事有二説。一曰：事字，助語辭，猶云舊時也。言今日齊山人如昔時仙人白兔公也，故避人間而久住長白山，然頃暫出山而未幾嫌人間，掉頭又歸山中也。三、四句言縱雖歸隱，豈別有佳處邪？依舊寒山萬木中，依然有柴門流水而已。三、四句譏齊山人之意，此説非也，不可從之。」○「一曰：言此齊山人，舊事彭祖弟子白兔公之人也。甚言齊山人之所修者高也。事字，給仕之意也。言此齊氏雖與白兔公不同時，尊其道，師其風，猶事佛之類也。第三、四句言齊山人之山中之舊宅也。一路而寒山，寒山而萬木中，故世人不得相侵毀，而其宅無恙，依然而有之謂也。韓翃有羨齊山人歸山中而不混世俗之間，見于言外也。」

註 **《抱朴子》云** 葛洪，字稚川，著《内篇》一百一十五篇，號抱朴子。

彭祖 《廣列仙傳》卷一曰：「彭祖錢鏗，帝顓頊玄孫，至殷之末世，年已七百餘歲而不衰。少好恬静，惟以養神治生爲事[二]。王聞之，以爲大夫。稱疾，不與政事。善於補導之術，並服水晶、雲母粉、麋角，常有少容。采女乘輜軿往問道於彭祖。采女具受諸要以教王，王試爲之，有驗。彭祖知之乃去，不知所往。其後七十餘年，門人於流沙西見之。一云，周衰始浮遊四方，晚入蜀，抵武陽留家焉。」

列子御云云 又曰：「列子，鄭人，名禦寇，問道於關尹子，復師壺丘子。九年能御風雨行，隱居鄭國，四十年無知者。著書行於世。」

赤松子 又曰：「赤松子，神農時雨師，服水玉[三]，教神農，能入火不燒。至崑崙山，常止西王母石室中，隨風雨上下。炎帝少女追之，亦得仙俱去。高辛時爲雨師，閑遊人間。漢高帝時，張子房嘗從之遊焉。」○宋許觀《東齋紀事》曰：「赤松子有二。其一神農時爲雨師，服水玉龍，入火不燒，即張子房從之游者。事見劉向《列仙傳[四]》。其一則晋之皇初平，常牧羊，忽見一道士，將至金華山石室中[五]，後服松脂、茯苓成仙，易姓爲赤，曰赤松子，即叱石爲羊者。事見葛洪《神仙傳》。今婺州金華赤松觀，乃其飛升之地。」

《杜詩》云云　《杜詩》第三《送孔巢父 字弱翁。謝病歸遊江東兼呈李白》詩：「巢父掉頭不肯住，東將入海隨煙霧。」

《莊子》云云　《莊子》卷十一《在宥篇》曰：「鴻蒙拊髀爵躍掉頭曰：『吾弗知，吾弗知。』」註：「拊髀爵躍，形容其跳躍自樂之意。掉頭，搖頭也。」

【校勘記】

[一]送齊山人：《全唐詩》卷二百四十五作《送齊山人歸長白山》。

[二]養神治生：底本訛作「食坤泊生」，據《藝文類聚》卷七十八改。

[三]水：底本訛作「冰」，據《列仙傳》卷上改。

[四]仙：底本脱，據詳解本和《雲谷雜紀》卷二補。

[五]山石：底本誤作「岩」，據《神仙傳》卷二和《雲谷雜紀》卷二改。

送元史君自楚移越　劉商

備考　《唐詩遺響》三載此詩[一]，題云《送王使君自楚移越》，又「淮陰郡」作「淮陰道」。〇元史君守楚而有治政之譽，故受命爲越州守也。

劉商

備考《正音》云：「中唐作者。」〇《才子傳》第四曰：「商字子夏，徐州彭城人。擢進士第。貞元第十主德宗。中，累官比部員外郎，改虞部員外郎。數年，遷檢校兵部郎中〔二〕，後出爲汴州觀察判官。辭疾掛印，歸舊業。商性好酒，苦家貧。嘗對花臨月，悠然獨酌，亢音長謡〔三〕，放適自遂。賦詩云：『春草秋風老此身，一瓢長醉任家貧。醒來還愛浮萍草，漂寄官河不屬人。』云云。好神仙，鍊金骨。後隱義興胡父渚〔四〕，結侣幽人。世傳冲虚而去，可謂江海冥滅，山林長往者矣。有集十卷，今傳，武元衡序之云。」

露冕行春向若耶，後漢郭賀爲荆州刺史，百姓歌曰：「厥德仁明郭喬卿。」帝賜三公之服，使賀去襜露冕，令百姓見，以彰有德。後漢鄭弘爲臨淮太守，行春，有白鹿當道，夾轂而行。若耶溪，在越州。**野人懷惠欲移家**。**東風二月淮陰郡，惟見棠梨一樹華**。《詩·甘棠》，陸機《草木疏》曰：「棠，棠梨也。昔召公聽訟於棠樹下〔五〕，民思其德，不伐其棠。」此詩以召公比元也。

增註 行春。《續會記》：「太守常以春行縣，勸課農桑，賑救絶乏。」〇淮陰，即唐楚州淮陰郡。

備考《賢愚鈔》曰：「第一、二句言元使君自楚而赴越，故百姓懷其德而相從，欲移家於越也。能惠其民，可知耳矣。一説曰：一、二句言元史君爲有德之刺史，故露冕令行越，楚人懷其惠，欲移家也。暗用古公亶父去邠止岐，邠人舉國歸岐下之意也。」〇「第三、四句言元史君去楚以後，淮陰郡邊只可有一株之棠梨花，以元比召公也。一説曰：楚人懷元使君之德惠，然今去楚移越，故不堪戀慕之情，惟見使君平生所愛之棠梨，而以慰其心而已。『惟』字，有恨心也。」○又曰：「此詩用事深奥。『行春』兩字，淮陰故事。元使君自楚赴越，用得妙。又《毛詩》：『《甘棠》，美召伯之化明於南國之詩也。』楚，南方之國也。以元史君比召公者，不徒然，具眼者辨之。」

行春 《禮記・月令》曰：「立夏命司徒巡行 去聲。縣鄙，命農勉作，毋休于都[六]。」○《通鑑》：「晋元帝大興二年，循行州郡，勸課農桑。《集覽》：『行，下孟反。行之有序，曰「循行」。《續漢志》云：「郡國以春月行所主縣，勸民農桑，振救乏絶。」』」

淮陰郡 《方輿勝覽》四十六《淮安軍部》「淮陰」註云[七]：「許氏《説文》：『水之北曰陽，水之南爲陰。』縣在淮水之南，故曰淮陰。」○郡，《紀原》卷七曰：「秦始皇二十六年，初并天下，罷侯置守，始分三十六郡也。注：《史記》曰：『秦滅東周，始置三川郡。』案：《説文》：『天子地方千里，分爲百縣，縣四郡。』《左傳》曰：『上大夫受郡。』秦始以郡監領縣。」

註　後漢郭賀云云 《後漢書》列傳十六曰：「郭賀，字喬卿，洛陽人。建武中爲尚書令，在職六年，拜荆州刺史。及到官，有殊政，百姓便之，歌曰：『厥德仁明郭喬卿，忠正朝廷上下平。』顯宗 第三主。巡狩到南陽，特見嗟嘆，賜以三公之服，黼黻冕旒。勑行部去襜帷，使百姓見其容服，以章有德。」

帝 指顯宗。

三公《事文類聚》新集一曰：「太師、太傅、太保，古官。唐虞有百揆之職，即三公。周成王立太師、太傅、太保爲三公。秦不師古，以丞相、御史大夫、太尉爲三公。漢襲秦舊。哀、平間，以大司馬、大司徒、大司空爲三公，復置太師、太傅、太保，始尊師、保、傅，位在三公上，謂之上公。後漢、魏、晋、江右因之。後魏時尊太師、太保、太傅爲三師，唐復因魏晋之法，置三師、三公。」

去襜 王勃《滕王閣序》云：「襜帷暫駐。」《文選句解》：「襜，蓋坐車馬者蔽前之衣，猶今之蔽膝也。在旁曰帷，猶幔之垂也。」

使百姓《孝經正義》曰：「百姓，謂天下之人皆有族姓。言百，舉其多也。」

後漢鄭弘《後漢》列二十三曰：「鄭弘，字巨君，會稽山陰人。太守第五倫見而奇之，召署督郵，舉孝廉。拜爲騶令，政有仁惠，民稱蘇息。遷淮陰太守。」註：「謝承書曰：『弘消息繇賦，政不煩苛。行春大旱，隨車致雨。白鹿方道，挾轂而行，弘怪問主簿黄國曰：『鹿爲吉爲凶？』國拜賀曰：『聞三公車轓畫作鹿，明府必爲宰相。』』」

夾轂 轂，《字彙》曰：「古禄切，音谷。車轂，輻所凑。《老子》曰：『三十輻共一轂。』轂者，居輪之正中，而爲輻之所凑也。」

《**詩·甘棠**》《詩·國風·召南·甘棠篇》曰：「蔽芾甘棠，勿翦勿伐，召伯所茇。」朱註：「甘棠，杜梨也。白者爲棠，赤皆爲杜。召伯循行南國，以布文王之政，或舍甘棠之下。其後人思其德，故愛其樹而不忍傷也。」○陸氏曰：「棠，今棠梨也。」○《事文類聚・海棠部》曰：「沈立《海棠記》：『唯紫綿色者謂之海棠，餘乃棠梨花耳。』」○《升庵集》七十九曰：「山梨，今名棠梨，其花春開，採之日乾，瀹之可充蔬[八]。」

增註　**《續會記》**　愚按《通鑒集覽》引《續漢志》載此註，「會記」二字，恐傳寫之誤歟，當作《續漢志》。

行縣　《字彙》曰：「縣者，懸也，懸於郡也。」○《紀原》卷七曰：「《周禮》：『四甸爲縣。』《史記・秦本紀》曰：『孝公十二年，并諸小鄉聚爲縣。』《商君傳》曰：『鞅令邑聚爲縣。』則名縣之始自秦孝公也。陸法言《切韻》曰：『楚莊王滅陳以爲縣，縣之名自此始。秦并天下，以郡領縣。隋文帝開皇二年，罷郡，以縣隸州也。』注：《説文》曰：『天子百縣，縣四郡。』《周禮》小司徒之職，方二十里之地也。」

勸課農桑　勸，《字彙》曰：「勉也，助也，教也，獎也。勸是勉其未至。」○課，又曰：「税也，試也，第也，計也，程也。」○農，又曰：「闢土殖穀曰農。炎帝教民植穀，故號神農，謂神其農業也。又厲山氏有子曰農，能植百穀，後世因名耕田甿爲農。又種也。《左傳》：『庶人力於農穡。』杜預曰：『種曰農，斂曰穡。』」○《紀原》卷六曰：「漢承秦，置大農丞十三人，人部一州，以勸農桑力田者。此勸農官之始也。唐中、睿之世，州郡牧守皆以勸農名其官。《宋朝會要》曰：『至道二年七月，直史館陳靖言天下多曠土流民，請置使招集。八月，以靖爲勸農使，按行陳、許等八州，勸民墾田云云。至景德三年二月，詔諸路轉運、開封知府、諸知州少卿監以上，並兼勸農使云云。』」

賑救云云 賑，《字彙》曰：「止忍切，音軫。《説文》：『富也，又舉救也。』」

【校勘記】

［一］三：底本訛作「二」，據詳解本和《唐音》卷十《唐詩遺響》三改。

［二］中：底本脱，據詳解本和《唐才子傳》卷四補。

［三］亢：底本訛作「尤」，據詳解本和《唐才子傳》卷四改。

［四］父：底本訛作「文」，據詳解本和《唐才子傳》卷四改。

［五］聽：底本訛作「所」，據元刻本、箋註本、附訓本、增註本和詳解本改。

［六］毋休：底本訛作「毋体」，據詳解本和《禮記註疏・月令》改。

［七］安：底本誤作「南」，據《方輿勝覽》卷四十六改。

［八］充：底本訛作「克」，據《升庵集》卷七十九改。

三體詩絶句備考大成卷之二

竹枝詞　李涉

解題見劉禹錫詩註。

增註 本楚聲，關州男女多唱，其流起於夜郎竹節。

備考 劉禹錫《竹枝詞》注云：「集中禹錫《竹枝詞引》曰：『余來建平，里中兒聯歌《竹枝》，吹笛擊鼓以赴節，含思宛轉，有《淇奥》之艷，故余作《竹枝辭》。』增註：按《禹錫傳》：『憲宗立，王叔文等敗，禹錫貶朗州司馬。州接夜郎，諸夷風俗陋甚，家喜巫鬼，每祠歌《竹枝》，鼓吹裴回，其聲傖儜。禹錫謂屈原居沅湘間，作《九歌》，使楚人以迎送神，乃倚其聲作《竹枝詞》十餘篇，於是武陵夷俚悉歌之。』」〇東坡《忠州竹枝歌序》云：「本楚聲，幽怨惻怛，若有所深悲者，豈亦往昔之所見有足怨者歟？夫傷二妃而哀屈原，思懷王而憐項羽，此亦楚人之意，相傳而然者。」〇《山谷詩集》卷一詩序云：「王稚川既得官都下，有所盼未歸。予戲作林夫人《欸乃歌》二章與之。《竹枝歌》本出三巴，其流在湖湘耳。《欸乃》，湖南歌也。」〇愚按《地理志》：三巴，中巴、巴東、巴西也。中巴，今夔州也。巴東，今綿州。巴西，今皈州也。然則《竹枝詞》專行歸州，其流在湖湘耳。故李涉經湘水之邊時，托《竹枝詞》而作焉。○《唐詩遺響》第三載此詩，「春風」作「東風」，「舲」作「澪」。

增註 **夜郎** 齊賢曰：「貞觀十六年置夜郎、麗皋、樂源三縣，後爲夜郎郡。」○《東坡詩集》十三註云：「李白坐永王璘亂，長流夜郎。唐以珍州爲夜郎郡。」

李涉

備考《正音》云：「晚唐作者。」○《十七史・唐書》列傳二十四：「李渤，字濬之，志丁學，與仲兄涉偕隱廬山云云。」別不載涉傳。○《排韻》曰：「李渤，字濬之，隱廬山。與兄涉俱隱南康山中，嘗養一白鹿，號白鹿先生。」不載涉傳。○《新唐書》列四十三有《李渤傳》，無涉傳。○《才子傳》第五曰：「涉，洛陽人，勃之仲兄也。自號清溪子。早歲客梁園，數逢亂兵，避地南來，樂佳山水，卜隱匡廬香爐峰下石洞間。嘗養一白鹿，甚狎馴，因名所居白鹿洞。與兄作弟可也。渤、崔膺昆季茅舍相接。後徙居終南，偶從陳許辟命，從事行軍。未幾，以罪謫夷陵宰十年，蹭蹬峽中，病瘧成痼，自傷羈逐，頭顱又復如許。後遇赦得還，賦詩云云。大和中，宰相累薦，徵起爲太學博士。卒致仕。妻亦入道。涉工爲詩，詞意卓犖[一]，不群世俗。長篇叙事，如行雲流水，無可牽制云云。詩集一卷，今傳。」

十二峰頭月欲低，十二峰在夔州巫山縣。**空舲灘上子規啼**。空舲灘在歸州三峽[二]。**孤舟一夜**

東歸客，泣向春風憶建溪。建溪在建寧府，出武夷山。涉嘗謫武陵，故有是作。

增註《水經》載：空舲灘在湘水中。

備考 此篇舊註解者不一，今存三説。《賢愚鈔》曰：「李涉久在峽中，而蹭蹬十年不去，有所盼之美，雖云逢赦而東歸桑下，瞻戀之情無措也。出峽中，夜月欲落之時，經巫山十二峰邊，故第一句及茲也。況所泊之名空舲灘，而非歡喜如意之號，尚又有子規『不如歸』之聲，如云東歸無用，不如歸峽中建溪也，故第二句述之。第一句所見而感慨，因神女之事也。第二句所聞而感慨，因子規也。第三句言一夜，則終夜之義也。李涉於孤舟之中終夜不寢，而想所盼之美、瞻戀之情在建溪耳，無心東歸也。第四句李涉泣向春風而憶建溪也。十年蹭蹬峽中建溪邊，故憶自今而十年之始在建溪之舊事。『憶』字有味，雖建溪非李涉故鄉，十年以來之熟處，難忘之意，況有所盼而戀之。」○「一説云：李涉之夫人在楚國巫山十二峰前月欲落之處，第一句言之。第二句言李涉今逢赦而東歸，泊舟於空舲灘上畔，旅中之愁寂，況聽鵑邪？《本草》云：『杜鵑初鳴，先聞主離別。』第一句，杜句『今夜鄜州月，閨中只獨看』之意也。第二句，『感時花濺淚，恨別鳥驚心』意也。久與夫人離別，今獨宿空舲灘而已。第三、四句，言夫人不知李涉逢赦，赴京爲東歸之客，而作爾來之看，爲在建溪之謫處。憶建溪之謫處，夫人向春風而可泣也。第四句係夫人也。」○ 一説曰：「全篇言李涉自貶處歸時，十二峰頭落月之時，宿空舲灘以聽子規，其聲不堪情，故却憶貶處之建溪也。賈島《渡桑乾》詩『客舍并州已十霜，歸心日夜憶咸陽。無端更渡桑乾水，却指并州是故鄉』之意矣。」○愚按後説爲是，前二説不可用也。

註　十二峰《群書備數》曰：「今四川巫山縣有望霞峰、翠屏峰、朝雲峰、崧巒峰、集仙峰、上升峰、聚霞峰、浄壇峰、起雲峰、栖鳳峰、登龍峰、聖衆峰，故云十二峰。」

空舲灘在云云《方輿勝覽》第五十八《歸州部》曰：「空舲峽在秭歸縣東[三]，絶崖壁立，飛鳥不能栖。有一火燼插石崖間，長數尺，相傳堯洪水時，行者泊舟於崖側，故插餘燼于此，至今猶曰插竈。」

三峽　杜詩：「三峽樓臺淹日月。」註：「瞿塘峽，歸峽，巫峽。」○《荆州記》曰：「三峽長百里，兩岸連山，略無絶處，重巖叠障，隱天蔽日，常有高猿長嘯。」

建溪在云云《勝覽》第十一《建寧府部》曰：「建溪源出武夷，至城外。」

涉嘗謫云云　按《李涉傳》云：「謫夷陵宰，蹭蹬峽中十年云云。」然則「武」字恐當作「夷」字，傳寫之誤歟？○《方輿勝覽》第二十九曰：「峽州四縣，夷陵其一也。武陵在常德府。」○考《勝覽》峽州並常德府，雖爲湖北路十五州之中，涉所謫即夷陵而非武陵也。

增註　《**水經**》酈道元著。

【校勘記】

[一]意：底本脱，據《唐才子傳》卷五補。

[二]舲：底本訛作「舩」，據元刻本、箋註本、附訓本和增註本改。

[三]東：底本脱，據《方輿勝覽》卷五十八補。

香山館聽子規[一]　竇常

增註《湘中別記》云：「香山在縣郭西，其水甚香。昔年嘗貢此水，民多困弊，齊末廢罷。湘鄉本謂之湘香，蓋由此而名。」

備考　**館**《字彙》曰：「客舍也。《周禮》：『五十里有市，市有館，館有積，以待朝聘之客。』」

子規　李瀚《蒙求》曰：「《蜀王本紀》曰：『荆人鱉令死，其屍流亡，隨江水上至成都，見蜀主杜宇，立以爲相。杜宇號望帝，自以德不如鱉令，以其國禪之[二]，號開明帝[三]。下至五代有開明，尚始去帝號，復稱王。』」〇《事文類聚》後集四十四曰：「蜀之先肇於人皇之際，至黄帝子昌意娶蜀人女，生帝嚳，後封其庶於蜀，歷夏、殷、周，始稱王者自名蠶叢，次曰柏灌，次名曰魚鳧。其後有王曰杜宇，稱帝號望帝[四]。自恃功德高，乃以褒斜爲前門，熊耳、靈關爲後户，玉壘、峨眉爲池澤。時有荆人鱉靈，其屍隨水上，荆人求之不可得。鱉靈至汶山下，忽復見望帝，帝立以爲相。後帝自以其德不如鱉令，因禪位鱉令，號開明，遂自亡去，化爲子鵑，故蜀人聞子鵑，曰：『是我望帝也。』」〇《事言要玄》物集卷二曰：「《蜀王本紀》：『望帝使鱉靈治水，去後與其妻通，慚愧，且以德薄不及鱉靈，乃委國授之去。望帝去時，子規方鳴，人悲子規而思望帝。』」○《成都記》云：「杜宇亦曰杜主，稱望帝，以位禪開明，死魂化爲鳥，名杜鵑，亦曰子規，自呼謝豹。」○《本草・禽部》云：「杜鵑初鳴，先聽者主離別。學其聲，使人吐血。於厠溷上聽者不祥。厭之法，當爲狗聲以應之。」

題註　**貢此水**　貢，《字彙》曰：「獻也。《周禮》：『太宰以九貢致邦國之用。』又薦也。又税也，下以税供上謂之貢。」

困弊　困，又窮也，悴也，病也。又倦劇力乏也。○弊，又曰：「敗也，要也。」

湘鄉　《方輿勝覽》二十三《潭州部》有湘鄉。

竇常

備考　中唐作者。《正音》不載。○《新唐書》列傳一百，竇群及常、牟、鞏俱載之。○《十七史》四十四列傳載竇群一人，不載常等。○《履歷》曰：「字中行，扶風平陵人。大曆中及進士第，不肯調，客廣陵。多所論著，隱居二十年。杜佑鎮淮南，署爲參謀云云。致仕卒，贈越州都督。」○《才子傳》第四曰：「常字中行，叔向之子也，京兆人。大曆代宗十四年王儲榜及第，初歷從事，累官水部員外郎，連除閬、《履歷》作「郎」。夔、江、撫四州刺史，後入爲國子祭酒而終。常兄弟五人聯芳比藻，詞價靄然，法度風流，相距不遠云云。後人集所著詩，通一百首，爲五卷，名《竇氏聯珠集》，謂若五星。然常集十八卷，及撰韓翃至皎然三十人詩，合三百五十篇，爲《南薰集》，各系以贊，爲三卷，今並傳焉。」○按此詩一說，《方輿勝覽》四十六云：「淮南，控扼之地。」註：《繫年録》云：「左正言吳表臣云：『楚州，實淮南控扼之地云云。』」故竇常赴淮南杜佑參謀時作。又一說，《勝覽》五十七《夔州部》云：「據荊楚上游云云。」故常赴夔州刺史時作。未詳孰是也。

楚塞餘春聽漸稀，《華陽風俗記》：「杜鵑春至則鳴，聞者有別離之苦。」**斷猿今夕讓沾衣。**《宜都山川記》曰：「峽中猿鳴，行者歌曰：『巴東三峽，猿鳴長悲。猿鳴至三聲，聞者淚沾衣。』」「讓沾衣」者，謂猿雖悲人，未若今夕子規尤悲也。**雲埋老樹空山裏，彷彿千聲一度飛。**

增註　楚塞，指湘中。蓋潭州，古楚黔中地。

備考　《賢愚鈔》曰：「第一句，以邵康節論見之，則南州鵑至暮春而可移北州，故其聲漸稀也。」○「第二句，言斷猿平常湘月楚雨蕭條之夕啼沾旅客衣，今夕却不然，讓鵑令鳴，告湘月楚雨之情於行旅之竇常也。斷猿有二說：其一則猿啼其腸斷也；此說非。其一則聽猿啼而人斷腸也。此說是。」○「第三、四句，言深雲埋老樹，而空山無人之處，實子規之境界也。故猿已相讓而令啼，子規亦不辭，於深雲老樹之間先發一聲而飛，其聲悲哀感慨，猶聞千聲、萬聲而彷彿也。」○一說曰：「此篇，西行法師歌云：『不聞茲爲瀨郭公，山田之原杦村立。[五]』此歌辭外有鳴理，而辭中無鳴意，與此篇同意。其解云：第一、二、三句與前同[六]，第四句言雲樹空山之中，雖不聽其聲，已是子規之境界，彷彿聽數百鵑千聲一度鳴而相飛，况實於聽其聲？豈無感慨乎哉！如此解者，辭外有鳴理而辭中無鳴意，與西行歌合符也。」〇愚按二説，前義爲優。一、二句言南州地暖，子規亦早，故到餘春啼漸稀。然今夜乃啼以沾人衣，於是斷猿不聲，而讓沾衣於子規也。「稀」字有曾點「鼓瑟希」之意，偶然聽子規，嘆而止之意。意味絶而賞之義也。「一度飛」者，一度鳴之意，一聲也。雖一聲之少，而如千聲之聽也，以興味之多也。「彷彿」二字應起句「稀」字。

楚塞　塞，《字彙》曰：「先代切，音賽。隔也，邊界也。」〇崔豹《古今註》曰：「塞，塞也，所以擁塞夷狄也。」

漸稀　漸，《字彙》曰：「稍也，次也。」

斷猿　《世説》曰：「桓公入蜀，至三峽中，部伍中有得猿子，其母緣岸哀號，行數百餘里。遂上船，便氣絶。視其腸，皆寸寸斷。公聽之，怒，命黜其人。」〇《搜神後記》曰：「臨川東興，有人入山，得猿子歸。猿母後至其家，此人縛猿子於庭樹，其母搏頰向人，欲哀乞。竟殺之。猿母悲喚，自擲而死。此人破腹，皆斷裂。」

彷彿　《文選》楊雄《甘泉賦》曰：「彷彿其若夢。」〇《字彙》曰：「彷彿，猶依稀也。」

註　峽中猿鳴云云　《漁隱》後集二曰：「《復齋漫録》云：『《峽州記》行者歌曰：「巴東三峽猿鳴悲，猿啼三聲淚沾衣。」故古樂府有「巫峽長猿鳴，三聲淚沾衣」。陳蕭詮《夜猿啼》詩：「別有三聲淚，沾裳竟不窮。」杜子美詩：「聽猿實下三聲淚。」』苕溪漁隱曰：古樂府梁簡文《巴東三峽歌》曰：『巴東三峽巫峽長[七]，猿鳴三聲淚沾裳。』魯直《竹枝詞》注引此兩句，爲證《復齋》所記峽州行者歌乃異韻而同詞，必誤也。」

【校勘記】

[一]香山館聽子規：《全唐詩》卷二百七十一作《杏山館聽子規》。
[二]禪：底本誤作「護」，據《蒙求集註》卷上改。
[三]號：底本脱，據《蒙求集註》卷上補。
[四]稱帝號望帝：底本誤作「號帝稱望帝」，據《古今事文類聚》後集卷四十四改。
[五]不聞兹爲瀨郭公，山田之原杦村立：《賢愚鈔》卷二作「不鳴兹爲瀨郭公，山田之原杉村館」。
[六]三：底本脱，據《賢愚鈔》卷二補。
[七]巫峽：底本脱，據《漁隱叢話》後集卷二補。

長慶春　徐凝

備考　按唐憲宗元和十五年正月，宮者陳弘志等反，殺憲宗。王守澄謀之。閏正月，穆宗即位，改長慶。四年正月，穆宗崩，文宗穆宗第二子。召陳弘志，殺之，王守澄賜鴆死。《通鑑綱目》卷八十九曰：「元和十五年庚子閏正月，穆宗即位于太極殿。」《集覽》云：「元和十五年春正月，上憲宗暴崩於中和殿。閏月，太子穆宗即位。」《考異》：「據《唐書》舊紀云：『内官陳弘志弑逆，史氏諱而不書。』《王守澄傳》云：『陳弘志等弑逆，内官秘之，但云藥發暴崩。』則此當書内常侍陳弘志弑帝于中和殿，以爲寵任宦官者之戒。」○《事物紀原》卷一曰：「年號始自漢武帝建元元年。顔師古《前漢書》曰：『自古帝王未有年號，始起於此。』」

徐凝

備考 中唐末晚唐始作者。○《正音》不載之。《十七史·唐書》無傳。○《才子傳》第六曰：「凝，睦州人。元和間有詩名。方干師事之。與施肩吾同里閈，日親聲調。無進取之意，交眷悉激勉，始遊長安，不忍自衒鬻，竟不成名。將歸，以詩辭韓吏部云：『一生所遇惟元白，天下無人重布衣。欲别朱門淚先盡，白頭遊子白身歸。』知者憐之。遂歸舊隱，潛心詩酒。人間榮耀，徐山人不復貯齒頰中也。老病且貧，意泊無惱，優悠自終。集一卷，今傳。」

山頭水色薄籠煙，謂薄煙色如水。**遠客新愁長慶年**。長慶，穆宗年號。**身上五勞仍病酒**，陳無擇《三因方》曰：「五勞乃五臟之勞[一]，如酒色致羸，此名瘵疾，今人多誤以瘵爲勞。」**天桃窗下背華眠**。

備考 《賢愚鈔》曰：「《周易》䷦艮下坎上。《蹇》卦《象》曰：『山上有水，蹇。君子以反身修德。』」

《傳》云：『山之峻阻，上復有水，坎水爲險陷之象，上下險阻故爲蹇也。君子觀蹇難之象，而以反身修德。君子遇艱阻，必反求諸己而益自修。』《孟子》曰：『行有不得者，皆反求諸己。』《正義》云：『山是巖險，水是阻難，水積山上，彌益危難云云。』第一句言徐凝逢險阻艱難之時，取《易·蹇卦》『山上有水』之義，山頭有水色，即是薄相籠之煙也，非實有水。」○「第二句言遠客，凝自稱。穆宗即位後，已號長慶元年，四時之中得春，雖年已爲長慶，凝却有新愁也。身已難嶮，况無知己？所見之山帶煙，而如水在山頭，豈非爲《蹇卦》之義？是長慶年而有新愁之謂也。」○「第三句言情思甚則五臟勞倦，使五臟神不安寧，故時時飲酒而忘其憂，每愁飲酒，故有酒毒之煩。五臟之勞外，又添酒病。『仍』字，一事之外更添一事之意。」○「第四句言身上今有五臟之勞，飲酒亦有煩，如此之新愁，飲酒見花可以慰之，然不得飲酒，故空孤負花而眠而已。」○舊註：「長慶年」之三字有意味。玄宗播遷之後，雖復治而不能一統。至憲宗時，初一統，稱中興主。至穆宗時，又失之。凝新愁在此。天下亡在旦暮，不忍見矣。○愚按第三、四句應第二句「新愁」二字也。

病酒　病，《字彙》曰：「疾甚曰病。又患也，憂也，苦也。」○《劉氏鴻書》三十九引《四季録》曰：「參元朱子曰：『病字从丙。丙，火也。百病皆主於火。夫病字，内丙固火，外二點从水，内火盛而外水微，且相間隔則病。水火既濟，自然無病。』」

夭桃　《詩經·周南·桃夭篇》曰：「桃之夭夭，灼灼其華。之子于歸，宜其室家。」朱註：「桃，木名，華紅，實可食。夭夭，少好之貌。」

註　長慶 凡四年。

穆宗 穆宗諱恒，憲宗第三子。母曰懿安皇太后郭氏。在位四年，壽三十。

陳無擇 陳言，字無擇，青田鶴溪人。著《三因極一病源論粹》，凡十八門，得方一千五十餘通。宋高宗紹興中選[二]。

《三因方》曰云云 《三因方》第八曰：「五勞者，皆用意爲過，傷五臟，使五神不寧而爲病，故云五勞。以其盡力謀慮則肝勞，曲運神機則心勞，意外致思則脾勞，預事而憂則肺勞，矜持志節則腎勞。是皆不量稟賦，臨事過差，遂傷五臟。以臟氣本有虛實，因其虛實而分寒熱。世醫例以傳尸骨蒸爲五勞者，非也。彼乃瘵疾，各一門類，不可不知。」

致羸 羸，《字彙》曰：「盧回切，音雷。瘦也，病也。又困也。又敗也。徐鉉曰：『羊主給膳，以瘦爲病，故从羊。』」

名瘵疾 瘵，《字彙》曰：「勞瘵也。」

【校勘記】

[一]臟：底本訛作「藏」，據元刻本和箋註本改。

[二]選：似當作「撰」。

宮詞二首　王建

後首或以爲杜牧之作。

備考 此二首，前一首《除夜》，是前年除夜之作，故先編之；後一首《七夕》，是後年七夕之作，故後編之。若以一年中其節之前後論之，則七夕在前，除夜在後。隔年而論之，則除夜之詩在前，七夕之詩在後，不足疑之也。○舊註云：「已前《宮詞》借漢以謗唐，此詩借隋以諷時也。」

王建 事迹見前。

金吾除夜進儺名，應劭曰[一]：「吾，禦也，執金革以禦非常。」顏師古曰：「金吾，鳥也，執此象，故以名官。」**畫袴朱衣四隊行。**此章皆隋宮事。隋用齊制，季冬晦，選樂人二百四十人爲儺，赤幘褠衣[二]，赤布袴，以逐惡鬼于禁中。其日戊夜[三]，三唱儺集。上水一刻，皇帝御殿，儺入。春秋冬皆儺[四]，冬八隊，春秋四隊。**院院燒燈如白日，**《南部新書》曰：「除夜燈入殿前[五]，然蠟熒煌如晝。」**沉香火底坐吹笙。**《續世説》：「太宗問蕭后：『隋主何如？』后曰：『每除夜殿前設火山數十，每一山焚沉香數車，焰起數丈，用沉香百餘車。』太宗口刺其奢，心服其盛。」

增註 《職林》：「秦中尉掌徼循京師，備盗賊。漢武帝更名執金吾。」《古今註》：「金吾，金輻棒也。

漢執金吾亦棒也，以銅爲之，金塗兩末，謂之金吾。唐有左右金吾衛上將軍。」○《月令》：「季冬命有司大儺，旁磔。」注：「此月有厲鬼，將隨强陰出害人，故旁磔於四方之門。」《唐志》：「太卜季冬帥侲子堂贈大儺，天子六隊，太子二隊。方相氏右執盾導之，唱十二神名，以逐惡鬼。鼓吹署令帥鼓角，以助侲子之唱。」侲音正。

備考《賢愚鈔》曰：「第一、二句言直賦隋宮除夜之事。金吾官獻二百四十人之儺名，使天子見之。畫袴朱衣，即儺之容也。隋時用樂人二百四十人爲儺，秦、漢時用百二十人侲子爲儺。」○第三、四句舊註云：「有諷君之心，譏其漫燒民膏，事遊樂也。」

四隊《賢愚鈔》曰：「《唐書》：『天子六隊。』又天隱註云：『冬八隊，春秋四隊。』今季冬之儺而不言八隊，取春秋四隊而言之者，不知有何據？」○愚按不可以辭害心，唯隨時措之宜，而當有列群之損益乎？○《字彙》曰：「隊，杜對切，音兑，群也。」

院院　院，《字彙》曰：「宅也，室也。凡庭館有垣墻者曰院。」

沉香《三才圖會・草木部》卷九云：「沉香，青桂香，鷄骨香，馬蹄香，棧香，同是一本，海南諸國及交、廣、崖州有之。其木類椿櫸，多節，葉似橘，花白，子似檳榔，大如柔椹，紫色。細枝緊實未爛者爲青桂，堅黑而沉水爲沉香，半浮半沉與水面平者爲鷄骨，最麄者爲棧香。」

吹笙《紀原》卷二曰：「《禮記・明堂位》曰：『女媧之笙簧。』簧，笙中之簧也。《世本》曰：『女媧作笙簧。』《高氏小史》亦云：『曹植《女媧贊》曰：「造簧作笙。」』《隋・音樂志》曰：『笙、竽並女媧之所作也。』」

註　應劭曰云云　《前漢書・百官公卿表》註：「應劭曰：『吾者，禦也。掌執金革以禦非常。』師古曰：『金吾，鳥名也，主辟不祥。天子出行，職主先導，以禦非常。故執此鳥之象，因以名官，秩中二千石，丞千石。』」○《氏族排韻》曰：「應劭，字仲遠。少篤學，博覽洽聞，舉高第，刪定律令，著《漢官儀》，又撰《風俗通》以辨物類名號。漢獻朝拜軍謀太尉。」

金革　《中庸》曰：「衽金革，死而不厭。」朱註：「金，戈兵之屬；革，甲胄之屬。」

用齊制　制，《字彙》曰：「節也，裁也，法禁也，造也。」○《紀原》卷二曰：「劉勰《文心雕龍》曰：『古者有命無制。』《周禮》：『太祝作六辭，以通上下。』其二曰命是也。《蘇氏演義》曰：『制也，主也[六]，禁也，斷也。言君上用人或制斷而行之，或禁制而止之。』」

季冬晦　晦，《字彙》曰：「月盡也。」

爲儺　《論語・鄉黨篇》曰：「鄉人儺，朝服而立於阼階。」朱註：「儺，所以逐疫。《周禮》：『方相氏掌之。』」○《事文類聚》曰：「昔顓頊氏有三子，亡而爲疫鬼，一居江水中爲瘧鬼，一居若水爲罔兩蜮鬼，一居人宮室區隅中，善驚小兒，爲小鬼。於是以歲十二月，命祀官時儺，以索室中而驅疫鬼。東海度索山有神荼、鬱壘之神，以禦凶鬼，爲民除害，因制驅儺之神。」○《呂氏春秋》曰：「前歲一日，擊鼓驅疫癘之鬼，謂之逐除，亦曰儺。」○《秦中記》曰：「除日儺，皆鬼神狀，二老人爲儺翁、儺母。」○《紀原》卷八曰：「《禮緯》曰：『高陽有三子生而亡去爲疫鬼[七]。二居江水中爲瘧，一居人云云驅疫鬼。』《軒轅本紀》曰：『東海渡索山云云驅儺之神。』《莊子[八]》：『游鳥問於雄黄曰：「今人逐疫出魁，擊鼓呼噪，何也？」雄黄曰：「黔首多疫，黄帝氏立巫咸，使黔首鳴鼓振鐸以動心勞形，發陰陽之氣，擊鼓呼噪，遂以出魁。黔首不知，以爲崇魅也。」』或記以爲驅儺之事。按《周禮》有大儺，《漢儀》有侲子。要之，雖原始於黄帝，而大抵周之舊制也。《周官》：『歲終，命方相氏率百隸索室，驅疫以逐之。』則驅儺之始也。」

赤幘 《字彙》曰：「髮有巾曰幘。蔡邕《獨斷》：『漢元帝額有壯髮，不欲人見，故加幘以巾包之。至王莽，内加巾，故時人云王莽禿幘施屋。』《方言》：『覆髻謂之幘。』《漢書》：『卑賤執事不冠者所服。』或謂之承露。後世以爲燕巾。一説古者有冠無幘，其加首有頍，所以安物。秦加武將首飾爲絳帕，後稍稍作顔題。漢興，續其顔，却摞之，施巾連題，却覆之，今喪幘也，名之曰幘。至孝文乃高顔題，續之爲耳，崇其巾爲屋，合後施收上下[九]。文者長耳，武者短耳。』」○《紀原》卷三曰：「《隋・禮儀志》曰：『幘，按董巴云，起秦人，施於武將，初爲絳帕，以表貴賤。漢文時加以高頂。孝元額有壯髮，不欲人見，乃始進幘。』又『董偃緑幘』。《東觀記》云：『賜段穎赤幘，故知自上下通服之，皆烏也。厨人緑，馭人赤，輿輦人黄，駕五輅人逐車色，其承遠遊進賢者施以掌導，謂之介幘，承武弁者施以笄導，謂之平巾。』」

褠衣 褠，《字彙》曰：「居侯切，音鉤，單衣，又衣褶。」

赤布袴　袴，又曰：「苦故切，音庫，股衣也。」○《紀原》卷三曰：「《史記》：『屠岸賈滅趙氏，趙朔之妻有遺腹，生男，賈索之，夫人置其袴中。』其稱始見於此。《實録》曰：『上古食肉衣皮，遂以爲袴，名袴褶。今武士大口袴褶，是魏文上馬袴也。』」

戊夜　《顔氏家訓》曰：「或問：『一夜五更，何所訓？』答曰：『漢魏以來謂甲夜、乙夜、丙夜、丁夜、戊夜，又謂之五更，皆以五爲節。』」

上水一刻　愚按刻箭計漏，曉漏已盡，又明早漏水一刻之初歟？

皇帝　《紀原》一曰：「《世皇帝紀》曰：『五帝之初有天黄。』皇帝，《尚書·吕刑》曰：『皇帝清問下民。』蓋周穆王始以言唐堯也。《史記·始皇帝紀》：『二十六年，秦初并天下，令曰：「六王咸伏，天下大定，名號不更，無以稱功，其議帝號。」王綰、李斯等議帝號曰：「古有天皇，有地皇，有人皇，有泰皇。泰皇最貴，上尊號王，爲泰皇王。」曰：「去泰著皇，采上古位號，號曰皇帝。」曰：「秦兼天下，建皇帝之號。」』注云：『五帝自以德不及三皇，故去皇號。三王以德不及五帝，故損稱王。秦自以德兼三代，故兼稱之。』」○《群談採餘》曰：「皇帝者，至尊之稱。皇者，煌也，盛德煇煌，無所不照。帝者，諦也，能行天道，事天審諦。故曰皇帝。」

御殿　《紀原》八曰：「《演義》：『殿，殿也，取衆屋擁從，如軍之殿。』摯虞《决疑要注》曰：『殿則有階、陛，堂有階無陛，春秋謂之路寢。』《禮記》與《白虎通》俱曰：『天子之堂。』《史記》：『秦始皇作朝宫渭南，先作前殿阿房。』《商君書》有言『天子之殿』，則是秦自孝公而來已云然矣。蓋秦始曰殿也，漢因之，有函德、明光諸名也[一〇]。」

春秋冬皆儺 季春、仲秋、季冬之三儺也。○《禮記·月令》曰：「季春，命國儺，九門磔攘，以畢春氣。」注：「磔牲以攘於四方之神。」○「仲秋，天子乃儺，以達秋氣。」注云：「仲秋，九門磔攘，以發陰氣，禦止疫疾。」○「季冬，命有司大儺，旁磔，出土牛以送寒氣。」○皇侃云：「按三儺，二是儺陰，一是儺陽，乃異。俱是天子所命。春是一年之始，彌畏灾害，故命國民家家悉儺。八月儺陽，陽是君法，臣民不可儺君，故稱天子乃儺也。十二月儺雖是陰，既非一年之急，故民亦不得同儺也。」

冬八隊 四百八十人也。

春秋四隊 二百四十人也。

熒煌 熒，《字彙》曰：「于平切，音榮。燈燭之光。又灼也。」○煌，又曰：「胡光切，音黃。焜煌光煇，炫耀貌。」

《**續世說**》**云云** 《太平廣記》曰：「貞觀初，天下義安。除夜盛飾，宮掖設燈燭奏樂。太宗與蕭后觀燈[一一]，問：『孰與隋主？』曰：『彼亡國之君，陛下開基之主，奢儉不同。』太宗曰：『隋主如何？』后曰：『每除夜，殿前諸位一本作「院」。設火山數十，每一山焚沉香數車，沃以甲煎，焰起數丈，香聞數十里。一夜用沈香二百餘車，甲煎二百餘石。房中不然膏火，縣寶珠一百二十照之。』太宗口刺其奢，心服其盛。」

焰起 焰，《字彙》曰：「以贍切，音豔，火光。」

增註 **《職林》秦中尉云云** 《漢書·百官公卿表》曰：「中尉，秦官，掌徼循京師，有兩丞、侯、司馬、千人。武帝太初元年，更名執金吾。」注：「如淳曰：『所謂遊徼循禁，備盜賊也。』師古曰：『徼謂遮繞也。徼音工釣反。』」○杜氏《通典》曰：「中尉司武事。」

執金吾 《類函》五十四曰：「秦有中尉，掌徼循京師。漢武帝太初元年，更名執金吾，緹綺二百人云云。唐初又爲左右武侯府，龍朔二年，改爲左右金吾衛，置右將軍一人，所掌與隋同。」○《北堂書鈔》云：「典執金革，徼循京師，徼道宮外，職主先道，擒姦、討猾、執禁、典兵云云。」○《事物紀原》卷五曰：「金吾衛。秦有中尉，漢武帝太初元年更名執金吾，蓋取執金革以禦非常也。周、隋爲武侯之職，唐龍朔二年改左右金吾，采古名也。」

《古今註》 晉崔豹撰。

金輻棒 《紀原》卷三曰：「車輻，《古今註》曰：『棒也。漢朝執金吾，金吾亦棒，以銅爲之，黄金塗兩頭，謂之金吾。御史大夫、司隸校尉亦得執焉。御史、校尉、郡守、都尉、縣長之屬，例皆木爲吾，用以夾，故謂之車輻。一曰形如車輻，故云也。』《宋朝會要》曰：『形如車輻，今剡木漆八稜。』」

上將軍 《紀原》卷五曰：「《史記》曰：『義帝以宋義爲上將軍，漢以呂禄爲上將軍。』魏黄初中有上大將軍[一二]。唐貞元二年九月，諸衛，上將軍也。《老子》曰：『君子用兵則貴右，是以偏將軍處左，上將軍處右。』《説苑》：『田忌奔楚，王問：「齊、楚相并奈何？」曰：「齊使申孺將，則楚發五萬人，使上將軍將之。」』則是春秋逮戰國，始有上將軍之官也。」

《月令》云云 《禮記·月令》曰：「季冬，命有司大儺，旁磔，出土牛，以送寒氣。」註：「此月之中，日歷虛危。虛危有墳墓四司之氣，爲厲鬼，將隨强陰出害人。」疏：「《石氏星經》云：『司命二星在虛北，司祿二星在司命北，司危二星在司祿北，司中二星在司危北。』史遷云[一三]：『四司，鬼官之長。』」又云：「墳四星在危東南，是危虛有墳墓四司之氣。」又疏云：「大儺旁磔者，旁謂四方之門，皆披磔其牲，以禳除陰氣。出土牛以送寒氣者，『出』猶『作』也，此時强陰既盛，年歲已終，陰若不去，凶邪恐來歲更爲人害。其時月建丑，又土能克水，持水之陰氣[一四]，故特作土牛以畢送寒氣。」

四方 《紀原》卷一曰：「王希明《太一金鏡經[一五]》曰：『昔燧人氏仰觀斗極而定方名，東、西、南、北是也。』則四方之名蓋始自燧皇定之。」

《唐志》太卜云云 《唐書·百官志》三十八曰：「太卜署令季冬率侲子堂贈大儺，天子六隊，太子二隊，方相氏右執戈、左執楯而導之，唱十二神名，以逐惡鬼，儺者出，磔雄鷄于宮門、城門。」○愚按此註「右」字當作「左」。

侲子 《文選》張平子《東京賦》曰：「卒歲大儺，驅除群厲。方相秉鉞，巫覡操茢。侲子萬童，丹首玄製。」註：「綜曰：『侲子，童男、童女也。』善曰：『《續漢書》：「歲除大儺逐疫，選中黃門子弟十歲以上、十二以下百二十人爲侲子，皆赤幘皂製，以逐惡鬼于禁中。』』」○《通鑒・後漢安帝紀》：「永初三年。」《集覽》：「騶案：薛綜注云：『侲之爲言善也，善童[一六]，幼子也。』徐廣曰：『侲音震，又音真。』」

堂贈 《周禮疏》二十六曰：「冬，堂贈，無方無算。」注：「故書『贈』爲『矰』。杜子春云：『矰當爲贈，堂贈，謂逐疫也。』玄謂：『冬歲終以禮送不祥及惡夢，皆是也。其行必由堂始。』」

方相氏 《周禮・夏官》：「方相氏掌蒙熊皮，黃金四目，玄衣朱裳，執戈揚盾，帥百隸而時難，以索室毆疫。」○《紀原》卷九曰：「《軒轅本紀》曰：『帝周游時，元妃嫘祖死於道，令次妃姆嫫監護，因置方相，亦曰防喪，蓋其始也。俗號險道，神抑由此。』故爾《周禮》有『方相氏，狂夫四』。夫大喪，先柩，及墓入壙，以戈擊四隅，毆方良[一七]。故葬家以方相先驅。」

左執盾 盾，《字彙》曰：「干櫓之屬，所以蔽身扞目。」○《紀原》卷九曰：「《山海經》曰：『羿與鑿齒戰於草疇之野，羿持弓矢，鑿齒持楯。』《春秋元命包》曰：『帝嚳戴干。』宋衷曰：『干，楯也。』王嘉《拾遺記》曰：『庖犧造干。』此則楯之起也。」

唱十二神名 《紀原》卷二曰：「十二神。《宋朝會要》曰：『《開寶新定禮》所增。』《大饗明堂記》曰：『十二神輿，載十二月之神象，自鉦、鼓、漏、鐘及神輿[一八]，舊禮令無文，《開寶通禮》新加。』」○《後漢・禮儀志》曰：「先臘一日[一九]，大儺[二〇]，謂之逐疫。中黃門倡，侲子和，曰：『甲作食殈，胇胃食虎[二一]，雄伯食魅，騰簡食不祥，攬諸食咎，伯奇食夢，强梁、祖明共食磔死寄生，委隨食觀，錯斷食巨，窮奇、騰根共食蟲。凡使十二神追惡凶，赫女軀[二二]，拉女幹，節解女肉，抽女肺腸，女不急去，後者爲糧！』」

鼓吹署令《柳文》第一有《唐鐃歌鼓吹曲》，註：「吹，尺僞切。漢樂有黄門鼓吹，天子所以宴樂群臣也。」〇署，《字彙》曰：「官舍曰署。《國語》：『署，位之表也。』」

鼓角 鼓，《紀原》二曰：「《禮記·明堂位》曰：『土鼓蕢桴，伊耆氏之樂也。』《帝王世紀》曰：『黄帝煞夔，以其皮爲鼓。』《黄帝内傳》曰：『帝與蚩尤戰，玄女爲帝製夔牛鼓，又請帝製鼓鼙以當雷霆。』《世本》曰：『夷作鼓，蓋起於伊耆氏之土鼓也。』」〇角，《字彙》曰：「軍器。羌胡吹之，以驚中國之馬。」〇《紀原》九曰：「徐廣《車服儀制》曰：『角，前書記所不載。或云本出羌胡。一云出於越。』《黄帝内傳》曰：『玄女請帝製角二十四以警衆[二三]。』《通禮義纂[二四]》曰：『蚩尤帥魑魅與黄帝戰[二五]，帝命始吹角，作龍鳴以禦之。蓋角肇於黄帝氏也。』谷儉《角賦》：『夫角也，蓋帝會群臣於泰山，作清角之音。』號令之限度也。軍中置之，以司昏曉，故角爲軍容也。」

侲音正《事文類聚·除夕部》引《東漢後紀》云：「侲音正。」

【校勘記】

[一]劭：底本訛作「邵」，據元刻本、箋註本和增註本改。

[二]In：元刻本和箋註本作「In」。

［三］戊：底本訛作「戌」，據增註本改。按底本「戊」多訛作「戌」，後徑改。

［四］冬：底本脱，據元刻本、箋註本和附訓本補。

［五］燈：底本誤作「鐙」，據元刻本和箋註本改。

［六］主：底本訛作「王」，據《事物紀原》卷二改。

［七］生：底本脱，據《事物紀原》卷八補。

［八］莊：底本脱，據《路史》卷四十、《説略》卷七和《廣博物志》卷十五補。

［九］收：底本誤作「巾」，據《後漢書·輿服志》改。

［一〇］名：底本訛作「户」，據《事物紀原》卷八改。

［一一］「太宗與」後底本衍「隋煬帝」三字，據《太平廣記》卷二百三十六和《續世説》卷九删。

［一二］魏：底本脱，據《事物紀原》卷五補。

［一三］遷：底本訛作「選」，據《禮記註疏·月令》改。

［一四］持：底本訛作「時」，據《禮記註疏·月令》改。

［一五］經：底本訛作「録」，據《事物紀原》卷一改。

［一六］童：底本誤作「男」，據《兩漢博聞》卷十二改。

［一七］毆：底本訛作「歐」，據《事物紀原》卷九改。

［一八］自：底本訛作「有」，據《事物紀原》卷二改。

［一九］臘：底本誤作「儺」，據《後漢書·禮儀志中》改。
［二〇］大儺：底本脱，據《後漢書·禮儀志中》補。
［二一］胃：底本訛作「畏」，據《後漢書·禮儀志中》改。
［二二］赫：底本誤作「掠」，據《後漢書·禮儀志中》改。
［二三］警：底本訛作「驚」，據《事物紀原》卷九改。
［二四］通：底本誤作「像」，據《事物紀原》卷九改。
［二五］魑魅：《事物紀原》卷九作「蝄蜽」。

銀燭秋光冷畫屏，輕羅小扇撲流螢。玉堦夜色凉如水，《三輔黄圖》曰：「明光殿，玉堦金戺。」**卧看牽牛織女星。**［一］曹植《九咏》註曰：「牽牛爲夫，織女爲婦，二星各居，七月七日相會。」燭光屏冷，情之所以生也。撲螢以戲，寫憂也。卧觀牛、女，羨之也。蓋怨女之情也。

增註 《穆天子傳》：「穆王至崑崙山，觀寶器，有燭銀，謂銀有光如燭。」○元集「流螢」作「飛螢」。

備考 季昌本此詩題《宫詞》，爲王建作。《事文類聚·七夕部》載此詩，題爲《秋色》，「玉堦」作「天堦」，作者爲杜牧之。○《賢愚鈔》曰：「此篇宫女不得幸而坐卧不安之體也，比王建有才而不遇時也。第

一、二句言銀燭與秋光共冷淡，而閨中凄凉，故出以撲螢也。第三、四句秋光冷淡，夜色亦如水，於是望君君不來，故唯羨見二星而已。」○《詩林廣記》前集六王建詩部載之，「玉階」作「天階」，爲杜牧之詞。○《漁隱》後集十四曰：「余閱王建《宫詞》，選其佳者，亦自少得，只世所謂膾炙者數詞而已。其間雜以他人之詞，如『閑吹玉殿昭華管，醉折梨園縹蔕花云云』『銀燭秋光云云』，此並杜牧之也。『淚滿羅巾夢不成，夜深前殿按歌聲云云』，此白樂天也。『寶仗平明金殿開，暫將紈扇共徘徊云云』，此昌齡也。建詩凡百有四篇，或云元微之亦有詞雜於其間，余以《元氏長慶集》撿尋，却無之，或者之言誤矣。」○《百川學海》乙集引《竹坡老人詩話》曰：「『紅燭秋光云云』，此一詩杜牧之、王建集中皆有之，不知其誰所作也。以余觀之，當是建詩耳。蓋二子之詩清婉大略相似，而牧多險側，建多平麗，此詩蓋清而平者也。」○胡次焱曰[二]：「杜集『卧看』爲『坐看』，而『坐』字不如以看之『卧』字，『卧看』之中有無限意度、無限感慨也，『卧』字極有含蓄，與『悠哉悠哉，輾轉反側』同意度。」○章泉趙蕃昌父《唐詩絶句》卷三載此詩，爲杜牧之作，題《秋夕》，「玉堦」爲「天街」。疊山謝枋得註：「此詩爲宫中怨女作也。牽牛、織女，一年一會；秦宫人望幸，至有三十六年不得見者。『卧看牽牛織女星』，隱然説一生不蒙寵幸，願如牛、女一夕之會亦不可得。怨而不怒，真風人之詩。」

銀燭　《楊升庵集》五十七曰：「《穆天子傳》：『天子之寶，璿珠燭銀。』郭璞曰：『銀有精光如燭也。』梁簡文帝詩：『燭銀踰漢女，寶鐸邁昆吾。』江總《貞女峽賦》：『含照曜之燭銀，沂潺湲之膏玉。』唐人詩用『銀燭』字本此。」○《千家詩》陳生高註曰：「銀燭以蠟爲之，其白如銀。」

畫屏《紀原》卷八曰：「《周禮》：『掌次設皇邸。』鄭司農云：『邸，後板也。』康成謂後板屏風。《禮記・明堂位》曰：『天子負斧扆而立。』陸法言云：『今屏風，扆遺象也。』《三禮圖》曰：『屏風之名出於漢世，故班固之書多言其物。』徐堅爲《初學記》，亦載漢劉安、羊勝等賦，然則漢制屏風蓋起於周『皇邸』『斧扆』之事也。」

小扇 又曰：「崔豹《古今註》曰：『舜廣開視，聽求賢人以自輔，作五明扇。』而《黄帝内傳》亦有『五明扇之起，以五明而制也』。陸機《扇賦》曰：『昔武王玄覽[三]，造扇於前。』然則今以招凉者，周武王所作云。故《傳》有武王扇暍之事，一曰夏禹也。」

註 **玉堦** 堦，《字彙》曰：「砌也，或作階。」

金戺 戺，又曰：「上紙切，堂簾曰戺。《周書》：『夾兩階戺。』又砌也。《文選》：『金戺玉階。』」

曹植《九咏》《排韻》曰：「曹植字子建，魏文帝忌其才，欲害之，令作詩，限七步成，植應聲曰：『煮豆然豆萁云云。』謝靈運言：『天下文章止一石，子建獨得八斗。』建安以曹、劉爲絶唱。封陳思王。」

牽牛爲夫云云《述異記》曰：「天河之東有美麗女人，乃天帝之女，機杼女工，年年勞役，織成雲霧綃縑之衣，辛苦殊無歡悦，容貌不暇整理。天帝憐其獨處，與河西牽牛之夫婿，自後竟廢織紝之功，貪歡不歸。帝怒，責歸河東，但使一年一度與牽牛相會。」○吴筠《續齊諧記》曰：「桂陽城武丁有仙道，忽謂其弟曰：『七月七日織女當渡河。』弟問：『織女何事渡河？』答曰：『暫詣牽牛。』世人今云織女嫁牽牛是也。」

○《藝苑雌黄》：「《荆楚歲時記》云：『七月七日，牽牛、織女會天河。』杜公瞻注：『此出於流俗小書，尋之經史，未有典據。』《詩》云：『睆彼牽牛，不以服箱。跂彼織女，終日七襄。』説者以爲二星有名無實。《史・天官書》云：『牽牛爲犧牲。其北河鼓。河鼓大星，上將；左右，左右將。』則是河鼓、牽牛，大同小異。《爾雅》云：『河鼓謂之牽牛。』李巡注云：『河鼓、牽牛皆二十八宿名。』郭璞注云：『今荆楚人呼牽牛星爲擔鼓。』此則河鼓之據。《夏小正》言：『七月初昏，織女正東向[四]。十月，織女正北向[五]。』此星據也，亦無會合之文，近有此説耳。又《歲時記》云：『《緯書》云：「牽牛娶織女，取天帝二萬錢下禮，久不還云云。」』皆無所據。河鼓與牽牛，《史記》以爲二星，《爾雅》以爲一星[六]。」

增註　**至崑崙山**　《瑯琊代醉編》卷一曰：「《山海經》述海外山詳矣，不言須彌。或曰即崑崙也。然其述日月出没，不言崑崙而曰東海之外。」○同卷三曰：「崑崙一名鐵圍，即佛家之須彌。君山一名媧宫云云。」○《三才圖會・地理部》八曰：「崑崙山在陝西肅州衛西南二百五十里，南與甘州山連，其巔峻極，經夏積雪不消，世呼雪山。」

【校勘記】

[一]此詩《全唐詩》卷五百二十四歸在杜牧名下，題作《秋夕》。

[二]胡次焱：底本訛作「朝源焱」。按胡次焱，南宋人，字濟鼎，著有《贅箋唐詩絶句》。

[三]覽：底本訛作「賢」，據《事物紀原》卷八改。

[四]東向：底本誤作「向東」，據《漁隱叢話》後集卷七乙正。

[五]北向：底本誤作「向北」，據《漁隱叢話》後集卷七乙正。

[六]以：底本脱，據《漁隱叢話》後集卷七補。

城西訪友人別墅　雍陶

增註　郊外聚土曰墅。

備考　或曰：「已下至《秋思》，皆杜牧詩也。」〇《遺響》載此詩於雍陶部，「橋西」作「橋邊」。〇《詩林萬選》載之，亦爲雍陶作，評云：「平淡體，淡中有味。」〇墅，《韻會》曰：「上與切，田廬也。又圃墅也。《集韻》或作『野』。毛氏曰：『野，古墅字，田下已从土。後人以其借爲郊野字，遂復加土於下以別之。其因仍重複有如此者。』」

雍陶

備考　《正音》云：「晚唐作者。」〇《新唐書》並《十七史》等無傳。〇《才子傳》第七曰：「陶，字國鈞，成都人。工於詞賦。少貧，遭蜀中亂後，播越羈旅。大和文宗。八年陳寬榜進士及第，一時名輩，咸偉其作。然恃才傲睨，薄於親黨。大中六年授國子《毛詩》博士。與賈島、殷堯藩、無可、徐凝、章孝標友善，以琴樽詩翰相娛，留長安中。大中末，出刺簡州，時名益重，自比謝宣城、柳吳興，國初諸人，書奴耳。賓至，必佯佯挫辱。投贄者少得通云云。後爲雅州刺史。竟辭榮，閑居廬嶽，養痾傲世〔一〕，與塵事日冥矣。有《唐志集》五卷，今傳。」

澧水橋西小路斜，郭璞曰：「澧水出南陽。」**日高猶未到君家。村園門巷多相似，處處春風枳殼華。**

增註　澧水，在澧州澧陽縣南，水出衡山。枳，似橘而多刺。

備考　《賢愚鈔》曰：「全篇言澧水以西分路入城外別墅，朝出尋之，日高未到其家，何則？村園門巷相似之處，時已春，而處處一樣有春風吹枳殼華，故令却相迷也。」

澧水　《方輿勝覽》三十《澧州部》云：「澧陽縣南六十步。柳宗元《送南涪州移澧州序》曰：『自漢而南，州之美者莫如澧。』」

註　**郭璞**　《排韻》曰：「郭璞字景純，博學高才。時有郭公居河東，精卜筮，璞從之受業，以《青囊中書》九卷與之，由是洞知五行、天文、卜筮之術。撰《新林》十篇，注《爾雅》。晋元帝朝爲著作佐郎。」

增註　**枳似橘云云**　《本草》云：「河内、西京，江、湖州郡，皆有之。以商爲佳。春生白花，秋成實。九十月採，陰乾。舊説七八月採者爲枳實，九十月採者爲枳殼。皆以翻肚如盆口唇狀、須陳久者勝。陳藏器云：『江南爲橘，江北爲枳。今江南俱有枳、橘，江北有枳無橘。此自別種，非干變異。』」

【校勘記】

［一］疴：底本訛作「病」，據《唐才子傳》卷七改。

貴池縣亭子［一］　杜牧

《郡縣志》：「貴池在池州，梁昭明太子以其魚美，封貴池。」

備考　《勝覽》十六《池州部》曰：「池州有六縣，貴池其一也。」「貴池」註與此同。又《亭榭部》「貴池亭」注載此詩全篇。舊説云：「赴長安時，經池州貴池縣作。」此説非也。愚按《才子傳》：「杜牧歷黄、池、睦三州刺史云。」然則此詩守池州時作歟？〇「亭子」之「子」，語助也。

杜牧　事迹見前。

勢比凌歊宋武臺，「凌歊」，見七言註［二］。**分明百里遠帆開。蜀江雪浪西江滿，强半春寒去却來。**

增註　算家以有餘爲强。

備考　《賢愚鈔》曰：「第一句以貴池亭比太平州宋武之凌歊臺。第二句言以高故分明數百里，在臺中見遠帆也。第三句言亭子高，故見西蜀雪消，而江水添雪浪，西江滿也。許渾《凌歊臺》詩云：『湘潭雲盡暮山出，巴蜀雪消春水來。』牧與渾同時，其句法、詩意自然相合矣。第四句言春已妍暖而寒却來，何也？亦有由也。蜀江雪消，二月中旬流來故也。」

凌歊　《方輿勝覽》十五《太平州部》曰：「凌歊臺在黄城北黄山上，宋武帝南遊，嘗登此臺，且建離宫焉。」○許渾《凌歊臺》詩題註云：「歊，許驕切，熱氣也。字亦作熇。或云臺高可以凌滌暑氣。」

宋武　《少微通鑑・南宋高祖武帝紀》註曰：「武帝姓劉，名裕，字德輿[三]，彭城人。仕晋爲太尉，封宋王，受恭帝禪，建國號宋，都于建康。在位三年而崩，壽六十七。」

强半　白樂天詩：「百年强半時。」東坡詩：「燕坐春强半。」又梅詩：「强半瘦緣前夜雪。」

【校勘記】

[一]貴池縣亭子：《全唐詩》卷五百二十二作《題池州貴池亭》。

[二]註：元刻本和箋註本作「律」。

[三]輿：底本訛作「興」，據《宋書・武帝紀上》改。

送隱者[一]　許渾

備考《瑯琊代醉》三十曰：「隱，一也。昔之人謂有天隱、有地隱、有人隱、有名隱，又有所謂充隱、通隱、仕隱，其説各異。天隱者，無往而不適，如嚴子陵之類是也。地隱者，避地而隱，如伯夷、太公之類是也。人隱者，詭迹混俗，不異衆人，如東方朔之類是也。名隱者，不求名而隱[二]，如劉遺民之類是也。他如晉皇甫希之[三]，人稱充隱；梁何點，人稱通隱；唐唐暢爲江西從事[四]，不親公牘，人稱仕隱。」〇《詩林廣記》前集第六《杜牧部》載此詩，題《絶句》。胡苕溪云：「杜牧之此詩，與羅鄴之詩同一意。鄴詩云：『芳草和煙暖更青，閑門要地一時生。年年點檢人間事，惟有東風不世情。』余以此二絶作一聯云：『白髮惟公道，春風不世情。』蓋窮人不遇，遣興之作也。」〇《漁隱叢話》後集十五《杜牧部》載此詩，無題。〇《賢愚鈔》曰：「據諸詩話見之，杜牧詩而非許渾。雖然，周伯弜所編豈無其證乎？」

許渾

備考《正音》云：「晚唐作者。」〇《新唐書》並《十七史》無傳。〇《履歷》云：「字用晦，圉師之後，居潤州京口。」〇《才子傳》第七曰：「渾字仲晦，潤州丹陽人，圉師之後也。大和六年李珪榜進士，爲當塗、太平二縣令。少苦學勞心，有清羸之疾，至是以伏枕免。久之，起爲潤州司馬。大中三年，拜監察御史，歷虞部員外郎，睦、郢二州刺史。有詩二卷，今傳。」

無媒徑路草蕭蕭，自古雲林遠市朝。公道世間惟白髮，貴人頭上不曾饒。

備考《賢愚鈔》曰：「第一句言隱者雖有才，不得被進用，而徑路吹蕭蕭之草，無來往人故也。猶幽獨之美人無其媒介。」○「全篇言於世上功名之路無媒，故雖土荒人稀之地，歸隱也。蓋有才不見用者，皆逃于雲林江湖也。雖然，古伊尹耕于有莘之野，殷湯致幣聘之；太公釣于渭水之濱，周文同輿載之。今則不然，惟白髮有公道，雖貴人不相饒也。」○胡次焱曰[五]：「此詩首以『無媒』，當從此二字發明。士在山林，如女在室。女無媒不嫁，士無介不見云云。路徑草荒，與市朝相遠，無媒故耳。後二句所以寬隱者之心。若曰人老頭白，初無窮達、貴賤之分，隱於雲林者老固髮白，顯於市朝者亦髮白，不以貴人而饒之，則隱居雲林亦無羨乎？所以寬其心而堅其志。雖無媒，可以浩然自得。」○《代醉編》二十六曰：「《夢蕉詩話》云：『杜牧之《送隱者》云：「公道世間云云。」詩言人情世事，類有趨避，惟白髮則畢竟無私，雖富貴不免於老，何役役而不知休耶？』」

無媒《楚辭・九章》曰：「路遠處幽[六]，又無行媒兮[七]。」○山谷詩云：「門無行媒迹，草木倚憔悴。」○韋莊《下第題青龍寺》云：「千蹄萬轂一枝在[八]，要路無媒果自傷。」

市朝《禮記・王制》曰：「爵人於朝，刑人於市。」○《史記》曰：「争名於朝，争利於市。」

【校勘記】

[一]送隱者：《全唐詩》卷五百二十三作《送隱者一絶》，且歸於杜牧名下。
[二]隱：底本脱，據《蓬窗日録》卷六補。
[三]他：底本誤作「獨」，據《蓬窗日録》卷六改。
[四]唐：底本脱，據《蓬窗日録》卷六補。
[五]胡次焱：底本訛作「胡源炎」。按見「銀燭秋光冷畫屏」一詩後之校記。
[六]處：底本脱，據《楚辭章句·九章》補。
[七]兮：底本脱，據《楚辭章句·九章》補。
[八]在：《浣花集》卷一作「芳」。

送宋處士歸山　許渾

備考《唐詩遺響》第三許用晦詩部有之，題《送宋處士》，無「歸山」之二字，「桂花枝」作「桂花時」。

〇舊註曰：「山，衡山也。」〇處士，《紀原》卷三曰：「《史記》：『伊尹干湯[一]，致於王道，曰伊尹處士。湯迎之，五反，然後往。』此名處士之始也。宋朝有冲晦處士李退夫，在慶曆、皇祐之間也。林希[二]《兩朝寶訓》曰：『康定中賜興化徐復號沖晦處士，終南高懌號安素處士。』」

賣藥修琴歸去遲，山風吹盡桂華枝。一本作「吹落桂華時」。咏隱者多言桂，蓋本《招隱》所謂「桂樹叢生兮山之幽」者也。**世間甲子須臾事**，一甲子六十日。絳縣老人曰：「臣生正月甲子，四百四十五甲子矣。」**逢著仙人莫看棋**。《述異記》：「晋王質伐木，至信安郡石室山，見數童子圍棋，與質一物如棗核，含之不饑。局未終，斧柯爛盡。既歸，無復時人。」詩意謂我世間人無久生之勢，汝見仙人莫看棋，恐出山時不見我矣。

增註《抱朴子》云：「安期生賣藥海邊，後世見之，計已千歲。」

備考《賢愚鈔》曰：「『賣藥』二句，言宋處士賣藥，用其所得修琴，故歸山甚遲，於是舊叢桂花亦爲山風被吹盡也。『世間』二句，言世間日月須臾之間相過，如王質久不可看棋也。蓋言暫來塵世，則雖攸愛之桂花亦相忘，豈在仙家重可思塵世乎？是督歸之心也。」〇舊註曰：「處士身貧無副，故采藥於山中，賣之於城市，取價直以修隨身一張琴，歸舊隱也，故作詩送之。第一、二句代處士作也。處士懷舊山之心，言賣藥修琴，故久在城市而歸山遲，其間日積月累，定爲山風，一叢桂花可零落，暗推量而言之辭也。第三、四言別情也，言日月循環而留不住，皆是須臾事也。若逢仙人看棋，雖終一局，人間之千萬歲也。請不看棋，以再歸人間，可慰吾暮顔之心也。」

須臾事《丹鉛總録》曰：「《儀禮・聘禮》速賓辭曰：『寡君有不腆之酒，請吾子與寡君須臾焉。』注：

『須臾，言不敢久。』古者樂不踰辰，燕不移漏。故少頃之間皆稱須臾。須，待也。《左傳》『寡君須矣』是也。臾字从申从乙。乙，屈也。如今人請客言恭俟屈降之義。今之所云俟屈，古之所云須臾也。解字必宜如此，方暢本原。」〇《僧祇律》云：「二十念爲一瞬，二十瞬名一彈指，二十彈指名一羅預，二十羅預名一須臾，一日一夜有三十須臾。」[三]

註 《招隱》《文選》二十二有左太冲《招隱》詩。

叢生 《列子·湯問篇》曰：「珠玕之樹皆叢生。」

絳縣老人云云 《左傳·襄公三戊午。年》：「二月夏十二月。癸未，二十三日也。晉悼夫人食輿人之城杞者。輿，衆也。食，謂以飲食犒之也。絳縣人或年長矣，無子，以其無子，故自受役。而往與於食。有與疑年，見其年老，疑其年。使之年。曰：『臣小人也，不知紀年。臣生之歲，正月甲子朔，其年正月一日甲子，蓋夏正建寅之月，周三月也。四百有四十五甲子，自始生至今。其季於今，其末至今日。三之一也。』自甲子至癸未，凡二十日，故爲三分六甲之一也。吏走問諸朝，師曠即晉子野。曰：『魯叔仲惠伯會郤成子于承匡之歲也。魯文公十一年乙巳，惠伯會郤缺于承匡，老人以是歲生。是歲也，兼言此年事。狄伐魯。魯叔孫莊叔於是乎敗狄於鹹，魯地。獲長狄僑如及虺也豹也，而皆以名其子。七十三年矣。』自文公乙巳至今年戊午，七十四年，而言七十三年，以甲子計之也。史趙晉太史名趙。曰：『亥有二首六身，古亥字，二畫在上，三人在下，故以二爲首，以六爲身。下二如身，下亥字二畫竪置身旁，如身。是其日數也。此是老人始生至今之日數也。蓋以二首爲二萬，六身爲六千六百六十日也。』士文伯曰：『然則二萬六千七百有六旬也。』此說四百四十五甲子，其季於今，三之一也之日數，四百四十五甲子，合得二萬六千七百日，以其未三分六甲之一，故少四十日，實得二萬六千六百六十日也。」○《韻會》曰：「《左傳》：『亥有二首六身。』徐曰：『古文質，竪上二畫於左，爲算家之二萬；乙字曲之上竪下横，爲算家之六千；左人字曲之上横下竪，爲算家之六百；右人字亦然。爲算家單六中隔一位闕，六十也。』故士文伯曰：『二萬六千六百有六旬也。』今按李斯所書碑，『亥』字旁人皆作『丁』字形，史趙以其衆畫適爾類之取，說其字義則當从『人』字也。」○「二萬〡〡六千〈六百〈六十〈」，見《事林廣記》辛集《算部》。

晉王質云云 《方輿勝覽》第七《衢州部》云：「爛柯山，一名石室，又名石橋山，在西安，衢州郡名。乃青霞第八洞天。晉樵者王質入此山，忽見橋下二童子對弈，以所持斧置坐而觀。童子指示之曰：『汝斧柯爛矣。』質歸，見鄉閭已及百歲云。」○《代醉編》二十一曰：「爛柯事多用棋事。《水經注》：『晉氏王質伐木，入信安縣室坂[四]，見童子四人鼓琴，倚柯聽之。既去，柯爛，違家已數十年。』一事而所記異也。」

增註　安期生 《廣列仙傳》曰：「安期生，瑯琊阜鄉人，賣藥海邊，時人皆言千歲公。秦始皇請見，與語三日三夜，賜金璧數萬，出於阜鄉亭，皆置之而去，留書並赤玉舄一量爲報，曰：『復千歲來求我於蓬萊山下。』始皇遣使者數人入海，未至蓬萊山輒風波而還，立祠阜鄉亭並海邊十處。」

【校勘記】

［一］干：底本誤作「於」，據《史記・殷本紀》和《事物紀原》卷三改。

［二］希：底本訛作「芾」，據《事物紀原》卷三和《直齋書録解題》卷五改。

［三］二十念爲一瞬，二十瞬名一彈指，二十彈指名一羅預，二十羅預名一須臾：底本作「二十念爲瞬，名一彈指，名一羅預，名一須臾」，據《法苑珠林》卷三補正。

［四］室：底本訛作「寶」，據《水經注》卷四十改。

秋思　　許渾

備考《遺響》載之，爲許用晦詩。或曰杜牧作，或曰許渾作。

琪樹西風枕簟秋，吕延濟曰：「琪樹，玉樹也。」然《圖經》云：「建康府寶林寺有琪樹。」則謂樹緑如玉。**楚雲湘水憶同遊**。**高歌一曲掩明鏡，昨日少年今白頭**。謂思少年之時如昨日，今日頭白矣。言老之易也，非真謂昨日少年而今日白頭。不可以辭害意，此與「夜半鐘聲」法同。

備考《賢愚鈔》曰：「第一句言光景速而玉樹已西風，枕簟早帶秋凉也。枕簟爲夏具，今已知爲秋也。

第二句言如神女、湘妃之佳人雖爲曾遊，今不得同枕簟遊，或遠别，或死别，因枕簟之凉冷而憶之而已。第三句暮景之愁、曾遊之嘆，無處告訴，徒發一曲高歌而寫胸臆之事也。第四句受前三句意。」〇「一説云：全篇言時節推移而玉樹亦生西風，枕簟悽然，不堪同遊之在楚雲湘水之間，蓋緣秋風而所感也。是即與少年時相反，於是自知老方至，而執鏡見之，則白髮蒙頭，其情罔措，故歌一曲，乃掩奩也。」〇《詩粹》曰：「掩鏡，傷其老也。」〇愚按「掩」字深有味，看鏡驚嘆之意。

琪樹 杜詩：「秋風動琪樹。」

註　呂延濟曰《文選》三十沈休文《學省愁卧》詩註也。

建康云云《勝覽·建康府部》無寶林寺，有定林寺、法寶寺、寶剩院等，又有芳林、上林、桂林三苑，並不載琪樹事。

黃陵廟　李遠

備考 朝鮮本題下註有「廟在湘陰縣北八十里」之九字。〇《方輿勝覽》二十三《湖南路潭州部》云：「在湘陰北八十里。韓愈作廟碑云：『湘旁有廟曰黃陵，自前古立以祠堯之二女、舜之二妃者，庭有古碑，乃晉太康九年，其額曰「虞帝二妃之碑」。』」〇《韓文》三十一《黃陵廟碑》注：「曾子開曰：『湘水出全，瀟水出道，二水至永，合而爲一，以入洞庭。黄陵廟在瀟湘之尾，洞庭之口。』」○七言八句李群玉《黄陵廟》詩，季昌註云：「東坡《百斛明珠》載李群玉校書過二妃廟，題詩云『小孤洲北浦雲邊云云』，又絶句『黄陵廟前莎草春云云』，其詩在後絶句詩内作『李遠詩』。又一首云：『黄陵廟前春已空，子規啼血淚春風。不知精爽落何處，疑是行雲秋色中。』群玉自己以第三篇『春空』便到『秋色』，踟躕欲改，二女俄出焉[一]，群玉悉其所陳而題。後二年，群玉逝。」○《才子傳》第七《李群玉傳》云：「裴相公休觀察湖南，厚禮延致之云云。休適入相，復論薦。上悦之，敕授弘文館校書郎。李頻使君，呼爲從兄。歸湘中。題詩二妃廟，是暮宿山舍，夢見二女子來，曰：『兒娥皇、女英也，承君佳句，徽珮將遊於汗漫，願相從也。』俄而影滅。群玉自是鬱鬱，歲餘而卒。」○《遺響》載此詩爲李文山作。文山者，群玉字也。

李遠[二]

備考 晚唐作者。《正音》不載。○《新唐書》並《十七史》等不載之。○《才子傳》第七曰：「遠字求古，大和十五代文宗。五年杜陟榜進士及第，蜀人也。少有大志，夸邁流俗，爲詩多逸氣。後歷忠、建、江三州刺史，仕終御史中丞。初牧湓城，求天寶遺物，得秦僧收楊妃襪一裲，珍襲，呈諸好事者。會李群玉校書自湖湘來，過九江，遠厚遇之，談笑永日，群玉話及向賦《黄陵廟》詩，動朝雲暮雨之興，殊亦可怪。遠曰：『僕自獲凌波片玉，軟輕香窄，每一見，未嘗不在馬嵬下也。』遂更相戲笑，各有賦詩。後來頗爲法家所短。蓋多情少束，亦徒以微辭相感動耳。有詩集一卷，今傳。」

黄陵廟前莎草春，黄陵女兒茜裙新。茜草，染紅草也。**輕舟短棹唱歌去，水遠山長愁殺人。**

增註 茜即蒨字。《漢書》：「千畝巵茜。」

備考 《賢愚鈔》曰：「此篇，第一、二句或如古詩體，或如歌行體。或説云：第一、二句則鬼神作而誦之，第三、四則群玉續賦之。此説鑿矣。」○「第一句言群玉來謁廟之時，廟前有莎草而自春也。莎草者，任昉《述異記》曰：『昔戰國時魏國苦秦之難，有民從征役不返，其妻思之而卒，既喪，冢上生木，枝葉皆向夫之所在而傾，因謂之相思木。今秦、趙間有相思草，狀若石竹，節節相續，一名愁婦草，亦名孀草，人呼爲寡婦莎，蓋相思之類也。』第二句言廟中二妃之真，所著茜裙其色新，而群玉所以生情實在焉。群玉傳夢見二妃之靈，則指茜裙之女爲二妃之靈，亦可也。第三、四句群玉乘輕舟、操短棹、唱相慕之歌而去，次第湘水遠、湘山長，而彼二妃之真愁殺群玉也，人則群玉自稱也。」○一説曰：「第一句則與前義同。第二句言司廟之巫女著茜裙，美色非常。群玉見之，其心相疑，真個巫女歟，抑二妃之靈歟？不能相辨也。第三、四句言彼茜裙之巫女乘輕舟、操短棹，下廟而去。群玉在廟畔見之惆悵，彼巫女棹歌一聲，實不知爲何人，巫女歟，果二妃之靈歟？次第水遠山長，而彌使我心愁殺也。」○愚按後説勝前説矣。

莎草 《韻會》曰：「前司馬相如賦『薛莎青薠』。師古曰：『即今青莎。』」○《字彙》曰：「草名。《爾雅翼》：『莖葉似三稜，根周匝多毛，謂之香附子。一名雀頭香，又戾莎。』徐廣曰：『戾莎草可染紫。』」○《毛詩·南山有臺》篇注云：「莎，夫須也，可爲蓑笠也。」

茜裙 裙，《字彙》曰：「與帬同。」「帬」字註曰：「渠云切，音群，下裳也。《釋名》曰：『帬，群也。連接群幅。又中帬，親身衣。』」〇《方言》云：「繞衿謂之裙。」〇《紀原》卷三曰：「《實録》曰：古所貴衣裳連，下有裙，隨衣色而有緣。堯、舜已降，有六破及直縫，皆去緣。商、周以其太質，加花綉，上綴五色。蓋自垂衣裳則有之，後世加文飾耳。」

增註 **茜即**云云 《本草綱目》十八《蔓草部》曰：「茜草。釋名：蒨，音茜。一名茅蒐，一名茹藘[三]，一名染緋草，一名血見愁，一名風車草，一名過山龍，一名牛蔓。時珍曰：陶隱居《本草》言『東方有而少，不如西方多』，則西草爲茜，又以此也。陸機云：『齊人謂之茜，徐人謂之牛蔓。』又草之盛者爲蒨，牽別爲茹，連覆爲藘，則蒨、茹、藘之名又取此義也。頌曰：『今圃人亦作畦種蒔。故《史記》云「千畝卮茜，其人與千户侯等」，言其利厚也。』時珍曰：茜中十二月生苗，蔓延數尺。方莖中空有筋，外有細刺，數寸一節。每節五葉，葉如烏藥葉而糙澀，面青背緑。七八月開花，結實如小椒大，中有細子。」

《**漢書**》云云 《前漢》列六十一《巴寡婦清傳》曰：「千畝卮茜，千畦薑韭[四]。」孟康曰：「茜草、卮子，可用染也。」〇卮，《大全本草》十三引《圖經》云：「梔子生南陽川谷，今南方及西蜀州郡皆有之。木高七八尺，葉似李而厚硬，又似栖蒲子。二三月生白花，花皆六出，甚芬芳。俗説即西域薝蔔也。」〇《字彙》曰：「梔，章移切，音支。黄梔實可染色。又《爾雅》：『桑辨有葚曰梔。』邢云：『一半有葚，一半無葚，爲梔。』」

【校勘記】

[一]二：底本脱，據《詩話總龜》卷四十七補。

[二]李遠：附訓本和增註本同此，然元刻本和箋註本此詩作者均作「李群玉」。

[三]藘：底本訛作「蘆」，據《本草綱目》卷十八下改。

[四]韭：底本訛作「菲」，據《漢書·貨殖傳》改。

贈彈箏人[一]　温庭筠

《風俗通》云：「箏，秦聲也。或曰：蒙恬所造。五弦，筑聲。并、涼二州箏形如瑟。」

增註 《釋名》：「箏施弦高，箏箏然。」

備考 《遺響》載此詩，題《贈彈箏者》，「玉皇」作「上皇」。○《事物紀原》卷二曰：「陸法言《切韻》曰：『箏，秦蒙恬所造。』《風俗通》曰：『箏，秦聲也，而五弦，今十三弦，不知誰作。』傅玄《箏賦》序曰：『或以謂蒙恬造，亡國之臣蓋不能關思也。』《隋·音樂志》曰：『箏，十三弦，所謂秦聲，蒙恬所作也。』又《風俗通》曰：『按《禮樂記》：「箏，筑身，今箏形如瑟，不知誰改。」』《傅子》曰：『上圓象天，下平象地，中空準六合，弦柱十二擬十二月，乃仁智之器。』阮瑀《箏賦》曰：『長六尺，應律數。』晋陶融妻陳氏《箏賦[二]》：『后夔創制，子野考成也。』」○《事文類聚》曰：「箏，秦聲，五弦，筑身。」又引《風俗通》云：「箏者，上圓云云，仁智之器也。今并、涼州箏形如瑟，不知誰改也。」

題註　**筑聲**　《字彙》曰：「筑，之六切，音竹。韋昭曰：『古樂有弦，擊之不鼓。』應劭曰：『狀似瑟而大，頭安弦，以竹擊之，故名曰筑。』顔師古曰：『今筑形似瑟而小，細項。』」《廣韻》：『似箏，十三弦，以頸筑之，故謂之筑。』」○愚按此註「筑聲」之二字未詳，以《類聚》《紀原》等書考之，並作「筑身」，「聲」字疑「身」字之誤歟？

温庭筠

備考　《正音》云：「晚唐作者。」○《新唐書》列十六《温大雅傳》附之。《十七史·唐書》十二有傳。○《才子傳》第八曰：「温庭筠，字飛卿，舊名岐，一作「政」。并州人，宰相彦博之孫也。少敏悟天才，能走筆成萬言。善鼓琴吹笛，云：『有弦即彈，有孔即吹，何必爨桐與柯亭也？』側詞艷曲，與李商隱齊名，時號温李。」○《事文類聚·歌部·歌曲源流》云：「開元、天寶間，君臣相與爲浮樂[三]，而明皇尤溺於夷音，天下薰然成俗。于時才士始依樂工拍担之聲[四]，被之以辭句之長短，各隨曲度，而愈失古之『聲依永』之理也。温、李之徒率然抒一時情致，流爲淫艷猥褻不可聞之語。」

天寶年中事玉皇，曾將新曲教寧王。玄宗兄，開元四年封寧王。**鈿蟬金雁皆零落**，劉禹錫云：「河南房處士得善箏人而夭，作《傷姝行》曰：『玫瑰寶柱秋雁行。』」又温庭筠詩：「鈿箏弦絶雁行稀[五]。」

蓋鈿蟬者，箏飾；金雁者，箏柱也。**一曲伊州淚萬行。**《類要》云：「天寶中，西京節度蓋嘉運進《北庭》《伊州》《樗蒲》三曲。」

增註 貫休詩：「刻成箏柱雁相挨[六]。」坡詞：「箏聲遠，怨入參差雁。」[七]〇《地理志》：「伊州在燉煌大磧之外。漢明帝始取伊吾盧地，未爲郡縣。貞觀初内附，乃置州。」〇「開元二十四年，升胡部樂於堂上。而天寶樂曲，皆以邊地名，若《凉州》《伊州》《甘州》《熙州》之類是也。」〇《開天傳信記》云：「西凉州俗好音樂，製新曲曰《凉州》。開元中，列上獻。上召諸王便殿同觀，曲終，諸王賀，舞蹈稱善，獨寧王不拜。上問之，曰：『此曲雖嘉，臣有聞焉，夫音者，始於宮，散於商，成於角、徵、羽，莫不根柢於宮、商。斯曲也，宮離而少徵，商亂而加暴。臣聞：宮，君也；商，臣也。宮不勝則君勢卑，商有餘則臣事僭。卑則逼下，僭則犯上，發於忽微，形於音聲，臣恐播遷之禍、悖逼之患兆於斯曲。』上默然[八]。及禄山亂，乃見寧王審音之妙。」

備考 《賢愚鈔》曰：「舊解云：『此篇第一、二句説此人昔年寵遇之厚也，第三、四句説此人今日寵衰却爲人所憐也。』此説似不穩。蓋自玄宗天寶元年壬午至宣宗太中元年丁卯，凡一百六年。天寶年中彈箏之人豈及太中時乎？此篇一、二句疑而謂之也。第一、二句言此彈箏人，則天寶年中事玄宗歟？抑亦曾以新曲教寧王歟？是詩人發興之語也。雖非事玄宗、教寧王之人，以其年齡之高言焉。第三言其箏甚古，而其飾亦衰矣。第四言其箏雖破損，猶帶古曲之餘音，聽者便淚萬行，况於彈者？豈不灑憶昔之淚乎哉？」

○或曰：「本集題《贈李龜年》。」○季昌注云：「『開元二十四年，升胡部樂於堂上云云。玄宗即位，命寧王主藩邸樂，以亢太常[九]，分兩朋而角優劣[一〇]，置教坊於内宮[一一]。』時有馬仙期、李龜年、賀懷智等，皆洞曉音律。及禄山反，陷長安，宴于凝碧池，盛奏衆樂，梨園弟子往往泣下。其後李龜年流廢江南，每遇良辰美景，爲人歌闋，座上聞者，莫不掩淚而罷。」○「全篇言李龜年在天寶中以胡部樂教寧王也。禄山亂后，樂工失時，故鈿蟬、金雁亦俱廢矣。苟今有彈《伊州》一曲，則使人淚萬行下也。『新曲』言胡地樂，以是爲學，是夷狄亂入之兆也。『鈿蟬』二句，言歷歲月，久不修飾，今取之彈一曲，則昨遊事來于懷，灑萬行淚也。」○愚按《賢愚鈔》引本集題解之，今存二説，予未見本集，故前説爲是。○《夢蕉詩話》曰：「温庭筠《贈彈筝者》詩云：『天寶年中云云萬行。』此作感慨委婉，得詩人之怨也。『鈿蟬』『金雁』皆歌妓名，《伊州》《凉州》皆開元新製曲名，故曰『新曲』。」按《開天傳信録》：「明皇燕會五王，奏《伊州》等樂，衆皆舞蹈稱善，獨寧王聽之不悦，起曰：『斯曲宮離而少徵云云。』」

註　開元　凡二十九年。

封　曹學佺《西峰字説》卷四曰：「封，从土从寸，封爵諸侯之土也。《孟子》曰：『尺地莫非王土。』故諸侯之土爲寸。今文作圭，以其所執而言。」○《史記・三王世家》褚先生贊曰：「《春秋大傳》云：『天子之國有泰社，東方青，南方赤，西方白，北方黑，上方黄。』故將封於東方者取青土，封於南方者取赤土，封於西方者取白土，封於北方者取黑土，封於上方者取黄土。各取其色物，裹以白茅，封以社。此受封於天子也。此之爲主土者，立社而奉之也。」

寧王 寧王，睿宗子，本名成器，避昭成太后諱，改名憲。武后立睿宗，仍立寧王爲皇太子。後以楚王即玄宗。有討韋氏功，固讓儲位，薨，追謚讓皇帝。〇《十七史·唐書·寧王憲傳》曰：「睿宗爲皇帝云云。以憲嫡長，又嘗爲太子，而楚王後有大功，故久不定。憲辭曰：『儲副，天下公器。時平則先嫡，國難則先功，重社稷也，使付授非宜，海内失望，臣以死請。』因涕泣，固讓。時大臣亦言楚王有定社稷功，不宜更讓，遂許之。以憲爲雍州牧。」〇《通鑑綱目·玄宗紀》：「開元二十九年冬十一月，太尉寧王薨，進謚曰：『讓皇帝。』其下云：『憲薨，上哀惋特甚，曰：「天下，兄之天下也。固讓於我，爲唐太伯，常名不足以處之，乃謚曰讓皇帝。」』」

而夭 夭，《韻會》曰：「少殁也，短折也。」〇《廣雅》曰：「不盡天年謂之夭。」《集韻》：「夭，死也。」

傷姝行 姝，《字彙》曰：「美色。《詩·邶風》：『静女其姝。』」

玫瑰 玫，《字彙》曰：「謨杯切，音梅。玫瑰，石珠也。司馬長卿《子虛賦》：『其石則赤玉玫瑰。』」〇瑰，又曰：「同瓌。」〇「瓌」字註云：「與瑰同。」〇「瑰」字註云：「《説文》：『玫瑰，火齊珠也。』徐曰：『火齊象珠，赤色，起之層層各異[一二]。』」

西京節度 《代醉編》二十五用修云：「《孝經》曰：『制節謹度。』符謂之節，尺謂之度。節取其有限，度取其不差。節有三：虎節，人節，龙節。度有五：寸、尺、丈、寻、引也。《易·序卦》云：『節而信之，故受之以中孚。』此節字，指符節也。蓋非節不相信[一三]，非信不相孚也。唐官名節度使[一四]，義取此[一五]。」

〇《紀原》卷六曰：「後漢公孫瓚討烏桓，詔令受劉虞節度。唐室名使，蓋取此義。唐制，緣邊戎寇之地則加以旌節，謂之節度使。自睿宗景雲二年四月，以賀拔延嗣爲河西節度使也。肅宗至德以後，天下用兵，中原刺史一例受號也。《唐書·方鎮表》云：『開元二十二年，朔方節度始兼處置使。』《兵志》曰：『高宗永徽以後，都督帶使持節者，始謂之節度使，然猶未以名官也。』」

增註　相挨《字彙》曰：「因皆切，推也，擊也。《廣韻》：『背負也。』」

參差雁《詩·周南·關雎篇》：「參差荇菜。」朱註：「參差，不齊貌。」

大磧之外 磧，《字彙》曰：「水渚有石者。虜中沙漠亦曰磧。」

未爲郡縣《紀原》卷七曰：「秦始皇二十六年，初并天下，罷侯置守，始分三十六郡也。注：《史記》曰：『秦滅東周，始置三川郡。』案：《說文》：『天子地方千里，分爲百縣，縣四郡。』《左傳》曰：『上大夫受郡。』秦始以郡監領縣。」

貞觀 唐太宗年號，凡二十三年。

乃置州《紀原》卷七曰：「項峻《始學篇》曰：『人皇九頭，依山川土地之勢財度爲九州。』又《治書》曰：『人皇始出於提地之國，以長九州爲九囿，人皇乃有中州，此名州之始也。』《周公職録圖》曰：『黃帝受命，風后受圖，割地布九州。』《沿革》曰：『黃帝分州畫野。或曰高陽創九州，亦云高辛。』《通典》曰：『唐有九州，舜肇十有二州，禹又別九州。漢以州部郡，唐武德元年迺罷郡置州也。』注：『代宗時楊綰爲相，定上、中、下州。文宗相韋處厚乃置六雄、十望、十緊等州也。』」

胡部 胡，《字彙》曰：「北虜曰胡。」部，又曰：「界也。」

以邊地名 《唐・五行志》曰：「天寶調人多爲流寓之思，反寄興于江湖僧寺，而樂曲亦多以邊地爲名。至其曲遍繁聲，謂之『入破』，蓋破碎云云。」

《**開天傳信記**》鄭綮《開天傳信記》序云：「竊以國朝故事莫盛開元、天寶之際，服膺簡策，管窺王業，參於聞聽，或有闕焉，承平之盛，不可殞墜。輒因步領之暇，搜求遺逸，傳於必信，名曰《開天傳信記》云云。」

便殿 《漢書・韋玄成傳》曰：「園中各有寢、便殿。」注：「師古曰：『凡言便殿、便室者，皆非正大之處。寢者，陵上正殿，若平生露寢矣。便殿者，寢側之別殿耳。』」

諸王賀 賀，《字彙》曰：「以禮物相慶曰賀，又勞也。」

寧王不拜 《野客叢書》二十三曰：「古者拜禮，非特首至地然後爲拜也。凡頭俯、膝屈、手動，皆謂之拜。按《周禮》辨九拜之儀：『一稽首，二頓首，三空首，四振動，五吉拜，六凶拜，七奇拜，八褒拜，九肅拜。』注：『稽首拜，頭至地也；頓首拜，頭叩地也；空首拜，頭至手也；振動，以兩手相擊也；奇拜，一拜也；褒拜，再拜也；肅拜，但俯下手，即今之揖也。』何嘗專以首至地爲拜邪？乃知禹聞善言則拜，如揖之類是也，豈僕僕之謂哉[一六]？今人或以頓首施於卑下[一七]，不知拜頭叩地豈卑下之所安乎？古者男女皆跪，男跪尚左手，女跪尚右手，以此爲别[一八]。自唐武后尊婦人，始易今拜而不屈膝，此見張建章《渤海國記》，不爲無據。然又觀《北史》，周時詔内外命婦拜宗廟及天臺，皆俛伏，則知前此婦人蓋已有不跪者矣[一九]。」

上問之曰云云 本傳作「上顧問之曰」。

始於宫云云徵羽 《風俗通》曰：「劉歆《鐘律書》：『宫者，中也，居中央，暢四方，倡始施生爲四聲綱也。五行爲土，五常爲信，五事爲思，凡皈爲君。商者，章也，物成熟可章度也。五行爲金，五常爲義，五事爲言，凡皈爲臣。角者，觸也，物觸地而出，戴芒角也[二〇]。五行爲木，五常爲仁，五事爲貌，凡皈爲民。徵者，祉也，物盛大而繁祉也。五行爲火，五常爲禮，五事爲視，凡皈爲事。羽者，宇也，物聚藏宇覆之也。五行爲水，五常爲智，五事爲德，凡皈爲物。故聞其宫聲，使人温潤而廣大；聞其商聲，使人方正而好義；聞其角聲，使人整齊而好禮；聞其徵聲，使人惻隱而博愛；聞其羽聲，使人善養而好施。宫聲亂者，則其君驕；商聲錯者，則其臣壞[二一]；角聲謬者，則其民怨；徵聲洪者[二二]，則其事難；羽聲差者，則其物亂。』」

根柢 《字彙》曰：「柢，典禮切，音邸，根柢。華之根曰蒂，木之根曰柢。」

加暴 暴，《字彙》曰：「猛也，横也，侵也。」

事僭 僭，《字彙》曰：「子尖切。《説文》：『假也。』《廣韻》：『儗也。』」○「又七林切，音侵，亂也。」

形於音聲　音,《字彙》曰:「聲成文也。《史·樂書》:『聲成文謂之音。』《説文》:『聲生於心,有節於外,謂之音。宮、商、角、徵、羽,聲也。金、石、絲、竹、匏、土、革、木,音也。』《禮·月令》疏:『雜比曰音,單出曰聲。』」〇聲,又曰:「聲成文爲音,故云聲音。《通論》:『八音中惟石聲精詣入於耳,故於文耳殸爲聲。殸,古磬字也。』」

播遷　播,《字彙》曰:「放也,棄也,逋也,越也,遷也。」

【校勘記】

[一]贈彈箏人:《全唐詩》卷五百七十九作《彈箏人》。

[二]賦:底本脱,據《藝文類聚》卷四十四補。

[三]浮:《古今事文類聚》續集卷二十四作「淫」。

[四]担:底本訛作「但」,據《古今事文類聚》續集卷二十四改。

[五]鈿:底本訛作「銅」,據元刻本、箋註本和後文改。

[六]挨:底本訛作「俟」,據附訓本、增註本和《全唐詩》卷八百三十七改。

[七]箏聲遠,怨入參差雁:《東坡詞》作「簫聲遠,鬢雲撩亂,愁入參差雁」。

[八]「上」後底本衍「默」,據附訓本、增註本和《開天傳信記》删。

[九]亢:底本訛作「充」,據《新唐書·禮樂志》改。

［一〇］「兩」後底本衍「部」，據《新唐書·禮樂志》删。朋：底本訛作「明」，據《新唐書·禮樂志》改。

［一一］置教坊於内宫：《新唐書·禮樂志》作「置内教坊於蓬萊宫側」。

［一二］各：底本訛作「久」，據《説文繫傳》卷一改。

［一三］不相信：底本脱，據《譚苑醍醐》卷三和《升庵集》卷四十一補。

［一四］名：底本脱，據《譚苑醍醐》卷三和《升庵集》卷四十一補。

［一五］此：底本誤作「之」，据《譚苑醍醐》卷三和《升庵集》卷四十一改。

［一六］僕：底本脱，據《野客叢書》卷二十三補。

［一七］施：底本脱，據《野客叢書》卷二十三補。

［一八］此：底本脱，據《野客叢書》卷二十三補。

［一九］跪：底本誤作「拜」，據《野客叢書》卷二十三改。

［二〇］戴：底本訛作「載」，據《風俗通義》卷六改。

［二一］則：底本脱，據《風俗通義》卷六補。

［二二］洪：底本誤作「錯」，據《風俗通義》卷六改。

韋曲　唐彥謙

韋、杜二曲皆在長安。

增註 在京兆城南，韋家所居，即漢未央殿基。

增註　在京兆云云 季昌注：京兆城南有韋曲，豪貴之地。韋家所居與杜曲鄰，即漢未央殿基。

基《字彙》曰：「址也，本也。」

唐彥謙

備考《正音》云：「晚唐作者。」○《新唐書》列十四《唐儉傳》附之。《十七史》無傳。○《才子傳》第九：「唐彥謙，字茂業，并州人也。咸通十八代懿宗。末舉進士及第。中和中，十九代僖宗。王重榮表爲河中從事，歷節度副使，晋、絳二州刺史。重榮遇害，彥謙貶漢中掾。興元節度使楊守亮留署判官，尋遷副使，爲閬州刺史，卒。彥謙才高負氣，毫髮逆意，大叵禁。博學足藝，猶長於詩，亦其道古心雄，發言不苟，極能用事，如自己出。初師温庭筠，調度逼似，傷多纖麗之詞。後變淳雅，尊崇工部。唐人效甫者，惟彥謙一人而已。自號鹿門先生。有詩集傳于世。」

欲寫愁腸愧不才，多情練漉已低摧。窮郊二月初離別，獨倚寒村嗅野梅。 此詩暗用王羲之事。義之當晉亂，終日撚華嗅香無言，時人不會其意，蓋憂晉亂也。按唐史云：「彥謙乾符末，河南北盜起，兩都復没，旅於漢南，爲王重榮參佐。光啓末，重榮殺死。」所謂「練滮低摧」者也。故末句憂思之意，悠然見於辭，諷之愈有味。

備考《賢愚鈔》曰：「舊解云：『此一篇彥謙在漢中想韋曲而作也。第一、二言欲寫愁。王重榮死，哀悼之詞，不才而不能言之，故多情如練，不漏水而其形低摧矣。第三以指韋曲也。已與王重榮相别之時，則二月也。「窮郊」曰韋曲也，在漢中而遥想之也。第四言彥謙在漢中，無伴侣而獨嗅梅而已。「寒村」曰漢中也。「嗅野梅」三字，有唐室漸欲亡之兆，愁之意也。』」〇「一説此篇風塵之中，欲去韋曲，旅寓之居而作之也。第一、二以言王重榮之事，我不才而不能寫愁腸，故多情練滮而形已低摧矣。以韋曲爲窮郊，第三、四言今二月欲初别韋曲，有桑下之戀，故倚韋曲之寒村而嗅梅花，愁唐室漸欲亂也。」

註　王羲之《晉書》列五十曰：「王羲之，字逸少，司徒導之從子也。年十三，嘗謁周顗，顗察而異之。時重牛心炙[一]，坐客未啖，顗先割啖羲之，於是始知名。及長，尤善隸書[二]，爲古今之冠。」

撚華　撚，《字彙》曰：「乃殄切，音涊，蹂也，以指搣物也。」

按唐史云云　按《唐書》：「僖宗乾符二年乙未，王仙芝作亂，黄巢應之。巢賊入長安，而國號大齊。」〇同：「中和二年八月，朱温降于朝，賜名全忠。王重榮薦之於朝。其後朱全忠有寵，改朱爲李，遂與王重榮不合，而以不實之事譖王重榮於朝，光啓末殺死。」

乾符 僖宗年號，凡六年。

兩都 指洛陽、長安。

旅於云云 旅，《字彙》曰：「客旅。衆出則旅寓，故謂在外爲旅。」

參佐 參，《字彙》曰：「干與也，謀度也。又《易》：『參天兩地而倚數。』一、三、五，參天數也。二、四，兩地數也。參三而九、參兩而六者[三]，數老也。兩三一二爲八，兩二一三爲七，少數也。皆參兩也。參兩相乘，伍也。又以奇益耦，亦謂之參。後世參軍、參謀、參知政事，蓋取此義。」○佐，又曰：「輔也，貳也，助也。」

【校勘記】

[一]心：底本脱，據《晉書・王羲之傳》補。

[二]善隸：底本脱，據《晉書・王羲之傳》補。

[三]兩：底本脱，據《易筮通變》卷中補。

曲江春望　　唐彥謙

《西京雜記》："京城龍華寺南，有流水屈曲，謂之曲江。秦時爲宜春苑，漢爲樂遊苑。唐開元中，玄宗鑿池引水，植華木，爲勝賞之地。"《長安志》曰："在城東南昇道坊。"《三輔黄圖》名"宜春下苑"。

增註 唐康駢《劇談》："曲江池，本秦隑州。開元中疏鑿，遂爲勝境。南有紫雲樓、芙蓉苑，西有杏園、慈恩寺。"《寰宇記》："水似廣陵曲江，故名。"

備考 《唐詩遺響》第三載此詩。○按此篇借漢、秦之事以諷唐代也。

題註　名宜春云云 《前漢·元帝紀》"宜春"註："孟康曰：'宫名也，在杜縣東。'晋灼曰：'《史記》云："葬二世杜南宜春苑中。"'師古曰：'宜春下苑，即今京城東南隅曲江池是。'"○《古今類書纂要》三曰："立春日，剪綵爲燕子戴之，有宜春二字。唐有宜春亭。"

杏艷桃嬌奪晚霞，樂遊無廟有年華。《關中記》："漢宣帝立廟曲江之北，名曰樂遊廟，因苑爲名。"**漢朝冠蓋皆陵墓，十里宜春下苑花。**

備考 《賢愚鈔》曰："第一句言盛唐之時，曲江之爲地，紫雲、芙蓉之宴，杏園、慈恩之會，其冠冕綺羅之富，奪杏艷，奪桃嬌，今則不然。借漢、秦以言之，亂後桃、杏，其嬌艷實奪晚霞之紅，於此只有樂遊苑之名而無遺廟，以杏、桃之花，知爲昔時之樂遊苑。此杏、桃則非漢一代之花，自秦而有之，故花亦嬌奢奪霞。黄巢以來，亂後風致也。第二句言漢樂遊苑只有其名，而無遺廟，年華冉冉往去耳。年華，則年光也。於杏艷桃嬌之上，見其年光也。今已紫雲、芙蓉其基荒而杏艷，慈恩其地空。借樂遊而言之，含蓄不盡之意也。第二句與第三句應，第一句與第四句應也。第三、四句言漢朝衣冠之人皆爲陵墓者頗不存，蓋依兵火之騷屑也。漢之陵墓不存，況秦代衣冠之陵墓有存于今者哉？只秦之時十里程，栽宜春之花處處分散，而或爲杏艷，或爲桃嬌，而奪晚霞而已。」

鄴宮　陸龜蒙

魏所建，石氏、慕容氏、高氏皆居之。此詩用石氏事之。

備考　《唐詩遺響》第三載此詩。

題註　**魏所建云云**　《賢愚鈔》曰：「魏太祖曹操都鄴。」○「石氏，東晋末十六國時，後趙石季龍居之。」○「慕容氏，東晋初，前燕慕容廆據鄴。」○「高氏，北朝齊高祖高歡都鄴。」○季昌註云：「《唐書》：河北道湘州鄴郡，本魏郡，晋受魏禪，奉魏主爲陳留王，宮于鄴，即此。」

此詩用云云　此篇舉石季龍好色，以諷唐也。○異本無「之」字。

陸龜蒙

備考《正音》云：「晚唐作者。」○《新唐書》列傳百二十一《隱逸傳》，並《十七史・唐書》列五十一有傳。○《才子傳》第八曰：「龜蒙，字魯望，姑蘇人，幼而聰悟，有高致，明《春秋》，善屬文，尤能談笑。詩體江、謝，名振全吳。家藏書萬卷，少無聲色之娛。舉進士一不中，嘗從張摶遊，歷湖、蘇二州，將辟以自佐。又嘗至饒州，三月無所詣，刺史率官屬就見，龜蒙不樂，拂衣去。居松江甫里，自稱江湖散人，又號天隨子、甫里先生、漢涪翁、漁父、江上丈人。中和初，遘疾，卒。有《笠澤叢書》三卷，詩編十卷，賦六卷，並傳。」

華飛蝶駭不愁人，水殿雲廊別置春。曉日靚妝千騎女，白櫻桃下紫綸巾。張揖曰：「靚妝，謂粉白黛黑也。白櫻桃有實白者，有華白者，唐人所賦，如于武陵《白櫻桃》詩是也。實白者，如郭義恭《廣志》曰『櫻桃有三種，有白色多肌者[一]』是也。宮中多植櫻桃，如《洛陽宮殿簿》曰『顯陽殿前櫻桃六株，徽音、乾元殿前並三株[二]』是也。《宮中記[三]》曰：『石季龍常以女騎千人爲鹵簿，著紫綸巾，熟錦袴。』詩意謂華飛春去不足愁，別有春在，即白櫻桃下千騎女是也。」

備考《賢愚鈔》曰：「第一句，杜子美詩云：『一片花飛減却春，風翻萬點更愁人。』龜蒙此句反子美之二句意用之，雖花已飛、蝶已駭，使石季龍不愁也。人指石季龍。第二句，言石季龍於鄴中水殿雲廊，而置如花之美人，實妍於花者也，故不愁花飛。第三、四句，以諷季龍惑鄭櫻桃，遂殺二妃。言曉日靚妝之女其數千騎，美於花，況鄭櫻桃美少年之男，甚有寵幸。殺二妃，季龍遂不改好色之事。鄭櫻桃尚詩奢，千騎女亦其寵鄭櫻桃之下，故以白櫻桃比鄭櫻桃，以諷季龍婬亂。」〇《晉書》曰：「石勒從弟石季龍，性殘忍，勒爲聘將軍郭榮之妹爲妻，季龍寵惑優僮鄭櫻桃而殺郭氏，納清河霍氏，櫻桃又譖而殺之。櫻桃美麗，擅寵宮掖，樂府由是有《鄭櫻桃曲》。」

千騎　騎，《字彙》曰：「跨馬也。又馬軍曰騎。《曲禮》『前有乘騎』註疏：『古人不騎馬，經典無言騎者，今言騎，是周末時禮。』」

紫綸巾　《唐詩鼓吹》第九：「譚用之《別江上一二友生》詩云：『白綸巾卸蘇門月，紅錦衣裁御苑花。』注：『綸音關。』」〇《韻會》《韻府》「山」韻共載「綸」字：「古頑切。」《韻會》云：「青絲綬。注見『諄，龍春切』。《韻府》云：「青綬也。」〇孫愐《廣韻・山韻》曰：「古頑切。《爾雅・釋草》曰：『綸似綸，東海有之。』《說文》：『青絲綬。』又音倫。」

註　張揖曰靚云云　《文選》左思《蜀都賦》曰：「都人士女，袨服靚妝。」張揖注云：「靚，明也，粉白黛黑謂之靚妝。」〇又韓退之《東都遇春》詩云：「桃李晨妝靚[四]。」

粉白黛黑　《韓文》十九《送李愿歸盤谷》序曰：「粉白黛綠者，列屋而閑居。」〇《容齋隨筆》卷二曰：「退之爲文章，不肯蹈襲前人一言一句，故其語云：『惟陳言之務去，戛戛乎其難哉[五]？』獨『粉白黛綠』四字，似有所因[六]。《列子》：『周穆王築中天之臺，簡鄭、衛之處子娥媌靡曼者[七]，粉白黛黑以滿之。』《戰國策》：『張儀謂楚王曰：「鄭周之女[八]，粉白黛黑，立於衢閒，見者以爲神。」』屈原《大招》：『粉白黛黑，施芳澤只。』司馬相如：『靚妝刻飾。』郭璞曰：『粉白黛黑也。』《淮南子》：『毛嫱、西施，施芳澤云云，粉白黛黑，笑目流眺。』韓公以黑爲緑，其旨則同。」

白櫻桃云云 《尋到源頭》八曰：「櫻桃，一名崖蜜，亦名含桃，以其方熟時爲鶯鳥所含，故名。」〇《楊膳夫録》云：「櫻桃其種有三，大而殷者曰吴櫻桃[九]，黄而白者曰蠟珠，小而赤者曰水櫻桃[一〇]。食之[一一]，味皆不如蠟珠。」〇《本草綱目》三十二曰：「櫻桃。釋名：鶯桃、《禮注》含桃、《月令》荆桃。孟詵《本草》云：『此乃櫻，非桃。雖非桃類，以其形肖桃，故曰櫻桃。《禮記》「仲春，天子以含桃薦宗廟」即此。』時珍曰：其顆如瓔珠，故謂之櫻。時珍曰：櫻桃樹不甚高。春初開白花，繁英如雪。葉圓，有尖及細齒。結子一枝數十顆，三月熟時須守護，否則鳥食無遺也。鹽藏、蜜煎皆可，或同蜜擣作糕食。」

《洛陽宫殿簿》 三卷。見于《唐書・藝文志》。

六株 株，《字彙》曰：「木根入土曰根，土上曰株。」

鹵簿 《韻會》曰：「車駕次第曰鹵簿，自秦、漢始有其名。後胡廣作天子出行鹵簿，鹵，大楯也，所以捍敵，部伍之次皆著之簿，故言鹵簿。」〇《蓬窗日録》卷五曰：「鹵簿之制兆於秦，而其名則始於漢。或曰：『鹵者，大盾也，以大盾領一部之人，故曰鹵部。』或曰：『凡兵衛以甲盾居外，爲導從捍蔽，其先後皆著之簿籍，故曰鹵簿。』按《三輔黄圖》云：『天子出，車駕次第，謂之鹵簿。』而宋王欽若有《鹵簿記》。」

【校勘記】

［一］肌：底本訛作「肥」，據元刻本和箋註本改。
［二］三：底本訛作「二」，據元刻本和箋註本改。
［三］宫：底本誤作「鄴」，據元刻本和箋註本改。
［四］妝靚：底本誤作「靚妝」，據《别本韓文考異》卷四、《五百家注昌黎文集》卷四和《東雅堂昌黎集註》卷四乙正。
［五］哉：底本誤作「乎」，據《容齋隨筆》四筆卷三改。
［六］所：底本脱，據《容齋隨筆》四筆卷三補。
［七］之：底本脱，據《容齋隨筆》四筆卷三補。
［八］周：底本訛作「國」，據《容齋隨筆》四筆卷三改。
［九］大：底本脱，據《説郛》卷九十五上和《天中記》卷五十二補。
［一〇］小：底本誤作「純」，據《説郛》卷九十五上和《天中記》卷五十二改。
［一一］食：底本訛作「含」，據《説郛》卷九十五上和《天中記》卷五十二改。

閿鄉卜居[一]　吴融

《地理志》：「陝州閿鄉縣，去州四百七十里，唐屬虢州。」

備考 季昌注：「《後漢志》：『弘農郡有閿鄉縣，唐屬虢州。』閿音文，又音民，字本作閺，獻帝建安中改作閿。」○屈原《離騷》《卜居》篇，王逸注曰：「《卜居》，屈原之所作也。原放棄，乃往太卜之家，卜己居俗何所宜行。」李周翰注云：「原往太卜之家，卜己宜何所居，因述其辭。」

題註 **陝州** 《字彙》曰：「陝，失冉切，音閃，地名。」○《韻會》曰：「《説文》：『弘農陝也。古虢國，王季之子所封也。从自，夾聲。』又州名。周、召伯分陝之地。漢弘農陝縣。後魏改陝州。毛氏曰：『《説文》：「从自从陝。」陝音閃，从二入，與陜隘字不同。』」○按陝、陜字異。陜从二人也，陝从二入也。

吴融

備考 《正音》云：「晚唐作者。」○《新唐書》列一百二十八《文藝傳》有傳。○《十七史》無傳。○《才子傳》第九曰：「吴融，字子華，山陰人。初力學，富辭調，工捷。龍紀唐第二十代昭宗。元年，李瀚榜及進士第[二]。韋昭度討蜀，表掌書記。坐累去官，流浪荆南，依成汭。久之，召爲左補闕，以禮部郎中爲翰林學士，拜中書舍人。天復昭宗元年元旦，東内反正，既御樓，融最先至[三]，上命於前座跪草十數詔，簡備精當，曾不頃刻，皆中旨，大加賞激，進户部侍郎。帝昭宗幸鳳翔，融不及從，去客閿鄉，俄召爲翰林承旨，卒。爲詩靡麗有餘，而雅重不足。集四卷及制誥一卷，並行。」

六載抽毫侍禁闈，融，昭宗時爲翰林承旨。**可堪衰病決然歸**。**五陵年少如相問**，五陵：長陵，安陵，陽陵，茂陵，平陵。**阿對泉頭一布衣**。自註：阿對是楊伯起家童，嘗引泉灌蔬，泉至今在之。

增註 抽毫，拔筆也。《魏略》：「殿中侍御史簪筆書過，以記不依法。」按吴融，昭宗時遷累侍御史。

○禁闈，漢制：天子所居門閤有禁，非侍御史之臣，不得妄入。宫中小門曰闈。

備考 《賢愚鈔》曰：「舊解云：『昭宗時，自光化元年戊午首夏至天復三年癸亥，掌綸翰，前後經六載。董昌亂，昭宗車駕幸鳳翔，不得從，客閿鄉卜居。於此時有行京城人，故作此詩，令傳語歟？』此説不可也。第一句，六載居朝官，抽毫侍闈，雖然，不得遂功名。第二句言帝已幸鳳翔。天復二年辛酉也，融不得從車駕而卜居於閿鄉，決然歸是亦不可堪，衰病之故也。衰病，即老病也，不言時而自言老病，有忠義意。第三、四句言長安相識年少若問吾，則今在阿對泉頭爲一布衣。」○《通鑑·昭宗紀》曰：「天復元年，韓全誨請幸鳳翔。十一月，韓全誨等陳兵殿前，言於上曰：『全忠以大兵逼京師，欲劫天子幸洛陽，求傳禪，臣等請奉陛下幸鳳翔，收兵拒之。』上不許，拔劍登乞巧樓，全誨等逼上下樓。上行纔及壽春殿，李彦弼已於御院縱火，上不得已，與皇后、妃、嬪、諸王百餘人皆上馬，慟哭聲不絶，全誨等遂火宫城，車駕幸鳳翔。」

抽毫 《文選》十三謝希逸《月賦》云：「抽毫進牘，以命仲宣。」

决然 與「決」同，《字彙》曰：「行流也。又斷也，判也。歐陽氏曰：『从冫誤。』」○《聯珠詩格》卷三註曰：「决然二字，有勇退之意。」

阿對泉 在豫州閿鄉縣西南。

一布衣 《史記》列十八《春申君傳》曰：「若不歸，則咸陽一布衣耳。」○《唐書》：「岑文本，字景仁，家江陵，封江陵縣子。或勸其營產業，文本曰：『吾漢南一布衣，以文墨致宰相，俸祿已重，何殖產業邪？』」

註 融昭宗 唐第二十主諱曄，懿宗第七子。母曰恭憲皇后王氏。在位十四年，壽二十八。

翰林承旨 《事物紀原》卷四曰：「唐太宗時，名儒時時召以草制待詔，常於北門候進止，號北門學士。明皇改曰翰林待詔，已而改爲供奉。開元二十六年乃爲翰林學士。此蓋其始也。《職林》云：『至德後，天子召集賢學士於禁中草書詔，因在翰林待進止，遂以爲名。』」○又曰：「《職林》曰：『至德以後，翰林置學士六人，内年深德重者一人爲承旨，所以獨承密命故也。』此疑承旨之始也。而《唐・百官志》曰：『元和中翰林學士以院長一人別承敕旨，或密受顧命，爲學士承旨。』《職林》又謂：『德宗貞元已後，承旨多至宰相。』疑《唐志》爲誤。」○愚按考《才子傳》吴融爲翰林承旨之事，在閿鄉卜居以後，天隱註恐非也。季昌註爲侍御史時也，所謂閿鄉卜居之以前，在朝官凡六載也。

五陵云云 五言律李頎《望秦川》詩曰：「秋聲萬户竹，寒色五陵松。」增註：「五陵：高帝長陵，惠帝安陵，景帝陽陵，武帝茂陵，昭帝平陵。《西都賦》：『北眺五陵。』」○又杜詩云：「五陵衣馬自輕肥。」邵夢弼註：「五陵，豪貴所居。」○《漢書・地理志》云：「長陵、高帝置，户五萬五千七，口十七萬九千四百六十九。莽曰長平。安陵、惠帝置。莽曰嘉平。師古曰：「闞駰以爲本周之程邑也。」陽陵、景帝更名。莽曰渭陽。茂陵、武帝置，户六萬一千八十七，口二十七萬七千二百七十七。莽曰宣城。師古曰：「《黄圖》云：『本槐里之茂鄉。』」平陵。昭帝置。莽曰廣利。」

楊伯起 《後漢書》列四十四：「楊震，字伯起，弘農華陰人。少好學，明經博覽，無不窮究，諸儒爲之語曰：『關西孔子楊伯起。』」

灌蔬 蔬，《字彙》曰：「山徂切，音梳。《説文》：『凡草菜可食者，通名爲蔬。』」

至今在之 異本無「之」字。

增註　殿中侍御史 杜氏《通典》云：「侍御史於周爲柱下史，老聃嘗爲之。秦時張蒼爲御史，主柱下方書，亦其任也。」○《六典》云：「《周官》宗伯屬官御史，『掌邦國都鄙及萬民之治令[四]，以贊冢宰。凡治之者[五]，受法令焉』。以其在殿柱之間，亦謂之柱下史。秦改爲侍御史[六]。」○《漢舊儀》云：「侍御史，周官也，漢興，襲秦，因而不改，掌注言行，糾諸不法。」○「魏蘭臺遣御史二人居殿中，伺察姦非，側陛而坐，故曰殿中侍御史。隋改殿内侍御史。唐武德置殿中侍御史四員，正官增二人，掌殿廷供奉之儀，京畿、諸州兵皆隸焉。置殿中侍御史二人，每遇侍朝，立於龍墀之下，專掌朝見之儀。」○《紀原》卷五曰：「魏蘭臺遣御史居殿中察非法，即殿中侍御史之始也。」

門閤 愚按《字彙》曰：「閤，樓閣也。」又「閤」字註曰：「内中小門。」然則「閤」字義不通，恐當作「閣」。

【校勘記】

[一]閿鄉卜居：《全唐詩》卷六百八十六作《閿鄉寓居十首》，此爲第一首，題爲《阿對泉》。

[二]瀚：底本訛作「翰」，據《唐才子傳》卷九改。

[三]最：底本脱，據《唐才子傳》卷九補。

[四]鄙：底本脱，據《唐六典》卷十三補。

[五]凡：底本脱，據《唐六典》卷十三補。

[六]史：底本脱，據《唐六典》卷十三補。

尤溪道中[一]　韓偓

尤溪縣在南劍州。

備考《唐詩遺響》第三載此詩，題曰《襄漢旅道軍後有感》。

題註　尤溪縣 季昌註：「或云：『尤水曰尤溪。漢城陽古齊國東界南劍州有尤溪縣。』」〇《方輿勝覽》福建路八州中有南劍州，南劍州有五縣，尤溪縣其一也。

南劍州 《勝覽》十二曰：「南劍州，三國以前並同建安。吴孫休立建安郡，以南平縣屬焉。晋武平吴，易南平爲延平縣。宋明帝廢延平縣。五代王審知以爲延平縣，審知子延翰改爲永平鎮。」

韓偓

備考 《正音》云：「晚唐作者。」○《新唐書》列一百八並《十七史》四十七有傳。○《才子傳》第九曰：「韓偓，字致堯，京兆人。龍紀 昭宗。元年，禮部侍郎趙崇下擢第。天復 昭宗。中，王溥薦爲翰林學士，遷中書舍人。從昭宗幸鳳翔。偓喜侵侮有位[二]，朱全忠亦惡之，乃搆禍貶濮州司馬。帝流涕曰：『我左右無人矣！』天祐 景宗年號，昭宗子。中，復召爲學士，偓不敢入朝，挈其族南依王審知而卒[三]。偓自號玉山樵人。工詩，有集一卷。又作《香奩集》一卷，詞多側艷情巧[四]。又作《金鑾密記》五卷，今並傳。」

水自潺湲日自斜[五]，李周翰曰：「潺湲，流貌。」**盡無鷄犬有鳴鴉。千村萬落如寒食，不見人煙空見華。**時泉州軍過後，人家盡空。致堯晚依王氏，見兵後之景如此。

備考 《賢愚鈔》曰：「此篇全道中所見之景也。第一句言水如古東流，日如古西沉，何其如此不變哉？今天下君弱臣强，無一物不變。然則想河水不向東，日不沉西，只不違舊時，寔可怪。以水潺湲比光陰荏苒，以日斜比唐室衰，而時已昏昧，兵戈無息，是深嘆世亂時衰之辭也。第二、三、四句言亂後之景象也。千村萬落無一字存[六]，故無鷄犬、無炊煙，觸目者唯有花之不忘春耳。」

萬落《通鑑》曰：「十餘萬落[七]。」《集覽》：「萬落。落，居也，人所聚居，故謂村落、屯落、院落、聚落。」○杜牧《樊川集》卷一《阿房宮賦》曰：「矗不知其幾千萬落。」註：「《選》云：『千村萬落生荊棘。』注：『落，居也，巷屋之謂也。』」

【校勘記】

[一]尤溪道中：《全唐詩》卷六百八十一作《自沙縣抵龍溪縣值泉州軍過後村落皆空因有一絶》。

[二]喜：底本脱，據《唐才子傳》卷九補。

[三]南：底本脱，據《唐才子傳》卷九補。

[四]詞：底本訛作「訶」，據《唐才子傳》卷九改。

[五]湲：底本訛作「溪」，據元刻本、箋註本、附訓本和增註本改，下同。

[六]宇：底本訛作「字」，據《賢愚鈔》卷三改。

[七]十：底本訛作「千」，據《資治通鑑·孝和皇帝紀下》《資治通鑑·中宗元皇帝紀》和《資治通鑑·顯宗成皇帝紀下》改。

已上共二十四首

備考 第三句喚第四句格。

三體詩絶句備考大成卷之二

丹陽送韋參軍　嚴維

增註《職林》：「有録事六曹、諸府及大司馬、大將軍等參軍。」

備考　按此題有二説。韋自丹陽赴京，維送之。又韋居在江北，今已相赴，維送之。○或曰：「韋參軍指韋莊，蓋送韋莊之江北也。」按考韋莊傳記，不載爲參軍事。且嚴維爲肅宗至德二年進士，韋莊爲昭宗乾寧元年進士，其間世之相後者百二十餘年也，然則非韋莊決矣。

題註　**録事**《紀原》卷六曰：「漢司隸屬有功曹從事史，兼録衆事，在州爲治中。漢又有督郵主簿，皆録事之任也。晋始置録事參軍，刺史有軍而開府者並置之，本爲公府官，非州職也。《續事始》曰：『後漢有郡主簿，亦曰督郵。隋以録事參軍代之，掌勾稽文簿、舉彈善惡、監郡印[一]、給紙筆之事。』開元初，京兆河南曰司録，管六曹。宋朝京邑大府以京朝官領其事曰知，其非京官而資考久次者亦曰知也。《三輔決録》『韋康成爲郡主簿』是也。」○同卷六曰：「主簿，漢有之，後漢繆彤仕縣爲主簿是也。《續事始》云：『後漢始有主簿之號，諸郡置之，即今録事參軍也。至隋大業中，諸縣始置主簿，掌勾稽簿籍、糾正縣内非違[二]。』」

六曹《事文類聚》外集曰：「六曹，漢成帝初置尚書四人分四曹，常侍曹主丞相御史公卿事[三]，二千石曹主刺史郡國事[四]，民曹主吏民上書之事，客曹主外國夷狄事。世祖分二千石曹，又分客曹爲南主客曹、北主客曹，凡六曹。」同《王府官部》曰：「諸衛折衝都尉府[五]，掌領屬備宿衛。」

大司馬　杜氏《通典》三十曰：「大司馬，古官也，掌武事。少皞有雎鳩氏爲司馬。堯時棄爲后稷兼掌司馬。周時司馬爲夏官掌邦政。項羽以曹咎、周殷並爲大司馬。漢初不置。武帝元狩四年初罷太尉，置大司馬，以冠將軍之號。」

大將軍　《通典》曰：「大將軍，戰國時官也[六]，楚懷王與秦戰，秦敗楚，虜其大將軍屈丐是也。漢高祖以韓信爲大將軍。後漢光武時，吴漢以大將軍爲大司馬。漢末猶在三公上[七]。」○《紀原》卷五曰：「戰國時始有大將軍之號，隨事即置，亦不主官。劉劭《爵制》以謂秦十八爵，大庶長即大將軍也，左、右庶長即左、右偏裨將軍也。楚懷王與秦戰，秦虜其大將軍屈丐是也。項羽時，范增稱大將軍，漢遂置大將軍，開府如三公。至煬帝，於諸衛悉置。」

參軍　《唐類函》五十九曰：「晉時軍府乃置爲官員，中軍羊祜置參軍二人，太尉楊濬置參軍六人。歷代皆有。至隋爲軍官，謂之書佐。唐改爲參軍，掌直侍督守，無常職[八]，有事則出使。」○《紀原》卷六曰：「杜佑曰：『參軍，後漢末置，參諸軍府軍，若今節度判官。』《漢書》曰：『靈帝以幽州刺史陶謙參司空張温軍事。』此其始也。本公府官，晉始置其官於州郡，唐諸曹皆稱之。《續事始》以謂後漢置，在州曰司。」

嚴維

備考　《正音》云：「中唐作者。」○《新唐書》並《十七史》等無傳。○《才子傳》第三曰：「嚴維，字正文，越州人。初隱居桐廬，慕子陵之高風。至德（肅宗）。二年，江淮選補使、侍郎崔渙下以詞藻宏麗進士及第。以家貧親老，不能遠離。後歷秘書郎，仕終右補闕。維少無宦情，懷家山之樂[九]，以業素從升斗之祿[一〇]，聊代耕耳。詩情雅量，挹魏晉之風。一時名輩，孰匪金蘭。[一一]詩集一卷，今傳。」

丹陽郭裏送行舟，丹陽，今鎮江。**一別心知兩地秋。**心知，猶言心友。**日晚江南望江北，寒鴉飛盡水悠悠。**

增註　丹陽郡屬潤州。

備考《賢愚鈔》曰：「此詩韋赴京自丹陽郭裏乘舟去，維送其行，於別筵賦之。第一句賦實事。第二句惜別之意在言外，一別今已兩地人也。第三、四句於別筵言別後。維在江南，韋乘舟而經江北赴京，其分袂之脱間，維猶望行舟，則江面遠而不可見其舟，無心寒鴉亦飛去，不可爲吾伴，無情之水亦流去，不可爲吾侶也。」

江南江北《方輿勝覽》第三《潤州部》云：「大江在城北六里，亦名京口。」引《三國志》云：「魏文帝將東征，出廣陵，臨大江（楊子），戍卒數十萬，旌旗數百里，不敢渡，嘆曰：『波濤洶涌，天所以限南北也。』」○丹陽在揚子江東南。○《一統志》曰：「鎮江府大江在府城西北六里，即揚子江也，故曰江南、江北。」

註　**丹陽云云**《方輿勝覽》第三曰：「鎮江府，古潤州。有三縣，丹陽其一也。」

【校勘記】

［一］郡：底本誤作「牌」，據《事物紀原》卷六改。

［二］違：底本誤作「事」，據《事物紀原》卷六改。

［三］丞相御史：底本脱，據《古今事文類聚》新集卷十補。

［四］刺史：底本脱，據《古今事文類聚》新集卷十補。「郡國」後底本衍「二千石」，據《古今事文類聚》新集卷十删。

［五］衛：底本誤作「府」，據《新唐書·百官志四上》改。衡：底本訛作「衡」，據《新唐書·百官志四上》改。

［六］官也：底本脱，據《通典》卷二十九補。

［七］猶：底本脱，據《通典》卷二十九補。

［八］無：底本誤作「爲」，據《通典》卷三十三改。

［九］之：底本脱，據《唐才子傳》卷三補。

［一〇］素：底本脱，據《唐才子傳》卷三補。

［一一］一時名輩，孰匪：底本脱，據《唐才子傳》卷三補。

寒食　韓翃

《荊楚歲時記》：「清明前二日，謂之寒食。」

備考　《史記·晉世家》曰：「晉文公修政，施惠百姓。賞從亡者及功臣，大者封邑，小者尊爵。未盡行賞，周襄王以弟帶難出居鄭地，來告急晉。晉初定，欲發兵，恐他亂起，是以賞從亡未至隱者介子推。推亦不言祿，祿亦不及。推曰：『獻公子九人，唯君在矣。惠、懷無親，外内棄之；天未絶晉，必將有主，主晉祀者，非君而誰？天實開之，二三子以爲己力，不亦誣乎？[一]下冒其罪，上賞其姦，上下相蒙，難與處矣！』其母曰：『盍亦求之，以死誰懟？』推曰：『尤而效之，罪有甚焉。且出怨言，不食其祿。』母曰：『亦使知之，若何？』對曰：『言，身之文也；身欲隱，安用文之？文之[二]，是求顯也。』其母曰：『能如此乎？與女偕隱。』至死不復見。介子推從者憐之，乃懸書宮門曰：『龍欲上天，五蛇爲輔。《索隱》曰：「龍喻重耳。五蛇即五臣，狐偃、趙衰、魏武子、司空季子及子推也。舊云五臣有先軫、顛頡，今恐二人非其數。」龍已升雲，四蛇各入其宇，一蛇獨怨，終不見處所。』文公出，見其書，曰：『此介子推也。吾方憂王室，未圖其功。』使人召之[三]，則亡。遂求所在，聞其入綿上山中，於是文公環綿上山中而封之，以爲介推田，號曰介山。」○《容齋三筆》曰：「寒食，《左傳》：『晉文公反國，賞從亡者，介之推不言祿，祿亦弗及，遂與母偕隱而死。晉侯求之不獲，以綿上爲之田，曰：「以志吾過。」』綿上者，西河介休縣地也。其事始末只如此。《史記·晉世家》曰：

『子推從者書宮門[四]，有「一蛇獨怨」之語，文公見其書，使人召之，則亡。聽其入綿上山中，於是環山封之，曰介山。』雖與《左傳》稍異，而大略亦同。至劉向《新序》始曰：『子推怨於無爵齒，去而之介山之上，文公待之，不肯出，以謂焚其山宜出，遂不出而焚死。』是後雜傳記，如《汝南先賢傳》則云：『太原舊俗，以介子推焚骸，一月寒食。』《鄴中記》云：『并州俗，冬至後一百五日，爲子推斷火冷食三日。魏武帝以太原、上黨、西河、雁門皆沍寒之地，令人不得寒食，亦爲冬至後百有五日也。』《後漢書·周舉傳》云：『太原一郡，舊俗以介子推焚骸，有龍忌之禁。至其亡月，咸言神靈不樂舉火[五]，由是士民每冬中輒一月寒食，莫敢煙爨。舉爲并州刺史，乃作吊書置子推廟，言盛冬去火，殘損民命，非賢者之意[六]，宣示愚民，使還温食。於是衆惑稍解，風俗頗革。』然則所謂寒食，乃是冬中，非今節令二三月間也。」○魏武帝《明罰令》曰：「聞太原、上黨、西河、雁門，[七]冬至後百有五日皆禁火，云爲介子推。且子胥沉江未有絶水之事，今沍寒之地，老翁將有不堪之患，令人不得寒食，若犯者，家長半歲刑。」○《事文類聚》前集八曰：「《初學記》云：『《琴操》：「晋文公與介子綏俱亡[八]，子綏割腓股以啖文公。文公復國，子綏獨無所得，作龍蛇之歌而隱。文公求之不肯出，乃燔左右木[九]，子綏抱木而死。文公哀之，令人五月五日不得舉火。」及周舉移書、魏武《明罰令》、陸翽《鄴中記》並云[一〇]：「寒食斷火起於子推。」《琴操》所云子綏，即推也。又云五月五日，與今有異，皆因流俗所傳。按《左傳》及《史記》並無介子推被焚之事。然則《周禮》「司烜氏仲春以木鐸狗火禁於國中」，注云：「爲季春將出火也。」今寒食準節氣是仲春之末，清明是三月之初，然則禁火並周制也。』」

○七言律《寒食》題下增註云：「清明前三日曰寒食。劉向《新序》云：『晋文公反國，召咎犯而將之，召艾陵而相之。介子推無爵，遂去而之介山之上。文公求之不得，焚其山，不出而死。』俗傳因子推此日被焚，禁火也。按《左傳》並《史記》無此事。又按《周禮》『司烜氏仲春以木鐸修火禁于國中』，注：『爲季春將出火也。』今寒食節是春末清明之初，則禁火蓋則之舊制。子推之説，流傳之訛耳。」〇《丹陽集》曰：「龍星，木之位，春屬東方，心爲大火，懼火盛，故禁火，是以寒食有龍忌之禁，則所謂禁煙，又未必爲子推設也。」〇愚按子推被焚之説，《左傳》並《史記》不載。劉向《新序》、《鄴中記》、桓譚《新論》、《汝南先賢傳》等書並起于子推，此皆流傳訛耳。疑寒食故事起于周人禁火之事也，明矣。《類聚》引《初學記》云：「禁火，周制也。」季昌注亦本之矣。〇《唐詩正音》第六載此詩。〇《詩粹》曰：「此詩判宦者權盛。」

題註　**荆楚歲云云**《荆楚歲時記》曰：「去冬至一百五日即有疾風甚雨，謂之寒食。據曆，合在清明前二日，亦去冬至一百四日、五日、六日也，秦人呼爲熟食，齊人呼爲禁煙。舊俗以介子推爲火所焚，國人哀之，斷火。昔一月禁之，後七日，又三日，今一日。」〇季昌註云：「清明前三日曰寒食。」〇《采異聞録》[一二]曰：「今之人謂寒食爲一百五日，以其自冬至之後至清明，歷節氣五，凡爲一百七日，先兩日爲寒食，故云。他節不然也。杜老有鄜州《一百五日夜對月》一篇，江西宗派詩云『一百五日足風雨，三十六峰勞夢魂』『一百五日寒食雨，二十四番花信風』之類是也。吾州城北芝山寺，爲禁煙遊賞之地。寺僧欲建華嚴閣，請予作勸緣疏，其末一聯云：『大善知識五十三，永壯人天之仰；寒食清明一百六，鼎來道俗之觀。』或問『一百六』所出，應之曰：『元微之《連昌宮詞》[一三]：「初過寒食一百六，店舍無煙宮樹緑。」是以用之。』」

清明《留青日札》卷十三曰：「清明，三月節。東南之風曰清明風。季春之時，適當方位，萬物皆齊乎巽矣，何潔静而顯著乎！故曰清明也。在地者，莫清于青水；在天者，莫明于日月也。」

韓翃

備考《正音》云：「中唐作者。」〇《新唐書》並東萊《十七史》不載之。〇《才子傳》第四曰：「翃字君平，南陽人。天寶十三載楊紘榜進士[一三]。侯希逸素重其才，至是表佐淄青幕府。罷，閑居十年。及李勉在宣武[一四]，復辟之。德宗時，制誥闕人，中書兩進除目，御筆不點，再請之，批曰：『與韓翃。』時有同姓名者爲江淮刺史，宰相請孰與，上復批曰：『「春城無處不飛花」韓翃也。』俄以駕部郎中知制誥。終中書舍人。翃工詩，興致繁富，如芙蓉出水，一篇一咏，朝士珍之。比諷深於文房，筋節成於茂政，當時盛稱焉。有詩集五卷，行於世。」

春城無處不飛華，寒食東風御柳斜。日暮漢宮傳蠟燭，燭，所以傳火。元稹所謂「特勑宮中許然燭[一五]」是也。唐《輦下歲時記》：「清明日，取榆柳之火以賜近臣也。」**青煙散入五侯家。**《宦者傳》：「桓帝封單超新豐侯，徐璜武原侯，具瑗東武陽侯，左悺上蔡侯，唐衡汝陽侯。」五人同日爲侯，世謂五侯。自是權歸宦者，朝政日亂。唐自肅、代以來，宦者權盛，政之衰亂侔漢矣。此詩蓋刺也。《本事詩》謂翃德宗時以此詩得擢知制誥。

增註《詩話》載：「德宗嘗召詩人韓翃，有司回奏：『有兩韓翃。』帝曰：『「青煙散入五侯家」韓翃也。』」

備考《賢愚鈔》曰：「第一句言春城處處花過時，而無不飛翻者也。天寶，玄宗之末年，唐室漸欲衰，如飛花之時，豈不危哉！第二句言以御柳斜比外戚楊氏之五家。」○「第三句以日暮喻王氏之昏暗。玄宗天寶之末不勤朝政，其樂在酒色之間而已。以漢宮比唐室。『傳蠟燭』三字言恩惠不及功臣、百姓等，而偏屬楊家也。第四句言以青煙，知爲其新火，恩光盡付楊氏之五家。惟天無私，王者何偏耶？」○季昌本注云：「五侯，前漢元帝王皇后弟五人，成帝建始元年，同日封爵關内侯，王譚平阿侯[一六]，王商成都侯，王立紅陽侯[一七]，王根曲陽侯，王逢時高平侯[一八]。」○《前漢·成帝紀》曰：「建始元年，大赦天下，賜舅王譚、商、立、根、逢時爵關内侯。」○《唐書·楊貴妃傳》曰：「天寶，始進册貴妃。三姊皆美，封韓、虢、秦三國，爲夫人。貴妃兄楊國忠、弟楊錡。或稱五宅，或稱五家，皆楊氏也。」

註　**元稹所謂云云**《排韻》曰：「元稹，字微之，唐詩人，與白居易齊名，時稱元白，號元和體，宮中呼爲元才子。」○元微之《連昌宮詞》云：「初過寒食一百六，店舍無煙宮樹緑。念奴覓得又連催，时勑宮中許燃燭。[一九]」

勑《紀原》卷二曰：「三代而上，王者有典、謨、訓、誥、誓、命，凡六等，其總謂之書。漢初定儀則四品，其四曰戒勑，今勑是也。自此帝王命令始稱勑。至唐顯慶中始云『不經鳳閣鸞臺[二〇]，不得稱勑』，勑之名遂定於此。」○《代醉編》十二曰：「詔敕，敕字從束從文，今從力旁，便於行草，乃又變束爲來。《説文》《玉篇》《廣韻》，勑字並音賚。惟《集韻》來字韻中有勑字，又於敕字韻内收。注曰：『相承用作勅字。』言相承用，則原非本字。」

取榆柳之火云云 《周禮・夏官》：「司爟掌行火之政令[二一]，四時變國火以救時疾。春取榆柳之火，夏取棗杏之火，季夏取桑柘之火[二二]，秋取柞楢之火，冬取槐檀之火。」榆柳，木之青者，故春取之。棗杏，木之赤者。桑柘，黄。柞楢，白。槐檀，黑。○《漁隱叢話》前集二十三曰：「《迂叟詩話》云：『《周禮》「四時變國火」，謂「春取榆柳之火云云，冬取槐檀之火」。而唐時唯清明取榆柳之火以賜近臣戚里。本朝因之，唯賜輔臣戚里，帥臣、節察、三司使、知開封府、樞密直學士、中使皆得厚賜，非常賜例也。』」

《宦者傳》云云 《後漢書》列六十八《宦者傳》曰：「單超，河南人。徐璜，下邳良城人。具衢遇反。瑗，魏郡元城人。左悺，河南平陰人。唐衡，潁川郾人。桓帝初，超、璜、瑗爲中常侍，悺、衡爲小黄門史云云。封超新豐侯，二萬户；璜武原侯，瑗東武陽侯，各萬五千户，賜錢各千五百萬；悺上蔡侯，衡汝陽侯，各萬三千户，賜錢各千三百萬。五人同日封，世謂之五侯。」

權 權，《字彙》曰：「權柄，權是稱權，柄是斧柄。居人上者所執，不可下移也。」

唐自肅 肅宗，唐第八主，諱亨，玄宗第三子。母曰元獻皇后楊氏[二三]。在位七年，壽五十二。

代 代宗，唐第九主，諱豫，肅宗長子。母曰章敬皇后吴氏。在位十七年，壽五十二。

侔漢 侔，《字彙》曰：「莫侯切，音謀。齊等也，均也。」

《本事詩》云云 《本事詩》一卷，孟棨所編也。○《詩林廣記》前集十載此詩，引《本事詩》云：「唐德宗時制誥闕人，中書兩進名，御筆不點。又請之，上批曰：『與韓翃。』時有與翃同姓名者，爲江淮刺史。又具二人同進[二四]。上復批此詩曰：『日暮漢云云入五侯家。』曰：『與此韓翃。』」

德宗　唐第十主，諱适，代宗長子。母曰睿貞皇后沈氏。在位二十六年，壽六十四。

擢知制誥　擢，《字彙》曰：「直角切，音濁。拔也，舉也，用也。」○《紀原》卷四曰：「《唐・百官志》曰：『中書舍人六人，以久次者一人爲閣老，判本省雜事；一人知制誥，領進畫。開元初，以它官掌詔、敕、册、命，謂之知制誥。宣宗時，選用尚書郎，蓋先是率用前行正郎。』宋朝自司諫、正言以上，參用之官制，改其事歸中書舍人。又《宋朝會要》曰：『雍熙四年，以知制誥范杲知京兆府。以知制誥領外藩，自杲始也。』《續事始》曰：『開元元年，蘇頲、王琚爲紫微侍郎，知制誥。自後以它官爲翰林學士、中書舍人，皆稱制誥。』」

【校勘記】

[一]不亦誣：底本脱，據《史記・晉世家》補。

[二]文之：底本脱，據《史記・晉世家》補。

[三]人：底本訛作「大」，據《史記・晉世家》改，下同。

[四]「子推從者書宮門」後底本衍「曰」字，據《容齋隨筆》三筆卷二刪。

[五]靈：底本脱，據《容齋隨筆》三筆卷二補。

[六]者之：底本脱，據《容齋隨筆》三筆卷二補。

[七]西河、雁門：底本脱，據《藝文類聚》卷四補。

[八]綏：底本誤作「推」，據《古今事文類聚》前集卷八改。按後文亦作「子綏」。

[九]燔：底本訛作「播」，據《古今事文類聚》前集卷八改。

[一〇]翽：底本訛作「劌」，據《古今事文類聚》前集卷八改。

[一一]《采異聞録》：疑此當爲《搜采異聞録》。

[一二]連：底本訛作「建」，據《容齋隨筆》四筆卷四改。

[一三]紘：底本訛作「紞」，據《唐才子傳》卷四改。

[一四]宣武：底本訛作「宜城」，據《唐才子傳》卷四改。

[一五]特：底本訛作「時」，據元刻本和箋註本改。

[一六]阿：底本訛作「河」，據《漢書·元后傳》改。

[一七]紅：底本訛作「江」，據《漢書·元后傳》改。

[一八]時：底本脱，據《漢書·元后傳》補。高：底本訛作「商」，據《漢書·元后傳》改。

[一九]念奴覓得又連催，时勅宮中許燃燭：《元氏長慶集》卷二十四作「須臾覓得又連催，特勅街中許燃燭」。

[二〇]鳳：底本訛作「風」，據《事物紀原》卷二改。

〔二一〕掌：底本脱，據《周禮注疏·夏官·司爟》補。

〔二二〕季夏：底本誤作「夏季」，據《周禮注疏·夏官·司爟》乙正。

〔二三〕獻：底本誤作「轂」，據元刻本、箋註本和增註本改。

〔二四〕具：底本訛作「且」，據《本事詩》改。

三體詩備考卷之二終

三體詩絶句備考大成卷之三

上陽宮[一]　竇庠

在東都洛城外，武后嘗居之。

增註 在東都禁苑之東，上元中置。高宗之季，常居以聽政。按史，高宗調露元年幸東都，司農卿韋弘機作上陽宮，臨洛水，爲長廊，亘一里。宮成，上移御之。御史狄仁傑劾奏弘機導上爲奢泰，免官。神龍初，武后失位，亦徙居焉。

備考《唐詩正音》第六載此詩，「太掖」作「太乙」。○《賢愚鈔》曰：「此篇舊解云：『穆宗長慶年中作也。』或說曰：『憲宗元和五年庚寅，庠爲東都判官時作。』調露元年己卯建此宮，至元和五年庚寅，凡一百三十二年也。」

題註　**增註**　**上元** 唐第八主肅宗年號，凡二年。

高宗　高宗，唐第三主，諱治，字爲善，太宗第九子。母曰文德皇后。在位三十四年，壽五十六。

高宗調露　凡一年。○《新唐書》本紀第三《高宗紀》云：「調露元年，作紫桂宮。」即上陽宮歟？又别有紫桂宫歟？○《通鑒》：「調露元年春正月，幸東都。司農卿韋玄機免云云。弘機作上陽等宫，制度壯麗，侍御史狄仁傑劾奏弘機導上爲奢泰，免其官。」○《通鑒詳節》云：「調露元年春正月，上幸東都。司農卿韋弘機作宿羽、高山、上陽等宫，制度壯麗。上陽宫臨洛水，爲長廊，亘一里。宫成，上移御之。侍御史狄仁傑劾奏弘機導上爲奢泰，弘機坐免官。」○東萊《十七史·唐書》列十六《韋弘機傳》曰：「帝嘗言：『兩都，我東西宅，然因隋宫室日仆不完，朕將更作，奈財用何？』弘機即言：『臣任司農十年，省惜常費，積三十萬緡，以治宫室，可不勞而成。』帝大悦。終檢校司農少卿事。」

司農卿　《類函》四十七曰：「少皞氏以九扈爲九農正〔二〕。舜攝帝位，命棄爲后稷。周則爲大府下大夫。秦爲治粟内史，掌穀貨。漢景帝更名大農令。武帝太初元年，更名大司農，掌九穀六畜之供膳羞者〔三〕，凡郡國諸倉、農監、都水六十五官皆屬焉。」○《初學記》曰：「司農卿，漢官也。《漢官》云：『初，秦置理粟内史，掌穀貨。漢因之。王莽改大司農曰羲和，後又改爲納言。東漢復爲大司農。』《五代史·百官志》曰：『梁加卿字，曰司農卿，省大字。後魏又加大字，北齊又除大字，隋氏因之，唐初因之。龍朔二年改曰司稼卿。咸亨元年復舊。』」

長廊　廊，《字彙》曰：「《廣韻》：『廡也。』文穎曰：『殿下外屋也。』」

亘一里 里，《字彙》曰：「路程以三百六十步爲一里。」又《公羊傳注疏》：「古六尺爲步，三百步爲里。又方一里，計十二萬九千六百步。」

狄仁傑 《排韻》曰：「狄仁傑，字懷英。閻立本異其才，薦爲并州法曹。」

劾奏 劾，《字彙》曰：「胡得反，音核。按劾，彈治也，又推窮罪人也。」○《太平御覽》五百九十四有章奏、表奏、劾奏、駁奏四種。

爲奢泰 奢，《字彙》曰：「侈也，泰也。」○泰，又曰：「甚也，侈也。」

神龍 唐第五主中宗年號，凡二年。

初武后失位云云 《通鑑詳節》曰：「中宗第五主，高宗第七子。母則天。中宗即位之年曰神龍元年。即位，赦天下云云。丁未，太后徙居上陽宮，帝師百官上太后尊號，曰則天大聖皇后。」○《佛祖通載》曰：「則天皇后天授元年九月改元，建國號曰周，用周正。高宗第七子中宗母即則天皇后。納狄仁傑諫，神龍元年乙巳正月，張柬之、桓彦範等五王，以兵誅姦臣而迎帝中宗。即位，遷則天皇后于上陽宮，冬崩。三月，復國號曰唐。」

竇庠

備考 《正音》云：「中唐作者。」○《新唐書》並《十七史》無傳。○《才子傳》第四曰：「竇庠字胄卿。嘗應辟三佐大府，調奉先令，遷東都留守判官，拜户部員外郎。貞元第十主德宗。中，出爲婺、登二州刺史。

平生攻文甚苦[四]，著述亦多，今並傳之。」

愁雲漠漠草離離，太掖勾陳處處疑。《西都賦》曰：「周以勾陳之位。」注曰：「勾陳立，王者法之，以主行宮。《隋・天文志》：『勾陳六星，在紫宮中，故天子殿前亦有勾陳。』《郊祀志》：『武帝於建昌宮北治大池，曰太掖。』上陽宮不應有太掖池，然未央宮有漸臺，而魯靈光亦有漸臺，則上陽宮亦有太掖也。」**薄暮毀垣春雨裏，**《西征賦》：「步毀垣兮延佇之。」**殘華猶發萬年枝。**方勺《伯宅編》云：「徽宗興畫學，嘗試諸生，以『萬年枝上太平雀』爲題，無中程者。或密扣中貴，答曰：『萬年枝，冬青樹也。太平雀，頻加鳥也。』」

備考《賢愚鈔》曰：「『愁雲』二句，言宮殿已廢，雲愁草荒，何處太掖，何處勾陳，未易知也。『薄暮』二句，言宮墀已荒廢，花木皆散在人家之間。冬青樹乃不忘萬年之名，獨發花也。」

愁雲《文選》第十三謝惠連《雪賦》曰：「寒風積，愁雲繁。」吕向注：「愁雲，陰雲也。」○杜詩：「迴首叫虞舜[五]，蒼梧雲正愁。」

漠漠 漠，《字彙》曰：「廣也，大也。」

離離《詩・王風・黍離篇》曰：「彼黍離離。」《正義》曰：「離離，謂秀而垂也。」

薄暮《文選》二十六范彦龍詩曰：「薄暮方來歸。」注：「善曰：『《廣雅》曰：「薄[六]，至也。」』」○同三十一劉休玄詩曰：「願垂薄暮景。」注：「濟曰：『薄暮，謂微光也。』」○《詩格》二方秋厓《梅花》詩曰：

「薄暮詩成天又雪。」註：「薄，迫近於暮也。」

註　**《西都賦》云云**　班孟堅《西都賦》曰：「周以鈎陳之位，衛以嚴更之署。」注曰：「勾陳者，紫宮外星也，宮衛之位亦象之。」○《漢書》：「星名，以侍衛帝宮。」

勾陳立　愚按「立」字義未通，恐「位」字之誤歟？

在紫宮中　《天官書》曰：「中宮天極星。環之匡衛十二星，藩臣。皆紫宮。」○「北辰，其星五，在紫微中也。紫，此也，宮中也，言天神運動陰陽開閉皆在此中。」○按紫宮，紫微宮也。勾陳六星爲六宮。

《郊祀志》云云太掖　《漢書》注云：「言天地和液之氣所爲也，後承陰陽津液以作池，其津液所及廣也。」

建章宮　建章宮，武帝太初元年，以柏梁殿灾後作大屋以壓勝，乃造建章宮於未央宮西。

有漸臺　《漢書·郊祀志》曰：「於是作建章宮云云。其北治大池[七]，漸臺高二十餘丈，名曰泰液池。」師古曰：「漸，浸也。臺在池中，爲水所浸，故曰漸臺。」○又師古曰：「未央殿西南有蒼池，池中有漸臺。」○《文選》十六王文考《靈光殿賦》曰：「漸臺臨池。」注：「向曰：『漸臺，星名。法星而爲臺名。』」

魯靈光　《文選》王文考《魯靈光殿賦》序曰：「魯靈光殿者，蓋景帝程姬之子恭王餘之所立也。初，恭王始都下國，好治宮室，遂因魯僖基兆而營焉。遭漢中微，盜賊奔突，自西京未央、建章之殿，皆見隳壞，而靈光巋然獨存。意者豈非神明依憑支持以保漢室者也。然其規矩制度，上應星宿，亦所以永安也。」

《西征賦》云云 潘安仁《西征賦》曰：「臨掩坎而累抃，步毀垣以延佇。」

方勺《伯宅編》 烏程方勺仁聲所作。○愚按「伯」當作「泊」。

徽宗興云云 子俞子《螢雪叢説》曰：「徽宗政和中建設畫學，用太學法補試四方畫工，以古人詩句命題，不知掄選幾許人也[八]。嘗試『竹鎖橋邊賣酒家云云』，又試『踏花歸去馬蹄香云云』，果皆中魁選。夫以畫學之取人，取其意思超拔者爲上，亦猶科舉之取士，取其士才角出者爲優。二者之試，雖下筆有所不同，而於得失之際，只較智與不智而已。」

無中程者 程，《字彙》曰：「品也，限也，課也。《荀子》：『程者，物之準也。』」○《文選》韋弘嗣《博弈論》曰：「設程試之科。」注：良曰：「程試，謂呈其才者必見試用也[九]。」「科，條也。」善曰：「程，品也。」又法度也。山谷詩：「諸生程藝文。」

扣中貴 《李廣傳》曰：「使中貴人從廣。」注：「居中朝而貴者。」

萬年枝冬云云 《文選》十一何晏《景福殿賦》曰：「綴以萬年，綷以紫榛[一〇]。」注：「善曰：『晉宮闕銘云：「華林園萬年樹十四株。」』」江左謂之冬青樹。又玄暉《直中書省[一一]》詩云：「風動萬年枝。」○《漁隱叢話》後集十七《復齋漫録》云：「上官儀《咏雪》詩『幸因千里映[一二]，還繞萬年枝』，謝玄暉《直中書省[一三]》詩『風動萬年枝』，晏元獻詩『萬年枝上凝煙動，百子池邊瑞日長』，盧多遜詩『太掖池邊月上時，好風吹動萬年枝』，江左人謂之冬青，惟禁中則否。韓子蒼《冬青》詩：『離宮見爾近天墀，雨露常私養種時[一四]。惆悵一枝嵐露裏，無人識是萬年枝。』」○《彙苑》卷一曰：「女貞，亦曰萬年，曰長生，皆別名也。葉不凋，漢、晋殿前多植之。嵇康有賦。蘇彦賦：『女貞之木，一名冬青，負霜葱翠，振柯凌風，故清士欽其質而貞女慕其名。』」○《楊升庵文集》七十九曰：「謝朓詩：『風動萬年枝。』唐詩：『青松忽似萬年枝。』《三體詩》注以爲冬青，非也。《草木疏》云：『檍木枝葉可愛，二月花白，子似杏。今宫園種之，取億萬之義，改名萬歲樹，即此也。』」

【校勘記】

[一]上陽宫：《全唐詩》卷二百七十一作《陪留守韓僕射巡内至上陽宫感興二首》，此爲其二。

[二]扈：底本誤作「鳸」，據《御定淵鑒類函》卷九十三改。

[三]膳：底本訛作「勝」，據《通典》卷二十六改。

[四]攻：底本誤作「工」，據《唐才子傳》卷四改。

[五]迴：底本訛作「舉」，據《補註杜詩》卷一、《杜詩詳注》卷二和《集千家注杜工部詩集》卷一改。

[六]薄：底本脱，據《六臣註文選》卷二十六補。

[七]大池：底本訛作「太液」，據《漢書·郊祀志》改。

[八]選：底本脱，據《御定佩文齋書畫譜》卷十五補。

[九]用：底本誤作「驗」，據《六臣註文選》卷五十二改。

［一〇］綷：底本訛作「淬」，據《六臣註文選》卷十一改。
［一一］省：底本脱，據《六臣註文選》卷三十補。
［一二］映：底本誤作「應」，據《漁隱叢話》後集卷十七改。
［一三］直：底本脱，據《六臣註文選》卷三十補。
［一四］養：底本訛作「美」，據《漁隱叢話》後集卷十七改。

贈楊鍊師　鮑溶

《唐六典》云：「道士修行，其德高思精，謂之鍊師。」按此則「鍊」當作「練」。然魏李順興常著道士冠，時人號爲李鍊師，則作「鍊」亦可。

備考《唐詩遺響》載此詩。

題註《**唐六典**》《六典》三十卷，開元十年，陸堅被詔撰。玄宗手寫六條，曰：理典，教典，禮典，政典，刑典，事典。蓋一代官制也。李林甫註之。○季昌注云：「《六典》云：『道士修行有三事云云。其德高思精曰鍊師。』」

鮑溶

備考《正音》云：「晚唐作者。」○《新唐書》並東萊《十七史》無傳。○《才子傳》第六曰：「鮑溶，字德源。元和 宣宗。四年韋瓘榜第進士。在楊汝士一時。與李端公益少同袍，爲爾汝交。初隱江南山中避地。家苦貧，勁氣不擾，羈旅四方，登臨懷昔，皆古今絶唱云云。古詩樂府，可稱獨步。卒飄蓬薄宦，客死三川。有集五卷，今傳。」

紫煙衣上綉春雲，唐代宗時，李必乞爲道士，賜紫衣。道士衣紫自此始。**清隱山書小篆文**。《大洞玉經》云：「《清隱書》在九華宫中。」道書云：「碧篆之文，紫庭之誥。」**明月在天將鳳管**，《律曆志》：「黄帝取竹于嶰谷而吹之[二]，以聽鳳鳴，其雄鳴爲六，雌鳴亦六。」**夜深吹向玉晨君**。《黄庭經》曰：「太上大道玉晨君。」《真誥》曰：「太上者道之子孫，即玉晨大道君也。」

增註 秦李斯作《蒼頡篇》，取周史籀大篆，省文爲小篆。

備考 《賢愚鈔》曰：「第一、二句言以紫煙爲衣，以春雲爲綉。『春雲』即自然其形如鶴，鍊師衣上之綉文。其所讀之書，則清隱之山書，自是篆文，非凡間之書。『清隱』即書名。『隱』，秘也。『山』字往往道家用之。杜詩云：『山瓶乳酒下青雲，氣味濃香幸見分。』送道士詩也。『山書』『山瓶』，其意同也。第三、四句言星月朗清之時，鍊師持鳳鳴之管，夜深人不知之時吹之，朝玉晨君也。『向』，朝向也。『將』字，持之意也。」

註 **唐代宗** 第九主，諱豫，肅宗長子。母曰章敬皇后吴氏。在位十七年，壽五十二。

李必乞云云 《事物紀原》卷七曰：「唐中宗神龍初，葉静能雖加金紫之階而未頒紫衣。至代宗時，李泌立大功，李輔國將不利之，泌乞爲道士，許之，又賜紫衣。其後道士賜紫，自李泌始也。」○《尋到源頭》五曰：「道士賜紫者，乃唐肅宗朝李泌乞爲道士，帝賜紫衣。道士之賜紫，自肅宗始。」○愚按《新唐書》無李必者，《唐書》六十四有《李泌傳》，字長源。《十七史》三十二亦有《李泌傳》，並《紀原》《源頭》諸書作李泌。然則「必」字當作「泌」字。

紫庭之誥 愚按紫庭之誥，義未詳。《書言故事》有「紫泥之誥」。○紫泥，《事文玉屑》卷五《隴右記》曰：「武都紫水有泥，其色紫而粘，貢之，用封璽書，故詔誥有紫泥之美[二]。」○誥，《紀原》卷二曰：「《尚書》：『湯黜夏，作誥。』漢初，太上皇稱之，今太后亦稱之，又所以命官授職皆爲誥，以成湯爲之始。《蘇氏演義》曰：『誥，告也。言布誥王者之令，使四方聞之。今言告身者，謂己身受其告令也。』」○《字彙》曰：「告也。告上曰告，發下曰誥。《周書》有五誥，古者上下有誥。漢武帝元狩六年初作誥。」

《律曆志》云云 《前漢·律曆志》曰：「黄帝使伶倫，自大夏之西，崑崙之陰，取竹之解谷生，其竅厚均者，斷兩節間而吹之，以爲黄鐘之宫[三]。」孟康曰：「解，脱也。谷，竹溝也[四]，取竹之脱無溝節者也。」晉灼曰：「谷名也。」

《黄庭經》曰云云 《黄庭》曰：「太上大道玉宸君。」注：「太上之尊也。《本行經》：『玉宸君即黄老君之號也。』」○《黄庭内景玉經》曰：「上清紫霞虚皇前[五]，太上大道玉晨君。閑居蕊珠作七言，仙宫中有廖陽殿、蕊珠闕、翠纓房，玉晨黄老君在中説經。散化五形變萬神。是爲黄庭曰内篇，琴心三叠舞胎仙。九氣映明出霄間，神蓋童子生紫煙。是曰玉書可精研。」

太上《老子經》十七章曰：「太上，下知有之。」希逸注：「太上，言上古之世也。下，天下也。」〇《文選·東都賦》：「辟雍詩曰：『於赫太上。』」《纂注》：「太上，天也。」〇《典籍便覽》卷四曰：「太上，致極之稱，猶言大備全德之人也。故《禮記》曰：『太上貴德。』係其人，不係其時。今文人概以上古爲太上，非矣。」

增註　作《蒼頡篇》《漢書·藝文志》曰：「《蒼頡》一篇。」注：「上七章，秦李斯作。《爰歷》六章，車府令趙高作。《博學》七章，太史令胡毋敬作。」

取周史籀云云《事文類聚》別集卷十三曰：「周宣王時史籀變科斗文以爲大篆。李斯作《蒼頡篇》，取籀省文謂之小篆，此篆之始。秦既用篆奏事，事繁多難成，即令隸人佐書曰隸字。或曰：『程邈囚獄中，改籀文省爲隸字上之，始皇大喜，免其罪。此隸之始也。』」

大篆　陳仁錫《潛確類書》八十一曰：「《書斷》：『大篆者，周宣王太史籀所作也。始變古文，或同或異，謂之爲篆。篆者，傳也，傳其物理，施之無窮。《漢書·藝文志》「《史籀》十五篇」是也。世因謂之籀書，以史官製之用教授，謂之史書。凡九千字，今石鼓之遺文是也。』」

小篆　又曰：「《書斷》：『秦丞相李斯曰：「自上古作大篆，頗行于世。但爲古遠，人多不詳。今刪略繁者，其合體參爲小篆，是曰秦篆。」始皇以和氏之璧琢以爲璽，令斯書其文。今泰山、嶧山及秦望等碑並其遺迹，真傳國之偉寶，百代之法式。斯小篆入神，大篆入妙。』」

【校勘記】

［一］嶰：底本訛作「解」，據元刻本和箋註本改。

［二］紫泥：底本誤作「泥紫」，據《太平御覽》卷五十九、《天中記》卷九、《廣博物志》卷六和《格致鏡原》卷十乙正。

［三］宫：底本訛作「管」，據《漢書・律曆志》改。

［四］竹溝也：底本原作「作溝」，據《漢書・律曆志》改。

［五］虚：底本脱，據《雲笈七籤》卷十一補。

和孫明府懷舊山　雍陶

明府，縣令也。

備考　**和**　宋葉夢得《玉澗雜言》曰：「唐以前人和詩，初無用同韻者，直是先後相繼作耳。頃看《類文》，見梁武同王筠《和太子懺悔》詩云：『仍取筠韻。』蓋同用『改』字十韻也。詩人以來，始見有此體。筠後又取所餘不用者十韻别爲一篇，所謂『聖智比三明，帝德光四表』者，比次頗新巧云云。」〇《事物紀原》卷四曰：「唱和，帝舜與皋陶乃賡載歌，則唱和之初也。亦本於《詩》之《蘀兮》『唱予和女』之義。其事新見於齊、梁時，顔延年、謝玄暉始之也。」○又曰：「顔延年、謝玄暉作詩倡和，皆不次韻。至唐元稹作《春深》二十首，並用『家』『花』『車』『斜』四字爲韻，白居易、劉禹錫和之，亦用其韻。及令狐楚和詩，多次其韻。宋朝真宗時，楊内翰億謂次韻始於此也。見《談苑》。」○《焦氏續筆乘》卷三曰：「世傳詩人次韻始白樂天、元微之，號元和體。然楊衒之《洛陽伽藍記》載：『王肅入魏，舍江南故妻謝氏，而娶元魏帝女。其故妻贈之詩曰：「本爲薄上蠶，今爲機上絲。得路遂騰去，頗憶纏綿時。」繼室代答亦用「絲」「時」兩韻。』是次韻非始元、白也。陳後主集有《宣猷堂燕集》[一]五言曰：『披鉤賦韻，逐韻多少，次第而用[二]，座有江總、陸瑜、孔範等三人。』後主韻得『迮』『格』『白[三]』『赫』『易』『夕』『擲』『斥』『拆』『唶』字。其詩用韻字，所得韻次，前後正同。是先書韻爲鉤，坐客均探，各據所得，循序賦之，正後世次韻類也。但韻以鉤探，非酬和先唱者，爲小異耳。至近世，探韻者直取一韻，非全篇用之，與古文自不同。」

明府 杜詩：「明府豈辭滿。」注云：「郡所居曰府。明者，嚴明之稱也。」○趙與旹《賓退録》第九曰：「唐人稱縣令曰明府，而漢謂之明廷，見范曄書《張儉傳》『明府以稱太守』。」○此詩代孫明府和述懷舊山之意也。

雍陶 事迹見于前。

五柳先生本在山， 陶淵明門種五柳，作《五柳先生傳》以自述。淵明嘗爲彭澤令，故以比縣令。**偶**

然爲客落人間。秋來見月多歸思，自起開籠放白鷴。蕭穎士《白鷴賦》序云：「白鷴羽族之奇，處於雕籠，致以駟騎，將集長楊，遊太掖。予旅東陽，適偕至傳舍，感而賦之。」其略曰：「越水清兮鏡色，吴山遠兮天碧。與心賞兮睽違，念歸飛其何極？」詩意正類此。謂己有山林之志，拘而不遂，猶白鷴困於圶，故因己思歸，起而縱之。蓋穎士因物而感己，此詩推己以及物，異而同者也。

增註《江州志》：「淵明本居山南之上京，後遭火，徙居柴桑里。」○白鷴，《釋文》：「形似雉，白，華文而尾長。」

備考《賢愚鈔》曰：「全篇言身在雲霄之上，意在山林之間。今孫明府本自在山者，偶然落人間爲縣令，故歸心罔措，而似籠中鷴。今不云爾，放則妙也。」

註　**淵明嘗云云**《詩林廣記》前集一曰：「晋安帝義熙元年乙巳秋爲彭澤令，在官八十日即解印，賦《歸去來辭》。」○《紀原》卷六曰：「縣令，周官有縣正，下大夫。春秋之時，縣邑之長曰大夫。《秦本紀》曰：『孝公十二年，並諸小鄉聚爲大縣，縣一令。』《商君列傳》曰：『鞅令邑聚爲縣，置令、丞。』則縣令及丞，自秦孝公始也。』《漢・百官表》曰：『縣令、長皆秦官，萬户以上爲令，減萬户爲長。』《宋朝會要》曰：『周衰，六國置縣邑。其長，齊、晋曰大夫，魯、衛曰宰，楚曰公、曰尹，秦曰令、曰長也。』」○《字彙》曰：「縣令，漢法，縣萬户以上爲令，以下爲長。又律也，法也。一説：令，領也，理領之，使不得相犯也。」

比縣令《藝苑雌黄》曰：「士人言縣令事，多用彭澤五株柳，雖白樂天《六帖》亦然。以予考之，陶淵明潯陽柴桑人[四]，宅邊有五株柳，因號五柳先生，後爲彭澤令，去家百里。則彭澤未嘗有五柳也[五]。予初論此人，或不然其説。比觀《南部新書》云《晉書[六]》陶潛本傳云：『潛少懷高尚，博學善屬文，嘗作《五柳先生傳》以自況。「先生不知何許人，不詳姓字，宅邊有五柳，因以爲號焉。」』即非彭澤令時所栽[七]。人多於縣令事使五柳[八]，誤矣。豈所謂先得我心之所同然者歟？《苕溪漁隱》曰：『沈彬詩「陶潛彭澤五株柳，潘岳河陽一縣花」，蘇子由詩「指點縣城如掌大，門前五柳正摇春」，皆誤用也。』」

蕭穎士《十七史·唐書》列五十三曰：「蕭穎士，字茂挺。四歲屬文，十歲補大學士。觀書一覽即誦。開元中舉進士，對策第一，補秘書正字。尹徵、王恒、盧異等皆執弟子禮以授業，號蕭夫子。」

《白鷴賦》序云云《事文類聚》曰：「蕭穎士《白鷴賦》並序：『白鷴，羽族之幽奇也。素質黑章，爪觜純丹，體備冠距，頗類夫鷄翟。神貌清閑，不雜於衆禽。栖止遐深，與人境罕接，固莫得而馴狎也。上聞而徵焉。處於雕籠，致以馹騎[九]，將集長楊，游太液，行有日矣。天寶丁卯秋，予旅東陽，適與兹鳥偕至於會稽之傳舍，因感而賦之。鳥之生矣，于彼江山云云。顧疏野之賤迹，豈敢求一枝而見容？越水清兮鏡色，吴山遠兮天碧。窺淺深以颺影，逗杳冥兮一息[一〇]。謂杉松可得永日而噪聚[一一]，尊荇足以窮年而啄食。一與心賞兮睽違，念歸飛兮何極。鷴能言而入座，鶴善舞而登軒。殊二者之俗態，諒慚惶於主恩。是以雖信美而非其志，獨屏營而兢魂者焉。』」

增註　**上京**　淵明集卷三《述舊》詩曰：「疇昔家上京，六載去不歸。」注：「《南康志》：『近城五里，地名上京，亦有淵明故居。』」

白鷴云云《三才圖會・鳥獸部》卷二《白鷴賦序》云：「白鷴羽族云云。」又《格物總論》：「鷴形類雉翟，白質黑章，尾長四五尺，最爲可玩。」〇《字彙》曰：「『鷴』與『鷳』同。白鷴，白色其常也。鷴亦有黑者。」

【校勘記】

［一］《宣猷堂燕集》：底本訛作《室猷堂集》，據《廣博物志》卷二十九和《歷代詩話》卷四十八改。

［二］用：底本脱，據《考古編》卷七、《廣博物志》卷二十九和《歷代詩話》卷四十八補。

［三］白：底本訛作「日」，據《考古編》卷七、《廣博物志》卷二十九和《歷代詩話》卷四十八改。

［四］柴：底本訛作「紫」，據《陶淵明集》卷五改。

［五］則：底本脱，據《陶淵明集》卷五補。

［六］晋：底本脱，據《陶淵明集》卷五補。

［七］栽：底本訛作「裁」，據《陶淵明集》卷五改。

［八］人：底本脱，據《陶淵明集》卷五補。

［九］致：底本訛作「到」，據《古今事文類聚》後集卷四十三改。

［一〇］逗：底本訛作「逼」，據《古今事文類聚》後集卷四十三改。

［一一］杉：底本訛作「杦」，據《古今事文類聚》後集卷四十三改。

贈日東鑒禪師　鄭谷

日東，即日本也。

備考 鑒禪師，未詳何人。

禪師 《釋氏要覽》曰：「《善住意天子所問經》云：『天子問文殊曰：「何等比丘得名禪師？」文殊曰：「於一切法，一行思量，所謂不生，若如是知，得名禪師。乃至無有少法可取，不取何法，所謂不取，此世後世不取[一]，三界至一切法悉不取，謂一切法悉無衆生，如是不取，得名禪師。無少取，非取不取，於一切法，悉無所得[二]，故無憶念，若不憶念，彼則不修，若不修者，彼則不證，故名禪師。」』」

題註 **曰東即云云** 《新唐書》一百四十五《東夷傳》曰：「日本，古倭奴也[三]。去京師萬四千里，直新羅東南，在海中，島而居，東西五月行，南北三月行[四]。國無城郭，聯木爲柵落，以草茨屋。左右小島五十餘，皆自名國，而臣附之。」○《元史》列九十五《外夷傳》曰：「日本國在東海之東，古稱倭奴國。或云惡其舊名，故改名日本，以其國近日所出。」○陳仁錫《潛確類書》十三曰：「日本即倭奴，于海中諸夷爲最大，地分五畿、七道、三島，統列六十六州，總郡五百七十二，又屬國百餘。」○《蓬窗日録》卷二曰：「日本國，古倭奴國也。天御中主都築紫日向宮，主邪摩維國，尹都[五]、投馬種類，百有餘，奄爲所屬，號大倭王[六]，傳三十三世，彥瀲尊第四子神武天皇，自築紫入都大和州畺原宮，仍以倭爲號。迄漢桓、靈間，倭奴作亂，互相攻伐，歷年無主。有一女子，名卑彌呼者，年長不嫁，以妖惑衆，乃共立爲王。法甚嚴峻，在位數年死。宗男嗣，國人不服，更相誅殺，立卑彌呼宗女臺與，國遂定，時稱女王國。逮唐咸亨初，賀平高麗。稍習夏音，惡其名不善，乃更號曰日本，蓋取近日始升之義也。先秦時，遣方士徐福將童男女數千人入海求蓬萊仙，不得，懼誅，止夷、亶二州，號秦王國，屬倭奴，故中國總呼之曰徐倭，非日本正號也。」○《留青日札》十曰：「倭國，吳自泰伯至夫差二十五世，勾踐滅吳，其子孫支庶入海爲委[七]，故《通鑑前編》注云：『今日本國，吳泰伯之後。』余以爲當由『吳』『倭』聲相近，故轉『吳』爲『倭』也。今但曰『徐倭』，以爲徐福之後，是亡其先矣。」○《兩山墨談》曰：「史傳多言日本國乃徐福之後。福誘秦皇請童男、女各五百人入海求神仙，久之莫得，恐歸則被誅，遂止而不返。今倭之兆京有徐福祠，雖倭人，亦謂福爲其始祖也。偶閱金仁山《通鑑前編》，於『句踐滅吳』之下注云：『吳自太伯之後，蓋吳亡，其子孫支庶入海爲倭也。』金氏博綜群書，其言當必有據。是徐福未止之前，倭固有開先者矣。予意倭之先不起於福，而倭之後風氣日開，種類日滋，則福之衆實遺育焉，然則福乃再基之祖也。」○詳見于《後漢書·東夷傳》并《三才圖會·地理部》《文獻通考》《劉氏鴻書》《群書備考》《海東記》等書。

鄭谷

備考　《正音》云：「晚唐作者。」○《新唐書》並《十七史》等不載之。○《才子傳》第九曰：「谷字守愚，袁州宜春人。父史，開成中爲永州刺史。谷幼穎悟絶倫，七歲能詩。司空侍郎圖與史同院，見而奇之，問曰：『予詩有病否？』曰：『大夫《曲江晚望》云：「村南斜日閑回首，一對鴛鴦落渡頭。」此意深矣。』圖拊谷背曰：『當爲一代風騷主也。』光啓三年，右丞柳玭下第進士。授京兆鄠縣尉，遷右拾遺、補闕。乾寧昭宗。四年，爲都官郎中，詩家稱鄭都官。嘗從僖宗登三峰，朝謁之暇，寓于雲臺道舍，編所作爲《雲臺編》三卷，歸編《宜陽集》三卷，及撰《國風正訣》一卷，並傳焉。」

故國無心渡海潮，老禪方丈倚中條。唐顯慶中，王玄策使西域，至毗耶城維摩室，以手板縱横量得十笏，故名方丈。中條山在河中府虞鄉縣。**夜深雨絶松堂静，一點山螢照寂寥。**

增註《維摩經》：「毗耶離城中有長者維摩詰，一丈之室，能容三萬二千師子座，無所妨碍。」

備考《賢愚鈔》曰：「第一、二句，鑒禪師爲日本人，而無心無念，不涉造作安排，故無大唐、日本之隔。今雖到大唐，無心而渡海潮也，然居中條山中方丈也。第三、四句，若非鑒師，則如是之時，豈不動鄉念乎？夜已深，雨亦絶，松堂閑静之時，況有一點山螢而照其寂寥，雖故國不隔于萬里，若是他人，則魂消命危之時，而鑒師不動一念，可謂鐵石心腸也。」〇一説曰：「言鑒師雖爲日本之人，中條山中方丈安居，故無心渡海歸故國也。三、四句言夜深雨絶岑寂處，鑒師安坐觀禪也。時山螢飛來過禪床邊也，是即螢入定僧衣之意也。」

註　**顯慶**　第三主高祖年號，凡五年。

手板《紀原》卷三曰：「《唐會要》曰：『笏，周制也。《周禮》：「諸侯象，大夫魚鬚，士以竹。」晋、宋以來，謂之手板。西魏以後，五品以上通用象牙。武德四年七月六日詔：「五品以上象笏，六品以下竹木笏。」舊制三品以上前挫後直，五品以上前挫後屈。』武德以來，一例上圓下方也。《淮南子》曰：『武王問太公曰：「寡人伐紂，恐後世鬥争不已。」太公曰：「王欲久持，則塞民於兑。」於是解其劍而帶之笏。』此蓋周人制笏之始也。《樂記》曰：『武王克商，裨冕搢笏，而虎賁之士説劍也。』」〇《韻會》曰：「公及士所搢也。」《釋名》：「笏，勿也。有事記其上，以備忽忘也。」《輿服雜事》：「有指畫受命於君前，書笏。笏[八]，畢用也。古者貴賤皆執。中代以來，惟八座尚書執笏者，白筆綴手板頭，以紫囊裹之，其餘王公卿士但執手板。」

縱横《字彙》曰：「將容切，音蹤，直也，横之對也。東西曰横，南北曰縱。」

故名方丈《高僧傳》曰：「舍黧國有維摩故宅。顯慶中，王玄策因叩印度過净明宅，以笏量基，只有十笏，故號方丈室。」

增註　長者《翻譯名義集》卷二曰：「長者，西土之豪族也。富商大賈，積財鉅萬，咸稱長者。此方則不然，蓋有德之稱也。《風俗通》云：『春秋末，鄭有賢人，著一篇，號鄭長者，謂年耆德芬，事長於人，以之爲長者。』韓子云：『重厚自居曰長者。』《天臺文句》云：『長者十德，一姓貴，二位高，三大富，四威猛，五智深，六年耆，七行净[九]，八禮備，九上嘆，十下歸。』」

師子座《釋氏要覽》曰：「《智度論》：問云：『何名師子座？爲佛化作，爲實師子，爲金銀木石作耶？』答云：『是號師子座，非實也。佛爲人中師子。凡佛所坐，若床、若地，皆名師子座。夫師子，獸中獨步無畏，能伏一切。佛亦如是，於九十六種外道，一切人天中，一切降伏，得無所畏，故稱人中師子。』」

妨碍 碍，《字彙》曰：「與礙同。」「礙」字註曰：「牛蓋切，音艾，止也，妨也，阻也，限也。」

【校勘記】

［一］後世：底本脱，據《釋氏要覽》卷上補。

［二］所：底本訛作「取」，據《釋氏要覽》卷上改。

［三］古：底本脱，據《新唐書・東夷傳》補。

［四］三：底本訛作「二」，據《新唐書・東夷傳》改。

［五］都：底本脱，據《日本考》卷二補。

［六］號：底本誤作「爲」，據《蓬窗日録》卷二改。

［七］庶：底本訛作「度」，據《留青日札》卷十改。「其子孫支庶入海爲倭」後底本衍「奴」，據《留青日札》卷十删。

［八］笏：底本脱，據《古今韻會舉要》卷二十六補。

［九］行净：底本誤作「净行」，據《翻譯名義集・長者篇第十八》乙正。

旅懷[一]　杜荀鶴

備考 本集題作《旅舍遇雨》。○《詩林萬選》曰：「推敲體，追琢字眼。題作《旅館遇春》，『色』作『氣』，『愁』作『秋』。」

杜荀鶴

備考 晚唐作者。《唐詩正音》不載。○《新唐書》並《十七史》等不載。○《才子傳》第九曰：「杜荀鶴，字彦之，牧之微子也。牧會昌第十六代武宗。末自齊安移守秋浦，時妾有妊，出嫁長林鄉正杜筠[二]，生荀鶴。早得詩名。大順昭宗。二年，裴贄侍郎下第八人登科。天祐第二十一主景宗。元年卒。與太常博士顧雲初隱一山，登第之明年，寧親相會，雲撰集其詩三百餘篇，爲《唐風集[三]》三卷。」

月華星彩坐來收，岳色江聲暗結愁。半夜燈前十年事，一時和雨到心頭。

備考 《賢愚鈔》曰：「第一句旅館俄天陰雨降，星月頃刻收光彩而暗昏也。第二句言星月已收，岳色不見，而仿佛江聲相聞而激揚，當此時，旅人暗結憂也。」○「第三、四句言旅館無睡，半夜燈前獨坐聽雨，十餘年前之事悉和雨中愁一時到心頭，凄冷之感興溢目前。『十年』言數多也，詩家平常手段也。竇群詩『十年辛苦伴滄浪』，山谷詩『江湖夜雨十年燈』，皆同。」

【校勘記】

[一]懷：底本訛作「壞」，據元刻本、箋註本、附訓本和增註本改。旅懷：《全唐詩》卷六百九十三作《旅舍遇雨》。

[二]鄉正：底本訛作「卿士」，據《唐才子傳》卷九改。

[三]唐：底本訛作「康」，據《唐才子傳》卷九改。

已上共七首

備考 第三句不喚第四句，而第四句申其意者。○一說，第三句用天象時節格。

寄別朱拾遺　劉長卿

備考 《唐詩正音》第六載之。○《賢愚鈔》曰：「朱拾遺應朝詔而赴京師，長卿則不能召而寄別朱拾遺也，送別之義也。」○「一說云：留別之義也。長卿已被召歸，朱拾遺猶在謫處，故作詩留別之也。」○愚按後說不是。

劉長卿

備考《正音》云：「中唐作者。」○《新唐書》並《十七史》不載之。○《才子傳》第二曰：「長卿，字文房，河間人。少居嵩山讀書，後移家來鄱陽最久。開元二十一年徐徵榜及第。至德肅宗。中，歷監察御史云云。久之，貶潘州南巴尉[一]，會有爲辨之者，量移睦州司馬。終隨州刺史。灞陵、碧澗有別業。今詩集賦文等傳世。」

天書遠召滄浪客，滄浪客，謂逐臣也。《楚詞》：「滄浪之水清兮，可以濯我纓。」**幾度臨岐病未能。江海茫茫春欲遍，行人一騎發金陵。**金陵，建康府。楚置金陵邑。以地有王氣，埋金鎮之。或曰：「地接華陽金壇之陵[二]。」

備考《賢愚鈔》曰：「第一句言天子詔書召滄浪客。滄浪客，自屈原而謂逐客也，今指朱拾遺。第二句言長卿自謂幾回臨岐路送赴京之人，我未能相赴也。《漢書》注：『病，愁也。』非疾病之病也。第三、四句詔書已召逐臣，則其澤如江海茫茫，其和春無私也。雖然天書之中無長卿名，未得蒙其澤和。朱拾遺獨發金陵，朱拾遺得意之人，可羨哉。朱拾遺詔書未落手則爲滄浪客，今已蒙詔徵赴京，則稱行人宜哉。」

病未能《文選》枚乘《七發》曰：「楚太子有病，吴客往問之云云。『太子能强而聽之乎？』太子曰：『僕病未能也。』」

註　**《楚詞》云云**《楚詞》第五卷皆屈原所作也。見二十五篇末《漁父辭》。

滄浪之水云云《楚辭集註》曰：「滄浪即漢水下流，見《禹貢》『嶓冢導漾，東流爲漢，又東流爲滄浪之水』。今均州漢水中有滄浪洲。」○《荆州圖經》曰：「武當縣西北有滄浪洲，長四里，廣十三里。《禹貢》稱漢水東爲滄浪之水，疑此洲是也。」○《括地志》曰：「均州武當縣有滄浪水。《漢水記》云：『武當縣西四十里，漢水中有洲名滄浪洲。』」○《方輿勝覽》二十七《江陵府》曰：「滄浪水在常德府龍陽縣二十里，浪水與滄水合，故號滄浪水。《寰宇記》云：『二水合流，故號滄浪水。』漁父亭在武岡軍，春秋戰國爲楚地，即屈原見漁父處。濯纓臺在江陵，屈原濯纓處。」○《大明一統志》曰：「滄浪淵在今嶧縣北[三]，即濯纓處也。」○《東坡詩集》卷八《和子由木山引水》詩曰：「蜀江久不見滄浪。」次公注云：「孺子歌曰：『滄浪之水清兮，可以濯我纓。』雖在楚地，有滄浪水之名，而滄浪兩字，大率言水之狀耳。如《選》詩云：『垂影釣滄浪。』」○宋葉夢得《巖下放言》曰：「《禹貢》：『導漾東流爲漢，又東爲滄浪之水。』滄浪，地名，非水名。孔氏謂『漢水別流在荆州』者。孟子記孺子之歌，所謂『滄浪之水可以濯纓』者，屈原楚歌亦載之，此正楚人之詞。蘇子美卜居吴下，前有積水，即吴王僚開以爲池者，作亭其上，名之滄浪。雖意取濯纓[四]，然似以滄浪爲水渺瀰之狀，不以爲地名，則失之矣。滄浪猶言嶓冢桐柏也，今不言水而直曰嶓冢桐柏[五]，可乎？大抵《禹貢》水之正名而不可單舉者，則以水足之[六]，黑水、弱水、澧水之類是也；非之正名而因爲名，則以水別之，滄浪之水是也。沇水伏流至濟而始見[七]，沇亦地名，可名以濟，不可名以沇，故亦謂之沇水。乃知經言一字，未嘗無法也。」

金陵云云《方輿勝覽》卷十四曰：「建康府。《禹貢》揚州之域[八]，吴地斗分，星紀之次，春秋屬吴，戰國屬越。後屬楚，初置金陵邑。秦改曰秣陵，屬鄣郡。漢改鄣郡爲丹陽郡。吴大帝自京口徙此[九]，因改爲建業。晋武帝改爲秣陵，又分秣陵北爲建業，改業爲鄴。後避愍帝諱，改爲建康。東晋元帝渡江[一〇]，復都焉。金陵，楚威以其地有王氣，埋金鎮之，故曰金陵[一一]。或云：『以其地接華陽金壇之陵。』」〇「秦始皇時，望氣者云：『吴金陵山，五百年後當出天子。』始皇忌之，因發兵鑿金陵山，斷，改稱秣陵，冀絶其王。凡自政至睿，元帝。五百二十六年，有晋金行云云。」

【校勘記】

[一]巴：底本訛作「邑」，據《唐才子傳》卷二改。
[二]之：底本脱，據元刻本、箋註本、附訓本和增註本補。
[三]淵：底本訛作「洲」，據《明一統志》卷二十三改。
[四]取：底本脱，據《説郛》卷二十上和《歷代詩話》卷五十六補。
[五]水：底本脱，據《説郛》卷二十上和《歷代詩話》卷五十六補。
[六]足：底本訛作「名」，據《説郛》卷二十上和《歷代詩話》卷五十六改。
[七]沇：底本訛作「流」，據《説郛》卷二十上改。伏：底本訛作「復」，據《説郛》卷二十上改。
[八]域：底本訛作「城」，據《方輿勝覽》卷十四改。
[九]大帝：底本訛作「太常」，據《方輿勝覽》卷十四改。

〔一〇〕帝：底本誤作「年」，據《方輿勝覽》卷十四改。

〔一一〕陵：底本脱，據《方輿勝覽》卷十四補。

題張道士山居〔一〕　秦系

備考 本集題云：「在剡溪，不逢道士。」

秦系

備考《正音》云：「唐初、盛唐作者。」〇《新唐書》列一百二十一有傳。〇《才子傳》第三曰：「秦系，字公緒，會稽人。天寶末〔二〕，避亂剡溪，自號東海釣客。北都留守薛兼訓奏爲倉曹參軍，不就。客泉州。集一卷，今傳。」

盤石垂蘿只是家，回頭猶看五枝華。《山海經》曰：「玉室山有木，其華五衢。」**松間寂寂無煙火，應服朝來一片霞。**《列仙傳》：「陵陽子言：『春食朝霞，夏食沆瀣。』」

增註 五枝華，道家打坐事，見《神仙傳》，有圖行世。

備考《賢愚鈔》曰：「言張道士他適，秦系於其留守之山居而題此詩，是系本集題『不逢道士』之義也。第一句以盤石爲座，垂蘿爲屋，不逢張道士，只有此盤石垂蘿而已。雖云他適，不可離此山中，但雲深不知其所遊。第二句言道士之居，盤石垂蘿之外無有餘物，故秦系不逢道士而屢回首，而猶看道家五枝花打坐圖而已。第三、四句言道士盤石垂蘿之居在松間，而無朝夕所炊之具，故知不用煙火之食，每朝只可服山中一片霞而已，秦系推而察焉。」

盤石　《荀子・富國篇》曰：「國安於盤石[三]。」注云：「盤石，盤薄大石也。」

註　《山海經》曰云云　《山海經》曰：「玉室山有木曰帝休，其枝五衢，黃花黑實，服之不愁。」注：「樹枝交錯，相重五出[四]，有象衢路[五]。」○《本草》曰：「主不愁，帶之愁自銷矣。」○按五衢，五葉也。玉室，或作王室，或作石室。

《列仙傳》陵陽云云　《廣列仙傳》卷一曰：「陵陽子明，銍鄉人，釣魚於旋溪[六]，得白魚，腹中有書[七]，教子明服食之法。子明遂上黃山，採五石脂，沸水而服之[八]。三年，龍來迎去。」○《楚辭》注曰：「春食朝霞[九]，日欲出時赤黃氣[一〇]。秋食淪陰，日没時赤黃氣。冬食沆瀣，北方夜半氣。夏食正陽，南方日中之氣。」○《字彙》曰：「沆瀣，北方夜半氣，一曰露氣也。」

五枝華　《賢愚鈔》曰：「《千金翼方》曰：『五臟如五枝花。』以是等觀之，道家打坐法，觀五臟之五色，是號五枝花歟？一説，東坡詩『壁間一幅煙蘿子[一一]』，五枝華，煙蘿子也，所謂臟腑脉血之圖也。」

打坐　《項氏家説》曰：「助語多用打字。凡打聽、打請、打量、打睡，無非打者，不但擊打之義而已。」

○愚按打，助語詞，打坐，所謂定坐之工夫也。

【校勘記】

［一］題張道士山居：《全唐詩》卷二百六十作《題贈張道士山居》。

［二］末：底本脱，據《唐才子傳》卷三補。

［三］於：底本脱，據《荀子・富國》補。

［四］五：底本訛作「互」，據《丹鉛總録》卷四和《山堂肆考》卷二百三十六改。

［五］衢路：底本誤作「路衢」，據《丹鉛總録》卷四和《山堂肆考》卷二百三十六乙正。

［六］旋：底本誤作「涎」，據《列仙傳》卷下改。

［七］腹：底本訛作「腸」，據《列仙傳》卷下改。

［八］脂，沸水而：底本脱，據《列仙傳》卷下補。

［九］食：底本訛作「含」，據《楚辭章句・遠遊》《楚辭補注・遠遊》和《楚辭集注・遠遊》改。

［一〇］赤：底本脱，據《楚辭章句・遠遊》《楚辭補注・遠遊》和《楚辭集注・遠遊》補。

［一一］幅：《東坡全集》卷九、《東坡詩集註》卷十七、《施註蘇詩》卷十四和《蘇詩補註》卷十六均作「軸」。

寄李渤[一]

張籍

增註 渤字濬之，李涉之弟，隱嵩岳少室山，號少室山人。

備考 《新唐書》列四十三並《十七史》列二十四曰：「李渤字濬之[二]，刻志于學，與仲兄涉偕隱廬山。久之，更徙少室。元和憲宗。初，詔以右拾遺召。於是河南少尹杜兼遣吏持詔、幣即山敦促[三]，渤上書謝。韓愈遺書曰：『朝廷士引頸東望[四]，若景星、鳳鳥始見，争先睹之爲快。』渤雖處外，然志存朝廷，表疏凡四十五獻。太和文宗。中卒。」

題註 **渤字濬之云云** 《翰墨全書·氏族部》曰：「李渤隱廬山，後徙少室山。元和初，召拜右拾遺，不就。韓公與之書，又詩云：『少室山人索價高，兩以諫官徵不起[五]。』與兄涉俱隱南康山中，嘗養一白鹿。」○《方輿勝覽》十七《南康軍部·白鹿書院》注：「唐李渤與兄涉俱隱於此，嘗養一白鹿，因名之。」○《才子傳》第五《李涉傳》曰：「洛陽人，渤之仲兄也。卜隱匡廬香爐峰下石洞間。嘗養一白鹿，甚馴狎[六]，因名所居白鹿洞。與兄渤、崔膺昆季茅舍相接。」○《履歷》云：「李涉，李渤之兄。」○《文選》第十六潘安仁《懷舊賦》李善注：「戴延之《西征記》：『渤字濬之，李涉之兄云云。』」○愚按《十七史·唐書》《勝覽》《翰墨全書》《才子傳》並《履歷》等，以李涉爲兄，以李渤爲弟。戴延之《西征記》唯以李涉爲弟，以李渤爲兄。

隱嵩岳　季昌七言八句注曰：「嵩山在洛陽，五岳之中，岳大而高曰嵩，有三十六峰。」

少室山　《韓文》卷四《送侯參謀赴河中幕》詩注云：「前漢增高太室祠。注：嵩高山有太室、少室之山。孫曰：戴延之《西征記》：『嵩高山，東爲太室，西爲少室，相去十七里，嵩其總名也。謂之室者，以其下有石室焉。少室高八百六十丈，上方十里。』」

張籍　事迹見于前。

五渡溪頭躑躅紅，五渡溪在嵩山。常建云：「仙人得道處。」蓋渤隱嵩山少室。《本草》：「躑躅即杜鵑華，羊食則死，見之躑躅，以此得名。」**嵩陽寺裏講時鐘**。**春山處處行應好，一月看華到幾峰**。嵩陽有三十六峰。

增註　躑躅華，蜀人號曰映山紅，一名杜鵑華，一名山石榴。

備考　《賢愚鈔》曰：「第一句言嵩山五渡溪邊躑躅花，其紅相映，實一方之勝概也。李渤眼見之而相樂，其意可知耳。第二句言李渤不啻看花之樂，聞嵩僧之説法而相喜，其志可知耳。第三、四句，或五渡溪之花、嵩陽寺之講，況時已春，而如此處處之行樂，可羨哉。嵩是三十六峰，每日遊山，一月之中，尚不可見盡也。『應』一字帶一篇之大意也，『處處』二字指嵩寺並三十六峰，『花』則躑躅也。」

註　《**本草**》**云云**　《十全本草》十：「《圖經》曰：『羊躑躅，生太行山川谷及淮南山，春生苗似鹿葱，高三四尺，夏開花似凌霄，羊誤食其葉則躑躅而死，故以爲名。』」○晋崔豹《古今註》曰：「羊躑躅，花黄，羊食之則死，羊見之則躑躅分散，故名羊躑躅。」

增註　映山紅《遵生八牋》十六曰：「映山紅，本名山躑躅，花類杜鵑，稍大，單瓣色淺。若生滿山頂，其年豐稔，人競採之。外有紫、粉紅二色。」

【校勘記】

［一］渤：底本訛作「勃」，據元刻本、箋註本、附訓本、增註本和《全唐詩》卷三百八十六改。

［二］渤：底本訛作「勃」，據前後文和《新唐書·李渤傳》改。

［三］少：底本脱，據《新唐書·李渤傳》補。遣吏：底本訛作「遺事」，據《新唐書·李渤傳》改。敦：底本訛作「郭」，據《新唐書·李渤傳》改。

［四］頸：底本訛作「頭」，據《新唐書·李渤傳》改。

［五］兩：底本訛作「再」，據《紺珠集》卷九、《古今事文類聚》前集卷二十八、《説郛》卷八十二上、《氏族大全》卷十三、《别本韓文考異》卷五和《五百家注昌黎文集》卷五改。

［六］馴：底本脱，據《唐才子傳》卷五補。

南莊春晚　　李群玉

備考 本集題曰《澧浦春晚》。○莊，《字彙》曰：「六達之道也。又田舍也。」

李群玉

備考《正音》云：「晚唐作者。」○《新唐書》並《十七史》不載之。○《才子傳》第七曰：「李群玉，字文山，澧州人也。清才曠逸，不樂仕進，專以吟咏自適。詩筆遒麗，文體丰妍。好吹笙，美翰墨，如王、謝子弟，别有一種風流。親友强之赴舉，一上即止[一]。裴相公休觀察湖南，厚禮延致之郡中，嘗勉之曰：『處士被褐懷玉，浮雲富貴，名高而身不知，神寶寧久棄荒途，子其行矣。』大中十七代宣宗。八年，以草澤臣來京，詣闕上表，自進詩三百篇。休適入相，復論薦。上悦之，敕授弘文館校書郎。李頻使君呼爲從兄。歸湘中，題詩二妃廟，是暮宿山舍，夢見二女子來曰：『兒娥皇、女英也，承君佳句，徽佩將遊於汗漫，願相從也。』俄而影滅。群玉自是鬱鬱，歲餘而卒。今有詩三卷[二]、後集五卷行世。」

草暖沙長望去舟，微茫煙浪向巴丘。《十道志》曰：「巴陵縣，本漢下雋縣之巴丘。」**沅湘寂寂春歸盡，水緑蘋香人自愁。**

增註 沅水出牂柯入江，湘水出全州。

備考《賢愚鈔》曰：「全篇言群玉望故人去舟，則其人不見，而有煙浪向巴丘而已。然我所居之沅湘，乃流水寂寂，春亦歸盡。今雖水緑蘋香，無采以可獻之人，故獨自愁而已。」〇或曰：「群玉立澧浦，望去來之舟，則其水微茫，向巴丘也。沅湘，二妃所没之地。今望之寂寂，春亦盡矣，故於水緑蘋香之所，懷其人也。」〇一説曰：「此篇以屈原自比。第一句言以草暖沙長喻小人得處，見去舟，嘆我有經濟之才而不用，此舟則發澧陽縣向巴丘去也，以草比小人。第二句受第一句下三字，言去舟所向，煙浪渺茫，無其極也。第三句言沅湘流水寂寂而急去，感二女之春淚，思屈平之讒毁，況欲春盡之時不遇，嘆在言外者乎？第四句言世間猶如滄浪之濁，沅湘獨不濁，而其水緑，自比其襟宇潔，以蘋香自比有其德馨，雖有才德，不能被用，故獨自愁而已。『人』字，群玉自言也。」〇愚按後説鑿矣，不可用，初説爲是。

蘋《字彙》曰：「蘋，皮賓切，音頻，大萍。華谷嚴氏曰：『《本草》：「水蘋有三種。大者曰蘋，葉圓闊寸許，季春始生，可糝蒸爲茹。中者曰荇菜。小者水上浮萍。」毛氏以蘋爲大萍，是也。郭璞以蘋爲水上浮萍，是以小萍爲大萍，誤矣。』」

註　**巴陵**《尋江記》曰：「羿射巴蛇於洞庭[三]，其骨若陵，故謂之巴陵。」

增註　**牂柯**《漢書·地理志》曰：「牂柯郡，武帝元鼎六年開。」

【校勘記】

[一]一：底本脱，據《唐才子傳》卷七補。

[二]今：底本脱，據《唐才子傳》卷七補。

[三]射：《元和郡縣志》卷二十八、《岳陽風土記》、《太平御覽》卷一百七十一和《禹貢錐指》卷十四下均作「屠」。

長溪秋思　　唐彦謙

備考 杜曲之長溪也。長安京兆城南有韋曲，豪貴之地，韋家所居，與杜曲鄰也。○《賢愚鈔》曰：「僖宗中和中，王重榮表爲河中從事，歷節度副使。重榮遇害，彦謙貶漢中掾曹[一]。此篇重榮遇害以後作也。」

唐彦謙 事迹見于前。

柳短莎長溪水流，雨微煙暝立溪頭。寒鴉閃閃前山去，杜曲黄昏獨自愁。

備考 《賢愚鈔》曰：「第一、二句蓋記時與處也。然第二句煙雨，一日所在之事物也，言韋、杜溪邊柳自依依，而短莎自萋萋而長，况雨微煙暝，無一而不愁思，老杜詩『腸斷春江欲盡頭，杖藜徐步立芳州』之意也。第三、四句言寒鴉乃雖去歸舊栖，我乃失其所，感概可知也。」○舊解曰：「三、四句言寒鴉去，得前山舊枝之安，我何者邪？人而不若禽鳥之安，獨立自愁至黄昏之時。『自愁』之『自』字，與時相違意也。『杜曲』下加以『黄昏』字，『黄昏』，不明之象，言君子處昏亂朝，已退閉矣。無聊之情，不可勝説，故云自愁。」

○一説曰：「《玉屑》第九『詩人托物』曰：『芳草比小人，雨比天恩也。』此詩柳短，詩人自言也。莎長，小人得意也。溪水流，光陰空過也。雨微煙暝，恩澤施少，時亦昏昧也。寒鴉閃閃，羨於有物之所託也。」

寒鴉《本草·禽部》曰：「慈鴉似烏而小，多群飛，作鴉鴉聲，北土極多，今謂之寒鴉。」

杜曲《柳文》二十九曰：「杜曲在韋曲之東，杜岐公別墅，當時語云：『城南韋杜，去天尺五。』」

【校勘記】

［一］掾曹：底本訛作「椽見」，據《舊唐書·文苑下》改。

已前共五首

備考　五首者，景物而字面相似者也，「茫茫」「寂寂」「閃閃」等是也。○愚按用疊字格。

隋宮　鮑溶

煬帝自長安至揚州，置離宮四十餘所。詩意蓋指揚州者也。

備考《少微通鑒·隋煬帝紀》曰：「大業元年，敕宇文愷與舍人封德彝等營顯仁宮，南接皂澗，北跨洛濱，發大江以南、五嶺以北奇材異石，輸之洛陽。又求海内嘉禾、異草、珍禽、奇獸以實園苑。自長安至江都，置離宫四十餘所。」〇「五月，築西苑，周二百里。其内爲海，周十餘里，爲蓬萊、方丈、瀛洲諸山，高出水百餘尺[一]。臺觀、宫殿羅絡山上，向背如神。海北有龍鱗渠，縈紆注海内。緣渠作十六院，門皆臨渠。每院以四品夫人主之。堂殿樓觀，窮極華麗。宫樹秋冬彫落，則剪綵爲花葉，綴於枝條，色渝則易以新者，常如陽春。沼内亦剪綵爲荷、芰、菱、芡，乘輿遊幸，則去冰而布之[二]。十六院競以殽羞精麗相高，求市恩寵。上好以月夜[三]，縱宫女數千騎游西苑，作《清夜遊》曲，於馬上奏之。」

題註　**煬帝**　《少微通鑑·煬帝紀》云：「煬帝名廣，小字阿摩，文帝第二子。初封晋王，未幾殺兄，謀爲皇太子。在位十三年，壽五十九。」

揚州　《緗素雜記》曰：「唐李濟翁謂揚州者，以其土俗輕揚，故名其州。今作楊柳之楊，誤也。」

離宫　《十八史略》注曰：「往來遊幸曰離宫。」

鮑溶　事迹見于前。

柳塘煙起日西斜，柳，隋帝所種。**竹浦風回雁弄沙**。揚州謂之竹西。**煬帝春遊古城在，壞宫芳草滿人家**。

備考　《賢愚鈔》曰：「第一、二句以言隋宫之荒廢。『柳塘』『竹浦』實指其處，『煙起』『風回』以譬兵亂，『日西斜』指人君不明，而及末『雁弄沙』三字，言隋家全盛之時，馬如游龍，車如流水，今則不然，寒雁弄其地。兩句比而風也。第三句直指煬帝，是深戒今之唐也。此句賦也。第四句有二說。其一，隋宮荒廢，金玉委地，而只春草萋萋，及閑民之家，亦如是也。其一，隋宮奇花異草，皆運取於人民之家，亂後，其宮殿荒廢，皆散而在人民之家，出於己者，還於己者也，『舊時王謝堂前燕，去入尋常百姓家』之意。此句亦賦也。」○愚按第四句兩說俱不是。所謂當隋盛時，朝廷後苑之花草，人民不可得見矣。今宮壞隋亡，而後壞宮之芳草來滿人家也。

註　柳隋　按煬帝建東京，發河南人民數百萬，開濟渠而通淮、泗，龍舟鳳舸。又至江都，築街道，植柳千三百里，號隋堤，有二十四橋。

楊州謂云云　竹浦在楊之西，一浦皆竹，故楊州謂之竹西。杜牧《留題楊州禪智寺》詩云：「雨過一蟬噪，飄蕭松桂秋。青苔滿階砌，白鳥故遲留。暮靄生深樹[四]，斜陽下小樓。誰知竹西路，歌吹是楊州。」

【校勘記】

[一]周十餘里，爲蓬萊、方丈、瀛洲諸山，高出水百餘尺：底本訛作「周十餘，爲方丈、蓬萊諸山，高出百餘尺」，據《資治通鑑・煬皇帝紀》改。

[二]冰：底本訛作「水」，據《資治通鑑・煬皇帝紀》改。

[三]好以：底本誤作「以好」，據《資治通鑑・煬皇帝紀》乙正。

[四]生：底本訛作「在」，據《錦繡萬花谷》續集卷九、《唐詩品彙》卷六十九和《全唐詩》卷五百二十二改。

綺岫宮[一]　王建

在東都永寧縣西五里，顯慶三年置。

增註 或曰：「唐後宮。」一云：「在驪山，漢武帝立，玄宗嘗行幸，山光圍繞，因名綺岫。」

題註 **在東都** 洛陽也。

顯慶 高宗年號，凡五年。

增註 **後宮** 宮女所居也。

王建 事迹見于前。

玉樓傾側粉墻空，重疊青山繞故宮。 **武帝去來紅袖盡，** 武帝謂玄宗也。天子崩，謚曰某，有功德在上，廟號曰某宗，以爲不遷之廟，至漢猶然。然則某宗者，非謚也。及唐則不論功德，廟號皆曰某宗。然臣稱其主，猶或以尊號中最下一字曰某皇帝，如則天稱太宗爲文皇帝。詩人稱玄宗爲武皇帝，是也。至宋則直稱曰某宗，無稱某皇帝者矣。**野華黃蝶領春風。**

備考 《賢愚鈔》曰：「第一、二句言宮殿半廢，玉樓乃傾，粉墻乃空，唯有山光依舊如綺而已。第三、四句言明皇一去，美人亦從而盡，故愛之之花亦爲野花，而有黃蝶管領春風耳。曰『玉樓』、曰『粉墻』、曰『紅袖』及『黃蝶』，皆映『綺』字用之也。」

註　崩謚　《紀原》卷九曰：「《禮·檀弓》曰：『幼名，冠字，五十以伯仲，死謚，周道也。』《大戴·謚法》曰：『周公旦、太公望相嗣王，作謚法。』《抱朴子》曰：『謚始於周。』《史記》：『秦始皇初并天下，制曰：「太古有號無謚，中古有號，而以行爲謚。」』」○《史記正義·論例·謚法解》云：「惟周公旦、太公望開嗣王業，建功于牧野，終將葬，乃制謚，遂叙謚法。謚者，行之迹；號者，功之表；車服者，位之章也。是以大行受大名，細行受細名，行出於己，名生於人。」

曰某　《字彙》曰：「某，莫口切。某者，未定之辭。又某以代名，凡未知主名與不敢斥其名者，以此代之。」

上廟號　《紀原》卷二曰：「王者祖有功，宗有德，始自有虞祖高陽而宗堯。故《舜典》有『歸格於藝祖，受終於文祖』，《大禹謨》亦有『受命於神宗』之文。商有天下，太甲號太宗，太戊爲中宗，武丁爲高宗，始列宗廟之號。故漢氏因之，西京有太宗、世宗，東京有顯宗、肅宗，而唐室諸帝乃例稱之。蓋其事原於虞舜而備於商人也。」

曰某宗　宗，《說文》：「尊祖廟也[二]。从宀示。」徐曰：「宗廟，神祇所居。示，古祇字。宀，象屋。」《漢書》顏注：「祖，始也，始受命也。宗，尊也，有德可尊也。古者大宗、小宗，大宗百世不遷，小宗五世則遷。」

不遷之廟《古今註》上曰：「廟者，貌也，所以仿佛先人之靈貌也。」

某宗者非謚云云 按此注所論，凡稱宗者，指有德可尊，即宗廟之義也，非謚也。至唐非有功德之天子皆曰宗，太宗以下，景宗、僖宗是也。

或以尊號《紀原》卷一曰：「項峻[三]《始學篇》曰：『天地立，有天皇號曰天靈。』即帝王尊號之始也。堯曰放勳，舜曰重華，禹曰文命。或以謂三帝之號，周列國或有之，如楚郟敖、杞東樓公[四]、莒茲平公是也。秦有天下，李斯、王綰請上尊號曰秦皇。至唐高宗上元二年九月壬辰，始稱天皇。中宗神龍元年十月，上尊號曰應天皇帝。景龍元年八月丙戌，加號應天神龍。玄宗開元已後，宰相始率百官上尊號以爲常制。宋朝神宗熙寧中，上以虛名無實，遂罷之也。」

中最下一字云云《賢愚鈔》曰：「尊號即指謚號也，言以謚中最下一字加『皇帝』上，曰『某皇帝』也。其支證，稱太宗爲文皇帝是也，又稱玄宗爲武皇帝是也。玄宗尊號者，開元天寶聖文神武皇帝也，最下『武』一字，取之以稱武皇帝。太宗尊號者，文武聖皇帝也，然則可稱太宗爲聖皇帝。『文』字，最上一字也，此義不知若何。考《太宗本紀》，文武聖皇帝，改後之號也。稱文皇帝者，發喪，謚曰文，時之號也。此時只以『文』一字爲謚號者乎？然則高皇帝之類乎？博洽學者庶正之。」○愚謂右説不然。疑「下」字，「上」字之誤乎？尊號之中，最上好之字取之乎？又按云：「最」字爲讀，「下」字連下，可讀以「尊號中最」，「下」一字，言以尊號中尤最之一字，而取號之乎？《韻會》曰：「最，尤也。上功曰最。」義亦通。

如則天云云《唐書·太宗本紀》曰：「貞觀二十三年五月崩，發喪，謚曰文。高宗上元元年，改謚曰文武聖皇帝。」〇又《玄宗本紀》曰：「開元元年，上尊號曰開元神武皇帝，天寶元年曰開元天寶聖文神武皇帝。」

至宋則云云 宋朝只稱神宗、哲宗，不稱神皇帝、哲皇帝也。連「神宗」二字，只稱神宗皇帝。

【校勘記】

[一]綺岫宮：《全唐詩》卷三百一作《過綺岫宮》。

[二]祖：底本脱，據《説文解字》卷七下補。

[三]項：底本訛作「頊」，據《事物紀原》卷一、《太平御覽》卷七十八和《古微書》卷三十五改。

[四]杞：底本訛作「祀」，據《事物紀原》卷一改。

送三藏歸西域[一]

李洞

增註 三藏，乃西域三藏法師。《法苑義林》載：「經、律、論爲三藏。」

備考 本集題曰《三藏將歸西域就私第夜話》。

題註　法師　《釋氏要覽》曰：「《雜阿含經》云：『何名法師？』佛言：『若於色説，是生厭、離欲、滅盡、寂静法者，名法師。若於受、想、行、識説，是生厭、離欲、滅盡、寂静法者，名法師。』」〇《十住毗婆沙論[二]》云：「應行四法，名法師。一、廣博多學，能持一切言辭章句；二、決定善知，世間、出世間諸法生滅相[三]；三、得禪定智，於諸經法隨順無諍；四、不增不損，如所説行。」

《法苑義林》慈恩窺基大師作。

經律論云云　《名義集》四曰：「三藏，一經藏，二律藏，三論藏。經藏則刊定因果，窮究性相。律藏則垂範四儀，嚴制三業。論藏則研真顯正，覈僞摧邪。同出一音，異隨四悉，用顯圓明之理，式開解脱之門，致立三藏之教也。」〇《釋氏要覽》曰：「佛藏、菩薩藏、聲聞藏，名三藏。藏者，攝也，謂攝人攝法故。」

李洞

備考　《正音》云：「晚唐作者。」〇《新唐書》並《十七史》不載之。〇《才子傳》第九曰：「李洞，字才江，雍州人，諸王之孫也。家貧，吟極苦，至廢寢食。酷慕賈長江，遂銅寫島像，載之巾中。常持數珠念賈島佛，一日千遍。人有喜島者，洞必手録島詩贈之，叮嚀再四曰：『此無異佛經，歸焚香拜之。』其仰慕一何如此之切也。然洞詩逼真於島，新奇或過之云云。洞嘗集島警句五十聯，及唐諸人警句五十聯，爲《詩句圖》，自爲之序，及所爲詩一卷，並傳。」

十萬里程多少難，沙中彈舌授降龍。奘公彈舌，念梵語《心經》，以授流沙之龍。**五天到日應頭**

白，五天者，東、西、南、北、中天竺也。**月落長安半夜鐘**。頭應白者，程之遠也。半夜鐘者，思三藏之時也。

增註　五天，則天竺之五印度，謂東、西、南、北、中之五印度也。

備考　《賢愚鈔》曰：「第一句自長安西門至西天伽毗羅城東門，凡十萬八千里也，略舉云十萬里也。三藏可歷十萬八千里程，多少之嶮難也。第二句以三藏比玄奘三藏也。言流沙爲道，沙中暴風卷沙，或時沙爲山，或時爲河，須臾變換時，彈舌急諷誦密咒，可授毒龍也。途中之實事也。第三句有二説：其一則三藏到五天之日，李洞之頭可白髮也；其一則三藏到五天之日，嘗途中之嶮難，其頭可白髮也。後説爲是。第四句有二説：其一則三藏到五天之後，李洞甚思之，在月落夜半之鐘聲時預言之，天隱之注意也；其一則三藏到五天之日，頭已白盡，其老可知，如是則再會難期，故惜其別，相共不眠，而至月落半夜鐘鳴時，所謂本集之題意也。」

沙中　沙，《字彙》曰：「細散石也。别作砂，非。又水旁曰沙。《説文》：『从水少，水少沙見也。』」○《丹鉛續録》曰：「水邊地可耕曰沙。金陵有白沙，徽州有錦沙，楚有長風沙，秦塞有穆護沙[四]，佛經有毗沙、瓶沙。」

降龍　《慈恩傳》云：「五峰外，行于西南，八月，是名流河，上無飛禽，下絶走獸，沙細如麵。有神名深沙大將，爲一閻浮鬼。又曰：『至沙河間，逢諸惡鬼，奇狀異類，繞人前後，雖念觀音，不能全去，及誦《心經》，發聲皆散。』」

註　奘公云云《太平廣記·異僧部》云：「沙門玄奘，俗姓陳，偃師縣人也。唐武德初，往西域取經云云。遂至佛國，取經六百餘部而皈。」〇道宣《續高僧傳》卷四：「大慈恩寺釋玄奘，本名禕，姓陳氏，漢太丘仲弓之後也。子孫徙於河南，故今爲洛州緱氏人焉。」〇《佛祖統紀》卷三十曰：「法師玄奘，洛陽陳氏，年十一，誦通《維摩》《法華》。貞觀三年，上表遊西竺，上允之。杖策西征，遠逾葱嶺，毒風切肌，飛沙塞路。遇溪澗懸絶，則以繩爲梁梯，空而進。及登雪山，壁立千仞，人持四棧，手足更互著崖孔中，猿臂而過。張騫、甘延壽所未至也。過沙河，逢惡鬼異類出没前後，師一心念觀音及《般若心經》，倏然退散。」

流沙《尚書·禹貢》注曰：「沙隨風流行，故曰流沙。」〇《統紀》三十三曰：「西北至佉沙，東南至沮渠。東至于闐，東入沙磧，至尼壤城，爲東境之關。又東入大流沙，其沙隨風聚散，人多迷路。」

增註　印度　唐玄奘《西域記》云：「印度者，天竺之正名。」〇《名義集》三云：「《西域記[五]》云：『天竺之稱，異議糾紛，舊云身篤，或曰賢豆，今從正音，宜云印度云云。印度者，唐言月。月有多名，斯其一稱云云。良以其土聖賢繼軌，導凡御物，如月照臨，由是義故，謂之印度。』」

【校勘記】

［一］送三藏歸西域：《全唐詩》卷七百二十三作《送三藏歸西天國》。

［二］毗：底本脱，據《法苑珠林》卷三十三補。

［三］世：底本脱，據《法苑珠林》卷三十三和《釋氏要覽》卷上補。

［四］護：底本誤作「陵」，據《丹鉛續録》卷九、《丹鉛總録》卷二和《升庵集》卷七十七改。

［五］記：底本脱，據《翻譯名義集》三補。

已前共三首

備考《賢愚鈔》曰：「已前共三首。景物中有人境者，『煬帝』『武帝』『五天』是也。」○愚按第三句不唤，而第四句申其意格也。

長信秋詞　王昌齡

漢班婕妤大幸，其後趙飛燕姊弟有寵，倢伃失寵，飛燕譖之，倢伃恐，乃求共養太后於長信宫也。

備考《唐詩正音》卷六載此詩。○《詩人玉屑》作《宫怨詩》。《詩林廣記》第六王建部載此詩。○季昌註云：「長信係班、趙事，非别宫怨比。班婕妤寵衰，嘗作《自悼賦》，避飛燕求奉太后。《漢書》：『成帝第十主。母王太后居長信宫。』」○此詩者，詩人寓宫女不幸，以言才不被用也。

題註　漢班云云《前漢》列六十七《外戚傳》曰：「孝成班婕妤，帝初即位選入後宮。始爲少使，俄而大幸，爲婕妤，居增成舍。應劭曰：「後宮有區，增成第三也。」再就館[一]，外舍産子也。有男，數月失之。成帝遊於後庭，嘗欲與倢伃同輦載，倢伃辭曰：『觀古圖畫，賢聖之君皆有名臣在側，三代末主迺有嬖女。今欲同輦，得無近似之乎？』上善其言而止。太后聞之，喜曰：『古有樊姬，今有班倢妤。』張晏曰：「楚王好田，樊姬爲不食禽獸之肉[二]。」倢伃誦《詩》及《窈窕》《德象》《女師》篇。每進見上疏，依則古禮云云。其後，趙飛燕姊弟亦從自微賤興，踰越禮制，寖盛於前。班倢伃及許皇后失寵，稀復進見。鴻嘉三年，趙飛燕譖告許皇后[三]、班倢伃挾媚道，祝詛後宮，詈及主上。許皇后坐廢。考問班倢伃，倢伃對曰：『妾聞「死生有命，富貴在天」，修正尚未蒙福，爲邪欲以何望？使鬼神有知，不受不臣之訴；如其無知，訴之何益，故不爲也。』上善其對，憐閔之，賜黄金百斤。趙氏姊弟驕妒，倢伃恐久見危，求共養太后長信宮，上許焉。倢伃退處東宮，作賦自傷悼，其辭曰：『承祖考之遺德兮，何性命之淑靈，登薄軀於宮闕兮，充下陳於後庭云云。奉共養于東宮兮，託長信之末流，末流謂恩顧之末也。一曰流謂等列也[四]。共灑埽於帷幄兮，永終死以爲期[五]。願歸骨於山足兮，依松柏之餘休。山足，謂陵下也。休，蔭也。』」○《名賢詩評》卷二曰：「班婕妤，左曹越騎校尉況之女，司空掾彪之姑也。少有才學，成帝選入宮，以爲婕妤云云。」

婕妤　《字彙》「倢」字註曰：「倢伃，漢婦官名。《六書正譌》：『俗作婕，非。』」○又「妤」字注曰：「婕妤，女官。師古曰：『婕，言接幸於上。妤，美稱。』」○《史記》注：「韋昭曰：『婕，承也。妤，助也，一云美好也。』」○《紀原》卷一曰：「前漢有婕妤，班、馬皆見於傳。《南史·后妃傳》叙曰：『婕妤，漢舊號。蓋漢置官也。隋煬帝以爲世婦，而品正第二。』《通典》曰：『漢武置婕妤，視上卿，比列侯。』」

趙飛燕《外戚傳》曰：「孝成趙皇后，本長安宮人。初生時，父母不舉，三日不死，迺收養之。及壯，屬陽阿主家，學歌舞，號曰飛燕。以其體輕也。成帝嘗微行出，過陽阿主，作樂。上見飛燕而說之，召入宮，大幸。有女弟復召入，俱爲倢伃，貴傾後宮。許后之廢也，上欲立趙倢伃。皇太后嫌其所出微甚，難之。後月餘，乃立倢伃爲皇后。皇后既立，後寵少衰，而弟絕幸，爲昭儀，居昭陽舍。其中庭彤朱，而殿上髤漆，切門限也。皆銅沓冒黃金塗，沓冒，門限頭也。塗，以金塗銅上也。白玉階，壁帶往往爲黃金釭，釭，壁中之橫帶也。師古曰：「壁帶，壁橫木露出如帶者也。」函藍田璧，明珠、翠羽飾之，自後宮未嘗有焉。姊弟顓寵十餘年，卒皆無子。」

譖之 譖，《字彙》曰：「側禁切，讒毀也。旁入曰譖。又不信也。」

共養《通鑑》註曰：「共養，下奉上也。」○共，《字彙》曰：「與恭同。又居用切，音供。」《漢書》：「共養長信宮。」○愚按「共」與「供」通用，《字彙》「供」字註云：「居中切，音恭，養也，奉也，進也。又居用切，義同。」

太后於長云云《外戚傳》曰：「孝元王皇后，成帝母也。家凡十侯、五大司馬，外戚莫盛焉。」

王昌齡 事迹見于前。

奉帚平明金殿開，奉帚，灑掃也。按倢伃賦云：「奉共養於東宮兮，託長信之末流。共灑掃於幃幄兮，永終死兮爲期。」**且將團扇共徘徊**。倢伃《團扇歌》云：「常恐秋節至，涼飆奪炎熱。棄捐篋笥中，恩情中道絶。」**玉顔不及寒鴉色，猶帶昭陽日影來**。《飛燕傳》：「成帝立爲皇后，寵少衰，弟絶幸，爲昭儀，居昭陽舍。」詩意謂己與君隔，不及寒鴉猶得承昭陽日影。

增註 按元集「奉箒」作「寶仗」，「且」作「暫」。

備考 《賢愚鈔》曰：「第一句言奉帚職别有其人，天已平明時，盡開金殿而灑埽。第二句言班倢伃且共奉帚灑掃，彼賤職之宫女，手持秋扇而徘徊。『秋扇』以表色衰失寵，『共徘徊』則君王萬一省覲太后之次，希有其一顧者也。『共』字，用倢伃之扇歌意也，王昌齡託倢伃而云。第三、四句倢伃失寵之玉顔，其甚無色，不及寒鴉之色，寒鴉已在昭陽殿上而帶日影來也。趙飛燕妹爲趙昭儀，被幸，而居昭陽舍。『寒鴉』以比趙昭儀。『日影』以比君王恩光。倢伃徘徊之中，自長信宫而悵望天子常所居之昭陽殿上，趙昭儀之寵遇，尤可羨也。言王昌齡不遇而與君隔絶，以進用之士比趙昭儀也。」〇《唐詩絶句》載此詩，題曰《長信宫秋詞》。謝枋得注云：「此詩爲宫中怨女作也。怨而不怒，有風人之義焉。『奉帚平明金殿開』，天色平明，奉箕帚以掃殿上之塵。金殿已開，天子將視朝矣。『且將團扇暫徘徊』，私心覬望者。天子萬一見其容貌，或蒙寵幸，所以徘徊窺覘而不忍去也。望幸寵，不得見，遂自嘆曰：『玉顔不及寒鴉色，猶帶昭陽日影來。』寒鴉飛散，集于昭陽之屋上，猶帶昭陽之日影，我乃平生不得一到昭陽，近天子之清光，是我之玉顔反不及寒鴉色也。昭陽殿，漢成帝創，以處趙飛燕。《西都賦》：『昭陽特盛隆於孝成，屋不呈材，墻不露形。』

言帳帷之華麗也。」

徘徊 《文選・吴都賦》曰：「徘徊倘佯。」注：「徘徊，志不安也。」○《字彙》曰：「不進之貌。」○《蓬窗日録》卷五曰：「『徘徊』二字，始於漢人。《高后紀》：『徘徊往來。』《思玄賦》：『馬倚輈而徘徊。』息夫躬辭：『鸞徘徊兮。』注：『徘徊，不得其所也。』茂陵書屋皆徘徊重屬，行之移晷，不能偏是也。』徐鉉註《説文》乃云：『徘徊，寬衣之貌，字當作裴回，誤矣。』宋仁宗《賞花釣魚》，諸臣和詩，無別押者，優人有『徘徊太多』之誚。余思《漢書》，相如有『安翔徐徊』，昭帝廟號『從徊』，楊雄賦有『徊徊徨徨』，唐松陵詩有『遲徊』，庾信文有『徠徊』。當時諸公未之精思耳，何遽謂無耶？」

註　於東宮 《劉向傳》曰：「依東宮之尊。」師古曰：「東宮，太后所居也。」○「於」字，《外戚傳》作「于」字。

帷幄 《豫章文集》別集六曰：「帷幄在上曰幕，四合象宫室曰幄，坐上承塵曰帟。凡言設大次、小次者，皆幄也。大次在壇壝之外，小次去壇遠矣。」

終死兮 「兮」字，《外戚傳》作「以」字。

倢伃團扇云云 《名賢詩評》卷二曰：「班婕妤《怨歌行》曰：『新裂齊紈素，鮮潔如霜雪。裁成合歡扇，團團似明月。出入君懷袖，動摇微風發。常恐秋節至，涼飆奪炎熱。棄捐篋笥中，恩情中道絶。』」○鍾嶸云：「班姬詩，其源出於李陵。《團扇》短章，辭旨清捷，怨深文綺，得匹婦之致。侏儒一節，可以知其工矣！」○皎然《詩式》云：「漢班婕妤《團扇篇》云：『出入君懷袖，動摇微風發。常恐秋節至，涼飆奪炎熱。』旨婉詞正，有潔婦之節。江生詩曰：『畫作秦王女，乘鸞向煙霧。』興生于中，無有古事[六]，方之班女，亦未可減價。」

爲皇后 《紀原》卷一曰：「《周禮》：『天子之妃曰后。』周人稱王妃曰后。秦號皇帝，亦稱皇后。后，繼體之君也。周人之稱王妃，亦以繼天子之後故也。《尚書·顧命》曰：『皇后憑玉几。』蓋史始以言成王之以道繼人之後也，而秦、漢以稱天子之妃。《漢·高紀》：『七年，漢王即皇帝位，尊王后曰皇后。』」

昭儀 《紀原》卷一曰：「漢元帝置昭儀封，後代或省，元魏置左、右昭儀，視大司馬，北齊文宣時比丞相，唐爲九嬪也。」

增註　寶仗 《唐志》：「凡朝會之仗，三衛番之士，分爲五仗。」○仗，《字彙》曰：「兵器，刀戟總名。唐制，殿下兵衛曰仗。」

【校勘記】

[一]「再就館」前底本衍「八」，據《漢書·外戚傳》删。

[二]肉：底本訛作「内」，據《漢書·外戚傳》改。

[三]后：底本脱，據《漢書·外戚傳》補。

［四］列：底本訛作「别」，據《漢書·外戚傳》改。
［五］終：底本訛作「然」，據《漢書·外戚傳》改。
［六］古：底本脱，據《詩式》卷一、《古詩紀》卷一百五十、《吟窗雜録》卷七和《古樂苑》衍録卷三補。

吴城覽古　陳羽

備考《勝覽》卷六曰：「紹興府越州部。《越絶書》曰：『吴大城，即闔閭之所築。周回四十七里，陸門八，以象天八風；水門八，以象八卦。城中有水城，周十二里。』《吴都賦》曰：『重城結隅，通門二八。』謂此也。劉夢得詩：『二八城門開道路，五千兵馬引旌旗。』」○《唐詩解》二十九載此詩。○此篇舉吴城之荒廢，有戒時之意也。

陳羽

備考《正音》云：「中唐作者。」○《新唐書》並《十七史》無傳。○《才子傳》第五曰：「陳羽，江東人。貞元德宗。八年，禮部侍郎陸贄下第二人登科，與韓愈、王涯等共爲龍虎榜。後仕歷東宫衛佐。羽工吟，與靈一上人交遊唱答。寫難狀之景，了了目前；含不盡之意，皎皎言外。警句甚多。有集傳于世。」

吴王舊國水煙空，謂姑蘇。**香徑無人蘭葉紅。**西施採香徑，在今靈巖寺山之下。**春色似憐歌舞**

地，年年先發館娃宮[一]。館娃宮，今靈巖寺是其地。

備考《賢愚鈔》曰：「第一句言昔吳王與西子遊宴，作長夜之飲，今已荒廢，而其地只無情之水煙而已。第二句言昔爲西子植香，蓋自南蠻覓香種植之，又集聚奇花異草而種之，今則無人，而只紅蘭有之。自古『紅』字不審。《文選》第十六江文通《別賦》曰：『見紅蘭之受露，望青楸之離霜。』李周翰云：『蘭至秋色紅。』《埤雅》曰：『青苔至秋而紫，紫蘭至秋而紅。』依《文選》並《埤雅》等，則蘭葉紅必在秋，詩意似不穩也。吳王已聚奇花異草，則疑必可有一種紅蘭者也。又《萬花集》云：『蘭葉尖長，有花紅白色，俗呼爲燕尾香云云。』然則『蘭葉紅』者，春蘭之花葉紅也，葉則非枝葉之葉也。」○「第三、四句言春色有情，爲憐吳王歌舞之地，年年先發館娃宮也。」○「李白《姑蘇山》詩云：『舊苑荒臺楊柳新，菱歌春唱不勝春。只今唯有西江月，曾照吳王宮裏人。』[二]此詩同意矣。」

註　謂姑蘇《方輿勝覽》姑蘇山注：「在吳縣西三十里。或云姑胥，或曰姑餘。《越絕書》：『闔閭起臺三年[三]，聚財五年，乃成，高見三百里。』」

西施《劉氏鴻書》三十六曰：「西施，越之美女。欲見者，先輸金錢一丈。《孟子注疏》。嘉興縣南有女兒亭，句踐令范蠡取西施以獻夫差。西施於路與范蠡潛通，三年，始達於吳，遂生一子。至此亭，其子一歲，能言，因名女兒亭。《越絕書》云：『西施亡吳國後，復范蠡，因泛五湖而去。』」

採香云云《蘇州志》四十一曰：「採香徑，在香山之傍小溪也。吳王種香於香山，使美人泛舟於溪以採香。今自靈巖山望之，一水直如矢也，故俗又名箭溪。」○《唐詩解》注：「《吴地記》：『香山，吴王遣美人採香於此山，因以爲名，故有採香徑。』」○《劉禹錫集》：「館娃宫在郡西南岸石山旁，有採香徑，王遣美人採香於此。」

館娃宫今云云《方輿勝覽》第三《平江府蘇州部·靈巖山》注云：「在城西二十四里，又名硯石山，吴王之别苑在焉，有館娃宫、琴臺、響屧廊、西施洞。山頂有池生葵蒓[四]，下瞰太湖[五]，望洞庭，洞庭山也，非洞庭湖。兩山滴翠叢碧，在白銀世界中，亦宇内絶景。山前十里有採香徑，因置秀峰寺。即靈巖寺也。」○《圖經》曰：「靈巖山在蘇州城西二十里，吴王之别苑在焉，有館娃宫之屬。服虔《通俗文》：『南楚以美色爲娃。』」

【校勘記】

[一]娃：底本訛作「姓」，據元刻本、箋註本、附訓本、增註本和《全唐詩》卷三百四十八改。

[二]《姑蘇山》：《李太白文集》卷十九和《李太白集分類補註》卷二十二均作《蘇臺覽古》。唯：底本脱，據《李太白文集》卷十九和《李太白集分類補註》卷二十二補。

[三]起：底本訛作「越」，據《越絶書》卷十二和《明一統志》卷八改。

[四]有：底本訛作「在」，據《方輿勝覽》卷二改。蒓：底本訛作「蒓」，據《方輿勝覽》卷二改。

[五]瞰：底本訛作「瞰」，據《方輿勝覽》卷二改。

江南意[一]　　于鵠

備考 本集題作《閨怨》。○《聯珠詩格》第十一載此詩，題作《閨恨》，「閑」作「悶」，「還」作「閑」。○或云：「《江南意》，曲名也。」○或曰：「此詩題與次題上下顛倒也。此題則後篇之題，而後篇之《閑情》則此詩之題也。」○「此詩凡借怨女之情以謂于鵠不用時也。」○陳季宗遺注曰：「鵠退朝，在江湖間，每嘆己文風不振，寄意室女思于役之夫，以深言己意也。」

于鵠

備考 《正音》不載。《新唐書》並《十七史》無傳。○《才子傳》第四曰：「于鵠，初買山於漢陽高隱，三十猶未成名。大曆代宗。中，嘗應薦歷諸府從事。出塞入塞，馳逐風沙。有詩甚工，長短間作，時出度外，縱橫放逸，而不陷於疏遠，且多警策云。集一卷，今傳。」

閑向江邊採白蘋，還隨女伴賽江神。衆中不敢分明語，暗擲金錢卜遠人。

備考 《賢愚鈔》曰：「第一句言鵠之妻思鵠，故閑向江邊採蘋草，蓋爲祭江神，卜鵠之安否也。『閑』字有味。第二句言有女伴而賽江神，賽即所思成就之後再祭神，是謂賽也。彼女伴者已賽江神，鵠之婦隨之而欲祭神也，非鵠之妻賽江神也。第三、四句言有女伴並詣江神之衆人，鵠之婦只薦蘋而默禱，蓋爲鵠而共人不可分明語也，故擲金錢而卜鵲之安否，及皈期之遠近也。」○《詩格》注云：「采蘋，所以敬神也，與鬥草穿花者不同。『悶』字，便有意賽祭祀也。」三、四句注云：「卜夫婦之皈期，己所獨知，人所不知，多少怨思。」○「詩意心懷憂悶，采白蘋於江頭，隨女伴而賽神，念夫之情不明説人，而暗擲金錢以卜皈期也。」○愚按一、二句含得《詩・采蘩》《采蘋》章意。第二句如《詩格》注，鵲妻賽江神，此説爲是，不可從《賢愚》之義。三、四句「暗」字與「不敢分明語」之字相應。

採白蘋　《毛詩・召南・采蘋篇》曰：「于以采蘋，南澗之濱。于以采藻，于彼行潦。」朱注：「蘋，水上浮萍也。江東人謂之薸。南國被文王之化，大夫妻能奉祭祀，而其家人叙其事以美之也。」

女伴　伴，《字彙》曰：「侶也，陪也。」

賽江神　賽，《字彙》曰：「先代切，報也。《漢・郊祀志》：『冬賽禱祈。』」

擲金錢　《事文類聚》前集三十八《卜筮部》曰：「京房卜易卦，以錢擲，以甲子起卦。」○《代醉編》卷十四曰：「擲卦以錢，起於嚴君平，唐詩『岸邊織女支磯石，井有君平擲卦錢』。」○《開元遺事》曰：「内庭嬪妃，每至春時，各於禁中結伴，三人至五人，擲金錢爲戲，蓋孤悶無所遣也[二]。」○又曰：「明皇未得妃子，宮中嬪妃輩投金錢賭侍帝寢，以親者爲勝。召入妃子，遂罷此戲。」

【校勘記】

［一］江南意：《全唐詩》卷三百十作《江南曲》。

［二］悶：底本訛作「問」，據《開元天寶遺事》卷二改。遺：底本訛作「遺」，據《開元天寶遺事》卷二改。

閑情　孟遲

備考《詩格》題作《江南意》。○《遺響》第三載此詩，題作《閨情》。○此篇蓋孟遲代婦人而作。

孟遲

備考《正音》云：「晚唐作者。」○《新唐書》並《十七史》不載之。○《才子傳》第七曰：「孟遲，字遲之，平昌人。會昌武宗。五年易重榜進士。有詩名，尤工絶句，風流嫵媚，皆宮商金石之聲情。與顧非熊甚相得，且同年。有詩一卷，行世。」

山上有山歸不得，古樂府：「藁砧何處去？山上更安山。」謂出也。**湘江暮雨鷓鴣飛**。客思所以生也。**蘼蕪亦是王孫草**，《本草》：「芎藭名蘼蕪[二]。」《招隱》曰：「王孫遊兮不歸，春草生兮萋萋。」**莫送春香入客衣**。

備考《賢愚鈔》曰：「第一句夫出而未歸，『出』字則山上山也，謂夫出歸不得也。第二句言夫之所寓，今在湘南也。湘江即生愁之處，暮雨即生愁之時，鷓鴣即生愁之物也。湘已在南，鷓亦南飛，而行不得，則豈無感慨乎？第三、四句言蘼蕪，或以爲當皈草，則夫當皈，已可歸而未皈，因何令然邪？婦推而察之，今當歸草亦不爲當皈，而屈平不歸之春草也，恐是不歸之屈平之春草，其香吹入夫征衣而無相思邪？」

鷓鴣 崔豹《古今註》曰：「鷓鴣出南方，鳴空自呼。常向日而飛，畏霜露，早晚希出。有時夜飛，夜飛則以樹葉覆其背上[二]。」〇《交州志》曰：「鷓鴣聲懷南不思北，南人聞之則思家。詞有《鷓鴣天》云云。」

註　古樂府云云 古樂府曰：「藁砧何處去，山上更安山。何當大刀頭，破鏡飛上天。」〇藁砧，蓋就砧截藁者，鐵也，鐵即夫也。

《本草》芎藭云云 《大全本草》第七《草部》曰：「永康軍芎藭，一名胡藭，一名香果。其葉名蘼蕪，《淮南子》所謂『夫亂人者，若芎藭之與藁本，蛇床之與蘼蕪』是也。其葉倍香。或蒔園庭，則芬馨滿徑。江東、蜀川人採其葉作飲香，可以止泄瀉。蘼蕪，一名蘄。古芹字，巨斤切。」〇孫愐《唐韻[三]》曰：「芎藭，香草，根曰芎藭，苗曰蘼蕪。」〇《大全本草》第八《草部》曰：「當皈，一名乾皈。《圖經》云：『按《爾雅》云：「薜，山蘄。」郭璞注引《廣雅》云：「山蘄，當皈也。似蘄而麄大。」』釋曰：『《說文》云：「蘄，草也。出山中者名薜，一名蘄。」』然則當皈也，芹類也，在平地者名芹，生山中而麄大者名當皈也。」

《招隱》曰王云云 《文選》第三十三淮南劉安《招隱士》曰：「王孫游兮不歸，原與楚同姓。春草生兮萋萋，歲暮兮不自聊。」

【校勘記】

［一］蕣：底本訛作「葉」，據元刻本和箋註本改，下同。

［二］背：底本訛作「皆」，據《古今注》卷中改。

［三］唐：底本訛作「廣」，據《新唐書·藝文志》改。

曲江春草　　鄭谷

備考《摭言》曰：「曲江遊賞，雖云自神龍以來，然盛於開元之末。今瓊林賜宴，亦唐曲江杏園事爾。」○舊解曰：「此篇鄭谷七歲時作也。」未見其所據。本傳云：「七歲能詩。」○《詩格》注：「此詩亦有藏頭體。」

鄭谷　事迹見于前。

華落江堤簇暖煙，雨餘草色遠相連。香輪莫輾青青破，留與遊人一醉眠。唐李綽《歲時記》：「上巳錫宴曲江，都人於江頭禊飲，踐踏青草曰踏青。」此詩蓋即事發興。

備考《賢愚鈔》曰：「第一、二句言曲江百花漸落而暖煙相簇。静看之，則非煙而雨餘草色之相連也。

李益《過九原飲馬泉》詩云：『綠楊著水草如煙。』第三、四句以誇豪游貴公子之無法度，而管春物、閑草、野煙是閑人之具也，莫損之也。」○「一説云：言江堤暖煙乃春草長而煙色簇也，然『遠相連』之意，蓋供遊人之醉眠也。」○愚按後説爲優也。

註 **上巳云云** 應劭《風俗通》曰：「上巳，按《周禮》：『女巫掌歲時以祓除病。』禊，潔也，故於水上盥潔之也。巳者，祉也，邪疾已去，祈祉福也。」○《漢・禮儀志》曰：「三月上巳，官人並禊東流水上。」禊，絜也，巳，祉也，謂滌邪疾已去，祈介祉也。魏以後但用三日，不復用巳。○《野客叢書》卷七曰：「沈約《宋志》謂：『舊記郭虞有三女，於三月三日俱亡[一]，故俗忌此日，皆於東流水上祈禳祓潔。』摯虞引《續齊諧記》則曰：『徐肇有三女云云。』非郭虞也。蔡邕《章句》引『暮春，浴乎沂』，或者引《韓詩》『鄭國之俗，三月上巳於溱洧之上，祓除不祥』，束皙引『周公卜邑於洛』，此禮已行，故逸《詩》曰『羽觴隨波』，則知上巳祓除，其來久矣。又觀《漢書》『八月祓於灞上』，故劉楨賦『素秋二七，天漢指隅[二]，人胥祓除，國子水嬉』，是又用八月十四日[三]，因知漢人祓除亦有在秋間者，不必春暮。」○《五雜俎》卷二曰：「三月爲上巳，此皆魏晋以後相沿，漢用巳不以三日也，事見《宋書》。周公謹《癸辛雜志》謂：『上巳當作上己，謂古人用日例以十干，恐上旬無巳日[四]。』不知《西京雜記》『正月以上辰，三月以上巳』，其文甚明，非誤也。但巳字原訓作止，謂陽氣之止此也，則巳恐即是己字，但不可以支爲干也。」

【校勘記】

［一］亡：底本訛作「七」，據《野客叢書》卷十六改。

［二］隅：底本訛作「遇」，據《野客叢書》卷十六改。

［三］八：底本誤作「七」，據《野客叢書》卷十六改。

［四］旬：底本訛作「句」，據《五雜俎》卷二改。

山路見華　崔魯

備考 舊解云：「此詩在華山作。」○或曰：「此篇以花自比也。」○《詩人玉屑》第三引《漁隱叢話》云：「六一居士詩云：『静愛竹時來野寺［一］，獨尋春偶過溪橋。』俗謂之折句。盧贊元《雪》詩：『想行客過梅橋滑，免老農憂麥壠乾。』效此格也。余亦嘗云：『鸚鵡杯且酌清濁，麒麟閣懶畫丹青。』」○愚按「恣風吹逐馬蹄塵」，此句亦折句體也，上三字下四字之句也。

崔魯

備考 《正音》云：「晚唐作者。」○《新唐書》並《十七史》無傳。○《才子傳》第九曰：「崔魯，廣明 十九主僖宗。間舉進士。工爲雜文，才麗而蕩。詩慕杜紫微風範，警句絶多云云。魯詩善於狀景咏物，讀之如嚥冰雪，心爽神怡，能遠聲病，氣象清楚，格調且高，中間别有一種風情，佳作也。詩三百餘篇，名《無機集》。」

曉紅輕拆露香新，獨立空山冷笑春。春意自知無主惜，恣風吹逐馬蹄塵。

備考《賢愚鈔》曰：「好花在山路，無人賞之，喻賢才遺野，不遇時也。花無主之故，吹逐馬塵，賢才不遇，流落東西也。」

【校勘記】

［一］愛：底本訛作「受」，據《詩人玉屑》卷三和《漁隱叢話》前集卷三十六改。

已前共六首

備考《賢愚鈔》曰：「第三句唤第四句者，用而輕矣。」〇一説云：「第三句深入情思者。」〇愚按第三句唤第四句而有恨意格也。

三體詩備考卷之三終

三體詩絶句備考大成卷之四

逢入京使　岑參

備考 岑參赴安西節度判官時途中作。○《唐詩正音》六載此詩。

岑參

備考《正音》云：「唐初、盛唐作者。」○《新唐書》並《十七史》等不載之。○《才子傳》第三曰：「岑參，南陽人，文本之孫也[一]。天寶三年趙岳榜第二人及第。累官左補闕、起居郎，出爲嘉州刺史。杜鴻漸表置安西幕府，拜職方郎中，兼侍御史，辭罷。别業在杜陵山中。後終于蜀。」

故園東望路漫漫，雙袖龍鍾淚不乾。《埤蒼》云：「龍鍾，行不進貌。」**馬上相逢無紙筆，憑君傳語報平安。**

增註《緗素雜記》：「古有二聲合爲一字者，從西域二合之音，切字之原也。龍鍾、潦倒，正如二合之音。龍鍾切癃字，潦倒切老字，老羸癃疾，即以龍鍾、潦倒目之者，此義也。」○《酉陽雜俎》：「李衛公言：『北都童子寺有竹一窠，相傳寺綱維每日報竹平安。』」

備考《賢愚鈔》曰：「第一句參自指其故園南陽，今日關西道中，而望參之南陽，故園必在其東，故望之。路漫漫，遠長也。第二句參爲公而愁時不安，爲私而愁身不閑，故東望故園，而雙袖零落，其淚不乾。第三、四句與使者逢馬上途中，故無紙筆具，憑此使者傳語南陽之妻子，關西今已無事，身平安無恙，莫愁之也。」○愚按岑參，南陽人，後爲關西節度判官，此時長安爲賊所陷，故愁之，而詩中含其意也。

路漫漫　漫，《字彙》曰：「水廣大貌。魏文帝《寡婦賦》：『歷夏日兮苦長，涉秋夜兮漫漫。』楊子雲《甘泉賦》：『正瀏濫以弘惝兮[二]，指東西之漫漫。』」○按東坡詩：「路長漫漫傍江浦。」由坡句見之，謂其路遠長也。

龍鍾　李濟翁《資暇集》曰：「亟有孔文子之徒，下問龍鍾之義，且未知所自，輒以愚見，鍾即涔爾，涔與鍾並蹄足所踐處，則龍之致雨，上下所踐之鍾，固淋漓濺瀫矣。義當止此，餘俟該通。」○陳繼儒《群碎録》曰：「龍鍾，竹名，年老者如竹枝葉摇曳，不自禁持。」○吴郡錢希言《戲瑕》曰：「竹名龍鍾，而唐詩『雙袖龍鍾淚不乾』則直以貌老人衰相矣，然竹實有名龍鍾者，羅浮山第三十一嶺，半是巨竹，皆七八圍，長一二丈，謂之龍鍾竹。又石有名龍鍾者，漢武帝時，陽關外花牛津得異石，長十丈，高三丈，立於望仙宮，名龍鍾石。」〇唐康駢《劇談録》云：「裴晋公未第時，羈旅洛中。一日，策蹇上天津橋，時淮西不庭已數年矣。有二老人倚柱立語曰：『蔡州何時得平？』見晋公，愕然曰：『適憂蔡州未平，須待此人爲相。』僕聞其語，遽告公。公曰：『見我龍鍾，故相戲耳。』後果如其言。」〇《徐氏筆精》六云：「今人謂年老曰龍鍾。按裴度曰：『見我龍鍾，故相戲耳。』時裴度尚少，然則龍鍾不專指老人而言。唐詩『雙袖云云』。」〇《韓文》第五注：「蘇鶚《演義》云：『龍鍾，不翹舉之貌。』」〇《詩粹》注曰：「龍鍾，涙垂貌。」

平安 《韻府》曰：「宋胡瑗，字翼之，號安定先生，讀書泰山，攻苦食淡，十年不皈。得家問，見上有『平安』字，即投澗中，不復展讀。」

註 《埤蒼》張揖所編，凡三卷。

西域二合云云 《事言要玄》卷十曰：「自後漢佛法行於中國，又得西域胡書，能以十四貫一切音，文省而義廣，謂之婆羅門書。」〇愚按鍾，冬韻；癰，東韻；倒，皓韻，上聲；老，同韻，上聲。然則二合之音相通也。

切字云云 《筆談》曰：「切字之學本出於西域，漢人訓字止曰讀如某字，未用反切。然古語已有二聲合爲一字者，如『不可』爲『叵』，『何不』爲『盍』，『如是』爲『爾』，『而已』爲『耳』，『之乎』爲『諸』之類，似西域二合之音，蓋切字之原也。如『輭』字，文從『而』『犬』，亦切音也。殆與聲俱生，莫知從來。今切韻之法，先類其字，各歸其母。」

潦倒《陳後山集》卷四曰：「把文甘潦倒。」註：「晉嵇康《與山濤書》曰：『足下素知吾潦倒麄疏，不切事情。』」

老羸癃疾《前漢書》列二十一《賈山傳》曰：「雖老羸癃疾，扶杖而聽。」○《史記》列十六《平原君傳》曰：「臣不幸有罷癃之疾。」徐廣曰：「癃，音隆，病也。」《索隱》曰：「罷，音皮。癃，音吕宫反。罷、癃，皆疾，言腰曲而背隆高也。」

《酉陽》云云《事言要玄》引《酉陽雜俎》曰：「李衛公守北都，惟童子寺有竹一窠，纔長數尺。相傳令其寺綱維每日報平安。」

一窠　窠，《字彙》曰：「音科，鳥巢。一説鳥在樹曰巢，在穴曰窠。」○愚按一窠猶一叢也。

【校勘記】

[一]孫也：《唐才子傳》卷三作「後」。

[二]正：底本脱，據《文選註》卷七補。

送客之上黨[一]　韓翃

上黨，潞州。

題註　**上黨云云**《翰墨全書》曰：「潞州七縣，上黨其一也。冀州之域，本潞子國，春秋時爲黎國，後爲狄境，三晋分地，屬韓，秦置上黨郡，唐置潞州。」〇《一統志》二十一曰：「潞州，唐復爲潞州。天寶初，改上黨郡。」〇《唐文粹》云：「上黨居天下之脊，當河朔之喉。」

韓翃　事迹見于前。

官柳青青匹馬嘶，《陶侃傳》：「都尉盗西門官柳。」官柳之名始此。**回風暮雨入銅鞮**。銅鞮縣，屬潞州，太平興國三年，置威勝軍。**佳期別在春山裏，應是人參五葉齊**。《本草》：「人參生上黨，含而走者不喘。」高麗人作《人參贊》曰：『三椏五葉，背陽向陰。』」

增註　人參，《本草》云：「生潞州太行山上。」《圖經》云：「初生小者，一莖兩葉，深生四椏，各五葉，狀類人，兩莖入土如脚，兩小莖垂下如手，中有一身，首有五葉，象人有髪，故曰人參。」又云：「參葉難得齊。」

備考《賢愚鈔》曰：「第一句言此客背京師花柳之盛而越上黨。官柳是御柳也。第二句言清明之後，疾風甚雨者數日，『回風暮雨』謂此也。此客上黨之行，當此時皆官柳青青，而途中冒衝疾風甚雨，豈不勞乎？第三、四句，『佳期』言人參也。此客爲人參而赴上黨也。人參首五葉難得齊，此客所采春山之人參，必可五葉齊也。」○一説云：「客到上黨，必可頒我於人參，今用之爲佳期矣。」○一説云：「言爲士大夫者，在于朝廷之上致君堯舜，是本志也。今赴上黨，蓋爲醫國醫民也。能救百姓以可爲民之人參，故使此客赴上黨也。」○愚按三、四句諸説不然，言今別去送行，君之所往之山中，必兼有佳期，而今催行哉。四句因興遣懷，所至之上黨，人參之産也，故言其地之事也。

匹馬　《太平御覽》八百九十七：「《風俗通》云：『馬一疋。俗説馬比君子，與人相疋。』或曰：『馬夜行，目明，照前四丈，故曰一疋。』或説：『度馬縱横，適得一疋。』或説：『馬賣得一疋帛。』或云：『《春秋左氏》説：「諸侯相贈乘馬束帛，束帛爲疋[二]，與馬相疋耳。」』」○《家語》曰：「顔回望吴門馬，見一疋練。孔子曰：『馬也。』然則馬之光景，一疋長耳。故後人號馬爲一疋。」○《焦氏續筆乘》卷四云：「《書·文侯之命》：『馬四匹。』古今言匹，皆謂一馬也。《文心雕龍》曰：『古名馬以匹，蓋馬有驂服，以對並爲稱，雙名既定，雖單亦復稱匹，如「匹夫」「匹婦」之稱「匹」是也。』[三]《韓詩外傳》謂『馬夜行，目光所及與匹練等』，似不如劉説爲長。」

嘶　《字彙》：「先齊切，音西，馬聲。又聲破曰嘶。」

回風　《楚詞·九章》曰：「悲回風之摇蕙。」注：「旋轉之風也。」

人參　《隋書·五行志》曰：「高祖時，上黨有人，宅後每夜有人呼聲，求之不得。去宅一里所，但見人參一本，[四]枝葉峻茂。因掘去，其根五尺餘[五]，具體人狀，呼聲遂絶。蓋妖草也。」〇《大全本草》第六《草部》曰：「《圖經》云：『人參生上黨山谷及遼東。今河東諸州及泰山皆有之。春生苗[六]，多於深山中，背陽向陰，近椵漆下濕潤處。初生小者，三四寸許，一椏五葉。四五年後，生兩椏五葉，未有花莖。至十年後，生三椏。年深者，生四椏，各五葉，中心生一莖，俗名百尺杵。公旦切，檀木也。三月、四月，有花細小如粟[七]，蕊如絲，紫白色，秋後結子。或七八枚如大豆[八]，生青熟紅，自落根，如人形者神。二月、四月、八月上旬採根，竹刀刮去土，暴乾，無令見風。相傳欲試上黨人參者，當使二人同走，一與人參含之，一不與，度走三五里許，其不含人參者必大喘，含者氣息自如者，其人參乃真也。晋末以後至唐，名醫治心腸者無不用之。』」

註　**陶侃云云**《晋書》列傳三十六曰：「陶侃，字士行，鄱陽人，徙潯陽。早孤，爲縣吏云云。」〇《事文類聚》後集二十三曰：「陶侃鎮武昌，性纖密好問，類趙廣漢。嘗課諸營種柳，都尉夏施盜官柳，植於己門。侃後見，駐車問曰：『此是武昌西門官柳，何因盜來此種？』施惶恐謝罪。」

都尉　杜氏《通典》三十九曰：「奉車、駙馬、騎三都尉，並漢武帝元鼎二年初置[九]，舊無員。」應劭曰：「自上安下曰尉，都謂總領。」

銅鞮縣云云《左傳・成公九年》：「秋，鄭伯如晋，晋人討其貳於楚，執諸銅鞮。」注：「銅鞮，晋別縣，在上黨。」

太平興國　宋第二主太宗年號。

高麗云云　《本草綱目》「人參」下曰：「高麗人作《人參讚》云：『三椏五葉，背陽向陰。欲來求我，椵樹相尋。』」

三椏　東坡第七《次韻正輔同游白水山[一〇]》詩曰：「細劚黄土栽三椏。」坡自註云：「正輔分人參歸種韶陽，來詩本用『䃁』字，惠州無書，不見此字所出，故从『木』奉和。」〇䃁，《字彙》曰：「於加切，音呀，石名。又碨䃁，地形不平。」〇椏，《字彙》曰：「於加切，音鵶，樹枝爲椏。」〇《集韻》曰：「江東言樹枝爲椏[一一]。」

增註　**太行山**　在懷州。

【校勘記】

[一]送客之上黨：《全唐詩》卷二百四十五作《送客之潞府》。

[二]東帛：底本脱，據《太平御覽》卷八百九十七補。

[三]按此段《文心雕龍》語，不見於今本《文心雕龍》。

[四]去宅一里所，但見人參一本：底本誤作「去宅一里，但所見人參一本」，據《隋書·五行志下》改。

[五]餘：底本訛作「飲」，據《隋書·五行志下》改。

[六]苗：底本訛作「黄」，據《證類本草》卷六改。
[七]粟：底本訛作「栗」，據《證類本草》卷六改。
[八]或七八枚：底本誤作「或七八故七八故」，據《證類本草》卷六改。
[九]二：底本訛作「三」，據《通典》卷二十九改。
[一〇]白水：底本誤作「泉」，據《東坡詩集註》卷七改。
[一一]言：底本誤作「人」，據《廣韻》卷二改。

病中遣妓[一]　司空曙

備考《詩格》卷九載此詩，題作《病中嫁妓》，第二句作「一身垂淚對花筵」。○舊解云：「此詩在瀟湘作。」○按此篇天隱引《文苑》爲韓滉作，漁隱以爲司空曙，以漁隱説爲可也。曙本傳：「嘗病中不給，遣其愛妓。」此詩恐此時作乎？

司空曙

備考《正音》云：「中唐作者。」○《新唐書》並《十七史》無傳。○《才子傳》第四曰：「司空曙，字文明，廣平人也。磊落有奇才。韋皋節度劍南，辟致幕府。授洛陽主簿，未幾遷長林縣丞。累官左拾遺，終水部郎中。與李約員外至交。性耿介[三]，不干權要，家無甔石，晏如也。嘗病中不給，遣其愛姬。亦自流寓長沙，遷謫江右。多結契雙林，暗傷流景。有詩集二卷，今傳。」

萬事傷心在目前，一身憔悴對華眠。黃金用盡教歌舞，留與他人樂少年。此詩，《文苑》以爲韓滉作。

增註　《漁隱叢話》云：「富貴於人，造物所靳。人至晚景得富貴，不免置宅第，售妓妾，以償平生之不足。如白樂天『多少朱門鎖空宅，主人到老不曾歸』，司空曙『黃金用盡教歌舞，留與他人樂少年』二詩，令人愴然。」

備考　《賢愚鈔》曰：「第一句謂平生眼所觸之歡娛，今却爲愁之具。第二句言凡人得意則對花益添興，失意則看花却濺淚，今曙病中無聊，萬事傷心，故對花不賞，唯空懶眠而已。花者，蓋指妓女也。第三、四句言平日幾用盡黃金，而雖教歌舞，今也衰老，況多病，而不能愛之，故留與他人之少年而令樂也。」〇一説曰：「他人指少年，少年指妓女。」〇愚按此説不可，注中《漁隱》可並按。〇《詩格》注曰：「此有哀莫乎生別離之意，世之昵於歌童舞女者，可以省悟。」

憔悴　憔悴，又作顦顇，或作癄瘁。〇《字彙》曰：「憔，音樵，憂患也。《國語》：『日以憔悴。』」〇又曰：「悴音萃，憂也。劉向《九嘆》：『顧僕夫之憔悴。』」

註　**韓滉**　《十七史·唐書》二十八曰：「韓滉，字太冲，事肅宗、代宗、德宗三朝。德宗貞元中卒，謚曰忠肅。滉雖宰相韓休子，性節儉，衣裘茵衽，十年一易。好鼓琴，書得張旭筆法，又善畫。」

增註 《漁隱叢話》云云 《漁隱叢話》前集二十一曰：「富貴於人，造物所靳。自古以來，多不在於少年，嘗在晚景。若少年富貴者，非曰無之，蓋亦鮮矣。人至晚景云云。使人悽然。誠不必爲此也。」

富貴 《孝經》董氏註曰：「位尊曰貴[三]，財足曰富。」

造物 《莊子·大宗師篇》曰：「偉哉夫造物者[四]。」〇《列子·周穆王篇》曰：「造物者其巧妙，其功深[五]。」

所靳 靳，《字彙》曰：「具吝切，音僅，固也，吝也。又戲而相媿曰靳。」

至晚景 晚景者，老年也。

宅第 《字彙》曰：「第，宅有甲乙次第，故曰第。《初學記》：『出不由里門，面大道者，名曰第。爵雖列侯，食邑不滿萬户，不得作第。』」〇宅，《紀原》卷八曰：「《堯典》曰：『宅嵎夷。』《禹貢》曰：『降丘宅土。』《孟子》曰：『五畝之宅。』戴延之《西征記》曰：『蒲阪城外有舜宅。』則宅之名始於堯舜之時矣。」〇第，又曰：「《史記》：『齊王自淳于髡以下皆命曰列大夫，爲開第康莊之衢。』《漢書》：『高祖詔列侯、二千石，大、小第室。』注云：『有甲乙次第，故曰第。』又曰：『不出里門，面臨大道曰第。』按《左氏傳》：『齊景公欲更晏子之第。』蓋丘明周人，所記又周事，當亦周制云爾。」

白樂天云云 白樂天詩曰：「莫嫌地窄池亭小[六]，莫厭家貧活計微。多少云云。」「到老」二字，本集作「到了」。

【校勘記】

［一］病中遣妓：《全唐詩》卷二百九十二作《病中嫁女妓》。
［二］耿：底本訛作「眇」，據《唐才子傳》卷四改。
［三］尊：底本誤作「貴」，據《孝經大義》改。
［四］夫：底本訛作「天」，據《莊子・大宗師》改。
［五］功：底本訛作「巧」，據《列子・周穆王》改。
［六］池：《白氏長慶集》卷五十八、《萬首唐人絶句》卷十五和《全唐詩》卷四百五十一均作「林」。

華清宮　　王建

備考《唐詩正音》第六載此篇。〇王建，代宗大曆十年登第，及天寶十四載纔二十年，親觀開元、天寶之盛事者也。

王建 事迹見于前。

酒幔高樓一百家，宮前楊柳寺前華。《風俗通》曰：「尚書、御史所止皆曰寺。天寶四載，置百司於湯所，故有寺。」**内園分得温湯水**，《雍録》云：「温湯在驪山之北，去臨潼縣一百五十步。貞觀八年，營宮殿，明皇改華清宮，益治湯井，與貴妃遊樂，白樂天所謂『賜浴華清池』也。」**二月中旬已進** 作「破」者非，今從本集。**瓜**。唐置温湯監，監丞種瓜蔬，隨時貢奉。瓜夏熟者，二月而進，蓋譏明皇違時及物，求口體奇巧之奉，以悦婦人。杜牧《華清》詩云：「一騎紅塵妃子笑，無人知道荔枝來。」亦譏以口腹勞人也。或問：「子説佳矣，奈二月非瓜時。」答曰：「惟驪山温湯地暖，可人力爲之。」按衛宏《古文奇字》曰：「秦始皇密令人種瓜驪山硎谷中，實成，使人上書曰：『瓜冬有實。』乃詔諸生往視，因坑之。」然則温湯方冬已瓜矣，何待二月？

備考 《賢愚鈔》曰：「横縫曰幕，竪縫曰幔。第一、二句言華清宮畔掛幔幕，而開酒宴之高樓有一百家，况宮前皆楊柳，寺前皆花，其盛事溢言外也。第三、四句言分内園温泉之水，則瓜必早熟，以不時之珍瓜，爲貴妃口腹而實，非爲薦廊廟。夏而進瓜者，常也；二月而進之者，譏違時而貢其物，營口腹之利。孔夫子曰：『不時不食。』何不鑒之耶？」

酒幔 幔，《字彙》曰：「莫半切，幕也，帷也。」

楊柳 宋剡川姚寬《西溪叢語》曰：「楊、柳二種，楊樹葉短，柳樹葉長，花即初發時黄蕊，子爲飛絮，今絮中有小青子，著水泥沙灘上，即生小青芽[二]，乃柳之苗也。東坡謂絮花爲浮萍，誤矣。」

内園 《紀原》卷六曰：「李吉甫《百司舉要》曰：『則天分置園苑使，後改曰内園，又曰司農，別有園苑使。』《唐會要》：『貞元十四年夏旱，吴奉奏有内園使。』又《五代會要》：『梁諸使有内園栽接使也[二]。』」

中旬 旬，《字彙》曰：「十日爲旬。」

註 **尚書** 《唐類函》三十九曰：「秦尚書四人，漢成帝初置尚書五人，其一人爲僕射，四人分爲四曹云云。」○《紀原》卷五曰：「尚書令，三代冢宰之職也。秦、漢置尚書令，於百官無所不主。漢武元鼎二年，始以張安世爲之。《初學記》曰：『秦官也，漢因之。』」○《代醉編》二十五曰：「尚書亦秦官。秦世，少府遣吏四人在殿中主發書，故謂之尚書。尚，猶主也，如『尚方』『尚醫』『尚衣』『尚冠』『尚浴』『尚席』之『尚』，並音時亮反。後世乃以『尚書』之『尚』訛爲辰羊反，陸德明亦名平聲，韻書遂兩收之。」

御史 《紀原》卷五曰：「《周禮·春官》：『宗伯之屬，有御史掌贊書。』戰國時，秦、趙會澠池，各命御史書鼓瑟擊缶之事。淳于髡謂齊王曰：『御史在前。』則上世皆爲記事之官也。秦、漢以來，始糾察風憲。然則御史蓋周官也。秦置御史大夫，以爲御史之率，故曰大夫。」

曰寺 《韻會》曰：「寺，延也，有法度者也。徐曰：『寸，法度。官所止皆曰寺。』《釋名》：『嗣也。治事者相嗣續於其内。』《廣韻》云：『官之所止，職有九寺。』《漢書》注：『凡府庭所在，皆謂之寺。』又漢西域白馬馱經來，初止於鴻臚寺，遂取名創置白馬寺。今浮屠所居皆謂之寺，亦以官府得名也。《集韻》：『或作閣。』」○《左傳正義》曰：「自漢以來，三公之所居曰府，九卿所居曰寺。」

驪山 《一統志》曰：「陝西西安府，驪山在臨潼縣東南三里，因驪戎所居，故名。」

五十步 步，《字彙》曰：「六尺曰步。」

貞觀 唐第二主太宗年號，凡二十三年。

杜牧華清云云 杜牧《華清宮》詩凡八首，是其一也。○《詩林廣記》前集六曰：「杜牧《華清宮》詩云：『長安回望綉成堆，山頂千門次第開。一騎紅塵妃子笑，無人知道荔枝來。』」○《唐詩絶句》：「杜牧之《過華清宮》詩曰：『長安云云。』」「道」字作「是」字。謝枋得註云：「明皇天寶間，涪州荔枝到長安，色香不變，貴妃乃喜。州縣以郵傳疾走，稱上意，人馬僵斃，相望於道。『一騎紅塵妃子笑，無人知是荔枝來』，形容走傳之神速如飛，人不見其爲何爲也。又見明皇致遠物以悦婦人，窮人之力，絶人之命，有所不顧，如之何不亡。」○《墨客揮犀》曰：「杜牧《華清宮》詩云：『長安回望云云。』尤膾炙人口。據《唐紀[三]》，明皇帝以十月幸驪山，至春節還宮，是未嘗六月在驪山也。荔枝盛暑方熟[四]，詞意雖美，而失事實矣。」○《天寶遺事》云：「貴妃嗜荔枝[五]，當時涪州致貢，以馬遞馳載，七日七夜至京，人馬多斃於路，百姓苦之。」○《書言故事》卷十曰：「唐楊貴妃好食生荔枝，置驛馬於閩中取，七日夜直到長安，閩中，福建也。長安，陝西也。人馬多斃。」○杜詩：「奔騰獻荔支，百馬死山谷。」

子說 子指天隱。

衛宏云云 衛宏《古文奇字》序曰：「秦始皇密令人種瓜於驪山硎谷中溫處，瓜實成，使人上書曰：

『瓜冬實。』有詔下，博士諸生説之，人人各異，則皆使往視之，而爲伏機[六]。諸儒生皆至，方相難不決，因發機，從上填之以土，皆壓死。」

【校勘記】

[一]芽：底本訛作「芽」，據《西溪叢語》卷下改。
[二]諸使：底本訛作「諸史」，據《事物紀原》卷六改。
[三]紀：底本訛作「記」，據《詩林廣記》前集卷六改。
[四]熟：底本訛作「热」，據《詩林廣記》前集卷六改。
[五]枝：底本訛作「支」，據《詩林廣記》前集卷六改。
[六]伏機：底本訛作「休撻」，據《藝文類聚》卷八十七改。

宣州開元寺　杜牧

開元寺，東晋時置。

備考《釋氏通鑒》曰：「玄宗開元二十六年，詔各郡建一寺紀年，號曰開元寺。」〇《佛祖統紀》卷四十一曰：「玄宗開元二十六年，敕天下諸郡立龍興、開元二寺。」

題註 **開元寺云云** 按天隱註不詳，以《釋氏通鑒》考之，宣州開元寺者，依舊基而改其號者乎？

杜牧 履歷見于前。

松寺曾同一鶴栖，沈傳師爲宣州，辟牧從事，後又爲宣州判官。此詩蓋再至時作，故曰「曾同」。**夜深臺殿月高低**。**何人爲倚東樓柱**，「爲倚」，猶言「共倚」也。**正是千山雪漲溪**。或謂月色高低，如千山之雪者，非也。此詩乃雪後月霽，登樓孤賞，思昔日之歡遊，而嘆今夕之無侶。詳味詞意，情思殊甚。首句所謂同鶴栖者，恐是與婦人同宿，託名鶴爾。唐人多如此，退之「園華」「巷柳」，李商隱《錦瑟》，韓翃《章臺柳》，皆是也。

增註 東樓，在州治東。

備考 《賢愚鈔》曰：「『松寺』二句，言杜牧再至宣州，重遊開元寺，則曾宿之妓無有之，而月影依舊與臺殿俱高低耳。『何人』二句，言今夜何人與我共倚東樓柱，蓋昔所見之月可以喜，今所見之雪堪以悲也。」

註 **從事** 杜氏《通典》三十二曰：「郡國從事史，每郡國各一人，漢制也。主督促文書，舉非法。」[一]《續漢書・百官志》云：「太尉，從事中郎二人，秩六百石。」本注曰：「職參謀議。」○《綱目》十一《集覽》曰：「從事，刺史屬官，職參謀議。」

宣州判官 《紀原》卷六曰：「秦、漢以來，郡府之幕有掾史從事。逮於梁、齊，亦無判官。《續事始》曰：『隋元藏機始爲過海使判官，此使府判官之始也。唐景雲之後，有節察、防團等使，亦各隨使置之。五代留府、軍、監，皆置焉。監皆曰幕職，或呼幕客。』《舊唐志》云：『皆天寶後置也。』馮鑑乃云：『開元後始有之，尚爲諸使官屬。五代多故，始領郡事以爲州府職也。』」

退之園華云云 《西清詩話》：「《唐語林》云：『退之二侍姬，名柳枝、絳桃。《初使王庭湊至壽陽驛》有詩云：「風光欲動别長安，春半邊城特地寒。不見園華兼巷柳[二]，馬頭惟有月團團。」蓋有所屬也。迨歸，柳枝遁去，家人追獲。及《鎮州初歸[三]》詩云：「别來楊柳街頭樹，擺亂春風只欲飛。惟有絳桃園裏在，留華不發待郎歸。」自是專屬意絳桃矣。』」○《韓文》第十《鎮州初歸》詩曰：「别來云云。」註：「《唐語林》云：『退之二侍妾，名柳枝、絳桃。《初使王庭湊至壽陽驛》絶句云：「不見園華兼巷柳。」蓋寄意二姝。迨歸，柳枝遁去，故《鎮州初歸》詩云云。』」補註：「《邵氏聞見録》云：『孫子陽爲予言近時壽陽驛發地得二詩石，唐人跋云：「退之有倩桃、風柳二妓，歸途，風柳已去，故云云。」後張籍《祭退之》詩云：「乃出二侍女。」非此二人耶？』」

李商隱云云 李商隱《錦瑟》詩云：「錦瑟無端五十弦，一弦一柱思華年。莊生曉夢迷蝴蝶，望帝春心託杜鵑。滄海月明珠有淚，藍田日暖玉生煙。此情可待成追憶，只是當時已惘然。」○七言律。天隱註：「前輩謂商隱情有所屬，託之錦瑟。」增註：《許彦周詩話》云：「李商隱《錦瑟》詩云云。昔令狐楚侍人能彈此四曲。詩中四句，蓋狀四曲也。或云：『錦瑟，令狐楚妾。』」

韓翃云云 《事文類聚》後集十七引《異聞集》曰：「韓翃少負才名，鄰居有姓李者，每將娼妓柳氏至其居，必邀韓飲。愈熟，柳每窺所往來，皆名人，因乘暇語李曰：『韓秀才甚貧，然所與遊必時賢，是必不久困，宜假借之。』李具酒邀韓至，謂韓曰：『公當今名士，柳當今名色。名色配名士，不亦可乎？』遂命柳與韓。韓辭之，柳曰：『此豪達者。昨暮具言之矣。』俄就柳皈。來歲成名。淄青節度使侯希逸奏爲從事。以世方擾，不敢以柳自隨，置之都下。三歲，不果迓，寄詩曰：『章臺柳，章臺柳，往日青青今在否[四]？縱使長條似舊垂，也應攀折他人手。』柳答曰：『楊柳枝，芳菲節，可恨年年贈離別。一葉隨風忽報秋，縱使君來豈堪折？』後爲番將沙吒利所劫，寵之專房。翃隨希逸入覲，見柳氏在輜軿中，殆不勝情。虞侯許俊曰[五]：『當爲足下立致之。』乃衣縵胡，佩雙鞬，從一騎造沙吒利之第[六]，伺其出，排闥大呼曰：『將軍中惡，召夫人！』僕侍辟易，遂升堂[七]，挾柳氏馳馬而至。時沙吒利恩寵殊等，翃懼禍，希逸以事聞諸朝，詔柳氏還翃。」

增註　**州治東**《禮記·學記》曰：「古之教者，家有塾，術有序。」註：「術當爲州，萬二千五百家爲州。」○《前漢·田儋傳》曰：「治即墨。」師古曰：「治謂都之也。」○《通鑑·唐紀》：「曹王皋有衛州治所。」○按治，廳也，所出政治，故曰治也。○《字彙》「廳」字註曰：「古者治官處，謂之聽事。毛氏曰：『聽事，言受事察訟於是。』」

【校勘記】

[一]郡國從事史，每郡國各一人，漢制也。主督促文書，舉非法：底本誤作「部國從事史，每郡各一

人，漢制也。主督從文書與非法」，據《通志》卷五十六改。

［二］兼巷：底本訛作「並巷」，據《唐語林》卷六改。

［三］州：底本誤作「劦」，據《唐語林》卷六改。

［四］今：底本脱，據《古今事文類聚》後集卷十七補。

［五］侯：《古今事文類聚》後集卷十七作「候」。

［六］利：底本脱，據前後文和《古今事文類聚》後集卷十七補。

［七］升：底本訛作「陞」，據《古今事文類聚》後集卷十七改。

山行　杜牧

備考《唐詩遺響》第三載之。○舊解曰：「牧守湖州時作也。」

遠上寒山石徑斜，白雲生處有人家。停車坐愛楓林晚，霜葉紅於二月華。

備考《賢愚鈔》曰：「以石徑之嶮，不得極絶頂見白雲之處，是爲遺恨，故停車於山下楓林，坐愛紅葉，蓋勝二月之花也。山路嶮而日及晚，故不得極白雲佳處，只於山下愛勝花之紅。」

坐《文選》陸士衡《長歌行》曰：「體澤坐自捐［一］。」李善注云：「無故自捐曰坐也。」

【校勘記】

［一］自：底本脱，據《文選註》卷二十八補。

寄山僧　張喬

備考 或曰：「九華山僧也。」

張喬

備考 《正音》不載之。○《新唐書》並《十七史》等無傳。○《才子傳》第十曰：「張喬隱居九華山，池州人也。有高致，十年不窺園，以苦學。詩句清雅，迥少其倫。有詩集二卷，傳世。」

大道本來無所染，白雲那得有心期。遠公獨刻蓮華漏，猶向山中禮六時。 遠法師取銅葉製爲蓮華漏，置盆水上，底孔漏水，半之則沉，每晝夜十二沉，爲行道之節。

增註 《廬山集》云：「遠法師下僧惠要者，患山中無刻漏，乃於水上立十二葉芙蕖[一]，因彼轉，以定十二時，晷景無差。」○佛經：晝夜六時。

備考 《賢愚鈔》曰：「此詩賦也。第一句言修浄土之僧，不識大道。夫大道，則本來無所染，在安養蓮臺不爲浄，在酒肆淫房不爲污，舉足下足無不是。第二句言白雲無心，豈有所染邪？第三、四句擬遠公議此僧，言昔遠公獨刻蓮漏量時，甚有所染；今此僧學其風，猶又向山中禮六時。『獨』字指遠公，『猶』字係此僧。」○一説曰：「此僧則教外別傳宗師，而其無所染，猶如白云。第三、四句言昔修浄土之遠公刻蓮禮時，有什廣心期邪？不如此僧如雲而無所染者。貶昔褒今也。」○愚按第二句，白雲無心，而無世事之期也；此僧無心，期如白雲也。

註　**遠法師云云**　梁沙門慧皎《高僧傳》卷六曰：「釋惠遠，本姓賈氏，雁門樓煩人也。弱而好書，珪璋秀發。年十三，隨舅令狐氏遊學許、洛，故少爲諸生，博綜六經，尤善莊老。性度弘偉[二]，風鑒朗拔。雖宿儒英達，莫不服其深致。年二十一，欲渡江東就范宣子共契嘉遁[三]。值石虎已死[四]，中原寇亂，南路阻塞，志不獲從。時沙門釋道安立寺於太行恒山，弘讚像法，聲甚著聞，遠遂往歸之，一面盡敬，以爲真吾師也。後聞安講《般若經》，豁然而悟，乃嘆曰：『儒道九流，皆糠秕耳。』便與弟慧持，投簪落髮，委命受業。既入乎道云云。初，遠善屬文章，辭氣清雅，席上談吐，精義簡要，加以容儀端整，風彩灑落，故圖像于寺，遐邇式瞻。所著論、序、銘、贊、詩、書，集爲十卷五十餘篇，見重於世焉。」○《佛祖統紀》卷二十七[五]《惠遠傳》曰：「太元六年，晋孝武帝。至尋陽[六]，見廬山閒曠[七]，可以息心，乃立精舍。以去水猶遠，舉杖扣地曰：『若此可居，當使朽壤抽泉。』言畢，清流涌出云云。所著經論、諸序、銘、贊、詩、記凡十卷，號《廬山集》。」○愚按遠公製漏事，《高僧傳[八]》《統紀》等不載之。季昌本註曰：「《廬山集》云云。」又《鷄跖集》載《國史補》云：「惠遠以山中不知更漏，乃取銅葉制器，狀如蓮華漏，置水盆上，底漏水，半之則沉，每晝夜十二沉，爲行道之節。雖冬夏短長、雲陰月黑，無差。」〇《類説》二十四：「《國史補》云：『越僧靈徹，取銅葉制器爲蓮花漏，置盆水上。』」

蓮華漏 《事物紀原》曰：「梁《刻漏經》曰：『刻漏肇於軒轅之日，宣乎夏商之代，至周挈壺氏掌之[九]。』」〇《三才圖會·器用部》卷二：「有古制蓮漏。今制蓮漏圖，曰刻漏制度。黄帝創漏水，制器以分晝夜。成周挈壺氏以百刻分晝夜，冬至晝漏四十刻、夜六十刻，夏至晝漏六十刻、夜四十刻，春、秋二分晝夜各五十刻。漢哀帝改爲百二十刻。梁武帝大同十年，又改用一百八十刻。或增或減，類皆疏謬。至唐晝夜百刻，一遵古制，而其法有四匱，一夜天池，二日天池，三平壺，四萬分壺。又有水海，水中浮箭。四匱注水，始自夜天池以入于日天池，自日天池以入于平壺，以次相沿入水海，浮箭而上，以爲刻分。宋朝所用之制，亦如於唐，而其法以晝夜百刻分十二時，每時有八刻二十分，每刻六十分，計水二斤八兩，箭四十八，二箭當一氣，歲統二百一十六萬分，悉刻于箭上。銅烏引水而下注，蓮心浮箭以上登，其二十四氣，大凡每氣差二分半，冬至日極短，春分日均平，冬至後行盈，夏至後行縮，乃陰陽升降之期也。」

增註　惠要者云云 《高僧傳》卷六《釋道祖傳》曰：「遠有弟子惠要，亦解經律，而尤長巧思。山中無漏刻，乃於泉水中立十二葉芙蓉，因流波轉以定十二時，晷影無差焉。」〇《統紀·惠遠傳》曰：「釋惠要患山中無刻漏，乃於水上立十二葉芙蓉，因波隨轉，分定晝夜，以爲行道之節，謂之蓮華漏。」

芙蕖 《字彙》曰：「芙蕖，荷也。」

晷景　晷，《字彙》曰：「古委切，音軌，日景也。又以表度日也。」○景，又曰：「與影同。」

佛經書云云　《彌陀經》曰：「舍利弗，彼佛國土，常作天樂，黃金爲地，晝夜六時，雨天曼陀羅華。」○沙門袾宏《阿彌陀經疏鈔》曰[一〇]：「彼無須彌日月，而言六時者，以華鳥爲侯也。遠祖於廬山集衆念佛，刻木爲蓮，具十葉，引流泉入池，每度一時，水激一葉，晝夜六時，禪誦不輟。今人六時淨業，本於遠祖，遠祖本此。」○《禮讚》曰：「日没、初夜、中夜、後夜、晨朝、午時，謂之晝夜六時。」

【校勘記】

[一]芙：底本訛作「美」，據附訓本和增註本改。
[二]偉：《天中記》卷三十五同此，《高僧傳》卷六作「博」。
[三]渡：底本訛作「度」，據《高僧傳》卷六改。嘉遁：底本脱，據《高僧傳》卷六補。
[四]已：底本訛作「石」，據《高僧傳》卷六改。
[五]《佛祖統紀》卷二十七：大正新修大藏經本《佛祖統紀》爲卷二十六。
[六]陽：底本訛作「惕」，據《佛祖統紀》卷二十六改。
[七]閒：底本訛作「間」，據《佛祖統紀》卷二十六改。
[八]僧：底本誤作「祖」，據前文改。
[九]壺：底本誤作「奩」，據《事物紀原》卷一改。

〔一〇〕袾：底本訛作「祩」，據《明史・藝文志三》和《浄土聖賢録》卷五改。《阿彌陀經疏鈔》：底本誤作《彌阿經疏鈔》，據《明史・藝文志三》和《浄土聖賢録》卷五改。

寄人　張佖

備考 有兩説，或曰友人，或曰婦人。

張佖

備考《正音》不載之。〇《新唐書》並《十七史》不載，《才子傳》、天隱《履歷》等亦無傳。〇《唐詩遺響》第三載之，作者爲張泌，晚唐作者。詩中「柱」字作「樹」。張泌《寄人》詩凡二首，此詩其一也。

酷憐風月爲多情，還到春時別恨生。倚柱尋思倍惆悵，一場春夢不分明。

備考《賢愚鈔》曰：「友人去年花之時節同相約，其後離別，故去年相約爲歡，今春相別，愁涙滿襟也。雖凡風月者，逢歡則爲歡之具，逢愁則爲愁之具，故隨物之情多也。第二句言春宵風月，友可會遊之時也。雖然，離別尤所以生恨也。第三、四句言無伴侶之故，獨倚柱尋思舊遊之友，故而春夢見其人，春夢無賴，甚不分明，所以寄此詩也。」〇愚按第四句前説不是，別有兩義。其一曰他年之會合，今思之則如春夢之淡也；其一曰思人之情切，故夢中欲遇面，然夢不分明。後説爲可矣。

出第四句格。

已前共八首

備考《賢愚鈔》曰：「第三句不喚，第四句申其意者也。」○愚按一、二句演大抵，到第三句直指其事，

過南鄰花園　　雍陶

備考《唐詩遺響》第三載此詩。○舊解云：「陶，成都人，此詩在成都作也。」

雍陶　履歷見于前。

莫怪頻過有酒家，多情長是惜年華。春風堪賞還堪恨，纔見開華又落華。

備考《賢愚鈔》曰：「第一、二句有兩説，言頻過酒家，不爲飲酒而爲見花也，此義屬『花園』二字；一説曰爲飲酒而忘流年也，非醉裏則不能忘流年之嘆，故云『頻過』也，此義屬『南鄰』二字。杜句云：『自知白髮非春事，且盡芳樽忘物華。』」○「第三、四句言蓋此花因春風力以開，因春風力以落，故見其開，賞愛之；見其落，嘆惜之。然則春風可賞而又可恨者也。」

宫詞　杜牧

備考《唐詩正音》第六載之，題作《宫怨》，「須」字作「雖」。○《詩林廣記》前集六載此詩。胡苕溪云：「此詞絶句極佳，意在言外，而幽怨之情自見，不待明言之也。詩貴如此，若使一覽而意盡，何足道哉？」○舊解曰：「京師作也。蓋代宫女無幸而自言也。」

杜牧 履歷出于前。

監宫引出暫開門，隨例須朝不是恩[二]。**銀鑰却收金鎖合，月明華落又黄昏。**

增註 監宫，宫阿監，妃嬪之老者。

備考《賢愚鈔》曰：「第一句『監宫』者，妃嬪之老長，朝亦引諸宫女而入宫門，暮亦引諸宫女而出宫門者也。『監』字言宫女年老者，擇以司諸宫女之出入也。『暫』字下得妙，言雖不得寵而備其員而引出，『暫』則不久之詞也。『門』則宫門也，諸宫女之局在君常居之宫門外，不得浪入。第二句『隨例』言不特得想幸而隨同例，蓋禄禄黨也，自恨之辭也。第三、四句言出仕而後歸我局，則君之門如本閉之銀鑰，却收金鎖合，則望之情無措者也。銀鑰者，所以開金鎖物也，金鎖已合，則容易不得開之，故云收鑰也。下句甚有不盡之意，雖謂一夕之景致，『月明』二字空過秋之意，『花落』二字空過春之義，『又黄昏』三字空過今夕之謂也，徒送年與月，其遺恨見言外也。」○一説：「花言一年，月言一月，黄昏言一日。」○愚按第四句前兩説不穩。黄昏之時，花落春，月明出也。花落之時，月明之時，況黄昏之時，般般様様，催愁之具也。

銀鑰　鑰，《説文》曰：「關下牡也。」《禮記・月令》：「謹管籥。」注：「搏鍵器也。」疏云：「以鐵爲之，搢鎖内，以搏取其鍵。」

增註　阿監　白樂天《長恨歌》曰：「梨園弟子白髮新，椒房阿監青娥老。」注：「阿監，掌宮女者。」

妃嬪　杜牧《阿房宮賦》云：「妃嬪媵嬙。」注：「自皇后而下，次爲妃，次爲嬪。」○妃，《字彙》曰：「嬪御之貴次於后者。」○嬪，又曰：「《爾雅》：『婦也。』又妃嬪，婦官也。」

【校勘記】

［一］例：底本訛作「倒」，據元刻本、箋註本、附訓本、增註本和《全唐詩》卷五百二十四改。

漢江　杜牧

即《禹貢》沔水，源出沔州，貫興元金、洋，至襄、郢而入江。

備考　《方輿勝覽》二十七《漢陽軍部》曰：「漢水。按《桓宣傳》：『宣鎮襄陽，石季龍使騎七千渡沔，襲之漢水。』自襄陽以下，在晉時皆名沔水。杜牧《漢江》詩云：『溶溶云云。』劉澄之《山水記》云：『沔口古以爲滄浪水，即屈原遇漁父作歌處。』」〇又《勝覽》三十三《均州部・漢水》注云：「在武當縣北四十里有滄浪洲，即漁父投棹處。」〇《唐詩正音》六載此詩。

題註 《禹貢》《禹貢》，《尚書・夏書》篇名。〇蔡沈《集註》曰：「上之所取謂之賦，下之所供謂之貢。是篇有貢有賦，而獨以貢名篇者。《孟子》曰：『夏后氏五十而貢。』貢者，較數歲之中以爲常，則貢又夏后氏田賦之總名。」

興元 興元府也。《勝覽》云：「府有天漢、漢中等郡。」

金 金州也。《勝覽》曰：「金州有漢水、金泉井。」

洋 洋州也。《勝覽》云：「洋州東連襄、漢。文與可爲洋州守，東坡《和與可》詩云：『漢水東流舊見經。』」〇愚按鳳翔有金洋州，非此金、洋也。

襄、郢 二州名也。

溶溶漾漾白鷗飛，緑净春深好染衣。南去北來人自老，夕陽長送釣船歸[一]。

備考 《賢愚鈔》曰：「第一句言於漢江溶溶之處，時有白鷗飛。第二句言漢江緑净之水至春深，且緣其色可以染衣也。一、二句言漢江之水也。第三、四句言襄陽出耆舊之地，而平生不入城府多，今則居此地者趨名利，南去北來，只依舊者，夕陽送釣船而已。」〇一説云：「溶溶，水盛貌。漾漾，水動貌。言水動搖之處鷗不浮，如屈不處污世，牧自比之也。第二句言雖污世，非滄浪之濁時，但牧以王佐才而不遇，故述之，言緑净之水春必深，可以染衣裳也，水净而可濯纓之意也。雖唐已晚，未可爲濁世，宜施濟川之手也，不啻白鷗相住之處。又染衣之清水，何事我不居此而漂泊邪？第三句言牧不及大用而漂泊而已。牧懷濟世之意而不遇時，東漂西泊，南去北來，系一念於利名，光陰去如箭疾，徒及老衰。『人』字，牧自稱也。第四句言非濟川之舟，徒是一漁舟，牧自比也，言自古夕陽不變，而送釣船也。」

溶溶　《説文》曰：「水盛也。」

漾漾　《增韻》曰：「浮游貌。又水動貌。」

緑净　韓退之詩：「孰臨渺空闊[二]，緑净不可唾。」又曰：「秋風卷黄落，朝雨洗緑净。[三]」

【校勘記】

[一]釣：底本訛作「鉤」，據元刻本、箋註本、附訓本、增註本和《全唐詩》卷五百二十三改。

[二]孰：《五百家注昌黎文集》卷二作「瞰」。

[三]秋風卷黄落，朝雨洗緑净：按此句當爲蘇東坡詩，底本誤爲韓退之詩。

寄維揚故人　張喬

備考《尚書・禹貢》：「淮海惟揚州。」蔡註：「揚州之域，北至淮東，南至于海。」○唐張參《五經文字》云：「取輕揚之義，俗从木者非。」○李巡曰：「江南之氣燥勁，厥性輕揚，故云揚州。亦曰州界多水，水波揚也。」○《賢愚鈔》曰：「維，案：六經『惟』『維』『唯』三字皆通作語辭，又訓獨。但以心者，又訓思。《尚書》助辭皆用『惟』字，如『我則末惟成德之彦』『洪惟我幼冲人』之類是也。《詩》助辭多用『維』字，但『縶之維之』『紼纚維之』，有維持之義。止有一字作『惟』訓思，『載惟』是也。《左傳》助辭用『唯』。《論語》助辭用『惟』字。『唯仁者』『唯我與爾[二]』『唯堯則之』，則以『唯』而訓獨。《孟子》『惟天爲大』，則又以此『惟』字訓獨，其餘『非惟百乘之家』之類，亦皆訓獨。新安朱氏曰：『惟，以心思也；維，以糸繫也；唯，以口專辭也。然皆語辭，古書多通用之。』」○舊解曰：「此篇喬在九華山作，先尋故人到揚州。末二句述其時也。」

張喬　履歷出于前。

離別河邊綰柳條，古樂府有《折楊柳》，多言別離之意。**千山萬水玉人遥**。《南史》：「謝晦、謝混，風流爲江左第一，宋武帝曰：『一時頓有兩玉人爾。』」**月明記得相尋處**，**城鎖東風十五橋**。揚州有二十四橋。

增註 晉衛玠乘羊車入市，見者以爲玉人。○揚州舊十五橋，後二十五橋。

備考 《賢愚鈔》曰：「第一句言喬曾尋故人於揚州而相逢，又相別之時結柳條贈故人。綰柳，綰，《韻會》曰：『結也，繫也。』」○《東坡短長句》注曰：「昔人贈別必折柳者，以取系條留繫之意，故別筵必用綰柳，繫離情也。」○一説：「綰，還也，取速還之義也。温庭筠《折柳枝》詞云：『御陌青門拂地垂，千條金縷萬條絲。如今綰作同心結，贈與行人知不知？』又曰：『蘇家小女舊知名，楊柳風前別有情。剥條盤一作「綰」。[二]作銀環樣，卷葉吹成玉笛聲。』第二句言故人在揚州，喬在九華山，隔千山萬水。其德如玉，故稱玉人。第三、四句言舊時尋故人時風致如此也。蓋張喬所同遊，在十五橋之邊。月明者，今夕之月明也。憶舊時。」○愚按「城」字非「防城」「築城」「長安城」「洛陽城」之「城」，所謂「春城無處不飛華」「城」之意也。第四句夜來無往來之人，故鎖也。一説夜來寂寥，而十五橋地鎖東風裏也。

玉人 《詩·小雅·白駒篇[三]》曰：「生芻一束，其人如玉。」

註 **謝晦云云** 《排韻》曰：「謝晦，字宣明，嘗與謝混同在武帝前，帝目之曰：『一時頓有兩玉人。』」宋初爲鎮北將軍，與傅亮等同被顧命。」

謝混 又曰：「謝混，字叔源，風華爲江左第一。桓玄欲以安宅爲營，混曰：『召伯仁及甘棠，文靖之德不能保五畝之宅乎？』三世僕射。」

揚州有二云云《方輿勝覽》四十四《揚州部》曰：「二十四橋，隋置[四]，並以城門坊市爲名。後韓令坤省築州城，分布阡陌，別立橋梁，所謂二十四橋者，或存或廢，不可得而考。」○杜牧之《寄韓判官》詩云：「雲山隱隱水迢迢[五]，秋盡江南草木凋。二十四橋明月夜，玉人何處教吹簫。」○歐陽公自揚州移汝州，《西湖》詩云：「緑芰紅蓮畫舸浮，使君那復憶揚州。都將二十四橋月，換作西湖十頃秋。」○蘇子瞻自汝移揚，詩云：「二十四橋亦何有，換此十頃玻璃風。」○山谷詩云：「淮南二十四橋月，馬上時時夢見之。」

增註 **晉衛玠**《晉書》列六：「衛玠，字叔寶，風神秀異。總角乘羊車入市，見者以爲玉人。其舅王濟嘆曰：『珠玉在側，覺我形穢。』又曰：『與玠遊，若明珠在側，朗然照人。』仕晉，爲太子洗馬。」○又《晉書》列六載之。[六]

羊車《紀原》卷二曰：「《通典》曰：『晉制。』《宋朝會要》曰：『古輦車也，亦爲畫輪車，駕以牛。隋駕果下馬。今亦駕以二馬。景祐五年九月[七]，賈昌朝上言羊車本漢晉之代乘於後宮，隋大業中增金寶之飾，駕以小駟，馭以丱童[八]，自是以來遂爲法從。』宋綬議引後漢劉熙《釋名》曰[九]：『羸車、羊車，各以其駕名之。』《隋·禮儀志》曰：『漢氏或以人牽，或駕果下馬，此乃漢代已有，晉武偶取乘於後宮，非特爲掖庭制也[一〇]。』然則羊車漢儀，非晉始有也。」

揚州舊十云云 天隱注「二十四橋」，與《勝覽》同。季昌注與諸詩異。

【校勘記】

[一]我：底本脫，據《論語·述而第七》補。

[二]一作「縮」：按底本誤將此句混入單行大字註中，今復入雙行小字註。

[三]「白駒篇」前底本衍「祈父」，據《毛詩註疏·白駒》刪。

[四]置：底本誤作「致」，據《方輿勝覽》卷四十四改。

[五]迢迢：底本訛作「遥遥」，據《方輿勝覽》卷四十四改。

[六]按前後兩處引文皆作「《晉書》列六」，疑後一處有誤。

[七]年：底本脫，據《事物紀原》卷二補。

[八]丱：底本訛作「卯」，據《事物紀原》卷二改。

[九]議：底本訛作「儀」，據《事物紀原》卷二改。

[一〇]掖：底本訛作「挺」，據《事物紀原》卷二改。

逢友人之上都[一]

僧法振

「逢」，一作「送」者，非。今從《弘秀集》。

肅宗上元元年，以京兆爲上都。

備考 或曰：「玄宗幸蜀，成都亦爲上都也。」此説不可也。○舊解曰：「玄宗改長安爲京兆，肅宗又改上都也。《三輔黃圖》曰：『長安以東爲京兆。』」

題註 **肅宗** 唐第八主，諱亨，玄宗第三子。母曰元獻皇后楊氏。在位七年，壽五十二。

上元 凡二年。

僧法振

備考 天隱《履歷》云：「與姚合同時人。」○《才子傳》第三《僧靈一傳》中四十五人編名，其一也。晚唐作者。

玉帛徵賢楚客稀，猿啼相送武陵歸。潮頭望入桃華去，一片春帆帶雨飛。

備考 《賢愚鈔》曰：「第一、二句言今聖天子以玉帛登用賢於鈎築之間，悉召左遷之客，故野無遺賢，澤無行吟。友人亦應其召而自武陵皈上都，猿啼以送。『猿啼』，蓋離筵舉杯歌曲也。五雲天上來，客受主杯。三星月下擎，客擎杯用三指。猿啼無滴淚，舉杯飲之，無飲瀝也。花落聽無聲。以杯酬主。此時法振亦在武陵，而逢友人赴上都也。非遠行而相送，俄逢而即席舉離杯而送也。第三、四句言友人今赴上都，戀婦人，故一片春帆帶雨飛之中必回望者也。凡自古以桃花、柳枝比婦人，況武陵是桃花之世界，借以指其婦人，豈不宜邪？」○一説曰：「第一、二句言朝廷以玉帛徵賢，友人久在楚，與法振爲伴侶，今已赴上都，大半左遷者被召，故云今爲『楚客稀』也。猿聲於離别行旅而聽之，則鐵腸石心亦有感慨悲啼之想也。况法振送舊識時而聽楚地之猿啼，故遠相送而同舟至武陵，法振自武陵獨歸楚也。第三、四句言法振從武陵歸楚之時，洞庭湖上回望武陵，『一片春帆帶雨飛』之中，惜其别而其望入武陵之桃花，兩句共繫法振也。」〇愚按第二句右二説俱不可。前説「猿啼」爲歌曲，亦無味。所謂别筵聞猿啼，愁情難堪也。「猿啼相送」四字，猿啼而催愁，相送而生愁，兩地之愁切也。前説以桃花比婦人似鑿，直賦其時物而已。

玉帛　《文選》二十九棗道彦詩云：「開國建元士，玉帛聘賢良。」注：「玉帛，聘賢之重禮。」〇《楚詞》注曰：「天下賢人，將玉帛聘而進之。」

楚客　楚客，放逐臣也，不必非爲楚人[二]。自屈原而始，後世謂逐客曰楚客也。

武陵歸　裴侍御歸上都，張謂送之詩曰：「舟移洞庭岸，路入武陵溪。」

【校勘記】

[一]逢友人之上都：《全唐詩》卷八百十一作《送友人之上都》。

[二]不：底本脱，據前後文意補。

已前共五首

備考 《賢愚鈔》曰：「以第二句情出，第三句一呼，第四句答，謂之一呼一應格。」○愚按第四句不喚而相應格也。

山中　顧况

備考 於越山中也，雲門寺在若耶溪，指其山中。○洪覺範《天厨禁臠》：「此詩，韋應物詩也。雖中失而意不斷，折腰對句法也。」○《詩林廣記》前集卷二載此詩。胡苕溪云：「唐人此絶有杜子美意趣，其句雖拙，亦不失爲倔奇也。」○詩中「是[二]」字，《漁隱》《廣記》等作「近」。

顧况

備考 中唐作者。○《新唐書》並《十七史》等不載之。○《才子傳》第三曰：「况字逋翁，蘇州人。至德肅宗。二年，天子幸蜀，江東侍郎李希言下進士。善爲歌詩，性恢諧，不修檢操，工畫山水。」○天隱《履歷》云：「字道翁。」

野人自愛山中宿，况是葛洪丹井西。 葛洪井所在有之，此詩乃題越州雲門六寺。**庭前有個長松樹，夜半子規來上啼。** 詩意謂本愛山中宿，况仙境之勝，然不可留者，以庭樹啼鵑，牽客思也。蓋逋翁蘇人，客越。

增註 晉葛洪，字稚川，嘗爲勾漏令。出丹砂，遂煉丹羅浮，尸解。又宣州、杭州皆有葛洪丹井。

備考《賢愚鈔》曰：「賦也。第一、二句言顧況自稱野人，尤愛山中之宿，況葛稚川丹井西可栖止之處也。第三、四句言栖止之處雖甚佳，庭前有個松，子規來而啼，其聲不堪聽之，蓋催蘇州歸乎？」

個《詩人玉屑》卷六曰：「善用俗字，數物以個，謂食爲喫，甚近鄙俗。獨杜子美善用之，云『峽口驚猿聞一個』『兩個黄鸝鳴翠柳』『却繞井桐添個個』『臨岐意頗切，對酒不能喫』『樓頭喫酒樓下卧』『梅熟許同朱老喫』。蓋篇中大概奇特可以映帶之也。」

註　葛洪井《晉書》列十七曰：「葛洪字稚川，丹陽勾容人也。咸和初，司徒王導召補州主簿，後選爲散騎常侍，領大著作。洪固辭不就。以年老，欲鍊丹以祈遐壽。聞交趾出丹，求爲勾漏令，帝以洪資高，不許。洪曰：『非欲爲榮，以有丹耳。』帝從之。洪遂將子姪俱行[二]。至廣州，刺史鄧岳留不聽去，洪乃止羅浮山鍊丹。在山積年，優游閑養，著述不輟云云。卒年八十一。視其顔色如生，體亦柔軟，舉尸入棺，甚輕，如空衣，世以爲尸解得仙云。」○《會稽志》十云：「葛洪丹井，在雲門淳化寺佛殿西廡之外僧房之中，泉味甘寒冠一山。」

雲門六寺《方輿勝覽》雲門寺注曰：「在會稽南三十一里，今名雍熙，爲州之偉觀。昔王子敬居此，有五色祥雲。詔建寺，號雲門。」○《賢愚鈔》曰：「此『六』字不審，諸本皆誤，改作『古』字可也。」○又曰：

「《欲了菴録送琦侍者》詩云：『雲門六寺可圖畫，禹穴年深草應隘。』又《全室集・送瀾法師歸雲門》詩云：『獨倚千峰閣，閑聽六寺鐘。』由此二集觀之，『六』字非『古』字決矣，况季潭以『千峰』對『六寺』乎？」

增註　**尸解**　《書言故事》卷四曰：「神仙化去曰尸解。《瑣言》：『凡今之人死，視其形如生，乃尸解也。足不青，皮不皺，亦尸解也。目光不毀，頭髮盡脱，不失其形骨者，皆尸解也。有未斂而失尸者，有衣在形去者，有頭髮脱而形去者。白日去者謂之上尸解，夜半去者謂之下尸解。向曉暮之際去者，謂之地下主者，得真仙誥。』」

【校勘記】

[一]是：底本誤作「况」，據《漁隱叢話》前集卷九和《詩林廣記》前集卷二改。

[二]姪：底本訛作「姓」，據《晋書・葛洪傳》改。

酬曹侍御過象縣見寄　柳宗元

備考　季昌本「過」以下五字削之。《柳文》第四十二載此詩，題與之同。韓注曰：「象縣，柳州縣名。」○《賢愚鈔》曰：「《柳文》注以象縣爲柳州縣名。以《方輿勝覽》考之，柳州有馬平[一]、洛容、柳城三縣，又郡名有柳江、龍城等，無象縣名。別有柳、象二州。象縣有象州。此詩，柳在柳州作。考《勝覽》，柳、象二州，唐時其地相混，後分以爲二州，故注云：『象縣，柳州縣名也。』象州注有三縣，曰陽壽，曰來賓，曰武仙[二]。又郡有象臺。有象郡，城門畫象。《嶺外代答》：『象州郡治西樓，正面西山，山腹忽起白雲，狀如白象，經時不滅，然不常有也。今象州城門畫一白象，不審何義。然象州自昔不遭兵革，凡有大盜，皆戒以不宜犯象鼻，然則城門之畫象，豈著此也耶？』」○或曰：「曹侍御，不詳爲何人。蓋元和十四年春作。」

柳宗元

備考《正音》云：「中唐作者。」《新唐書》列九十三、《才子傳》第五有傳。○《萬姓統譜》曰：「柳宗元，字子厚，解人。宗元文章卓偉，第進士，中博學宏詞科，拜監察御史，坐王叔文黨，貶永州司馬，徙柳州刺史。」

破額山前碧玉流，騷人遙駐木蘭舟。騷人謂曹也。《述異記》：「七里洲中[三]，有魯班刻木蘭爲舟，至今在洲中。詩家云『木蘭舟』，出於此。」**春風無限瀟湘意，欲採蘋華不自由**。採蘋華者，喻自獻也。《左傳》：「蘋、蘩、荇、藻，可羞於王公。」蓋曹在湖湘，暫過柳州象縣。詩意謂欲自獻於曹，懷意無限，而拘於罪，不自由也。葉夢得詞云[四]：「誰採蘋華寄取，但目送蘭舟容與[五]。」語意本此。

備考《賢愚鈔》曰：「賦也。此篇言曹爲侍御之官，而移官於湘南，今以有事，自湘南過象縣，而駐舟寄信於子厚，子厚作詩酬之。第一句，言曹自湘南而來象縣，路必歷蘄州之破額山前碧玉之流。第二句，言宗元所居破額山，有水如碧玉，曹侍御遥來駐木蘭舟。第三、四句，我亦於瀟湘采蘋花欲獻之，然以有罪，不得行於是，無限之意可知。」〇或曰：「《勝覽》柳州、象州部無破額山，然則曹侍御路經破額山前碧玉流，過柳州象縣駐木蘭舟也。」

破額山云云 季昌本註云：「蘄州黄梅有破頭，五祖傳衣與六祖處。」〇《玉屑》卷十引《砦溪詩話》曰：「臨川云：『蕭蕭出屋千尋玉，靄靄當窗一炷雲。』皆不名其物。然子厚『破額山前碧玉流』已有此格。」〇《唐詩解》二十九載此詩，評云：「山前水碧，侍御停舟于此，我之感春風而懷無限之思者，正欲採蘋瀟湘以圖自獻，乃拘以官守，不自由也。按子厚初雖貶謫，已而被召，其柳州原非坐譴，圓至謂拘于罪者，非。」〇趙璘《因話録》曰：「柳宗元自永州司馬召至京師，詣卜者問命曰：『余柳姓也，昨夢柳樹仆地，其不祥乎？』卜者曰：『生則柳樹，仆則柳木。木者，牧也，君其牧柳州乎？』卒如其言。」

註 《述異記》云云 《劉氏鴻書》八十七引《述異記》曰：「木蘭洲在潯陽江中，多木蘭。昔吴王闔閭植木蘭于此，用構宫殿。七里洲中有魯班刻木蘭舟，至今在洲中，詩家『木蘭舟』本此。」

魯班 同八十六引《常談考誤》曰：「註《孟子》者曰：『公輸子，名班，魯之巧人也。』世盡以爲一人耳。後閲《太平廣記》載：『魯班，燉煌人，莫詳年代，巧侔造化，於凉州造浮圖，作木鳶，每擊楔三下，乘之以歸。』又『六國時有公輸班，爲木鳶以窺宋城』。似若兩人，未敢決。及讀古樂府《艷歌行》：『誰能刻鏤此，公輸與魯班。』則明係兩人，以爲一人者誤。」

木蘭《本草》曰：「木蘭，一名林蘭，一名杜蘭。皮似桂而香[六]，生零陵山谷及太山。今湖、嶺、蜀、川諸州皆有之[七]。木高數丈。取外皮爲木蘭，中肉爲桂心，蓋桂中之一種耳。」

《左傳》云云《左傳·隱公三年》云：「苟有明信，澗溪沼沚之毛，蘋蘩薀藻之菜，筐筥錡釜之器，潢污行潦之水，可薦於鬼神，可羞於王公。」〇按《左傳》「苕」作「薀」，「藻」字下有「之菜」二字。

容與《楚辭》第六宋玉《九辯》曰：「農夫輟耕而容與。」

【校勘記】

[一]馬：底本誤作「清」，據《方輿勝覽》卷三十八改。

[二]仙：底本訛作「山」，據《方輿勝覽》卷四十改。

[三]洲：底本訛作「州」，據元刻本和後文改。

[四]葉夢得：底本誤作「劉夢得」，據元刻本、箋註本和《石林詞》改。

[五]目送：《石林詞》作「悵望」。

[六]而：底本脱，據《本草綱目》卷三十四補。

[七]湖、嶺、蜀、川：底本誤作「蜀州」，據《本草綱目》卷三十四補正。

宿武關[一]　　李涉

武關，在商州商洛縣。

增註　秦昭王會楚懷王，閉而囚之，卒於秦，即此。

備考　《唐詩遺響》第三載之，題作《從秦城回再題武關》。〇武關在秦南，函谷關在秦東。〇《翰墨全書》「商州」注：「漢屬弘農郡，隋爲上洛郡，唐屬關内邑，宋因之。秦二世時，沛公自武關入，秦遣兵拒嶢關。」〇《漢·高祖紀》曰：「沛公攻武關。」注：「應劭曰：『武關，秦南關，通南陽。』」〇舊解曰：「李涉以罪謫夷陵，蹭蹬十年，在峽中，後遇赦得還，其時經此關，暫在長安，猶慕吴楚舊遊，自長安訪吴楚赴湘中，再宿此關作也。」

題註　**秦昭公云云**　吕東萊《十七史·屈原傳》曰：「秦昭王欲與楚懷王會，懷王欲行，屈平曰：『秦，虎狼之國，不可信，不如無行。』懷王稚子子蘭勸王行，懷王卒行，入武關。秦因留懷王以求割地，懷王死於秦。長子頃襄王立，以其弟子蘭爲令尹。楚人既咎子蘭以勸懷王入秦而不反也。屈平既嫉之，子蘭聽之大怒，卒使上官大夫短屈平於頃襄王，頃襄王怒而遷之。屈原至江濱，被髪行吟澤畔云云。」〇又「楚懷王十六年，秦惠王欲伐齊，患楚與從親，乃使張儀説楚王曰：『王閉關而絶齊請，獻商於之地六百里。』懷王信之，使勇士北辱齊王。齊王大怒，與秦合。楚使受地於秦，儀曰：『地從某至某，廣袤六里。』懷王大怒，伐秦，大敗。秦昭王與懷王盟于黄棘，既而遺書懷王：『願與君王會武關。』屈平不可，子蘭勸王行，秦人執之以歸。楚人立其子頃襄王。懷王卒於秦，楚人憐之，如悲親戚」。

李涉 履歷見于前。

遠別秦城萬里游，亂山高下入商州。商州有七盤十二繞[二]，其地險隘。**關門不鎖寒溪水，一夜潺湲送客愁。**

備考《賢愚鈔》曰：「第一句言涉去秦城之長安，而今又作吴楚之遊也。其意無慕長安，而望唯在吴楚之間，遂浮瀟湘、岳陽而已。第二句言慕吴楚之故，歷秦中商州，其間千山萬水之嶮難，今再入商州也。『入』字屬涉。第三、四句言昔此武關之門鎖楚懷王而遂不還，雖然，今日不得鎖溪水。關門何不鎖閉寒溪之水？一夜水聲泠而催愁矣。」〇《唐詩解》二十九載此詩，注：「聞溪聲而不寐，客愁所由生也。」

【校勘記】

[一]宿武關：《全唐詩》卷四百七十七作《再宿武關》。

[二]盤：底本訛作「般」，據元刻本、箋註本、附訓本和增註本改。

題開聖寺　李涉

備考《唐詩遺響》第三載之，作《開元寺》，無「題」字。

宿雨初收草木濃，群鴉飛散下堂鐘。長廊無事僧歸院，盡日門前獨看松。

備考《賢愚鈔》曰：「第一句言所見之事也。『宿雨』，久雨也，至今日初晴。『初』字與『宿』字相響。第二句齋後鐘鳴三下，大衆出堂中各散，齋餘則群鴉飛馴也。第三、四句言齋退各歸院，長廊無事，故一鳥不鳴，唯獨看松耳。」○一説曰：「第一句，天以雨露而育草木如是也，君恩則不然。第二句言以群鴉比小人貪俸禄也。天恩無偏無頗，故得雨草木盡潤也；君恩有偏有頗，小人皆得禄位，如涉君子則不得其處。此一聯皆比也。第三、四句，小人已得禄位，故涉等漂泊不得處，今已漫遊此寺，寺僧亦無知己者，齋後各歸其院，不接待涉，故自晨及暮，涉一人於寺門之前看松。」○愚按後説失鑿，不可用。

宿虚白堂[一]　李郢

備考 季昌本「宿」字下有「杭州[二]」二字，注曰：「《圖經》載：『在舊治。』」○《方輿勝覽》第一《杭州部・虛白堂》注云：「白居易詩刻石堂上。」○《莊子・人間世》曰：「虛室生白。」

李郢

備考 晚唐作者。《新唐書》並《十七史》等無傳。○《才子傳》第八曰：「李郢，字楚望，大中第十七主宣宗。十年崔鉶榜進士及第。初居餘杭，出有山水之興，入有琴書之娛，疏於馳競。歷爲藩鎮從事，後拜侍御史。郢工詩，理密辭閑。有集一卷，今傳。」

秋月斜明虛白堂，《杭州圖經》云：「虛白堂在舊治。」**寒蛩唧唧樹蒼蒼。江風徹曉不得寐**[三]**，二十五聲秋點長。**

備考 《賢愚鈔》曰：「第一、二句言李郢秋月斜明之時，坐虛白堂，耳聽蛩聲，目見樹色，無一匪愁具也。況風吹到曉不止，則不得眠，以數點長，蓋感慨可知也。」○一說曰：「此篇有二色、三聲。月與樹二色，蛩、風、點三聲也。四句共不寐之謂也。」○愚按「二十五聲」，一夜爲五更，一更五點，一夜凡爲二十五聲。

二十云云秋點 《紀原》曰：「更點，起於《易・繫》九事『重門擊柝[四]』之說，自黃帝時也。」○《孔氏雜說》曰：「今之更點擊鉦[五]。《唐六典》皆擊鐘也，太史門有典鐘二百八十人，掌擊漏鐘[六]。」○《三才圖會・器用部》三曰：「點即古之更點，今俗樂以之配於銅鼓，謂之點子。」○《徐氏筆精》卷三曰：「唐更漏二十五點，故云『二十五聲秋點長』。宋減初更二點、五更二點，本朝依之。」○《代醉編》卷一曰：「夜漏五五相遞，爲二十五。唐李郢詩云『二十五聲秋點長』，韓退之詩『鷄三號，更五點』是也。至宋，國祚長短，讖有『寒在五更頭』之忌，宮掖及州縣更漏皆去五更後二點，又並初更去其二，以配之首尾，止二十一點，非古也，至今不改。」

【校勘記】

[一]宿虛白堂：《全唐詩》卷五百九十作《宿杭州虛白堂》。

[二]杭：底本訛作「杬」，據前後文意改。

[三]寐：《全唐詩》卷五百九十作「睡」。

[四]擊柝：底本訛作「繫拆」，據《事物紀原》卷一改。

[五]擊鉦：底本訛作「繫釭」，據《孔氏雜説》卷四改。

[六]掌擊漏鐘：底本訛作「常擊編鐘」，據《孔氏雜説》卷四改。

晴景　王駕

備考《唐詩遺響》三載之，題作《雨晴》，「初」作「不」，「兼」作「全」，「蛺」作「蜂」。〇《漁隱叢話》後集二十五曰：「王駕《晴景》云：『雨前云云在鄰家。』此《唐百家詩選》中詩也。余因閲荆公《臨川集》，亦有此詩云：『雨前不見花間葉，雨後全無葉底花。蜂蝶紛紛過墻去，却疑春色在鄰家。』《百家詩選》是荆公所選，想愛此詩，因改正七字，「初」作「不」，「兼」作「全」，「裏」作「底」，「蛺」作「蜂」，「飛來」作「紛紛」，「應」作「却」，已上七字。遂使一篇語工而意足，了無鑱斧之迹，真削鐻手也。」○《詩格》卷二載此詩，「初」作「未」，「兼」作「全」，「底」作「裏」，「蛺」作「蜂」，「飛來」作「紛紛」，「却」作「應」。

王駕

備考《正音》云：「晚唐作者。」○《新唐書》並《十七史》無傳。○《才子傳》第九曰：「王駕，字大用，蒲中人，自號守素先生。大順二十代昭宗。元年，楊贊禹榜登第。授校書郎。仕至禮部員外郎。棄官嘉遁於別業，與鄭谷、司空圖爲詩友，才名籍甚。今集六卷，行于世。」

雨前初見華間葉，雨後兼無葉底花。蛺蝶飛來過墻去，王荆公改「飛來」作「紛紛」。**却疑春色在鄰家。**

備考《賢愚鈔》曰：「全句言雨前全無葉，雨後亦無花。蜂蝶知之過墻去，於是悟鄰家有春色也。」○一說：「雨前、雨後，穀雨節前後也。清明後十六日爲穀雨。」○一說：「雨水節之前後。」皆非也。○舊解曰：「第一句以雨前比未棄官時，以花間比勢焰也。第二句以雨後比棄官之後，以葉比失勢也。第三句以蛺蝶比浮俗之交態。第四句以却疑春色比己官屬他人也。」

社日　張演

備考《風俗通》曰：「謹按《禮記》：共工之子曰脩，好遠遊，舟車所至，足迹所達，靡不窮覽，故祀以爲社神。」○《左傳》曰：「共工氏有子曰句龍氏，平水土，故祀以爲社。」○《禮記》曰：「共工氏之霸九州也，其子曰后土，能平九州，故祀以爲社。」○《孝經緯》曰：「社，土地之主，故封土爲社以報功。」○《事林廣記》卷四曰：「社无定日。《禮記·月令》云：『擇元日，命民社。』注云：『元日，戊日也。』今春社常在二月内，秋社常在八月内，自立春後五戊爲春社，立秋後五戊爲秋社，如戊日立春、立秋，則此日不算。」○《禮記·月令》曰：「擇元日，命民社。」注曰：「令民祭社也。《郊特牲》言祭社用甲日，此言擇元日，是又擇甲日之善者歟？詔告社用戊日。」○愚按十干之中，有戊、己二土能生万物。立春後五戊爲春社，立秋後五戊爲秋社。所謂社者，五土之神，祭之報成也。○《夢華録》曰：「京師八月秋社，各以社糕、社酒相饋送。貴戚宫院多以諸肉雜物調和，鋪於飯上，謂之社飯。」○《事文類聚》載此詩，題作《社日村居》，詩中「塒」作「棲」，「半」作「對」，「秋」作「春」，作者爲張濱也。○《唐詩遺響》，王駕詩三首，此篇其一，「秋社」作「春社」。○愚按天隱注不記名，即與前詩王駕同歟？○《賢愚鈔》曰：「《勝覽》以此篇爲張濱詩，『演』與『濱』音形相似，故轉寫開板時訛作『濱』字歟？唐詩人有張蠙，無張濱。『濱』與『蠙』不同。天隱《履歷》，王駕次有張演，曰：『咸通十三年，鄭昌符榜及第。』季昌《履歷》不載張演。張演，《新唐書》並《十七史》不載之。《才子傳》第八《周繇傳[二]》中曰：『同登第有張演者，工詩，間見一二篇，亦佳作也。』」○愚按張演，晚唐作者。

張演[一]

鵝湖山下稻粱肥，鵝湖在信州鉛山縣西南十五里，昔有龔氏居山傍，畜鵝成群，故曰鵝湖。**豚阱鷄塒半掩扉**。毛公曰：「鑿墻而栖鷄曰塒。」**桑柘影斜秋社散**[三]，**家家扶得醉人歸**。

備考《賢愚鈔》曰：「第一句舉境與時。此篇述太平年穀豐登之事也。第二句言日暮之景也。豚阱，豚入之處也。蓋鷄栖於塒，豚卧於阱，而人半掩扉。半掩半開，則有待人之意者也。第三句言日暮社祭罷，百姓皆散。『影斜』言日暮也。第四句言家家扶得久老之醉飽歸，則待醉人皈而半開扉半掩扉之理自見矣。」

稻粱　稻，《字彙》曰：「杜槁切，水田所種穀也。」○粱，又曰：「龍粱切，粟類。《詩詁》：『粱似粟而大。』《爾雅翼》：『粱有黃、白、青三種，其性凉，故稱粱。』如許叔重說：『黍大暑而種，故稱黍；粱性凉，故稱粱[四]。』」○《禮記・喪大記[五]》注疏：「稻、粱卑於黍、稷，就稻、粱之内，粱貴而稻賤，是稻人所常種，粱是穀中之美。」

桑柘　柘，《字彙》曰：「之夜切，音蔗，桑柘。《埤雅》：『柘宜山石，柞宜山阜。』《古今註》：『桑實曰葚，柘實曰佳，言佳鳥性所食也。』《周禮・考工記》：『弓人取材，柘爲上。』《詩・大雅》：『其檿其柘。』」

【校勘記】

［一］繇：底本訛作「絲」，據《唐才子傳》卷八改。

［二］張演：底本和附訓本、增註本均無此作者名，據元刻本和箋註本補。

［三］秋：附訓本和增註本同此，然元刻本、箋註本和《全唐詩》卷六百均作「春」。

［四］粱性凉，故稱粱：底本誤作「性凉稱粱」，據《正字通》卷八和《詩傳名物集覽》卷八補正。

［五］喪：底本訛作「䘮」，據《禮記註疏·喪大記》改。

自河西歸山　　司空圖

河西，今凉州。

增註　唐羈縻州河西府，屬諸胡十二府。

備考　《翰墨全書》「西凉州」注曰：「古雍州域即西戎也，隋初爲州，煬帝復爲郡，唐置凉州。」又「甘州路」注云：「漢武以甘、肅、瓜、凉、沙爲河西郡。」〇《賢愚鈔》曰：「山蓋指中條山也。中條山在解州，西連華岳，東接太行，有路曰虞阪。」

題註　**唐羈縻州**　《勝覽》見六十五《長寧軍》注曰：「唐置羈縻州等十四州。」案西北之隅也。〇《史記・司馬相如傳》曰：「天子於夷狄也，其義羈縻勿絶而已。」注：《索隱》云：「按羈，馬絡頭也；縻，牛紖也。《漢官儀》云：『馬云羈，牛云縻。』言制夷狄如牛馬之受羈縻也。」

十二府 愚按諸胡十二所置官府，河西府其一也。

司空圖

備考 晚唐作者。○《新唐書》列一百十九、《十七史》列五十有傳。○《才子傳》第八曰：「司空圖，字表聖，河中人也。大中時，父輿爲商州刺史。圖，咸通十八主懿宗。十年歸仁紹榜進士。主司王凝初典絳州，圖時方應舉，自別墅到郡上謁，去，閽吏遽申司空秀才出郭門。後復入郭訪親知[一]，即不造郡齋[二]。公謂其尊敬，愈重之。及知貢，圖第四人捷，同年鄙薄者謗曰：『此司空圖得一名也。』公頗聽，因宴全榜[三]，宣言曰：『凝叨忝文柄，今年榜帖，專爲司空先輩一人而已。』由是名益振。」

水闊風驚去路危，孤舟欲上更遲遲。鶴群長繞三珠樹，三珠樹，《山海經》云：「在厭火國北，生赤水上，樹上有柏，葉皆爲珠。」**不借閑人一隻騎。**

增註 陶詩：「粲粲三珠樹。」注：「《淮南子》：『東北有玉樹如柏，葉皆爲珠。』又『禹填淇水，掘地[四]，有珠樹』。」

備考 《賢愚鈔》曰：「第一句言世路風波之險如此，黄巢之亂後，又李茂貞作叛逆，此句比也。由來下瀨之舟易，而上瀨之舟難者也，進退之難如上瀨也，此句比也。第三、四句言恐世路風波之險而慕塵外飛升之樂，此兩句賦也。」

三珠樹 《留青日札》卷二十二曰：「晉王衍神姿高徹，如瑶林玉樹。唐王勃與兄勔、勮皆才美，故人號之曰『三珠樹』。如詩人所言『可人坐上三珠樹』，皆本諸此。初不解所謂，每疑以爲稱玉樹瓊枝之流。而《山海經》又言：『崑崙之墟，北有珠樹、文玉樹、玕琪樹。』皆樹也。梁吴筠詩：『安得崑崙山，偃蹇三珠樹。三珠樹始荄，絳葉凌朱虚。』《山海經》：『三珠樹生赤水上，爲樹如柏，葉皆爲珠。』後至嶺南，見海商下噐者，言有珠子樹，其珠生于蚌中，蚌生于樹上，綴著不解，而樹乃生于石，石在海底，蜑户鮫人泅于水中，鑿石得樹，其樹如楊柳枝，良可愛也，疑始釋然。蓋亦珊瑚樹、瑯玕樹之生成者也。又聞海中有翠荷葉盤，乃天生緑石，盆在水，如荷葉翠色可愛，出陸日久則漸淡而枯，惟得水養之。而以珠樹、珊瑚樹植之其中，尤可寶玩。家大夫適采珠之時，云曾見其盤。」

註 **《山海經》云云樹上云云** 《山海經》「樹上」作「爲樹」，「有」字作「如」字。

增註 **填淇水** 按「淇」字恐當作「洪」。

【校勘記】

[一]復：底本脱，據《唐才子傳》卷八補。

[二]齋：底本誤作「亭」，據《唐才子傳》卷八改。

［三］全：底本訛作「金」，據《唐才子傳》卷八改。

［四］掘：底本訛作「堀」，據附訓本和增註本改。

野塘　　韓偓

備考 塘，《字彙》曰：「鑿池注水曰塘。又堤岸。」○《賢愚鈔》曰：「此篇韓偓被朱全忠讒，貶濮州司馬時作也。或説云：『偓僖宗朝爲翰林學士，失恩光而歸休。』此或説不可也。偓爲翰林學士、爲翰林承旨，皆在昭宗朝也。遇朱全忠讒，亦昭宗時也。」

韓偓 履歷見于前。

侵曉乘涼偶獨來，不因魚躍見萍開。捲荷忽被微風觸，瀉下清香露一杯。

備考 《賢愚鈔》曰：「第一、二句謂野塘也。午時甚熱，故侵曉乘涼，獨來野塘之上。不因魚躍，忽見萍之開漾，而水面之清因何彼萍開邪？兹有其由也。以第三、四句發其由也。」○一説曰：「不因魚躍，則豈得見萍開邪？下二句説破之。第三、四句言捲荷葉之中含香露一杯，俄一陣風來而觸之，故其露灑下，萍已開漾。以捲荷，偓自比；以微風，比朱全忠之讒；以香露，比君恩也。」○《詩粹》注曰：「萍開，即因露灑而開也。下二句説出第一、二句。」

萍《留青日札》卷十三曰：「萍，水草也，善滋生，一夜七子[一]，無根而浮，常與水平，故曰萍。又無定性，隨風漂流，故曰薸萍、青薸。陽花入水化爲浮萍[二]，一名水白。今薸有麻薸異種，長可指許，葉相對聯綴，不似萍之點點清輕也。萍乃陰物，静以承陽，故曝之不死。惟以盆水在下承之，而虚閣萍于上曬之，即枯死矣。」

【校勘記】

[一]一：底本脱，據《埤雅》卷十六和《陸氏詩疏廣要》卷上補。

[二]「陽花」前底本衍「紫」，據《埤雅》卷十六和《會稽志》卷十七删。

已前共九首

備考《賢愚鈔》曰：「第三、第四，上下錯綜成其意，承第一句之意也。」○愚按一、二句意，以第三、四句説破也。

歲初喜皇甫侍御至　嚴維

增註 侍御，即皇甫曹。

備考《賢愚鈔》曰：「歲初者，春王正月也。」○凡皇甫複姓，宋戴公之子充石，字皇父，子孫以王父字爲氏。漢興，改父爲甫，居安定，爲著姓。

題註　**皇甫曹**「曹」當作「曾」。○皇甫曾，《唐詩正音》云：「中唐作者。」○《才子傳》第三曰：「曾字孝常，冉之弟也。天寶十二年楊儇榜進士[二]。善詩，出王維之門。與兄名望相亞。仕歷侍御史。後坐事貶舒州司馬，量移陽翟令。有詩一卷，傳于世。」

嚴維　出于前。

湖上新正逢故人，情深應不笑家貧。明朝別後門還掩，脩竹千竿一老身。

備考《賢愚鈔》曰：「此篇嚴維爲餘姚令作歟？爲諸暨尉作歟？一説曰：皇甫在舒州，嚴維在江淮。第一句有三事，曰湖上之風致，曰春王正月之賞辰，曰故人之皇甫曾來過，三事已并矣。第二句，此三事已有之，則展待華麗而可調山海之珍美，然家貧不得具，皇甫則我故人，而其情深，應不笑家貧無展待也。第三、四句言皇甫曾一宿，明日必皈去，之後家唯脩竹千竿爲伴，而嚴維單獨一身而已。」

【校勘記】

[二]二：底本訛作「七」，據《唐才子傳》卷三改。

送魏十六[一]　皇甫冉

備考《唐詩訓解》第七、《唐詩正音》第六載此詩，共題曰《送魏十六還蘇州》，詩中「清夜」作「秋夜」，「陰蛩」作「陰蟲」，「歸舟」作「孤舟」。○魏十六，未知爲何人也。○愚按古人姓字下加數量字，未審其義。《賢愚鈔》曰：「恐是或以及第次第呼，或以兄弟次第呼之，或以就其人有數呼之乎？《剪燈新話》曰：『有趙氏子者第六[二]。』兄弟之行也。唐德宗呼陸贄不名，而以兄弟之行呼之曰『陸九』。」○此題有二義。一説曰：「魏十六自姑蘇赴常州之毗陵，皇甫冉亦在姑蘇而作送行之詩。此時魏母留姑蘇，故第四句用『白雲』。」一説曰：「如《訓解》《正音》，則魏十六此來從母在常州之毗陵，今從毗陵赴浙西之蘇州，皇甫冉亦在常州送此也。」

皇甫冉

備考《正音》云：「中唐作者。」○《才子傳》第三曰：「皇甫冉，字茂政，安定人，避地來寓丹陽。耕山釣湖，放適閑淡。或云秘書少監彬之侄也。十歲能屬文，張九齡一見，嘆以清才。天寶十五年盧庚榜進士。調無錫尉。營別業陽羨山中。有詩集三卷，獨孤及爲序，今傳。」

清夜沉沉此送君[三]，**陰蛩切切不堪聞**。顔延年詩：「陰蟲先秋聞。」**歸舟明日毗陵道**，毗陵，常州。**回首姑蘇是白雲**。

增註 狄仁傑見白雲孤飛曰：「吾親舍其下。」

備考《賢愚鈔》曰：「清夜，秋夜也。沉沉，蓋夜深也。魏十六此來在蘇州，今赴常州，皇甫冉送其行，是時冉亦在蘇。第一句述之清夜已深，送其行，惜別之情無由述之。第二句言清夜沉沉時惜別，況陰蛩之切切，耳聽之而倍惜別之情，故不堪聽。第三、四句，明日魏氏棹舟赴常州毗陵道，母留在姑蘇，乘其舟回首而顧，則姑蘇之邊必可白雲也。」○一説曰：「如《訓解》題意，魏十六自常州毗陵還姑蘇，留母於常州毗陵第，惜別之情，故不堪聽之也。第三、四句言魏十六去常州而辭其母，棹舟赴蘇州，回首於蘇州，望母之所留常州，則白雲必在常州母之舍處而孤飛也。」

沉沉 杜詩云：「清夜沉沉動春酌。」注：「沉，音湛，深邃貌。」

姑蘇《一統志》：「蘇州府，西至常州府宜興縣界一百里。蘇州，因姑蘇山爲名。」

註　顏延年云云《文選》十六顏延年《夏夜呈從兄散騎車長沙》詩云：「夜蟬當夏急，陰蟲先秋聞。」○《排韻》曰：「顏延之，字延年，文章冠絶當世，與靈運齊名。鮑照曰：『謝五言如初發芙蓉，公詩如鋪錦綉，亦雕繢滿眼[四]。』江左稱顏謝。宋文帝嘗召之，不見。孝武加金紫光禄大夫。」

毗陵云云 毗陵，漢延陵也。晉爲毗陵郡，在常州。

增註　狄仁傑云云 唐狄仁傑，字懷英。閻立本異其才，薦爲并州法曹。登太行山，見白雲孤飛，因指曰：「吾親舍其下。」雲移乃去。親舍時在河陽。

【校勘記】

[一]送魏十六：《全唐詩》卷二百四十九作《送魏十六還蘇州》。

[二]「六」後底本衍「姓」字，據《剪燈新話》卷三刪。

[三]清：《全唐詩》卷二百四十九作「秋」。

[四]雕績滿眼：底本訛作「雕績蒲眼」，據《氏族大全》卷五和《南史·顔延之傳》改。按《古今事文類聚》別集卷五和別集卷九均作「雕繪滿眼」。

送王永　劉商

備考《唐詩解》卷二十八、《唐詩遺響》卷二載此詩，共題作《合溪王永皈東郭》。合溪在徐州也，彭城亦徐州也。合溪在彭城西，溪水合流，當兩巖有山，風景尤佳矣。○《十七史·唐書》《才子傳》無王永傳。○此詩「水」字有二。《漁隱叢話》曰：「一詩之中有同字，是律詩一格。」○《詩林廣記》曰：「真西山先生云：『此詩譏世亂不能明君臣之義者，禽鳥之不若也。』」

劉商 見前。

君去春山誰共遊，鳥啼華落水空流。如今送別臨溪水，他日相思來水頭。

備考《賢愚鈔》曰：「第一、二句言合溪在彭城西，溪水合流，雖尤可愛之地，王永去後，劉商誰共遊？鳥驚心、花賤淚而已。第三、四句言他日不堪相思，則重來相別之地也。」○愚謂第二句前説不是。此一句別地之景象也。「鳥啼花落」，非情之物，臨別之時，助我悲之一事乎。「水空流」，水者無情之甚也，空流而示行人流歸之樣態也。

酧楊八副使赴湖南見寄

劉禹錫

增註《事文類聚》載：「太宗時，置招討使，後以節度兼支度營田招討經略使，有副使、判官各一人，諸副使始此。」

備考 酧，《字彙》曰：「俗作酬，古無此字。」○又「酬」字註曰：「與醻同，勸也。」○又「醻」字註曰：「主人進酒於客曰醻。」○《賢愚鈔》曰：「次韻蓋盛興於宋也，三唐唯曰酬、曰和。」○「楊八副使，不識爲何人也。」○或曰：「楊八，乃楊儀之也。《韓文》第一《別知賦》注：『韓曰：「時楊儀之以湖南支使來，公爲此賦以別之。」蔡曰：「按《唐書・宰相世系》，儀之者，楊凝之子，時儀之伯父憑以御史中丞爲湖南觀察使，儀之爲府中從事云云。」』」

題註 **《事文類聚》云云** 《事文類聚》曰：「唐貞元時置招討使，自後隨用兵權置[一]，兵罷則停，後以節度兼度支營田招討經略使，則有副使、判官各一人。五代、後唐亦以招討使爲都統之副，宋因之。元有招討使、副招討。」○「唐貞觀二年，邊州置經略使，此蓋使名之起。節度兼度支營田招討經略史，則有副使、判官各一人經略，所以重師權而服羌夷也。」

招討使 《紀原》卷六曰：「《唐·百官志》曰：『招討使掌征伐，兵罷則省云。天寶末置招討，都統之名始於此。』《事始》云：『開元十七年，宰相奏置招討使。天寶十五載以來，瑱爲潁川太守兼招討使。』《職林》曰：『貞元時置。』注：又云：『德宗建中年以馬燧爲魏博招討使。』《舊唐志》曰：『貞元末置，用兵權，兵罷則停也。』」

以節度 《類聚》曰：「自高宗永徽以後，都督帶使持節者[二]，謂之節度使，猶未名官。景雲、開元、天寶之以後，名官。《唐·百官志》：『節度使掌總軍旅。』」○《事言要玄》曰：「唐節度使入境，州縣築節樓，迎以鼓角，衛仗居前，旌幡居中。《唐·百官志》：『節度使賜雙節，行則建節，樹六纛。』」

度支 《紀原》卷五曰：「《通典》曰：『漢張蒼善算，以列侯主計領郡國上計者，殆今度支之任也[三]。魏文帝始置度支尚書[四]，唐以爲子司。』」○《通典》二十三曰[五]：「至魏文帝置度支尚書寺，專掌軍國支計。吳有户部，而晋有度支，皆主算計也。梁亦有之。後魏度支亦掌支計，崔亮爲度支尚書。隋初有度支尚書，則並後周民部之職。」

經略使《紀原》卷六曰：「唐太宗貞觀中，邊州別置經略使，此蓋使名之起也。高宗儀鳳二年，以黑齒常之爲河源軍經略大使。《宋朝會要》曰：『舊不常置，皆因事命使。寶、元以來，陝西緣邊大將皆兼經略也。初自咸平四年八月，張齊賢爲涇源安撫，又始以安撫使兼經略云。』」

劉禹錫

備考《正音》云：「中唐作者。」○《新唐書》列九十三、《十七史》列四十二有傳。○《才子傳》第五曰：「劉禹錫，字夢得，中山人。貞元九年進士，又中博學宏詞科，工文章。時王叔文得幸，禹錫與之交，嘗稱其有宰相器。朝廷大議，多引禹錫及柳宗元與議禁中。判度支鹽鐵案，憑藉其勢，多中傷人。裴度薦爲翰林學士。俄分司東都，遷太子賓客。會昌時，加檢校禮部尚書，卒。公恃才而放，心不能平，行年益晏，偃蹇寡合，乃以文章自適。善詩，精絕，與白居易酬唱頗多，嘗推爲詩豪，曰：『劉君詩在處，有神物護持。』有集四十卷，今傳。」

知逐征南冠楚材，晉杜預爲征南將軍，以比正使，楊爲副使，故云逐也[六]。《左傳》：「楚雖有材，晉實用之[七]。」**遠勞書信到陽臺**。陽臺，巫山。**明朝若上君山望**，君山在岳州洞庭湖中。**一道巴江自此來**。夢得時謫朗州，巴江出峽，經朗然後至岳。

備考《賢愚鈔》曰：「此篇賦也。第一句，楊八今從如杜預爲將軍者幕下赴湖南。湖南，即楚也。逐，相從謂也。蓋可爲幕下之第一人，故云冠也。第二句，楊八遠赴湖南，而今先生在湖北，勞書信投巫山邊，劉之謫處朗州雖遠，非千萬里路，唯一兩日程而已。故第三句用『明朝』之字，巫山接朗州，劉謫處也。第三、四句，楊八若雖赴湖南路，必歷湖北之岳州，在湖北若上岳州之君山，而遠望劉之謫處之朗州，則西方之巴江出峽，歷朗而至岳州，楊八細著眼看，一道巴江次第流，行可至湖之南北也。」

註　晉杜預云云《晉書》列四曰：「杜預，字元凱，京兆杜陵人，博學多通，明於興廢之道，常言：『德不可以企及，立功、立言可庶幾也。』云云。預有大功名於晉室[八]，位至征南大將軍[九]，開府，封當陽侯、荆州刺史，食邑八千户，時號爲武庫。」

征南將軍　杜氏《通典》二十九曰[一〇]：「四征將軍皆漢魏以來置，加大者始曰方面。征東將軍、漢獻帝初平三年，以馬騰爲之，或云以張遼爲將軍。征西將軍、漢光武建武中，以馮異爲大將軍。征南將軍、漢光武建武二年置，以馮異爲之[一一]，亦以岑彭爲大將軍。征北將軍　魏明帝太和中置，劉靖爲之，許允亦爲之。各一人。魏黄初中，位次三公，後漢加大，則次衛將軍，大唐無。」○將軍，《紀原》卷五曰：「《周禮》：『天子六軍，軍萬二千五百人，其將皆命卿。』蓋在國稱大夫，在軍稱將軍。自晉獻公作二軍而公將上軍，故將軍之名特出於此。《左傳》：『閻没、汝寛皆謂魏獻子爲將軍[一二]。』《後漢·百官志》云：『初漢武將軍始自秦、晉，以爲卿號，七國皆有其事。漢以來，其命官之名極多，謂之雜號也。』」

《左傳》云云《左傳·襄公二十六年》傳曰：「伍舉奔鄭，將遂奔晉。聲子將如晉，遇之於鄭郊，班荆相與食，而言復故。聲子曰：『子行也！吾必復子。』及宋向戌將平晉、楚，聲子通使於晉。還如楚，令尹子木與之語，問晉故焉，且曰：『晉大夫與楚孰賢？』對曰：『晉卿不如楚，其大夫則賢，皆卿材也。如杞梓、皮革，自楚往也。雖楚有材，晉實用之。』言楚亡臣人多在晉。」○愚按《左傳》無「安」字。

岳州 《方輿勝覽》二十九《岳州部》曰：「岳陽樓在郡治西南，西面洞庭[一三]，左顧君山，不知創始爲誰。」

洞庭湖 又二十九《岳州·洞庭湖》注曰[一四]：「在巴陵，西卷赤沙，南連青草湖，亘七八百里，日月出沒其中。」[一五]

巴江 《潯江記》曰：「羿屠巴蛇於洞庭[一六]，其骨若陵，故謂之巴陵。」

出峽 《荊州記》曰：「峽長七百里，兩岸連山，略無絕處。重巖疊嶂，隱天蔽日，常有高猿長嘯，屬引清遠。」

【校勘記】

[一]隨：底本訛作「隋」，據《古今事文類聚》外集卷六改。

[二]使：底本訛作「任」，據《新唐書·兵志》改。

[三]之：底本誤作「支」，據《事物紀原》卷五改。

[四]帝：底本訛作「章」，據《事物紀原》卷五改。

[五]《通典》二十三：底本訛作「《通典》三十三」，據《通典》卷二十三改。

[六]云：底本脱，據元刻本和箋註本補。

[七]「用之」前底本衍「安」，據元刻本和箋註本删。

[八]於：底本脱，據《三國志・魏書・任蘇杜鄭倉傳》補。

[九]大：底本脱，據《三國志・魏書・任蘇杜鄭倉傳》補。

[一〇]杜氏《通典》二十九：底本訛作「杜氏《通典》三十九」，據《通典》卷二十九改。

[一一]以：底本訛作「次」，據《通典》卷二十九改。

[一二]皆：底本訛作「偕」，據《事物紀原》卷五改。

[一三]面：底本訛作「向」，據《方輿勝覽》卷二十九改。

[一四]二：底本脱，據《方輿勝覽》卷二十九改。

[一五]在巴陵，西卷赤沙，南連青草湖，亘七八百里，日月出没其中：此句《方輿勝覽》卷二十九作「在巴陵縣西，西吞赤沙，南連青草，横亘七八百里，日月若出没其中」。

[一六]屠：底本誤作「射」，據《元和郡縣志》卷二十八和《太平御覽》卷一百七十一改。

逢鄭三遊山[一]　盧仝

備考　鄭三，未知何人。○《唐詩解》二十九、《唐詩遺響》第二載之，並詩中「草」作「花」。○或曰：「盧仝居嵩山時作也。」

盧仝

備考　《正音》云：「中唐作者，洛陽人。」○《新唐書》列一百一《韓愈傳》末有仝傳，《十七史》列四十四有傳，不記字。○《才子傳》第五曰：「仝，范陽人。初隱少室山，號玉川子。家甚貧，惟圖書堆積。後卜居洛城[二]，破屋數間而已。朝廷知其清介之節，凡兩備禮徵爲諫議大夫，不起。時韓愈爲河南令，愛其操，敬待之[三]。仝之所作特異，自成一家。後來倣效比擬，遂爲一格宗師。有集一卷，今傳。」○《詩林廣記》前集八曰：「晦菴曰：『詩須要句法渾成，如玉川子輩，句雖險怪，亦自渾成底氣象。』」

相逢之處草茸茸[四]，**峭壁攢峰千萬重。他日期君何處好，寒流石上一株松。**

備考　《賢愚鈔》曰：「此篇有三說。其一賦也。第一句，與鄭三相逢之處，或花有開，茸茸而茂生，無行媒迹。第二句，亦青壁群峰千萬重，寂然無塵之處。第三、四以第一、二之意而頗知鄭三之可遊之處必不相及，約而期之處，蓋寒流石上一株松，是其處鄭必可來，是便不期而相逢之地也。」○一說：「左太沖詩曰：『離離山上苗，鬱鬱澗底松。以彼一寸草，掩此千尺躬。』由是觀此詩，則第一，相逢之處皆是小人如草茸茸；第二，仕途之嶮猶如峭壁攢峰之嶮岨千萬重；第三、四，鄭三當今之世而唯一人君子，其棟梁之材，如寒流石上一株之松，他日必逢鄭之處，可指以鄭之一株松。以山上一寸草比小人，以澗底千尺松比鄭三。」○一説：「第一、二句，相逢之處不甚佳。第三、四，他於風水之佳處，必可共鄭遊，鄭亦必來，是寒流石上一株之松下，可勝草茸茸之處，壁峰千萬之境也。」○愚謂前説不優，後説爲是。

【校勘記】

[一]逢鄭三遊山：《全唐詩》卷三百八十七作《喜逢鄭三遊山》。

[二]洛城：底本誤作「洛陽」，據《唐才子傳》卷五改。

[三]待：底本訛作「侍」，據《唐才子傳》卷五改。

[四]草：附訓本和增註本同此，然元刻本、箋註本和《全唐詩》卷三百八十七均作「花」。

重贈商玲瓏兼寄樂天　元稹

備考 玲瓏在元稹之處，作詩，今送別，故曰重。

樂天 《正音》云：「中唐作者。」○《新唐書》列四十四有傳。○《十七史》列二十五曰：「白居易，字樂天。其先太原人，徙下邽。敏悟絶人，工文章。貞元中擢進士。會昌初，以刑部尚書卒。東都所居履道里[一]，疏沼種樹，構石樓香山，鑿八節灘，自號醉吟先生，爲之傳。暮節惑浮屠[二]，至經月不食葷，稱香山居士。初，與元稹酬咏，故號元白。又與劉禹錫齊名，號劉白。」〇《才子傳》第六曰：「初來九江，居廬阜峰下，作草堂燒丹，今尚存。有《白氏長慶集》七十五卷，及所撰古今事實爲《六帖》，及述作詩格法，欲自除其病，名《白氏金針集》三卷，並行于世。」

元稹

備考　《正音》云：「中唐作者。」〇《新唐書》列九十九，並《十七史》列四十四有傳。〇《才子傳》第六曰：「元稹，字微之，河南人。九歲工屬文。與白樂天最密，雖骨肉未至，愛慕之情，可欺金石，千里神交，若合符契[三]，唱和之多，無踰二公者。有《元氏長慶集》一百卷及《小集》十卷，今傳。」

休遺玲瓏唱我辭，我辭多是寄君詩。《脞説》云：「商玲瓏爲杭州歌者，樂天作郡日賦歌與之。元微之在越，厚幣邀至[四]，月餘，使盡歌所唱之曲，作詩送行，兼寄樂天。」**明朝又向江頭別，月落潮平是去時。**

備考　《賢愚鈔》曰：「第一句言莫遺玲瓏唱我辭。第二句言我辭唯寄樂天之詩而已，更不罵時世之人也，人多以元稹詩爲罵時也。第三、四句，明日與玲瓏別，即是月落潮平之時也。天隱引《脞説》義也。」〇或説曰：「全篇言元、白共未脱罪籍，今遺玲瓏唱我寄君詩，則言漏而罪愈重也。故向江頭落月之時潛發舟，可送彼妓也。」○一説曰：「樂天詩集有《想東遊五十韻》，其略云：『一吟江月別[五]，七見日星周。』自注云：『余昔在杭州，與微之別。微之留詩云：「明朝又向江頭別，月落潮平是去時。」』若依樂天詩集，則此詩末二句，元稹與樂天相別也。樂天在杭州，元稹如杭州，自杭歸時留此詩也。」○《詩格》注曰：「此詩言休唱寄君詩者，蓋謂微之寄詩皆思憶樂天之語，故歌則恐傷情云耳。月落潮平，是明朝江頭別時所見之景也。」○愚謂或説非也。從天隱意而解之，第一説爲是。若依《東遊》詩自註，末二句樂天與微之別時景爲正，《詩格》註解亦其意也。

註 **《脞説》云云** 張君房著。○《漁隱叢話》後集十三引《脞説》云：「商玲瓏，餘杭歌者，樂天作郡日賦歌與之：『罷胡琴，掩秦瑟，玲瓏再拜歌初畢。誰道使君不解歌？聽唱黄鷄與白日。黄鷄催曉丑時鳴，白日催年酉前没。腰間紫綬繫未穩[六]，鏡裏朱顔看已失。玲瓏玲瓏奈老何？使君歌了汝還歌。』時元微之在越州，厚幣邀至，月餘，使盡歌所唱之曲，作詩送行，兼寄樂天，云：『休遣云云，我辭云云。却向江邊整回棹，月落云云。』」○樂天本集曰：「玲瓏謂樂天曰：『此詩第三句「明朝又向江頭別，月落潮平是去時」，既云「明朝」，又云「月落」，不叶音律。』其時樂天作文贈元稹，元稹改第三句作『却向江邊整回棹，月落潮平是去時』，樂天絶倒。」

作郡 「作」字，唐本作「即」字。

【校勘記】

［一］「東都所居履道里」前底本衍「愛」，據《新唐書·武李賈白傳》刪。
［二］惑：底本訛作「感」，據《新唐書·武李賈白傳》改。
［三］契：底本脱，據《唐才子傳》卷六補。
［四］幣：底本訛作「弊」，據元刻本、箋註本、附訓本和增註本改。
［五］別：底本誤作「句」，據《白氏長慶集》卷五十七改。
［六］穩：底本訛作「隱」，據《漁隱叢話》後集卷十三改。

採松華　姚合

備考 蘇頲《經三泉》詩曰：「三月松作花，春行日漸賒。」○劉子昂《謝胡且齊寄松花》詩曰：「西華峰頂遠人群，無數松花結紫氣。」○《神仙傳》曰：「偓佺好食松實，能飛行，如走馬。其服者皆至三百歲。又仙家以五粒松花釀酒服之，香美延年。」

姚合

備考 《正音》云：「晚唐作者。」○《新唐書》列四十九《姚崇傳》末附之。《十七史》無傳。○《才子傳》第六曰：「姚合，陝州人，宰相崇之曾孫也。以詩聞。元和十一年，李逢吉知貢舉，有夙好，因拔泥塗，鄭解榜及第，歷武功主簿。性嗜酒，愛華，頹然自放，人事生理，略不介意，有達人之大觀。所爲詩十卷，及選集王維、祖咏等一十八人詩爲《極玄集》一卷[一]。又摭古人詩聯，叙其措意[二]，各有體要，撰《詩例》一卷，今並傳焉。」

擬服松華無處學，嵩陽道士忽相教。今朝試上高枝採，不覺傾翻仙鶴巢。

備考《賢愚鈔》曰：「第一句言素餐尸禄則非所置一念，故欲服松花，擬西山之薇，然食松花之法，無人之教也。第二句，兹有嵩陽道士不惜舌頭落地，而采松花相服之法一一提撕，寔勝人間之高位福禄也。第三句言今日自攀高枝而上之採松花，松花容易不在平地之上，然易於望世上之高位。第四句言學無益之仙術欲採松花，却傾翻鶴巢而損其雛也。」

擬　《字彙》曰：「像也，議也，揣度以待也。」

忽相教　舊解云：「『教』字，去聲，兹用平聲不審。」○愚謂《字彙》曰：「居教切，音較，迪也，訓也，授也，法也。《廣韻》：『效也。』《增韻》：『使之爲也。』又平聲，居肴切，義同。」○又許渾《亡題》云：「商嶺采芝尋四老[三]，紫陽收朮訪三茆。欲求不死長生訣[四]，骨裏無仙不肯教。」此亦平聲用也。

【校勘記】

[一]爲：底本脱，據《唐才子傳》卷六補。

［二］措：底本訛作「情」，據《唐才子傳》卷六改。
［三］尋：底本訛作「得」，據《萬首唐人絶句》卷二十四和《全唐詩》卷五百三十八改。
［四］訣：底本訛作「譯」，據《萬首唐人絶句》卷二十四和《全唐詩》卷五百三十八改。

哀孟寂［一］　張籍

備考　未詳何人。《十七史·唐書》《才子傳》等不載。

張籍　見前。

曲江院裏題名處，慈恩寺也，在曲江杏園。唐韋趙及第，偶於慈恩寺雁塔題名，後人效之，遂成故事。**十九人中最少年**。《唐進士登科記》：「孟寂乃中書舍人高郢所取第十六名，其年進士十七人，博學宏詞二人，故曰『十九人』。」**今日風光君不見**，君不見者，不見君也。**杏華零落寺門前**。唐及第進士賜宴杏園。

備考《賢愚鈔》曰：「第一句言孟寂少年而登第。第二句言進士十七人並博學宏詞二人，凡十九人，其内孟寂年最少。第三、四句，風光不改，而孟寂不見，寺門迹荒，杏花零落，空纔存而已。」

註　**慈恩寺云云**《稽古略》曰：「高宗。貞觀二十二年，皇太子治居春宮。適天時陰晦，體倦悽感[二]，追念母儀，曰昊天罔極，慈恩無際，遂鳩材擇地，創大慈恩寺，爲文德皇后追崇冥福。至是十二月成，又建浮圖。」○《書言故事》卷八「題名雁塔」注曰：「慈恩，西京外郭東南三橋，皇城之東進業坊，隋無漏寺地。」

唐韋趙云云 《書言故事》卷八曰：「《古今詩話》：『唐韋肇及第，偶於慈恩寺雁塔題名，後人效之，遂成故事。自神龍 神龍，唐中宗年號。以來，杏園後以慈恩寺雁塔下題名，同年中推善書者紀之，他時有將相，則朱書之。』」○《賢愚鈔》曰：「天隱注作『韋趙』，季昌注作『韋肇』。[三]《十七史・唐書》《才子傳》等無韋趙、韋肇傳。《氏族排韻・韋述傳》曰：『韋述儲書二千卷，兒時誦之略遍，撰《唐春秋》三十篇、《開元譜》二十篇，玄宗朝任史官二十年。祿山亂，抱國史藏南山。弟五人，迪、逌、迴、巡、迫，俱進士及第。時趙冬曦兄弟亦知名當時，張説曰：「韋、趙弟兄，人之杞梓。」』」○「又《趙不器傳》引《唐登科記》曰：『趙不器，子夏日、冬曦、和璧、安貞、居貞、順貞、彙貞，父子八人，皆進士及第，時稱科第趙家[四]。』以《排韻》見之，則韋、趙二人氏也。」○愚謂暫存二説，未詳孰是。博洽者正之。

雁塔 《釋氏要覽》：「《西域記》云：『昔有比丘見群雁飛翔，戲言知時，忽有一雁投下自殞，衆曰：「此雁垂誡[五]，宜旌厚德。」於是瘞雁建塔。』」○《書言故事》八注曰：「雁塔之故，出佛經。佛在西域時，有比丘見雁飛空，乃念曰：『摩訶薩埵，可充我食。』雁乃墮地。佛曰：『此雁王也，不可食。』乃立雁塔。」

唐進士云云《紀原》曰：「《唐會要》曰：『大中十年四月，禮部侍郎鄭顥進《進士諸家科目記》十三卷，勅自今後放牓訖[六]，仰寫及第人姓名，仍付所司，逐年編次。』《摭言》曰：『永徽已前，俊士、秀才二科，猶與進士並列。咸亨永徽、咸亨，高宗年號。後，由文學舉於有司者，競集於進士，繇是趙傪刪去俊、秀，故目之曰《進士登科記》。』其事之始，疑自唐初，而獨以『進士登科』名記[七]，當起於高宗時趙傪云。」〇《書言故事》八「登科記」注云：「登科記，歷科姓名、官爵。」

中書舍人《紀原》曰：「中書之官，雖起自漢武，而所治之府，魏晉始有之，謂之中書省。《通典》曰：『中書之官舊矣，謂之中書省，自魏晉始焉。』」〇《初學記》十一曰：「《百官志》云：『中書，本尚書官也。』謝靈運《晉志》云：『以其總掌禁中書記[八]，謂之中書。』」〇《紀原》卷五：「《初學記》曰：『魏世，中書始置通事一人。明帝時，有通事劉泰是也。高貴鄉公改曰通事都尉，尋爲通事侍郎。晉初，置舍人、通事各一人，東晉各爲一職，梁始掌詔誥，其後除通事，直曰中書舍人。舍人本周官，掌平宮中之政。』」〇又卷六曰：「堯之試舜，賓於四門。秦置謁者。漢以掌贊唱，蓋通事之職也。魏置中書通事舍人，後除通事爲中書舍人，掌詔命，而通事别爲一職。隋有通事謁者。唐武德四年改曰通事舍人。《唐志》曰：『東晉有通事舍人。唐隸四方館，屬中書省也。』今以爲武臣閤門職事官，隸閤門也。」

進士《紀原》曰：「《摭言》曰：『周諸侯貢賢於天子，升之太學，曰造士。大樂正論造士之秀者以告於王，而升諸司馬曰進士。其事見於《禮·王制》及《周官》樂正之職，此蓋進士之始也。』」《摭言》又云：

『隋大業中始置進士之科，此蓋設科之始也。』」○李肇《國史補》曰：「進士科始隋大業中，盛於貞觀、永徽之際。」○《古今詩話》曰：「禮部貢院試進士，設香案於階前，試官與舉人對拜，此唐故事也。列坐設位，供帳亦盛，乃具茶湯。至於試院學究，則撤去席幕，亦無茶湯，渴則飲硯水，皆黔其吻，非固閑之，蓋防毡幕中藏文字供應人傳義耳。」

博學宏詞《國史補》曰：「唐設博學宏詞科。《選舉志》：『國初立宏詞拔萃科，紹聖立服勤詞學科，大觀改詞學兼茂科[九]，紹興改博學宏詞科[一〇]。』」

【校勘記】

[一]哀孟寂：《全唐詩》卷三百八十六作《哭孟寂》。

[二]倦：底本訛作「捲」，據《釋氏稽古略》卷三改。

[三]天隱注作「韋趙」，季昌注作「韋肇」：按元刻本和箋註本均作「韋肇」，底本、附訓本和增註本均作「韋趙」。

[四]稱：底本訛作「積」，據《氏族大全》卷十五改。

[五]誠：底本訛作「誠」，據《大唐西域記·摩揭陀國下》改。

[六]訖：底本訛作「説」，據《事物紀原》卷三改。

[七]獨：底本脱，據《事物紀原》卷三補。

［八］總：底本訛作「緫」，據《初學記》卷十一改。

［九］「大觀改詞學兼茂」後底本衍「才」，據《記纂淵海》卷三十七和《山堂肆考》卷八十五删。

［一〇］紹興改博學宏詞科：底本誤作「昭熙改博學詞科」，據《記纂淵海》卷三十七和《山堂肆考》卷八十五補正。

備考絶句四終

三體詩絶句備考卷之五

患眼　張籍

備考《韓文》十六《代張籍與浙東觀察李中丞書[二]》曰：「不幸兩目不見物，無用於天下，胸中無有知識，家無錢財，寸步不能自致。今去李中丞五千里，何由致其身於其人之側，開口一吐出胸中之奇云云。使籍誠不以畜妻子、憂饑寒亂心，有錢財以濟醫藥，其盲未甚，庶幾復見天地日月，因得不廢，則自今至死之年，皆閤下之賜也。閤下濟之以已絶之年，賜之以既盲之視，其恩輕重大小，籍宜如何報也，閤下裁之。」○《賢愚鈔》曰：「張籍憑退之，令爲文以求藥李中丞，而後得藥，眼較，故作此詩謝之也。」

三年患眼今年較，免與風光便隔生。昨日韓家後園裏，看華猶自未分明。

備考《賢愚鈔》曰：「第一句言三年患眼，今年漸較也。第二句，病眼較，故與風光免隔生。第三句，『昨日』二字，與第一句『三年』『今年』之語相應；『韓家』，韓退之家也，於退之家而看花也。第四句言病眼雖漸較，瞳子蒙朧，花之紅白不分明也。」

較《漢書·孔光傳[二]》曰：「較然甚明，無可疑惑。」師古曰：「較，明貌。」○本集「較」作「校」。

【校勘記】

[一]浙東：底本誤作「浙江」，據《五百家注昌黎文集》卷十六、《别本韓文考異》卷十六小字註「或作浙東觀察李中丞」和《文苑英華》卷六百七十二改。

[二]孔光：底本訛作「孔老」，據《漢書·孔光傳》改。

感春　張籍

備考《唐詩正音》第六載此詩。○《賢愚鈔》曰：「杜詩曰：『國破山河在，城春草木深。』言人盡改，山河草木不改。次聯云：『感時花濺淚，恨别鳥驚心。』籍此篇題云《感春》，並可著眼也。」

遠客悠悠任病身，誰家池上又逢春。明年各自東西去，此地看花是别人。

備考《賢愚鈔》曰：「賦也。第一、二句言籍在客裏而多病，栖遲不足，又在那處之池上逢春。《籍傳》云：『離家千里，遊宦四方，瘦馬羸重，青衫烏帽。』第三、四句言明年此地之主人亦去，止不可定焉，況爲客我邪？主客各東西去，則在此地看花者必是別人也。」

西歸出斜谷　　雍陶

備考《雍陶傳》曰：「宣宗大中末，陶出刺簡州。少貧，遭蜀中亂，羈旅。此篇，陶赴簡州刺史時作也。連歲東漂，今赴簡州，刺史簡州。蜀都近成都，故曰西歸。」〇一說曰：「陶避亂，自蜀移越時之作也。」

雍陶 見前。

行過險棧出褒斜，褒斜谷在興元府。《凉州記》曰：「南口曰褒，北口曰斜。斜谷道至鳳州界百五十里，有棧閣二千九百八十九間，板閣二千八百九十三間[二]。」**出盡平川似到家。無限客愁今日散，馬頭初見米囊花**[三]。《本草》：「罌粟，一名米囊。」陶嘗刺史簡州，故有是作。

備考《賢愚鈔》曰：「第一、二句，日久出成都之枌里而東漂，今赴簡州之守，故歷過險阻之棧道而出褒谷、斜谷之間，則平川而如到枌里之故家。《勝覽·成都部》引《河圖括地象》云：『成都以褒斜爲前門，熊耳、靈關爲後户。』又五十二《簡州部》云：『山不險而川平。』蓋第二句指簡州。第三、四句言簡州之風致頗似成都之枌里，況米囊花，今赴簡州而途見米囊花，則實似到枌里，故數日羈旅之愁，於馬鞍之上見此花，而今日始消盡矣。」〇愚謂：右說不穩。全句言險棧羊腸之谷，況途中不見花。縱雖有花，羈旅情倦，無愛著花之思矣。今日出盡平川，客愁一時散，故見米囊花而初慰意也。「初」字有力。

註　**褒斜谷云云**《困學紀聞》曰：「《郡國志》：『右扶風武功縣有斜谷。』注：『褒斜谷在長安西南，南口褒，北口斜，長百七十里，其水南流。』」〇《勝覽》六十六《利州東路・興元府褒谷》注曰：「在褒城縣北。《郡國志》謂北口曰斜，南口曰褒，長四百七十里，同爲一谷。兩谷高峻，中間谷道，褒水所流。乃張良送高祖至褒中説燒棧道，曹操出斜谷遮要以臨漢中，諸葛亮由斜谷取郿，皆此道也。」〇又斜谷注曰：「在府西北。入斜谷路，至鳳州界百五十里，有棧閣二千九百八十九間，板閣二千八百九十二間。土人云：『其間有一溪，可行舟。』」〇此註作「二千八百九十三間」，《勝覽》作「二千八百九十二間」，未知孰是。

棧閣　《通鑑綱目・赧王三十六年》：「棧道木閣。」崔浩曰：「棧，棚也。路險不容行，架木爲棚而度，名閣道。」〇《韻會》曰：「小橋曰棧。」〇《字彙》曰：「棚也，閣也。閣木爲棧。」

《**本草**》**罌粟云云**　《大全本草》二十六曰：「米穀下品總一十八種。罌子粟，味甘平，無毒，主丹石發動，不下食，和竹瀝作粥，食之極美。一名象穀，一名米囊，一名御米。《圖經》云：『今處處有之，人家園庭多蒔。花有紅、白二種，微腥氣。其實作瓶子，似髇箭頭，有米極細。種之，隔年糞地，九月布子，至春始生苗，極繁茂。』」

【校勘記】

[一]二千八百九十三：增註本同此，然元刻本和箋註本作「一千九百八十一」。

〔二〕頭：《全唐詩》卷五百十八作「前」。

宿嘉陵驛　雍陶

嘉陵驛，在利州。

增註 嘉陵屬四州鳳州路，江名，《山水志》：「其源出大散關。」

備考 《勝覽》六十九《鳳州部》有嘉陵江，驛在利州。○驛，《字彙》曰：「置驛，今之遞馬也，又傳舍也。」

增註　屬四州云云 季昌本註云：「嘉陵屬西川鳳州。」○此註「四州」二字當作「西川」。

其源出云云 《勝覽》六十九「嘉陵江」注云：「源出大散關之西，去州九十里，循城下入兩當〔一〕、河池。」

離思茫茫正值秋，每因風景却生愁。今宵難作刀州夢， 晋王濬夢懸三刀於屋梁，須臾，又益一刀。李毅曰：「三刀爲『州』字也。又益一刀者，明府其臨益州。」果遷益州。**月色江聲共一樓。**

備考 《賢愚鈔》曰：「興也。第一句言陶與枌里之家室久離別，况值秋風涼冷之時，四時之中，以秋爲悲也。第二句言雖依風景之佳，共家室不賞之，則却爲愁之具也，尤可悲也。第三句言昔王濬見瑞夢，遂守蜀州中之益州。今雍陶雖知蜀中之簡州，更不得結吉夢，其由見第四句也。第四句言嘉陵之月色、嘉陵之江聲，雖風景奇絶之最共在一驛樓，而崇枕不結益州之瑞夢，風景奇絶之月色，却生愁之具也。『却生愁』三字，子細可著眼也。」

茫茫　《字彙》曰：「茫茫，廣大貌。」

註　**晉王濬云云**　《晉書》列十二曰：「王濬，字士治，弘農湖人。博涉墳典，疏通亮達，恢廓有大志。轉廣漢太守。夜夢懸三刀於卧屋梁上云云。濬意甚惡之。主簿李毅拜賀曰：『三刀云云。』」

【校勘記】

[一]入兩當：底本訛作「之西當」，據《方輿勝覽》卷六十九改。

醉後題僧院　杜牧

備考　本集題作《題禪院》。○《賢愚鈔》曰：「杜牧大半付醉，蓋雖有王佐之才，不得大用，僅黄、池、睦三州等之刺史，其意不滿，或付醉中，或過僧院以遣興。」

杜牧　見前。

觥船一掉 或作棹，今從洪遂本。**百分空**，觥船，酒杯。一掉百分空者，一舉無餘瀝。**十歲青春不負公**。古人多自稱曰公，如「惱公」之類是也。**今日鬢絲禪榻畔，茶煙輕颺落華風**。

增註 觥，姑横切。《釋文》：「角爲酒器，受七升，罰失禮。」《詩》：「兕觥其觩。」唐裴均僕射大宴巡官，裴弘泰盡座上小爵至觥船，凡飲皆竭，即此字。或作觥者，非。

備考 《賢愚鈔》曰：「季昌本『觥』作『觥』，『掉』作『棹』。」〇「第一句言牧以平生付醉，酒杯一舉，百分之中無一分之餘瀝，吸盡。如季昌本作『棹』，蓋杯已觥船，故用一棹進飲，棹是進船之物。觥船，其形如舟之杯傾，進則可用一棹。實非用也，寓言而已。第二句言自年少而賞春，春不負我，年年賞春如此。第三、四句，『今日』字應『十歲』字，我少年至老年，不負青春而盡醉，今日既衰老而鬢絲紛紛，强啜禪榻茶。『落花風』三字，含光陰之荏苒，人事之飄忽，昨日尚醉，今日已醒之義也。若舉酒杯爛漫吟，則落花風亦可悲，感慨之具也。」

註 **自稱曰公** 《漢書・高祖紀》：「三年十二月，項羽數侵奪漢甬道，漢軍乏食，與酈食其謀橈楚權[一]。食其欲立六國後以樹黨，漢王刻印，將遣食其立之。以問張良，良發八難。漢王輟飯吐哺[二]，曰：『豎儒幾敗乃公事！』令趣銷印。」師古曰：「乃，汝也。公，漢王自謂也。」〇《東坡》第五《題惠州靈惠院》詩云：「相逢莫怪不相揖，只見山僧不見公。」

如惱公云 《李長吉詩集》有《惱公》，題注云：「未詳題義。」

增註　觥姑橫云云　觥，《字彙》曰：「姑橫切，音肱，酒器，大七升，以兕角爲之。《周禮・地官・閭胥》：『掌比觥撻罰之事。』《春官・小胥》：『觥其不敬。』是觥用以罰也。然按《詩・周南》『我姑酌彼兕觥』，《豳風》『稱彼兕觥』，皆非罰也。然則觥爵之大者或用以罰，非專爲罰也。」

《詩》兕觥其觩　《詩・小雅・桑扈篇》曰：「兕觥其觩，旨酒思柔。」朱註：「兕觥，爵也。觩，角上曲貌。」〇又出《周頌・絲衣》篇。〇《周南・卷耳》註曰：「觥，爵也，以兕角爲爵也。」

唐裴均　《新唐書》列三十三《裴行儉傳》附《裴均傳》。

僕射　《事文類聚》曰：「僕射，秦官，漢因之。古重武官，有主射以督課軍屯吏[三]，成帝建始元年[四]，初置尚書五人，以一人爲僕射，主封門，掌授廩假錢穀。光武以爲祭酒。」〇《初學記》十一曰：「僕射，秦官也。僕，主也。古者重武，故官曹之長主領其屬而習於射者也[五]。漢因秦，本置一人，至獻帝，以執金吾榮邵爲尚書左僕射，分置左右[六]，蓋始於此。」〇《紀原》卷五曰：「秦官。《史記・始皇本紀》有僕射，周青臣是也。古者重武，以善射者掌事，故曰僕射。僕射者，僕役於射也。一云：『僕，主也。古有主射以督課。』漢因秦事，自侍中、謁者、博士、郎[七]、軍屯、永巷洎尚書，皆有之。成帝建始元年，初置尚書五人，一人爲僕射，此蓋其始也。獻帝建安四年，以榮邵爲左僕射[八]，衛臻爲右僕射，置左右之始也。』」

巡官　《紀原》卷五曰：「《唐會要》曰：『貞元十年四月，敕準《六典》，殿中侍御史分知左右巡，察其不法之事。』按《六典》自明皇時作，則左右巡之置亦其時事也。《通典》曰：『殿中侍御史自開元初知左右巡，百僚班序有雜立失言、頑而不肅者，則以禮罰之。』是則此制自開元始也。李肇《國史補》曰：『玄宗開元初至天寶末年，置御史左右巡使也。』」

裴弘泰 《新唐書》列二十五有傳。裴矩，字弘泰。

小爵 李之藻《頖宮禮樂疏》曰：「爵，所以獻也。夏曰盞，殷曰斝，周曰爵。盞者，以玉飾之。《爾雅》：『鍾之小者謂之盞，爵之淺者亦曰盞也。』爵，《説文》作『爵』，象爵之形，中有鬯酒。又持之也，所以飲器象爵者，取其名節節足足也。兩旁有柱，使飲不盡，戒其過也，因以寓警焉。《祭統》：『尸酢夫人執柄，夫人受尸執足。』柄，其尾也，有足有尾，命之以爵，其制若雀然也。高八寸三分，深三寸三分，徑長六寸二分，闊二寸九分，前俯後仰，兩柱三足，有流有鋬。」

【校勘記】

[一]橈：底本訛作「撓」，據《漢書・高帝紀》改。

[二]飯：底本訛作「飲」，據《漢書・高帝紀》改。

[三]課：底本訛作「謀」，據《通典》卷二十二改。屯：底本脱，據《通典》卷二十二補。

[四]成帝：底本訛作「武帝」，據《通典》卷二十二改。

[五]領：底本訛作「頒」，據《初學記》卷十一改。

[六]置：底本脱，據《初學記》卷十一補。

［七］郎：底本誤作「將」，據《事物紀原》卷五改。

［八］榮邵：底本誤作「邵榮」，據《通典》卷二十二乙正。

經汾陽舊宅　　趙嘏

郭子儀封汾陽王。《長安志》：「郭汾陽宅在親仁里，居其里四分之一。」

備考　此詩，郭子儀薨後六十年以後之詩也。○《千古斯文》載此詩。徐奮鵬評云：「吾讀唐人所咏王侯卿相亭臺院宅之詩，皆是慨嘆没後荒蕪景狀，説者以爲令人心悲，予則以爲令人心解。蓋編泯，千古編泯也；王侯卿相，一時王侯卿相也。何茅衡之不可悠然乎？況能爲釣臺，爲草廬，爲邵窩，爲陶宅。今古美之，視彼何如？」

題註　**郭子儀**云云《新唐書》列六十二有傳。又《十七史》列三十一《郭子儀傳》曰：「字子儀，華州鄭人，長七尺二寸，以武舉異等補左衛長史。天寶十四載，安禄山反，詔子儀爲衛尉卿東討云云。乾元元年，破賊河上，執安守忠以獻。上元三年，河中亂，殺李國貞，太原戕鄧景山。朝廷憂二軍與賊合，而少年新將望輕不可用，遂以子儀爲元帥，進封汾陽王。」○《宋史》：「英宗曰：『將帥最難得人。唐三百年中，惟一郭子儀耳。』」

趙嘏

備考《正音》云：「晚唐作者。」○《才子傳》第七曰：「嘏，字承祐，山陽人。會昌二年，鄭言榜進士。大中中，仕爲渭南尉。一時名士、大夫極稱道之。」

門前不改舊山河，《漢書》「封功臣之誓」曰：「使黄河如帶，泰山若礪，國以永存，延及苗裔。」**破虜曾輕馬伏波。**馬援爲伏波將軍。言子儀平安史、吐蕃之亂，再造唐室，伏波未足比也。**今日獨經歌舞地，古槐疏冷夕陽多。**張籍《法雄寺東樓》詩云：「汾陽舊宅今爲寺，猶有當時歌舞樓。四十年來車馬路，古槐深巷暮蟬愁。」觀此則宅已爲寺矣。然所謂郭氏子孫富貴封爵，至開成後猶不絶，則其宅不應在貞元、元和中已爲寺也。然《郭曜傳》云：「盧杞秉政，多論奪郭氏田宅。德宗稍聞，乃詔曰：『子儀有大勳，嘗誓山河，琢金石，自今有司毋得受。』」按此詔雖禁有司論奪，未嘗以已奪者還之也。豈宅爲寺，在此時乎？夫以子儀之勳，肉未寒而不保其室，德宗待功臣何薄邪？故此詩第一、第二句深致意焉。

備考《賢愚鈔》曰：「第一句言郭子儀在肅宗、代宗及德宗初，而征伐輔佐之功可謂其類稀。肅宗之時，以元帥致勳，封汾陽郡王，可謂人臣之道無缺。雖然，骨未寒而子孫不得保其地，而舊宅荒廢，門徒山色河聲而已。泰礪之誓，豈如漢高封功臣乎哉？德宗待功臣之輕薄何其如此哉！第二句言郭汾陽平靖安禄山、史思明逆亂之功，再興唐室，實漢馬援，雖伏波將軍，未足比。第三、四句言今日獨經過汾陽之舊宅，則昔日歌舞遊宴之地，子孫不得相保，只槐樹蕭疏而夕陽漏地多而已。」

破虜　虜，《字彙》曰：「郎古切，音魯。掠也，獲也。《漢書》晉灼注：『生得曰虜。又北狄曰虜，以其習尚虜掠也。从毋从力。』周伯温曰：『生得者則以索貫而拘之，故从毋从力。』」

古槐　《周禮疏》三十五曰：「朝士掌建邦外朝之法。左九棘，孤卿大夫位焉，群士在其後；右九棘，公侯伯子男位焉，群吏在其後。面三槐，三公位焉，州長衆庶在其後。」注：「樹棘以爲位者，取其赤心而外刺，象以赤心三刺也。槐之言懷也，懷來人於此，欲與之謀。」○按汾陽位至中書令，其宅必植槐樹乎？張籍、趙嘏二詩言槐者，豈徒設之乎？

註　《漢書》封功云云　《前漢書》年表第四《功臣表》曰：「初以沛公總帥雄俊，三年然後西滅秦，立漢王之號，五年東克項羽，即皇帝位，八載而天下迺平，始論功而定封。訖十二年，侯者百四十有三人。時大城名都民人散亡，户口可得而數裁什二三，是以大侯不過萬家，小者五六百户。封爵之誓曰：『使黄河如帶，泰山若礪，國以永存，爰及苗裔。』於是申以丹書之信，重以白馬之盟，又作十八侯之位次。」孟康曰：「唯作元功蕭、曹等十八人位次耳。」

延及　延，《漢書》《史記》作「爰」。

苗裔　《劉氏鴻書》十一引《路史》曰：「苗，草木之莖葉根所生也。裔，裾之末，衣之餘也。」

馬援　《後漢》列卷十四曰[二]：「馬援，字文淵，扶風茂陵人。其先趙奢爲趙將，號曰馬服君，子孫因爲氏[三]。交阯女子徵側反，寇略嶺外六十餘城，側自立爲王。拜援伏波將軍，南擊交阯。援緣海而進，隨山刊道千餘里。十八年建武。軍至浪泊上，與賊戰，數敗之，斬徵側，傳首洛陽，封新息侯。」

伏波將軍 《通典》二十九曰：「漢武帝征南越，始置此號，以路博德爲之[三]。後漢馬援亦爲之。伏波者，船涉江海，欲使浪之伏息。」

安史 《新唐書》列百五十《逆臣傳》有《安禄山史思明傳》。

封爵 封，《字彙》曰：「《説文》：『从之从土从寸。』徐曰：『各之其土也，寸守其制度也。』」○爵，《韻會》曰：「《儀禮》：『以官爵人。』註疏：『爵者，位次高下之稱也。』《周禮・司士職》曰：『以德詔爵。』註引《王制》曰：『司馬辨論官材，論定然後官之，任官然後爵之。』」○「《左傳・隱公元年》註疏：『爵，醮也，所以醮盡其材也[四]。』《白虎通》：『爵者，盡也[五]，所以盡人材。』《文字音義》：『爵，量也，量其職，盡其材也。大夫以上與宴享，然後賜爵，以章有德。故因謂命秩爲爵[六]。』」

開成 唐第十五主文宗年號，凡五年。

貞元 第十二主德宗年號，凡二十年。

元和 第十二主憲宗年號，凡十五年。

《郭曜傳》云云 郭曜，郭子儀之子也。《新唐書》列六十二有傳。○《十七史》列三十一曰：「郭曜性沈静，資貌瑰傑。子儀專征伐，曜留治家事，少長無間言。諸弟或飾池館，盛車服，曜獨以朴簡自處。子儀薨，居喪以禮，疾甚，或勸茹葱薤，終不屬口。後盧杞秉政，忌勳族。德宗稍聞之，詔曰：『尚父有大勳力，保乂王家，嘗誓山河，琢金石，許宥十世。前日其家市舊宅，而無賴者妄論奪之。自今有司無得受。』」○蘇老泉《辨姦論》曰：「昔者，山巨源見王衍曰：『誤天下蒼生者，必此人也！』郭汾陽見盧杞曰：『此人得志，吾子孫無遺類矣！』盧杞之姦，固足以敗國。然而不學無文，容貌不足以動人，言語不足以眩世，非德宗之鄙暗，亦何從而用之？云云。是王衍、盧杞合而爲一人也，其禍豈可勝言哉！」

盧杞 《新唐書》列百四十八《姦臣傳》有《盧杞傳》[七]。

大勳 《禮記·明堂位篇》曰：「成王以周公有大勳勞於天下，命魯侯世祀周公以天子之禮樂。」○勳，《字彙》曰：「能成王功曰勳。」

嘗誓 誓，《字彙》曰：「約信也。」

【校勘記】

[一]《後漢》列卷十四：當爲「《後漢》列第十四」或「《後漢》卷二十四」。

[二]因：底本脱，據《後漢書·馬援傳》補。

[三]德：底本訛作「侯」，據《通典》卷二十九改。

[四]醮：底本脱，據《春秋左傳注疏·隱公元年》補。

[五]盡：底本誤作「禄」，據《古今韻會舉要》卷二十八改。

[六]命：底本脱，據《古今韻會舉要》卷二十八補。
[七]四：底本脱，據《新唐書·盧杞傳》補。

十日菊　鄭谷

備考《乾坤清氣集》第五載此詩。

鄭谷 見前。

節去蜂愁蝶不知，曉庭還繞折殘枝。自緣今日人心別，未必秋香一夜衰。

備考《賢愚鈔》曰：「第一句言九日節已去，爲十日，故菊花已非節物而有憔悴色，蜂愁之。第二句言蝶不知節序去，而唯戀菊花之芳，雖爲十日，飛入曉庭，繞詩人折殘枝。第三、四句言胡蝶不生節前節後分別之見，人心則不然，九日則不賞菊花之芬芳，於一夜豈有盛衰乎哉？」○趙瞻民曰：「前二句抑也，後二句揚也。此詩鄭谷休官隱居而作也。後二句尤有意也。言雖休官，其才德不可減也。」○《詩林廣記》前集第八載此詩，詩中「還繞」作「和露」。「休齋云：『唐人嘗咏《十日菊》云：「自緣云云一夜衰。」世以爲工，蓋其意不隨物而盡，如「酒盞此時須在手，菊花明日便愁人」，覺氣不長耳。』東坡亦云：『休休，明日黄花蝶亦愁。』然雖變其語，終有此失。豈坡老在謫所遇時感慨，不覺發是語乎？山谷云：『文章以氣爲主，鄭谷此詩意甚佳，而病在氣不長。西漢文字所以雄深雅健者，其氣長故也。』曾子固云：『詩當使人一覽語盡而意有餘，乃古人用心處，如此詩是也。』」

老圃堂　薛能

備考《唐詩遺響》第三載之。又《詩格》十九載此詩，作者爲盧綸。○《論語·子路篇》曰：「樊遲請學稼。子曰：『吾不如老農。』」○圃，《説文》：「種菜曰圃。」《周禮·大宰》：「二曰園圃。」注：「樹果蓏曰圃，園其樊也。」○老圃堂在長安東門外，薛能舊業，罷官退居于此。

薛能　見前。

邵平瓜地接吾廬，《蕭何傳》：「邵平，故秦東陵侯。秦破，平爲布衣，種瓜城東，瓜美，世謂東陵瓜。」**穀雨乾時偶自鋤。昨日春風欺不在，就床吹落讀殘書。**

備考《賢愚鈔》曰：「第一句指老圃堂之所在，吾廬即老圃堂也。言老圃堂與邵平種瓜之地相交而混雜。言邵平秦之時爲侯之爵，秦亡後平氏之布衣，以種瓜爲業。今薛能亦無戀官爵，築老圃堂，繫志於鋤犁之三昧耳。第二句言老圃堂之地，待穀雨晴而自手鋤犁鋤也。第三、四句，言昨日春風欺薛能不讀了攤殘之書而手鋤犁，吹落床下。春風欺我如此，况於傍人具眼者乎？可愧也。薛能早負才名，自謂當作文字官，及爲將，常怏怏不平。以此語見此詩，第四句有深味，可著眼矣。」

穀雨《留青日札》十三曰：「穀雨，三月中。穀，續也，百穀之總名也。雨亦去聲。時可播種，雨其穀于水，亦自上而下也。吴鄉風俗，每于清明後浸種穀是也。」〇《詩格》注曰：「清明後十五日，斗指辰爲穀雨[一]。二十四氣，穀雨三月中。」

自鋤 鋤，《字彙》曰：「與鉏同。按鋤所以去穢助苗也，故从助。」

註《蕭何傳》云云《前漢》列第九《蕭何傳》曰：「陳豨反，上自將至邯鄲[二]。而韓信謀反關中，吕后用何計誅信。語在《信傳》。上已聞誅信，使使拜丞相爲相國，益封五千户，令卒五百人一都尉爲相國衛。諸君皆賀，召平獨吊。師古曰：「召讀曰邵。」召平者，故秦東陵侯。秦破，爲布衣，貧，種瓜長安城東，瓜美，故世謂東陵瓜，從召平始也。平謂何曰：『禍自此始矣。上暴露於外，而君守於内，非被矢石之難，而益君封置衛者，以今者淮陰新反於中，有疑君心。夫置衛衛君，非以寵君。願君讓封勿受，悉以家私財佐軍。』何從其計，上悦。」

【校勘記】

[一]指：底本誤作「爲」，據《藝文類聚》卷三、《歲時廣記》卷一和《太平御覽》卷二十改。

[二]「至」前底本衍「去」，據《漢書・蕭何傳》删。

偶興　羅隱

備考《賢愚鈔》曰：「偶興，即遣興、乘興之類也。杜集中往往有之，或即風花雪月，或即世上之事而述之也。或曰無題，曰偶興也。」

羅隱

備考 晚唐及五代梁時作者。○《才子傳》第九曰：「隱字昭諫，錢塘人也。少英敏，善屬文，詩筆尤俊拔，養浩然之氣。乾符 十九代僖宗。初舉進士，累不第。廣明中，遇亂歸鄉里。時錢尚父鎮東南，節鉞崇重，隱欲依焉，進謁投素作。」○《漁隱叢話》前集二十四：「苕溪漁隱曰：余讀五代舊史，隱，錢塘人，工詩，尤長於咏史，唐宰相鄭畋深器之。鄭有女，美而才，嘗得隱詩，諷誦至於忘寢食。鄭憐其意，欲以妻隱。一旦召隱至私第，俾女壁間窺之，女見隱貌極陋，遂焚其詩，不復肯誦焉，婚亦竟不成。隱累舉不第，錢尚父繆辟爲從事，官至給事中。」

逐隊隨行二十春，曲江池畔避車塵。唐進士賜宴曲江杏園，隱屢舉不第，故曰避車塵。**如今贏得將衰老，閑看人間得意人。**詳此詩，蓋爲白馬之禍作也。史謂隱屢舉不第，唐亡，依錢氏。李振亦屢舉不第，及佐朱温篡唐，盡取名士，殺之白馬津，曰：「此輩自謂清流，可投之濁流。」「得意人」蓋指名士也。

詩意謂當時曲江池畔，彼皆得意，我二十年避其車塵，豈料今日我以不第獨存，乃及見其受禍也。第三句「贏得」二字，殊有意焉。

備考《賢愚鈔》曰：「第一句言志在進士而逐隊隨行者二十年也。第二句言然遂不得登第而落魄，得意登第之輩，馬如游龍，車如流水，逢此輩則避其車塵，潛身藏影也。第三、四句言昔日我落第，今日贏得也。昔時壯年在京師，而若登科得意，則必俱陷白馬驛之禍。雖昔年不登第，于今保餘齡，看昔日得意之人見殺，不亦天幸哉。」

逐隊云云 韓愈《上張僕射書》云：「隨行而入，逐隊而趨。」又《與李翱書》云：「累累隨行，役役逐隊。」

得意 《列子・仲尼篇》曰：「列子曰：『得意者無言，進知者亦無言。』」林希逸注：「得意者，造道而有得也。」

註　史謂隱云云 《通鑒詳節》百十三《唐昭宗紀》曰：「天祐二年，時天子左右皆全忠腹心，柳璨曲意事之。同列裴樞、崔遠、獨孤損皆朝廷宿望，意輕之，璨以爲憾。五月，彗星長竟天，占者曰：『君臣俱灾，宜誅殺以應之。』璨因疏其素所不快者於全忠曰：『此曹皆聚徒横議，怨望腹非，宜以之塞灾異。』李振亦言於全忠曰：『王欲圖大事，此曹皆朝廷之難制者，不若盡去之。』全忠以爲然，乃貶獨孤損、裴樞、崔遠皆爲刺史云云。貶逐無虛日，搢紳爲之一空。未幾，再貶裴樞爲滝州司户，崔遠爲白州司户。六月，全忠聚裴樞等及朝士貶官者三十餘人於白馬驛，一夕盡殺之，投尸於河。初，李振屢舉進士，竟不中第，故深疾搢紳之士，言於全忠曰：『此輩常自謂清流，宜投之黄河，使爲濁流！』全忠笑而從之。」○《五代史・李振傳》曰：「振嘗舉進士咸通、乾符中，連不中，尤憤唐公卿。及裴樞等賜死白馬驛，謂梁太祖曰：『此輩嘗自言清流，可投之黄河，使爲濁流也！』太祖笑而從之。」

悼亡妓[一]　朱褒

備考 《賢愚鈔》曰：「十五歲之妓女死，朱褒作哀悼之詩。」○或云：「朱褒家妓也。」○《芥隱筆記》曰：「樂天詩：『羌管吹楊柳，燕姬酌蒲桃。蒲桃，太原酒名。銀含鑿落盞，金屑琵琶槽。』秦再思《記異録》：『温州朱史君有一妓，善胡琴，忽亡，念之《追悼》詩云：「魂飛寥廓魄歸煙，只住人間十八年。昨日施僧裙帶上，斷腸猶繫琵琶弦。」』『琵』字亦從仄聲。」《晉書・阮咸傳》《唐・元行冲傳》「琵琶」字並無音。《唐書音訓・外戚傳》：「調笑音調。」

朱褒

備考 履歷不詳。○《乾坤清氣集》第五載此詩，爲杜牧作，第四句「繫」字作「有」字。

魂歸溟漠魄歸泉[二]，**只住人間十五年。昨日施僧裙帶上，**唐人亡者，遇七日，則以亡者衣物施僧，事見唐楊氏《喪儀》。**斷腸猶繫琵琶弦**。

增註　《禮記》：「魂氣歸于天，體魄復于地。」〇琵琶，胡中樂。《釋名》：「推手向前曰琵，却手向後曰琶。」

備考　愚按《賢愚鈔》數説繁多，理義不分明。全篇言凡受生者，有魂有魄。今亡妓魂歸溟漠虚無之境，魄歸黄泉長夜之地，陽魂陰魄住在人間者僅十五年，誠可愛惜哉！昨日當亡妓之初七日，以衣帶布施僧。亡妓平日嗜彈琵琶，妓没，琵琶猶有相思，令人斷腸，故繫琵琶之殘弦裙帶之上，相添施僧而已。

溟漠　《文選》謝惠連《祭古冢文》云：「銘誌不存，不可得而知也。公命城者改埋於東岡，祭之以豚酒，既不知其名字遠近，故假爲之號『溟漠君』云爾。」〇《古詩註》：「溟漠，虚無也。」

琵琶弦　《容齋隨筆》曰：「白樂天以『琵』字讀作入聲讀，如云『四弦不似琵琶聲』，又『忽聞水上琵琶聲』。」注：「琵音必也。」

增註　**《禮記》云云**　《禮記・祭義篇》注曰：「心之精爽，是爲魂魄。」又「魂者神也，陽也，氣也；魄者精也，陰也，形也。魂氣皈於天，體魄皈於地」。〇《白虎通》曰：「魂者，沄也，猶沄沄行不休也。魄者，迫也，猶迫迫著於人。」〇《淮南子》曰：「天氣爲魂，地氣爲魄。」

琵琶胡中云云　《紀原》卷二曰：「《風俗通》曰：『琵琶，近代樂家所作[三]，不知其始。』《樂府雜録》曰：『始自烏孫公主造，馬上彈之。』王僧期《終幕祠儀》曰：『出於弦鼗。』傅玄《琵琶賦》序曰：『故老云漢遣烏孫公主嫁昆彌，念其行道思慕，使知音者裁箏、筑、空侯之聲，作馬上之樂，以方語目之曰「琵琶」。』《釋名》曰：『本起於胡中，馬上所鼓。石崇以謂昔公主嫁烏孫，令琵琶馬上作樂，以慰其思。』《隋・音樂志》曰：『曲項琵琶，出自西域，非華夏舊器也。』《事始》云：『或云碎葉國所獻。』」〇《三才圖會・器用部三》曰：「或曰：『推手前曰琵，引手却曰琶，因以爲名。又名秦漢子。』傅玄曰：『體員柄直，柱有十二，其他皆兑上鋭下，曲項，形制稍大。本出胡中，俗傳漢制，兼是兩制者，謂之秦漢。』」

【校勘記】

[一]悼亡妓：《全唐詩》卷七百三十四作《悼楊氏妓琴弦》。

[二]溟漠：《全唐詩》卷七百三十四作「寥廓」。

[三]家：底本脱，據《事物紀原》卷二補。

已上共十八首

備考《賢愚鈔》曰：「第三句字面相似者。」〇愚按第三句用「明朝」「昨日」「今日」「今宵」「明年」等字格。

送元二使安西　王維

安西都護府，在龜茲，武后所置。

增註　唐安西郡即康居小君長罽王故地。貞觀中，置安西都護府於西州[一]，又置安西都尉。

備考　《聯珠詩格》第四、《乾坤清氣集》第五載此詩，共題作《送元二》。又《唐詩正音》第六載之。○《玉屑》卷二曰：「折腰體，謂中失粘而意不斷，『客舍青青云云無故人』。」

題註　**安西都云云**　《唐書·武后紀》曰：「王孝傑破吐蕃，復四鎮，置安西都護府於龜茲，以兵三萬鎮。」○季昌本註云：「長罽王故地，東至焉耆鎮，西鄰吐蕃，南連疏勒，北抵突厥。顯慶中，安西都尉移龜茲城。」

王維[二]

渭城朝雨浥輕塵，客舍青青柳色新。渭城在咸陽東北，故杜郵也。**勸君更盡一杯酒，西出陽關無故人。**《輿地廣記》：「陽關在沙州壽昌縣西六里。」

增註　陽關，漢於燉煌郡龍勒縣作陽關、玉門關。唐隴右道沙州燉煌郡壽昌縣西有陽關，西北有玉門關。王維此詩，後人因以聲曲歌之，謂之《陽關曲》。按《東坡詩話》云：「舊傳《陽關三疊》，今世歌者，每句再疊而已。若通一首言之，又是四疊。皆非是。或每句三唱，以應三疊之説，則叢然無復節奏。余在密州，有文勳官長者，以事至密，自云得古本《陽關》，其聲宛轉凄斷，不類向之所聞，每句皆再唱，而第一句不疊，乃知古本三疊蓋如此。及在黄州，偶讀樂天《對酒》詩云：『相逢且莫推辭醉，听唱陽關第四聲。』注云：『第四聲，勸君更盡一杯酒。』以此驗之，若第一句再疊，則此句爲第五句，今爲第四聲，則第一句不疊審矣。」

備考《賢愚鈔》曰：「咸陽，秦之所都，漢武帝更名渭城。此篇並良辰、美景、賞心、樂事之四美也。『客舍』二字受『渭城』二字，『青青柳色新』五字受『朝雨浥輕塵』五字。第三、四句，今日相送之時賞心樂事，别後可無之也。陽關去長安渭城二千五百里，矧可無故舊知音，故勸酒也。」○吕居仁：「嚴滄浪《詩評》云：『此末句「無故人」作「有故人」，蓋言爾來朝士多使關西，大半留陽關之西，元二出陽關則多可逢故人，途中二千五百里之間，徒然可無伴侣，今先須盡一杯也。』」○《唐詩絶句》第一載此詩。謝枋得註云：「此即《陽關三疊》詞也，唐餞别必歌之。前二句鋪叙别時風景，後二句意味悠長。盡一杯，西出陽關乃蠻夷之域，必無故人，求今日故人飲酒之樂，不可必得矣。」○《詩林廣記》前集卷五曰：「《復齋漫録》云：『《送元二》絶句，李伯時取以爲畫，謂之《陽關圖》。予嘗以爲失。按《漢書》，陽關去長安二千五百里。唐人送客，出都門三十里，特是渭城耳。今有渭城館在焉。據其所畫，當謂之《渭城圖》可也。山谷題此圖云：「渭城柳色關何事，自是離人作許悲。」味此詩，則謂之《渭城圖》可也。』」○敖子發曰：「按《輿地志》，陽關在中國之外，安西在陽關之外。行役之遠，莫過於此。」

註　**渭城云云**《漢書・地理志》曰：「渭城，故咸陽。高帝元年更名新城，七年罷，屬長安。武帝元鼎三年更名渭城。」○《詩格》註云：「唐人送客，出都門三十里，有渭城館在焉。」

增註　**按東坡云云** 愚按此註所引《東坡詩話》語，至「不疊審矣」，出蘇軾《仇池筆記》並《詩林廣記》。

《陽關三疊》云云 三疊者，一句，一人唱舉之也，至第二、三、四句，則衆同相伴而唱，每一句再唱也。

節奏 節，《字彙》曰：「竹節。《埤雅》：『竹，物之有筋節者也。故倉史制字，「筋」「節」皆从竹。』」○奏，又曰：「節奏，音樂作止緩急之度。又與『湊』同。」

文勳官長 「官長」當作「長官」。《坡詩註》《漁隱》並《詩林廣記》等皆作「長官」。

【校勘記】

［一］西：底本訛作「四」，據增註本改。

［二］王維：底本脱，據元刻本、箋註本、附訓本和增註本補。

三月晦日贈劉評事　賈島

增註　《職林》：「評事屬大理卿。漢置廷平，掌平決訟獄。魏晉以來，謂之廷尉評。隋置評事，後廢，唐復置。今大理寺有評事。」

備考 《唐詩遺響》並《詩格》十二、《乾坤清氣集》第五載此詩，題曰《三月晦日》，無「贈劉評事」四字。

○《詩粹》註云：「惜春之甚也。」

增註 **《職林》評事** 《紀原》卷五曰：「漢宣帝地節三年，初置廷尉左右評。魏晋無左右，直曰評。隋煬帝始曰評事。」

屬大理卿 又曰：「《齊職儀》曰：『古官也。』《管子》曰：『黄帝得后土，辨於四方，使爲理。』《春秋元命包》曰：『堯爲天子，得皋陶爲大理，舜時爲士官。』《韓詩外傳》有『晋文公使李離爲大理』。《春秋左氏傳》：『衛侯與元咺訟，士榮爲大理。』《新序》：『楚昭王石奢爲理[一]。』則大理自古有矣。秦爲廷尉。漢景帝中元中更名大理。蓋漢復古號也。《舊唐書·志》曰：『取天官貴人之牢曰大理之義。』即《周禮》士師之職。孟詵《錦帶前書》載：『三代法官之名周曰士[二]，夏曰大理也。』」

廷尉評 《通典》二十五曰：「秦置廷尉正，漢因之，後漢一人。魏、晋謂正、監、平爲廷尉三官，其後皆有。隋開皇三年，增爲四員，煬帝增爲六員。大唐二人，通判寺事。龍朔二年，改爲詳刑大夫，咸亨初復舊[三]。」

賈島 見前。

三月正當三十日，風光別我苦吟身。共君今夜不須睡，未到曉鐘猶是春。

增註「風光」元作「春光」,「曉鐘」元作「五更」。

備考《賢愚鈔》曰:「第一句記日月之實也。第二句有感時自慨之意。第三、四句言今宵與劉評事不須眠,可賞春。曉鐘未報之間,所謂春也。」〇《詩格》第一句注云:「紀日月之最。」第三、四句注云:「有餘不盡之意見於言表,可見惜時愛日之處。」

【校勘記】

[一]楚昭王石奢爲理:底本誤作「楚平王以伍奢爲大理」,史實有誤,據《事物紀原》卷五改。按《新序》卷七云:「楚昭王有士曰石奢,其爲人也,公正而好義,王使爲理。」

[二]周:底本誤作「則」,據《事物紀原》卷五改。

[三]舊:底本訛作「無」,據《通典》卷二十五和《唐會要》卷六十六改。

武昌阻風　方澤

備考《方輿勝覽》二十八曰:「湖北路共十五州,其中鄂州郡名有武昌。」注:「吳破黄祖於沙羨,遂改名武昌。」〇或曰:「此篇方澤在武昌之任,今欲赴洛陽之召,阻風而未解纜也。」

方澤

備考 方澤，字公悅，鄂州南樓題詩，宋神宗朝守鄂州，有《題南樓畫圖》詩。山谷過之，登樓，次其韻二篇。〇天隱《履歷》曰：「《西清詩話》云：『近傳《華清宮》一絶乃杜常，《武昌阻風》乃方澤也。』或云：二人皆宋人。」

江上春風留客舟，無窮歸思滿東流。與君盡日閑臨水，貪看飛華忘却愁。

備考 《賢愚鈔》曰：「第一、二句，方澤意欲發舟，則江上之春風吹留舟，故歸京之思無窮而恨東流無窮，蓋難盡之義也。第三、四句，『君』一字指舟中相共乘人。凡看飛花則必生愁，却今對飛花消愁，春風無意翻爛熳之花，況吹留我舟，故忘却阻風之愁矣。」〇愚按第四句前説不可用，言阻風留舟，時有春風翻飛花，故與君盡日臨水貪看飛花，忘却旅愁而已。

己亥歲　　曹松

廣明元年。

增註 按唐二百八十九年間，有四己亥。武后聖曆二年己亥，肅宗乾元二年己亥，憲宗元和十四年己亥；此《己亥歲》詩，以詩人曹松之時考之，當是僖宗乾符六年。按史，是歲冬，黄巢在嶺南，士卒疫死什三四，其徒勸之北還，以圖大事。十一月，北趍襄陽。山南東道節度使劉巨容與江西招討使曹全晸合兵拒破，乘勝逐至江陵。或勸巨容：「窮追，賊可盡也。」巨容曰：「國家喜負人，有急則存撫將士，不愛官賞，事寧則棄之，或更得罪；不若留賊以爲富貴之資。」衆乃止。由是賊勢復振，轉掠饒、信、池、宣、歙、杭等十五州，衆至二十万。明年陷東京，遂入長安，僭號大齊，改元金統。車駕幸蜀。

備考 唐第十九主僖宗乾符六年己亥，是年改廣明。○《詩格》十一載此詩，「樵蘇」作「樵漁」。○季昌本註云：「曹松本集《己亥歲》詩二首。又一首云：『傳聞一戰百神愁，兩岸强兵過未休。誰道滄江本無事，近來長共血争流。』」○《詩林廣記》後集十載之，「愚因記張籍《將軍行》云：『邊城親戚曾戰没，今逐官軍收舊骨。磧西行見萬里空，幕府獨奏將軍功。』杜子美《出塞曲》云：『功名圖麒麟，戰骨當速朽。』劉灣《出塞詞》云：『死是征人死，功是將軍功。』劉潜夫《國殤行》云：『嗚呼諸將官日穹，豈知萬鬼號陰風。』陸龜蒙《築城詞》云：『城高功亦高，爾命何勞惜。』此詩此意，真足以爲貪功生事、輕視人命者之戒！」

題註 **廣明元年** 庚子歲也。

增註 **按唐二百云云** 《紹運圖》云：「唐二十二主〔二〕，二百八十八年。」○《佛祖通載》作「二百八十九年」。○《賢愚鈔》云：「唐保世二百八十九年之中，有五己亥。其一，第二主太宗貞觀十三年己亥；其二，第四主武后聖曆二年己亥；其三，第八主肅宗乾元二年己亥；其四，第十二主憲宗元和十四年己亥；其五，第十九主僖宗乾符六年己亥。合有五己亥，季昌何不加貞觀十三年己亥而爲四己亥乎？」

按史是歲云云《資治通鑑》百十二《唐僖宗紀》曰：「乾符六年冬，黄巢在嶺南，士卒罹瘴疫，死者什三四。其徒勸之北還，以圖大事，巢從之。十一月，黄巢北趍襄陽。山南東道節度使劉巨容與江西招討使曹全晸知領切。合兵屯荆門以拒之。賊至，巨容伏兵林中，全晸以輕騎逆戰，陽不勝而走，賊追之，伏發，大破賊衆，乘勝逐北，比至江陵，俘斬其什七八。巢與尚讓收餘衆，度江東走。或勸巨容：『窮追，賊可盡也。』巨容曰：『國家喜負人，有急則存撫將士，不愛官賞，事寧則棄之，或更得罪；不若留賊以爲富貴之資。』衆乃止。由是賊勢復振，轉掠饒、信、池、宣、歙、杭等十五州，衆至二十萬。」

黄巢《新唐書》列一百五十《逆臣傳》有《黄巢傳》。

士卒　卒，《字彙》曰：「兵卒也。」

疫死　疫，《字彙》曰：「越逼切，音域，厲鬼爲灾，瘟疫也。《説文》：『民皆疫也。』」

明年陷云云《通鑑綱目・僖宗紀》：「明年十二月，黄巢入潼關，入長安，黄巢僭號。」《目》云：「巢殺唐宗室在長安者無遺類[二]，遂入宫，自稱大齊皇帝，改元金統。」

曹松

備考　晚唐作者，《正音》不載。〇《才子傳》第十曰：「曹松，字夢徵，舒州人也。學賈島爲詩，深入幽境，然無枯淡之癖。尤長啓事，不減山公。早不達，嘗避亂來栖洪都西山。初在建州依李頻，頻卒後，往來一無所遇。光化四年，禮部侍郎杜德祥下，與王希羽、劉象、柯崇、鄭希顔同登第，年皆七十餘矣，號爲五老榜。時值新平内難，朝廷放進士爲喜，特授校書郎而卒。松野性方直，罕嘗俗事，故拙於進宦，構身林澤，寓情虚無，苦極於詩，然别有一種風味，不淪乎怪也。集三卷，今傳。」

澤國江山入戰圖，時巢賊亂江淮。**生民何計樂樵蘇。**《史記》：「樵蘇後爨。」**憑君莫話封侯事，一將功成萬骨枯。**

增註「澤國」，一作「南國」，指黄巢所掠荆楚、江淮、浙右等處。○此詩末二句，恐指劉巨容所謂「以賊爲富貴之資」也。

備考《賢愚鈔》曰：「第一句言不及三百年而唐室亡之時節，山河大地皆入戰圖，處處作戰場。第二句言天下大亂之故，萬民皆不樂樵蘇，實無所措手足。『戰圖』二字有兩義：其一，戰之籌；其一，戰之圖畫也。第三、四句，言天下有賊則立功可封侯，賊平則天下無事，無可爲之日，故巨容留餘黨，欲爲富貴之資。思己一人之富貴，全不計百姓之艱難，譬雖成一將軍之功，萬民空死，曝骨沙礫，必莫話封侯事也。」○《唐詩絶句》載此詩，謝枋得註曰：「即孟子所謂『争城以戰，殺人盈城；争地以戰，殺人盈野，率土地而食人肉』，仁人君子聞此詩者，必不以干戈立功名矣。」

澤國 季昌本註云：「江海所在曰水國，又曰澤國。」

入戰圖《前漢》列二十四《李陵傳》曰：「陵將其步卒五千人出居延，北行三十日，至浚稽山止營，舉圖所過山川地形，使麾下騎陳步樂還以聞。」○同列二十九《張安世傳》曰：「安世長子千秋與霍光子禹俱爲中郎將，將兵擊烏桓。還，謁大將軍光，問千秋戰鬥方略，山川形勢。千秋口對兵事，畫地成圖，無所忘失。」〇《後漢・馬援傳》曰：「援於帝前聚米爲山谷，指畫形勢，開示衆軍所從道徑往來曲折，昭然可曉。帝曰：『虜在吾目中矣。』」

生民 《孟子・公孫丑上》曰：「自有生民以來，未有孔子也。」〇蔡虛齋曰：「生民者，以其生生不絶也。」

封侯事 《前漢書・衛青傳》曰：「青笑云：『人奴之生，得無笞駡即足矣，安得封侯事乎？』」

註 《**史記**》**云云** 《史記・淮陰侯韓信傳》：「廣武君曰：『樵蘇後爨，師不宿飽。』」師古曰：「樵，取薪也。蘇，取草也。」

【校勘記】

[一]十二：底本脱，據《歷代帝王紹運圖》補。

[二]宗：底本脱，據《資治通鑑綱目・唐僖宗紀》補。

已前共四首

備考 《賢愚鈔》曰：「第三句面相似者也。」〇愚按第三句用「君」字格也。

虛接 周弼曰：「謂第三句以虛語接前二句也。亦有語雖實而意虛者，於承接之間，略加轉换，反與正相依，順與逆相應，一呼一唤，宫商自諧。如用千鈞之力，而不見形迹，繹而尋之，有餘味矣。」

備考《賢愚鈔》曰：「實者，就風花雪月舉其實事也。虛者，就悲歡興亡舉其所思也。」

題註 **語雖實云云** 實指景物，虛指情思。

反與正 反者可罵大而罵柳、罵花、罵鶯、罵燕之類，正者花曰紅白、柳曰翠緑、月曰光明之類。

順與逆 順，《字彙》曰：「不逆也，和也，從也。」〇逆，又曰：「却也，亂也，迕也，拂也，不順也。」

一呼 呼，《字彙》曰：「唤也，大叫也。元結《中興頌》：『獨立一呼，千麾萬旟。』又出息也。」

一唤 唤，又曰：「呼玩切，呼也。」

自諧 諧，《字彙》曰：「音骸，和也，合也，偶也。」

千鈞 鈞，又曰：「音均，三十斤也。」

不見形迹 言無斧鑿之痕也。

繹而尋之《論語・子罕篇》曰：「繹之爲貴。」《説文》曰：「抽絲曰繹。」又細繹，繙閲經書尋究之也。

伏翼西洞送人[一] 陳羽

增註 潼川府路長寧軍冷水溪上，有小桃源，在伏翼之西。

備考《唐詩正音》第六載之。○《乾坤清氣集》第五載之，題曰《伏翼洞送夏方慶》。○又《詩格》第八載之，題曰《絶句》，注：「此詩送人伏翼之西，而其地有小桃源，故曰『洞裏花開』，曰『看花出洞』，曰『好去武陵』，曰『莫引世人來』，皆本『桃源』而言也。」○《正音》《清氣》《詩格》等詩中「春情」作「春晴」。○此篇陳羽偶寓伏翼洞，送人之出洞而行也。

題註　**潼川云云**　季昌本注云：「或曰：伏翼之西長寧軍冷水溪上，相傳耕者得一銅牌，云『小桃源』，其詩云：『綽約去朝真，仙源萬木春。要知竊桃客，定是會稽人。』」○《方輿勝覽》六十五《潼川府路》共十五州，中「叙州長寧軍小桃源」注云：「相傳有耕者得一銅牌曰『小桃源』，其上有詩云：『綽約云云會稽人』。其水發源筆架山，在軍城冷水溪之上。嘉定宋第十三主寧宗年號。己巳，太守張公市民田種植桃李，創置亭榭，曰仙津橋桃源洞[二]，亭曰蒸霞，堂曰訡然。」

陳羽

備考《正音》云：「中唐作者。」○《才子傳》第五曰：「陳羽，江東人。貞元八年，與韓退之、王涯等共爲龍虎榜[三]。工吟，與靈一交遊唱答。寫難狀之景，警句甚多。有集傳于世。」

洞裏春情華正開，看華出洞幾時回。慇懃好去武陵客，莫引世人相逐來。《桃華源記》：「太康武陵人捕魚行溪，忘遠近，忽見桃華夾岸，云秦時避世至此。既出，復尋路，迷其所矣。」

備考《賢愚鈔》曰：「第一句言伏翼洞裏春之風情，桃花盛開也。第二句言夏方慶此間遊此洞中看花，今將出洞而去，今去此地之後，又幾時可却回。第三、四句，今背此花歸去，其必有故，路程無恙，可去武陵客。此地曰『小桃源』，故指此人曰『武陵客』，重來此地之時，必引世俗功名人而不可來此地。小桃源，則與武陵桃源避秦相同之處也，若引世俗人而來，可污却桃花。」

慇懃　《字彙》曰：「慇懃，委曲貌，又作『殷勤』。」

好去　杜詩曰：「好去張公子。」

註　《**桃華源**》云云《陶淵明集》卷五《桃花源記》曰：「晉太元中，武陵人捕魚。緣溪行，忘路之遠近。忽逢桃花林，夾岸數百步，中無雜樹，芳草鮮美，落英繽紛。漁人甚異之，復前行，欲窮其林。林盡水源，得一山，山有小口，髣髴若有光。便捨舡，從口入。初極狹，纔通人。復行數十步，豁然開朗。土地平曠，屋舍儼然，有良田美池桑竹之屬。阡陌交通，鷄犬相聞。其中往來種作，男女衣著，悉如外人。黄髮怡然自樂。見漁人，大驚，問所從來。具答之。便邀還家，爲設酒殺鷄作食。村中咸來問訊。自云先世避秦亂，率妻子邑人來此絶境，不復出，遂與外人間隔。問今是何世，乃不知有漢，無論魏晉。此人爲具言，聞皆嘆惋。餘人各復延至其家，皆出酒食。停數日，辭去。既出，得其舡，便扶向路，處處誌之。及郡，詣太守，説如此。太守即遣人隨往，尋向所誌，遂迷，不復得路。」○《三才圖會・地理部》十曰：「桃花源在常德府桃源縣桃源山，山在縣南二十里，其西南有桃源洞，一名秦人洞，洞北有桃花溪，故老傳云：『晉太元中，武陵人捕魚云云。』」

太康 晉武帝年號。《淵明集》「太康」作「太元」。

【校勘記】

［一］伏翼西洞送人：《全唐詩》卷三百四十八作《伏翼西洞送夏方慶》。

［二］曰：底本訛作「在」，據《方輿勝覽》卷六十五改。仙：底本脱，據《方輿勝覽》卷六十五補。

［三］涯：底本訛作「渥」，據《唐才子傳》卷五改。按王涯、王渥，皆有其人，一爲唐人，一爲金人。

題明慧上人房［一］　秦系

備考 《唐詩正音》第六載此詩。又《乾坤清氣》第五載之，題曰《惠上人禪梵》。

秦系 見前。

簷前朝暮雨添華，八十吴僧飯熟麻。入定幾時還出定，不知巢燕污袈裟。

增註 《本草》：「胡麻，一名巨勝，狀如狗蝨，莖方，服之輕身不老。」

備考 《賢愚鈔》曰：「第一句指明惠上人房之體也。第二句實指明惠上人也。此僧行年八十，平生苦行，斷五穀，故飯熟麻也。第三、四句言入定而思，惟無心出定。佛入雪山苦行，蘆芽穿膝，鵲巢肩而不厭，明惠亦定中無心之故，不知燕泥污袈裟也。」

入定云云 《傳燈録》曰：「智隍禪師庵居二十年，元策禪師曰：『汝入定，有心乎？無心邪？若有心，一切蠢動皆應得定[二]。若無心，一切草木亦皆得定。』隍曰：『我入定時，不見有無之心。』策曰：『既不見有無之心，即是常定，何有出入？若有出入，則非大定。』」

袈裟 《釋氏要覽》曰：「袈裟者，蓋從色彰稱也。梵音具云『迦羅沙曳』，此云不正色。《四分律》云：『一切上色衣不得畜，當壞作迦沙色。』今略梵語也，又名壞色。《業疏》云：『本作「迦沙」，至梁葛洪撰《字苑》，下方添「衣」，言道服也。』」

增註 **《本草》胡麻云云** 東坡《服胡麻賦序》曰：「始余嘗服伏苓，久之長有益也。夢道士謂余：『伏苓燥，當雜胡麻食之。』夢中問道士：『何者爲胡麻？』道士言：『脂麻是也。』既而讀《本草》，云：『胡麻，一名狗虱，一名方莖，黑者爲巨勝。其油正可作食。』則胡麻之爲脂麻，信矣云云。」〇《代醉編》四十曰：「沈存中《筆談》曰：『胡麻直是今油麻。張騫始使大宛，得油麻種，亦謂之麻，故以胡別之，謂漢麻爲大麻。』《抱朴子》：『胡麻，葉名青蘘。』《圖經》：『胡麻，莖方者名巨勝，一曰角八稜者巨勝，六稜、四稜者名胡麻。』」

【校勘記】

[一]題明慧上人房：《全唐詩》卷二百六十作《題僧明惠房》。

［二］一切：底本脱，據《景德傳燈録》卷五補。

寄許鍊師　戎昱

備考《唐詩正音》載此詩。○「鍊師」，見前《贈楊鍊師》詩註。

戎昱

備考《正音》云：「中唐作者。」○《才子傳》第三曰：「戎昱，荆南人。美風度，能談。少舉進士，不上，乃放遊名都。雖貧士而軒昂[二]，氣不消沮。愛湖湘山水，來客。時李夔廉察桂林，寓官舍，月夜聞鄰居行吟之音清麗，遲明訪之，乃昱也，即延爲幕賓，待之甚厚。有集今傳。」

掃石焚香禮碧空，露華偏濕蕊珠宮。《黄庭經》云：「仙宮有寥陽之殿，蕊珠之宮。」**如何説得天壇上，萬里無雲月正中。**

增註 吕洞賓詩：「鶴觀天壇槐影裏，悄無人迹户長扃。」又天壇，山名，在河東南路，平陽府北界。

備考《賢愚鈔》曰：「第一、二句言許鍊師每日修行之貌也。第三、四句言鍊師修行之極，則以言説不可演之也。以第四之句注其極上之境界也。」

蕊珠宮《書言故事》卷四曰：「元稹詩：『閑開蕊珠宮』。注：『神仙宮殿也。』」○季昌本註云：

「《黄庭經》云：『閑居蕊珠作七言。』注：『仙宫中有寥陽之殿，蕊珠之宫，道君在中説經。』」

月正中 《文選》注曰：「八月十五夜者，月之中也，謂之月中。」

增註　吕洞賓 《排韻》曰：「吕巖，字洞賓。唐咸通中，再舉進士不第，遊廬山，遇異人，得長生訣。多遊湘潭、岳鄂之間，自稱回道人，四月生，號純陽真人。」

悄無云云 悄，《字彙》云：「七小切，静也。」

【校勘記】

［一］貧：底本訛作「貪」，據《唐才子傳》卷三改。軒：底本脱，據《唐才子傳》卷三補。

秋思　張籍

備考 《唐詩正音》第六、《清氣集》第五《宫詞部》載此詩。

張籍 見前。

洛陽城裏見秋風，欲作家書意萬重。復恐匆匆説不盡，行人臨發又開封。

備考 《賢愚鈔》曰：「第一句言籍在洛陽見秋風之起，凡秋風之爲物，變緑葉作黄，變黑髮爲白，所見之色如是，故不曰『聽秋風』而曰『見秋風』，秋風無其形而顯其色者也。第二句言籍和州烏江人，欲作寄家之書，其意千萬重。第三、四句言逢急便欲述千萬之事，則强挽留使者，又開封寫所思。」○又曰：「一説《清氣集・宫詞部》載此詩，蓋所取如王昌齡《長信秋詞》『奉帚平明金殿開』一篇乎？第一、二句，籍比宫人之寵薄，雖在洛不得顧遇，則徒見秋風之凉飄而已。欲作家書述心事，則千萬重。第三、四句，急便而豈可説盡千萬重之事耶？定臨行人之發足，又須開封，故豫作書，可待便也。」

匆匆　《顔氏家訓》曰：「世稱『匆匆』，不知所由。按《説文》，匆者，州置所建之旗，象其柄，及三游之戉，所以趣民事，故匆遽者稱爲匆匆。」

懷吴中馮秀才　杜牧

備考　《唐詩正音》第六、《詩格》第十載此詩，題無「吴中」二字，「游程」作「郵程」，「今不忘」作「長記得」。○馮秀才，不知何人。○或曰：「牧此時在京。」

吴中　蘇州郡名，見《勝覽》第二。

秀才　《唐・選舉志》曰：「唐制，取士之科，多因隋之舊，其大要有三。由學館曰生徒，由州縣曰鄉貢，皆升于有司而進退之。其科之目，有秀才，有明經，有進士。」

杜牧 見前。

長洲苑外草蕭蕭，《寰宇記》：「蘇州長洲縣，吴長洲苑也。《圖經》曰：『在西南七十里。』孟康曰：『以江水洲爲苑。』」**却算遊程歲月遥。唯有別時今不忘，暮煙秋雨過楓橋。**

備考《賢愚鈔》曰：「第一句，言昔年於蘇州之長洲苑而同與馮秀才遊。第二句，言同遊之歲月雖如近，算之遥爲古也。第三、四句，言與馮秀才相別之時，暮煙秋雨過楓橋之景，未得忘也。」〇《詩格》第三句註云：「別時秋景，何日忘之，重在下一句，可爲格。楓橋在蘇州吴縣西十里，有楓樹，故名。詩意，當秋草蕭蕭之時而却算行路，則歲月悠悠矣。思之不見，長記別時所見之景，則其戀懷亦至暮煙秋雨別時之景。」

過楓橋《勝覽》曰：「吴中有三百九十橋。」〇白樂天詩云：「紅欄三百九十橋。」即周處斬蛟處。

註 江水洲 洲，《字彙》曰：「音周。《釋名》：『水中可居者曰洲。洲，聚也，人及鳥物所聚息之處也。』本作州，後人加水，以別州縣之字也。」

念昔遊　杜牧

備考《樊川集》卷二載之，有三首，其一首也。其一云：「十載飄然繩檢外，樽前自獻自爲酬。秋山春雨閑吟處，倚遍江南寺寺樓。」其二云：「雲門寺外逢猛雨，林黑山高雨脚長。曾奉郊宫爲近侍，分明摟摟羽林槍。」○又《唐詩遺響》第三載。○或曰：「念李白昔遊。」非也。○愚按杜牧自記曾遊也。牧歷黄、池、睦三州刺史，赴宣州判官，其後或朝或野，無定所。今爲左拾遺，寓京，念宣州之昔遊，賦此詩。

李白題詩水西寺，水西寺在宣州涇縣。**古木回巖樓閣風。半醒半醉遊三日，紅白華開煙雨中。**

備考《賢愚鈔》曰：「第一、二句，舉昔遊之處。蓋李太白昔題詩宣州之水西寺，其境致古木森然，長廊回巖[一]，殿閣突兀[二]，風景可愛。第三、四句，杜牧昔遊之一件也。半醒半醉之逸興，三日留滯，逢著紅白花於煙雨暝蒙之中。」

註　**水西寺云云**《叢林盛事》曰：「李白詩第二十《遊水西簡鄭明府》詩云：『天宮水西寺，雲錦照東郭。清湍鳴回溪，緑水繞飛閣云云。』又李白《別山僧》詩云：『何處名僧到水西，乘舟弄月宿涇溪。』注：『涇溪屬宣州，其後水西之寺掛額曰「李白題詩寺」。』」○《勝覽》十五《江東路》九州之中寧國府：「隋改爲宣州。唐昭宗時號寧國軍。皇朝爲宣州，有水西山在涇縣西五里，林壑深邃。《郡志》：『唐宣宗詩：「長安若問江南事，説道風光在水西。」』」○《漁隱叢話》後集四曰：「新安水西寺，寺依山背，下瞰長江。太白詩云：『檻外一條溪，幾回流碎月。』今集無之，世不知，寔可惜。」

【校勘記】

[一]廊：底本訛作「廓」，據《賢愚鈔》卷七改。

〔二〕殿閣突兀：底本訛作「殿閣突元」。按《説文解字》卷八下云：「兀，高而上平也。」「殿閣突兀」，當爲殿閣高聳貌，若作「突元」則義不通。

寄友　李群玉

備考《公羊傳》曰：「同門曰朋，同志曰友。」○《周禮・大司徒》：「五曰聯朋友。」注：「同師曰朋，同志曰友。」

李群玉 見前。

野水晴山雪後時，獨行村路更相思。無因一向溪橋醉，處處寒梅映酒旗。

備考《賢愚鈔》曰：「全篇言野水晴山雪後之時，其奇勝，尤可思友人之景也。群玉獨行村路，徘徊往來，更思友人，相共愛此景，尤可也。今無其友，故不向溪橋一醉。賞梅花，只處處寒梅開映酒旗，空見風景而已。」

經賈島墓〔一〕　鄭谷

島爲普州司户，卒，墓在遂州長江縣。

備考 《事文類聚・墓部》載此詩，題作《長江縣經賈島墓》，詩中「落日」作「日落」。○此詩鄭谷經歷潼川府路之遂州時作也。○或云：「鄭谷乾寧二年至普州之作也。」

註 **島爲普州云云** 《才子傳》第五《賈島傳》曰：「授遂州長江主簿。後稍遷普州司倉。臨死之日，家無一錢，惟病驢、古琴而已[二]。」○《十七史・唐書》列四十四《賈島傳》曰：「會昌初，以普州參軍遷司户，未受命，卒。」○《方輿勝覽》六十三《潼川府路》十五州之中遂寧府：「古遂州，有五縣，長江其一也。」○同《名宦部》曰：「賈島，字浪仙，唐文宗時謫長江縣主簿，有墓在焉。」○同《勝覽》六十三《潼川府路》十五州之中普州《名宦部》曰：「蘇絳《銘》序云：島字浪仙，范陽人。長材間氣[三]，超卓挺生，屬思五言，孤絶之句，記在人口。罹謗，責授遂州長江簿，遷司倉參軍，又遷普州司户參軍[四]，終焉。有祠在城南三里。」○《賢愚鈔》曰：「賈島墓在遂州，祠堂在普州。季昌此篇末注：『一云：島葬普州岳陽山，蓋島嘗作此州司倉。』又季昌題下注云：『墓在遂寧，即唐遂州。島嘗謫此州長江主簿。』天隱題下注亦云：『墓在遂州長江縣。』」

鄭谷 見前。

水繞荒墳縣路斜，耕人訝我久咨嗟。重來兼恐無尋處，落日風吹鼓子華。 鼓子華，今米祥根華，或以爲牽牛華者，非也。按《本草》「牽牛華如鼓子華」，明牽牛華非鼓子也。詩意謂豈特今日落日風華可吊，恐重到時兼無尋處矣，所以久嗟。

備考《賢愚鈔》曰：「全篇出于『久咨嗟』三字。第一句所嗟則水繞荒墳，沉在縣路往來之中，知其不可久也。三、四則言今尚在落日飛花，恐重來之時，花與墓不見而却可凄凉也。」〇《詩粹》云：「今尚有落日風光，恐重來花與墳皆不可見之。」

荒墳 墳，《字彙》曰：「塋域曰墓，封土爲壟曰墳。」

訝 《字彙》曰：「五駕切。嗟訝，疑怪也。」

註　鼓子華云云 季昌本注曰：「《本草》：『旋花，謂之鼓子花，言其形肖也。』」〇《大全本草》第七曰：「旋花，俗謂鼓子花。其葉似薑，花赤色，味辛美，子狀如豆蔻，此旋蕾是也。」〇《本草衍義》第八曰：「旋花蔓生，今之河北、京西、關陝田野中甚多，最難鋤艾，治之又生。世又謂之鼓子花，言其形肖也。四五月開花。」〇《蘇州志》云：「鼓子花，野花也。」

【校勘記】

[一]經賈島墓：《全唐詩》卷六百七十六作《長江縣經賈島墓》。

[二]古：底本訛作「胡」，據《唐才子傳》卷五改。

[三]間：底本訛作「門」，據《方輿勝覽》卷六十三和《賢愚鈔》卷七改。

[四]户：底本脱，據《方輿勝覽》卷六十三補。

修史亭　司空圖

司空圖《山居記》曰：「中條五峰頎然[二]，會昌毀佛宮，因爲我有。本名王官谷，易之曰禎陵溪，乃刻大悲像，構亭其右曰『擬綸』，志其所著也，『擬綸』之右亭曰『修史』，勖所職也。」

備考《乾坤清氣集・宮室部》載之。

註　頎然 頎，《韻會》曰：「《説文》：『頭偏也。』又偏頎，不正也。」

會昌毀云云 會昌，唐第十六主武宗年號。○《通鑑詳節》百十一《唐武宗紀》曰：「會昌五年乙丑，上惡僧尼耗蠹天下，欲去之。勑上都、東都兩街各留二寺，每寺三十人；天下節度觀察使治所及同、華、商、汝州各留一寺，寺分三等，上等留二十人，中等留十人，下等留五人。餘僧及尼，皆勒歸俗。寺非應留者，立期令所在毀撤，財貨田産並没官。寺材以葺公廨驛舍，銅像鐘磬以鑄錢。毀招提、蘭若四萬餘區，收田數千萬頃，奴婢十五萬人，皈俗僧尼二十萬五百人。李德裕請置備邊軍，因爲我有。」

王官谷《唐書》並《才子傳》曰：「圖本居中條山王官谷，有先人田，遂隱不出。」

禎陵溪 季昌本註「禎陵」作「禎貽」。

志其所著 著，《廣韻》曰：「補也，成也，定也。」《增韻》：「紀述也。」

亭曰修史勖云云 按本傳，圖官職先已爲殿中侍御史、禮部員外郎，尋遷郎中。僖宗次鳳翔，知制誥，中書舍人。故以修前史之意名之歟？

司空圖 見前。

烏紗巾上是青天，指巾上之天以自誓。**檢束酬知四十年**。檢束此身，以酬知己。按《北夢瑣言[二]》，圖爲王文公凝所知，後分司，又爲舊相盧公所知。**誰料平生臂鷹手**，《南史》：「張充方出獵，左臂鷹，右牽狗。」**挑燈自送佛前錢**。詩意謂四十年中，欲以功名答知己，天可質也。誰料豪俠之志無所施，遂灰心以修方外香火之事乎？

備考《賢愚鈔》曰：「第一、二句，先指巾上之蒼蒼而爲誓言，以説平生之志，守道德仁義之道，檢束我身，欲報王凝、盧攜之顧憐之舊思者。凡三四年，遂不得果其志。蓋以功名而欲答知己之舊遇也。第三、四句，言四十年檢束，欲致身雲霄，致君堯舜，救民塗炭，酬知己，時衰道微，其志不遂，隱居。何料平生臂鷹豪俠之志已衰，今日向大悲像前挑燈，拾佛前錢取送之，豈其志哉！」

烏紗 紗，《字彙》曰：「絹屬。」

註 **自誓** 誓，《字彙》曰：「約信也。」

圖爲王云云 《才子傳·司空圖傳》云：「王凝爲宣歙觀察使，辟置幕府。召拜殿中侍御史，不忍去凝府，臺劾，左遷主簿。盧相攜還朝，過陝虢，訪圖，深重愛云云。攜執政，召拜禮部員外郎，尋遷郎中。」

《南史》張充云云 《十七史·南史》列第十曰：「張充，字延符，少好逸游。緒嘗告歸至吳，始入西郭，逢充獵，右臂鷹，左牽狗。遇緒船至，便放紲脱韝，拜於水次。緒曰：『一身兩役，無乃勞乎？』充跪曰：『充聞三十而立，今充二十九矣，請至來歲。』緒曰：『過而能改，顔氏子有焉。』及明年，便脩改[三]，多所該通，尤明《老》《易》，能清言。時尚書令王儉當朝用事，齊武帝皆取決焉。儉方聚親賓，充縠巾葛帔[四]，至便求酒，言論放逸，一坐盡傾。」

豪俠 豪，《字彙》曰：「俠也，英也，强也，健也。」○俠，又曰：「任俠，相與信爲任，同是非爲俠，所謂『權行州里，力折公侯者』是也。或曰：『俠之言挾，以權力俠輔人者也。』」

【校勘記】

[一]「峰」前底本衍「逢」，據《司空表聖文集》卷二删。頗：《司空表聖文集》卷二作「頬」，按當爲「頬」。

[二]北夢瑣言：元刻本、箋註本和增註本均作《北窗瑣言》。

[三]改：底本脱，據《南史·張裕傳》補。

[四]縠：底本訛作「穀」，據《南史·張裕傳》改。

答韋丹[一]　僧靈徹[二]

增註 韋丹，字文明，京兆萬年人。蚤孤，從外祖顏真卿學。擢明經，調安遠令。後復舉五經高第，歷仕至江南西道觀察使，卒，年五十八。

備考 《新唐書》列一百二十二《循吏傳》並《十七史》列五十二《循吏傳》載《韋丹傳》。○《詩格》十一載此詩，注云：「韋丹所寄詩，有『已爲子午歸休計』之語，靈徹答如此，實譏其未必能真爲休之計也。」○或曰：「此詩廬山東林作。」

增註 **顏真卿** 《排韻》曰：「顏真卿，字清臣，唐開元中，遷監察御史。」

擢明經 《唐・選舉志》曰：「唐制，取士之科，多因隋舊，其大要有三[三]。由學館曰生徒，由州縣曰鄉貢，皆升于有司而進退之。其科之目，有秀才，有明經，有進士。」

調安遠 《前漢・張釋之傳》曰：「十年不得調。」注：「師古曰：『調，選也。』」

觀察使 《紀原》卷六曰：「唐明皇開元二年，置十道按察採訪處置使，肅宗改曰觀察使[四]，曰觀察處置。《新唐書・方鎮表》曰：『至德元載，置觀察使。』《百官志》曰：『肅宗乾元元年改也。』」

僧靈徹

備考 《雪浪齋日記》云：「中唐作者。」○《才子傳》第三曰：「靈徹，姓湯氏，字澄源，會稽人。自童子辭父兄入浄，戒行果潔。方便讀書，便覺勤苦，授詩法於嚴維，遂籍籍有聲。及維卒，乃抵吴興，與皎然居何山遊講。」

年老心閑無外事，麻衣草坐亦容身。相逢盡道休官去，林下何曾見一人。丹鎮江西，嘗以詩寄徹云：「王事紛紛無暇日，浮生冉冉只如雲。已爲平子歸休計，五老峰前必共君。」徹公此答，蓋譏其内懷禄，外能言耳。後丹竟失位，以待辯憂死。

增註　《王直方詩話》云：「此詩載於《雲溪友議》，歐陽公以謂『相傳作俚諺』。慶曆中，因修江岸，得此石於池陽江中，始知爲靈徹詩』。」

備考　《賢愚鈔》曰：「全篇言凡人之處世，則瓊瑶其室，錦綉其衣，吾徒只麻衣草座也。然無一人到林下，可嘆哉。蓋韋丹每謂寄老於林下，不敢然，故云爾而已。」

註　**平子云云**　張平子作《歸田賦》。○「平子」二字，《詩格》《友議》《漁隱》等作「子午」。

後丹竟失云云　《韓文》二十五《韋丹墓誌銘》略云：「卒有違令當死者，公不果於誅，杖而遣之去。上書告公所爲不法者若干條，朝廷方勇於治，且以爲公名才能臣，治功聞天下，不辨則受垢，詔罷官留江西待辨。使未至月餘，公以疾薨。使至，辨凡卒所告事若干條，皆無絲毫實云云。」

增註　**載於《雲溪》云云**　《雲溪友議》曰：「詩人類以棄官歸隱爲高，而謂軒冕榮貴爲外物，然鮮有能踐其言者。故韋丹與僧靈徹爲忘形之契，寄徹詩云：『王事紛紛無暇日，浮生冉冉只如雲。已爲子午歸休計，五老峰前必共論。』徹酬詩曰：『年老心閑無外事，麻衣坐草云云見一人。』蓋譏之也。」

歐陽公謂云云 《集古録》曰：「『相逢云云見一人。』世俗相傳以爲俚諺。慶曆中，許元爲發運使，因修江岸，得斯石於池陽江水中，始知靈徹詩也。」

俚諺 俚，《字彙》曰：「鄙俗也。司馬遷贊曰：『質而不俚。』司馬貞曰：『俚即鄙也。』」○諺，又曰：「俗語也。」

慶曆 宋第四主仁宗年號。

【校勘記】

[一]答韋丹：《全唐詩》卷八百十作《東林寺酬韋丹刺史》。

[二]徹：《全唐詩》卷八百十作「澈」。

[三]三：底本訛作「二」，據《新唐書・選舉志》改。

[四]曰觀察使：《事物紀原》卷六無此四字。

已前共一十首

備考 《賢愚鈔》曰：「第一句歸題，而第一句起第四句，第三句承第二句格。」○愚按不喚而第四句用其意也。

九日懷山東兄弟[一]　王維

增註《坡》「山東二百郡」注：「今河北晉地，太行山之東也。」

備考《唐詩正音》第六、《清氣集》第五《時令部》載之。《唐詩》《千家詩・重陽部》載之，題作《客中思憶》。○或曰：「王維此時在廣武城，兄弟在河東太原也。」

九日《劉氏鴻書》九曰：「魏文帝《書》：『歲往月來，忽復九月九日。九爲陽數，而日月並應，俗嘉其名，以爲宜於長久，故以享宴高會。』」○《三才圖會・地理部》十一曰：「九日山在南安縣，連跨晉江縣界。重九日，邑人多登高於此云云。」

增註　《坡》**山東云云**《東坡詩集》卷八《雪浪石》詩曰：「削成山東二百郡。」注：「太原即晉地，予云山東者，花山東也，王維故鄉也。」○《杜詩》第一《兵車行》曰：「君不見漢家山東二百州，千村萬落生荆杞。」○《賢愚鈔》曰：「季昌注云：『《坡詩》「山東二百郡」注：「今之河北晉地，謂太行山之東也。」』太行山在河内懷縣。唐河東澤州晉城縣有太行關。按王維乃河東太原人，屬晉陽。」

王維見前。

獨在異鄉爲異客，每逢佳節倍思親。遥知兄弟登高處，《齊諧志》：「費長房謂桓景：『九月九日，汝家有灾，急令家人縫絳囊，盛茱萸，係臂上，登高飲菊華酒，此禍乃消。』九日登高起於此。」**遍插茱萸少一人。**舊史稱維閨門友悌，事母孝。觀此詩信矣。維作此詩年十七。

備考《賢愚鈔》曰：「第一、二句，昔時在故里之太原而逢重陽結會，其事住胸臆而不能忘，今又在異鄉而爲旅人，每逢重九，益思家親之安危。第三、四句，言今值九日而一家共登高之會，可少我一人也。其孝弟之情，溢于言外矣。」

茱萸《圖經》曰：「《風土記》：『俗尚九月九日，謂爲上九。茱萸到此日，氣烈熟色赤，折其房以插頭，云辟惡氣。』」

少一人《史記》列十六《平原君傳》曰：「門下有毛遂者，前，自贊於平原君曰：『遂聽君將合從於楚，約與食客門下二十人偕，不外索。今少一人，願君即以遂備員而行矣。』」

註《齊諧志》云云 吴筠《續齊諧記》曰：「汝南桓景隨費長房游數年，長房謂曰：『九月九日，汝家中當有灾，宜急去。令家中各作絳囊盛茱萸以繫臂[二]，登高飲菊花酒，此禍可除。』景如言，舉家登山。夕還，見鷄、犬、牛、羊一時暴死。今世人九日登高始於此。」〇《五雜俎》卷二曰：「九日，佩茱萸登高，飲菊花酒，相傳以爲費長房教桓景避灾之術。余按戚夫人侍兒賈佩蘭，言在宮中九月九日食蓬餌、飲菊花酒，則漢初已有之矣，不始於桓景也。」

舊史稱云云 舊史，《舊唐書》也。○《舊唐書》本傳云：「維閨門友悌，事母孝。」

友悌 《書·君陳》曰：「王若曰：『云云。惟孝友于兄弟。』」

維作此詩云云 《十七史·唐書·文藝傳》曰：「王維九歲知屬辭，與弟縉齊名，資孝友。」

【校勘記】

［一］九日懷山東兄弟：《全唐詩》卷一百二十八作《九月九日憶山東兄弟》。

［二］今：底作誤作「今日」，據《續齊諧記》改。中：《續齊諧記》作「人」。

葉道士山房　　顧況

備考 《唐詩正音》載此詩，題曰《題葉道士山房》。又《清氣集》第五《宮室部》載之，「書」字作「音」。

顧況 見前。

水邊楊柳赤欄橋，洞裏神仙碧玉簫。近得麻姑書信不， 顔魯公《麻姑壇記》：「王方平過蔡經家，遣人與麻姑相聞。有頃，人來曰：『麻姑再拜，不見已五百年。』俄，麻姑至，乃是年十八九許好女子。」

潯陽向上不通潮。 潮至潯陽而回。詩意謂道路不通，恐麻姑信難得。

增註《方輿勝覽》：「麻姑山在城西南十五里，有仙都觀，乃蔡經宅，麻姑、王方平所會處。」○潯陽屬江州。

備考《賢愚鈔》曰：「第一句舉其境，第二句舉其人及其所玩之物也。第三句況之問也，第四句葉之答也。」

註　顔魯公麻云云《方輿勝覽》二十一建昌軍麻姑壇顔真卿記云：「麻姑者，葛稚川《神仙傳》云：『王遠[一]，字方平，欲東之括蒼山，過吴蔡經家，教其尸解，如蜕蟬也[二]。經去十餘年忽還，語家言：「七月十日，王君當來過。」到期日，方平乘羽車，駕五龍，各異色，旌旗導從。既至，見經父兄。遣人與麻姑相聞。麻姑至，蔡經亦舉家見之。是好女子[三]，年十八九許，頂中作髻，餘髮垂之至要。其衣有文章，而非錦綉，得見方平。坐定，各進行厨，金盤玉杯，多是諸華，而香氣達于内外，擗麟脯行之。麻姑自言：「接待以來，見東海三爲桑田矣。」方平笑曰：「海中行復揚塵也。」麻姑手似鳥爪，蔡經心中念言：「背癢時，得此爪爬背乃佳也。」方平心知，即使人牽經鞭之。』」○《三才圖會·人物部》十一曰：「麻姑仙人，王方平之妹。漢桓帝時，方平降蔡經之家，曰：『汝當得度世，但汝氣少肉多，未能即上天，當作尸解。』乃告以要言而去。經後忽身發熱如火，三日，肉消骨立，入室以被自覆，忽然失其所在，視其被中，但有形如蛇蛻。後十餘年，忽然還家，語家人曰：『七月七日，王君復來，當作酒數斛以待。』其日，方平果乃遣人迎麻姑，年可十八許，坐定，自進行厨，擗麟脯，器皆金玉。麻姑手似鳥爪，蔡經私念：『背癢時，得此爪搔之佳。』方平鞭經背，曰：『麻姑神人也，汝謂其爪可搔背癢耶？』方平去，麻姑亦辭云云。」

【校勘記】

［一］遠：底本脱，據《方輿勝覽》卷二十一補。

［二］蜕蟬：《方輿勝覽》卷二十一作「虵蟬」。

［三］子：底本脱，據《方輿勝覽》卷二十一補。

宿昭應　顧況

增註 唐關内道京兆府昭應縣。

備考 《唐詩絶句》卷三載此詩，作者爲李紳。○《唐詩正音》六載之，作者爲顧況。○《清氣集》五《宫室部》載之，題曰《昭應壇》，詩中「靈」作「應」，「閉」作「向」。○《賢愚鈔》曰：「顧況，初爲韓晋之江南判官，見《才子傳》。然則赴江南之判官時，宿關内道京兆府之昭應縣歟？」○《唐詩解》二十八載之，批云：「上聯狀昔日之豪華，下聯見今日之寂寞，所以譏玄宗祈禱之無益也。」

武帝祈靈太乙壇，武帝謂玄宗。《漢書》：「亳人繆忌奏祠太乙方，天子許之，令太祝領祠之於忌太乙壇上。」**新豐樹色繞千官**。驪山，古驪戎國，秦曰驪邑。漢祖徙里民實之，命曰新豐。玄宗分置會昌縣，尋改會昌爲昭應。**那知今夜長生殿**，見杜常詩註。**獨閉空山月影寒**。意與杜常《華清宫》詞同。

增註 《漢書》：「新豐在京兆，高祖七年置。」應劭曰：「太上皇思東歸沛之豐邑，於是高祖改築城寺街里，以象豐，徙豐民以實之，故曰新豐。」〇澗泉説云：「昭應即漢武帝太乙壇也。」愚按唐昭應縣在驪山下，本新豐，華清宫在此。天寶元年，更驪山曰會昌山。三年，以縣去宫遠，析新豐[二]、萬年，置會昌縣。七年，省新豐，更會昌縣及山曰昭應，恐非即武帝太乙壇也。

備考 《賢愚鈔》曰：「第一句，天隱以武帝爲玄宗，季昌亦爲玄宗。第二句，言新豐驪山之下宫樹色，繞百千扈從官者之軍營，其武威華麗，開闢無比也。第三、四句，蓋顧况今夜獨昭應山而蕭條，自開元全盛之時相去纔雖不及五十年，其盛衰之變化可嗟嘆如此也。此兩句，今日所見之蕭索矣。第一、二句，顧况耳所聞玄宗開元、天寶全盛如是。『空山』指昭應山也。」

繞千官 《漢書·嚴助傳》曰：「人徒之衆，足奉千官之供。」

長生殿 程大昌《雍録》曰：「長生殿，齋殿也。有事于朝元閣，則齋沐於此殿。」〇《楊貴妃别傳》曰：「七月七日夜，明皇御長生殿，執貴妃手密相誓曰：『願世世爲夫婦。』」

註 《**漢書**》**亳人云云** 《漢書·郊祀志上》曰：「亳人謬忌奏祠泰一方，曰：『天神貴者泰一，泰一佐曰五帝。古者天子以春秋祭泰一東南郊，日一太牢，七日，爲壇開八通之鬼道。』於是，天子令太祝立其祠長安城東南郊，常奉祠如忌方[三]。其後，人上書言：『古者天子三年一用太牢祠三一：天一，地一，泰一。』天子許之，令太祝領祠之於忌泰一壇上，如其方。」

太祝《紀原》卷五曰：「商官六太，其一曰太祝。在《周禮》爲禮官宗伯之屬，掌六祝之詞。秦、漢有丞，隋除令丞，止存太祝。」

驪山古云云《漢書・地理志》曰：「新豐。」注云：「驪山在南，故驪戎國。秦曰驪邑。高祖七年置。應劭曰：『太上皇思東歸云云。』」

玄宗分置云云《太平廣記》百四十八《麴思明傳》云：「忽一日，上幸温泉，見白鹿升天，遂改會昌縣爲昭應。」○又同卷《馬游秦傳》曰：「後老君見於驪山，鑾輿親幸其地，因改會昌縣爲昭應縣。」○《舊唐書》曰：「天寶七歲，改會昌爲昭應。温泉宫屬京兆。」

增註《漢書》云云《前漢書・地理志》。

澗泉説云云愚按章泉趙蕃昌父、澗泉韓淲仲止著《唐詩絶句》，疊山謝枋得君直註解。此註所引澗泉説，則枋得之註也。○《唐詩絶句》第三枋得注曰：「昭應，即武帝太乙壇也。武帝祈靈之時，千官扈從，尊嚴如清都太微，臣民可望而不可即。『那知今夜長生殿，獨閉空山月影寒』，視『新豐樹色繞千官』之時，大不侔矣。盛衰無常，興廢有時，有道者觀之，可以一笑。」

去官官者，官府也。

及山 山指會昌山。

【校勘記】

［一］析：底本訛作「祈」，據增註本改。

［二］常：底本訛作「掌」，據《漢書·郊祀志》改。

江村即事　司空曙

備考《唐詩正音》六載此詩。又《清氣集》第五《地理部》載，題曰《江村》，無「即事」二字，作者爲張繼。○《詩格》十三載，一、二句注云：「寫江村漁家之真樂。」三、四句注云：「有不失其本然之意。」○此篇司空曙流寓長沙時作也。

司空曙 見前。

罷釣歸來不繫船［一］**，江村月落正堪眠。縱然一夜風吹去，只在蘆花淺水邊。**

備考《賢愚鈔》曰：「言江村月落時，不堪懶困，故不繫船而先眠。所以不繫，則縱雖風吹，想只可在蘆花淺水之邊也。」

不繫船《文選》第十三賈誼《鵩鳥賦》云：「澹乎若深淵之静，泛乎若不繫之船。」李善注：「《莊子》曰：『泛若不繫之舟。』《鶡冠子》曰：『泛泛乎若不繫之船。』」

【校勘記】

[一]罷釣：諸本均同，《全唐詩》卷二百九十二作「釣罷」。

宮人斜　　雍裕之

葬宮人之處也。《退朝録》及《秦京雜記》並云：「長安舊墻外長三里，曰宮人斜，風雨夜多聞歌哭聲。」

增註　後宮嬪妃叢冢曰斜。

備考《唐詩遺響》第二、《清氣集》第五載之。○《海録碎事》二十二曰：「唐内人墓言之宮人斜。」

雍裕之

備考《正音》云：「中唐作者。」○《才子傳》第五曰：「雍裕之，蜀人，有詩名。貞元第十主德宗。後，數舉進士不第，飄零四方。爲樂府，極有情致[二]。集一卷，今傳。」

幾多紅粉委黄泥，野鳥如歌又似啼。應有春魂化爲燕，年年飛入未央棲。未央宮，高祖七年蕭何造。

增註《杜詩》：「杜陵韋曲未央前。」

備考《賢愚鈔》曰：「第一句，言葬内人則紅脂粉黛多委黃泥，可知古人《落花》詩云『夜來風雨葬西施』義同。第二句，野鳥之歌如知宮女生前之事，野鳥之啼似吊宮女身後之迹也。第三、四句，宮人之春魂必託燕而年年春社來，可栖未央宮邊也。」〇《文選》：「古詩曰：『願爲雙飛燕，銜泥巢君室。』」

註　未央云云《前漢・高帝紀》曰：「七年二月，至長安。蕭何治未央宮。」

增註　《杜詩》云云　杜甫《贈韋七贊善》詩曰：「鄉里衣冠不乏賢，杜陵韋曲未央前。」

【校勘記】

［一］情：底本訛作「清」，據《唐才子傳》卷五改。

過春秋峽　　劉言史

增註　或云：「在彭城，以汴、泗二水交流，因以名峽。」

備考　錢塘陳季宗遺註云：「春秋峽在齊、魯間，四時緑色而不變，故爲名。」

劉言史

備考 中唐作者。《正音》不載。○《才子傳》第四曰：「劉言史，趙州人也。少尚氣節[一]，不舉進士。工詩，美麗恢贍，世少其倫。與李賀、孟郊同時爲友。有歌詩六卷，今傳。」

峭壁蒼蒼苔色新，無風情景自勝春[二]。**不知何樹**作「處」者非，今從本集。**幽崖裏，臘月開華似北人**。似者，呈似之似，猶言向也。言史北人，南遊見景候之異，不能無感。劉長卿云：「江華獨向北人愁。」亦同此意。但用破「愁」字，則不含蓄有餘味矣。

備考《賢愚鈔》曰：「第一、二句，春秋峽四時不變，雖爲歲晚，蒼蒼苔色亦新。山川之態，雖無格外之風情，却有勝春之佳致而已。第三、四句，舉勝春之風致。蓋臘月所開之華，非梅何也？不言梅者，是言史百鍛千鍊之機軸也。臘而開華，是勝春之謂也。」

峭壁 峭，《字彙》曰：「七肖切，音俏，山峻也。」

幽崖 崖，又曰：「音涯。《説文》：『山邊也。』」

【校勘記】

[一]節：底本訛作「第」，據《唐才子傳》卷四改。

[二]情：《全唐詩》卷四百六十八作「晴」。

初入諫司喜家室至　竇群

增註　秦始置諫院，又置諫大夫。漢至隋並置。煬帝廢，唐復置。貞觀分爲左右。又武后置左右補闕、左右拾遺，以掌供奉諷諫，即左右司諫之官。今諫院有司諫等官。按竇群，德宗朝嘗爲左拾遺。

備考　竇群初入司諫之官，而其家室來至，喜之作也。○《詩·周南·桃夭篇》：「之子于歸，宜其室家。」朱註：「室謂夫婦所居，家謂一門之内。」○又次章云：「之子于歸，宜其家室。」朱註：「家室，猶室家也。」

增註　秦始置諫院　《事文類聚》新集二十一曰：「諫院，秦始置。宋明道仁宗年號。元年，陳執中爲諫官，屢請置院，於是以門下省爲諫院，從舊省於左掖之西。置諫院自此始。」

置諫大夫　杜氏《通典》曰：「諫議大夫。秦置諫議大夫，掌議論，無常員，多至數十人，屬郎中令。至漢武帝元狩五年，始更置之。後漢增諫大夫爲諫議大夫，又無常員。二漢並屬光禄勳。後魏亦曰諫議大夫，北齊有七人，屬集書省。後周地官府有保氏下大夫，規諫於天子，蓋其任也。隋亦曰諫議大夫，置七人，屬門下省，煬帝廢之。唐武德五年，復置，屬門下。龍朔二年，改諫議大夫爲正諫大夫。後又置諫議大夫，屬中書。開元以來，廢正諫大夫，復以諫議大夫屬門下，凡四人，掌侍從規諫。」○《事文類聚》新集二十一曰：「左右諫議大夫，秦郎中令屬官。」

補闕云云拾遺 《書言故事》卷九曰：「補闕、左右補闕，古無其官。《詩》云：「衮職有闕，仲山甫補之。」蓋取此義。拾遺、古無其官，出入禁闥，補過拾遺。司諫、正言。唐制，左補闕六人，右拾遺六人，右補闕六人，左拾遺六人，掌諷諫。大事則廷論，小事則上封事。宋雍熙四年太宗年號。改補闕爲左右司諫[一]，拾遺爲左右正言。」

竇群

備考 中唐作者。《正音》不載。○《十七史·唐書》第四十四曰：「竇群，字丹列，京兆金城人。兄弟皆擢進士第，獨群以處士客隱毗陵。韋夏卿薦之朝，德宗擢爲左拾遺。群兄常、牟，弟庠、鞏，皆爲郎，工詞章，爲《聯珠集》，行於時。」○又《才子傳》第四載《竇群傳》。

一旦悲歡見孟光，隱士梁鴻妻，字孟光。**十年辛苦伴滄浪**。**不知筆硯緣封事**，王洙曰[二]：「言事欲密，故封以達。」**猶問傭書日幾行**。後魏蔡亮家貧，傭書自給。詩意謂吾妻不知我今已有官守言責，猶以貧賤時視我。蓋群初爲處士，隱毗陵。韋夏卿以丘園茂異薦之，不報。至夏卿尹京復薦，方拜拾遺御史。此妻所以十年辛苦，伴己於滄浪也。然群處士而以窮通爲悲歡，纔得一拾遺，則對妻誇喜，情見於辭，夫豈真隱者邪？宜末路以反覆貶死也。

增註 後漢孟光，德行甚高，鄰里多求，光輒不肯擇對，至三十。父母問其故，曰：「得賢如梁伯鸞者，可也。」鴻聞而娶之，字曰德曜，共隱霸陵山。

備考《賢愚鈔》曰：「第一句，言一旦爲夫婦以來，或悲或歡，唯對如孟光之家室而已。第二句，爲家室以來，十年辛苦，伴我於山林滄浪之間，無一日之樂事也。第三、四句，今日從事筆硯間，悉是官家之事，非舊事傭書之類也。家室尚作舊時之看，不知封事而問傭書幾行也。」

註　王洙曰言云云《十七史・竇群傳》註曰：「蓋密以事上，書不欲使人見之也，故堅封呈之，是謂封事。」

傭書　宋亡名氏《釋常談》曰：「受雇寫文字，謂之傭書。」

官守言責《孟子・公孫丑下》曰：「吾聞之也：有官守者，不得其職則去；有言責者，不得其言則去。」朱註：「官守，以官爲守者。言責，以言爲責者。」

丘園《易・賁卦》：「六五，賁于丘園，束帛戔戔，吝，終吉。」《正義》曰：「『賁于丘園』者，丘園是質素之處，不華侈費用，則所束之帛戔戔衆多也。」〇《文選》五十五《演連珠》云：「丘園之秀，因時則揚。」

茂異《漢書・武帝紀》曰：「茂材異等。」註：「應劭曰：『舊言秀才，避光武諱，稱茂材。異等者，超等軼群[三]，不與凡同也。』師古曰：『茂，美也。』」

不報　報者，敕報也。

宜未路以云云《才子傳・竇群傳》曰：「蘇州刺史韋夏卿薦之，舉孝廉，德宗擢爲左拾遺。憲宗立，轉吏部郎中，出爲唐州刺史。節度使于頔奇之[四]，表以自副。武元衡輔政，薦爲御史中丞。群引呂温、羊士諤爲御史，宰相李吉甫不可。群等怨，遂捃摭吉甫陰事告之。帝面覆多誣，大怒，欲殺群等，吉甫又爲力救得解，出爲黔南觀察使。遷容管經略使，卒官所。家無餘財，惟圖書萬軸耳。」

增註　**後漢孟光云云**　《後漢書》列七十三《隱逸傳》曰：「梁鴻，字伯鸞，扶風人，東漢逸民也。平陵縣孟光，狀肥醜，擇對不嫁，年三十，曰：『欲得賢如伯鸞者。』鴻聞而娶之。既成婚，鴻曰：『吾欲裘褐之人，可與隱深山者爾。今衣綺縞[五]，傅粉黛，豈予願哉？』光云：『妾自有隱居之服。』乃更爲椎髻，著布衣。鴻大喜曰：『真梁鴻妻！』字之曰德曜。與俱入霸陵山，以耕織爲業，咏詩彈琴自娱。後同適吴，依大家皋伯通，爲人賃舂[六]。每歸，妻具食，舉案齊眉。」

鄰里　《論語·雍也篇》曰：「與爾鄰里鄉黨乎！」朱註：「五家爲鄰，二十五家爲里。」

【校勘記】

[一]補闕爲：底本脱，據《書言故事》卷九補。

[二]洙：底本訛作「朱」，據元刻本和箋註本改。

[三]軼：底本訛作「軮」，據《漢書·武帝紀》改。

[四]使：底本脱，據《唐才子傳》卷四補。

[五]綺：底本訛作「縞」，據《後漢書·逸民傳》改。

［六］賃：底本訛作「任」，據《後漢書・逸民傳》改。

寄襄陽章孝標　雍陶

增註 襄水之陽，魏置襄陽郡，西晉爲荆州治所，西魏改襄州，唐山南道襄州襄陽郡，宋升府，今屬京西路。

備考 是時章孝標在襄陽，爲襄陽府從事也。

襄陽《方輿勝覽》三十二曰：「襄陽府，《禹貢》荆、豫二州之域，楚地，翼、軫之分野。魏分南郡，置襄陽郡。自赤壁之敗，魏失江陵，南守襄陽。西晉爲荆州治所。西魏改曰襄州。隋唐皆爲襄州。唐復陞爲山南東道節度［一］，以襄州爲襄陽府［二］。」○又曰：「襄陽府，古襄州。百丈山在襄陽南二十里，舊傳有麝香獸。劉表遣人採藥，得麝香數斗［三］。」○愚按此詩言麝香，所謂襄陽之土産也。○季昌本註：「襄陽，春秋南楚襄陽城，本楚之下邑。秦兼天下，自漢北爲南陽，即鄧州；自漢以南爲南郡，即荆州，即襄陽二郡之地。以其在襄水之陽，魏置襄陽郡。」

章孝標《才子傳》第六曰：「章孝標，字道正，錢塘人。大和文宗年號。中，嘗爲山南道從事，試大理評事。仕終秘書正字。有集一卷，傳世。」

增註　**襄水之陽**《詩》：「在洽之陽。」注：「水北爲陽。」

西魏　北朝也。

升府　升，《字彙》曰：「成也，登也，進也。」〇府，又曰：「唐制，大州曰府。」

雍陶　見前。

青油幕下白雲邊，宋劉禹《與顔竣書》曰：「朱脩之三代叛兵，一朝居青油幕下，作謝宣明向人。」注：「青油幕，謂將幕也，以青油縑爲之。」襄陽乃節度府，孝標時爲從事。**日日空山夜夜泉。聞説小齊多野意，枳華陰裏麝香眠。**《杜詩》：「麝香眠石竹。」注曰：「鹿也。」又曰：「鳥名也。」

增註[四]　漢衛青征匈奴大克，帝即幕下拜大將軍。今幕下所屬官謂之幕官，蓋始於此。《韓詩》：「談笑青油幕。」

備考《賢愚鈔》曰：「孝標雖在李紳幕下，意在白雲邊也。第二句承之。第三、四句，言在白雲之間，則府内所居之地，亦瀟灑多野意，故麝香來而眠也。」〇一説：「第三、四句，孝標之才，豈可置山水寂寞之境者耶？宜在廟廊之上，猶如鸞鳳之栖枳棘，麝香之栖枳棘之間也。雖然，孝標以是爲樂而已。」〇愚按後説不可用也。

小齊　齊，《字彙》曰：「莊皆切，音齋，與齋同。」〇《韻會》曰：「齊，古齋字也。經傳『齋』字多作『齊』也。」

註　宋劉瑀《十七史・南史》卷五曰：「劉瑀，字茂琳，性使氣尚人，後爲御史中丞。轉右衛將軍。年位本在何偃前，孝武初，偃爲吏部尚書，瑀圖侍中不得。與偃同從郊祀，時偃乘車在前，瑀策駟居後，相去數十步，瑀躡馬及之[五]，謂偃曰：『君轡何疾[六]？』偃曰：『牛駿馭精，所以疾耳。』偃曰：『君馬何遲？』曰：『騏驥羅於羈絆，所以居後。』偃曰：『何不著鞭，使致千里？』答曰：『一蹙自造青雲，何至與駑馬爭路。』然甚不得意[七]，謂所親曰：『人仕宦，不出當入，不入當出，安能長居戶限上？』」○愚按天隱注作「禹」誤，宜爲「瑀」也。

與顔竣《南史》十二曰：「顔竣，字士遜，延之長子也。早有文義，爲宋孝武帝撫軍主簿，甚被嘉遇[八]，竣亦盡心補益。」○愚按天隱注作「峻」誤，宜爲「竣」也。

朱脩之《南史》卷六曰：「朱脩之，字恭祖，義陽平氏人[九]。隨右軍到彥之北侵，彥之自河南回，脩之留戍滑臺，被魏將安頡攻圍[一〇]。糧盡，將士熏鼠食之。魏剋滑臺，囚之。太武嘉其固守之節，以爲雲中鎮將軍[一一]，妻以宗室女。脩之潛謀南歸，妻疑之，每流涕謂曰：『觀君無停意，何不告我以實，義不相負。』脩之深嘉其義而不告也。泛海，至東萊，以爲黃門侍郎。孝武初，累遷寧蠻校尉、雍州刺史，加都督。脩之政在寬簡，士庶悅附。」

作謝宣明云云《南史》卷六曰：「謝晦，字宣明，陳郡陽夏人，晉太常裒之玄孫也。美風姿，善言笑，眉目分明，鬢髮如墨。涉獵文義，博贍多通，時人以方楊德祖云云。時謝混風華爲江左第一[一二]，嘗與晦俱在武帝前，帝目之曰：『一時頓有兩玉人耳。』」

《杜詩》麝云云　《杜詩》第五《山寺》詩曰：「野寺殘僧少，山園細路高。麝香眠石竹，鸚鵡啄金桃。」注：「夢弼曰：『麝香，小鳥，隴蜀人謂之麝香鶺，或云鹿也。』」

麝香　《大全本草》第十六曰：「麝香，味辛，温，無毒，主辟惡氣。陶隱居云：『麝，形似獐，常食柏葉，又啖蛇。五月得香，往往有蛇皮骨[三]。故麝香療蛇毒。今以蛇蜕皮裹麝香，彌香，則是相使也。其香正在麝陰莖前皮内，别有膜裹之云云。』」

漢衛青征云云　《漢書》列二十五《衛青傳》曰：「持大將軍印，即軍中拜青爲大將軍云云。」〇按天隱並季昌注云：「帝即幕中云云。」皆與本傳異。

《韓詩》云云　《韓文》第八曰：「從軍古云樂，談笑青油幕。」

【校勘記】

[一]陞：底本訛作「陛」，據《方輿勝覽》卷三十二改。

[二]襄陽府：底本脱「襄」，據《方輿勝覽》卷三十二補。

[三]斗：底本訛作「十」，據《方輿勝覽》卷三十二改。

[四]增註：底本脱，據增註本補。

［五］蹋：底本訛作「蹈」，據《南史·劉穆之傳》改。
［六］疾：底本脱，據《南史·劉穆之傳》補。
［七］意：底本脱，據《南史·劉穆之傳》補。
［八］嘉：底本訛作「喜」，據《南史·顔延之傳》改。
［九］平氏：底本脱，據《南史·朱脩之傳》補。
［一〇］将安：底本脱，據《南史·朱脩之傳》補。
［一一］雲中鎮將軍：《南史·朱脩之傳》作「雲中鎮將」，無「軍」字。
［一二］混：底本訛作「諢」，據《南史·謝晦傳》改。風華：底本作「風流美」，據《南史·謝晦傳》改。
［一三］有：底本誤作「㗇」，據《證類本草》卷十六和《本草綱目》卷五十一上改。蛇皮骨：底本誤作「蛇骨皮」，據《證類本草》卷十六和《本草綱目》卷五十一上乙正。

舊宮人［一］

劉得仁

備考 《文章正宗·叙子産火政》云：「出舊宮人。」注：「先公宮女。」〇或曰：「衰老之宮人也。」〇《天厨禁臠》評此詩，以爲杜牧詩，曰：「其詞語如水流花開，不假工力，此謂之天趣。天趣，自然之趣也。」末有劉夢得《聽舊宮人穆氏歌》詩，可並見也。

劉得仁

備考 晚唐作者。《正音》不載。○《才子傳》第六曰：「劉得仁，公主之子也。長慶間十三主穆宗。以詩名。五言清瑩，獨步文場。有詩一卷，行于世。」

白髮宮娃不解悲，滿頭猶自插華枝。曾緣玉貌君王寵，準擬人看似舊時。

備考 《賢愚鈔》曰：「第一句，白髮之老宮人不解愧悲。第二句，不解愧悲之故，白髮之髻鬟之上，插花枝而爲妝也，是强爲容也。是得仁久不得意，其義如舊宮人自比而言也。東坡《吉祥寺賞牡丹》詩云：『人老簪花不自羞，花應羞上老人頭。』第三、四句，《詩粹》注云：『少年以貌得幸，不知今非昔容色而欲事妝飾以動人也。言得仁才思次第衰，猶效舊時之壯氣，欲鳴詩聲，奪取文勢，無愧傍觀者也。』」○或説曰：「劉得仁以此詩爲諷當時之婬風。」

準擬 擬，《字彙》曰：「像也，議也，揣度以待也。」

【校勘記】

［一］舊宮人：《全唐詩》卷五百四十五作《悲老宮人》。

三體詩備考絶句卷之五終

三體詩絶句備考卷之六

小樓　　儲嗣宗

備考　儲嗣宗所居之小樓也。○本集題曰《和茅山高拾遺憶山中雜題》，有詩五首，此其一首也，「記得」作「空憶」。

儲嗣宗

備考　晚唐作者。○《才子傳》第八曰：「儲嗣宗，大中十七主宣宗。十三年孔緯榜進士及第。與顧非熊先生相結好，大得詩名。有集一卷，今傳。」

松杉風外亂山青[一]**，曲几焚香對石屏。記得去年春雨後，燕泥時污《太玄經》。**楊雄作《太玄經》。

備考　《賢愚鈔》曰：「第一句，小樓所見之體也，言風拂松杉，亂山出其間而青。第二句，故上小樓倚曲几焚香，相對石屏。第三、四句，言去年此時，春雨之後，燕子銜泥來污我几上《太玄經》，今日記憶其事而已。」

對石屏《五車韻瑞·青韻》曰：「零陵白鶴山有石屏，其紋有雲月、波瀾、龍鳳之狀。」

註　楊雄云云《前漢書》列五十七下《楊雄傳》曰：「鉅鹿侯芭常從雄居，受其《太玄》《法言》焉。劉歆亦嘗觀之，謂雄曰：『空自苦！今學者有禄利，然而尚不明《易》，又如《玄》何？吾恐後人用而覆醬瓿也。』雄笑而不應。年七十一，天鳳五年卒。」〇季昌註云：「《西京雜記》：『漢楊雄作《太玄經》，夢鳳凰集頂上而滅。』」〇《文選》楊子雲《解嘲序》云：「哀帝時，丁傅、董賢用事，諸附離之者，起家至二千石。時雄方草創《太玄》，有以自守，泊如也。人有嘲雄以玄尚白，而雄解之，號曰『解嘲』。」

【校勘記】

［一］杉：底本訛作「杦」，據元刻本、箋註本、增註本和《全唐詩》卷五百九十四改。

宮詞　　王建

備考　王建百首之一也。〇《聯珠詩格》第九載此篇，作者爲杜牧，註曰：「以花謝喻宮人之色衰。」

○《唐詩正音》第六載之，「底」字作「尾」。

王建 見前。

樹頭樹底覓殘紅，一片西飛一片東。自是桃華貪結子，錯教人恨五更風。此篇蓋比而興也。殘紅，色衰也。東西分飛，君與己相背也。貪，慕也。結子，有寵有成也。五更風，君心之飄忽也。詩意謂使我不貪結子而入宮，則安有今日之愁，不可恨君也。色衰寵去矣，然惟自咎其初心，不以怨君，厚之至也。荊公甚愛此詩。

備考《賢愚鈔》曰：「第一、二句，桃花色即衰，纔有殘紅而已。殘紅亦一片者西飛，又一片者東飛，東西散飛，蓋譬宮女之色衰也。花衰則于西于東分飛，猶君與宮人相背也。桃欲結其子，則花早飛散；宮人欲誕王子，則其色早衰。第三、四句，桃花貪欲結子，故其花早散飛，豈可恨五更之風邪？今欲結子，却恨散花五更之風，是實錯也。」○《唐詩絶句》卷三謝枋得註云：「説到落花，氣象便蕭索，獨有此詩『自是桃花貪結子，錯教人恨五更風』，從落花説歸『結子』，便有生意[一]。此四句詩解者不一，多是就宮嬪顔色上説，可以意會。前二句喻其華落色衰也。」

五更風《顔氏家訓》曰：「或問：『一夜何故五更？更何所訓？』答曰[二]：『漢魏以來，謂甲夜、乙夜、丙夜、丁夜、戊夜爲五更。更，歷也。《西都賦》：「衛以嚴更之署。」必以五爲節者，言自夕至旦，經涉五時。雖冬夏之晷，長短參差，而盈不盡六，縮不至四，退在五時之間，故謂之五更。』」

註　**比而興也**　比者，以彼狀此，如《螽斯》《緑衣》之類。興者，託物興詞，如《關雎》《兔罝》之類。

荆公甚云云　《陳輔之詩話》云：「王荆公獨愛此絶，言其意味深婉而悠長也。」

【校勘記】

［一］生：底本訛作「主」，據《註解章泉澗泉二先生選唐詩》卷三、《水東日記》卷三十六和《唐詩品彙》卷五十一改。

［二］答：底本訛作「客」，據《顔氏家訓》卷下改。

祇役遇風謝湘中春色

熊孺登

備考　《文選》二十謝靈運《鄰里相送方山》詩云：「祇役出皇邑，相期憩甌越［二］。」李善注云：「即祇所莅之役也［三］。」〇祇，《韻府・支韻》注云：「祇，音脂，敬也。」〇役，《增韻》曰：「使也，行也，徭也。」〇謝，《韻會》曰：「告也。《廣韻》：『辭謝也。』」〇《字彙》曰：「以辭相告曰謝。」

熊孺登

備考　中唐作者。〇《才子傳》第六曰：「熊孺登，鍾陵人，有詩名。元和中，爲西川從事，與白舍人樂天、劉賓客禹錫善，多贈答。亦祗役湘中數年云云。有集今傳。」

水生風熟布帆新，顧愷之嘗借殷仲堪布帆，遭風大敗。愷之與仲堪書曰：「行人安穩，布帆無恙。」

只見公程不見春。應被百華撩亂笑，比來天地一閑人。

備考《賢愚鈔》曰：「第一句，春必水增長，蓋雪消浪多，水生而增，則風必來也。第二句，言被微官縛而不得自由，故不見春也，公程嚴而不賞花也。第三、四句，向來爲閑人而賞玩百花，所到留連，今日爲微官祗役而奔走，不見春，故花可笑也。比來者，從來、由來之意也。」〇《詩粹》云：「比來未奉公之時，不出湘中，而行樂自由也；今出則不見湘中春，故爲花所笑。水生者，生熟之生也。布帆新者，新揭帆也。」

註　顧愷之《晉書》列六十二曰：「顧愷之，字長康，晉陵無錫人，博學有才氣，好諧謔，人多愛狎之。」

殷仲堪《晉書》列五十四曰：「殷仲堪，陳郡人，以孝聞，孝武帝召爲中庶子。」

無恙《風俗通》曰：「恙，噬蟲名，入腹食人心。古人草居露宿，多被此害，相問曰：『無恙乎？』」〇《神異經》曰：「北方獸，如獅子，食虎，口氣吹人則死，名㺊。黄帝殺之，由是人無憂，故謂之無恙。」〇《玉篇》曰：「恙，余亮切，憂也，病也。」〇《輟耕録》四曰：「《戰國策》：『趙威后問齊使：「歲無恙耶？王亦無恙耶？」』《楚辭·九辨》曰：『還及君之無恙。』《説苑》：『魏文侯語倉庚曰：「擊無恙乎？」』又曰：「子之君無恙乎？」』《漢書》：『元帝詔貢禹曰：「今生有恙，何至不已？」乃上疏乞骸骨。』《聘禮》亦曰：

『公問君，賓對，公再拜。』鄭註云：『拜其無恙者。』顧愷之與殷仲堪牋：『行人安穩，布帆無恙。』隋日本遣使，稱『日出處皇帝致書日没處皇帝無恙』。《神異經》曰：『北方大荒中有獸，咋人則疾，名曰㺊。㺊，恙也。嘗入人室屋，黄帝殺之，人無憂疾，謂之無恙。』《爾雅》曰：『恙，憂也。』應劭《風俗通》曰：『上古之時，草居露宿。恙，噬人蟲也，善食人心。人患苦之，凡相問曰無恙。恙，或以爲獸，或以爲蟲，或以爲無憂。』《廣干禄書》兼取憂及蟲。《事物紀原》兼取憂及獸。《廣韻》『㺊』字下云：『㺊，獸，如獅子，食虎豹及人。』『恙』字下云：『憂也，病也。噬蟲，善食人心。』是『㺊』『恙』二義，《神異經》合而一之，則誤矣。」

【校勘記】

[一]相：底本訛作「指」，據《文選註》卷二十改。

[二]即祇所莅之役也：《文選註》卷二十作「役所莅之職也」。

過勤政樓　杜牧

玄宗於宮西置樓，其西曰華萼相輝之樓[一]，南曰勤政務本之樓。《雍録》云：「勤政樓臨朱雀東第四街。」

備考　《樊川集》卷三載之。○《賢愚鈔》曰：「此詩代宗大曆四年作也。肅宗寶應元年壬寅，玄宗崩，至大曆四年己酉，其間八年也。蓋天寶十四載大亂以來，千秋節不行，可知也。」○或曰：「長安作也。」○按杜牧，晚唐人，過盛唐之時華麗之勤政務本樓觀之，則苔色荒廢，感概而作此詩。明皇於勤政樓，以七寶裝成山，座高七尺，召諸學士講議經旨及時務，勝者得升焉。惟張九齡論辨風生，升此座，餘人不可階也，時論美之。

題註　**玄宗於宮云云**　季昌本註曰：「玄宗朝，宋王成器等獻興慶坊宅爲離宮，制許之，始作興慶宮，仍各賜成器等宅環於宮側。又於宮西南置樓，題其西曰花萼相輝之樓，南曰勤政務本之樓。」

杜牧　見前。

千秋佳節名空在，承露絲囊世已無。《玄宗紀》：「以降誕日宴百僚於華萼樓下。以八月十五日爲千秋節，三公以下獻鏡及承露囊。」**唯有紫苔偏稱意**，稱意，猶得意。**年年因雨上金鋪。**《三輔黃圖》注曰：「金鋪者，扉上有金華，華中作獸及龍蛇，鋪者以銜環也。」

備考《賢愚鈔》曰：「第一、二句，言昔全盛之日，舊物不存，只誕日名存耳。昔誕日置觶樽而及行人飲食，皆祝千秋萬歲也。今日承露囊亦不獻，況《千秋金鑒録》，豈有獻者耶？杜牧晚唐人，空聽千秋節名，不見其盛榮矣。第三、四句，此樓之舊基，今日荒廢，無承露囊，而唯有稱意之苔而已，年年茂長，蝕扉上黃金之舊飾也。」

稱意《前漢》列二十八[二]《兒寬傳》曰：「寬爲御史大夫[三]，以稱意任職。」

註

《玄宗紀》云云 季昌本註曰：「《唐志》：玄宗八月五日生，以其日名千秋節，宴百寮勤政樓下。百寮表請每年八月五日，改千秋節爲天長節，布於天下，咸令宴樂。百寮上壽，王公以下獻鏡及露囊，唯張九齡獻《千秋金鏡録》五卷，言前後興廢之事，上賜書褒美。」○《十七史·唐書·玄宗紀》曰：「開元十九年辛卯。正月丙子，耕于興慶宫。丙申，立太公廟。八月辛巳，以千秋節降死罪流以下[四]，原之。」注云：「司馬光《通鑑考異》云：『十七年八月癸亥，上以生日宴百官。』注：《實録》云：『癸亥朔。』按《長曆》，是月己未朔，癸亥五日也。顧況歌曰：『八月五夜佳氣新，昭成玄宗母。太后生聖人。』《實録》誤也。玄宗生日，則天皇后垂拱元年乙酉八月五日也。」○《資治通鑑詳節》九十六《唐玄宗紀》曰：「開元十七年八月癸亥，上以生日宴百官於花蕚樓下。左丞相乾曜、右丞相説帥百官上表，請以每年八月五日爲千秋節，布於天下，咸令宴樂。尋又移社就千秋節。」按天隱註爲「十五日」，非也，可削「十」字。《唐書》《通鑑》等無「十」字。

宴百僚 宴，《字彙》曰：「合飲也，安也，喜也。」○僚，又曰：「朋也，官僚也。」

獻鏡 《文獻通考》二十二曰：「玄宗開元二十四年千秋節，群臣皆獻寶鏡。張九齡以爲以鏡自照見形容，如人自照見吉凶，乃述前世興廢之源，爲書五卷，謂之《千秋金鏡録》。」

及承露囊 《續齊諧記》曰：「弘農鄧紹八月旦入蓬萊山採藥[五]，見一童子執五綵囊承柏葉上露，皆如珠滿囊中。問之，答云：『赤松子先生取之明眼。』言終，便失所在。今人嘗以八月旦作眼明囊相遺是也。」〇《野客叢書》卷七曰：「《嬾真子》謂杜牧之詩『千秋佳云云世已無』，謂漢以金盤承露，而唐以絲囊可以承露乎？此不可解。僕謂懶真是未深考。按《華山記》：『弘農鄧紹八月曉入華山，見童子執五綵囊，盛柏葉露食之。』此事在漢武帝之前，是以武帝於其地造望仙等宮觀[六]。又觀梁文帝《眼明囊賦》序曰：『俗之婦人，八月旦，多以錦囊珠寶爲眼明囊，因淩晨拭目。』唐人千秋節以絲囊盛露，亦襲其舊，正八月初故事。」

金鋪者云云 司馬相如《長門賦》曰：「擠玉户以撼金鋪。」注：「以金爲門之鋪首。」〇《韻會》「鋪」字注曰：「《説文》：『著門鋪首也，从金，甫聲。』《增韻》：『所以銜環者，作龜蛇之形，以銅爲之，故曰金鋪。』」

扉上 扉，《字彙》曰：「音非，户扇，以木曰扉，以葦曰扇。」

銜環 環，《字彙》曰：「音還。《説文》：『璧也。』」

【校勘記】

[一]曰：元刻本、箋註本和增註本均作「有」。

[二]八：底本誤作「七」，據《漢書·兒寬傳》改。

[三]爲：底本誤作「以」，據《漢書·兒寬傳》改。

［四］流：底本脱，據《新唐書·玄宗紀》補。
［五］蓬萊山：《續齊諧記》作「華山」。
［六］帝、望：底本脱，據《野客叢書》卷七補。

送客

李群玉

備考 本集題云《送人之江陵》。○或曰：「在澧州作。」○《賢愚鈔》曰：「群玉是時在湖北路十五州之中辰州，有客赴湖北路十五州中江陵府。」○《方輿勝覽》二十七《湖北路江陵府》注云：「《禹貢》：『荆及衡陽爲荆楚地，翼軫之分野，鶉尾之次，春秋之時，謂之郢都。』」

李群玉 見前。

沅水羅紋海燕回［一］，沅水，在辰州沅陵西。**柳條牽恨到荆臺**。荆臺在江陵府，「楚王遊荆臺」，即此也。**定知行路春愁裏，故郢城邊見落梅**。杜佑《通典》曰：「江陵，楚之郢地，秦分置江陵縣，今縣界有故郢城。」

備考《賢愚鈔》説紛紜不一。愚按第一句，言沅水當春緑净，帶碧羅之紋，海燕亦皈舊巢，寔客之可動歸心之時也。第二句，此客到荆臺之人也，况柳色青青催别悲，到荆臺之别而柳條牽恨也。第三句，「定知」二字，推量之意也，料知行路羈旅之中可生幾春愁。第四句，不見梅花之盛而見其落梅，則如何慰其旅愁哉？

註　**荆臺云云**《勝覽》二十七曰：「荆臺在監利縣西三十里土州之南。《家語》云：『楚王游荆臺，司馬子祺諫，王怒，令尹子西賀。』即此地也。」

杜佑云云《十七史》列四十一曰：「杜佑，字君卿[二]，京兆萬年人。佑嗜學，雖貴，猶夜分讀書。先是劉秩摭百家，侔周六官法爲《政典》三十五篇，房琯稱才過劉向。佑以爲未盡，因廣其闕，參益新禮，爲二百篇[三]，號《通典》。」

【校勘記】

[一]紋：《全唐詩》卷五百七十作「文」。

[二]君：底本訛作「若」，據《新唐書・杜佑傳》改。

[三]二：底本訛作「三」，據《新唐書・杜佑傳》改。

靈巖寺　趙嘏

增註《方輿勝覽》云：「靈巖山在蘇州城西二十四里，又名硯石山，吳王別苑在焉，有館娃宮。」又云：「靈巖寺在吳縣西南三十里，舊名秀峰寺。」

備考《方輿勝覽》第二浙西路共八州：「平江府，古蘇州。靈巖山在城西二十四里，又名硯石山，吳王之別苑在焉。有館娃宮、琴臺、響屧廊、西施洞。山頂有池生葵蒓[一]，下瞰太湖[二]，望洞庭，兩山滴翠叢碧，在白銀世界中，亦宇内絶景。山前十里有採香徑，因置秀峰寺。」〇又《佛寺部》曰：「靈巖寺在吳縣西南三十里，舊名秀峰寺。孫覿《殿記》：『梁云云。』」

趙嘏 見前。

館娃宮畔千年寺，按孫覿《記》：「梁天監中，以吳故館娃宮地爲靈巖寺。」**水闊雲多客到稀。聞説春來倍惆悵，百華深處一僧歸**[三]。

備考《賢愚鈔》曰：「第一、二句，言昔日吳王全盛之日，百花爛熳，車騎鞍馬夾路。其後至梁時而爲靈巖寺。自梁武帝天監元年壬午[四]，至唐第十六代主武宗會昌二年壬戌趙嘏及第之時，三百三十九年也。然則『千年』字未穩，故梅翁質之曰：『「千年」二字可屬館娃宮，屬靈巖寺不可也。』吳王夫差伐越王勾踐，勾踐敗而棲會稽之山，蓋周二十八代主敬王二十六年，即魯哀公元年丁未也。自周敬王二十六年，至唐十六代主武宗會昌二年壬戌，凡一千三百三十五年也。言吳之築館娃宮之故基，已及一千三百餘霜，梁武所造之靈巖寺亦廢壞，今只雲水而已。行客來往太稀也，寂寞渺茫，風致如在睫也，是亦佛運之衰薄也。陳羽《吳城覽古》詩云：『吳王舊國水煙空，香徑無人蘭葉紅。』可併見也。」〇愚按第一、二句，言千年寺者，自吳至唐故也。水闊雲多者，靈巖寺之下有太湖三萬六千頃，對洞庭七十二峰，山高則雲多，故如此。○「第三、四句，言百花爛熳之深處。就吴王之時言之，則裙裋綺羅，馬如游龍，車如流水也。就梁武之時言之，則佛前莊嚴，僧徒清規，不可容易也。今則雖百華媚春無玩者，而只一孤僧歸而已。」

註　**梁天監**　梁武帝年號。

【校勘記】

[一]山：底本脱，據《方輿勝覽》卷二補。

[二]瞰：底本訛作「暾」，據《方輿勝覽》卷二改。

[三]百：底本訛作「白」，據元刻本、箋註本、增註本和《全唐詩》卷五百五十改。

[四]年：底本脱，據文意補。

柳枝[一]　薛能

增註　按薛能本集《柳枝詞》序云：「乾符五年，爲許州刺史，與幕中談賓酣飲醇酎於郡閣，因令部妓小女作《楊柳枝》健舞，復賦其詞，尤可聽者，爲五絶，名《楊柳枝》新聲，此一也[二]。」

註　**乾符**　唐第十九主僖宗年號，凡六年。

酣飲　酣，《字彙》曰：「呼甘切，酒樂也，湛嗜也。應劭曰：『不醒不醉曰酣。一曰：酣，洽也。』」

醇酎　醇，《字彙》曰：「辰倫切，音純。醲也，厚也，不澆酒也。」○酎，又曰：「直又切，音宙，新熟之酒也。《左傳》：『見於嘗酎。』又醇也。《月令》：『天子飲酎，用禮樂。』張晏曰：『正月旦作酒，八月成，名曰酎。酎之言純也。』」○《漢書·景帝紀》註：「師古曰：『酎，三重釀醇酒也，味厚云云。』」

部妓　部，《字彙》曰：「分也，屬也。一曰統也。《增韻》：『部，曲也。』」

薛能　見前。

和風煙雨九重城，夾路春陰十萬營。細柳原在長安縣西北，周亞夫嘗營軍其地。今軍營皆柳樹，謂之柳營，蓋本此。**惟向邊頭不堪望，一株憔悴少人行。**

備考　《賢愚鈔》曰：「第一、二句，言九重城邊之官柳，和暖風，映煙雨，夾官路，帶春陰，而繞十萬之軍營。往來之衣冠，賞之弄之，官柳之榮，不足言焉。世上受寵遇者，如彼官柳也。第三、四句，許州邊頭之柳樹非列樹，不堪望見，惟一株憔悴而無行人之愛，況是行人亦往還少也。以許州邊頭之柳，能自比也。」

註　**細柳云云周亞夫云云**　《前漢書》列十《周勃傳》曰：「文帝後六年，匈奴大入邊。以宗正劉禮爲將軍軍霸上，祝兹侯徐厲爲將軍軍棘門，以河内守亞夫爲將軍軍細柳，以備胡。上自勞軍，至霸上及棘門軍，直馳入，將以下騎出入送迎。已而之細柳軍，軍士吏被甲，鋭兵刃，彀弓弩持滿。天子先驅至，不得入。先驅曰：『天子且至！』軍門都尉曰：『軍中聞將軍之令，不聞天子之詔。』有頃，上至，又不得入。於是上使使持節詔將軍曰：『吾欲勞軍。』亞夫乃傳言開壁門[三]。壁門士請車騎曰：『將軍約，軍中不得驅馳。』於是天子迺按轡徐行。至中營，將軍亞夫揖，曰：『介胄之士不拜，請以軍禮見。』天子爲動，改容式車。使人稱謝：『皇帝敬勞將軍。』成禮而去。既出軍門，群臣皆驚。文帝曰：『嗟乎，此真將軍矣！鄉者霸上、棘門如兒戲耳。』」○《前漢書·文帝紀》「細柳」註：「服虔曰：『在長安西北。』」

【校勘記】

[一]柳枝：《全唐詩》卷二十八作《楊柳枝》。

[二]一：底本脱，據增註本補。

[三]乃：底本脱，據《漢書·張陳王周傳》補。

自遣　陸龜蒙

自注云：「《自遣》詩者，震澤別業之作。故病未平，厭厭卧田舍中，農夫以耒耜相聒，夜分不睡，百端興懷，思益無緒，因作四句詩，累三十絶。」

備考《詩格》十七載此詩，「亦」字作「也」字，「春愁」作「清愁」，「鶴髮」作「白髮」。注：「此專借遊絲以喻。胡苕溪曰：『此詩思清語奇，超出尋常之表，可謂不落前人窠臼者。』」○《詩粹》云：「人生多愁，頭髮易白，見遊絲飛下如人白髮，因托賦此以自遣耳。」

題註　**厭厭**　《詩》云：「厭厭良人。」注：「安静也。」

耒耜　耒，《字彙》曰：「耕田曲木也。古者垂作耒耜。《古史考》：『神農作耒。』《禮·月令》：『修耒耜。』注疏：『耒以木爲之，長六尺六寸，庛底長尺有一寸，中央直者三尺有三寸，句者二尺二寸。』《説文》：『从木推丯。』」○耜，又曰：「《廣韻》：『耒耜也。』《增韻》：『柄曲木曰耒，耒端曰耜。耜本金，易斲木，爲耜，謂斲木爲受耜之處也。』又《考工記》：『匠人爲溝洫，耜廣五寸，二耜爲耦，謂兩耜相合，兩耜併發之。』」○《紀原》卷九曰：「《易·繫辭》曰：『包犧氏没，神農氏作，斲木爲耜，揉木爲耒，耒耜之利，以教天下，蓋取諸益。』《禮含文嘉》亦曰：『神農作耒耜。』《古史考》亦云。而《世本》則曰：『倕作。』又以爲咎繇作，非也。《白虎通》曰：『古者人食禽獸肉，神農時，人多，禽獸不足，神農乃因天時地利，制耒耜教人農作。』《高氏小史》亦云：『炎帝種五穀，爲耒耜以利百姓。』」

相聒　聒，《字彙》曰：「古活切，音括。《説文》：『讙語也。』《廣韻》：『聲擾也。』《正義》曰：『多言亂人之意。』」

無緒　緒，《字彙》曰：「絲耑也。」

陸龜蒙　見前。

數尺遊絲墮碧空，年年長是惹春風。争知天上無人住，亦有春愁鶴髮翁。　意謂遊絲者，天上愁人白髮墮也。此蓋放言自遣，非有實事，觀題及自注可見。

增註 庾信賦：「予老矣，鶴髮鷄皮。」杜詩：「清秋鶴髮翁。」

備考 **遊絲**《莊子・逍遥遊篇》曰：「野馬也，塵埃也，生物之以息相吹也。」希逸注：「野馬，遊絲也，水氣也。子美所謂『落花遊絲白日静』是也。」

註 **放言**《論語・微子篇》云：「謂：『虞仲、夷逸，隱居放言。』」

華陽巾

陸龜蒙

《巾譜》云：「始於陶隱居。」

備考《賢愚鈔》曰：「華山有蓮華峰，此巾之形似華山之蓮華峰，峰在華山之陽，故號此巾曰『華陽巾』，即陶弘景巾之名也。」〇《莊子・天下篇》曰：「宋鈃、尹文聞其風而悦之，作爲華山之冠以自表。」郭象注：「華山，上下均平。」玄英疏云：「華山，其形如削，上下均平，而宋、尹立志清高，故爲冠以表德之異。」陸德明《音義》：「華山上下均平，作冠象之，表己心均平也。」希逸注云：「華山，冠名也。」〇梅云：「華山之冠即華陽巾。」然則華陽巾必非始陶弘景，以宋鈃、尹文二人爲華陽巾之權輿歟？

註 **《巾譜》云始云云**《堯山堂外紀》云：「陶弘景，字通明。齊永明初，居勾曲山，自號華陽隱居。」○《南史》曰：「陶弘景，字道明，《梁書》作「通明」。梁武帝時人也。齊永明中，脱朝服掛神武門去，止句容縣句曲山第八洞宫，名金壇華陽之天，周回百五十里，山中立館，號華陽陶隱居，晚號華陽真逸。」○《李白詩集》曰：「吴江女道士，頭戴蓮華巾。」註：「《真仙傳》：『韋節，京兆人，家藏書百卷，魏武時爲東宫侍讀，卜居華山，號華陽子，名其巾曰華陽巾。』」

蓮華峰下得佳名，蓮華峰在華山。**雲褐相兼上鶴翎。須是古壇秋霽後，靜焚香炷禮寒星。**

增註　華山頂有千葉蓮華，服之羽化。

備考　《賢愚鈔》曰：「第一、二句，此巾華陽真逸陶隱居所制而得華陽佳名，戴此巾者，身著雲褐，乘鶴背者，相宜也。第三、四句，戴此巾者，修行如是也。」○愚按第二句「兼」字有味，雲褐之人兼著華陽巾，故云。

雲褐　褐，《字彙》曰：「何葛切，音曷。毛布，賤者所服。《張良傳》：『老父衣褐。』陸佃云：『黄黑色，今俗謂之茶褐色。』」

鶴翎　翎，又曰：「鳥羽。」

香炷　炷，又曰：「腫與切，音主，火炷，燼所著者。」

增註　**羽化**　《廬山記》稱道士曰「羽化羽士」。○《書言故事》二曰：「道士亡曰『羽化』『仙化』，言讃其生翼，飛升爲仙也。《赤壁賦》『羽化』言若生翼羽而化，以登仙境。」

秋色　　吴融

備考《詩粹》云："秋色本淒慘，況六朝陳迹乎？"

吴融　見前。

染不成乾畫未消[一]**，霏霏拂拂又迢迢。曾從建業城邊過**[二]**，蔓草寒煙鎖六朝。**

備考《賢愚鈔》説不可。○愚按第一、二句，秋色如染如畫。"不成乾"者，自然染色故不乾，自然畫圖故不消[三]，如霏霏，如拂拂，又迢迢。第三、四句，吴融曾從建業城邊相過之時便秋，而蔓草之碧帶煙而鎖六朝之所都踪迹，初知其色爲秋，無疑也。

霏霏《字彙》曰："雨雪雰貌。"

拂拂　拂，又曰："去也，除也，矯也。"

建業《方輿勝覽》第十四江東路九州之中建康府："古昇州，秦改曰秣陵，屬鄣郡。漢改鄣郡爲丹陽郡。吴大帝自京口徙此，因改爲建業。晉武帝改爲秣陵，又分秣陵北爲建業，改業爲鄴。後避愍帝諱鄴，改爲建康。東晉元帝渡江，復都焉，又爲丹陽郡。宋、齊、梁、陳因之。"

蔓草《詩・鄭風・野有蔓草篇》曰："野有蔓草。"朱註："蔓，延也。"○《左傳・魯隱公元年》曰：

「蔓草猶不可除[四]。」

六朝　杜牧《題宣州開元寺水閣[五]》詩曰：「六朝文物草連空。」註：「六朝，吳、東晉、宋、齊、梁、陳也。」

【校勘記】

［一］消：《全唐詩》卷六百八十六作「銷」。

［二］業：底本訛作「葉」，據元刻本、箋註本和《全唐詩》卷六百八十六改。

［三］圖：底本誤作「土」，據文意改。

［四］猶：底本脱，據《春秋左傳注疏·魯隱公元年》補。

［五］題：底本脱，據底本七律卷五《題宣州開元寺水閣》補。

已前共一十九首

備考　《賢愚鈔》曰：「第三句、第四句呼應者。」○或曰：「一、二句問答，三、四句呼應也。」○愚按第三句呼第四句格也。

酧李穆[一]　劉長卿

增註　李穆，即刘长卿之婿。

備考　酧，《字彙》曰：「俗作『酬』，古無此字。」〇《賢愚鈔》曰：「是時李穆在浙西路八州之中建康府之新定桐廬之間居焉，劉長卿在江東路九州之中徽州。徽州，即古歙音攝州。李穆浙西之建德之桐廬，赴江東之歙州，欲問舅劉長卿，先作詩寄長卿。見詩註：『長卿在歙州而作是詩，酧之以相迎。』」

增註　**李穆云云**　《才子傳》第二《劉長卿傳》末曰：「淮南李穆有清才，公之婿也。」

劉長卿　見前。

孤舟相訪至天涯，萬轉雲山路更賒。欲拂柴門迎遠客[二]**，青苔黄葉滿貧家。**　李穆有《發桐廬寄劉員外》云：「處處雲山無盡時，桐廬南望更參差。舟人莫道新安近，欲上潺湲行自遲。」故長卿以此答之。時長卿在歙。

備考　《賢愚鈔》曰：「第一句，李穆發浙西路之建德桐廬郡，棹孤舟，爲劉長卿欲敲其寂，其心切哉。『天涯』二字有兩義，一指歙州，一指桐廬。第二句，自浙西路至江東路之歙州，雲山萬重相透過，千山千水，遠途之勞，以何謝之？第三、四句，言穆不遠千里而來，故迎之，欲相待，無物，唯有青苔黄葉在而已，豈不愧耶？」

註　**桐廬**　《勝覽》五浙西路建德府有六縣，桐廬其一也。

劉員外　《才子傳》曰：「至肅宗至德中，歷監察御史，以檢校祠部員外郎出爲轉運使判官，知淮西、岳鄂。」○《通典》二十三曰：「員外郎一人。」注：「隋文帝置，煬帝改爲主爵承務郎[三]。武德初，爲主爵員外郎。」○「按掌封爵，皇之枝族及諸親[四]、内外命婦告身及道士女冠等[五]。」

新安　《方輿勝覽》十六曰：「《禹貢》揚州之城，皇朝改爲徽州。徽州有新安，新安有六縣。」

【校勘記】

[一]酧李穆：《全唐詩》卷一百五十作《酬李穆見寄》。

[二]拂：增註本同此，元刻本、箋註本、附訓本和《全唐詩》卷一百五十均作「掃」。

[三]承：底本誤作「取」，據《通典》卷二十三改。

[四]皇：底本誤作「鄉里」，據《通典》卷二十三改。

[五]身：底本誤作「郎」，據《通典》卷二十三改。

休日訪人不遇[一]　　韋應物

增註 休，沐也。漢制，五日一下休沐。又暇日曰休。

備考 韋應物本集題作《休暇日訪王侍御建不遇》。〇《唐詩正音》六載之，題與本集同。〇《賢愚鈔》曰：「王建，憲宗元和中自侍御史出爲陝州司馬，從軍塞上，弓劍不離身。數年後歸，卜居咸陽原上。韋應物休日之官暇訪王建，建卜居咸陽原上時歟？韋在官，建卜居咸陽，即長安城邊也。」

韋應物

備考 《正音》云：「中唐作者。」〇《十七史·唐書》不載傳。〇《才子傳》第四曰：「韋應物，京兆人也。尚俠，初以三衛郎事玄宗。及崩，始悔，折節讀書。爲性高潔，鮮食寡欲，所居必焚香掃地而坐，冥心象外。天寶時，扈從遊幸[二]。永泰代宗年號。中[三]，任洛陽丞。遷京兆府功曹。大曆代宗。十四年，自鄠縣令制除櫟陽令，以疾辭皈，寓善福寺精舍。建中德宗。二年，由前資除比部員外郎，出爲滁州刺史。居頃之，改江州刺史。追赴闕，改左司郎中。或媢其進，媒孽之。貞元初，又出爲蘇州刺史。大和中，以太僕少卿兼御史中丞，爲諸道鹽鐵轉運江淮留後。罷居永定，齋心，屏除人事。」

九日驅馳一日閑，尋君不遇又空還。怪來詩思清人骨，門對寒流雪滿山。

備考《賢愚鈔》曰：「第一句，凡十日之中，九日奔走人事世務，纔一日閑暇也。第二句，閑暇之時，一兩回雖扣王建仲初之卜居[四]，他適不面，故云『又空還』。第三、四句，韋之意相怪每見王建詩，一洗吾胸宇皮肉骨髓，其清潔如冰雪水精，宜哉王建卜居之境致，無一點俗物，只門前對一條寒流，窗前見滿山積雪，此其清氣陶冶建之臟府，而所吐出之詩，所以清徹他人之骨髓也。」

【校勘記】

[一]休日訪人不遇：《全唐詩》卷一百九十作《休暇日訪王侍御不遇》。

[二]幸：底本誤作「行」，據《唐才子傳》卷四改。

[三]泰：底本誤作「代」，據《唐才子傳》卷四改。

[四]回：底本誤作「輩」，據《賢愚鈔》卷八改。

湘江夜泛　熊孺登

備考 此詩，《祇役遇風謝湘中春色》同時之詩也。○趙瞻民註云：「欲爲蜀隴西尉時，途中赴湘江泛舟也。」

熊孺登 見前。

江流如箭月如弓，行盡三湘數夜中。無奈子規知向蜀，一聲聲似怨春風。《成都記》：「蜀望帝死，化爲鳥，名杜鵑，聲低怨。」

備考 《賢愚鈔》曰：「第一句，孺登祇役赴西川從事時，已遇風波，非公程可屢息，急鼓舟而行，故湘江之流如劈箭，夜月之形如强弓。第二句，舟行速，故三湘之間雖有幾多，三四夜之間行盡也。是亦祇役謂也。第三、四句，子規即杜鵑，杜鵑即望帝。昔爲蜀帝之時，其臣鱉靈有好妻，望帝婬之，故鱉靈弑望帝，望帝魄化作鵑去蜀，飛楚雲湘水之間，或哭或啼。今知孺登向蜀爲西川從事，蜀，吾爲帝時舊都，恨鱉靈弑我之事，而聲聲向春風悲鳴，孺登豈堪聽焉耶？」

三湘 《勝覽》二十二湖南路澤州三湘注引《寰宇記》云：「三湘，謂湘潭、湘鄉、湘源也。」

贈俟山人[一]　　熊孺登

備考 俟，《字彙》曰：「詳子切，音似。又姓，《風俗通》有俟子。又渠宜切，音奇。」〇《韻會・紙韻》曰：「床史切，音士。」

一見清容愜素聞，有人傳是紫陽君。《大茅君傳[二]》有云：「紫陽左公、太極仙伯、山玄卿、周義山，皆號紫陽真人。」**來時玉女裁春服，剪破湘山幾片雲。**湘山在泉州郡治後。

備考《賢愚鈔》曰：「第一句，言孺登泛湘之時，俟山人來，見其清容如舊所聽也。第二句，有人傳道，便是古之紫陽君也，不可疑矣。第三、四句，山人之衣服非人間之綺羅錦綉，將來之時，必仙家之玉女剪裁湘山之春雲，以可爲服也。」

玉女《太平廣記》第三《漢武帝傳》云：「忽見一女子著青衣，非常麗也。帝愕然問：『何人？』曰：『我紫蘭宫玉女，姓李名登，爲王母所使云云。』」

春服《論語・先進篇》曰：「莫春者，春服既成。」朱註：「春服，單袷音夾。之衣。」

註　**紫陽左公云云**《東坡詩集》二十《送張安道赴南都留臺》詩：「我公古仙伯，超然羨門姿。」次公註云：「道科有仙卿、仙伯，如《集仙録・大茅君傳》有云『紫陽左公、太極仙伯』是也。」○同二十三《游羅浮山一首示兒子過》詩云：「汝應奴隸蔡少霞，我亦季孟山玄卿。」坡自注云：「唐有夢書《新宫銘》者，云：『紫陽真人山玄卿撰。』」○季昌本注：「《仙經》云：『紫陽真人周義山入蒙山，遇羡門，拜乞長生。羨門曰：「子名在丹臺玉室中，何憂不仙？」』《漢書》：『羨門，名子高，古仙人。』」

湘山在泉云云《勝覽》十二福建路八州之中有泉州，泉州有紫帽山、九日山、雙髻山、九座山、大輪山、城山、文圃山、高士峰等，無湘山。○《勝覽》二十三湖南路潭州有湘山。○《賢愚鈔》曰：「紫陽山在湖南路[三]，潭州之湘山亦在湖南路也。天隱注不審。」

【校勘記】

［一］俟：增註本和附訓本同此，元刻本、箋註本和《全唐詩》卷四百七十六作「侯」，當以「侯」爲是。

［二］茅：底本訛作「苐」，據元刻本、箋註本和增註本改。

［三］在：底本訛作「存」，據《賢愚鈔》卷八改。

寫情　李益

備考　李益寫霍小玉死別之情，吊之詩也。益三娶，霍小玉、盧氏、營十一娘也。見《太平廣記》四百八十九並《類説》。

李益

備考　《正音》云：「中唐作者。」〇《才子傳》第四曰：「李益，字君虞，隴西姑臧人。大曆中，齊映榜進士。調鄭縣尉。同輩行稍進達，益久不陞，鬱鬱去遊燕、趙間。幽州節度劉濟辟爲從事。未幾，又佐邠寧幕府。風流有辭藻，與宗人賀相埒。二十三受策秩，從軍十年，運籌決勝，尤其所長。往往鞍馬間爲文，横槊賦詩，故多抑揚激礪悲離之作，高適、岑參之流也。憲宗雅聞其名，召爲秘書少監、集賢殿學士云云。大和文宗。初，卒。益少有僻疾，多猜忌，防閑妻妾過爲苛酷，有散灰扃户之談，時稱『妒痴尚書李十郎』。有同姓名者，爲太子庶子，皆在朝，人恐莫辨，謂君虞爲『文章李益』，庶子爲『門户李益』云。有集，今傳[一]。」

水紋珍簟思悠悠，千里佳期一夕休。從此無心愛良夜，任他明月下西樓。 舊史謂益有妒痴，夜散灰扃户[二]，以防妻妾。觀此詩，非悼亡怨别，則不得於妻妾而作也。

備考 《賢愚鈔》曰：「第一句，與霍小玉已死别。第二句，已隔千里，而二年之别因豪士謀而再會面，雖然，霍小玉逝矣，豈非『佳期一夕休』耶？第三句，小玉已逝矣，雖有盧氏新婚之約，意不甚受，蓋從母之命而已。『良夜』二字，指新婚約諾之盧氏。第四句，益傷霍小玉之死，溢于言外矣。」〇愚按第三、四句，《賢愚》所謂「良夜」指盧氏之説非也，言怨死别，故不愛良夜風月之美景，獨斷其心魂耳。

悠悠 《綱目集覽》四十三注云：「悠悠，渺遠也，無期貌。」〇《韻會》云：「渺遠無期貌。《説文》：『憂也。』」

良夜 《書言故事》卷十曰：「深夜曰良夜。《祭遵傳》：『帝光武。幸遵營，勞享士卒，良夜乃罷。』東坡《後赤壁賦》：『月白風清，如此良夜何？』」

【校勘記】

[一]「今傳」前底本衍「有」，據《唐才子傳》卷四删。

[二]夜：底本訛作「疾」，據元刻本和箋註本改。

竹枝詞　劉禹錫

集中《竹枝詞引》曰：「余來建平，里中兒聯歌《竹枝》，吹笛擊鼓以赴節，含思宛轉，有《淇奧》之艷，故余作《竹枝辭》。」

增註 按《禹錫傳》：「憲宗立，王叔文等敗，禹錫貶朗州司馬。州接夜郎，諸夷風俗陋甚，家喜巫鬼，每祠歌《竹枝》，鼓吹裴回，其聲傖儜。禹錫謂屈原居沅、湘間，作《九歌》，使楚人以迎送神，乃倚其聲，作《竹枝詞》十餘篇，於是武陵夷俚悉歌之。」

備考 東坡《竹枝歌》序云：「《竹枝》歌本楚聲，幽怨惻怛，若有所思深者[二]。」山谷：「湖南湖北竹枝歌。」注云：「《竹枝》本出三巴，其流在湖湘耳。」○《玉屑》第十五山谷曰：「劉夢得《竹枝》九章，詞意高妙，元和間誠可以獨步。道風俗而不俚，追古昔而不愧，比之杜子美《夔州歌》，所謂同工而異曲也。」○《清氣集》題曰《宮詞》，詩中「住」字作「在」字。○此篇禹錫代想夫之婦人作之也。

題註　**集中** 指劉禹錫本集。

引曰余 余指禹錫。

來建平 朗州也。

《淇奧》 《山谷詩集》第九，註「淇奧」作「淇澳」。○《詩·衛風·淇奧》小序云：「《淇奧》，美武公之德也。有文章，又聽規諫，以禮自防，故能入相于周，美而作是詩也。」

之艷 艷，《字彙》曰：「音焰，美也。又容色豐滿也。又光彩也。」

增註 **傖儜** 《唐書·劉禹錫傳》曰：「鼓吹裴回，其聲傖儜。」《音義》曰：「夷語相呼聲。」

劉禹錫 見前。

日出三竿春霧消，江頭蜀客繫蘭橈[二]。**欲寄狂夫書一紙，家住成都萬里橋。** 萬里橋在浣華溪東，昔諸葛孔明送吳使至此，曰：「萬里之行，從此始矣。」因得名。

增註 《南齊·天文志》：「日出三竿，其色黃赤暈。」坡詩：「酒醒門外三竿日。」

備考 《賢愚鈔》曰：「第一、二句，言朗州城外，至于日出霧消之時，蜀客泊舟於江頭，婦人已聽赴蜀之客繫舟，欲寄音於無賴之夫。第三、四句，婦人指夫爲狂夫，此狂夫久棄我，有所顧眄，住蜀萬里橋也。」

蘭橈 《方言》：「楫謂之橈。」《增韻》：「櫂之短者，吳越人呼爲橈。」

註 **萬里橋** 《三才圖會·地理部》十一曰：「萬里橋在府城中和門外。《寰宇記》著：『諸葛亮送費禕聘吳至此，曰：「萬里之行，始於此矣。」』又《唐史》載：『玄宗狩蜀，過此，問橋名，左右對以「萬里」，玄宗嘆曰：「開元末，僧一行謂更二十年，國有難，朕當遠遊至萬里之外，此是也。」遂駐蹕成都。』」○《方輿勝覽》五十一曰：「劉光祖《橋記》云：『孔明於此送吴使張温，云：「此水下至揚州萬里。」』」○按二説不同。

浣華溪 《圖會・地理部》十一曰：「浣花溪在府城西南五里，一名百花潭[三]。按吴中復《冀國夫人任氏碑記》：『夫人微時，見一僧墜污渠，爲濯其衣，百花滿潭，因名其潭曰「浣花」。』」

諸葛孔明 《蜀志》五：「諸葛亮，瑯琊陽都人，躬耕隴畝，好爲《梁父吟》云云。」

增註 **南齊云云** 《南齊書》曰：「永明五年十一月丁亥，日出高三竿[四]，朱色赤黄[五]，日暈[六]。」○《書言故事》第十曰：「日晏曰日已三竿。」註：「三竿，日出三竿之高，或曰山名。」

赤暈 暈，《字彙》曰：「禹愠切，音運，日月傍氣。」

【校勘記】

[一]思深：《全芳備祖》後集卷十六和《東坡詩集註》卷二十四作「深悲」。

[二]繫：《全唐詩》卷三百六十五作「駐」。

[三]一名：底本脱，據《方輿勝覽》卷五十一補。

[四]高：底本脱，據《南齊書・天文志上》補。

[五]赤黄：底本誤作「黄色」，據《南齊書・天文志上》改。

[六]日：底本誤作「赤」，據《南齊書・天文志上》改。

聽舊宮人穆氏歌[一]

劉禹錫

備考《唐詩正音》第六載之。《清氣集・人物部》載之，題曰《宮人》。又《唐詩絕句》載，題曰《聽舊宮人穆氏唱歌》。○此篇禹錫再還朝所作也。○《舊唐書・劉禹錫傳》云：「禹錫坐王叔文黨，貶司馬。既貶還，宰相欲任省郎，而禹錫作《玄都觀看花諸君子》詩，語涉譏忿，當路不喜，乃出爲播州刺史。後入爲主客郎中，復作《再遊玄都觀》詩，且言始謫十年，還京師，道士植桃，其盛如霞，又十四年過之，無復一存，惟見兔葵、燕麥動搖春風耳，以詆當時權近，乃益薄其行焉。」

曾隨織女渡天河，《齊諧志》：「桂陽城武丁謂其弟曰：『七月七夕，織女當渡河，吾向已被召。』」此詩借用。**記得雲間第一歌**。**休唱貞元供奉曲**，貞元，德宗年號。**當時朝士已無多**。夢得貞元時入仕，元和初謫，三十四年方歸[二]，故有是語。

備考《賢愚鈔》曰：「第一句，以織女比德宗之皇后，此穆氏曾在德宗之時侍皇后之宴。第二句，穆氏能記德宗之時天上秘曲之第一，妙唱之。第三、四句，言今無當時朝士，不可敢唱供奉曲也。」○《唐詩絕句》卷一謝疊山註曰：「前兩句，形容宮中之如在九霄。後兩句，謂德宗貞元間陸宣公爲相，姜公輔、蕭復、陽城、王仲舒諸賢先後立朝，尚多君子。今日與貞元大不侔矣。聞貞元樂曲，思貞元朝士，寧能無傷今懷古之情乎？曰『當時朝士已無多』，隱然見今日朝廷無人才。正如《書》云：『即我御事，罔或耆壽，俊在厥服。』《詩》云：『伊誰之思，西方美人。』不言『無』，而言『無多』，此詩人巧處。」

註　**貞元**　凡二十年。

元和　憲宗年號，凡十五年。

三十四年　愚按考本傳，「三十」當作「二十」字。

【校勘記】

［一］聽舊宮人穆氏歌：《全唐詩》卷三百六十五作《聽舊宮中樂人穆氏唱歌》。

［二］三十四：附訓本和增註本同此，元刻本和箋註本均作「二十四」。按當以「二十四」爲是，熊谷立閑後文亦有按語指出此誤。

訪隱者不遇［一］　　竇鞏

備考　此篇《漁隱叢話》以爲杜牧作。

竇鞏

備考　《正音》云：「中唐作者。」○《十七史・唐書》四十四《竇群傳》末有名無傳。○《才子傳》第四《竇常傳》末曰：「竇鞏，字友封，狀貌瑰偉，少博覽[二]，無不通，性宏放，好談古今，所居多長者車轍。時諸兄已達，鞏尚來場屋間，頗抑初志云云。元和二年，王源中榜進士[三]。佐淄青幕府，累遷秘書少監，拜御史中丞，仕終武昌觀察副使。鞏平居與人言不出口，時號『囁嚅翁』。」

籬外涓涓澗水流，槿華半照夕陽收。欲題名字知相訪，又恐芭蕉不耐秋。 古人多喜書芭蕉葉，如懷素種芭蕉供書是也。

備考　《賢愚鈔》曰：「『籬外』二句，蓋記隱廬所見之事也。然第二句言鞏自朝至夕未歸去，待之意也。第三、四句言自朝至夕，待隱者猶未歸，然則芭蕉雖題我名字，恐不耐秋也。」○愚按第二句自朝至夕待歸之説非也，只實記其眼前之即興而已。

涓涓　《文選》四十五《歸去來辭》云：「泉涓涓而始流。」呂向註：「涓涓，泉流貌。」

槿花　《韻會》曰：「槿，音謹。《爾雅》：『櫬也，又名舜，其花朝開暮落，一名日及，一名蕣華[四]，一瞬之義，通作「堇」。』《禮記・月令》：『木堇榮。』」○又《韻會》「蕣」字註曰：「音舜。《説文》：『木槿，朝華暮落者，从草，舜聲。』《爾雅・釋草》：『椵，木槿，一名櫬，樹如李。』陸佃云：『取瞬之義，今人言一瞬。』《集韻》：『或作「橓」，通作「舜」。』《詩》：『顏如舜華。』即木槿華也。」

註　如懷素種云云《書史會要》曰：「懷素，字藏真，玄奘門人也。夕觀夏雲隨風，悟筆意，評者謂掣電隨身。陸羽撰《懷素傳》云：『草書以暢志，酒酣興發，遇寺壁里墻，靡不書之。貧無紙，乃種芭蕉萬餘株，以供揮灑。』」

【校勘記】

［一］訪隱者不遇：《全唐詩》卷二百七十一作《尋道者所隱不遇》。

［二］覽：底本訛作「學」，據《唐才子傳》卷四改。

［三］中：底本脱，據《唐才子傳》卷四補。

［四］薙：底本訛作「舜」，據《古今韻會舉要》卷十三改。

重過文上人院　　李涉

備考《賢愚鈔》曰：「三年以前，李涉過此院，今又過，故云『重』。」〇或曰：「文上人院在廬山，此詩以文比遠，其院爲在廬山，亦宜也。」

李涉見前。

南隨越鳥北燕鴻，松月三年別遠公。以遠公比文上人。**無限心中不平事，一宵清話又成空。**

備考《賢愚鈔》曰：「第一句，李涉始卜隱廬山，其後徙居終南，又其後十年，蹭蹬峽中，又訪吴越舊遊，登天臺石橋，掛席浮瀟湘、岳陽，因盤桓，歸洛下，遂隱少室，漂泊四方如是。第二句，『松月』二字，詩家常談也。《永嘉證道歌》曰：『江月照兮松風吹。』詩人摘此語爲『松月』，言三年別離文上人，上人之修行可比惠遠法師也，與文上人談，則實如『江月照兮松風吹』。或云：三年別文上人之院松風明月也。第三、四句，別後三年以來，不平之事積胸，吹如山之堆，今一夜又相逢清話，其胸中千萬不平空盡，如三年之先，故云『又』。」〇愚按第二句，前二説非也，言三年與文上人缺面話，空過松風夜月之好風光耳。

越鳥《文選》詩云：「胡馬嘶北風，越鳥巢南枝。」〇李白《鷓鴣詞》云：「有客桂陽至，能吟山鷓鴣。清風動窗竹，越鳥起相呼。」〇李德裕《嶺南道中》詩云：「紅槿花中越鳥啼。」

燕鴻《東坡詩集》二十二曰：「春鴻社燕巧相違。」註：「《淮南子》：『燕春分而來，雁春分而去；燕秋分而北，雁秋分而南。』」

題鶴林寺[一]　李涉

在鎮江府。

備考《清氣集》第五《宫室部》並《詩格》第四載之。又《遺響》第三載，題曰《題鶴林寺僧室》。〇季昌本註曰：「在潤州黄鶴山，舊名竹林寺。宋高祖劉裕潛龍，常遊此寺，有黄鶴飛舞，因以爲名。」

題註　**在鎮云云**《勝覽》第三浙西路八州中鎮江府：「古潤州。鶴林寺在黄鶴山，舊名竹林寺。宋高祖曾遊，獨卧講堂前，上有五色龍章。即位，改名鶴林，今名報恩。」

終日昏昏醉夢間，忽聞春盡强登山。因過竹院逢僧話，又得浮生半日閑。

增註　鶴林寺在潤州黄鶴山，舊名竹林寺。宋高祖常遊此寺，有黄鶴飛，因以名。

備考《賢愚鈔》曰：「第一句，富貴功名之念不離方寸，實如醉中之夢。第二句，九十日之韶光漸欲盡，强登黄鶴山而過此竹林寺。第三、四句，爲餞春，即今過竹林寺與僧芳話，一洗富貴功名世上之紛擾，而得半日之閑也。」〇《詩格》註云：「第一、二句，有習静之意。第三、四，於紛擾之中而尋幽寂之趣，浮生之真樂也。」

昏昏　昏，《增韻》曰：「闇也，蒙昧也。」

【校勘記】

［一］題鶴林寺：《全唐詩》卷四百七十七作《題鶴林寺僧舍》。

宮詞[一]　李商隱

備考《清氣集》第五《宮室部》載之。

李商隱 見前。

君恩如水向東流，往而不還。**得寵憂移失寵愁**。**莫向樽前奏華落**，古樂府有《梅華落》曲，其詞云：「念爾零落逐風飇，徒有霜華無霜實。」**涼風只在殿西頭**。班倢伃云：「切恐涼風至，吹我玉階樹。君子恩未畢[二]，零落在中路。」蓋以涼風喻寵衰而冷落，此詩用之。殿西頭者，言近而易至也。

備考[三]《賢愚鈔》曰：「第一句，君之恩寵不再，如水向東而流去也。第二句，得寵亦憂，失寵亦愁，蓋愁無間斷也。第三、四句，要飲酒忘憂，此時莫奏花落寵衰之曲調，涼風已在殿閣之西頭，而不耐聽之也。」

註　**古樂府**《紀原》卷二曰：「《通典》曰：『漢武立樂府。』蓋始置之也。樂府之名，當起於此。」

風飇 飇，《字彙》曰：「與飈同，本从犬，俗从火。」「飇」字註云：「音標，暴風從下而上也。」

【校勘記】

[一]宮詞：《全唐詩》卷五百三十九作《宮辭》。

〔二〕子：底本誤作「王」，據元刻本、箋註本和附訓本改。

〔三〕「備考」一段上有天頭注：「《東坡詩集註》：『笛有《落梅》曲。』」

將赴吳興登樂遊原〔一〕　杜牧

《吳興統紀》：「歸命侯寶鼎元年〔二〕，分吳郡，立吳興郡。」

備考 《唐詩正音》第六載之。○《方輿勝覽》第四浙西八州中安吉州，古湖州，吳興，其郡名。○季昌本註曰：「樂遊原，《西京記》云：『在長安，即漢之樂遊苑。太平公主於原上置亭，遊賞其地，四望寬敞。每於上巳、重陽，士女咸就此祓禊登高，幄幙雲布，車馬填塞，朝臣詞客賦詩，翌日傳於朝市。』」○此篇欲赴湖州，在途中而望唐之第二主太宗世民昭陵，怨宣宗之朝不用如牧賢才，作此詩。

註　**歸命侯云云** 《綱鑑》：「晉太康元年，詔賜孫皓爵歸命侯。」○按歸命侯，即吳孫皓也。西晉第四主武帝世祖之太康元年，孫皓出降矣，以孫皓爲歸命侯。西晉武帝太始二年丙戌，吳改元寶鼎。寶鼎以後十四年而吳滅也。孫皓，孫仲謀孫也。

杜牧 見前。

清時有味是無能，閑愛孤雲静愛僧。欲把一麾江海去，顔延年詩：「屢薦不入官，一麾乃出守。」麾，斥也。自此詩誤以「旌麾」之「麾」，至今襲其誤。**樂遊原上望昭陵**。昭陵在醴泉縣西，太宗所葬。《西京記》：「唐太平公主於樂遊原上置亭四望。」舊史云：「牧自負才略，兄悰隆盛於時，而牧居下位，心常不樂。」「望昭陵」者，不得志於時，而思明君之世，蓋怨也。首言「清時」，反辭也。

備考《賢愚鈔》曰：「時不及大用，其意不滿濁世季運而稱清時，多才多藝曰無能，是實有味。第二句，不被用于時，故愛閑而伴雲，愛静而鄰僧。第三、四句，言延年之詩『一麾』之『麾』字，後人誤以爲『旌麾』之『麾』。沈存中《筆談》等不改『擬麾』二字，指爲刺史，牧今來得湖州之刺史。『去』，指湖州爲江海，今之宣宗若太宗之時，則牧豈求湖州而去耶？故自樂遊原上拜望太宗之昭陵也。是時牧之兄杜悰甚盛，權而貴，牧以孤貧，心常不樂也。『望昭陵』者，不得志於時而思明君之世，遠瞻望其昭陵而三拜也。」○《詩林廣記》前集卷六載此詩，題曰《絶句》，第三句作「乞得一麾江海去」，引《石林燕語》云：「此蓋不滿於當時，故末有『昭陵』之句。江輔之謫官累年，後知處州，謝表有云：『清時有味，白首無能。』蔡持正爲御史，乃引牧詩爲證，以爲有怨望之意，遂復罷去。」

註　**顔延年詩云**《漁隱叢話》前集二十三《潘子真詩話》云：「顔延年《阮始平》詩云：『屢薦不入官，一麾乃出守。』蓋謂山濤三薦咸爲吏部郎，武帝西晋第四主。不能用，荀勖一麾之，即左遷始平太守也。杜牧：『清時有味是無能，閑愛孤雲静愛僧。乞得一麾江海去，樂遊原上望昭陵。』山谷云：『愛閑愛静，求得一麾而去也。』別本作『欲把一麾』，非是。『麾』之訓，即漢嚴助云『汲黯招之不來，麾之不去』意。

阮始平，阮咸也。」○ 按《史記》列六十曰：「汲黯，字長孺，濮陽人。黯多病，病且滿三月，武帝常賜告者數，終不愈。最後病，嚴助爲請告。上曰：『汲黯何如人哉？』助曰：『使黯任職居官，無以踰人。然至其輔少主，守城深堅，招之不來，麾之不去，雖自謂賁、育，亦不能奪之矣。』上曰：『然。古有社稷之臣，至如黯，近之矣。』」○《緗素雜記》曰：「《筆談》云：『今人守郡謂之建麾，蓋用顏延年詩「一麾乃出守」，此誤也。延年謂「一麾」者，乃「指麾」之「麾」，如武王「右秉白旄以麾」之「麾」，非「旌麾」之「麾」也。延年被擯，以此自託耳。』」按《史記·周本紀》曰：「甲子昧爽，武王朝至于商郊牧野，乃誓。武王左杖黄鉞，右秉白旄，以麾。曰：『遠矣西土之人！』」

麾斥也 斥，《字彙》曰：「黜也，擯也，屏除也。」

太宗 太宗，唐第二主，諱世民，高祖次子。母曰大穆皇后竇氏。在位二十三年，壽五十三。

太平公主 太平公主者，則天皇后所生，高宗三女也。

才略 略，《字彙》曰：「簡也。又用功少曰略。又利也。」

兄悰 《排韻》曰：「杜悰，字永裕，佑之子[三]。仕唐，十擁旌節，兩登相位，三掌邦計，一判版圖。凡三十七仕，出入朝廷垂六十年，而未嘗薦幽隱。」

【校勘記】

[一]將赴吴興登樂遊原：《全唐詩》卷五百二十一作《將赴吴興登樂遊原一絶》。

[二]俟：底本訛作「俟」，據元刻本、箋註本和增註本改。
[三]子：《名賢氏族言行類稿》卷三十七和《氏族大全》卷十四同此，然當爲「孫」。

鄭瓘協律　杜牧

瓘乃虔之孫，爲協律郎。

增註《事文類聚》：「漢置協律都尉，晉改協律校尉，後魏有協律郎，唐協律郎二人，今太常亦置此官。《六典》載：『掌和六律六吕，以辨四時之氣，八風五音之節。若祭祀燕享奏樂于庭，則升堂執麾以爲之節制[一]，舉麾鼓柷而樂作，偃麾戛敔而樂止。』」

備考《十七史·唐書》五十五有《鄭虔傳》，無《鄭瓘傳》。○同《鄭虔傳》曰：「天寶初爲協律郎。」○《紀原》卷五曰：「漢武帝置協律都尉，以李延年始爲之。晉改爲校尉。後魏曰協律郎。蓋漢武以延年善新聲，故特爲置協律。」

增註　**太常**《紀原》卷五曰：「太常，《周禮·春官》職也，秦有奉常，漢初改曰太常，蓋秦官也。《初學記》曰：『高祖改。』《漢·百官表》曰：『景帝中六年更。』」○又曰：「太常博士，魏官也，魏文帝初置之。顔師古注《漢書》曰：『太常，王者旌旗畫日月，大事則建以行禮官主奉持之，故曰奉常。後改曰太常，尊大之義也。』」

六律六宮 《漢志》曰：「律有十二，陽六爲律[二]，陰六爲呂。律以統氣類物，曰黄鍾、太簇、姑洗、蕤賓、夷則、無射。呂以旅陽宣氣，曰林鍾、南呂、應鍾、大呂、夾鍾、中呂，皆曰律陽統陰也。」

八風 《左傳・隱公五年》曰：「夫舞所以節八音而行八風。」注：「八風，八方之風也。」〇《淮南子》曰：「天有八風：條風、明庶風、清明風、景風、凉風、閶闔風、不周風、廣莫風也。」

五音 五音，五聲也。〇《前漢志》曰：「五聲，宮、商、角、徵、羽也。」〇《晋志》曰：「土音宮，其數八十一，爲聲之始。屬土者，以其最濁，君之象也。火音徵，三分宮去一以生，其數五十四。屬火者，以其徵清，事之象也。金音商，三分徵益一以生，其數七十二[三]。屬金者，以其濁次宮，臣之象也。水音羽，三分商去一以生，其數四十八。屬水者，以其最清，物之象也。木音角，三分羽益一以生，其數六十四。屬木者，以其清濁中，民之象也。凡聲尊卑，取象五行，數多者濁，數少者清；大不過宮，細不過羽。」

燕享 享，《字彙》曰：「音響，獻也，祭也，歆也。孔安國曰：『奉上之謂享。』又宴享，《左傳・成十二年》：『享以訓恭儉，宴以示慈惠。』杜預曰：『享有體薦[四]，設几而不倚，爵盈而不飲，肴乾而不食，所以訓恭儉。宴則折俎相與共食。』」

執麾 麾，《字彙》曰：「呼回切，音灰，旌旃之屬。《周禮・巾車》：『建大麾以田。』後世協律郎執之，以令樂工。高七尺，干飾以龍首，綴纁帛畫，升龍於其上。」

鼓柷 柷，《字彙》曰：「昌六切，音觸，樂器。狀如漆桶，方二尺四寸，深一尺八寸，中有椎柄連底，動之令左右擊，以起樂。《虞書》：『合止柷敔。』」

戛敔 戛，又曰：「擊也。」○敔，又曰：「偶許切，音語，樂器。狀如伏虎，背刻鉏鋙有二十七，以木長尺櫟之，以止樂。」○《紀原》卷二曰：「柷敔，《禮·樂記》曰：『聖人作爲控揭。』注云：『謂柷敔也。』《通曆》曰：『帝嚳平共工之亂，作鞚揭。』」

廣文遺韻留樗散，鄭虔爲廣文館博士，杜甫云：「鄭公樗散鬢成絲。」此用之，謂瓘猶有乃祖樗散遺韻。**鷄犬圖書共一船**。**自説江湖不歸事**，**阻風中酒過年年**。

增註 《莊子》云：「吾有大木，人謂之樗。曲轅櫟社，其大蔽牛，匠石曰散才。」○魏徐邈，字景山，爲尚書郎。時禁酒，而邈私飲沉醉。趙達問以曹事[五]，邈曰：「中聖人。」達白，太祖怒，鮮于輔進曰：「醉客謂酒清者爲聖人，濁者爲賢人，邈偶醉言耳。」《賓退録》載：「齊己《折楊柳詞》：『濃低似中陶潜酒。』以『中』字爲去聲，於義爲長。按徐邈本文亦不明，音平聲。」

備考 《賢愚鈔》曰：「全篇言鄭瓘雖有才而不用，故只愛江湖，不入城市。然而以不入城市不爲高，託言於阻風中酒，以説皈不得之事也。」

廣文云云 季昌本註：「鄭虔，玄宗愛其才，爲置廣文館，以虔爲博士，廣文由此始。此借以比鄭協律。」

遺韻 韻，《字彙》曰：「和也。又風度也。」

樗 《通志》曰：「樗似椿，北人呼山椿，江東呼虎目，葉脱處有痕，如樗蒲子，又如眼目，故名。材易大而不中器用。」

圖書 《聽雨紀談》曰：「古人私印有曰『某氏圖書』，或曰『某人圖書之記』，蓋唯用以識圖畫書籍，而其他則否。今人於私刻印章，概以『圖書』呼之，可謂誤矣。」

中酒 《前漢》列十一《樊噲傳》曰：「項羽饗軍士，中酒。」注：「張晏曰：『酒酣也。』師古曰：『飲酒之中也。不醉不醒，故謂之中。中，音竹仲反。』」○班固《自叙傳》曰：「病中風。」師古曰：「中，傷也，爲風所傷。」

註 **鄭虔** 《唐書》云：「鄭虔，天寶中爲廣文館學士，善圖山水，好書，嘗自寫其詩並畫以獻，帝大署其尾曰：『鄭虔三絶。』」

杜甫云鄭云云 《杜詩》第三《送鄭十八虔貶台州司户》詩云：「鄭公樗散鬢如絲，酒後常稱老畫師。」註：「樗散之材，言不合世用也。」

增註 **《莊子》云吾云云** 《莊子・逍遥遊篇》曰：「惠子謂莊子曰：『吾有大樹，人謂之樗。其大本擁腫而不中繩墨，其小枝卷曲而不中規矩。立之塗，匠者不顧。』」希逸註：「樗，惡木之名也。」

曲轅云云 《莊子・人間世篇》曰：「匠石之齊，至乎曲轅，見櫟社樹。其大蔽牛，絜之百圍。其高臨山十仞而後有枝，其可以爲舟者旁數十。觀者如市，匠伯不顧，遂行不輟。弟子厭觀之，走及匠石，曰：『自吾執斧斤以隨夫子，未嘗見材如此其美也。先生不肯視，行不輟，何邪？』曰：『已矣，勿言之矣！散木也，以爲舟則沉，以爲棺椁則速腐，以爲器速毁云云。』」希逸註：「曲轅，山名。櫟，木名。社之中有此櫟木也。散木者，言無用散棄之木也。」○愚按「散才」，莊子作「散木」。

中聖人 《野客叢書》七曰[六]：「皇甫嵩作《醉鄉日月》，有曰：『凡酒以色清味重而甜者爲聖，色濁如金而味醇且苦者爲賢，色黑而酸醨者爲愚，以家醪糯觴醉人者爲君子，家醪黍觴醉人者爲中庸，以巷醪麥觴醉人者爲小人。』其説雖不同[七]，然以酒分聖、賢者，其意祖魏人廋語所謂『清者爲聖[八]，濁者爲賢』之説。又考之魏人之説，又有所自，鄒陽賦曰：『清者爲酒，濁者爲醨。清者聖明，濁者頑騃。』余謂酒之清者爲聖可也，若與濁者爲賢，何也？當爲頑愚。魏人廋語與夫《醉鄉日月》，其説有疵，不若鄒陽之語爲善也。《魏略》以白酒爲賢。」

《賓退録》云云 《賓退録》四曰：「齊己《折楊柳詞》：『穠低似中陶潛酒，軟極如傷宋玉風。』以『中酒』之『中』爲去聲，於義爲長。徐邈『中聖人』，《三國志》既無音，未可斷爲平聲。」○《野客叢書》二十五曰：「今言『中酒』之『中』多以爲平聲，祖《三國志》『中聖人』『中賢人』之語。然齊己《柳》詩曰：『穠低似中陶潛酒，軟極如傷宋玉風。』乃作仄聲，或者謂平仄一意。僕謂『中酒』之『中』，從仄聲自有出處。按《前漢・樊噲傳》：『軍士中酒。』注：『竹仲反。』齊己祖此。」

齊己《代醉編》二十七曰：「南唐僧齊己，姓胡氏，家益陽，出家於大潙山寺，性耽吟咏，而項有瘤贅，時號詩囊，與鄭谷、沈彬、僧虚中同時。」

【校勘記】

[一]升：底本訛作「外」，據附訓本、增註本和《唐六典》卷十四改。

[二]六：底本誤作「律」，據《漢書·律曆志上》改，下同。

[三]二：底本訛作「三」，據《晉書·律曆志上》改。

[四]薦：底本誤作「貌」，據《春秋左傳注疏·成公十二年》改。

[五]問：底本訛作「間」，據附訓本和增註本改。

[六]《野客叢書》七：此條引文在《野客叢書》卷十五，「七」或當爲「十五」。

[七]不：底本脱，據《野客叢書》卷十五補。

[八]爲：底本脱，據《野客叢書》卷十五補。

贈魏三十七　李群玉

李群玉 見前。

名珪似玉浄無瑕〔一〕，**美譽芳聲有數車。莫放焰光高二丈**，《唐遺史》云：「江淮間術士姓吴，有赴宏詞者，謁之，術士曰：『公頭上焰光高二丈，必登高第。』」**來年燒殺杏園華**。唐進士及第，賜宴杏園。

增註《秦中記》：「唐進士杏園初會，謂之探華宴。以少俊三人爲探華使，遍遊名園，若他人先折得名華，則上三人被罰。」杏園在曲江。

備考《賢愚鈔》曰：「第一句，魏三十七名譽如珪玉而有才也。一説曰：『李群玉集中，魏珪字自玉云云〔二〕。又「似」與「字」通，集中「似」作「字」也。』第二句受一句，褒魏三十七其美譽芳聲可積數車也。第三、四句，壯年之時，不顧前後左右，意氣舉鞭，信進如是，則受人之妒，蒙世之惡；來年之春，必登第遊杏園而有看花之宴，莫縱放文章之焰光，燒殺同時之新桃李。」

放焰光《海録碎事》云：「李畋爲國子直講，求郡晨登講席，諸生見畋巾上兩焰火起，是日得榮州。」

增註　**探華使**　戴氏《鼠璞》曰：「《摭言》載：『唐進士賜燕曲江，置團司，年最少爲探花郎。』本朝胡旦榜，馮拯爲探花，太宗賜詩曰：『二三千客裏成事，七十四人中少年。』」《蔡寛夫詩話》亦言：「『期集擇少年爲探花。』是杏園賞花之會，使少年者探之，本非貴重之稱，今以稱鼎魁，不知何義。《東軒筆録》謂期集選年少三人爲探花，使賦詩。熙寧余中爲狀元，乞罷宴席探花以厚風俗，從之。恐因此訛爲第三人。」

上三人　異本無「上」字。

【校勘記】

[一]似：《全唐詩》卷五百七十作「字」。

[二]自玉：疑當作「白玉」。

湘妃廟　李群玉

備考《三百家詩選》題曰《湘妃廟女子》。

少將風月怨平湖，謂二女從舜不及，沉湘而死，故怨平湖風月也。**見盡扶桑水到枯**。《十州記[一]》：「扶桑在碧海中。」見扶桑之枯者，猶麻姑三見海爲田之意。**相約杏華壇上去，畫欄紅紫鬥樗蒲**。樗蒲，骰子博也。范攄《雲溪友議》曰：「李群玉題湘妃廟[二]，見二女，曰：『二年當與君爲雲雨之遊。』段成式戲之曰：『不意足下是虞舜之辟陽侯。』劉潛夫云：『古人叙奇遇之事，猶託之他人，如元稹《鶯鶯》託之張生。至牛僧孺《周秦行記》、李群玉《黃陵廟》詩，則直攬歸己，名檢掃地矣。』」

增註《十州記[三]》：「碧海中樹，長千尺，一千餘圍，而兩幹同根，更相依倚，是以名扶桑。」《淮南子》曰：「拂于扶桑，是謂晨明。」

備考《賢愚鈔》曰：「第一句，『少』字有二訓：其一訓暫；其二『少年』之『少』，訓少。以風月堅約之道，二女與舜誓，而遂南巡至蒼梧，舜崩矣，故二女共愁臨湘水没死矣，是便『怨平湖』也。」○「第二句，二女堅約之意不相變，見盡扶桑之水枯時也，指其歲月之久遠也。」○「第三、四句，二女與舜堅約，雖如是，群玉心所欲春來相與約上杏花壇上，對畫欄紅紫，共鬥樗蒲也。」

註　**謂二女云云**　《郡國志》曰：「舜墓在女英峰。舜巡狩，死於蒼梧，二女從之不及，死湘江。蒼梧，今道州也。」

猶麻姑云云　《書言故事》十曰：「山河改轉曰滄海桑田。《神仙傳》：『麻姑爲王方平言：「自接侍以來，見東海三爲桑田。」』」

樗蒲云云　《紀原》卷九曰：「《博物志》曰：『樗蒲，老子入西戎所造。』或云：胡亦以此卜也。」○《詩學大成》十六曰：「鮑宏《博經》云：『博塞之戲，人謂之賭博，誤矣。蓋博乃樗蒲戲，古者乃是烏曹作博，以五木爲子，有梟、盧、雉、犢爲勝負之采。塞亦采也。』」○《紀原》卷九曰：「《續事始》曰：『陳思王曹子建制雙陸，置投子二。唐末有葉子戲，不知誰遂加至六。』按烏曹始置六博，老子置樗蒲。李氏《資暇》引蔡澤説范雎云：『博者欲大投。』裴駰注：『謂投子乃投擲之義，謂樗蒲五木，然則蒲皆有投子耳。』故曹植所造，從幺至六，謂之投子，取投擲義云。《嘉話録》曰：『大和已後，博戲家謂重四爲堂印。』言重四，則投子猶二也。六隻蓋起近代。大和，文宗時年號。今按唐李賀州郃撰《葉子格》，世有其書，則六隻當自郃矣。潘氏

《紀聞譚》：『自投子以飾四朱者，因明皇與貴妃采戰將北，唯重四可轉敗爲勝。上擲而連呼叱之，宛轉良久，而成重四，上大悦，命高力士賜四緋也。』」○《書言故事》四注：「骰子、雙六，簺也。」○《事文類聚》前集《博塞部》曰：「博陸，采名也。陳思王製雙陸局，置骰子二。至唐末，有葉子之戲，未知誰置，遂加骰子至六。骰，合作投，投擲之義。今作『骰』，非也。」○李濟翁《資暇集》曰：「投子者，投擲於盤筵之義。今或作『頭』字，言其骨頭所成，非也。因此兼有作『骰』字者。案：諸家之書，『骰』即『股』字爾，不音『投』。《史記》：『蔡澤説范雎曰：「博者，或欲大投。」』裴注云：『投，瓊也。』則知以玉石爲投擲之義，安有頭骰之理哉？」

辟陽侯 《史記》二十六《陳丞相平世家》云：「呂太后乃徙平爲右丞相，以辟陽侯審食其爲左丞相。不治，常給事於中。孟康曰：「不在治處，使止宮中。」食其亦沛人。漢王敗彭城，西楚取太上皇、呂后爲質，食其以舍人侍呂后。其後以破項籍爲侯，幸於呂太后[四]。及爲相，居中，百官皆因決事。」

如元稹云云 《詩林廣記》後集卷三曰：「《張子野年八十五尚聞買妾述古令作詩》，其詩曰：『錦里云云。詩人老去鶯鶯在，公子歸來燕燕忙云云。』《麗情集》云：『唐貞元初，有張君者，遇崔氏女於蒲。崔小名鶯鶯，元稹爲作《會真》三十韻。嘗與李紳語其事，紳又作《鶯鶯歌》也。』」○《東坡》施、顧注云：「《異聞集》元稹傳奇：『予所善友張生私崔氏女，後棄之。李公紳異其事，爲《鶯鶯歌》以傳之。鶯鶯，崔小名也。』」○《事文類聚》後集《寵妾部》曰：「貞元中，張生與崔氏女小字鶯鶯往來，後棄之。鶯已委身於人，張亦娶，適經其所，求見不得。崔知之，潛賦一章曰：『一從銷瘦減容光，萬轉千回懶下床。不爲旁人羞不起，爲郎憔悴却羞郎。』竟不見。元稹嘗爲作歌。」

至牛僧孺云云 《漁隱叢話》後集二十一引《復齋漫録》云：「東坡《和楊公濟梅花》詩曰：『月地雲階謾一樽，玉奴終不負東昏。』又《四時詩》：『玉奴纖手嗅梅花。』《南史》：『齊東昏侯妃潘玉兒有國色[五]。牛僧孺《周秦行記》遇薄太后、戚夫人、王嬙、楊貴妃、潘淑妃、緑珠。太后曰：「牛秀才遠來，誰與爲伴？」辭曰：「東昏侯以玉兒身死國除，不擬負他。」』注云：『玉兒，妃小名。東坡蓋用此，而兩以兒爲奴，誤也。』」○又見《太平廣記》四百八十九。

增註　**《淮南子》云云** 《天文訓篇》。

【校勘記】

[一]州：附訓本和增註本同此，元刻本和箋註本作「洲」。

[二]湘：底本訛作「相」，據元刻本和箋註本改。

[三]州：附訓本作「洲」。

[四]太：底本脱，據《史記・陳丞相世家》補。

[五]妃：底本脱，據《漁隱叢話》後集卷二十一補。

已前共十五首

備考 《賢愚鈔》曰：「趙瞻民云：『此詩皆呼應開合也，一句呼，二句應，三句開，四句合也。』」〇愚按不唤而第四句申其意格。

用事 周弼曰：「詩中用事，既易窒塞，况於二十八字之間，尤難堆叠。若不融化，以事爲意，更加以輕率，則鄰於里謡巷歌，可擊竹而謡矣[一]。凡此，皆用事之妙者也。」

備考 《玉屑》卷七引《西清詩話》：「杜少陵云：『作詩用事，要如禪家語：「水中著鹽，飲水乃知鹽味。」』此説詩家秘密藏也。如『五更鼓角聲悲壯，三峽星河影動摇』，人徒見凌轢造化之工，不知乃用事也。《禰衡傳》：『撾《漁陽摻》，聲悲壯。』《漢武故事》：『星辰動摇，東方朔謂：「民勞之應。」』則善用事者，如繫風捕影，豈有迹耶？」

註 **詩中用事** 言詩句之中用故事也。

易窒塞 窒，《字彙》曰：「音質，塞也。」

以輕率 輕忽率爾也。〇《玉屑》卷七引《西齋話記》曰：「古人作詩，引用故實，或不原其美惡，但以一時中的而已。如李端於郭曖席上賦詩，其警句云：『新開金埒教調馬，舊賜銅山許鑄錢。』乃比鄧通耳。既非令人，又非美事，何足算哉？凡用故事，多以事淺語熟，更不思究，率爾用之，往往有誤。」

【校勘記】

〔一〕竹：附訓本和增註本同此，元刻本和箋註本作「筑」。謠：附訓本和增註本同此，元刻本和箋註本作「謳」。

秋日過員太祝林園　李涉

增註 太祝，本秦奉常官，漢景帝更名太祝。按《唐・百官志》：「太祝六人，掌出納神主，祭祀則跪讀祝文。今太常寺有太祝。」

備考 或云：「此詩李涉在京兆萬年縣作也。」

增註　**太祝云云** 《紀原》卷五曰：「商官六太，其一曰太祝，在《周禮》爲禮官宗伯之屬，掌六祝之詞，秦、漢有丞，隋除令丞，止存太祝。」

奉常 愚按「奉常」與「太常」同。○《通典》二十五曰：「太常，每祭祀，前奏其禮儀；及行事，贊天子。每選試博士，奏其能否。」○《類聚》曰：「周建天官，先六太，太祝下大夫二人〔二〕，上士四人，掌六祝之辭，以祈福祥。秦奉常有太祝。漢景帝中元年更名祠祝。武帝太初元年更名廟祝。後漢太祝令一人，六百石，凡國祭祀，掌讀祝及迎送神[二]。宋、北齊皆置。隋高祖置二人，煬帝罷太祝署而留太祝八員屬寺[三]，後又增爲十人。唐開元減置六人[四]。宋《元祐官品令》：『太祝從八品。』大元置太祝於博士之下，因舊制也。」

○《群書要語》曰：「太祝掌六祝之辭，曰順祝、年祝、吉祝、化祝、瑞祝、筴祝，以事鬼神，祈福祥。」

跪 跪，《字彙》曰：「拜跪也。」

李涉 見前。

望水尋山二里餘，竹林斜到地仙居。嵇康與七賢遊竹林，今懷州修武縣東北五十里崇明寺是其地。顧愷之曰：「鮑靚，通靈士也，徐寧師之，夜聞琴，怪問之，靚曰：『叔夜。』寧曰：『嵇留命東邛，何得在此？』靚曰：『叔夜迹示終而實尸解。』」故此詩謂之地仙，蓋以中散比員。**秋光何處堪消日，玄晏先生滿架書**。皇甫謐號玄晏先生，好讀書，人謂之「書淫」。

增註 《抱朴子》：「按《仙經》云：『上士舉形升虛，謂之天仙；中士遊於名山，謂之地仙；下士先死後脱，謂之尸解。』」

備考 《賢愚鈔》曰：「第一句，員太祝之林園僅二里餘許也。李涉相尋，歷山水相赴也。第二句，指員之林園也。第三、四句，言秋光可消日之處，即員太祝之林園而可也。以皇甫謐比員太祝也。太祝家多書，蓋竹林之中閑讀書而可消日也。」

滿架 架，《字彙》曰：「屋架，又棚也。」

註　**嵇康**《晉書》十九曰：「嵇康，字叔夜。拜中散大夫。常脩養性服食之事，彈琴咏詩，自足於懷。以爲神仙稟之自然，非積學所得，至於導養得理，則安期、彭祖之倫可及，乃著《養生論》。」

鮑靚《晉書》曰：「鮑靚，字太玄。五歲記其前生，語父母曰：『本是曲陽李家兒，九歲墮井死。』驗之，信然。及長，學兼内外，明天文、河洛之書。仕晉，爲南海太守。行部入海，遇風，饑甚，取白石煮而食之。」

以中散　按叔夜爲中散大夫。○《紀原》卷五曰：「中散，王莽所置官也。或云：漢有中散大夫。」

皇甫謐《晉書》曰：「皇甫謐，字士安，幼名静。年二十，不好學[五]，游蕩無度[六]，或以爲痴。後得風痺，猶手不輟卷。作《玄守論》。遂不仕，耽玩典籍，忘寢食，謂之『書淫』。」

【校勘記】

[一]太：底本脱，據《古今事文類聚》新集卷二十六補。

[二]讀：底本脱，據《古今事文類聚》新集卷二十六補。

[三]罷：底本訛作「置」，據《古今事文類聚》新集卷二十六改。

[四]六：《古今事文類聚》新集卷二十六作「八」。

[五]不：底本訛作「而」，據《晉書・皇甫謐傳》改。

〔六〕「游蕩無度」前底本衍「游學」，據《晉書・皇甫謐傳》删。

長安作〔一〕　李涉

備考 長安，西京也。洛陽，東京也。李涉在西京所作也。

宵分獨坐到天明，又策羸驂信脚行。每日除書雖滿紙，不曾聞有介推名。《左傳》：「介之推不言禄，禄亦不及。」

備考《賢愚鈔》曰：「第一句，李涉因所思千萬塞胸，自夕至夜分，自夜分至天明之曉，不得著眠也。第二句，李涉晝則策羸驂，信馬足行，實無所詣，不遇之意溢於言外，無知己故也。長安蓋貴賤輻輳之處，而無一個知己也。第三、四句，今朝廷每日除目，被行除舊官職，就新官職，謂之除書。言其書滿紙，無及李涉，猶如介推之不言禄，禄亦不及，以介推自比也。」

宵分《賢愚鈔》曰：「《文選》曹植《上責躬應詔詩表》曰：『晝分而食，夜分而寢。』注：『分，扶問反。晝分，乃日中時也。夜分，蓋夜半時也。』『分』字，《文選》以爲去聲。李涉此篇以爲平聲，細可著眼也。」

羸驂 驂，《字彙》曰：「倉含切，音參，駕三馬也。又車衡外兩馬曰驂。」

除書《前漢書》注：「師古曰：『除舊官就新官謂之除書。』」○《資暇集》曰：「謂之除書者，乃除去前人舊官，與新人也。」〇《劉氏鴻書》六十一曰：「古謂除者，如階除，等級而進也，何新授其官則曰除？『除』與『除去不用』之意同，何也？蓋官不可久，久則奸弊日深，國家滋昏，如任重爵者，恩威日加，聲勢日重，人望日久，叛亂之萌是興，篡奪之禍是作，其國必危，亡者懼之，故官不可久居其任。宋高后臨崩，謂大臣呂大防曰：『卿等久居其任，可退。令天子另尋一班新人用。』正謂此也。『除』官一字，有自來矣。近代選曹補授，先具舊官於前，次書擬官於後，新舊相銜，曰官銜。」

註　**《左傳》云云**《左傳・僖公二十四年》：「晋侯文公賞從亡者，介之推不言禄，禄亦不及。」

【校勘記】

［一］長安作：《全唐詩》卷四百七十七作《長安悶作》。

奉誠園聞笛　竇牟

《唐史》：「馬燧之子暢以第中大杏餉竇文場，文場以進德宗。德宗未嘗見，怪之，令中使封杏樹。暢懼［一］，進宅爲奉誠園。」《雍録》云：「在安邑坊内。」

備考　《清氣集》第五載此詩，題曰《聞笛》，無「奉誠園」三字，詩中「園」字作「原」。〇季昌本作「奉成園」。季昌註云：「《盧氏雜録》載：『唐一行云：「安邑里西是玉杯地，爲馬燧宅，後爲奉成園，所以爲『玉杯破而不復完』也。」』」〇《海録碎事》四曰：「唐泓師號李林甫安邑宅爲玉杯[二]，牛僧孺新昌宅爲金盞。」

題註　**《唐史》馬燧云云**　《舊唐書》八十四曰：「馬燧，字洵美，姿度魁傑。與諸兄學，輟策嘆曰：『方天下事，當以功濟四海，豈老一儒哉？』大曆、建中間，屢立大功，進封北平郡王，圖形凌煙云云。子暢亦善殖財，家益豐饒，爲豪幸牟侵，以至困窮，故當世視暢爲戒。」

餉竇文場　餉，《字彙》曰：「音商，饋也。《廣韻》：『自家之野曰餉。』」〇《十七史・唐書》五十六曰：「竇文場、霍仙鳴者，始隸東宮。自朝恩死，宦人不復典兵，帝以禁衛盡委白志貞，志貞多納富人金補軍，止收其庸而身不在軍。及涇師亂，帝召近衛，無一人至者，惟文場等率宦官及親王左右從。至奉天，帝召文場、仙鳴分總左右神策，權震朝廷，諸方節度大將多出其軍，臺省要官走門下[三]，宦官復盛矣。後仙鳴暴卒，文場致仕卒。」

中使　《通鑑・玄宗紀・開元十五年》：「《集覽》云：『漢桓、靈時，凡詔所徵之，皆令西園騶密約敕，號曰「中使」。』」

封杏樹　《禮記・檀弓》曰：「封之崇四尺。」注：「聚土爲封。」

暢惧　按「惧」字，異本作「恐」字。

竇牟

備考　《十七史・唐書》不載。〇《才子傳》第四曰：「竇牟，字貽周，貞元十代德宗。二年張正甫榜進士。初，學問於江東，家居孝謹，善事繼母，奇文異行，聞于京師。舅給事中袁高，當時專重名，甄拔甚多，而牟未嘗干謁，竟捷文場。始佐六府五公，八遷至檢校虞部。元和五年，拜尚書虞部郎中，轉洛陽令、都官郎中，出爲澤州刺史，仕終國子司業。牟晚從昭義盧從史，從史寖驕，牟度不可諫，即移疾歸居東都別業[四]。長慶二年卒，昌黎韓先生爲之墓誌云。」

曾絶朱纓吐錦茵，司馬彪《戰略》曰：「楚莊王賜群臣酒，日暮燭滅，有客引美人衣，美人絶其纓，告王取火，視絶纓者。王曰：『今已飲，不絶纓者不懽。』君臣百官皆絶纓，然後出火。漢丙吉御吏醉嘔車上，曹吏白斥之，吉曰：『第忍之，不過汚丞相車茵耳。』」**欲披荒草訪遺塵**。**秋風忽灑西園淚**，《魏志》：「陳思王置西園於鄴，與諸才子夜遊賦詩，故劉楨於王去後作詩云：『步出北寺門，遥望西苑園。乖人易感動，涕下與衿連。』」**滿目山陽笛裏人**。向秀《思舊賦》序曰：「余與嵇康、吕安居止相近，後各以事見法。余西邁，經其舊廬，鄰人有吹笛者，追思曩昔宴遊之好，感音而嘆。」山陽，今懷州修武縣。舊史謂：「馬暢自父死後，屢爲豪幸邀取財産[五]，末年妻子凍餒，無室可居。」余觀德宗播越，非馬燧幾亡[六]，不能恤其孤，又奪其財業，使之失所，此故吏之所以傷也[七]。《通鑑》載：「大曆十四年，德宗初即位，疾將帥治第奢麗，命毁馬璘第，乃命馬氏獻其園爲奉誠園者。」誤也。按新、舊史皆言奉誠爲馬暢園，《盧氏雜記》亦云「馬燧宅爲奉誠園」，而舊史載其本末尤詳，璘家所獻乃山池也，《通鑑》誤以山池爲奉誠耳。

備考《賢愚鈔》曰：「第一句有兩説。其一云，竇牟有過失而遭罪，馬燧救之，故云爾。其一云，馬燧在日，牟陪酒宴，絶纓吐茵等事，相馴如是也。馬燧，奉誠園舊主人也。第二句，舊時繁榮之地，今何荒廢如此哉？前面雖舉馬燧之寬優，此句頗嘆馬燧之後及其子暢之時窮困荒廢也。昔楚莊王恕人如此，德宗不然，無恕人之意，故奪其園池，今已荒矣，何遇忠臣如此哉？第三、四句，感舊時灑淚，況於時聞吹笛，故用晋向秀聞鄰笛之故事也。」

註　**楚莊王云云**《韓非子》曰：「楚莊王夜與群臣飲，火滅，有客牽美人衣，美人絶其纓，王令群臣悉絶纓而出燈。後王與晋戰，一人當鋒，大敗晋軍。王怪問，乃是向之絶纓者[八]。」

漢丙吉云云《漢書》列四十四《丙吉傳》曰：「吉馭吏嗜酒，數逋蕩，嘗從吉出，醉嘔丞相車上。西曹主吏白欲斥之，吉曰：『以醉飽之失去士，使此人將復何所容？言無所容身。西曹地忍之，此不過污丞相車茵耳。』遂不去也。」

陳思王云云《名賢詩評》卷二曰：「曹植，字子建，太祖子，文帝同母弟也。建安十六年，封平原侯，尋徙封臨菑。文帝即位，命諸侯並就國。黄初二年，貶安鄉侯，封鄄城。三年，立爲鄄城王。四年，徙封雍丘。明帝太和元年，改封浚儀。二年[九]，復還雍丘。徙東阿。六年，加封陳王。薨，年四十一，謚曰思。」

劉楨云云《排韻》曰：「劉楨，字公幹，有逸才。建安七子，以曹、劉爲絶唱。」〇《文選》劉公幹《贈徐幹》詩云：「誰謂相去遠，隔此西掖垣。拘限清切禁，中情無由宣。思子沉心曲，長嘆不能言。起坐失次第，一日三四遷。步出北寺門，遥望西苑園。細柳夾道生，方塘含清源。輕葉隨風轉，飛鳥何翻翻。乖人易感動，涕下與衿連。仰視白日光，皦皦高且懸。兼燭八紘內，物類無頗偏。我獨抱深感，不得與比焉。」

向秀思舊云云《晉書》曰：「向秀，字子期，河內懷人云云。位至散騎常侍，卒。」〇《文選》向子期《思舊賦》序曰：「余少與嵇康、吕安居止接近，其人並有不羈之才。然嵇意遠而疏[一〇]，吕心曠而放，其後各以事見法。嵇博綜伎藝，於絲竹特妙。臨當就命，顧視日影，索琴而彈之。逝將西邁，經其舊廬。于時日薄虞淵，寒冰凄然。鄰人有吹笛者，發聲寥亮。追想曩昔遊讌之好[一一]，感音而嘆，故作賦云。」

凍餒《孟子·梁惠王下》曰：「凍餒其妻子，則如之何？」

馬璘《新唐書》列六十三有《馬璘傳》。又《十七史》列三十二《馬璘傳》曰：「岐州人。少孤。讀《漢·馬援傳》至『丈夫當死邊野，以馬革裹屍而歸』，慨然曰：『使吾祖勳業墜于地乎！』」

【校勘記】

[一]惧：底本訛作「俱」，據元刻本和箋註本改，下同。

[二]宅：底本脱，據《海録碎事》卷四下補。

[三]要官走：底本誤作「是」，據《新唐書·宦者傳上》改。

[四]疾：底本誤作「舟」，據《唐才子傳》卷三改。

[五]財：底本訛作「才」，據元刻本、箋註本、附訓本、增註本和後文改。

［六］燧：底本訛作「遂」，據元刻本、箋註本和前文改。
［七］吏：底本訛作「史」，据元刻本、箋註本和增註本改。
［八］乃：底本訛作「及」，據《賢愚鈔》卷九改。
［九］年：底本脱，據《名賢詩評》卷二補。
［一〇］意：《文選註》卷十六作「注」。
［一一］想：《文選註》卷十六作「思」。

冬夜寓懷寄王翰林　竇庠

增註 翰林學士，前代無之。唐承平時，工藝書畫之徒，待詔翰林，後召集賢學士草書詔，在翰林待進止[一]，因名。今有翰林學士等官。

備考 或曰：「王翰林，王源中也。」但《十七史·唐書》《才子傳》等不載其傳。○《清氣集》第五別部載之，題曰《寄王翰林》。○此詩竇庠在京師作也，以司馬相如自比。

增註 **翰林學士云云** 《紀原》卷四：「唐太宗時，名儒時時召以草制，待詔常於北門候進止，號北門學士。明皇改曰『翰林待詔』，已而改爲『供奉』。開元二十六年，乃爲翰林學士，此蓋其始也。《職林》

云：『至德後，天子召集賢學士於禁中草書詔，因在翰林待進止，遂以爲名。』」○《書言故事》九曰：「沈存中《筆談》：『翰林院在禁中，乃人主燕居之所，玉堂、承明、金鑾皆在焉[二]。應供奉人，自學士以下，工伎皆隸籍其間，皆稱翰林。』」○學士，《紀原》卷四曰：「漢孔安國序《尚書》，言『秦焚書坑儒，天下學士逃難解散』，蓋以斥承學之士爾。晉陶淵明集有學士祖企、謝景夷，而《晉志》不言其官，然前亦未聞[三]。《南史·宋謝超宗傳》曰：『齊受禪，高帝令撰郊廟歌，有總明學士劉融等[四]。』陳有德教殿學士，北齊有文林館學士，後周亦有麟趾殿學士。當是其稱始自漢、晉，而命官起於宋、齊也。唐初有東宮、王府等學士，齊王元吉亦有文學館學士，此後集賢、昭文、崇賢、翰林等雜置不一。貞觀初，開文學館，以房玄齡等十八人爲學士。迄宋朝，皆爲侍從之臣。」

承平時　承平，太平之時也。

集賢學士《事文類聚》曰：「唐開元十三年，召學士張説等宴於集仙殿，於是改殿爲集賢殿，改麗正修書院爲集賢殿書院[五]。五品以上爲學士，六品以下爲直學士。」○《紀原》卷四曰：「唐玄宗開元五年，始置修書院於集仙殿，即置學士員，後改集賢，亦曰集賢學士。《通典》曰：『開元五年十一月，於乾元殿東廊寫四部書，令馬懷素、褚无量總其事於麗正殿，安置爲修書使。十六年，宴張説等於集仙殿，改殿名集賢，改修書使爲集賢殿書院學士。』宋朝曰集賢院學士。」○《翰林志》曰：「唐肅宗至德後，天子召集賢學士於禁中草書詔，雖宸翰所揮，亦資其檢討，謂之視草。」

寶序　見前。

滿地霜蕪葉下枝，幾回吟斷四愁詩。張衡作《四愁詩》，皆懷賢之意。**漢家若欲論封禪，須及相如未病時。**《史記》：「天子曰：『相如病甚，可往悉取其書。』使所忠往，相如已死，家無遺書。妻曰：『長卿未死時，爲書一卷，曰：「有使來求，奏之。」』言封禪事。所忠以奏，天子異之。」余謂封禪，秦、漢侈奢[六]，既非古禮，而相如至死不忘獻諛[七]，夫豈忠臣，而甘以自比，或以比人，此唐儒之陋也。韓退之亦上表勸封禪，又數自謂希相如。退之儒宗猶爾，如庠何議焉？

增註 《漢・郊祀志》：「齊人丁公曰：『封禪者，古祭祀之名也。』」又築土曰「封」，除地曰「禪」。古者巡狩，至于四岳，則封太山而祭天，禪小山而祭山川。

備考 《賢愚鈔》曰：「第一句[八]，舉冬夜風物，實誹朝廷之政零落也。第二句，庠不被時用，胸中不滿，故吟張衡之《四愁詩》而已。第三、四句，以漢家比唐，若行封禪之事，則如相如，庠未病死之以前召可被問，蓋自求薦舉之意也。」

註 **張衡云云** 《文選》二十九「古詩」部張平子《四愁詩》四首並序。

《史記》天子云云 《漢書》列二十七有《司馬相如傳》。又《史記》列五十七《相如傳》末載封禪之書。

所忠 《史記正義》曰：「姓所，名忠也。」《風俗通・姓氏》云：「《漢書》有諫大夫所忠氏也。」

封禪 《史記》第六《封禪書》註云：「此泰山上築土爲壇以祭天[九]，報天之功，故曰封。此泰山下小山上除地，報地之功，故曰禪。言禪者，神之也。《白虎通》云：『或曰封者金銀繩，或云古泥金繩，封之印璽也。』」

上表《文選》李善註：「表者，明也，標也，如物之標表也。言標著事序，使之明白，以曉主上，得盡其忠曰表。三王以前，謂之敷奏，故《尚書》：『敷奏以言。』」〇《紀原》卷二曰：「堯咨四嶽，舜命九官，並陳詞，不假書翰，則敷奏以言，章表之義也。漢乃有章、表、奏、駁四等，則表蓋漢制也。《蘇氏演義》曰：『表者，白也，言以情旨表白於外也。』按衣外爲表。《論語》：『必表而出之。』以披露於意。《雜事》曰：『漢定禮儀，則有四品。』」

儒宗 儒，《漢書總評》：「徐中行曰：『古稱通天地人曰儒。』」〇陳于陛《意見》云：「儒字古列于九流十二家[一〇]，至荀子，乃稱大儒之故，皈之堯、舜、孔子。至宋儒，益加發揮，道始彰，儒名始白。荀子之功不減宋儒矣。」〇《字彙》曰：「儒，學者之稱，有真儒、名儒、通儒、宿儒。《風俗通》：『儒，區也，言能區別古今也。』」〇宗，《字彙》曰：「祖，始也，始受命也。又流派所出爲宗。」

增註

祭祀《禮記正義》曰：「祭者，際也，人神相接。祀者，似也，謂祀者似將見先人也。」〇《紀原》卷二曰：「王子年《拾遺記》：『庖犧使鬼物以致群祠，以犧牲薦百神。』則祭祀之始也。《黃帝內傳》曰[一一]：『黃帝始祠天祭地，所以明天道。』《史記》曰：『高陽潔誠以祭祀，高辛明鬼神而敬事之也。』」

古者巡狩云云《孟子・梁惠王下》曰：「晏子對曰：『善哉問！天子適諸侯曰巡狩。巡狩者，巡所守也。』」朱註：「巡所守，巡行諸侯所守之土也。」〇《書・舜典》曰：「歲二月，東巡守，至于岱宗，柴，望秩于山川云云。五月，南巡守，至于南岳，如岱禮。八月，西巡守，至于西岳，如初。十有一月，朔巡守，至于北岳，如西禮。歸，格于藝祖，用特。」蔡註：「歲二月，當巡守之年二月也。岱宗，泰山也。南岳，衡山。西岳，華山。北岳，恒山。二月東，五月南，八月西，十一月北，各以其時也。」

【校勘記】

[一]止：底本訛作「士」，據增註本和後文改。

[二]鑾：底本訛作「鑾」，據《書言故事》卷九改。

[三]未：底本脱，據《事物紀原》卷四補。

[四]明：底本脱，據《事物紀原》卷四補。

[五]正：底本誤作「清」，據《古今事文類聚》新集卷二十五改。集賢殿書院：底本脱『書院』二字，據《古今事文類聚》新集卷二十五補。

[六]侈奢：底本誤作「心侈」，據元刻本和箋註本改。

[七]諛：底本訛作「謏」，據元刻本和箋註本改。

[八]第一句：底本脱，據《賢愚鈔》卷九補。

[九]天：底本脱，據《史記·封禪書》補。

[一〇]字：似當作「家」或「宗」。

[一一]《黄帝内傳》曰：底本脱，據《事物紀原》卷二補。

焚書坑　章碣

在驪山，始皇焚書坑儒於此。

增註　按始皇三十四年，李斯上書：「云云。今諸生不師今而學古，以非當世，惑亂黔首。臣請史官非秦記皆燒之。天下有藏《詩》、《書》、百家語，皆詣守、尉雜燒之。」又盧生、侯生謀曰：「始皇剛戾，不可求仙。」乃亡去。始皇怒，按之，四百六十餘人坑之咸陽。又始皇密令種瓜驪山硎谷，瓜冬實，詔諸生往視，爲伏機，填之以土，皆壓死。

備考　《清氣集》第五《地理部》載此詩。○《千古斯文》：「徐笠叟云：『秦氏之焚書，乃自焚也。』又嘗謂：『秦能焚書而不能焚圯上之一編，能銷兵而不能銷赤帝之三尺，能築城以防胡而不防宮中之一胡。』」

增註　**云云**　《前漢書》列二十《汲黯傳》曰：「上曰：『吾欲云云。』」師古曰：「云云，猶言如此如此，史略其辭耳。」○《文選》四十二阮元瑜書：「其言云云。」註：「銑曰：『云云，謂辭多略而不能載也。』」

黔首　《史記・秦紀》：「始皇三十四年，丞相李斯上書有曰：『惑亂黔首。』」注：「黔首〔一〕，黑頭也。」○《通鑑・始皇三十一年》註：「孔穎達曰：『黔，黑也。凡民以黑巾覆頭，故謂之黔首。』」

又盧生云云《史記・始皇本紀》云：「盧生説始皇曰：『臣等求芝奇藥仙者常弗遇，類物有害之者。方中，人主時爲微行以辟惡鬼，惡鬼辟，真人至。人主所居而人臣知之，則害於神。真人者，入水不濡，入火不爇，陵雲氣，與天地久長。今上治天下，未能恬倓。願上所居宮毋令人知，然後不死之藥殆可得也。』云云。侯生、盧生相與謀曰：『始皇爲人，天性剛戾自用，起諸侯，并天下，意得欲從，以爲自古莫及己云云。貪於權勢至如此，未可爲求仙藥。』於是乃亡去。」○愚按瓜冬實一事，《史記》不載之。

章碣

備考 晚唐作者。○《才子傳》第九曰：「章碣，錢塘人，孝標之子也。累上著不第，咸通末以篇什稱。有詩一卷，傳于世。」

竹帛煙消帝業虛，古以竹帛爲書，後漢方用紙。**關河空鎖祖龍居**。《史記》：「明年祖龍死。」蘇林曰：「祖，始也。龍，君象。謂秦始皇死。」**坑灰未冷山東亂，劉項元來不讀書**。陳勝起亂，發山東，劉、項繼之，遂滅秦。高祖云：「馬上安事《詩》《書》?」項羽亦云：「書，足記姓名而已。」不肯學。二公皆不讀書者也。

增註 《摭言》，「關河空鎖」作「昔年曾見」。

備考 《賢愚鈔》曰：「第一句，言古昔之竹帛書皆紀帝者之業、仁義等，已焚之，則其道爲空。第二句，言山河雖舊而秦不保也。蓋滅六籍者秦，而秦亦滅矣。不謂始皇，而道『祖龍』，深謗之意。第三句，言始皇焚六籍，不用古之帝者仁義之道，故遂滅亡。陳勝、吴廣等，自山東而蜂起，劉、項亦相次起兵，而天下大亂，秦滅亡也。季昌本註云：『杜牧《罪言》：「山東王不得不王。」謂河北地，太行山之東也。此詩言「山東亂」，蓋指陳勝、吴廣首以閭左戍漁陽者起兵，致劉、項俱起滅秦。故賈誼《過秦論》云：「山東豪俊並起而亡秦族矣。」高祖嘗謂陸賈曰：「吾於馬上得之，安事《詩》《書》？」項羽少學書不成。』第四句，劉、項亦不好文學，猶始皇焚六籍也，遂滅亡。」

註　**古以竹帛云云**　左思《魏都賦》曰：「閟象竹帛。」注：「竹，簡也；帛，素也，古人所以書。《墨子》曰：『以其所書於竹帛，傳遺後代子孫。』」

後漢云云　《後漢・宦者傳》：「蔡倫，字敬仲，和帝時，轉中常侍，加尚方令。監作秘劍及諸器械，莫不精工堅密，爲後世法。自古書契多編以竹簡，其用縑帛者謂之爲紙。縑貴而簡重，並不便於人。倫乃造意，用樹膚、麻頭及敝布、魚網以爲紙。奏上之，帝善其能。自是莫不從用，故天下咸稱『蔡倫紙』。」

《史記》明年云云　《史記》：「始皇三十六年，使者從關東夜過華陰平舒道，人持璧遮使者曰：『爲吾遺滈池君。』因言曰：『今年祖龍死。』使者問其故，因忽不見，置其璧去。使者奉璧具以聞。始皇默然良久，曰：『山鬼固不過知一歲事也。』退言曰：『祖龍者，人之先也。』使御府視璧，乃二十八年行渡江所沉璧也。於是始皇卜之，卦得游徙吉。」張晏曰：「武王居鎬，鎬池君則武王也。武王伐商，故神云：『始皇荒淫若紂矣，今亦可伐也。』」孟康曰：「長安西南有滈池。」《索隱》曰：「秦，水德王，故其君將亡，水神先自相告也。」蘇林曰：「祖，始也。龍，人君象。謂始皇也。」〇季昌本註云：「始皇三十六年庚寅，使者從關東來，至華陰，有素車白馬從山下持璧與使者，曰：『爲我遺鎬池君，明年祖龍死。』問其故，忽不見。使者奉璧以聞，始皇嘿然良久，曰：『山鬼不過知一歲事耳。』退言曰：『祖龍者，人之先也。』使御府視璧，乃二十八年度江始皇東巡之時。所沉之璧。滈池，水神也。秦以水德王。祖，始也。龍，君也。始皇果以明年死。三十七年辛卯七月，始皇崩于沙丘，五十歲也。」

陳勝起云云《漢書》列傳第一曰：「陳勝，字涉，陽城人。吳廣，字叔，陽夏人也。勝少時，嘗與人傭耕。輟耕之壟上，悵然甚久，曰：『苟富貴，無相忘！』傭者笑而應曰：『若爲傭耕，何富貴也？』勝太息曰：『嗟呼，燕雀安知鴻鵠之志哉！』秦二世元年秋七月，發閭左戍漁陽九百人，勝、廣皆爲屯長。行至蘄大澤鄉，會天大雨，道不通，度已失期。失期法斬。勝、廣乃謀曰：『今亡亦死，舉大計亦死，等死[二]，死國可乎？』勝曰：『天下苦秦久矣。吾聞二世，少子，不當立，當立者乃公子扶蘇。扶蘇以數諫故不得立，上使外將兵。今或聞無罪，二世殺之。百姓多聞其賢，未知其死。項燕爲楚將，數有功，愛士卒，楚人憐之。或以爲在。今誠以吾衆爲天下倡，宜多應者。』廣以爲然，迺行卜。卜者知其指意，曰：『足下事皆成[三]，有功。然足下卜之鬼乎？』勝、廣喜，念鬼，曰：『此教我威衆耳。』迺丹書帛曰『陳勝王』，置人所罾魚腹中。卒買魚烹食，得書，已怪之矣。又間令廣之次所旁叢祠中，夜構火，狐鳴呼曰：『大楚興，陳勝王。』卒皆夜驚恐。旦日，卒中往往指目勝[四]、廣。[五]『且壯士不死則已，死則舉大名耳。侯王將相，寧有種乎！』徒屬皆曰：『敬受令。』乃詐稱公子扶蘇、項燕，從民望也。祖右，稱大楚。」

高祖云云《漢書》列十三《陸賈傳》曰：「賈時時前説，稱《詩》《書》。高帝罵之曰：『乃公居馬上得之，安事《詩》《書》！』賈曰：『馬上得之，寧可以馬上治乎？』」

項羽亦云云《漢書》列十一曰：「項籍，字羽。少時，學書不成，去；學劍又不成，去。梁怒之。籍曰：『書，足記姓名而已。劍，一人敵，不足學，學萬人敵耳。』於是梁奇其意，乃教以兵法。」

【校勘記】

[一]黔：底本脱，據前文之「黔首」補。

[二]等：底本誤作「偏」，據《漢書・陳勝項籍傳》改。

[三]事：底本脱，據《漢書・陳勝項籍傳》補。

[四]往往：底本誤作「往今」，據《漢書・陳勝項籍傳》改。

[五]《漢書・陳勝項籍傳》此句下另有「勝、廣素愛人……而戍死者固什六七」等七十七字，底本脱漏。

三體詩絶句備考卷之六終

三體詩絶句備考卷之七

赤壁　　杜牧

在鄂州蒲圻縣西北百二十里。

增註　赤壁在鄂州江夏蒲圻西，即周瑜焚曹公船處。今江漢間言赤壁者五：漢陽、漢川、黄州、嘉魚、江夏。惟江夏之説爲近。東坡《赤壁賦》乃黄州之赤壁，故云：「此非曹孟德之困於周郎者乎？」

備考　《清氣集》第五《地理部》載之，「半」作「未」。○《詩格》十二載之，「半」作「未」，「認」作「驗」。○《詩林廣記》前集六載此詩，「認」作「驗」。○《玉屑》十六載此詩，「自將磨洗」作「細磨蒼蘚」。○牧爲黄州之刺史時，遊赤壁之作。○《古文後集》註曰：「元豐六年，東坡自書此賦後云：『江漢之間，指赤壁者三焉：一在漢水之側，竟陵之東，即今復州；一在齊安郡之步下，即今黄州；一在江夏西南二百里許，今屬漢陽縣。予謂江夏之西南，攻曹公所敗之地也。』按《三國志》：『操自江陵而下，備與瑜由夏口往而逆戰。』則赤壁明非竟陵之東與齊安步下也。」○《句解》曰：「赤壁有二，周瑜困曹操本在鄂州蒲縣，黄州亦有赤壁，但非周郎所戰之地。坡詞亦嘗記其言曰：『人道是周郎赤壁。』則心知其非矣。至於賦中有云：『此非孟德之困於周郎者乎？』抑亦疑之。蓋此時坡仙謫黄州，爲赤壁之遊，以其名同所以周郎、曹操之戰，乃賦。此寄興，樂與清風明月共適，其有意也夫。」〇李九我《萬文一統》東坡《赤壁賦》註云：「赤壁有二，唯蒲圻縣西北烏林與赤壁相對，乃周瑜破曹操處。東坡所遊，則黄州之赤壁也。建安十三年，曹操自江陵追劉備，順流東下，備求救于孫權。權將周瑜精兵三萬拒之。瑜部將黄蓋建議以蒙衝鬥艦，載燥荻枯柴，先以書遺操，詐言欲降。時東南風正急，蓋以下艦著前，徐船繼進，去二里許，同時發火，火烈，火風燒盡北船，操軍大敗。石壁皆燒赤，故曰赤壁也。」〇《大明一統志》曰：「湖廣武昌府赤壁山，在府城東南九十里。《廣元和志》：『在蒲圻縣西一百二十里北岸烏林，與赤壁相對，即周瑜焚曹操舟處。』《圖經》曰：『在嘉魚縣西七十里，其地今屬嘉魚。』宋蘇軾指黄州赤鼻山爲赤壁。益州備居樊口[一]，進步逆操軍不利[二]，引次北在[三]。赤壁當在江南，亦不應在江北。今江漢間言赤壁者五：漢陽、漢川、黄州、嘉魚、江夏，惟江夏之説合於史。今之誤信黄州是，猶賴《水經》能正訛。」〇《賢愚鈔》曰：「《勝覽》漢陽軍註：『戰國屬楚。秦屬南郡。漢爲江夏郡云云。唐置沔。周世宗以漢陽、漢川二縣置軍云云。國朝嘗廢爲縣，屬鄂州云云。』又陳澤《鳳栖經藏記》：『漢水合大江，夾江而城，左武昌，右漢陽。』又《鄂州部》有六郡，嘉魚其一也。建置沿革云：『秦屬南郡。漢置江夏郡。』又《黄州部》云[四]：『秦屬南郡，漢爲西陵縣及邾縣，地屬江夏郡。』又子瞻《赤壁賦》云：『西望夏江，東望武昌云云。』夏口、武昌在《鄂州部》。予謂五赤壁雖異，其實一乎？漢川屬漢陽，嘉魚、江夏屬鄂州，黄州亦屬江夏郡，則爲一赤壁無疑乎？」〇梅謂此赤壁，先輩皆以爲鄂州之赤壁，天隱之注亦引「鄂州蒲圻縣西北二十里」，季昌注則引「五赤壁」，又云：「東坡《赤壁賦》乃黄州之赤壁，故云『此非曹孟德之困於周郎者乎』云云。」由是觀之，則杜牧已爲黄、池、睦三州之刺史，見本傳並《才子傳》。此赤壁，黄州之赤壁，而用鄂州赤壁之故事，東坡亦帶杜牧意。黄州之赤壁，而用鄂州赤壁孟德、周郎之戰。季昌亦雖引黄州之赤壁，其意爲鄂州之赤壁。先輩皆以天隱、季昌兩人注爲據也。但杜牧《齊安黄州晚秋》詩云：「柳岸風來影漸疏，使君家似野人居云云。可憐赤壁争雄渡[五]，惟有衰翁坐釣魚。」牧在黄州而咏赤壁，豈非黄州乎？牧《齊安晚秋》詩見《勝覽》五十《黄州部》，黄州在淮西路九州之中。又鄂州在湖北路十五州之中。

杜牧 見前。

折戟沉沙鐵半銷，自將磨洗認前朝。東風不與周郎便，銅雀春深鎖二喬。《吴・周瑜傳》：「年二十四，吴中呼爲周郎。孫策攻皖，得喬玄二女，皆國色。策納大喬，瑜納小喬。又瑜與曹遇於赤壁，曹公在北岸，瑜在南岸。瑜將黄蓋以船載薪燒北船，時東南風急，北船燒盡，曹公敗走。又曹公作銅雀臺於鄴，置妓其上。」詩意謂非東風助順，則瑜不能勝，家必爲虜矣。

增註 《許彦周詩話》云：「牧之《赤壁》詩意謂若不縱火，即爲曹公奪二喬置銅雀臺之上。」又云：「孫氏霸業繫此一戰[六]，社稷存亡、生靈塗炭都不問，只恐捉了二喬，可見措大不識好惡。」

備考 《賢愚鈔》曰：「第一、二句，言牧爲黄州之刺史時遊赤壁，而用後漢第十三主獻帝建安十三年戊子。周瑜破曹操於鄂州之赤壁故事，咏爲黄州之赤壁。赤壁，古之戰場，今自沙土之間掘出折戟、古劍等，鐵氣半消，自磨洗而認記六百年前周郎與曹公之苦戰。第三、四句，言東風不助周郎猛火勢燒盡曹公兵船，則曹操揚鞭於銅雀臺上，奪得孫策大喬、周郎小喬兩美人。遂不如是，周郎得東風之便而一戰得功，曹公敗北矣。皆是女色婬亂之所致，可嘆哉！」○《唐詩絶句》載此詩，謝枋得註曰：「二喬者，漢太尉喬玄二女，姿色過人。孫策得之，納大喬爲夫人，以小喬嫁周瑜。銅雀臺，曹操寵妾所居。予自江夏泝洞庭，舟過蒲圻縣，見石崖有『赤壁』二字，因登岸訪問父老，曰：『此正是周郎破曹公之地。』南岸曰赤壁，北岸曰烏林，又曰烏巢。有烈火岡，岡上有周公瑾廟。至今土人耕田園者，或得弩箭，鏃長一尺有餘，或得斷鎗，想見周郎與曹公大戰可畏。此詩『磨洗』『折戟』，非妄言也。後二句絶妙。衆人咏赤壁，只善當時之勝，杜牧之咏赤壁，獨憂當時之敗。其意曰：東風若不助周郎，黄蓋必不以火攻勝曹操；使曹操順流東下，吴必亡，孫仲謀必虜，大、小喬必爲俘獲，曹操得二喬，必以爲妾，置之銅雀臺矣。此是無中生有，死中求活，非淺識所到。」○《詩林廣記》卷六註云：「二橋，漢太尉橋玄二女，孫策納大橋如夫人，以小橋嫁周瑜。銅雀臺乃曹操寵妾所居。」○又徐柏山云：「二橋事自見於戰皖城之日，非赤壁時事也。牧之用事多不審，觀者考之。」○《玉屑》十六引《漁隱》云：「牧之於題咏，好異於人，如《赤壁》云：『東風不與周郎便，銅雀春深鎖二喬云云。』」○同十六引《室中語》曰：「杜牧之《赤壁》詩云：『折戟沉沙鐵未消，細磨蒼蘚認前朝。云云鎖二喬。』今人多不曉卒章，其意謂若是東風不與便，即周郎不能破曹公，二喬歸魏銅雀臺也。僕嘗叩公[七]，有人如此立意下語否？公曰：『正《楚辭》所謂「太公不遇文王兮，身至死而不得逞」，乃嚴助所作《哀時命》。』」○《詩格》十二註云：「此詩言赤壁之戰，不以火捷，則周瑜所娶之二喬必爲曹操所有，置之銅雀臺矣。」

二喬 《賢愚鈔》曰：「《排韻》『橋』字下曰：『橋玄見曹操而異之。』」○又「喬」字下曰：「喬公二女皆國色，孫策納大喬，周瑜納小喬。策曰：『喬公二女雖流離，得吾二人爲婿，亦足歡也。』」○《玉屑》作「喬」。○《韻府》「喬」字下曰：「二喬，公二女云云。」○《詩林廣記》並所引《許彦周詩話》作「橋」。又《詩格》作「橋」。○《書言故事》卷二曰：「今人呼兩姨曰大橋、小橋。周瑜，字公瑾，音慶。爲中護軍，從孫策攻皖，還上聲。中護軍，官名。孫策，字伯符，吴王孫權之兄也。孫策爲長沙王。皖，今安慶府是也。得橋公兩女，皆國色。橋公名玄，字公祖，舉孝廉，補洛陽左尉。策自納大橋，瑜納小橋。策從容謂瑜曰：『橋公二女雖流離，得吾二人作婿，亦足爲歡。』」

註 **吴周瑜云云** 《吴志》曰：「周瑜字公瑾，廬江人。與孫策同年，獨相友善云云。策之衆已數萬矣，授瑜建威中郎將，與兵二千人、駒五千匹。瑜時年二十四，吴中皆呼周郎。以恩信著於廬江[八]，出備牛渚。策欲取荆州，以瑜爲中護軍，從攻皖，拔之。時得橋公兩女，皆國色也。策自納大橋，瑜納小橋。復進尋陽，破劉勳。權遂遣瑜及程普與劉備並力逆曹公，遇於赤壁云云。」

攻皖 《綱目集覽》曰：「春秋皖國，故城在皖山南百里。《郡縣志》云：『漢廬江郡統縣十二，皖城其一也，唐改舒州。』」

得喬玄云云《後漢書》曰：「橋玄字公祖，梁國睢陽人。舉孝廉，補洛陽左尉。初曹操微時，人莫知者。嘗往候玄，玄見而異焉，謂曰：『今天下將亂，安生民者，其在君乎？』操常感其知己。及後經過玄墓，輒悽愴致祭奠。」

曹公在云云《魏志》曰：「建安十三年秋七月，曹擊劉表。表卒，子琮舉荆州降曹。劉備奔江陵，操追之。備奔走夏口，操進軍江陵，遂東下。亮謂劉曰：『請求救於孫將軍。』亮見權説之，權大悦。操遺權書曰：『今治水軍八十萬衆，與將軍會獵於吴。』權以示群下，莫不失色。張昭請迎之，魯肅以爲不可，勸權召周瑜。瑜至，曰：『請得數萬精兵進往夏口，保爲將軍破之。』權拔刀斫前奏案曰：『諸將吏敢言迎操者，與此案同！』遂以瑜督三萬人，與劉並力逆操，進遇於赤壁。瑜部將黄蓋曰：『操軍方進，船艦首尾相接，可燒而走也。』乃取蒙衝鬥艦十艘，載燥荻枯柴，灌油其中，裹以帷幔，上建旌旗，豫備走舸，繫於其尾。先以書遺操，詐爲欲降。時東南風急，蓋以十艘最著前，中江舉帆，餘船以次俱進。操軍皆指言蓋降。去二里餘，同時發火，火烈風猛，船往如箭，燒盡北船。煙焰漲天，人馬燒溺死者甚多。瑜等率輕鋭，雷鼓大進，北軍大壞，操走還。後屢加兵於權，不得志，操嘆息曰：『生子當如孫仲謀。向者劉景升兒子，豚犬耳！』」

曹公作銅云云《魏志·太祖武帝紀》云：「太祖武帝，沛國譙人也。姓曹，諱操[九]，字孟德[一〇]，漢相國參後。獻帝建安，公南征劉表。表卒，子琮降劉備。公至赤壁與備戰，不利，備遂有荆州、江南諸郡。十四年，軍至譙，作輕舟，治水軍。十五年冬，作銅雀臺。」〇《文選》第六左太冲《魏都賦》云：「三臺列峙而峥嶸。」劉注曰：「銅雀園西有三臺：中央有銅雀臺，南有金鳳臺，北則冰井臺。銅雀臺有屋一百一間，金鳳臺有屋百三十五間，冰井臺上有冰，三室與法殿皆閣道相通，置行爲營。建安十五年作銅雀臺。」

增註　**社稷**《尋到源頭》卷六曰：「社稷之祀，乃顓頊高陽氏祀共工之子句龍爲社，烈山氏之子柱爲稷。蓋社者，土地之主；稷者，五穀之長，以爲萬民求福報功之道也。今祀社稷之神始此。」〇《風俗通義》曰：「《孝經》說：『社者，土地之主也，土地廣博，不可偏敬，故封土以爲社而祀之，報功也。稷者，五穀之長，五谷衆多，不可偏祭，故立稷而祭之。』謹案《左傳》：『共工有子曰勾龍，佐顓頊，能平水土，爲后土。』故封爲上公，祀以爲社[一二]。『有烈山氏之子曰柱，能殖百谷疏果。』故立以稷正也。周棄亦以爲稷也。」

塗炭《書·仲虺之誥》曰：「有夏昏德，民墜塗炭。」註：「陷泥墜火，無救之者。」

措大　陳繼儒《秋譚》曰：「今不知『措大』之說。李濟翁載四說。其一，以士人貧居新鄭之野，以驢負醋而鬻，邑人指其醋馱而名。又曰鄭有醋溝，士人多居其溝州東，以甲乙名族，故曰醋大。皆自鄭地起也。濟翁以爲皆謬，曰：『謂其能舉措大事而已。』」〇《祖庭事苑》曰：「措大。注：『倉故切，置也。言措置天下之大者也。』」〇《五雜俎》云：「秀才謂之措大。」〇《瑯琊代醉》十二曰：「措大爲秀才者，以其舉措大道也。」

【校勘記】

[一]益州備：《明一統志》卷五十九作「蓋蜀漢」，一本作「蓋劉備」。

[二]步：《明一統志》卷五十九作「兵」。

[三]北在：《明一統志》卷五十九作「江北」。

[四]「又《黄州部》」前底本衍「又《黄州部》云：『秦屬南郡。漢置江夏郡。』」據《賢愚鈔》卷九删。

[五]渡：底本訛作「漢」，據《賢愚鈔》卷九改。

[六]繫：底本訛作「翳」，據《彦周詩話》改。

[七]叩公：底本脱，據《詩人玉屑》卷十六補。

[八]著：底本訛作「首」，據《三國志・吴書・周瑜魯肅吕蒙傳》改。

[九]操：底本脱，據《三國志・魏書・武帝紀》補。

[一〇]字：底本脱，據《三國志・魏書・武帝紀》補。

[一一]祀：底本脱，據《風俗通義》卷八補。

秦淮[一]　杜牧

秦淮水在建康。秦望氣者言：「江東有天子氣。」故鑿斷地脉。方山是其斷處。水爲秦淮。

備考《劉氏鴻書》五曰：「秦始皇東遊，望氣者云：『五百年後，金陵有天子氣。』於是始皇於方山掘流，西入江，亦曰淮。今在潤州江寧縣，土俗因號秦淮。」○《晉陽秋》曰：「秦開，故曰秦淮。或云淮水發源屈曲，不類人工。」

題註　**秦淮水云云**《方輿勝覽》十四江東路九州之内建康府，今昇州，有上元、江寧、勾容、溧水、溧陽五縣。

方山《勝覽》十四：「建康府有方山，葛玄煉丹之地云云。」

煙籠寒水月籠沙，夜泊秦淮近酒家。商女不知亡國恨，隔江猶唱後庭華。陳後主作《玉樹後庭華》之曲，聞者泣下，後爲隋所滅。

增註　潤泉説云：「隋亡，有《伴侶曲》；陳亡，有《後庭華》，皆亡國音也。商女樂隋舊俗，妖淫哀思，不知爲亡國之音。此詩有關涉聖賢不欲聞桑間濮上之音，晉趙孟不願聞《墻有茨》之詩也。」

備考《賢愚鈔》曰：「第一句，言煙色冥暗而籠秦淮之水，月痕朦朧而籠秦淮之沙，水亦不分明，沙亦不分明，蓋前面所見之景如此，其意頗比世道之昏昧而言之也。第二句，杜牧所泊之家幸近酒家，酤酒以欲消遣世慮也，蓋忘憂之具也。第三、四句，謂牧平生胸中有王佐之才，抱一洗乾坤之高志[二]，念念不斷，況今世道昏昧之時節，不睡而聽，則商家之女不知爲亡國之恨，隔江水而高歌陳後主叔寶字元秀，婬亂沉醉。[三]與張麗華及宮女千餘人所唱《玉樹後庭花》之曲，豈可耐聽之耶？」○蒼琅子曰：「陳後主荒淫，製《後庭花》曲，以致亡國，殊爲可恨。此詩非野人之不識也，乃借此以儆人主耳，意感深婉。」

註

陳後主云云　《資治通鑑》第八十《陳紀》曰：「陳後主叔寶，至德於光昭殿前起臨春、結綺、望仙三閣，各數十丈，連延數十間，其窗牖、壁帶、縣楣、欄檻皆以沉檀爲之，飾以金玉，間以珠翠，外施珠簾，内有寶床、寶帳，其服玩瑰麗，近古所未有。每微風暫至[四]，香聞數里。其下積石爲山，引水爲池，雜植奇花異草[五]。上自居臨春閣，張貴妃居結綺閣，龔、孔二貴嬪居望仙閣[六]，並複道交相往來。又以宮人有文學者袁大捨等爲女學士[七]。僕射江總雖爲宰輔，不親政務，日與都宮尚書孔範、散騎常侍王瑳等文士十餘人，侍上遊宴後庭，無尊卑之序，謂之『狎客』。上每飲酒，使諸妃嬪及女學士與狎客共賦詩，互相贈答，采其尤艷麗者，被以新聲，選宮女千餘人習而歌之，分部迭進。其曲有《玉樹後庭花》《臨春樂[八]》等，大略皆美諸妃嬪之容色。君臣酣醉[九]，自夕達旦，以此爲常。」○《隋書·音樂志》云：「陳後主嗣位，耽荒於酒[一〇]，視朝之外，多在宴筵。尤重聲樂，遣宮女習北方簫鼓，謂之《代北》，酒酣則奏之。又於清樂中造《黄鸝留》及《玉樹後庭花》《金釵兩臂垂》等曲，與幸臣等製其歌詞，綺艷相高，極於輕薄。男女唱和，其音甚哀。」陳後主叔寶，字元秀，小字黄奴，宣帝之長子。即位，荒婬酒色，禍亂非常。後與張麗華、孔貴嬪逃入宮井。隋文帝廢爲長城公。仁壽三年癸卯十一月壬子，終于洛陽，壽五十二。

增註　**澗泉說云云**　《唐詩絶句》卷三謝枋得註曰：「齊之亡，有《伴侶曲》；陳之亡，有《後庭花》，皆亡國之音。秦淮在金陵城中，秦始皇以金陵有天子氣，而鑿此河以泄其地氣。舟中商女染陳朝舊俗，妖淫哀思，不知其爲亡國之音。此詩有關涉聖賢不欲聞桑間濮上之音，晉趙孟不願聞《墻有茨》之詩也。」○《唐書・禮樂志》曰：「太宗言侍臣曰：『古者聖人沿情作樂，國之興衰，未必由此。』杜淹曰：『陳將亡也，有《玉樹後庭華》；齊將亡也，有《伴侶曲》，聞者悲泣，所謂「亡國之音哀以思」。以是觀之，亦樂之所起。』帝曰：『夫聲之所感，各因人之哀樂。將亡之政，其民苦，故聞以悲[一一]。今《玉樹》《伴侶》之曲尚存，爲公奏之，知必不悲。』魏徵曰：『孔子稱：「樂云樂云[一二]，鐘鼓云乎哉？」樂在人和，不在音也。』」○愚按季昌註引澗泉說云：「隋亡，有《伴侶曲》。」考之《禮樂志》並枋得註，曰：「齊之亡，有《伴侶曲》。」然則「隋」字當作「齊」字歟？

樂隋舊俗云云　按枋得註，「隋」字作「陳」字。

桑間濮上　《禮記・樂記》曰：「桑間濮上之音，亡國之音也。其政散，其民流，誣上行私而不可止也。」陳注：「桑間濮上，衛地濮水之上，桑林之間也。《史記》言：『衛靈公適晉，舍濮上，夜聞琴聲，召師涓聽而寫之。至晉，命涓爲平公奏之，師曠曰：「此師延靡靡之樂，武王伐紂，師延投濮水死，故聞此聲必於濮水之上也。」』」

晉趙孟云云　見《左傳·文公六年》。○《詩·鄘風·墻有茨》三章註：「舊説以爲宣公卒，惠公幼，其庶兄頑烝於宣姜，故詩人作此詩以刺之。」

【校勘記】

[一]秦淮：《全唐詩》卷五百二十三作《泊秦淮》。

[二]抱：底本訛作「拘」，據《賢愚鈔》卷九改。

[三]字元秀，婬亂沉醉：此當爲小字註，底本與正文混一，今復入小字註中。

[四]暫：底本訛作「漸」，據《資治通鑑·長城公下》改。

[五]草：《資治通鑑·長城公下》作「卉」。

[六]嬪：底本誤作「妃」，據《資治通鑑·長城公下》改。

[七]文學：底本誤作「學士」，據《資治通鑑·長城公下》改。

[八]春：底本脱，據《資治通鑑·長城公下》補。

[九]醉：《資治通鑑·長城公下》作「歌」。

[一〇]耽：底本脱，據《隋書·音樂志上》補。

[一一]聞：底本脱，據《新唐書·禮樂志》補。

[一二]樂云：底本脱，據《新唐書·禮樂志》補。

漢宮[一]　李商隱

備考《唐詩正音》第六載此詩，題曰《漢宮詞》。《唐詩解》第七，又《清氣集》第五《宮室部》載之。

○此詩以漢武事比玄宗及時君，李商隱自以比相如也。

李商隱 見前。

青雀西飛竟未回，《漢武故事》：「七月七日，上於承華殿齋。忽有青鳥從西方來，上問東方朔[二]，朔曰：『此西王母欲來。』有頃[三]，王母至。及去，許帝以三年後復來，後竟不來。」**君王長在集靈臺**。《黃圖》云：「集靈宮通天臺，在華陰縣界，武帝所造。」**侍臣最有相如渴**，司馬相如口吃，有消渴疾。**不賜金莖露一杯**。《西都賦》：「抗仙掌以承露，擢雙立之金莖。」武帝取此服玉屑，以求不死者也。詩意謂方士妄言，君王惑而不悟，若食露果可不死，相如最渴，何不以此試之，則信否見矣[四]。

備考《賢愚鈔》曰：「第一句，謂漢武之時，青雀從王母來，約又來，武帝之行耽酒嗜色[五]，故王母青雀背約，竟又不來。第二句，言王母有重來之約，經月歷年雖相待，武帝耽酒色，行不潔，故王母青鳥無再來，漢武空長待而已。『長』字有深味，容易不可抹過也。『君王』二字指漢武，裏面指玄宗以下唐主也。其意蓋言唐室，亦玄宗以來，君皆雖求神仙秘術，其行污，故無其兆，如青鳥之不來也。第三、四句言侍臣，玄宗以來之諸臣及李義山等皆有相如之渴病[六]，君王何賜一杯之露而不試之？若賜露渴病消除，則君王用之而長生千萬歲可祝。若又不然，則金莖之露有何益耶？蓋言恩澤不及臣下也。」○《鶴林玉露》卷二曰[七]：「唐李商隱《漢宮》詩云：『青雀西飛云云露一杯。』譏武帝求仙也。言青雀杳然不回，神仙無可致之理必矣，而君王未悟，猶徘徊臺上，庶幾見之，且胡不以一物驗其真妄乎？金盤盛露，和以玉屑服之，可以長生，此方士説也。今侍臣相如正苦消渴，何不以一杯賜之？若服之而愈，則方士之説猶可信也，不然，則其妄明矣。二十八字之間，委蛇曲折，含不盡之意。」

集靈臺 季昌本註云：「《漢書》：『集靈宮在華山，屬華州，武帝所建。』王莽曰『華壇』。明皇曾幸此，賈至《旌儒廟頌》云：『開元末，天子在驪山之宮，登集靈之臺。』」○《困學紀聞》二十曰：「武帝立宮曰集靈，殿曰存仙，門曰望仙。」

註　**忽有青鳥** 季昌本註云：「《山海經》：『三危之山，有青鳥居之。』注：『青鳥主爲西王母取食者，别自栖息於此山[八]。』又《博物志》：『王母來見武帝，有三青鳥如烏大，夾王母，王母使也。』」

西王母 《廣列仙傳》曰：「西王母，姓何氏，字婉妗，一字太虛。又云龜臺金母。居崑崙之圃，閬風之苑，玉樓十二[九]，玄臺九層，左帶瑶池，右環翠水。女五，華林、媚蘭、青娥、瑶姬、玉巵。七月七日，降漢武帝殿，母進蟠桃七枚於帝，自食其二。帝欲留核，母曰：『此桃非世間所有，三千年一實。』忽東方朔於牖間窺之，母指之曰：『此兒已三偷吾桃矣。』是日命侍女董雙成吹雲和之笛，王子登彈八琅之璈，許飛瓊鼓靈虚之簧，安法興歌玄靈之曲，以爲武帝壽焉。」

東方朔 又曰：「東方朔，字曼倩，平原人云云。」

口吃 吃，《字彙》曰：「激質切，音吉，口不便言。」

《西都賦》云云 《文選》銑注云：「金莖，銅柱也，作仙人掌以舉盤於其上，以承潔白清英之露也。」

【校勘記】

[一]漢宫：《全唐詩》卷五百三十九作《漢宫詞》。

[二]上：底本訛作「止」，據元刻本和箋註本改。

[三]頃：底本訛作「須」，據元刻本和箋註本改。

[四]「則信否見矣」前底本衍「然」，據元刻本、箋註本和附訓本删。

[五]嗜：底本訛作「耆」，據《賢愚鈔》卷九改。

[六]山等：底本脱，據《賢愚鈔》卷九補。

[七]二：底本訛作「一」，據《鶴林玉露》卷二改。

[八]别自：底本訛作「引首」，據《山海經》卷二改。

[九]十二：底本脱，據《氏族大全》卷七補。

賈生　　李商隱

備考《史記》列傳二十四：「賈生，名誼，雒陽人也云云。後歲餘，賈生徵見。孝文帝方受釐[一]，坐宣室。上因感鬼神事，而問鬼神之本。賈生因具道所以然之狀[二]。至夜半，文帝前席。既罷，曰：『吾久不見賈生，自以爲過之，今不及也。』居頃之，拜賈生爲梁懷王太傅。」○《漢書・劉歆傳》云：「漢朝之儒，唯賈生而已。」○《詩格》卷四載之。○張震曰：「此詩諷人君之不能用賢也。」○《詩林廣記》前集六載此詩[三]，引《藝苑雌黄》云：「文人用故事，有直用其事者，有反其意用之者。王元之《謫守黄岡謝表》云：『宣室鬼神之問，豈望生還；茂陵封禪之書，惟期死報。』此一聯每爲人所稱道，然皆直用賈誼、相如事耳。如義山、林和靖之詩，則雖説賈誼、相如，然反其意而用之矣，自非學力高邁、超越尋常拘攣之見、不規規然蹈襲前人陳迹者，何以臻此？馬子才有句云[四]：『可憐一覺登天夢，不夢商巖夢鄧郎。』用此意也。」

宣室求賢訪逐臣，宣室，未央前殿正室。**賈生才調更無倫**。**可憐夜半虛前席**，**不問蒼生問鬼神**。漢賈誼謫爲長沙傅。歲餘，帝思之，徵入見。上方坐宣室受釐，因感鬼神之事而問之，誼具道所以。至半夜，文帝前席。

增註 前席，促席近聽誼言也。

備考《賢愚鈔》曰：「第一句，言文帝在宣室殿而求賢哲，訪問放逐臣，欲用之。第二句，言放逐之臣中賈誼尤才調而超出其類也，故云『更無倫』也。第三、四句，『可憐』二字有深意。此篇反故事而設意，宣室而召誼，及夜半雖前御座，問事非問三代之道，救民於塗炭之由，空問祭鬼神之法於賈誼。雖答，尤無益，最可憐也。」

才調《韻會》曰：「才調，韻致也。」○退之詩：「才調真可惜。」

前席《瑯琊代醉》二十一引《鼠璞》曰：「前席事不止賈誼。誼之前則商鞅見孝公，與語，不自知膝之前席；誼之後則蘇綽見周文帝，陳申、韓之道，帝不覺膝之前席。鞅、綽言雜霸，賈誼言鬼神，感動主聽則均[五]。今獨取宣室事，何耶？」○《史記》列第八《商君傳》曰：「衛鞅見孝公。公與語，不自知膝之前於席也。語數日不厭。」

蒼生《書·益稷篇》曰：「帝光天之下，至于海隅蒼生[六]。」蔡注：「蒼生，蒼蒼然而生，視遠之義也。」○《韻會》曰：「《唐·張説傳》：『蒼蒼群生。』《晉·王衍傳》：『天下蒼生。』《孝經·廣至德章[七]》注疏：『蒼生，謂天下黔首蒼蒼然，衆多之貌。』」

註　宣室未云云《史記》注：「蘇林曰：『未央前正室。』《索隱》曰：『《三輔故事》曰：「宣室在未央殿北。」』」○《文選·西都賦》曰：「正殿路寢，用朝群辟。」註：「周曰路寢，漢曰正殿，皆朝見諸侯也。」

賈誼謫云云《文選》注：「良曰：『謫，責也。言誼非罪被責，出於長沙遠國也。』」

受釐《史記》注：「徐廣曰：『祭祀福胙也。』駰案：如淳曰：『漢唯祭天地五時，皇帝不自行，祠還致福。』釐音僖。應劭曰：『釐，祭之餘肉也。』」

【校勘記】

[一]孝文帝：底本脱，據《史記·屈原賈生傳》補。
[二]之：底本脱，據《史記·屈原賈生傳》補。
[三]六：底本誤作「五」，據《詩林廣記》前集卷六和《賢愚鈔》卷十改。
[四]才：底本脱，據《詩林廣記》前集卷六和《賢愚鈔》卷十補。
[五]則均：底本誤作「均」，據《鼠璞》卷下改。
[六]于：底本脱，據《尚書注疏·益稷》補。
[七]廣至：底本誤作「生」，據《孝經注疏·廣至德章第十三》補正。

集靈臺　張祜

集靈臺，玄宗所作。《雍録》云：「在華清宫中，非漢集靈宫中之臺也。」

備考《杜工部集》十八載此詩，題曰《虢國夫人》。○《聯珠詩格》十五載之，作者爲杜工部。○《唐詩遺響》第三載之，作者爲張永古[一]，諱祜，南陽人。○《清氣集》第五《人物部》載之，題曰《宮詞》，作者爲張祜，注云：「張祜，字承古[二]。」○《唐詩解》並《訓解》等爲張祜作。

張祜

備考《才子傳》第六曰：「張祜，字承吉。元和、長慶間，深爲令狐文公器許。遂客淮南。杜牧時爲度支使，極相善待。晚與白樂天日相聚讌謔[三]。大中中，果卒於丹陽廬。」

虢國夫人承主恩，平明騎馬入金門。《楊妃外傳》：「妃有三姨，韓國、虢國、秦國三夫人。」又《明皇雜録》：「虢國常乘驄馬入禁。」金門，金馬門也。**却嫌脂粉污顏色，淡掃蛾眉朝至尊。**《楊妃外傳》：「虢國夫人不施朱粉，自有美艶，常素面朝天。」

增註《詩》：「螓首蛾眉。」注：「蚕蛾，其眉細而長。」○此篇係杜工部詩，即以《虢國夫人》爲題，「騎馬」作「上馬」，「金門」作「宮門」，「污」作「涴」。

備考《賢愚鈔》曰：「第一、二句，言文王之時，《關雎》之德行，則王后並夫人等幽閑處深宮，示貞專之賢，故云『教以婦德、婦言、婦容、婦功』，是古之道也。今虢國夫人受君恩，不守窈窕幽閑之德，騎馬白日入金馬門，實非王后、夫人之禮。第三、四句，言虢國自誇其顏色天然之美，不施妝飾而淡妝朝天子，是亦爲夫人者無禮不法之一也。」

註

三姨《字彙》曰：「妻之姊妹同出爲姨。同出，謂已嫁。又母之姊妹曰姨。」

驄馬　驄，《字彙》曰：「倉紅切，音聰，馬青白色。」

金馬門《公孫弘傳》曰：「武帝時，相馬者作銅馬法，立于魯般門外，更名金馬門。」

增註

《詩》螓首云云《詩·衛風·碩人篇》云：「螓首蛾眉，巧笑倩兮，美目盼兮。」朱注：「螓，如蟬而小，其額廣而方正。蛾，蚕蛾也，其眉細而長曲。」〇鄭氏曰：「螓，蜻也。」

杜工部《少陵紀略》云：「公杜氏，名甫，字子美。少陵拾遺工部，後人以爵里稱。世爲襄陽人。晋當陽侯預十三世孫云云。」〇《紀原》卷五曰：「工部，唐虞共工，在《周禮》爲冬官之職。漢置民曹。光武改主繕脩工作池苑。魏爲左民。晋尚書爲起部郎。後周始曰工部也。」

【校勘記】

［一］永古：《唐才子傳》卷六作「承吉」，當以「承吉」爲是。

［二］承古：《唐才子傳》卷六作「承吉」，當以「承吉」爲是。

［三］日：底本脱，據《唐才子傳》卷六補。

遊嘉陵後溪　　薛能

增註　西川鳳州路嘉陵溪也。

備考　本集題曰《遊開元館因及後溪》。○《清氣集》題曰《嘉陵渡》。○《詩格》十三載之，題曰《偶題》，注云：「蜀漢人才僅一諸葛，事之遂與不遂，天也，雖荒亦無如之何。」○《詩林廣記》前集卷九載此詩，題曰《絶句》。

薛能　見前。

山屐經過滿徑踪，宋謝靈運常著木屐，上山則去前齒，下山則去後齒。**隔溪遥見夕陽舂**。《淮南子》曰：「日經于隅泉，是謂高舂；起于連石，是謂下舂；薄於虞泉，是謂黄昏。」**當時諸葛成何事，只合終身作卧龍**。諸葛初隱草廬，徐庶謂之卧龍，後相蜀。能性傲誕，其《題籌筆驛》自注云：「余爲蜀從事，常薄武侯非王佐才，故有是題。」此章意亦同。然能後鎮彭門，廣順初，軍亂殺死，則武侯未可薄也。

增註　《鶴林玉露》載薛能詩云云：「能之論非也。孔明之出，雖不能掃清中原，吹火德之灰，然伸討賊之義，盡託孤之責，以教萬世之爲人臣者，安得謂之成何事哉？」

備考　《賢愚鈔》曰：「第一、二句，此篇薛能爲蜀之從事時，遊蜀之鳳州嘉陵溪而作此詩。蓋薛能著山屐而遊嘉陵溪邊，隔其溪而遠望，則諸葛孔明之出師之地也。第三、四句，薛能謂我若高居將帥之任，則立大功，非可疑也。昔日諸葛不成其功，而大星落，其身死去。若卧龍而不起，則全其名歟。此薛能之議論，甚不可也。吹火德已滅之灰而欲令再燃，八陣之名遺于今，寧非武侯之功乎？故薛能死後，諸儒坐之，哀哉！」○《輟耕録》二十五曰：「文豹云：『古今論孔明者，莫不以忠義許之。然余兄文龍以爲孔明之才，謂之識時務則可，謂之明大義則未也；謂之忠於劉備則可，謂之忠於漢則未也。』」○季昌本註曰：「《劉後村詩話》云：『薛能不但自譽其詩，又自譽其才。然位節鎮，卒以驕恣陵忽僨軍殺身，其才安在？乃敢妄議諸葛。』《該聞録》云：『薛能負詩才，使氣任情，忽多乖戾。時從事蜀川日，每短諸葛功業，孜孜厚誣之。其詩：「山屐經過云云。」又詩云：「陳圖誰可許，廟貌我揶揄。」又云：「焚却蜀書宜不讀，武侯無可律吾身。」後鎮徐州，巢寇渡津，許軍亂，被害。「揶揄廟貌」之句，何違戾之甚耶！廬陵羅大經《鶴林玉露》載能詩云云。』」○《詩林廣記》卷九曰：「劉後村云：『薛能詩格不甚高，而自稱譽太過。其五言云：「空餘氣長在，天子用平人。」不但自譽其詩，又自譽其材。然位歷節鎮，不爲不用矣，卒以驕恣凌忽僨軍殺身，其材安任哉？妄庸如此，乃敢妄議諸葛，可謂小人無忌憚者！』」○「《王直方詩話》云：『李希聲言：「荊公罷政事時，居於州東劉相宅，於書院小廳題『當時諸葛成何事，只合終身作卧龍』數十處。」』苕溪漁隱曰：『此乃薛能詩，《唐百家詩選》中有之，或云荊公詩，非也。』」○《臨川集》四十三曰：「荊公拜相日，題西廡小閣窗間云：『霜筠雪竹鐘南寺，投老歸來寄此身。』既得請金陵，出東府，寓定力院[一]，又題壁云[二]：『溪北溪南水暗通，隔林遥見夕陽春。當時諸葛成何事，只合終身作卧龍。』」

註　**《淮南子》曰云云**　季昌本註云：「《淮南子》云：『日經於東隅，是謂高春；頓于欄石，是謂下春。』注：『未暝時，上蒙先春曰高春；欲暝，下蒙悉春曰下春。「東隅」，一作「泉隅」。「欄石」，一作「瀾石」，一作「連石」。』」○《詩林廣記》引《藝苑雌黃》云：「薛能詩『隔溪遥見夕陽春』，人多不知『夕陽春』爲何等語。予考之《淮南子》曰：『日經于泉隅，是謂高春；頓于連石，是謂下春。』注云：『尚未冥，上蒙先春曰上春；將欲冥，下蒙悉春曰下春。』《南史・陳本紀》云：『求衣昧旦，仄食高春。』柳子厚詩云：『空齋不語坐高春。』」

傲誕　傲，《字彙》曰：「慢也，倨也。」○誕，又曰：「放也，妄也，欺也。又大也。」

籌筆驛　七言律題注曰：「在利州綿谷縣，去州北九十九里。諸葛孔明出師嘗駐此。」

廣順云云　按軍亂者，蓋僖宗廣明中之事也。廣順者，五代周太祖年號。然則「廣順」恐當作「廣明」歟？

增注　**《鶴林玉露》云云**　《鶴林玉露》曰：「唐薛能詩云：『山屐云云。』王荆公晚年喜誦之。然能之論非也。孔明之出，雖不能掃清中原，吹火德之灰，然伸討賊之義，盡託孤之責，以教萬世之爲人臣者，安得謂之成何事哉？自古隱士出山，第一個是伊尹，第二個傅説，第三個是太公，第四個是嚴陵，第五個是孔明，第六個是李泌，皆爲世間做得事。雖以四皓之出，或猶議其安劉是滅劉，況如樊英輩者也。」

託孤　孤指劉備子劉禪。

【校勘記】

［一］定力：底本脱，據《王荆公詩注》卷四十三補。

［二］又題：底本脱，據《王荆公詩注》卷四十三補。

已前共十一首

備考 趙瞻民曰：「翻案法也。」〇《賢愚鈔》曰：「三句呼第四句者也。即奪胎换骨法也。」〇愚按用字格也。

前對 周弼曰：「接句兼備虚實兩體。但前句作對，而其接亦微有異焉。相去僅一間，特在乎稱停之間耳。」

備考《賢愚鈔》曰：「八句之律截作二，則前之四句爲後對之絶句，後之四句爲前對之絶句也。」

註　**接句** 指第三之句。

虚實兩體 第三句，或虚則爲虚接，或實則爲實接也。

前句云云 前句指第一、二之句。

其接 以第三之句相接，猶如主人之接賓客也。

山店　盧綸

備考《唐詩正音》第六載之，詩中「一家」作「幾家」。○《清氣集》第五《官爵部》載之，題曰《山居》，「山路」作「小路」，「溪泉」作「溪流」，「一家」作「幾家」。○按《才子傳》第四《盧綸傳》曰：「别業在終南山。」所謂「山店」，斯之謂歟？○店，《韻會》曰：「都念切，停物舍也。」○崔豹《古今註》曰：「店，置也，所以置貨賣物。」

盧綸

備考《履歷》曰：「字允言，河中蒲人。避天寶亂，客鄱陽。大曆初，舉進士不入第。號『大曆十才子』云云。」

登登山路何時盡，决决溪泉到處聞。風動葉聲山犬吠，一家松火隔秋雲。

增註　坡詩：「夜燒松明火〔一〕。」○《易齋笑林》載：「昭宗時，國用窘乏，李茂貞令榷油以助軍須。俄有司言官油沽賣不行，多爲松明攙奪，乞行禁止。張延範曰：『更有一利，便可並月明禁之。』李大笑，其禁遂止。」

備考《賢愚鈔》曰：「此篇亦避亂來客鄱陽時之作歟？又鄂州邊經歷時之作歟？鳳翔府盩厔邊行李

之作歟？大抵亂中之作也。倦步踏山路則登登然也。踏山之脚聲登登然，路遠而不盡也。第二句，『泱』，《說文》：『行流也。』凡經過山間則屈曲而水流，故數十步之中而或隔草莽，或隔石塊，必聽其水之聲也。第三、四句，言無人行而山中寂寂，風來而動萬木之葉則有聲，犬驚其聲而吠。因犬之吠，遥知有人家。遠隔秋雲望見之，有一家扉燒松明之趣也。實是松火歟？彷彿而不分明，蓋隔雲故也。聽犬之聲而漸進，又窺松火之彷彿。細味則此篇有深意，不容易也。」

登登　《詩・大雅・緜篇》曰：「築之登登，削屢馮馮。」注：「登登，用力也，或曰漸高也。」

增註　**昭宗**　唐第二十主，諱曄，懿宗第七子。母曰恭憲皇后王氏。在位十四年，壽二十八。

窘乏　窘，《字彙》曰：「巨允切，迫也，又困也。」○乏，又曰：「無也，匱也。」

榷油　如淳曰：「榷，音較。」應劭曰：「縣官自酤榷賣酒[二]，小民不復得酤也。」韋昭曰：「以木渡水曰榷。謂禁民酤釀，獨官開置，如道路設木爲榷，獨取利也。」師古云：「榷者，步渡橋，《爾雅》謂之石杠，今之略彴是也。禁閉其事，總利入官，而下無由以得，有若渡水之榷，因立名焉。」

軍須　須，《字彙》曰：「意所欲也，資也，用也。」

【校勘記】

[一]明火：底本誤作「火明」，據附訓本、《東坡詩集註》卷二十五和《施註蘇詩》卷三十八乙正。

[二]榷：底本脱，據《漢書·武帝紀》補。

韋處士郊居　雍陶

備考《唐詩遺響》載之，「蕭條」作「萬條」。○韋處士，不知爲何人也。或曰：「韋靄處士也。」○此詩雍陶在西蜀作，或曰在丹陽作也。○郊，《爾雅》曰：「邑外曰郊。」

雍陶　見前。

滿庭詩景飄紅葉，繞砌琴聲滴暗泉。門外晚晴秋色老，蕭條寒玉一溪煙[一]。

備考《賢愚鈔》曰：「第一、二句，言郊居之景也。滿庭飄零紅葉，自然詩景也。又繞砌之暗泉，其響琮琮，自然琴聲也。此二句，言門内之景。第三、四句，言此郊居門外見之，一日之中而晚景不陰昧，氣晴秋色已衰，故草木摇落，一溪之蒼竹有蕭條帶煙而已。」

蕭條　扁海曰[二]：「蕭條，寂寥貌。」

寒玉　或曰：「寒玉謂溪水。」非也。○《砦溪詩話》曰：「王臨川云：『蕭蕭出屋千尋玉，靄靄當窗一炷煙[三]。』皆不名其物。然子厚『破額山前碧玉流』已有此格。」○《楊升庵集》八十曰：「唐人《郊居》詩：『門外云云。』『萬條寒玉』言竹也。」

【校勘記】

[一]蕭：《全唐詩》卷五百十八作「萬」。

[二]扁海：疑有誤。

[三]煙：《碧溪詩話》卷四和《王荆公詩注》卷四十六均作『雲』。

江南　陸龜蒙

備考《賢愚鈔》曰：「江南，揚子江以南也。或云赴姑蘇時作也。」〇本集題曰《江南道中》。〇陸龜蒙《江南道中》詩有二首，其一云：「便風船尾香粳熟，細雨罾頭赤鯉跳。待得江餐閑望足，日斜方動木蘭橈。」其一此詩也。

陸龜蒙 見前。

村邊紫豆華垂次，岸上紅梨葉戰初。莫怪煙中重回首，酒旗青紵一行書。

備考《賢愚鈔》曰：「第一、二句，豆花必七月之末、八月之間開，其色必有紫有白。『次』字，次第之義，時序之心也，指時分而言。紅梨，梨葉也，九月末、十月初帶霜而紅也。杜詩：『紅梨迥得霜。』言豆花垂落，其次梨之紅葉又戰也。龜蒙在客中而光陰易移，其感慨在豆花落後梨葉漸欲落而戰也。第三、四句，言龜蒙於江南道中，向煙中頻悵望、屢回首，行人莫怪之，所以我回首者，胸中之感慨非酒不可除也，故見酒家有酒旗如此也。『重』字，爲見酒旗一行書，重回首也。」

旅夕　高蟾

備考《詩格》載此詩，注云：「旅途中所見之景物真。一、二句，言雁、鴉不得處也。」末句注云：「隱然客况凄涼之味。」

高蟾

備考《正音》云：「晚唐作者。」〇《才子傳》第九曰：「高蟾，河朔間人。乾符三年孔緘榜及第。與鄭郎中谷爲友[二]，酬贈稱『高先輩』。初，累舉不上，云云，遂擢桂。官至御史中丞。詩集一卷，今傳。」

風散古陂驚宿雁，月臨荒戍起啼鴉。不堪吟斷無人見，時復寒燈落一華。

備考《賢愚鈔》曰：「全篇言古陂風散而宿雁驚飛，荒戍月臨而啼鴉飛起，甚不堪之景，况『寒燈落一花』哉？」

古陂　陂，《字彙》曰：「布眉切，音畀，畜水曰陂。孔安國曰：『澤障曰陂。』」

荒戍　戍，又曰：「商遇切，音恕，守邊也。又遏也，舍也。《説文》：『从人持戈[二]。』从人荷戈以戍也。」

【校勘記】

[一]友：底本脱，據《唐才子傳》卷九補。

[二]持：底本誤作「从」，據《説文解字》卷十二改。

金陵晚眺[一]　高蟾

備考　季昌本作《晚望》。〇《鶴林玉露》曰：「繪雪者不能繪其清，繪月者不能繪其明，繪華者不能繪其馨，繪泉者不能繪其聲，繪人者不能繪其情。」此詩「一段傷心畫不成」，繪人而不繪其情也。

曾伴浮雲歸晚色[二]**，猶陪落日泛秋聲。世間無限丹青手，一段傷心畫不成。**

備考　《賢愚鈔》曰：「第一句，言一日之中，以晚爲感慨之時。浮雲而歸晚色，如唐室之已晚。第二句，以落日比僖宗。四時之中，以秋爲愁寂之期。蓋比天子無德儀，『陪』指居小官。第三、四句，言世間無限丹青如吴道士、摩詰者，金陵所在之山川江河，雖盡妙畫之浮雲、落日、秋聲、晚色，一段之感慨、愁寂之傷心，不可寫出也。」

【校勘記】

[一]金陵晚眺：《全唐詩》卷六百六十八作《金陵晚望》。

[二]色：《全唐詩》卷六百六十八作「翠」。

春　高蟾

備考《詩格》第五載之，題曰《對春風》，詩中「靄」字作「藹」，「路」字作「思」，注云：「善寫心事，有感慨意思。」

明月斷魂清靄靄，平蕪歸路緑迢迢[二]。**人生莫遣頭如雪，縱得春風亦不消**。

備考《賢愚鈔》曰：「第一句，夏及秋、冬三時之月雖斷魂，至春則清靄靄可愛。第二句，高蟾河朔人，未得歸，而在遠方平蕪草莽迢迢之間，夏及秋、冬平蕪之歸路亦却，至春則緑迢迢而茂生。『清靄靄』『緑迢迢』字皆含春之意。第三、四句，言月至春時則各帶生活之氣色，頭上之白雲縱雖得春風，不可消也。兩度下第以後之作歟？」

靄靄《詩格》注云：「藹藹，繁茂貌。」

迢迢《詩格》注云：「迢迢，迢遞也。」

【校勘記】

[一]路：《全唐詩》卷六百六十八作「思」。

已前共六首

備考《賢愚鈔》曰：「句面相同者也。」〇愚按六首，前對格也。

後對 周弼曰：「此體唐人用之亦少。必使末句雖對，而詞足意盡，若未嘗對。不然，則如半截長律，皚皚齊整，略無結合。此荊公所以見誚於徐師川也。」

註　**皚皚**《字彙》曰：「魚開切。《說文》：『霜之白者也。』杜詩：『崖沉谷没白皚皚。』」

荊公云云《玉屑》曰：「老杜詩云：『請看石上藤蘿月，已映洲前蘆荻花[二]。』此句不對而對。荊公學之作詩，然不到其妙處，故爲師川所誚也。」

【校勘記】

[二]花：底本誤作「秋」，據《集千家註杜工部詩集》卷十五和《杜詩詳註》卷十七改。

過鄭山人所居

劉長卿

備考《詩格》第一載之，批語云：「第一、二句，寫山居之景，有聲之畫也。第三句有幽致。」○《唐詩正音》第六載之。○《清氣集》第五載之，題曰《鄭山人居》。○鄭山人，不知爲何人。

劉長卿 見前。

寂寂孤鶯啼杏園，吳董奉山居不種田，爲人治病不取錢，但栽杏五株。人欲買杏，不須報奉，但將穀一器，取杏一器。**寥寥一犬吠桃源**。長卿蓋以杏園、桃源比山人隱居。**落華芳草無尋處，萬壑千峰獨閉門**。

備考《賢愚鈔》曰：「第一、二句，蓋言歷過之境也。全篇言杏園鶯啼、桃源犬吠，猶如世間所有之事。然鄭山人所居，雖落花芳草之時，無人分路，而萬壑千峰之中能自閉門也。」

註 **吳董奉云云**《神仙傳》曰：「董奉，字君異，侯官人。杜燮爲交州刺史，得毒病死三日。奉時在南方，乃往，以三丸藥内其口中，令人舉其頭，逍遥之，食頃，燮開目，動手足，顔色還，半日，能起坐，遂活。奉還廬山下居，爲人治病，不取錢物，使病愈者爲種一株杏。數年，十萬株鬱然成林，杏子大熟，奉於林中作倉，宣語：『欲買杏者，但自取之，一器穀得一器杏。』每穀少而取杏多者，有虎逐之。有偷杏，虎逐，嚙死。

家人知，送杏還，死者即活。自是買杏者自平量之，不敢欺。奉以所得糧穀，賑救貧窮，供給行旅。民間僅百年，乃升天，顏色常如年三十時也。」

寒食汜上[一]　王維

汜上在成皋東[二]。

增註 汜，羊子切，古荊河路河南府汜水縣水名。春秋時，鞏成皋地。唐屬河北道孟州，又曰廣武。坡詩：「聊興廣武嘆。」注：「屬孟州汜水縣。」

備考 《唐詩正音》第六載之。○《清氣集》第五載之，題曰《寒食》。○本集題曰《與從弟汜上逢寒食》。○《前漢書·高祖紀》曰：「四年冬十月，挑成皋戰，楚軍不出，使人辱之數日。大司馬咎怒，渡兵汜水。」注：「張晏曰：『汜水在濟陰界。』如淳曰：『汜音祀。《左傳》曰：「鄙在鄭地汜。」』臣瓚曰：『高祖攻曹咎於成皋，咎渡汜水而戰，今成皋城東汜水是也。』師古曰：『瓚説得之，此水不在濟陰也。「鄙在鄭地汜」，釋者又云在襄城，則非此也。此水舊讀音凡，今彼鄉人呼之音祀。』」

增註 **廣武** 《前漢書·高祖紀》：「四年冬十月，云云。羽亦軍廣武，與漢相守云云。漢王、羽相與臨廣武之間而語。羽欲與漢王獨身挑戰，漢王數羽曰：『吾始與羽俱受命懷王，曰先定關中者王。羽負約，王我於蜀漢，罪一也。』」

坡詩云云 東坡《甘露寺》詩曰：「聊興廣武嘆，不待雍門彈云云。」注：「阮籍登廣武，觀楚漢戰處，嘆曰：『時無英雄，使豎子成名。』」〇《東坡詩話》曰：「嘗辨廣武嘆事曰：『時無英雄云云。』昔先友史彥輔謂余：『阮籍登廣武，嘆曰云云。豈謂沛公豎子乎？』余曰：『非也，傷時無劉、項也。豈謂沛公乎？指魏晋間人爾。』其後余遊甘露寺，賦詩云云，則猶此意也。讀李太白《登廣武戰場[三]》詩云：『沉湎呼豎子，狂言非至公。』乃知白亦誤認嗣宗語矣。嗣宗雖放蕩，何至以沛公爲豎子乎[四]？」

王維 見前。

廣武城邊逢暮春，廣武城在鄭州滎澤縣。《西征記》曰：「三皇山上有二城，東曰東廣武，西曰西廣武，漢祖與霸王共語處。」**汶陽歸客淚沾巾**。汶陽，今兖州奉符縣。**落華寂寂啼山鳥，楊柳青青渡水人**。

備考 《賢愚鈔》曰：「安禄山反，御駕幸蜀，扈從不及，而王維爲所擒，服藥稱瘖瘂。禄山愛其才，逼至洛陽供舊職，拘於普施寺。賊宴凝碧池，悉召梨園弟子合樂，維痛賦詩云：『萬户傷心生野煙，百官何日再朝天？』時聞行在所。賊平後，僞官者皆定罪，維獨得免。仕至尚書右丞。王維忠臣守節，始終一節。當天寶騷屑之間，觀楚漢之古戰場，而興阮籍之『時無英雄』之嘆。第一句，言王維爲客廣武城邊，逢暮春也。第二句，『汶陽歸客』，王維自稱也，天子已蒙塵于西蜀，不隨，而維歸客汶陽，故云『淚沾巾』，時無英雄之嘆而已。第三、四句，言見落花之寂寂而感時，聽啼鳥之聲驚其心，知寒食之又過，尚見楊柳之青青，有渡汜水之人，不知爲何人。」

註　**霸王**《漢書·高祖紀》曰：「陽尊懷王爲義帝，實不用其命。二月，羽自立爲西楚霸王。」霸王，項羽也。

【校勘記】

［一］寒食汜上：《全唐詩》卷一百二十八作《寒食汜上作》。

［二］成皋：底本訛作「城旱」，據元刻本和箋註本改。

［三］武：底本誤作「陵」，據《東坡詩集注》卷五改。

［四］至：底本脱，據《東坡詩集注》卷五補。

與從弟同下第出關［一］　盧綸

備考　本集題作《與從弟瑛同下第出關》。〇兄弟之子相共曰從弟。

盧綸　見前。

出關愁暮一沾裳，滿野蓬生古戰場。孤村樹色昏殘雨，遠寺鐘聲帶夕陽。

備考《賢愚鈔》曰：「盧綸避天寶之喪亂來客鄱陽。代宗之大曆中，數舉不第。第一句，言綸與從弟相共下第出京師，不平與愁暮年傷時之季運，一以淚沾裳。『出關』，出京師也。第二句，天寶一亂之後，長安、洛陽盡灰燼，其痕蓬艾，狼藉之古戰場也。第三、四句，所見所聞，物物無不傷情也。」

愁暮《文選》鮑明遠《舞鶴賦》云：「歲峥嶸而愁暮。」

【校勘記】

［一］與從弟同下第出關：《全唐詩》卷二百七十六作《與從弟瑾同下第後出關言別》。

宿石邑山中　韓翃

漢江邑縣，今真定府井陘獲鹿縣。

備考《清氣集》第五載之，題曰《宿石邑山》，「千樹裏」作「高樹裏」。○季昌本題作《宿石邑》。○韓翃，天寶十三年進士。其後閑居十年。此篇閑居避亂之作也。

題註　**井陘**《韻會》曰：「井陘，晋邑名。今井陘縣。」

韓翃 見前。

浮雲不共此山齊，山靄蒼蒼望轉迷。曉月暫飛千樹裏，秋河隔在數峰西。四句皆形容山之高。

備考《賢愚鈔》曰：「第一、二句，言此石邑山高之故，浮雲在其麓，不與此山齊也。此山高，故山靄蒼蒼，望山之眼亦遠也。第三、四句，言曉月亦暫時見，然爲此山隱不見也，天河亦被石邑數峰隔在其西也。裏面言天寶中禄山亂也。『山』比天子，『浮雲』比禄山群盜，『山靄』言玄宗蒙塵也。『曉月暫飛』言玄宗出奔之間，肅宗暫出，防禄山之亂也。『秋河』句，言玄宗被禄山襲，幸西蜀也。」

浮雲云云《文選》謝玄暉《敬亭山》詩曰：「兹山亘百里，合沓與雲齊。」又《古詩》：「西北有高樓，上與浮雲齊。」

贈張千牛　韓翃

千牛衛，將軍官名。

增註《職林》：「千牛，刀名。後魏有千牛備身，掌執御刀，因以名職。其義蓋取《莊子》之庖丁爲文惠君解牛，十九年，割無數千牛，而刀刃若發於硎，因以爲備身刀名。唐置大將軍一人〔二〕，左右千牛備身各十二人[二]，掌執御刀，宿衛侍從。」

備考 愚按千牛官，禁中警固武士也。○張氏，不知爲何人。

註 **千牛衛** 《紀原》卷五曰：「宋謝綽《拾遺》：『千牛刀，人主防身刀也，義取《莊子》庖丁解割千牛而刀刃若新發硎之義。』故後魏有千牛備身，掌執御刀。唐顯慶五年，始置左右千牛府。龍朔二年，改府曰衛。」

增註 **取《莊子》云云** 《莊子·養生主篇》曰：「庖丁爲文惠君解牛，手之所觸，肩之所倚，足之所履，膝之所踦，砉然嚮然[三]，奏刀騞然，莫不中音，合於《桑林》之舞，乃中《經首》之會。文惠君曰：『譆，善哉！技蓋至此乎？』庖丁釋刀對曰：『臣之所好者道也，進乎技矣。始臣之解牛之時，所見無非牛者。三年之後，未嘗見全牛也。方今之時，臣以神遇而不以目視，官知止而神欲行。依乎天理，批大郤，道大窾，因其固然。技經肯綮之未嘗[四]，而况大軱乎！良庖歲更刀，割也；族庖月更刀，折也。今臣之刀十九年矣，所解數千牛矣，刀刃若新發於硎。』」希逸注：「文惠君[五]，梁惠王也。今我之刀，用之十九年矣，解牛雖多，而其刃皆若新磨然，言其無所損也。硎，砥石也。」

硎 《字彙》曰：「奚輕切，音形，砥石也。」

蓬萊闕下是天家[六]，蓬萊宮在教坊之側，龍朔三年建，蓋千牛禁衛之官也。**上路新回白鼻騧**。張銑曰：「上路，苑路也。」李翰林《白鼻騧》詞云：「銀鞍白鼻騧，緑池障泥錦。細雨春風華落時，揮鞭直就胡姬飲。」**急管晝催平樂酒**，呂延濟曰[七]：「平樂，館名。」薛綜曰：「平樂館，大作樂處也[八]。」**春衣夜宿杜陵華**。杜陵在萬年縣東也[九]。

增註 黄馬黑喙曰騧。

備考《賢愚鈔》曰：「第一句，言禁中也。第二句，言張千牛出仕，而乘白鼻騧歸也。張千牛所隨侍之宮殿，所駕輿之鞍馬，可謂尊貴而絶比類也。第三、四句，言退朝之後，於平樂館管弦歌舞也。及其夜，見杜陵之花而遊樂也。句面似褒，裏面有風。好樂耽酒，不行仁政，則無世而不亡。此篇戒張千牛也。」

天家 蔡邕《獨斷》曰：「天家，百官小吏之所稱。天子無外，以天下爲家，故稱天家。」

上路 王勃《滕王閣序》曰：「儼驂騑於上路。」《句解》云：「儼然行馬於道路之上。」

平樂《文選・西京賦》曰：「其西則有平樂都場，示遠之觀。」注：「平樂，觀名。都，謂聚會也。爲大場於上以作樂，使遠人觀之。平樂在城西。」○又曹子建《名都篇》曰：「歸來宴平樂，美酒斗十千。」注：「平樂觀，倡優所居，在洛陽也。」○《通鑒》十八《武帝紀》曰：「常從游戲北宮，馳逐平樂觀。」胡三省注：「平樂觀在未央宮北，周回十五里[一〇]。高祖時，制度草創。至帝，增脩之。《三輔黄圖》曰：『上林苑中有平樂觀[一一]。』」

註　龍朔 唐第三主高宗年號，凡三年。

李翰林白云云《李白詩集》第六載之。

白鼻騧《蓬窗日録》曰：「古良馬名。」

增註　**黄馬云云**《字彙》曰：「騧，古華切，音瓜，黄馬黑喙。」

【校勘記】

[一]唐：底本訛作「書」，據附訓本和增註本改。

[二]備：底本訛作「脩」，據附訓本、增註本和前文改。

[三]砉然：底本脱，據《莊子・養生主》補。

[四]技：底本脱，據《莊子・養生主》補。

[五]文惠：底本誤作「惠文」，據《莊子鬳齋口義・内篇養生主第三》乙正。

[六]闞：底本訛作「闗」，據元刻本、箋註本、附訓本、增註本和《全唐詩》卷二百四十五改。

[七]吕：底本訛作「吴」，據元刻本和箋註本改。

[八]大：底本訛作「天」，據元刻本、箋註本、附訓本和增註本改。

[九]也：底本誤作「北」，據元刻本和箋註本改。

[一〇]「十五」前底本衍「四」，據《資治通鑑・世宗孝武皇帝紀上之下》删。

[一一]苑：底本脱，據《資治通鑑・世宗孝武皇帝紀上之下》補。

已前共五首

備考《賢愚鈔》曰：「第三喚第四者也。」〇愚按共五首，後對之格也。

拗體 周弼曰：「此體必得奇句時出而用之，姑存此以備一體。」

備考 拗，《字彙》曰：「於巧切，音凹，手拉折也。《尉繚子》：『拗矢折矛。』又『拗捩固相違也』。又乙六切，音郁，抑也。班孟堅《西都賦》：『乃拗怒而少息。』」

旅望[一]　　李頎

備考《清氣集》第五載之，題曰《登百花原》。〇《唐詩正音》爲王昌齡作，題曰《出塞行》，詩中「百花」作「白花」，「時」作「期」，「秋天」作「窮秋」，「西來」作「東來」。

李頎

備考《才子傳》第二曰：「李頎，東川人。開元二十三年賈季鄰榜進士及第[二]。調新鄉縣尉。有集今傳。」

百華原頭望京師，黄河水流無盡時。秋天曠野行人絶，馬首西來知是誰。

增註 黄河其源出崑崙，至雍之積石龍門華陰。

備考《賢愚鈔》曰：「梅翁曰：『《方輿勝覽》江西路江州百花亭、廣東路梅州百花洲、成都府路浣花溪百花潭者，非此百花原，不知在那處也。開元二十三年，李頎及第之後，赴新鄉縣尉時所歷之路有百花原歟？抑亦天寶之亂後，國破以來，所歷之路歟？以第三「秋天曠野」之句見之，則天寶大亂以後之作也。』」○「第一句，李頎之旅行自百花原頭而望京師，其性疏簡，而雖慕仙道，思君之意，造次未忘也。第二句，言黃河之水向京師而流無盡也，我不能上京師，在旅中，其情可知也。第三、四句，望京師之意不止秋天曠野之間，悵望無一個行人也，若謂有自京師來人如此也，於是曠野之間，偶有一人騎馬來之間，注目而望之也，雖不知爲誰人一騎而來，想必爲京人耶？」

黃河《文選》五十三李蕭遠《運命論》云：「夫黃河清而聖人生。」李周翰注：「黃河千年一清，清則聖人生於時也。」

【校勘記】

[一]旅望：《全唐詩》卷一百三十四作《百花原》。

[二]三：底本訛作「二」，據《唐才子傳》卷二改。

滁州西澗　　韋應物

應物，建中三年守滁。

增註 滁州，本吴、楚地，秦、漢九江郡，梁立南譙州，隋改滁州，永陽郡[一]，屬淮南道，今屬淮東道。

備考 《勝覽》四十七滁州山川部載「西澗」，注引此詩。

題註　**建中** 唐第十主德宗年號，凡四年。

三年云云 《才子傳》第四有《韋應物傳》，建中二年出爲滁州刺史。○按此注作「三年」，誤。

韋應物

備考 《詩林廣記》前集第四載此詩，朱文公云：「蘇州詩高於王維諸人，以其無聲色臭味。」○徐師川云：「自李、杜以來，古人詩法盡廢，惟蘇州有六朝風致，最爲流麗。」○劉後村云：「韋蘇州詩律深妙，流出肝肺，非勞力所可到也。」

獨憐幽草澗邊生，上有黄鸝深處鳴。春潮帶雨晚來急，野渡無人舟自横。 歐陽永叔曰：「滁州城西乃是豐山，無所謂西澗者。獨城北有一澗，水極淺，不勝舟，又江潮不至此。豈詩家務作佳句，而實無此景也。」

增註 澗泉説云：「幽草而生於澗邊，君子在野，考槃之在澗也。黃鸝而鳴於深樹，小人在位，巧言之如流也。潮水本急，春潮而帶雨，其急可知，國家患難多也。『晚來急』，乃危國亂朝，季世末俗，如日色已晚，不復光明也。『野渡無人舟自横』，寬閑之野，寂寞之濱，必有濟世之才如孤舟之横渡者，特君相不能用耳。」

備考 《賢愚鈔》曰：「詩意趙澗泉子細説盡，不及細釋也。」〇季昌本注澗泉解末云：「愚以此説參之於史，建中晚用此等亂，國家患難固有，然德宗方是唐朝第十葉，恐未可遽言『季世末俗，如日晚之不復光明也』。」〇《千古斯文》卷六曰：「徐笠叟云：『幽草生澗邊，喻君子之居潛也。黃鸝鳴樹，喻小人之用事也。春水本急而又帶雨，喻世變之危急也。野有舟楫而無濟渡，喻君子之無人用，莫展濟世之策也。』」〇劉陽子云：「《滁州西澗》云云。謝疊山云：『韋公只是借景談意，豈必寔有此景？』劉須溪云：『若只作咏景物，則「獨憐」二字無味。』」〇《唐詩解》第二十八載此詩，注曰：「此横西澗之幽草，言因草之可憐而散步於此，時春雖暮而黃鸝尚鳴，又多雨之後澗水泛溢，惟見無人之舟自横耳。」〇又曰：「按此即景成篇，無他托意。謝注謂四語皆比，穿鑿殆甚。又按盧陵云：『滁無云云。』余謂澗本無潮，因雨爲潮，雨之所積，頃刻成川，烏睹其不勝舟也？謝又因歐之説，附會于國步之危，疵謬甚矣。千載之後，陵谷遷移，安可據目而證古人之妄也？」〇何良俊《四友齋叢説》：「韋蘇州《滁州西澗》詩，有手書刻在《太清樓帖》中，本作『獨憐幽草澗邊行，云云樹鳴』。蓋憐幽草而行於澗邊，始于情性有關。今集本『行』作『生』，『尚』作『上』，則於我了無與矣[二]。其爲傳刻之訛無疑。」

增註 《**考槃**》《詩・衛風・考槃篇[三]》曰：「考槃在澗，碩人之寬。獨寐寤言，永矢弗諼。」朱注：「考，成也。槃，盤桓之意。言成其隱處之室也。陳氏曰：『考，扣也。槃，器名。蓋扣之以節歌，如鼓盆拊缶之爲樂也。』二説未知孰是。山夾水曰澗。」〇小序曰：「《考槃》，刺莊公也，不能繼先公之業，使賢者退而窮處。」

巧言云云 《書・皋陶謨篇》曰：「何畏乎巧言令色孔壬。」〇《論語・學而篇》云：「巧言令色，鮮矣仁。」朱注：「巧，好也。」〇《詩・小雅・巧言篇》曰：「巧言如簧。」〇小序曰：「《巧言》，刺幽王也。大夫傷於讒，故作是詩也。」

寬閑之野云云 《韓文》十六《答崔立之書》云：「猶將耕於寬閑之野，釣於寂寞之濱云云。」

【校勘記】

[一]永陽郡：疑此前後有脱文，或當爲「唐改爲永陽郡」。

[二]於：底本誤作「與」，據《四友齋叢説》卷三十六改。

[三]考槃：底本誤作「碩人」，據《詩經集傳・考槃》改。

酬張繼　皇甫冉

本集題序云：「懿孫，余之舊好，祇役武昌，以六言見懷，余以七言裁答。」

備考 《才子傳》第三曰：「張繼，字懿孫，襄州人。天寶十二年楊浚下及第。與皇甫冉有髫年之故，契逾崑玉，早振詞名云云。」○《唐詩正音》「迢遥」作「迢迢」，「限」作「望」。

題註 **以六言** 張繼寄皇甫冉六言詩曰：「京口情人别久，揚州估客來疏。潮到潯陽歸去[一]，相思無所通書。」

裁答 裁，《字彙》曰：「牆來切，音才，剪也，製也。又裁度也。又昨代切，音在，亦制也。楊升庵曰：『音才者，裁制、裁度是。音在者，風裁、體裁是也。』」

皇甫冉 見前。

悵望南徐登北固[二]，劉宋以京口置南徐州。北固山，今鎮江府甘露寺。皇甫冉，丹陽人也。**迢遥西塞限東關**。西塞，山名。王周有《西塞山》詩，自注云：「今謂之道士磯，隸興國軍大冶縣。」《歷陽圖經》曰：「東關在歷陽西南二百里[三]。」《吴曆》曰：「諸葛恪在東關。」**落日臨川問音信**，陸士衡詩曰：「悲情臨川結。」**寒潮惟帶夕陽還**。

備考《賢愚鈔》曰：「第一句，皇甫冉悵望友生之張繼，時潤州之南徐，而登北固山，遥相見慕也。北固山在南徐，南徐即潤州丹陽也。第二句，言丹陽已與道士磯之西塞山道路遥遠，况張繼今所居，在吴之地，歷陽之西南二百里東關，路遠不可計也。第三、四句，每日自午後，又臨川下低向波浪而問鯉魚之書信，遂不得，而寒潮惟帶夕陽空還耳。」

限東關　限，《字彙》曰：「界也，阻也。」

夕陽《宋景文公筆記》曰：「莒公嘗言：『山東曰朝陽，山西曰夕陽。』故《詩》曰：『度其夕陽。』又曰：『梧桐生矣，于彼朝陽。』指山之處耳。後人便用『夕陽』爲『斜日』，誤矣。予見劉琨詩：『夕陽忽西流。』然古人亦誤用久矣。」

【校勘記】

［一］到：《唐百家詩選》卷十、《唐詩品彙》卷四十五和《全唐詩》卷二百四十二均作「至」。歸：《唐百家詩選》卷十、《唐詩品彙》卷四十五和《全唐詩》卷二百四十二均作「回」。

［二］悵：底本訛作「帳」，據元刻本、箋註本、附訓本和增註本改。

［三］二：附訓本和增註本同此，元刻本和箋註本作「一」。

河邊枯木[一]　長孫佐輔

備考《詩格》第十四載之，題曰《枯樹》，注云：「描寫枯木通直，借枯木以自嘆。」○《清氣集》第五載之，題曰《河邊枯樹》。

長孫佐輔

備考《唐詩正音》云：「中唐作者。」○《才子傳》第五曰：「朔方人。舉進士下第，放懷不羈。弟公輔，貞元間爲吉州刺史，遂往依焉。後卒不宦，隱居以求志。然風流醞藉，一代名儒，詩格詞情，繁縟不雜，卓然有英邁之氣。每見其擬古樂府數篇，極怨慕傷感之心，如水中月，如鏡中相，言可盡而理無窮也。集今傳。」

野火燒枝水洗根，數圍枯朽半心存。應是無機承雨露，却將春色寄苔痕。

備考《賢愚鈔》曰：「第一句，此木受水火之責，枝葉根柢共或曝。第二句，枯木之體雖數圍之大，悉枯朽而僅半心殘了，更無生機，佐輔自比。或以水火比在位之小人，被小人傷而無生意。第三、四句，言此木雖云枯朽而無承雨露之機，却尚借苔痕之春色。佐輔貧困，暫依其弟吉州刺史長孫公輔。『苔痕』『春色』，蓋指苔之春色爲枯木之妝而已。」

【校勘記】

[一]河邊枯木：《全唐詩》卷四百六十九作《擬古詠河邊枯樹》。

柳州二月[一]　柳宗元

增註 柳州，古百越地。秦平百越，屬桂林郡。漢改鬱林郡。梁置龍州。隋置象州。唐爲柳州，龍城郡，屬嶺南道，以地當柳星下，故名。今屬廣西道。

備考 本集題作《柳州二月榕葉落盡偶題》。補注：「《藝苑雌黃》云：『閩廣有木名榕 音容[二]，子厚集有《柳州二月榕葉落盡》詩：「榕葉滿庭鶯亂啼。」坡詩：「卧聞榕葉響長廊。」又云：「即今榕葉下庭皋。」即此木也。其木大而多陰，可蔽百牛，故字書有寬庇廣容之說[三]。』」〇《唐詩正音》第六載之，題與本集同。《清氣集》第五載之，題與《三體》同。

柳宗元 見前。

宦情羈思共悽悽，春半如秋意轉迷。山城過雨百華盡，榕葉滿庭鶯亂啼。 榕初生，如葛緣木[四]，後乃成樹。許渾云：「南方大葉榕樹，橫枝危者輒生根，垂地如柱。」

增註 按史：德宗貞元末，柳宗元坐王叔文黨，初貶邵州刺史，再貶永州司馬。至憲宗元和十年，徙柳州刺史。時劉禹錫貶播州，宗元曰：「播非人所居，禹錫親在，吾不忍其窮。」即具奏，欲以柳州授禹錫，而自往播。大臣亦爲其請，因改禹錫連州。

備考《賢愚鈔》曰：「第一句，唐家之貶人必以官與之，爲司馬，故云『宦情』。雖爲司馬之官，被放逐，故云『羈思』。『悽悽』，蓋心有愁也，《説文》曰：『痛心也。』第二句，言已二月，而如秋八九月，故其意轉迷也。此二句，言子厚失位，寓異方也。第三、四句，以『雨』比小人。《牡丹榮辱志》云：『風、雨、雪、霜、花，小人也。小人必傷君子，如雨損花。』以『榕葉』『鶯啼』比小人之充滿，巧言如流也。」

宦情 宦，《字彙》曰：「仕也，又學也。《左傳》：『宦三年矣。』服虔注曰：『宦，學也，學職事爲官也。』」

羈思 羈，《字彙》曰：「俗羈字。」又「羈」字注曰：「堅溪切，音雞。《説文》：『馬絡頭也。』《釋名》：『羈，檢也，所以檢持制之也。』」

註　榕云云《字彙》曰：「榕，以中切，音容，木名。初如葛藟緣木，後乃成樹，生於南方。」〇《集韻》曰：「榕初生如葛藟緣木，後乃樹枝下著地，又復生根，異於他木。」

【校勘記】

［一］柳州二月：《全唐詩》卷三百五十二作《柳州二月榕葉落盡偶題》。

［二］容：底本訛作「榕」，據《賢愚鈔》卷十改。
［三］容：底本訛作「客」，據《賢愚鈔》卷十改。
［四］緣：底本訛作「緑」，據元刻本、箋註本、附訓本、增註本和後文改。

贈楊鍊師［一］　鮑溶

備考《唐詩正音》第三載之。○《清氣集》亦載之。○鮑溶初隱江南山中，有世外之志，此篇亦羡楊道士之風歟？

鮑溶 見前。

道士夜誦蕊珠經，謂《黄庭經》也。《黄庭經》云：「閑居蕊珠作七言。」**白鶴下繞香煙聽。夜深經盡人上鶴**［二］**，天風吹入秋冥冥。**

備考《賢愚鈔》曰：「第一句，楊道士修行及夜而誦道經。第二句，鶴是雖爲異類，能馴，知道士無妄想，飛下繞香案之間，聽誦經之聲。第三、四句，言夜深誦經畢，道士著一鞭而駕鶴，更無造作安排。」

冥冥《楚辭·東君》詞曰：「杳冥冥兮以東行。」注：「冥，幽也。」

【校勘記】

[一]贈楊鍊師：《全唐詩》卷四百八十六作《寄峨嵋山楊煉師》。

[二]深：《全唐詩》卷四百八十六作「移」。

題齊安城樓　杜牧

齊安城[一]，黄州，牧嘗守黄。

增註 齊安，黄州郡稱，春秋黄國，漢邾縣，晋西陽國，南齊齊安郡，隋黄州，又永安郡，唐淮南道黄州齊安郡，宋屬淮西，今亦屬淮西道。

備考 《唐詩正音》第六載之，題曰《題城樓》，「瀲灩」作「瀲瀲」。○《清氣集》第五載之，題曰《齊安城樓》，「嗚軋」作「嗚咽」，「瀲灩」作「瀲瀲」。

杜牧 見前。

嗚軋江樓角一聲，微陽瀲灩落寒汀[二]。**不用憑欄苦回首**[三]，**故鄉七十五長亭。**《六帖》云：「短亭五里，長亭十里。」

備考《賢愚鈔》曰：「第一句，牧登樓閑聽角聲之嗚軋。嗚，吹出之聲。時不靖平，故聽角聲而有感時之意。第二句有二説：其一，微陽自落；其一，角吹落微陽也。或曰言王道之衰也。第三、四句，言不可憑欄而回首其故者，自齊安望故鄉之京兆，則其道路遥而七十五之長亭相隔斷，非眼力之可及也。所聽所見不叶意，欲遠望亦不能也。」〇一説云：「蓋以《白氏六帖》所言長亭、短亭推七十五，則故鄉七百五十里也，故不用望也。」〇《漁隱叢話》後集第十五引《復齋漫録》云：「牧之《齊安城樓》詩：『嗚咽江樓云云微陽瀲灧云云。』蓋用李太白《淮陰書懷》詩：『沙墩至梁苑，二十五長亭。』苕溪漁隱曰：魯直《竹枝詞》：『鬼門關外莫言遠，五十三驛是皇州。』皆相沿襲也。」

角《通禮義纂》曰：「蚩尤與黄帝戰，帝令吹角作龍鳴以禦之。軍中製之，以司昏曉。」

微陽《文選》潘安仁《秋興賦》曰：「何微陽之短晷，覺凉夜之方永[四]。」

瀲灧《文選》注曰：「瀲灧，相連也。」〇《字彙》曰：「瀲灧，水滿貌，又水波動貌。」〇東坡詩云：「水光瀲灧晴偏好。」

寒汀 汀，《字彙》曰：「水際平地。」

【校勘記】

［一］城：元刻本和箋註本均作「即」。

[二]灎：《全唐詩》卷五百二十二作「瀲」。

[三]苦：底本訛作「苔」，據元刻本、箋註本、附訓本和增註本改。

[四]之：底本脱，據《文選註》卷十三補。

已前共七首

備考《賢愚鈔》曰：「不喚而第四句申其意者也。」〇愚按七首共拗體格也。

側體 周弼曰：「其説與拗體相類，然發興措辭則奇健矣。」

備考 此體皆用仄韻，而辭多奇健也。

營州歌　　高適

備考《唐詩正音》第五載之。〇《清氣集》第五載之，題曰《營州》，「愛」作「厭」。

高適

備考《正音》云：「盛唐作者。」〇《才子傳》第二曰：「高適，字達夫，一字仲武，滄州人也。哥舒翰表掌書記。年五十始學爲詩，即工。」

營州少年愛原野，營州，河北道柳城郡，本遼西郡。**狐裘蒙茸獵城下**。毛萇曰：「蒙茸，亂貌。」

虜酒千鍾不醉人，胡兒十歲能騎馬。

增註 《左傳》：「狐裘蒙茸。」〇鍾，飲器。

備考 《賢愚鈔》曰：「第一句，言安禄山、史思明共出於營州，壯年而任將，其爲業，平生愛原野，蓋好田獵之謂也。安、史共爲營州人也。高適作《營州歌》爲舉此一件也。第二句，言營州少年安、史等，共形貌蒙茸，然爲昏亂之行，獵營州城下，遂出而入中國，其亂中國者，此安、史二人。第三、四句，指安、史其飲酒無限，而胡兒即是營州之雜胡，自少年好騎，以獵爲業[一]，今入中國而其行豈可改之耶？亂天下者，必此安、史二人也。」

狐裘 裘，《字彙》曰：「皮衣也。」

註　毛萇曰云云 《詩·邶風·旄丘篇》曰：「狐裘蒙戎，匪車不東。」毛萇注云：「蒙戎以言亂也。」

增註　《左傳》云云 《左傳·僖公五年》：「傳曰：『士蔿曰：「狐裘尨茸。」』」杜註：「尨茸，亂貌。」〇《賢愚鈔》曰：「『狐裘蒙茸』四字，以《毛詩》及《左傳》言之，則雖爲獵者之服，其形貌蒙戎，然俱爲昏亂之義也。《左傳》作『尨茸』，《毛詩》作『蒙戎』，此詩作『蒙茸』，皆通用之矣。」

鍾飲器 鍾，《字彙》曰：「酒器，又量名。《小爾雅》：『缶二謂之鍾。』注：『八斛也。』」

【校勘記】

［一］業：底本訛作「蒙」，據《賢愚鈔》卷十改。

山家［一］　　長孫佐輔

備考　《漁隱叢話》以此詩爲羊士諤作。○《清氣》第五載之，爲佐輔作，《玉露》亦爲佐輔作。○《遺響》第二載，爲佐輔作，題曰《尋山家》。

長孫佐輔　見前。

獨訪山家歇還涉，茅屋斜連隔松葉。主人聞語未開門，繞籬野菜飛黄蝶。

備考　《賢愚鈔》曰：「第一句，宦途高險而無薦福者也。第二句，官舍雖多，不得寄身，而徒在輦下之旅寓也。第三句，以『主人』比天子，雖聞士諤之聲名文章，而不得近侍沾恩露［二］。第四句，以『黄蝶』比小人，在君傍而謗隔士諤，『繞籬野菜』即是朝廷之爵位也，小人貪之而戀著不愧也。」○「第二句之『隔松葉』，或云以松葉爲墻，又云『葉』字以便韻置之，隔松樹之意乎？」○《漁隱叢話》前集二十四曰：「苕溪漁隱曰：羊士諤《尋山家》詩云：『主人聞語未開門，繞籬野菜飛黄蝶。』余嘗居村落間，食飽，楮筇縱步，款鄰家之扉，小立待之，眼前景物悉如詩中之語，然後知其工也。」

歇　《字彙》曰：「許竭切，休息也。」

【校勘記】

［一］山家：《全唐詩》卷四百六十九作《尋山家》。

［二］侍：底本訛作「待」，據《賢愚鈔》卷十改。

夏晝偶作［一］　柳宗元

備考　《柳文》四十三《柳州部》載此詩。○《清氣集》第五載，題曰《夏日》。○此詩柳州作，或云永州作也。全篇述謫居之苦無人之體。

柳宗元　見前。

南州溽暑醉如酒，隱几熟眠開北牖。日午獨覺無餘聲，山童隔竹敲茶臼［二］。

增註　溽暑，温濕也。《禮記》：「土潤溽暑。」《孟子》：「隱几而卧。」隱，猶枕也［三］。

備考　《賢愚鈔》曰：「第一、二句，子厚遠謫毒暑如酒之柳州，聊納北窗之涼而僅得閑眠。第三、四句，眠已熟，則被山童茶臼之聲驚破，其外無餘聲。以茶臼之聲比竇群等之讒。『偶作』之二字可味矣。」○《玉屑》十一引《碧溪詩話》曰：「杜云：『爐煙消盡寒燈晦，童子開門雪滿松。』子厚云：『日午獨覺無餘聲，山童隔竹敲茶臼。』秀老云：『夜深童子喚不醒，猛虎一聲山月高。』閑棄山中累年，頗得此數詩氣味。」

溽暑 《廣韻》曰：「溽暑，濕熱也。」

隱几 《韻會》曰：「几，案也。徐曰：『人所凭坐也。』」

增註 **《禮記》云云** 《禮記·月令篇》也。

《孟子》云云 《公孫丑下篇》。

【校勘記】

[一]晝：底本訛作「畫」，據元刻本、箋註本、附訓本、增註本和《全唐詩》卷三百五十二改。

[二]茶：底本訛作「荼」，據元刻本、箋註本、附訓本和《全唐詩》卷三百五十二改。

[三]枕：底本訛作「析」，據增註本改。按《孟子注疏·公孫丑章句下》作「倚」。

步虛詞 高駢

《異苑》曰：「陳思王遊漁山，忽聞空裏有誦經聲，清遠寥亮，使解音者寫之，爲神仙之聲。道士效之，作《步虛》。此《步虛》之始也。」

備考《唐詩遺響》第三載之。○《雲錦啓札》以此詩爲玄宗作。○《勝覽》卷九《處州部》曰：「點易亭在南園，唐明皇《贈葉法善》詩：『青溪道士云云。』」○《排韻》曰：「葉法喜，一作「法善」。處州人。唐明皇贈詩云：『青溪道士云云。』今處州有點易亭。授銀青光録大夫，封越國公。」○《玉屑》卷二十曰：「秦川北絶頂之上有隗囂宮，宮之宏麗，莫得狀之，今爲壽山寺。寺有三門，門限琢青石爲之，瑩徹如琉璃色。余嘗待月納涼，夕處朝遊，不離於是。爾後入蜀，有道士謂余曰：『囂宮石門限下詩記之乎？』余曰：『余爲孩童，迨乎壯年，遊處於此，未嘗見有詩。』道士微哂曰：『子若後遊，但於石門限下上際求之。』丙戌歲，蜀破還秦，至則訪求之，果得一絶云。詳觀此篇，飄飄然有神仙體裁，遠近詞人競來諷味，那知道士非控鯉駕鶴之流乎？奇哉！奇哉！詩曰：『越溪道士人不識，上天下天鶴一隻。洞門深鎖玉窗寒，滴露研朱寫《周易》。』」○《樂府解題》曰：「《步虛詞》，道家曲也，備言衆仙縹緲輕舉之美。」○《賢愚鈔》曰：「高駢，晚唐人，而唐第七代主明皇已書此詩贈道士葉法善，則此篇非高駢作可知耳。高駢晚年求神仙，諷咏此篇而不絶口，故以爲高駢之作也，實是玄宗贈葉法善之詩也。」

高駢

備考《正音》云：「晚唐作者。」○《才子傳》第九曰：「高駢，字千里，幽州人也，崇文之孫。善射，有膂力。爲文學，與諸儒交，硜硜談治道。時巢賊日日甚，兩京亦陷，大駕蒙塵，遂無勤王之意。方且棄人間事，絶女色，屬意神仙。有集一卷，今傳。」

清溪道士人不識，庾仲雍《荊州記》曰：「臨淮縣有清溪山，山東有泉，泉側有道士舍。郭景純有《遊仙詩》曰[一]：『清溪千仞餘，中有一道士。』」**上天下天鶴一隻**。**洞門深鎖碧窗寒**，《董賢傳》注[二]：「洞門，謂門門相當[三]。」**滴露研朱點《周易》**。

增註　「清溪」，一作「青溪」，在處州青田石門洞天[四]，去縣十五里。

備考　《賢愚鈔》曰：「第一句，道士葉法善爲處州之人，能究陰陽卜筮術，雖然，世上之人無識此道士之妙術也。第二句，葉法善乘一鶴而上天下天，肉眼不得見之。第三、四句，葉法善已自天而降，時洞門深鎖而碧窗細分《周易》朱墨之點而已。」

一隻　隻，《字彙》曰：「之石切，音職，鳥一枚也。凡物單曰隻。」○「部从又，持隹。又，古右手字也。俗从久，誤。」

註　**郭景純**　《排韻》曰：「郭璞，字景純，博學高才。時有郭公居河東，精卜筮，璞從之受業。以青囊中書九卷與之，由是洞知五行、天文、卜筮之術。晉元帝朝爲著作佐郎。」

千仞　仞，《字彙》曰：「而震切。孔安國云：『八尺曰仞。』王肅依《爾雅》云：『四尺曰仞。』又云：『七尺曰仞。』」

《董賢傳》云云　《漢書》列六十三《董賢傳》曰：「重殿洞門。」師古曰：「重殿謂有前後殿，洞門謂門門相當也。」

增註　**石門云云**《勝覽》卷九：「處州有石門洞，峰峰壁立，相對如門，因名。或云處州有清溪，又有點易亭。」

【校勘記】

[一]有《遊仙詩》：底本誤作「神仙遊詩」，據元刻本和箋註本改。

[二]注：底本訛作「住」，據元刻本、箋註本、附訓本和增註本改。

[三]門門：《漢書·佞幸傳》同此，然元刻本、箋註本、附訓本和增註本均作「門之」。

[四]田：底本訛作「曲」，據附訓本和增註本改。

君山

高駢[一]

增註[二]　在岳州洞庭湖中，方六十里，亦名洞庭之山。《荆州圖經》曰：「湘君、湘夫人所遊，故名君山。一云，堯二女居之。」《郡志》：「君山狀如十二螺髻。」《北夢瑣言》：「湘江北流至岳陽，達蜀江。夏潦後，蜀江漲，遏住湘波，溢爲洞庭湖，凡數百里，而君山宛然在水中。秋水歸，此山復居于陸，惟湘川一條而已。」

備考 《遺響》第三載之，題曰《閑吟》，作者爲君山父老，詩中「湘中」作「湖中」。○《賢愚鈔》曰：「以《遺響》質之，題爲《閑吟》，作者爲君山父老，《三體詩》以『君山』爲題，誤矣，君山父老是爲作者也。」○《勝覽》第二十九岳州「君山」注曰：「湘中老人者，有洞庭客呂雲卿嘗遇之於君山側，索酒數行，老人歌曰：『湘中老人讀黄老，手援紫藟坐碧草。春至不知湘水深，日暮忘却巴陵道。』」○《玉屑》卷十四曰：「東坡云：『「湘中老人讀黄老云云。」唐末有人見作是詩者，詞氣殆是李謫仙。予都下見有人携一紙文書，字則顔魯公也，墨迹如未乾，紙亦新健，其詩曰：「朝披夢澤雲，笠釣青茫茫[三]。」此語非太白不能道也。』苕溪漁隱曰：『太白此詩中復云：「暮跨紫鱗去，海氣侵肌涼。」亦奇語也。』」○季昌本註曰：「《博物志》載：『洞庭賈客呂雲卿以貿販逐什一之利，有羡施貧，善笛。時中春夜，泊君山，獨飲，弄數曲。忽波上舟中有一父老皤然曰：「聞子笛聲非凡，是以來，我少業笛。」遂於懷袖出笛三管，其大者如合拱，次者如常人所蓄，小者如細筆管。雲卿請一吹，答曰：「大者不可發，對諸天帝，合天樂，其動則天折，日月五星失位。次者亦然，對洞府諸仙，合仙樂，飛沙走石，百獸腦裂，幼稚震死。小者可與朋儕吹之，未知可終否。」吹三聲，湖上風動，波濤洶湧，魚鼈跳噴，君山鳥獸叫噪，舟楫大恐，父老不復吹，引滿數杯，乃吟此詩。又數杯，曰：「明年社期，君於此。」遂棹舟而去，隱隱於波間。』《詩話》引東坡云云。」

增註 **湘君、湘夫人** 《楚辭》有《湘君》《湘夫人》二篇。注：「劉向《列女傳》：『舜陟方死於蒼梧，二妃死於江湘之間，俗謂之湘君。』」○《禮記》曰：「舜葬於蒼梧之野，蓋二妃未之從也。」注：「《離騷》所歌湘夫人，舜妃也。」

堯二女《書·堯典篇》曰：「釐降二女于嬀汭。」蔡註：「二女，堯二女，娥皇、女英也。」

螺髻 螺，《字彙》曰：「俗蠃字。」註云：「郎何切，音羅，蚌屬。《六書正譌》：『俗作螺，非。』」〇髻，又曰：「吉詣切，音計，綰髮也。《漢書》注：『一撮之髻，其魋如椎。』」

湘江云云《詩林廣記》後集五：「山谷《登岳陽樓望君山》詩云：『滿川風雨獨凭欄，綰結湘娥十二鬟。可惜不當湖水面，銀盤堆裏看青山。』注云：『湘江北流至岳陽，達蜀江。夏潦後，蜀江漲勢高，遏住湘波，讓而退溢爲洞庭湖，凡數百里，而君山宛在水中。秋水歸壑[四]，此山復居於陸，惟一條湘水而已。』」

夏潦 潦，《字彙》曰：「郎力切，音牢，行潦，路上流水。又雨大貌。」

宛然 又曰：「宛然，猶依然也。」

湘中老人讀黄老，手援紫藟坐碧草。春至不知湘水深，日暮忘却巴陵道。 此詩伯弜不著何人作。《廣異記》載：「吕筠卿夜泊君山，忽一舟至，有老人吟此詩，吕異其詩，就之，忽不見。」

增註 元本，「湘水」作「湖水」。〇《黄庭經》：「玉宸君，即黄老君之號也。」又漢文、景間，崇黄、老之教。注謂崇尚黄帝、老子之術。〇岳州，劉宋爲巴陵郡。羿屠巴蛇於洞庭，骨若陵，故名巴陵。〇《詩話》引東坡《百斛明珠》載：「唐末有人見作是詩者，殆是李謫仙輩，老人真遁世者也。」

備考《賢愚鈔》曰：「第一句，君山父老自稱湘中老人，其所祖之道則黄帝、老子之術也。第二句，父老其手援紫藟，紫藟蓋比道家之密旨，如禪家指語言三昧爲葛藤，紫是道家所用之色。第三、四句，春則湘水湧而君山在水中，老人無心而不知水之深，又忘却巴陵洞庭之道路，唯付閑吟而已。」

讀黃老 《漢書・曹參傳》注：「張晏曰：『黃帝、老子之書。』」

紫藟 藟，《字彙》曰：「魯偉切，葛類。孔氏曰：『一名巨瓜，亦延蔓生。』《本草》注曰：『蔓延木上，葉如葡萄而小，五月開花，七月結實，青黑微赤。』」

註 《**廣異記**》**云云** 《博異記》曰：「賈客呂筠卿，嘗於中春夜泊舟於君山側。命酒，吹笛數曲，忽見一父老挐舟而來，遂於懷袖中出笛三管，其一如合拱，其次如常人之所蓄，其一絶小如細筆管。筠卿請父老一吹，父老云：『其大者，諸天之樂，不可發；其次，對洞府諸仙合樂；而吹其小者，是老身與朋儕可樂者。試爲子吹之，不知可終一曲否？』言畢，抽笛吹之，三聲，湖上風動，波濤浪滃，魚龍跳噴；五聲、六聲，君山上鳥獸叫噪，月色昏昧。舟人大恐，一吹遂止。其後乃吟此詩而去云云。」○按《勝覽》並季昌本註作「呂雲卿」。

增註 **劉宋** 《通鑒・宋高祖紀》曰：「高祖皇帝，姓劉名裕，字德輿，小字寄奴，彭城人。仕晉，爲太尉，封宋王。受恭帝禪，國號宋，都建康。在位三年，壽六十[五]。」

羿云云 《博物志》曰：「巴蛇吞象，三歲出其骨。」○《山海經》曰：「玄蛇食鹿，堯羿斷脩蛇於洞庭。世稱於巴陵者，巴蛇之死，其骨爲陵。」

屠 屠，《字彙》曰：「刳也。又殺也，裂也。」

【校勘記】

[一]高駢：《全唐詩》卷二百三十五作「賈至」。

[二]增註：底本脱，據附訓本補。

[三]茫茫：底本訛作「花花」，據《賢愚鈔》卷十、《東坡志林》卷九和《漁隱叢話》前集卷五改。

[四]水：底本脱，據《詩林廣記》後集卷五補。

[五]「壽六十」後底本衍「七」，據《宋書・武帝紀下》删。

綉嶺宮　李洞

備考 七言律崔塗《綉嶺宮》題注曰：「按《唐書》，河南道陝州峽石縣有綉嶺宮，高宗顯慶三年置。又《明皇雜録》載：『上幸綉嶺宮，宮隘而暑[一]，使高力士覘姚崇，報曰：「方乘小駟，按轡木陰下。」上從之，頓忘煩暑。』」○《玉屑》二十《靈異部》[二]：「東坡曰：『春草萋萋云云太平曲。』鬼仙所作，或夢中所作也。」○《賢愚鈔》曰：「此篇即鬼神所作也。曾於書堂壁間，李洞書之以吟咏。洞死後，人編洞詩者誤入洞集中也。」○按卷首載《華清宮》詩，卷末載《綉嶺宮》詩，此編者微意也。

李洞 見前。

春草萋萋春水緑，野棠開盡飄香玉。繡嶺宮前鶴髮翁，繡嶺宮在陝州峽石縣，顯慶三年置。**猶唱開元太平曲。**玄宗開元中嘗幸此，詳見注後。

增註 李玫《異聞實録》載：「會昌中，許孝廣路由江棠館，逢白衣叟乘馬高吟此詩。許異之，逐問，忽入一林，遂不見。」

備考 《賢愚鈔》曰：「第一句，唐第三主高宗顯慶三年營此繡嶺宮，其後次第道衰，宮室亦荒廢，春草茂生而春水緑也。崔塗《繡嶺宮》詩云：『苑路暗迷香輦絶，繚垣秋斷草煙深。』可並按也。第二句，在繡嶺宮，野棠開盡也。『開盡』，悉開之謂也。《玉屑》『野棠』作『海棠』，則野棠即海棠也。海棠本無香，然相州海棠獨香，則今云『香玉』亦不妨。或云『野棠』指甘棠也，言昔全盛之時，繞宮山色亦如繡羅織出。今及荒廢，而春草茂長，野棠亦飄零也。此一聯，鬼神所感如是也。第三、四句，『鶴髮翁』，鬼神自稱。高宗全盛之時營此宮，其後次第荒廢。至玄宗之時尚盛，幸此宮。鶴髮翁傳聞其盛事，嘆今之荒廢，猶唱太平之曲也。此詩非李洞詩，鬼詩，則入此集，何也？特載之卷末，可怪。或曰：『《詩序》云：「正得失，動天地，感鬼神，莫近於詩」云云。』鬼神感動而作詩，是詩道之至也，故載鬼詩於卷末，是周弼之意也。然則借他人名以載之，何哉？《論語》：「不語怪力亂神。」謝氏曰：「聖人語常不語怪，語德而不語力，語治而不語亂，語人而不語神」云云。」故不記鬼詩，借人名而書也。借人名非無因而書也，或有李洞詩、高駢詩之説，故書其名也。』」

萋萋《字彙》曰：「草盛貌。《詩·大雅》：『菶菶萋萋。』」

註　**顯慶**第三主高宗年號，凡五年。

增註　**會昌**第十七主武宗年號，凡六年。

【校勘記】

［一］宫：底本脱，據《類説》卷十六和《紺珠集》卷二補。

［二］「二十」後底本衍「一」，據《詩人玉屑》卷二十和《賢愚鈔》卷十删。

已前共六首

備考《賢愚鈔》曰：「第三句喚第四句者也。」〇愚按共六首，側體也。

三體詩絶句備考卷之七終